Das Orakel der Heilerin

© Frederique Jouval

Frédéric Lenoir, geboren 1962, ist Autor, Journalist, Philosoph und einer der renommiertesten Religionssoziologen Frankreichs. Er ist Herausgeber des zu der großen Tageszeitung *Le Monde* gehörenden Magazins *Le Monde des Religions*. *Das Orakel der Heilerin* stand in Frankreich monatelang auf der Bestsellerliste, die Rechte wurden an zahlreiche internationale Verlagshäuser verkauft.

Frédéric Lenoir

Das Orakel der Heilerin

Roman

Aus dem Französischen
von Sabine Herting

Weltbild

Die französische Originalausgabe erschien 2006
unter dem Titel *L'Oracle della Luna* bei Albin Michel, Paris.
Die deutsche Ausgabe folgt einer leicht gekürzten Fassung.

Besuchen Sie uns im Internet:
www.weltbild.de

Genehmigte Lizenzausgabe für Verlagsgruppe Weltbild GmbH,
Steinerne Furt, 86167 Augsburg

Übersetzung: Sabine Herting
Umschlaggestaltung: Hauptmann & Kompanie Werbeagentur, München - Zürich
Umschlagmotiv: Getty Images, München / Dorling Kindersley
Gesamtherstellung: Freiburger Graphische Betriebe GmbH & Co. KG,
Freiburg i. Brsg.
Printed in the EU
ISBN 978-3-8289-9276-4

2011 2010 2009 2008
Die letzte Jahreszahl gibt die aktuelle Lizenzausgabe an.

FÜR JOHANNA

die so früh von uns gegangen ist,
ohne sie gäbe es dieses Buch nicht

Das Dasein ist eine Tatsache,
das Leben eine Kunst.

Das ganze Leben
ist ein Weg von der Angst zur Liebe.

VORREDE

Die Protagonisten dieses Romans sind ebenso wie dessen Handlung Früchte meiner Phantasie. Da es sich aber um eine Fiktion handelt, die sich in eine fest umrissene Epoche und in einen ebensolchen Rahmen – in die Renaissance und in den Mittelmeerraum – einfügt, habe ich mich bemüht, die Orte, die Gebräuche und die genannten historischen Personen, deren Leben und Gedankenwelten oft mit dem Handlungsablauf verknüpft sind, korrekt darzustellen. Dazu zählen zum Beispiel Erasmus, Luther, Papst Paul III., Giovanni Pico della Mirandola, Marsilio Ficino, die Medici, Giulia Gonzaga, Juan de Valdès, Andrea Gritti, Johannes Lichtenberger, Paulus van Middelburg, Philipp Melanchthon, Theophanes Strelitzas, Nikolaus Kopernikus, die Brüder Barbarossa, Suleiman der Prächtige, Karl V. und François I. ... aber auch die Verweise auf Platon, Aristoteles, Jesus, Paulus, Ptolemäus, Plotin, Augustinus, Dionysios, Albumasar, Moshe ben Shem Tov, Ibn Arabi, Gregor Palamas, Thomas von Aquin etc.

INHALT

PROLOG

EINS

Angst stand in den Gesichtern der Dorfbewohner. Wenige Schritte vor der Hütte waren sie stehen geblieben, starrten mit unverwandtem Blick auf die armselige Bretterbude. Schweißtropfen perlten von gefurchten Stirnen. Plötzlich reckte der alte Giorgio die Faust und schrie:

»Nieder mit der Hexe!«

»Nieder mit der Hexe!«, brüllten die etwa zwanzig Männer und Frauen im Chor, die sich, fest entschlossen, dem Fluch ein Ende zu setzen, in den Wald gewagt hatten.

Mistgabeln und Piken schwenkend, stürmten sie auf das Haus zu. Schon beim ersten Stoß fiel die Tür aus den Angeln. Ihren flammenden Blicken bot sich der allein von einem schwachen Sonnenstrahl erleuchtete Raum dar. Leer.

»Sie ist auf und davon«, rief die Witwe Trapponi mit Verdruss.

»Ist noch nicht lange her«, bemerkte ein schmächtiger junger Mann und wies auf den Kessel, der über der Glut hing. »Seht doch, die Feuerstelle glimmt, und das Wasser ist ziemlich heiß.«

»Würde mich nicht wundern, wenn sie sich hier irgendwo im Gebüsch versteckt. Los, wir suchen sie«, rief wieder der alte Giorgio.

Über zwei Stunden durchkämmten die Dorfbewohner das Unterholz, spähten hinauf zu den Baumwipfeln. Vergebens.

»Das Weibsbild hat etwas geahnt und ist abgehauen«, murmelte der Schmied vor sich hin. »Die soll ihre Hexereien woanders treiben!«

Dann ging er zurück in die Hütte, blies auf die Glut und verteilte sie in der Holzhütte. Mit der Hilfe eines einäugigen

Bauern schlug er den Tisch entzwei, um den Flämmchen, die in den Winkeln des Raums züngelten, Nahrung zu geben. Dabei trat der Einäugige gegen ein Hindernis, so dass er ins Straucheln geriet.

»Gott verdammt! Ein Ring! Hier ist eine Falltür unter dem Tisch!«, rief der Bauer.

Schreiend und gestikulierend drängten sich die Männer und Frauen in den Raum. Sie traten die Flammen aus, stellten sich um die Falltür und starrten auf den Ring, als öffnete er die Pforten zur Hölle. Denn kaum hatte sich der erste Jubel gelegt, stockte ihnen vor Entsetzen wieder der Atem, und ihre Schläfen wurden feucht. Der Schmied fertigte zwei Fackeln. Wortlos gab er Zeichen, man möge die Falltür öffnen. Ein Mann zog am Ring, und als die hölzerne Tür nach hinten klappte, schleuderte der Schmied eine der Fackeln ins Loch. Instinktiv wichen alle zurück.

Nichts geschah. Die Mutigsten beugten sich über die Öffnung. Die Fackel, die mindestens eine Menschenlänge tief auf gestampften Boden gefallen war, warf ihr Licht auf sieben Stufen einer schmalen Holztreppe. Ansonsten war nichts zu sehen.

»Komm aus deinem Loch, du Hexe, wenn du nicht gebraten werden willst«, rief Giorgio mit einer Stimme, die fest klingen sollte, aber dennoch seine dumpfe Angst verriet.

Keine Antwort.

»Wir müssen hinuntergehen«, sagte der alte Mann zögerlich.

Niemand rührte sich.

»Ihr Feiglinge«, rief die Witwe Trapponi. »Sie ist schuld, dass er tot ist, mein Emilio.«

Sie raffte ihre Röcke, griff nach der zweiten Fackel und stieg hinab.

Als sie die unterste Stufe erreicht hatte, leuchtete sie den hinteren Teil der Höhle aus. In einer winzigen Nische war ein regloser, mit einem Laken bedeckter menschlicher Körper auf eine Strohmatte gebettet, die direkt auf dem feuchten Boden lag. Die Frau trat näher. Sie überwand ihr Entsetzen, machte einen Schritt nach vorn und zog mit einem Ruck das Tuch beiseite.

Sie unterdrückte einen Schrei, schlug unendlich viele Kreuzzeichen und rannte wieder hinauf. Mit schreckensweiten Augen krallte sie sich an das Hemd des Schmieds.

»Das ist das Werk des Teufels!«, schrie sie.

ZWEI

Der Frater Pförtner war höchst überrascht, als er am Tor die sonderbare Bauernschar sah, die einen Menschen auf einem Karren mit sich führte.

»Ich bin der Vorsteher des Dorfs Ostuni. Wir wollen den Abt sprechen«, sagte der alte Giorgio.

»Unser Pater Abt ist nicht da. Was wollt ihr?«, fragte der Mönch streng.

Die Abwesenheit des Klosteroberen verunsicherte die Bauern. Was sie entdeckt hatten, war von zu großer Bedeutung, als dass sie es einem einfachen Mönch anvertrauen konnten. Nach kurzem Zögern setzte der Alte wieder an: »Und wer steht dem Kloster in seiner Abwesenheit vor?«

»Don Salvatore, der Prior«, entgegnete der Frater Pförtner in schroffem Ton, erbost darüber, dass diese einfachen Bauern nicht mit ihm reden wollten. »Aber man darf ihn nicht wegen irgendeiner Nichtigkeit behelligen. Worum handelt es sich denn? Gibt es einen Toten?«, fragte er, als er einen Blick zu dem auf dem Karren ausgestreckten Körper warf.

»Nein, viel schlimmer!«, antwortete der Bauer mit feierlichem Ernst.

Das Entsetzen auf den Gesichtern bewegte den Pförtner, den Prior des Klosters zu benachrichtigen.

Das Kloster San Giovanni in Venere lag auf einem niedrigen, dem Meer zugewandten Hügel, eingebettet in Olivenhaine. Mitte des 16. Jahrhunderts war es noch immer das wichtigste religiöse Zentrum der Abruzzen. Die Via Trajana verband es mit Rom, sie endete am Fuße des Klosters im Hafen von Venere, etwa zehn Meilen südlich von Pescara, einem der größten Häfen der Adria. Der Ort war nach der Göttin Venus benannt. Es hieß, ein schiffbrüchiger Händler, der behauptete, von Venus, der Schaumgeborenen, gerettet worden zu sein, habe ihr einst einen Tempel errichten lassen. Er wurde der versöhnenden Venus gewidmet, und viele Paare suchten ihn auf und baten die Göttin der Liebe um ihre Gunst. Anfang des 8. Jahrhunderts erbaute ein Benediktinermönch auf den Ruinen der heidnischen Stätte eine christliche Kirche, die nun der Santa Maria und dem San Giovanni geweiht wurde. Im Jahre 1004 wandelten die Benediktiner die Kirche in eine Abtei um. Der Name, den sie ihr gaben, bewahrte, was höchst selten ist, die Erinnerung an ihre heidnische Vergangenheit: San Giovanni in Venere.

Die Abtei florierte und übte fast zwei Jahrhunderte lang einen unermesslichen wirtschaftlichen, kulturellen und geistigen Einfluss aus. Hier wurden die Künste und unterschiedliche Berufe unterrichtet, und zudem gab es eine umfangreiche Bibliothek mit zahlreichen Kopisten. Dann aber kamen die finsteren Jahre. 1194 wurde die Abtei von Soldaten des vierten Kreuzzugs geplündert. Sie fand zwar fast zu ihrer einstigen Strahlkraft zurück, doch 1466 zerstörte ein schreckliches Erdbeben wieder große Teile. 1478 dezimierte die Pest die Mönche, die für ihren Wiederaufbau sorgten. Den Überlebenden gelang es, sie mittels harter Arbeit und Gebeten wieder in den ursprünglichen Zustand zu versetzen, und im Jahre des Herrn 1545 lebte dort unter der Führung des Abts Don

Theodoro, dem Don Salvatore als Prior des Klosters zur Seite stand, eine Gemeinschaft von vierzig Mönchen.

Da es in den ersten Tagen der Fastenzeit noch recht kühl war, streifte der Prior einen braunen Wollüberwurf über seine schwarze Benediktinerkutte und ging hinaus, um die Dorfbewohner zu empfangen.

»Der Friede des Herrn sei mit euch!«, rief er ihnen entgegen. »Was ist geschehen?«

Der alte Giorgio zog seinen Hut und räusperte sich.

»Wir kommen aus dem Dorf Ostuni, ehrwürdiger Vater, zwanzig Meilen von hier.«

»Und warum habt ihr diese beschwerliche Reise von mehreren Tagen mit diesem Mann auf euch genommen?«

»Es ist Euch nicht verborgen, mein Vater, dass seit Weihnachten ein Fluch auf unserem unglücklichen Dorf liegt?«

»Ja, eure Bitte um Gebete hat uns erreicht«, entgegnete der Prior, der sich mit einem Mal an einen Abgesandten erinnerte, der vor gut einem Monat zum Kloster geschickt worden war. »Sind nicht mehrere Menschen auf merkwürdige Weise ums Leben gekommen?«

»Alles hat am Abend vor Weihnachten angefangen«, antwortete der Bauer, erfreut, dass der Mönch dieses im Kopf hatte. »Der Sohn des Schmieds ist in den Brunnen gefallen und darin ertrunken. Am Tag des heiligen Robert ist im Schafstall ein Balken auf Emilio niedergestürzt und hat ihm die Knochen gebrochen. Wenige Tage später starb Francescos Frau mit ihrem Kleinen im Kindbett. Und dann ist noch an Mariä Lichtmess der alte Tino von uns gegangen, er hat sich die Eingeweide aus dem Leib gekotzt, dabei war er doch stark wie eine Eiche.«

»Ja, das ist sehr traurig. Wir werden weiter für das Seelenheil der Euren beten und dass der Herr euch nicht weitere Prüfungen auferlegen möge.«

»Wir brauchen Eure Gebete … All das trägt Spuren des Bösen, ehrwürdiger Vater.«

Während der Bauer diese Worte aussprach, lauerte er auf die Reaktion des Mönchs. Da dieser keine Regung zeigte, fuhr er fort.

»Es ist alles wegen dieser Hexe, die im Wald von Vediche lebt! Sie macht ganz bestimmt gemeinsame Sache mit dem Teufel oder seinen Ausgeburten.«

»Was wisst ihr darüber?«

»Wir haben sie an Pfingsten im Wald ankommen sehen, wo sie sich in einer verlassenen Hütte eingerichtet hat. Dann ist sie ins Dorf gekommen, um ihre Kräuter und Heilmittel anzubieten und sie gegen Gemüse und Geflügel einzutauschen. Manche haben nicht gezögert, sie um Arzneien zu bitten, die ihre Schmerzen lindern sollten, und allmählich suchten sie sie auch in ihrer Hütte auf. Aber kurz bevor all diese Unglücksfälle uns heimsuchten, hat sie sich geweigert, eine schlimme Verbrennung an der Hand des Schmieds zu behandeln. Dann hat sie Francesco die Hilfe verweigert und unseren Herrn übel beschimpft und verflucht. Der eine hat seinen Sohn verloren und der andere seine Frau und sein Kind. Das ist alles Teufelei!«

Der Mönch verharrte einen Augenblick nachdenklich, dann richtete er den Blick auf den alten Bauern.

»Welchen Beweis bringt ihr bei, dass diese Frau der Grund eurer Übel ist?«

»Was ich weiß«, hob der Bauer mit zittriger Stimme an, »ist, dass sie einen bösen Fluch auf unser Dorf gelegt hat und sich unser Friedhof in zwei Monden schneller gefüllt hat als sonst in vier Jahreszeiten. Sie ist eine Hexe! Nur die Flammen können uns vom bösen Fluch befreien!«

»Nun, nun, beruhigt euch. Ich verstehe natürlich, dass ihr aufgebracht seid, aber so einfach verbrennt man einen Menschen nicht. Diese Todesfälle müssen untersucht und diese Frau befragt werden. Ich werde mit dem Landvogt sprechen ...«

»Der ist nicht mehr nötig, der Vogt. Die Hexe ist geflohen ... und hier haben wir den Beweis für ihre Machenschaften mit dem Teufel!«

»Ah ja? Den würde ich gerne sehen.«

Der Bauer deutete ein zahnloses Lächeln an und zeigte auf den Karren.

»Hier ist er, der Beweis!«

Stutzig geworden, kam der Prior näher. Schweigend traten die Dorfbewohner beiseite. Don Salvatore griff mit respektvoller Geste nach dem Tuch, das die lang gestreckte Gestalt verhüllte, entblößte das Gesicht und dann den Leib.

Es handelte sich um einen Mann von ungefähr dreißig Jahren, recht schön, wenn auch sehr abgemagert. Er war völlig nackt. Auf der Seite nahe dem Herzen bemerkte der Prior eine lange Narbe. Der Mann atmete, sein Herz schlug, aber seine Augen waren geschlossen.

»Was hat das zu bedeuten?«, fragte der Mönch und wandte sich wieder den Dorfbewohnern zu.

Der Dorfvorsteher ergriff das Wort.

»Wir haben ihn im Keller des Hexenhauses entdeckt. Er lebt, aber er ist nicht bei sich. Das Weib hat ihn bestimmt mit einem bösen Zauber belegt. Neben ihm haben wir Pulver und Balsam gefunden. Und seht: Sie hat seine Füße und Hände mit den Zeichen des Dämons versehen ... das ist ein Besessener. Darum haben wir ihn zum Kloster gebracht!«

Der Mönch betrachtete die seltsamen geometrischen Zeichen, die mit Holzkohle auf die Füße und Handgelenke gemalt waren. Doch er sagte sich, dass sie kaum satanischen Symbolen ähnelten und vielleicht mit einer Heilmethode in Verbindung standen, denn sie waren mit einer bernsteinfarbenen Salbe überzogen. Er wandte sich an die Dorfbewohner:

»Kennt ihr diesen Mann?«

»Nein«, antwortete Giorgio. »Er stammt nicht aus unserem Dorf. Und wir fragen uns, wie er in die Fänge dieser Teufelin geraten ist!«

»Ja, in der Tat, eine merkwürdige Geschichte. Ihr habt gut daran getan, ihn herzubringen. Wir werden ihn hierbehalten. Und was euch angeht, lasst diese Frau in Ruhe. Sollte sie wieder auftauchen, lasst es mich wissen!«

»Ihr müsst ihn exorzieren … Er ist mit Sicherheit vom Teufel besessen!«

Statt einer Antwort deutete Don Salvatore ein Lächeln an. Er ließ den Verletzten ins Infirmarium, in die Krankenstube des Klosters bringen und verabschiedete die Dorfbewohner.

Am Abend berichtete er im Kapitelsaal der Gemeinschaft von diesem Ereignis. Er vertraute den Fremden dem Gebet der Gemeinschaft und Fra Gasparos Pflege an. Letzterer bestätigte dem Prior, dass die schwere Verletzung an der Seite von einem Dolch herrührte. Dieser hätte wohl sein Herz durchbohren sollen. Durch ein Wunder sei er mit dem Leben davongekommen und seine Wunde mit Latwergen hervorragend behandelt worden. Obwohl sein Puls schwach sei, funktionierten seine Organe. Aber er sei abwesend, verlöre sich in tiefem Schlaf. Die Brüder lauschten den Erklärungen des Priors. Dann machte Don Marco, ein hochbetagter ehemaliger Prior, Don Salvatore darauf aufmerksam, dass es gegen die Regel verstoße, einen Laien in die klösterliche Klausur aufzunehmen.

Tatsächlich lag die Krankenstube in den Räumlichkeiten, die nur den Mönchen vorbehalten waren. Wie alle Benediktinerabteien und -klöster bestand San Giovanni in Venere aus einer Kirche, einem Kreuzgang und aus Wohn- und Arbeitsgebäuden für die Ordensbrüder. Bei den meisten Abteien ist die Klausur, der wahre Kern des Klosters, von Wirtschaftstrakten umgeben, durch die die Mönche gehen, um sich nach außen zu begeben. Da sich hier jedoch die Abtei auf abschüssigem Gelände erhob, hatten die Erbauer die Kirche an der Westfassade, alle anderen Räumlichkeiten aber auf drei Ebenen dem Meer zugewandt errichtet. Auf der untersten Etage des Wirtschaftsgebäudes befanden sich die Küche sowie das Rezeptorium und das Gästehaus, die einzigen Räume, zu denen Personen von außerhalb des Klosters Zutritt hatten. Auf der mittleren Ebene waren das Refektorium, das Skriptorium, die Bibliothek, die Krankenstube und das Maleratelier untergebracht. Und schließlich im obersten Stock das Dormitorium der Mönche, die Latrinen und die Zellen des Abts und des Priors.

Don Salvatore gestand ein, dass er die heilige Regel gebrochen hatte, als er den Laien in die klösterliche Klausur bringen ließ. Er rechtfertigte seine Entscheidung mit dem äußerst schlechten Zustand des Kranken, der intensiver Pflege bedürfe, die außerhalb der Krankenstube nur schwer zu leisten sei. Er erinnerte seine Brüder daran, dass die Nächstenliebe, wie sie ihr Gründer verstand, die höchste Tugend sei, der niemand zuwiderhandeln dürfe, selbst wenn man gewisse Regeln bräche. Die Mehrheit der Brüder war von der Entscheidung ihres Priors nicht überzeugt, doch in Abwesenheit des Abts konnte niemand seinen Entschlüssen widersprechen.

Die Nacht senkte sich über das Kloster. Nach der Komplet zogen sich die Mönche in das Dormitorium zurück und Don Salvatore in seine bescheidene Zelle.

Dieser kräftige Mann von etwa fünfzig Jahren mit fein geschnittenem Gesicht, in dem schöne blaue Augen strahlten, war im Alter von siebzehn Jahren in den Orden eingetreten. Seine langen Studien hatten ihn zu einem Meister der Theologie und der Heiligen Schrift gemacht. Er war zum dritten Mal in das Amt des Priors des Klosters San Giovanni in Venere gewählt worden, hatte es nun seit zehn Jahren inne und traf bei Abwesenheit des Abts alle Entscheidungen. Dieser sanfte, demütige Mann war das Gegenteil von Don Theodoro, dem auf Lebenszeit gewählten Pater Abt, einem hartherzigen und herrischen Greis.

An diesem Abend fand er keine Ruhe. Er glaubte nicht an die Geschichte von Hexerei und teuflischer Besessenheit, ahnte aber dunkel, dass dieser verletzte Mann ihm noch manche Sorge bereiten würde.

Es war noch tiefe Nacht, als Fra Gasparo gegen die Zellentür des Priors trommelte.

»Kommt schnell, Don Salvatore!«

»Was ist?«, fragte der Prior, öffnete die Tür und streifte schnell sein Skapulier über.

»In der Krankenstube geht etwas Ungewöhnliches vor sich. Das Zimmer ist erleuchtet und von innen verriegelt … und Blut fließt unter der Tür heraus!«

DREI

Auf dem Weg dorthin sprach der Frater weiter.

»Ich bin kurz vor der Matutin aufgestanden, um die Wunde des Verletzten frisch zu verbinden. Als ich zur Krankenstube kam, sah ich zu meiner Überraschung, dass der Raum erleuchtet war. Und wie groß war erst mein Erstaunen, als ich feststellte, dass der innere Riegel vorgeschoben war! Unmöglich, die Tür zu öffnen … und plötzlich habe ich eine warme Flüssigkeit an meinen Sandalen gespürt. Als ich begriff, dass es Blut war, bin ich sofort zu Euch gelaufen, um Euch zu benachrichtigen. Man könnte glauben, es sei einem Stier die Kehle durchschnitten worden!«

»Wer hat heute Nacht in der Krankenstube geschlafen?«

»Nur dieser Verletzte, den die Bauern hergebracht haben.«

Mit diesen Worten erreichten die beiden Mönche die verschlossene Tür. Fra Gasparo erhellte die Schwelle mit seiner Fackel. Dem Prior würde übel, als er all das Blut sah, das sich unter seinen Füßen ausdehnte. Dann gab er dem Frater ein Zeichen, er möge ihm helfen, die Tür aufzubrechen. Der kleine Riegel gab brüsk nach, ein Bild des Grauens lag vor ihnen.

Der Raum wurde von einer an der Wand steckenden Fackel erleuchtet. Der Mann, den die Dorfbewohner gebracht hatten, lag auf dem Boden, mit geschwollenem Gesicht und ausgebreiteten Armen, aus seiner Wunde rann ein roter Strahl. Einige Meter von ihm entfernt lag noch ein Mensch in einer Blutlache.

»Mein Gott!«, schrie der Prior auf. »Fra Modesto! Er ... er ist ...«

»Aufgeschlitzt«, stellte Fra Gasparo mit bebender Stimme fest. »Ihm ist der Bauch mit der Kauterisierungsklinge, die ich neben den Verletzten gelegt hatte, aufgeschnitten worden«, sagte er, als er den scharfen Gegenstand neben der Leiche betrachtete.

»Was ist geschehen? Wer hat diese beiden abscheulichen Verbrechen in unseren Mauern begangen? ... Und warum?«

»Und wo ist der Mörder hin?«, fragte Fra Gasparo beunruhigt. »Da der Raum von innen verriegelt war ... muss er noch hier sein ...«

»Du hast Recht.« Der Prior griff nach einem Schürhaken.

Dann gab er dem Mönch ein Zeichen, den Schrank zu öffnen, denn dies war der einzige Ort, an dem sich ein Mensch hätte verbergen können. Mit klopfendem Herzen riss Fra Gasparo die Holztür auf. Nichts. Die beiden Männer blickten sich verdutzt an. Don Salvatore inspizierte die kleinen Luken auf Bodenhöhe, aber sie waren viel zu schmal, als dass ein Mensch oder auch nur ein Kind sich hätte hindurchzwängen können. Blieb noch der Kamin. Es gab nur noch diese eine

Möglichkeit: Der Mörder musste für seine Flucht ein Seil benutzt haben. Die Mönche inspizierten im Licht der Fackel die Kaminöffnung. Zu ihrer großen Überraschung fanden sie kein Indiz. Keinerlei Rußspuren auf dem Boden, keinerlei Abdruck an den Innenwänden.

»Es ist nicht zu verstehen«, meinte der Prior, als er mit dem Finger über den schwärzlichen Abzug fuhr. »Wenn jemand diesen Weg genommen hätte, hätte er unweigerlich Spuren auf den Wänden hinterlassen müssen.«

»Es ist ... es war der Teufel selbst ...«, flüsterte Fra Gasparo mit zittriger Stimme.

Bei diesen Worten konnte der Prior nicht umhin, an die Warnung der Dorfbewohner zu denken. Er vertrieb diesen Gedanken.

»Wir können diese beiden Leichen nicht so liegen lassen. Und der Mörder schleicht vielleicht noch in unseren Mauern umher ... Gleich wird es zur Matutin läuten, wir müssen ...«

»Er lebt noch!«, unterbrach ihn abrupt der Frater Krankenmeister, der sich über den Fremden gebeugt hatte. »Wenn er nicht zu viel Blut verloren hat und es mir gelingt, die Wunde wieder zu schließen, hat er eine Überlebenschance.«

Der Prior half Fra Gasparo, den leblosen Körper zurück auf das Bett zu hieven. Und während der Frater Krankenmeister versuchte, den Sterbenden zu retten, wusch er die Leiche von Fra Modesto. Sobald es zur Matutin läutete, überließ er dem noch verängstigten Frater die Pflege und lief durch den Kreuzgang in die Kirche, um das Stundengebet zu leiten.

Am Ende der Liturgie kündigte er den vierzig Mönchen ein außerordentliches Kapitel an. Fra Gasparo gesellte sich zu ihnen. Der Prior berichtete ihnen von den tragischen Ereignissen der Nacht, wobei er allerdings verschwieg, dass die Tür von innen verschlossen gewesen war, damit im Kloster nicht Panik ausbräche. Die Mönche schauten sich verblüfft an. Wer konnte an einem der Ihren ein solches Verbrechen begangen haben? Und warum der Versuch, auch den geheimnisvollen Verwundeten zu töten? Und außerdem, so fragten sie sich, was tat Modesto mitten in der Nacht in der Krankenstube? Es sei denn, er wäre woanders umgebracht und anschließend dorthin geschleppt worden. Den ganzen Tag über quälten sich die Mönche mit diesen Fragen. Um in Abwesenheit des Abts einen Skandal zu vermeiden, bat Don Salvatore die Gemeinschaft, über die geheimnisvollen Geschehnisse Stillschweigen zu bewahren. Nach draußen verkündete man, Fra Modesto sei infolge eines Unfalls gestorben.

Ab diesem Tag trafen die Mönche Vorkehrungen, die Klosterpforte Tag und Nacht zu überwachen.

Zwei Tage später wurde der unglückliche Frater auf dem Klosterfriedhof beigesetzt, der sich an die Abtei anschloss und dem Meer zugewandt war. Nach der Totenmesse begab sich Don Salvatore in Begleitung von Fra Gasparo in die Krankenstube. Am Bett des Mannes erkundigte er sich nach dessen Zustand.

»Dank der Gnade Gottes kommt er langsam zu Kräften«, kommentierte der Frater Krankenmeister. »Die Schwellungen im Gesicht sind oberflächlich, und es ist mir gelungen, seine Wunde wieder zu schließen. Doch nur wenige Stunden später wäre er verblutet.«

»Ist er nicht zu Bewusstsein gekommen?«

»Nein, noch immer nicht. Ich habe schon ähnliche Fälle erlebt. Manchmal verharren sie zwischen der Welt der Lebenden und der der Toten. Nur Gott allein kennt sein Schicksal.«

»Ja, sein Leben liegt in den Händen des Herrn«, murmelte der Prior, als er sich erhob.

Er ging zurück in seine Zelle, die ihm auch als Arbeitsraum diente. Er setzte sich und brachte die Ereignisse des Tages zu Papier. Dieser Bericht war für den Abt gedacht, der in einigen

Wochen von einer langen Auslandsreise heimkehren würde. Don Salvatore zitterte schon bei dem Gedanken, dem jähzornigen Don Theodoro die schreckliche Neuigkeit mitteilen zu müssen.

Dieser siebzigjährige Verfechter von Ordnung und Disziplin würde es nicht versäumen, den Prior daran zu erinnern, dass sich bislang in seiner mehr als dreißigjährigen Amtszeit nicht ein einziger größerer Vorfall ereignet hatte. Darum wollte Don Salvatore dieses entsetzliche Verbrechen vor der Rückkehr seines Superiors aufklären. Doch bedauerlicherweise hatte niemand in dieser Nacht irgendetwas gesehen oder gehört, und man hatte nicht eine einzige vom Mörder hinterlassene Spur finden können. Man wusste nur durch Aussagen mehrerer Brüder, dass der arme Modesto zwischen Komplet und Matutin aufgestanden und aus dem Dormitorium gegangen war. Doch da sich dieser fromme Schlaflose manchmal in die Krypta der Kirche begab, um des Nachts zu beten, hatte sich niemand etwas dabei gedacht. Der Prior überlegte, dass der Frater auf seinem Weg durch den Kreuzgang ein verdächtiges Geräusch aus der Krankenstube vernommen haben musste. Und als er sie betreten hatte, war er wahrscheinlich auf einen Menschen gestoßen, der den Verletzten zu ersticken suchte, wie es die Spuren in dessen Gesicht vermuten ließen. Der Mönch hatte sich wohl dazwischengeworfen und war selbst zum Opfer des grauenhaften Mörders geworden. »Das scheint möglich«, sagte sich der Prior. »Aber wie hat er fliehen können, ohne von innen die Tür zu entriegeln?«

Mit diesen quälenden Fragen kniete sich Don Salvatore vor die Ikone der Jungfrau Maria, die in einer Nische neben seinem Bett hing.

Das Benediktinerkloster San Giovanni in Venere verfügte über ein Ikonenatelier. Diese Holztafelbilder, die Christus, die Jungfrau Maria oder die Heiligen darstellen, waren in der orthodoxen Ostkirche sehr verbreitet. Doch seit dem großen

Schisma im 11. Jahrhundert zwischen Ost- und Westkirche hatten die lateinischen Kirchen Statuen oder Kirchenfenster mit biblischen Motiven vorgezogen. Der Abt des Klosters San Giovanni in Venere hatte jedoch von einem Aufenthalt im Osten eine ausgesprochene Vorliebe für diese gemalten Heiligenbilder mitgebracht. Er hatte zwei für die Malerei besonders begabte Fratres auf die Insel Kreta entsandt, damit sie dort die Technik lernten. Einer der beiden war gestorben, doch der andere, Fra Angelo, übte noch immer seine Kunst in einem kleinen Atelier neben der Krankenstube aus. Daher zierten zahlreiche Ikonen die Klosterkirche und auch manche klösterlichen Räume wie das Refektorium, den Kapitelsaal sowie die Zellen des Priors und des Abts.

Don Salvatore beichtete der Mutter Jesu die Sorgen, die ihn in Unruhe versetzten. Dann vertraute er ihr das Leben und vor allem die Seele des Mannes an, der so plötzlich in das wohlgeordnete Leben des Klosters eingedrungen war. Als guter Schüler der Lehren Aristoteles' und Thomas von Aquins war er wenig geneigt, an Manifestationen des Übernatürlichen zu glauben. Oder zumindest suchte er für jedes scheinbar seltsame Phänomen zuerst nach einer vernunftgemäßen Erklärung. Dank dieser weisen Haltung hatte er falsche Manifestationen Gottes oder des Teufels entlarvt, manches Mal sogar bei einigen seiner etwas zu überspannten Mönche. Doch dieses Mal fragte er sich, ob nicht vielleicht doch der Teufel bei den Ereignissen der letzten Tage seine Hand im Spiel hatte.

In diesem Moment trommelte es trotz der späten Stunde wieder an seine Zellentür.

VIER

»Oh Herr, was ist nun schon wieder vorgefallen?«, dachte der fromme Mann, als er sich mühsam erhob, um zu öffnen.

Fra Gasparo hatte seine Kapuze hochgeschlagen, wie es die Regel nach der Komplet erfordert, und schien sehr aufgeregt.

»Er hat die Augen geöffnet! Der Verwundete ist zu Bewusstsein gekommen.«

Der Prior war erleichtert, endlich eine gute Nachricht zu vernehmen. Sogleich folgte er dem Frater Krankenmeister, denn es drängte ihn, den Fremden selbst zu den tragischen Ereignissen des Vorabends zu befragen.

»Er hat noch kein einziges Wort gesagt«, berichtete Fra Gasparo weiter. »Aber er liegt ganz ruhig da mit weit offenen Augen, und starrt die Decke an.«

Die beiden Mönche betraten die Krankenstube. Don Salvatore beobachtete mit Staunen den Gesichtsausdruck des Verletzten. Der Mann schien abwesend zu sein, und sein Antlitz war derart eingefallen, dass die Wangenknochen hervorstachen, doch seine tiefdunklen Augen waren von feierlichem Ernst durchdrungen und schienen mit dem Innersten seines Seins verbunden. In diesem Augenblick begriff Fra Salvatore, dass dieser Mann aus einem Abgrund wiederkehrte. Er ahnte ein Schicksal, das tragisch und glänzend zugleich sein musste. »Dieser Mann«, sagte er sich, »hat sicherlich das Paradies und die Hölle kennen gelernt.«

»Hört Ihr mich, mein Freund?«, flüsterte der Mönch in das Ohr des Kranken. »Vielleicht versteht Ihr mich und könnt mir nur nicht antworten«, fuhr er leise fort.

Nach einem kurzen Schweigen griff er nach seiner Hand.

Der Mann zeigte zuerst keinerlei Reaktion. Dann wandte er langsam den Kopf dem Prior zu und sah ihn an, ohne aber zu sprechen. Don Salvatore versuchte, in dessen Augen ein stummes Wort auszumachen. Vergebens. Kurz danach wandte der Mann den Blick ab und lenkte ihn wieder zur Decke.

Der Prior entzog ihm die Hand und ging langsam zur Tür. Fra Gasparo überprüfte den Verband, der um die Brust des Verletzten gewickelt war, und stellte sich neben Don Salvatore.

»Ihm ist bewusst, was ihn umgibt, aber er scheint sich nicht seiner selbst bewusst zu sein«, flüsterte Don Salvatore. »Vielleicht hat er sein Gedächtnis verloren.«

»Ja, das kann infolge eines starken Schocks auftreten«, stimmte der Frater Krankenmeister zu. »Das ist auch einer Schwester meiner Mutter zugestoßen, nachdem sie zusehen musste, wie ihr Mann von einem Karren zu Tode gequetscht wurde.«

»Hat sie ihr Gedächtnis wiedergefunden?«

»Ja, nach über einem Jahr.«

»Wie ist es dazu gekommen?«

»Beinahe zufällig. Eines Tages hat ein Händler Spielzeug ausgepackt. Meine Tante blieb erstarrt stehen und sah auf eine kleine Stoffpuppe. Sie konnte ihren Blick nicht von ihr lassen. Und dann ist mit einem Mal ein Teil ihrer Erinnerung zurückgekehrt. Sie hat sich zu meiner Mutter gedreht und gesagt: ›Sieh doch, wie sehr sie der Puppe ähnelt, um die wir uns früher gestritten haben.‹ Von da an sind ihr Tag für Tag Ereignisse ihrer Vergangenheit wieder eingefallen, bis sie wieder ganz bei sich war.«

»Höchst interessant«, meinte der Prior und blieb vor der Tür seiner Zelle stehen. »Hast du den Blick dieses Mannes bemerkt?«

»Ja, traurig und tiefgründig«, antwortete Fra Gasparo nach kurzem Nachdenken.

»Gewiss. Aber ich habe darin auch Geist, Klugheit gesehen. Ich würde beinahe wagen zu behaupten … Wissen. Dieser Mann ist kein Bauer.«

»Er hat nicht die Hände dazu. Vielleicht ein Händler?«

»Ich würde eher vermuten, ein Künstler oder ein Gelehrter, aber meine Phantasie könnte mir einen Streich spielen. Pflege ihn weiterhin sorgsam, und befrage ihn, so oft du kannst. Lass mich wissen, wenn er auch nur das geringste Wort spricht.«

Die Mönche trennten sich. Beiden fanden nur schwer in den Schlaf. Don Salvatore betete erneut für den Unbekannten zur Jungfrau Maria. Er erflehte, dass er sein Gedächtnis wiederfinden möge, damit der unerklärliche Mord an Fra Modesto aufgeklärt würde sowie das Verbrechen, dem er beinahe selbst zum Opfer gefallen wäre, und er empfand auch Mitgefühl für ihn. Sein Blick hatte sein Herz berührt. Er dachte noch einmal an Fra Gasparos Tante und sagte sich, dieser Mann könnte eine Mauer zwischen sein Bewusstsein und seine Vergangenheit gezogen haben, um ein unerträgliches Bild im Dunkeln zu lassen. Aber welches? Wie konnte man ihm helfen, sein Gedächtnis wiederzufinden? Wie war er in die Hütte jener Heilerin geraten, die die Dorfbewohner, ob zu Recht oder zu Unrecht, der Hexerei anklagten?

Das Gebet des Mönchs verwandelte sich in allzu viele Fragen, und schließlich nickte er vor der Marienikone ein, bis ihn die Glocke zur Matutin hochschrecken ließ.

In den folgenden Tagen machte der Zustand des Verletzten beträchtliche Fortschritte. Da er eine recht gute Konstitution hatte, kehrten seine Kräfte mit einer Geschwindigkeit zurück, die den Frater Krankenmeister überraschte. Acht Tage nachdem er zu Bewusstsein gekommen war, konnte er bereits sein Lager verlassen und einige Schritte tun. Fra Gasparo fürchtete, ein Sturz könnte seine Wunde wieder aufreißen, doch Don Salvatore ermutigte ihn, den Verletzten in seinem Wunsch zu unterstützen, seine Beweglichkeit zurückzugewinnen und den Ort, an dem er sich befand, zu erkunden.

Mal auf den Frater Krankenmeister gestützt, mal auf den Prior, machte der Kranke bald jeden Tag einige Schritte mehr. Er verließ die Krankenstube und ging über den Flur, von dem die Gemeinschaftsräume auf diesem Stockwerk abgingen: das Refektorium, das Skriptorium, die Bibliothek und das Ikonenatelier. Am Ende des Flurs betrat er schließlich den Kreuzgang. Bald gelang es ihm, ihn langsam in Gänze zu umschreiten. Jeden Tag hoffte Don Salvatore darauf, dass er sein Gedächtnis wiedererlangte, und versäumte nicht, besonders auf seinen Blick zu achten. Doch der Mann blieb stumm, nichts in seinen Augen schien eine Gefühlsregung zu verraten oder die Rückkehr einer vergrabenen Erinnerung.

Bald darauf musste der Prior Kommentare einiger Brüder hinnehmen, die darauf drängten, der Kranke müsse aus der Klausur verschwinden und ins Gästehaus verlegt werden. Don Salvatore verwehrte sich dagegen mit dem Argument, der Mann sei Ziel zweier Mordversuche gewesen und es sei zu gefährlich, ihn in diesem Zustand aus der Klausur, die mittlerweile strengstens bewacht wurde, zu entlassen. Doch seine Erklärungen befriedigten jene Mönche nicht, die auf die strikte Befolgung der Regel pochten. Der Prior wusste, dass er dem Abt, sobald dieser von seiner Reise zurückkehrte, über diese gewagte Entscheidung würde Rechenschaft ablegen müssen. Er wusste auch, dass der Abt sein Verhalten missbilligen und den Kranken aus dem Kloster jagen könnte. Die Tage, die ihm verblieben, waren von nun an gezählt, denn der Abt hatte für Ostern seine Rückkehr angekündigt. Dem Prior blieben also nicht einmal drei Wochen für seine Bemühungen, dem Unbekannten sein Gedächtnis zurückzugeben und mit dessen Hilfe Licht in das Dunkel um den ebenso abscheulichen wie geheimnisvollen Mord an Fra Modesto zu bringen.

Doch kurz nach dem Abendgebet suchte Fra Angelo, der Ikonenmaler des Klosters, Don Salvatore auf und teilte ihm eine höchst sonderbare Neuigkeit mit.

FÜNF

Kurz nach der Komplet fiel mir ein, dass ich vergessen hatte, das Maleratelier abzuschließen«, flüsterte Fra Angelo aufgeregt dem Prior zu, der ganz Ohr war. »Ich kehrte also um und entdeckte, dass die Tür einen Spalt offen stand und der Raum erleuchtet war. Ich schlich mich vorsichtig heran und lugte hinein. Zu meiner großen Überraschung sah ich den Verletzten im Licht einer Fackel an meinem Tisch sitzen und auf einer grundierten Holztafel, die ich liegengelassen hatte, etwas einritzen.«

»Du willst sagen, er hat sich deinen Stichel genommen und graviert die Zeichnung für eine Ikone?«

»Keine Ahnung! Ich habe nicht hineingehen wollen. Ich bin gleich zu Euch geeilt, um Euch davon zu berichten ...«

»Gut gemacht«, meinte der Prior und zog den Mönch rasch mit sich zum Maleratelier. »Sehen wir nach, was daran ist.«

Als die beiden Mönche auf den Gang kamen, stellten sie fest, dass das Atelier nun in Dunkelheit getaucht war.

»Hoffentlich ist nichts passiert«, murmelte der Prior ängstlich.

Sie betraten den Raum, den sie bis in den kleinsten Winkel mit ihrer Fackel ausleuchteten. Der Mann war verschwunden und bestimmt in die Krankenstube zurückgegangen. Doch als das Licht auf den Arbeitstisch fiel, stieß Fra Angelo unwillkürlich einen leisen Schrei aus.

Auf die mit einer dünnen Kreideschicht grundierte Holztafel hatte der Mann ohne Gedächtnis eine Heilige Jungfrau skizziert, die zärtlich das Jesuskind in ihren Armen hielt. Die Züge waren prächtig, die Proportionen vollkommen.

»Beim heiligen Benedikt, das ist verblüffend!«, stieß Fra Angelo aus. »Eine Mutter der Barmherzigkeit! Wie hat er einen solchen Umriss in so kurzer Zeit zuwege gebracht ... und ohne Vorlage?«

»Willst du sagen, er hat sich nicht an einer bereits gemalten Ikone inspirieren können?«, fragte Don Salvatore, der mit seinen Blicken den Raum nach möglichen Vorbildern absuchte.

»Unmöglich! Ich habe diese Jungfrau nie gemalt. Das ist eine Ikone aus der Schule des berühmten russischen Malers Andrej Rubljow, der im 14. Jahrhundert gelebt hat.«

»Was bedeutet, dass unser Mann diese Ikone schon einmal gemalt hat«, kommentierte der Prior nachdenklich.

»Ganz bestimmt. Und des Öfteren, wenn ich seine sichere Linienführung betrachte. Aber diese Kunst hat er keinesfalls in Italien erlernen können.«

»Kennst du einen Ort, wo man diese Mutter der Barmherzigkeit malt?«, fragte Don Salvatore, der stutzig wurde.

Fra Angelo strich sich mit dem Finger flüchtig über die Lippen und dachte einen Moment nach.

»Soweit ich weiß, gibt es auf der ganzen Welt nur zwei Ateliers, wo man in der Lage ist, diese Marienbilder zu malen«, sagte er dann. »Das eine ist das große russische Kloster Sagorsk, nicht weit von Moskau.«

»Moskau!«, rief der Prior.

»Das zweite liegt auf einer griechischen Halbinsel, auf der ausschließlich Mönche leben und sich russische Maler niedergelassen haben: der Berg Athos.«

»Das würde bedeuten, unser Mann müsste in Russland oder in Griechenland gelebt und dort die Ikonenmalerei erlernt haben«, schloss der Prior.

Fra Angelo wandte sich ihm zu. »Ja. Aber nur einigen

wenigen Laien ist gestattet, an diesen heiligen Stätten der Orthodoxie zu malen … unser Patient ist möglicherweise ein Mönch!«

SECHS

Um die angespannte Atmosphäre im Kloster nicht noch anzuheizen, beschloss Don Salvatore, diese erstaunliche Entdeckung geheim zu halten. Er befahl Fra Angelo, künftig sein Maleratelier offen zu lassen und die Taten und Gesten des Gedächtnislosen zu beobachten, ohne ihn jedoch je bei seiner Arbeit zu stören.

Jeden Abend, kaum waren die Mönche in den Schlaf gesunken, kam der Mann ins Atelier und arbeitete an seinem einmal begonnenen Werk weiter. Stets ließ er die Ikone an Ort und Stelle liegen, ohne sich um irgendetwas anderes zu kümmern.

Nachdem er die Zeichnung der Jungfrau mit dem Kind fertig graviert und Blattgold auf die Umrisse der Dargestellten aufgebracht hatte, hatte er sorgsam seine Farbpigmente gewählt, sie mit Eigelb vermischt und zu malen begonnen. Über die dunkelsten Farbschichten der Haut und der Kleidung trug er nach und nach hellere Farben auf, und die Ikone nahm mit erstaunlicher Geschwindigkeit einen lebendigen Ausdruck an.

Fra Angelo war verblüfft über die Kunstfertigkeit des Malers und die Feinheit des Faltenwurfs im Mantel der Jungfrau, ein Merkmal großer Ikonenmaler. Der Prior sah darin den offenkundigen Beweis, dass ihn seine Intuition nicht getäuscht hatte. Welch unglaubliches Schicksal hatte einen orthodoxen Mönch, einen Ikonenmaler, dazu geführt, schwer verletzt und von einer Heilerin mitten im italienischen Bergmassiv der Abruzzen aufgenommen zu werden? Welch schwerwiegendes Geheimnis lastete auf ihm, dass man noch im Schoße des Klosters versuchte, ihn umzubringen, und ohne zu zögern einen anderen Mönch, der zu seiner Verteidigung herbeigeeilt war, brutal ermordete? Don Salvatore war nur noch von einem einzigen Gedanken besessen: die Identität und die Geschichte dieses Mannes aufzudecken. Aber wie?

Eines Morgens kam dem Prior während den Laudes ein neuer Gedanke, dem er sofort den Heiligen Geist als Vater zuerkannte, so glänzend schien er ihm. Vielleicht hatte der Mann ohne Gedächtnis auf dem berühmten Berg Athos gelebt! Und Don Salvatore pflegte eine enge Beziehung zu einem reichen Händler aus Pescara, Adriano Toscani, der häufig der Geschäfte wegen nach Griechenland reiste. Warum ihn nicht mit der Aufgabe betrauen, mit einem von Fra Angelo gezeichneten Porträt des Verletzten nach Athos zu fahren, um Erkundigungen über diesen mysteriösen Ikonenmaler einzuholen? Er schickte nach dem Händler, der es gerne auf sich nahm, nach Athos zu segeln, zumal er ohnehin gerade Anstalten machte, ein Schiff nach Griechenland zu heuern. Athos lag nur fünf, sechs Tage von Pescara entfernt. In höchstens zwei Wochen, versicherte er, sei er zurück.

Don Salvatore flehte zum Himmel, dass der Abt nicht zurückkäme, bevor Toscani seine Mission zu einem guten Ende gebracht hätte.

Während er beklommen auf dessen Heimkehr harrte, begab er sich jeden Abend in das Atelier, um die Fortschritte der Arbeit des Malers in Augenschein zu nehmen. Ein Detail hatte die beiden Mönche in Erstaunen versetzt: Der Mann hatte das Gesicht, die Kleidung, die Hände beinahe fertig, hatte jedoch seltsamerweise die Augen der Heiligen Jungfrau ausgespart. Fünf Tage nach Toscanis Abreise sah Don Salvatore, dass die Ikone fertig war und der Maler begonnen hatte, die Augen zu malen. Der Prior beugte sich über das nahezu vollendete Werk und bemerkte, dass die Augen der Jungfrau geschlossen waren. »Eine Jungfrau mit geschlossenen Augen! Nie habe ich etwas Ähnliches gesehen oder davon gehört.«

Als seine Überraschung sich gelegt hatte, wurde Don Salvatore die anrührende Schönheit der Jungfrau bewusst. Dieses Detail brachte das sanfte Lächeln zur Geltung, das der Maler in den Mundwinkeln der Muttergottes angedeutet hatte, und verlieh ihr eine unermessliche Tiefgründigkeit und Zartheit. Maria sah aus, als wäre sie in innere Betrachtung versunken. Weit davon entfernt, ihr einen Ausdruck von Abwesenheit zu verleihen, verstärkte diese Innerlichkeit ihre Hinwendung zum Jesuskind.

»Von dieser Ikone geht eine erschütternde Kraft aus«, murmelte Don Salvatore, dem die Gemütsbewegung die Kehle zuschnürte.

Lange verharrte er reglos und mit geschlossenen Augen vor der Ikone der Muttergottes. Seine Neugier hatte sich zu einem Gebet gewandelt und sein Gebet zu Tränen, die er nicht zurückhalten konnte. Niemals zuvor hatte ihm ein Gemälde in diesem Maße die liebende Gegenwart der Maria vermittelt. »Diese Ikone ist ein absolutes Meisterwerk«, sagte er sich. »Sie kann nur das Werk eines Mannes sein, der durch die Hölle seiner Leidenschaften gegangen ist und sie überwunden hat. Eines Mannes, der zum Ausdruck bringt, dass die göttliche Barmherzigkeit wie die Liebe einer Mutter ist. Dass sie stärker ist als der Tod …«

Ein rauer Schrei riss Don Salvatore aus seinen Überlegungen. Er eilte aus dem Atelier. Wenige Meter weiter, vor der Krankenstube, sah er den Mann ohne Gedächtnis mit schreckensweiten Augen stehen. Der Mönch stürzte auf ihn zu, wollte ihn befragen. Doch auch wenn der Mann zum ersten Mal mit den Augen sprach, kam ihm noch kein Wort über die Lippen. Er streckte den Arm in Richtung Krankenstube, die in völliger Dunkelheit lag. Der Prior leuchtete mit seiner Fackel in den Raum und stieß seinerseits einen Schreckensschrei aus.

Ein Mönch lag auf dem Rücken, mit weit aufgerissenen Augen und wirrem Blick, als hätte er den Teufel in Person erblickt. Er war tot.

SIEBEN

Fra Anselmos plötzliches Ableben teilte der Prior am nächsten Morgen nach den Laudes der Gemeinschaft mit. Um die verhängnisvollen Auswirkungen einer Panik zu vermeiden, hatte der Prior mit dem Frater Krankenmeister die ganze Nacht die Todesursache untersucht. Es drängte sich die Schlussfolgerung auf, dass der unglückselige Frater an einem starken Gift gestorben war. Mit Beharrlichkeit war es den beiden Mönchen gelungen, den möglichen Hergang des Geschehens zu rekonstruieren. Der Mann ohne Gedächtnis war ihnen dabei keine Hilfe, denn er war, nachdem er den Prior aufgeschreckt hatte, völlig zusammengebrochen und in einem Zustand, der sich seither kaum gebessert hatte.

Ausgehend von vielen Indizien hatten die beiden Mönche eine Hypothese aufgestellt, die den Tod des Mönchs erklären könnte.

Nach der Komplet musste er sich in die neben dem Refektorium liegende Küche begeben haben. Dort hatte er einen Kelch warmen, mit Heilkräutern vermischten Wein getrunken, der für den Gedächtnislosen bestimmt war und den der Frater Krankenmeister jeden Abend nach dem letzten Stundengebet zubereitete. An diesem Abend war Fra Gasparo dringend an das Bett eines Mitbruders gerufen worden, den heftige Bauchkrämpfe plagten. Darum hatte er das noch heiße Gebräu in der Küche stehen lassen. Aus unbekanntem Grund hatte Fra Anselmo den Weinkelch gesehen und ausgetrunken. Doch inzwischen hatte jemand ein starkes Gift hineingemengt. Der Mönch musste wohl schnell gemerkt haben, dass er sich vergiftet hatte. Er war in die Krankenstube geeilt, in der Hoffnung, dort ein Gegenmittel zu finden. Doch blieb ihm dazu nicht die Zeit, und er starb vor den Augen des Mannes ohne Gedächtnis, der gerade, aus dem Maleratelier kommend, in die Krankenstube trat. Sein Schrei hatte den Prior alarmiert.

Auch wenn diese Hypothese die Verkettung der Geschehnisse verständlich machte und auf eindeutigen Indizien beruhte, so lieferte sie jedoch keine Antwort auf die wichtigste Frage: Wer hatte das Gift in den für den Gedächtnislosen bestimmten Weinkelch gemischt? Denn in den Augen der beiden Mönche war es am wahrscheinlichsten, dass jemand ein weiteres Mal versucht hatte, den Unbekannten zu ermorden. Nach dieser Hypothese wäre Fra Anselmo seiner Genusssucht zum Opfer gefallen.

Doch wieder überzeugte die Erklärung nicht alle Brüder. Manche sahen hier das Böse am Werk und andere den Mann ohne Gedächtnis, was den Vorteil hatte, gleich einen idealen Schuldigen bei der Hand zu haben.

Die Hypothese des Priors wies nämlich in den Augen der Gemeinschaft auf eine beunruhigende Möglichkeit hin: Eine dritte Person musste das Gift in den Kelch gegeben haben. Da aber die Klausur nach dem ersten Verbrechen völlig abgeriegelt worden war, drängte sich ein entsetzlicher Schluss auf: dass der Mörder einer der Mönche der Gemeinschaft war.

ACHT

In diese von Argwohn und Verunsicherung geprägte Atmosphäre kehrte Don Theodoro, der Pater Abt, zurück. Noch ehe er die Schwelle des Klosters betrat, hatte ihn ein Mönch, der ihm ohne Wissen des Priors entgegengereist war, von den Ereignissen in Kenntnis gesetzt. Mit seinem Gefolge von fünf Mönchen, die ihn auf seiner weiten Rundfahrt begleitet hatten, traf er bei einbrechender Nacht im Kloster ein und begab sich während der Komplet in die Kirche. Die Mönche waren erleichtert, ihren Abt wiederzusehen. Bevor er die Kirche verließ, flüsterte er dem Prior zu, er möge ihn in einer Stunde, wenn er einen Imbiss zu sich genommen hätte, in seiner Zelle aufsuchen.

Zu besagter Stunde klopfte Don Salvatore dreimal kurz an die Tür, die einen Spalt offen stand.

»*Deo gratias*«, murmelte Don Theodoro mit müder Stimme.

Der Prior trat in das von zwei Kerzen erleuchtete Zimmer des Abts. Dieser, über die Seiten eines großen Buchs gebeugt, hob nicht einmal den Kopf zum Gruß.

»Ich kehre erschöpft von einer langen Reise zurück und stelle voller Betrübnis fest, dass an diesem Ort die Regel nicht mehr respektiert wird«, seufzte der Alte.

Don Salvatore begriff, dass der Abt bereits von allem wusste. Er hatte ihn nicht zu dieser späten Stunde zu sich bestellt, um etwas in Erfahrung zu bringen, sondern um ihm Vorwürfe zu machen.

Als Zeichen der Demut küsste der Prior das Skapulier Don Theodoros und antwortete: »Möge Gott mir vergeben, wenn ich meinen Pflichten nicht nachgekommen bin, aber ich habe nichts tun können, um diese beiden schrecklichen Morde zu verhindern ...«

»Lassen wir für einen Moment diese Morde beiseite«, unterbrach ihn schroff der Abt. »Sie sind nichts anderes als die Folgen Eurer Nachlässigkeit.«

Der Prior war wie vor den Kopf geschlagen. Don Theodoro las weiter in seinem Buch. Und in demselben von Müdigkeit durchdrungenen Tonfall setzte er wieder an: »Ich habe erfahren, dass eine Person, die das Gedächtnis verloren haben soll, sich seit mehreren Wochen unter unserem Dach befindet, und zwar auf Euren ausdrücklichen Wunsch. Wisst Ihr etwa nicht, dass unsere Ordensregeln es uns untersagen, Laien, auch wenn sie verletzt sind, in der Klausur des Klosters aufzunehmen?«

»Ich könnte Euch, wenn Ihr es wünscht, auf der Stelle alles erzählen, was ich über ihn weiß. Ihr könntet dann selber urteilen, ob ich schlecht gehandelt habe, als ich ihn hierbehielt.«

»Nun denn«, seufzte der Pater Abt erneut, ohne den Blick von seinem Arbeitstisch zu wenden.

Don Salvatore berichtete von den Umständen, unter denen er den Verletzten aufgenommen hatte, und vom sonderbaren Mord an Fra Modesto.

»Sehr gut«, meinte der Pater Abt leicht gereizt. »Ich kenne die Abfolge der Vorkommnisse. Aber Ihr habt mir noch immer nicht gesagt, warum sich dieser Mann noch in unserer Gemeinschaft befindet, die, soviel ich weiß, kein Hospiz ist!«

»Da gebe ich Euch gerne Recht, Don Theodoro, doch ... dieser Mann hat etwas Besonderes ...«

Zum ersten Mal warf der Superior einen Blick auf seinen Gesprächspartner. In seinen kalten kleinen Augen, die in von Jahren des Fastens und der Buße geprägten dunklen Höhlen lagen, blitzte Überraschung auf.

Durch dieses Zeichen des Interesses ermutigt, setzte Don Salvatore seinen Bericht mit mehr Begeisterung fort.

»Kaum hatte er die Lider aufgeschlagen, berührte mich sein Blick und weckte meine Neugier. Hinter diesem zerschlagenen Körper und diesen verstörten Augen vermutete ich die Gegenwart einer großen Seele. Ich meinte zu ahnen, dass dieser Mann eine Geschichte hat, die es wert ist, gehört zu werden. Ich habe darum beschlossen abzuwarten, bis er einige Fortschritte macht, um ihn befragen zu können. Leider hat der Mann, obwohl seine Gesundheit wiederhergestellt ist, noch nicht das geringste Wort gesprochen und wirkt genauso abwesend wie in den ersten Tagen.«

»Gut, gleich morgen geht er in das Hospiz San Damiano. Es ist nicht unsere Berufung, Verrückte zu pflegen«, erwiderte der Abt mit Nachdruck.

»Auch ich hätte dies sicherlich veranlasst ... hätte sich nicht vor einigen Wochen etwas Unerwartetes ereignet, das mein erstes Gefühl bestätigt hat.«

Der Abt kniff die Augen zusammen. Don Salvatore berichtete ihm von der Ikone und den Worten Fra Angelos, nach denen der Mann ein Mönch vom Berg Athos sein konnte.

Der Prior hielt inne und suchte in den Augen seines Vorgesetzten nach einer Reaktion. Doch Don Theodoro blieb stumm, musterte ihn nur mit seinem Adlerblick.

»Um uns Gewissheit zu verschaffen«, fuhr er fort, »habe ich den Händler Toscani, der gerade eine Schiffsladung Gewürze aus Griechenland holt, gebeten, einen kurzen Halt auf Athos zu machen. Unser Freund ist mit einem Porträt des Verletzten, das Fra Angelo vor genau vierzehn Tagen gezeichnet hat, von Pescara aufgebrochen. Er könnte schon morgen zurückkehren.«

Don Theodoro brachte endlich die Zähne auseinander und meinte ironisch: »Ausgezeichnete Idee! Auf die Weise erfahren wir zweifellos, dass unser Mann ein orthodoxer Mönch ist, der bei dem Versuch, seinem Kloster zu entfliehen, von einer Lanze durchbohrt wurde, bevor er schwimmend das Meer überquerte, um sich zu einer Hexe zu flüchten, die ihn nicht weit von hier gepflegt hat!«

»Sein Aufenthalt auf Athos könnte länger zurückliegen, und der Mann könnte seither andere Schicksalsprüfungen durchlebt haben«, sagte Don Salvatore, ohne sich von der Arroganz des Pater Abts, an die er gewöhnt war, aus der Ruhe bringen zu lassen. »Ich erwarte von Toscani nur, dass er die Identität und die Geschichte dieses Unglücklichen mitbringt oder einige Indizien, die ihm helfen, sein Gedächtnis wiederzuerlangen: einen Namen, ein bedeutsames Erinnerungsstück, das ihn vielleicht aus seinem inneren Gefängnis befreit.«

Ein drückendes Schweigen machte sich in der Zelle des Abts breit.

»Ihr glaubt also, aus Nächstenliebe zu handeln?«, stieß endlich der alte Mönch hervor und musterte Don Salvatore noch eindringlicher.

»Es scheint mir so, ja …«, entgegnete der Prior etwas verunsichert.

»Und ich glaube, Anlass für Eure Aufmerksamkeit für diesen armen Tropf ist keineswegs die Nächstenliebe.«

»Und … was ist es dann?«

»Neugier.«

»Neugier?«

»Ja, das unbezähmbare Verlangen, wissen zu wollen«, hielt ihm Don Theodoro entgegen, der jedes einzelne Wort mit einer gewissen Befriedigung überdeutlich hervorstieß. »Ihr meintet vom heiligen Mitgefühl beseelt zu sein, während Ihr doch nur der Versuchung eitlen Wissens nachgegeben habt. Im Grunde zählt für Euch das Schicksal dieses Mannes wenig, vielmehr wollt Ihr Euch daran delektieren, seine Vergangenheit, seine Geschichte, seinen Namen herauszufinden!«

»Vielleicht hat sich zu meinem Eifer, diesem Manne zu helfen, eine sehr menschliche Neugier zur göttlichen Nächstenliebe hinzugesellt«, bekannte der Prior demütig. »Aber trägt Christus uns nicht auf, ›die Spreu vom Weizen zu trennen‹?«

»Wir dürfen uns nicht auf die Heilige Schrift berufen, um unsere schändlichsten Neigungen zu rechtfertigen!«, erwiderte der Pater Abt, der mit einem Mal Zorn in sich aufsteigen fühlte.

»So menschlich die Neugier auch ist, wird sie nicht von den Philosophen eher als eine Tugend denn ein Laster gerühmt? Beteuert nicht der große Aristoteles, das Staunen stehe am Ursprung der Philosophie?«, fuhr der Prior fort, der im intellektuellen Wortgefecht, in das der Abt ihn zog, nicht klein beigeben wollte. »Und hat nicht Thomas von Aquin daran erinnert, dass es die philosophische Fragestellung ist, welche die größten Philosophen des Altertums zur Erkenntnis des einzigen Schöpfers geführt hat?«

»Ich kann nicht als maßgebend ansehen, was Aristoteles oder Platon dachten«, wetterte Don Theodoro. »Ihr wisst sehr wohl, dass ich den allzu bedeutenden Rang, den manche unserer Theologen diesen heidnischen Denkern zuerkennen, nicht schätze. Ich für meinen Teil berufe mich lieber auf die Heilige Schrift, die uns beweist, dass die Neugier die Mutter allen Lasters ist; das erste aller Übel, das den Menschen zum Sünder werden lässt. Denn die Erbsünde rührt ganz allein von Evas Verlangen, den Geschmack der verbotenen Frucht kennen zu lernen. Ihre Neugier, ihre Lust, wissen zu wollen, hat sie trotz des göttlichen Verbots gedrängt, eine Frucht vom Baum der Erkenntnis des Guten und des Bösen zu essen. Und auch die Verführung des Wissens, der Kenntnis allein der Kenntnis wegen, hat Adam dazu gebracht, seiner Frau in ihrem Sündenfall nachzufolgen. Und Ihr, Don Salvatore, Ihr glaubt, ein Werk der Nächstenliebe zu tun, aber unsere eigenen Regeln brechend, seid Ihr für diesen Mann nur eingetreten, um Eure eigene Neugier zu befriedigen, und habt andere Brüder zu Komplizen Eurer Verfehlung gemacht. Es ist doch bekannt: Wenn der Vater sich entfernt, sät der Teufel Verwirrung unter seine Söhne. Morgen wird sich alles wieder den Regeln fügen. Nach den Laudes wird man diesen Mann ins Hospiz San Damiano bringen.«

»Don Theodoro, Ihr wisst so gut wie ich, sollte er noch nicht verrückt sein, wird er es dort. Und verliert er nicht endgültig den Verstand, stirbt er an einer Infektionskrankheit, die jedes Jahr ein gutes Drittel dieser Unglückseligen dahinrafft.«

»Dieser Mann hat den Verstand verloren, und unser Kloster ist kein Hospiz, Don Salvatore«, sagte der Abt, der mittlerweile seine Beherrschung wiedergewonnen hatte. »Und vergesst nicht diese beiden grauenhaften Morde, die seit seiner Ankunft begangen wurden. Auch wenn er nicht direkt der Täter ist, was noch zu prüfen bleibt, so ist er doch in jedem Fall der Grund für einigen Aufruhr. Ich werde eine strenge Untersuchung durchführen, um diese Verbrechen aufzuklären. Doch das Dringendste ist, denjenigen, durch den das Böse eingedrungen ist, zu entfernen. Und ich beabsichtige, ihn in San Damiano zu besuchen, um mich davon zu überzeugen, ob er nicht doch vom Leibhaftigen besessen ist, wie einige unserer Brüder denken.«

»Ich flehe Euch an, ehrwürdiger Vater, lasst uns Toscanis Rückkehr abwarten. Vielleicht überbringt er uns Neuigkeiten, die dem Mann helfen, sein Gedächtnis und seinen Namen wiederzufinden.«

Don Theodoro wusste sehr wohl, dass Don Salvatore versuchte, eine Entscheidung hinauszuzögern, die er, seit beinahe drei Jahrzehnten Abt des Klosters, vor Gott und seinem Gewissen gefällt hatte. Dies irritierte ihn reichlich, doch er ließ sich nichts anmerken.

»Wir nehmen jeden Tag Dutzende Pilger, Reisende, arme Kerle und sogar Banditen auf«, sagte er. »Jeder bekommt, gemäß dem Brauch unserer Klöster, drei Tage und drei Nächte lang Unterkunft und Verpflegung im Gästehaus. Niemand darf länger bleiben, und schon gar nicht in der Klausur. Sonst könnten wir unser der göttlichen Lobpreisung gewidmetes Leben nicht mehr führen. Durch Eure Pflege, die ich gutheiße, hat der Kranke allmählich zur Gesundheit des Körpers zurückgefunden. Doch nicht zu der des Geistes. Nie hat er auch nur ein Wort gesprochen, und seine Haltung ist die eines Mannes, der in sich selbst eingeschlossen ist. Sein Platz ist nicht mehr hier, Don Salvatore. Ihr wisst es, und ich habe keine Ahnung, durch welche unangebrachte Zuneigung Ihr darauf beharrt, einen Kranken zu pflegen, der nicht mehr bei sich ist und uns so viel Unglück beschert.«

»Gebt mir nur noch ein wenig Zeit«, drängte der Mönch, ohne auf die Stichelei einzugehen. »Wenn Toscani nicht in drei Tagen zurückgekehrt ist und unser Mann noch immer nicht seine Sprache wiedergefunden hat, gelobe ich, Euch nicht weiter zu behelligen und ihn, entsprechend Eurer Anordnung, selbst nach San Damiano zu bringen.«

Pater Theodoro vertiefte sich wieder in sein Buch und beendete das Gespräch mit derselben müden und keinen Widerspruch duldenden Stimme: »Morgen bei Tagesanbruch, Don Salvatore. Morgen früh nach den Laudes.«

Der Mönch schwieg. Er wusste, dass die Entscheidung seines Abts unumstößlich war.

Kaum hatte er die Zelle Don Theodoros verlassen, ging er in die Kirche und warf sich vor einer Marienikone zu Boden.

Als er in sein stilles Gebet versunken war, überraschte ihn der Frater Pförtner mit der Nachricht, der Händler Toscani sei gerade eingetroffen und bitte ihn dringend trotz der späten Stunde ins Besuchszimmer.

»Deo gratias«, seufzte er glücklich.

Dann sprang er auf, verneigte sich vor der Ikone und eilte ins Torhaus.

NEUN

»Nun?«, rief er seinem Freund entgegen, drückte ihm beide Hände und zog ihn zum Feuer.

Das runde joviale Gesicht des Händlers kontrastierte mit der asketischen Magerkeit des Mönchs. Doch in ihren Augen loderte dieselbe Flamme, die zweier übermütiger Knaben, die sich anschickten, ein Geheimnis zu teilen. Seine heftige Ungeduld zügelnd, erriet der Prior, dass sein Gast sich wohl kaum die Zeit genommen hatte, zu Abend zu essen. Daher bestellte er beim Frater Pförtner einen Imbiss, ehe sie sich vor den großen Kamin setzten.

»Es sieht nicht so schlecht aus«, sagte der Händler. »Ich habe den Berg Athos betreten können, da ich mich für einen Pilger ausgegeben habe. Dort habe ich mich zum russischen Kloster des Heiligen Panteleimon begeben. Der Frater Pförtner war recht freundlich und sprach ein wenig unsere Sprache. Ich habe ihn zu unserem Mann befragen und ihm sein Porträt zeigen können. Das Gesicht kam ihm vage bekannt vor, aber er konnte kaum mehr dazu sagen. Ich habe ihn gefragt, ob in den letzten Jahren ein Ikonenmaler eines der Klöster verlassen habe. Da erzählte er mir von einem jungen, aus Italien stammenden Mönch, Schüler des großen kretischen Malers Theophanes Strelitzas, dem man verboten habe, Ikonen zu malen, und der plötzlich verschwunden sei. Er habe diesen Mann nicht gekannt, aber er wisse, dass er Novize im Kloster Simonos Petra gewesen sei.

Ich beschloss also, nach Simonos Petra zu gehen, dem eindrucksvollsten der zwanzig Klöster der Insel, das wie ein Adlerhorst an dem steil ins Meer fallenden Felsen hängt. Dort befragte ich den Frater Pförtner, aber er sprach kein Sterbenswörtchen Italienisch. Er ließ mir einen Laienbruder schicken, der aus dem Piemont stammt, einen sehr einfachen und äußerst redseligen Mann. Als ich ihm das Porträt des Verletzten zeigte, stieß er einen Schrei des Entsetzens aus und erkannte unseren Mann sofort. ›Ioannis, Fra Ioannis‹, rief er ganz aufgeregt. ›Konnte er Ikonen malen?‹, fragte ich, mitgerissen von der Wendung, die unser Gespräch nahm. ›Ja, ja, er war ein vorzüglicher Maler. Er hat es in wenigen Monaten gelernt. Doch der Klosterobere hat ihn aufgefordert, mit dem Malen aufzuhören, denn seine Ikonen verstörten manche Brüder durch die expressive Schönheit ihrer Madonnen. Man muss wissen, keine Frau, ja nicht einmal ein weibliches Tier, darf einen Fuß auf Athos setzen, und wir haben seit vielen Jahren keine einzige Frau gesehen‹, hat der Mönch mir etwas verdrossen anvertraut. Dann hat er mit einem schelmischen Lächeln noch hinzugefügt: ›Die Ikonenmaler halten sich an Vorbilder aus den vergangenen Jahrhunderten, doch die Mönche, die diese einst malten, versuchten aus der Erinnerung das Gesicht ihrer Mutter abzubilden, oder schlimmer noch, inspirierten sich an dem des jeweiligen Pater Abts, das sie dem der Jungfrau für sehr ähnlich hielten … wegen der Heiligkeit. Arme Madonna! Ihr seht diese Stiernacken und diese eckigen Kinnladen, die sie malen! Fehlt nur noch der Bart! Aber Fra Ioannis hatte, bevor er hierherkam, wohl Frauen gekannt!‹ Als ich ihn nach dem Taufnamen dieses Fra Ioannis fragte, hat er einen Moment überlegt. ›Leider habe ich ihn nicht in Erinnerung: Er ist nur wenige Monate Postulant gewesen und hat etwa zwei Jahre unter seinem religiösen Namen hier gelebt. Da fällt mir gerade ein, dass er in Kalabrien geboren ist.‹ Dann habe ich ihn gefragt, was wohl aus diesem Frater geworden sei. Und er hat geantwortet: ›Nachdem die Ältesten von ihm gefordert hatten, dass er aufhöre zu malen, hat er das Kloster verlassen, und ich habe nie erfahren, was aus ihm geworden ist. Aber stellt doch diese Frage dem Klostervorsteher, dem Hegumenos. Er wird sich sicherlich erinnern, und er spricht auch ein wenig Eure Sprache.‹«

Nun wurde Toscani vom Frater Pförtner unterbrochen, der eine kochend heiße Suppe, ein Stück Brot und etwas Ziegenkäse brachte. Obwohl der Prior seine Ungeduld kaum zügeln konnte, wies er seinen Gast an, erst zu essen und dann fortzufahren. Der Mann ließ sich nicht bitten und verschlang sein Abendessen in kürzester Zeit. Viele Gedanken gingen dem Mönch durch den Kopf. War diese Spur die richtige? Und falls ja, warum hatte der Mann Athos verlassen? Die letzte Bemerkung des Händlers hatte ihn besonders berührt: Obwohl er selbst Römer war, war er von seiner Großmutter in Kalabrien aufgezogen worden. Der Gedanke, dieser geheimnisvolle Fremde könnte in derselben Gegend aufgewachsen sein wie er selbst, bewegte ihn.

Kaum hatte der Händler den letzten Bissen hinuntergeschluckt, erzählte er weiter: »Ich habe also um ein Treffen mit dem Hegumenos gebeten. Dieser Klosterobere, ein spröder Mann mit einem beeindruckenden Bart, hat mich schon am folgenden Tag empfangen. Ich habe ihm die ganze Geschichte erzählt und ihm das Porträt gezeigt sowie Euren Brief. Er zeigte keinerlei Gefühlsregung und behauptete, es handele sich um eine andere Person. Da ich nicht lockerließ, unterbrach er mich grob und sprach folgende Worte: ›Viele Pilger haben gelernt, nach der russischen Schule Ikonen zu malen, hier oder woanders. Der Mann, den sie pflegen, ist sicherlich einer von ihnen. Aber dieses Gesicht hier kenne ich nicht.‹ Dann hat er sich verabschiedet und mich gebeten, so schnell wie möglich das Kloster zu verlassen. Was ich getan habe, nachdem ich leider vergeblich versucht hatte, ein letztes Mal den italienischen Laienbruder zu treffen. Das ist die einzige Spur, die ich habe finden können.«

Don Salvatore dachte lange nach, ehe er das Wort ergriff.

»Ich weiß nicht, wie ich Euch danken kann, mein Freund. Eure Hinweise sind vielleicht ausreichend, um etwas zu versuchen. Zumal der Pater Abt zurückgekehrt ist und mir befohlen hat, morgen den Mann nach San Damiano zu bringen.«

»San Damiano!«, rief der Händler. »Aber das bedeutet sein Ende.«

»Ich weiß«, erwiderte der Mönch. »Ihr kennt wie ich unseren guten Vater. Trotz seines großen Herzens kann er keine Ausnahme von der Regel zulassen. Wir haben keine Wahl mehr. Gehen wir zu unserem armen Tropf, möge Gott ihm beistehen.«

ZEHN

Sie eilten umgehend in die Krankenstube. Durch die Wendung der Ereignisse in Aufruhr versetzt, verstieß Don Salvatore ein weiteres Mal gegen die Regel und nahm den Händler mit in die Klausur.

Er sah den verstörten Kranken fest an, ergriff dessen Hände und sprach mit ihm, wie er es immer tat, als wäre dieser bei Verstand.

»Mein Freund, unser frommer Abt, der heute Abend von einer langen Reise heimgekehrt ist, hat mir die Erlaubnis verwehrt, Euch noch länger hierzubehalten. Ab morgen früh kann ich nichts mehr für Euch tun. Man wird Euch in ein Hospiz bringen, wo Ihr bis zum Ende Eurer Tage unter Verrückten eingesperrt sein werdet, ohne dass Euch jemand wieder herausholen kann, selbst wenn sich Euer Zustand bessern sollte. Ihr könntet auch niemals wieder Eure Kunst ausüben. Denn wir wissen seit geraumer Zeit, dass Ihr Euch jede Nacht in das Ikonenatelier begebt, um eine Eleusa, eine Mutter der

Barmherzigkeit, zu malen. Sie ist erschütternd schön. Dieser Anhaltspunkt hat unseren Freund Adriano zum Berg Athos geführt, wo Ihr mit großer Wahrscheinlichkeit gelebt habt. Wir haben diese eine Nacht, um den Schleier, der Euren Geist verhüllt, zu zerreißen. Ich werde alles daransetzen, vergrabene Erinnerungen in Euch zu wecken. Es ist Eure letzte Möglichkeit, zu uns zurückzukehren. Ergreift sie!«

Der Mann hörte dem Mönch willig zu, ohne aber die geringste Reaktion zu zeigen. Don Salvatore schwieg einige Minuten. Dann bat er seinen Gast, den Raum zu verlassen. In dem Moment, als jener durch die Tür hinaustrat, rief er unvermittelt:

»Bruder Ioannis.«

Der Tonfall war so energisch, dass der Händler zusammenfuhr. Der Mann hingegen zuckte nicht mal mit der Wimper. Don Salvatore versuchte es auf andere Weise. Er setzte den Mann ohne Gedächtnis auf einen Stuhl, blickte ihm fest in die Augen und erzählte ihm, wobei er ihn erneut mit diesem Namen ansprach, alles, was er vom Berg Athos wusste und was Adriano Toscani ihm berichtet hatte.

Nach zwei Stunden begann der Mann, dem nicht die kleinste Gefühlsregung zu entlocken war, einzuschlummern.

Zutiefst entmutigt musste Don Salvatore erkennen, dass sein allerletzter Versuch wohl gescheitert war. Er begleitete den Händler, der nach den vergeblichen Mühen ebenfalls niedergeschlagen wirkte, zurück zur Pforte. Dann suchte er ein letztes Mal den Gedächtnislosen auf, der sich in der Krankenstube auf seinem Strohlager ausgestreckt hatte. Als der Prior sich verabschieden wollte, zögerte er, überlegte und beschloss, sich wieder einmal über die Regel hinwegzusetzen und sich auf einer Strohmatratze neben dem Kranken zum Schlafen niederzulegen.

Er brachte es nicht über sich, diesen Menschen am Vorabend seiner Verlegung in die Anstalt alleinzulassen. Er wusste nichts von ihm, doch die Vorsehung hatte ihn in seine Hände gegeben. Don Salvatore murmelte einige Gebete, legte sich auf das Stroh, stieß einen tiefen Seufzer aus und löschte die Kerze. Er fand keinen Schlaf. Ihm kreiste im Kopf, was der Händler berichtet hatte. Welcher winzige Hinweis, welches scheinbar belanglose Detail, das imstande wäre, das Gedächtnis seines Gasts zu wecken, hätte ihm entgangen sein können? Schließlich beschloss er zu schlafen, um am nächsten Tag die Kraft zu haben, diesen Mann ins Hospiz aufbrechen zu sehen.

Er umschloss mit seiner linken Hand die Perlen seines Rosenkranzes und begann, das Ave Maria zu beten. So glitt er friedlich in den Schlaf.

Dennoch wurde sein Geist von Bildern heimgesucht. Er erinnerte sich, dass es ihm schon als Kind schwerfiel einzuschlafen. Seine Großmutter kam dann an sein Bett und sang ihm leise Verse ins Ohr. Einen hatte er nie vergessen. Kaum hörbar entschlüpften seinen Lippen die von einer sanften Melodie getragenen Worte dieses kalabrischen Schlaflieds. *»Move lu sone di la montagedda lu luppu sa magna la piccuredda la ninia vofa …«*

Als die gesummten Phrasen durch die Stille schwangen, richtete sich der Mann ohne Gedächtnis langsam auf seinem Bett auf. Sein Blick nahm einen anderen Ausdruck an, als wäre sein Geist mit einem Mal aufgerüttelt worden.

Der Mann tauchte in die Tiefe seiner Erinnerung und hatte plötzlich das Bild seiner Mutter vor sich, die sich über seine Wiege beugte und ihm genau dieses Schlaflied sang: *»… Move lu sone di la albania stu figghiu miu mutta me la ninia vofa stu figghiu miu mutta me la ninia vofa.«* Das Bild verschwamm, und er sah sich als Siebenjähriger auf dem Dorffriedhof stehen, sah, wie der schwere Sarg mit seiner Mutter in die Erde sank. Während die Männer das *Miserere* sangen, blieben seine Augen trocken, doch sein Kinderherz zerfloss in unendlicher Verzweiflung. Heiße Tränen liefen über das zerfurchte Gesicht des Mannes, der er geworden war. Er sah wieder, wie sein Vater ihm fest die Hand auf die Schulter legte, und spürte wie damals das Zittern, das der kräftige Bauer nicht unterdrücken konnte.

Dann drängte sich ihm das Bild eines anderen Gesichts auf, das einer jungen Frau mit venezianisch blondem Haar und großen smaragdgrünen Augen. Auf seinem Bett kauernd, die Knie mit den kräftigen Armen umschlingend, formte er dieses einfache Wort, das erste, das er seit seiner Ankunft im Kloster aussprach:

»Elena.«

Don Salvatore schnellte hoch. Fassungslos wurde ihm klar, dass sein Gast soeben gesprochen hatte. Er entzündete eine Kerze und sah, dass der Mann schluchzte. Er ging zu ihm und schloss ihn väterlich in die Arme.

Der Unbekannte weinte lang. Dann gestand er dem Mönch zwischen zwei Schluchzern seine schreckliche Geschichte.

»Ich heiße Giovanni Tratore. Ich bin der Sohn eines Bauern aus einem kleinen Dorf in Kalabrien. Mein Leben geriet ins Wanken, als ich Elenas Gesicht zum ersten Mal sah ...«

I. LUNA

ELF

Es geschah vor zwölf Jahren, im Jahre des Herrn 1533. Unter der brütenden Hitze dieses Augusts arbeitete Giovanni mit seinem Vater und seinem jüngeren Bruder Giacomo auf dem Feld. Er entdeckte als Erster den Reitertrupp.

Die Bauern legten die Rechen nieder und reckten sich, um eine in diesem armen Landstrich seltene Szene zu beobachten: Etwa zehn bewaffnete Männer ritten auf reich geschirrten Pferden heran. Sie kamen vom Meer und mussten einige Meilen von dort in einer der zahlreichen Buchten der zerklüfteten Küste vor Anker gegangen sein. Obgleich sie die Bauern entdeckten, setzten sie ihren Weg ins Dorf fort.

Etwa eine Stunde später ritten sie wieder zurück zum Meer. Neugierig geworden, gaben die Bauern ihre Arbeit früher als gewöhnlich auf und liefen trotz der noch immer drückenden Hitze eilig nach Hause. Aus dem Munde des alten Graziano, des Dorfvorstehers, erfuhren sie die ganze Geschichte. Diese Männer dienten dem mächtigen Stadtstaat Venedig. Sie kamen aus Zypern, und ihr Schiff war auf offenem Meer dem Angriff mehrerer Korsaren-Schebecken ausgesetzt gewesen. Im Schutz der Nacht war es ihnen geglückt zu entkommen, auch wenn sie einige Enterversuche und Kanonenbeschuss hinnehmen mussten. Sie hatten beschlossen, ehe sie ihre Reise nach Venedig fortsetzten, das ramponierte Schiff zu reparieren.

Sie baten die Dorfbewohner, ihnen für eine große Summe Geldes ihre schönsten Häuser zur Verfügung zu stellen, um dort, während die Seemänner sich an die Arbeit machten, einige Edelleute unterzubringen. Der Dorfvorsteher willigte rasch ein, und die von den Feldern heimgekehrten Bauern freuten sich über das unverhoffte Glück.

Am späten Nachmittag wurde in der Dorfmitte ein großes Feuer entzündet, um zu Ehren der Venezianer einen Ochsen zu braten.

Auf diesem Dorfplatz hatte Giovanni Elena zum ersten Mal gesehen. Diesen Augenblick würde er nie vergessen: Es war an einem Montag, dem Tag des Mondes, zur Nachmittagsstunde.

Sie ritt eine prächtige schwarze Stute und war in einen purpurroten Umhang gehüllt. Ihr langes blondes Haar wehte im Wind. Sie war von etwa zwanzig Reitern umringt, doch vom ersten Moment an sah Giovanni nur sie.

Sie durfte wohl kaum älter als vierzehn oder fünfzehn Jahre sein.

Während des Essens beobachtete er sie aus der Ferne und war fasziniert von ihrer Schönheit und der Anmut ihrer Gesten. Da er sich den Venezianern nicht nähern konnte, die mit einigen vom alten Graziano auserwählten Vertretern des Dorfes für sich speisten, hatte Giovanni ein Haus erklommen, damit ihm keine Bewegung der jungen Frau entging. Sie war in Begleitung zweier älterer Damen, der einzigen Frauen dieser Gruppe. Die eine konnte, in Anbetracht ihrer edlen Kleidung, ihre Mutter oder Tante sein. Und die andere, ungefähr im selben Alter, war um das Wohl ihrer Herrinnen bemüht.

Die Venezianer hatten sich in Dreier- und Vierergrüppchen an den Tischen niedergelassen, die die Dorfbewohner für diesen Anlass hinausgestellt hatten.

Zu den Reitern hatten sich etwa dreißig Soldaten gesellt. Da der größte Teil der Besatzung an Bord des Schiffes geblieben war, dachte Giovanni, es müsse sich um ein großes handeln, das mindestens zweihundert Mann und vielen Pferden Platz bot. Und gewiss auch Waren, denn die Venezianer waren im ganzen Mittelmeerraum angesehene und einflussreiche Händler. Dennoch schien es ihm, dass dieses junge Mädchen, das ihn durch seine Schönheit in den Bann zog, mehr sein müsse als eine Händlerin. Nicht nur weil sie reich geschmückt und von hinreißender Eleganz war, sondern auch weil man ihr besondere Aufmerksamkeit und besonderen Schutz zukommen ließ.

Obwohl sie mit den beiden anderen Frauen am schönsten Tisch mitten auf dem Platz saß, wirkte sie, als wäre sie ganz für sich allein.

In regelmäßigen Abständen erhob sich ein Wachsoldat und ging hinüber zu den Damen. Sicherlich, um sich zu vergewissern, dass alles in Ordnung ist, dachte Giovanni.

Wer war dieses junge Mädchen? Vielleicht eine Prinzessin, träumte der junge Bauer, dessen Vorstellungskraft keine Grenzen kannte.

Nachdem seine Mutter ihn verlassen hatte, entwickelte der immer schon empfindsame Giovanni die Fähigkeit, aus einer Wirklichkeit zu fliehen, die ihn oft bedrückte, und in wunderbare Welten zu flüchten, die er sich ersann. Seine Träume trugen ihn davon, über das Meer hinweg, zu außergewöhnlichen Abenteuern, in denen Amouren, Kämpfe und sagenhafte Schätze vorherrschten. Als Kind hatte er mit seinen Kameraden seine verrücktesten Träume teilen und sie zu Schatzsuchen, zu Piraterien und höfischen Liebesaffären verleiten können. Doch dann hatten seine Freunde die Freude am Spiel und noch mehr die am Träumen verloren. Sie waren zu sehr mit der schweren Feldarbeit beschäftigt und dachten nur noch daran, eine beherzte Bäuerin zu heiraten und sich ein kleines Steinhaus zu bauen. Auch Giovanni führte ein bescheidenes und arbeitsames Leben, doch er träumte noch immer von heldenhaften Abenteuern und Liebesglück. Von seiner Mutter hatte er das hübsche Gesicht mit den großen dunklen Augen geerbt und die zarten Hände, was ihm die Aufmerksamkeit der Dorfmädchen einbrachte. Aber diese

Bauerstöchter mit ihrem wenig grazilen Gang und ihrer derben Sprache zogen ihn nicht an. Bei ihnen fand er nicht die Anmut und die Feinsinnigkeit, die seine Mutter besessen hatte. Und seit er als Dreizehnjähriger seinen Vater in die große Stadt Catanzaro begleitet hatte, um dort einen Esel zu kaufen, war er von den feinen Zügen der Städterinnen, ihrer Eleganz und ihrer vornehmen Art zu sprechen ganz ergriffen, und er träumte nur noch davon, eine schöne, wohlerzogene Frau kennen zu lernen.

Da er wusste, dass ein armer, ungebildeter Bauer nie sein Dorf verlassen, nie ein Mädchen aus der Stadt für sich einnehmen konnte, hatte er den Pfarrer angefleht, ihm Lesen und Schreiben beizubringen. Der Mann Gottes war nicht sehr gelehrt, wohl aber vielbeschäftigt, doch er ließ sich durch die Hartnäckigkeit des Jungen und die erstaunlichen Fähigkeiten, die er auf Anhieb an den Tag legte, überzeugen und lehrte ihn, was ihm vertraut war, insbesondere etwas Kirchenlatein.

So verbrachte Giovanni viele Jahre lang seine Abende damit, das auf Latein verfasste römische Messbuch des Pfarrers in der Sakristei der bescheidenen Kirche zu studieren. Der Junge wusste, dass in diesen ersten Jahrzehnten des 16. Jahrhunderts noch viele andere Bücher, in denen von Naturwissenschaften, Philosophie, Religion die Rede war, gedruckt worden waren, und er träumte davon, sie sich zu beschaffen. Er hatte vor, das Dorf zu verlassen, um die Welt und ihre Wissensschätze zu entdecken, doch noch wusste er weder, wann er es tun, noch, wohin er gehen würde. Er wartete vage auf eine Gelegenheit, auf ein besonderes Ereignis, das für ihn Auslöser sein würde, seinen Plan Wirklichkeit werden zu lassen. Seit die Venezianer angelegt hatten, war er wie von einem Fieber befallen. Das Ende des Tages hatte er im Zustand großer Erregung durchlebt. Als er die junge Frau inmitten der Reiter sah, war er beinahe ohnmächtig geworden. Er hatte das unaussprechliche Gefühl, das Schicksal habe ihm diese junge Frau geschickt. Er bemühte sich, dieses sonderbare Empfinden von sich zu weisen, doch vergeblich. Er war bis ins Innerste aufgewühlt, als er sie an ihrer Mahlzeit sitzen sah. Ohne dass es ihm deutlich bewusst war, hatte sein hitziges, von seiner blühenden Phantasie genährtes Herz endlich ein ebenso edles wie verrücktes Ziel gefunden: sich in diese junge Unbekannte zu verlieben und von ihr geliebt zu werden.

ZWÖLF

Während das Mahl seinem Ende zuging, dachte Giovanni nur an eines: In welchem Haus würde die junge Frau wohnen? Es war ihm nicht schwer, dem Weg der Venezianerin mit den Augen zu folgen. Sie bezog mit ihren beiden Begleiterinnen und fünf bewaffneten Männern Quartier im schönsten Haus des Dorfes, das am Marktplatz stand. Er sah, wie Kerzen hinter den Fenstern aufflammten, konnte jedoch nichts erkennen. Er schickte sich gerade an, von seinem Dach herabzuklettern, um sich dem Haus anzunähern, als ein kleiner Trupp Soldaten sich als Wache vor dessen Tür aufbaute.

Giovanni verließ unauffällig seinen Ausguck und beschloss, zum Meer zu gehen, um das Schiff anzusehen. Doch die Dunkelheit war allzu undurchdringlich. Er legte sich in eine Felsmulde, um auf das Morgengrauen zu warten. Und schlief gleich ein.

Das erste Morgenlicht weckte ihn aus einem sonderbaren Traum, der in seiner Seele einen erhebenden und zugleich beängstigenden Duft hinterließ.

Ihm blieb kaum Zeit, sich weiter seinem Bann hinzugeben, denn schon hörte er in der Ferne die Seeleute, die sich auf dem Schiff zu schaffen machten. Am Tag zuvor hatten sie die Reparaturen am Rumpf und an einem der drei großen

Masten, der gebrochen war, aufgenommen. Er wusste, dass ihre Arbeiten höchstens zwei, drei Tage in Anspruch nehmen würden.

In der Hoffnung, an Bord gehen zu können, stellte er sich dem Kapitän vor, der am Strand stand, und bot ihm seine Dienste an. Und dieser akzeptierte freudig die zusätzliche Arbeitskraft, doch zu Giovannis großer Enttäuschung bat man ihn, eine Gruppe von Holzfällern und Schiffszimmerleuten an Land zu begleiten, die den Auftrag hatte, Baumstämme heranzuschaffen. Als sie im Laufe des Nachmittags wieder zum Schiff zurückkehrten, dankte man ihm, ohne ihm zu erlauben, an Bord zu gehen. Giovanni lief über die Wiesen ins Dorf zurück, wo er seinen Vater und seinen Bruder antraf, die sich schon wegen seiner langen Abwesenheit Sorgen gemacht hatten. Er erklärte ihnen, die Venezianer hätten ihn rekrutiert, damit er ihnen bei den Reparaturen am Schiff helfe, aus diesem Grunde würde er die Feldarbeit einige Tage ruhen lassen. Sein Vater wollte es ihm erst untersagen, denn sie brachten gerade das Heu ein und das Wetter drohte gewittrig zu werden. Er änderte jedoch seine Meinung, als Giovanni ihm das Geldstück reichte, welches der Kapitän ihm für seine Dienste ausgehändigt hatte. Diese armen kalabrischen Bauern konnten keine noch so geringe Summe ablehnen, denn sie eröffnete ihnen immerhin die Möglichkeit, in die Stadt zu gehen und ein Tier oder ein Werkzeug zu erwerben.

Als Giovanni nun wieder im Dorf war, hatte er nur einen einzigen Gedanken im Kopf: die junge Frau wiederzusehen. Im Laufe des Tages hatte er den Zimmerleuten einige wertvolle Auskünfte entlockt: Das Schiff gehörte einem reichen Reeder und war vom Dogen von Venedig angeheuert worden, um bedeutende Persönlichkeiten von Zypern abzuholen. Auch kostbare Waren aus dem Orient waren an Bord, denn die Insel Zypern war eine venezianische Außenstelle und eine wahre Drehscheibe für den Handel zwischen der italienischen Halbinsel und dem Osmanischen Reich. Und noch besser, Giovanni hatte von einem der Zimmerleute die entscheidende Information bekommen: An Bord befanden sich die Schwester und die Tochter des Gouverneurs von Zypern, der niemand anderer war als der Ehemann der Enkelin des Dogen. Die junge Frau, die seine Augen und sein Herz entzückt hatte, war also die Tochter des Gouverneurs und die Urenkelin des mächtigsten Mannes von Venedig. Die ältere Dame war ihre Tante und die Dritte ihre Dienerin, wie er es geahnt hatte. Weit davon entfernt, ihn zu entmutigen, fachte diese Neuigkeit seine Liebe noch an. Eine Frage hatte ihm auf den Lippen gebrannt, die er sich aber gehütet hatte zu stellen: Wie lautete ihr Vorname?

Als es Abend geworden war, versuchte er sich dem Dorfplatz zu nähern, wo die Venezianer sich gerade zum Speisen niedergelassen hatten. Ein alter Bauer herrschte ihn an, er solle sich verziehen. Mit Blick auf die Soldaten, die die Szene beobachteten, begriff Giovanni, dass ihm wohl kaum eine andere Wahl blieb.

Wie am Abend zuvor postierte er sich auf dem Dach eines Hauses, konnte aber nichts weiter in Erfahrung bringen. Er war zu weit entfernt, um das Gesicht der jungen Frau zu sehen oder den Klang ihrer Stimme zu hören, der von Gelächter und lärmenden Worten der Wachen um sie herum übertönt wurde. Dennoch fand er Gefallen daran, ihre anmutigen Gesten zu betrachten und ihr Haar, dessen goldenen Glanz die flammenden Fackeln hin und wieder aufleuchten ließen.

Als die Schöne, gefolgt von ihren Wachen, sich zu ihrem Quartier begab, blieb er noch eine geraume Weile auf seinem Aussichtsposten hocken. Als er schließlich in die elterliche Behausung kam, war es tiefste Nacht.

Am Morgen lief er wieder zum Strand, und wieder gelang es ihm, sich auf der Baustelle zu verdingen. Dieses Mal hatte er größeres Glück und konnte in eine der Barken springen, die zwischen dem Strand und dem Schiff hin und her pendelten. Da er sich im Umgang mit Holz als geschickt erwiesen hatte, teilte man ihn den Zimmerleuten zu, die den Rumpf instand setzten, der an manchen Stellen durch Beschuss mit arabischen Kugeln aufgerissen war. Sie dichteten die Löcher so gut es ging ab, damit das Schiff ohne Gefahr wieder über das offene Meer nach Venedig segeln konnte.

Zur Stunde des Mittagsmahls gelang es Giovanni, sich an Deck zu schleichen. Niemand achtete auf ihn. Er konnte dem Drang nicht widerstehen, dem Gang bis zu den Kabinen, die im Heck des Schiffes lagen, zu folgen. In der närrischen Hoffnung, die der jungen Frau zu finden, drehte er mehrere Türknäufe. Die Türen waren verschlossen.

Schließlich stand er unverhofft einem Offizier gegenüber, der ihn scharf ansprach. Er gab vor, sich verlaufen zu haben, doch der Mann glaubte ihm kein Wort und jagte ihn vom Schiff.

Giovanni brachte es nicht fertig, auf die Felder zu seinem Vater und Bruder zu laufen, ohne ihnen erneut ein Geldstück geben zu können. Er beschloss, ins Dorf zu gehen. Die Venezianer hatten ihr Mittagsmahl beendet und hielten Siesta in den kühlen Häusern.

Der Platz war menschenleer.

Ein wagemutiger Gedanke schoss Giovanni durch den Kopf. Er verjagte ihn zunächst. Doch schon war er wieder da. Er hätschelte ihn einen Moment, um seinen schrecklichen Reiz auszukosten, ehe er ihn abermals verjagte. Er überkam ihn ein drittes Mal. Da gab er nach.

Seine Angst überwindend, überquerte der junge Mann den Platz und begab sich auf die rechte Seite des Hauses, in dem die junge Frau schlief.

Er schlich eine schmale Treppe hoch, die zum Heuboden

führte. Erleichtert stellte er fest, dass die Tür offen war. Er betrat den dunklen, zur Hälfte mit Stroh gefüllten Raum, der wegen der brütenden Hitze unendlich stickig war. Dann kroch er mit äußerster Vorsicht bis über das Zimmer des Hausherrn, schob langsam das Heu beiseite und lugte durch eine Ritze zwischen zwei groben Holzbalken.

Seine Augen gewöhnten sich rasch an das Halbdunkel, das in dem Zimmer herrschte. Er erkannte zwei Betten. Auf jedem lag jemand, doch obwohl er nur etwa zwei Meter entfernt war, konnte er nicht feststellen, um wen es sich handelte. So verharrte er eine gute Stunde, reglos, mit angehaltenem Atem, und vermied die geringste Bewegung, die die alten Holzbohlen hätten ächzen lassen. Plötzlich rührte sich eine der Gestalten und richtete sich auf. Sie ging zum Fenster und öffnete behutsam einen der beiden Läden.

Licht überflutete einen Teil des Zimmers. Und Giovanni erkannte auf der Stelle die Dienerin, die sich aus dem Fenster lehnte. In dem Teil des Raums, der vor dem grellen Tageslicht geschützt war, erkannte er die junge Frau. Sie schlummerte noch, auf dem Rücken liegend, mit geschlossenen Augen und in ein weißes Seidenhemd gehüllt. Ihr langes blondes Haar lag wie Sonnenstrahlen um ihr Gesicht. Sie hatte einen Arm hinter den Kopf gelegt und den anderen zart auf den Bauch.

Auf ihrem Antlitz lag ein leichtes Lächeln, das ihrem von kleinen Sommersprossen gesprenkelten Gesicht einen beinahe kindlichen Ausdruck verlieh.

Giovannis Herz pochte plötzlich so stark, dass er Angst hatte, entdeckt zu werden. Mit stockendem Atem sog er dieses Gesicht in sich hinein, so wie man sich ein Heiligenbild einprägt. Dieses erblühende Mädchen stellte für ihn den Inbegriff der Schönheit dar.

Jede Wölbung ihres Körpers war von unendlicher Anmut. Jeder Zug ihres Gesichts erschien ihm so vollkommen, dass er überzeugt war, auf der ganzen weiten Welt gebe es keine andere so erlesene Harmonie, kein anderes Gesicht, für das er jemals Zuneigung empfinden könnte.

Doch was den Jungen noch mehr faszinierte, war das, was die junge Frau seinem angespannten Blick entzog: ihre geschlossenen Augen. Nicht die Form ihrer Lider, nicht einmal die Feinheit ihrer langen Wimpern wühlte ihn auf, sondern der Ausdruck von Zärtlichkeit, beinahe von Güte, diese sonderbare Mischung aus Kraft und Zerbrechlichkeit, die den geschlossenen Augen und dem kaum merklichen Lächeln entströmte.

Er hatte nur noch ein Ziel: das Geheimnis dieses Blicks zu durchdringen. Welche Träume suchten sie heim? Welche zarten Bilder wohnten in ihrem Kopf? Welche Farbe, welcher Duft, welche Wärme, welche Sprache wohnten ihrer Seele inne? Ohne sich dessen bewusst zu sein, schloss er die Lider und begab sich auf eine Reise in das Herz seiner Geliebten.

»Elena«, sagte die Dienerin, die nun neben ihrer jungen Herrin stand.

Giovanni zuckte zusammen.

»Elena«, murmelte er. »Sie heißt Elena.«

In diesem Augenblick ließ sich ein lautes Krachen vernehmen. Denn das Schicksal hatte es gewollt, dass der Balken, auf den der Junge sich gelegt hatte, bis in den Kern verrottet war.

DREIZEHN

Die Dienerin hob den Blick und sah Staub von der Decke rieseln. Dann war ein zweites Krachen zu hören. Sie stürzte zu ihrer langsam erwachenden Herrin und schob sie gegen die Wand, während sie um Hilfe rief. Sogleich stürzten zwei Wachen herein, stellten fest, dass ein Sparren zu brechen drohte, und drängten die Frauen aus dem Zimmer. Dann, stutzig geworden durch das plötzliche Nachgeben des Balkens, stiegen sie auf den Dachboden, um nach der Ursache zu sehen. Obwohl Giovanni hastig versuchte, seine Spuren zu verwischen, stellten sie mühelos fest, dass sich jemand auf dem beschädigten Sparren ausgestreckt haben musste. Sie forderten Verstärkung an. Die Soldaten brauchten nur einige Minuten, um am anderen Ende des Speichers den im Stroh kauernden Jungen aufzustöbern.

Sie packten ihn und führten ihn den Offizieren vor, die ihn in Anwesenheit des alten Graziano verhörten. Giovanni behauptete zunächst, er habe nur auf dem Dachboden schlafen wollen. Da seine Erklärung niemanden überzeugte, zumal den Dorfbewohnern der Zugang zu diesem Haus untersagt war, gestand er schließlich die Wahrheit.

»In dem Augenblick, als ich die junge Frau, die Elena heißt, habe ins Dorf reiten sehen, habe ich mich in sie verliebt. Ich wollte sie aus der Nähe sehen.«

Dieses Geständnis verblüffte die Venezianer. Sie schlossen daraus, der junge Mann habe Elena Gewalt antun wollen. Der Dorfvorsteher, der Giovanni gut kannte, erklärte ihnen, dem sei nicht so, und schilderte ihnen den träumerischen und idealistischen Charakter des jungen Mannes.

Letztendlich entschieden die Offiziere, ihn festzunehmen. Am selben Abend berieten sich die Venezianer und beurteilten die Angelegenheit als schwerwiegend genug, um dem Jungen eine strenge Strafe aufzuerlegen. Man verdächtigte ihn des Diebstahls und warf ihm vor, das Schamgefühl der Damen verletzt zu haben, als er sie aus seinem Versteck beobachtete. Die Sache verschärfte sich noch durch die Aussage eines Offiziers, der bezeugte, er habe ihn am selben Tag überrascht, als er um die Kabinen auf dem Oberdeck des Schiffs herumgeschlichen sei.

Völlig außer sich wusste Giovanni nicht, was er zu seiner Rechtfertigung vorbringen konnte. Es wurde entschieden, in

Übereinstimmung mit den Dorfältesten, die, beschämt, weil die Gebote der Gastfreundschaft missachtet worden waren, für die armen Bauern schwere Repressalien fürchteten, dass Giovanni am Mittag des nächsten Tages öffentlich ausgepeitscht werden solle.

Elena, die sich kaum von den Aufregungen des Korsarenangriffs erholt hatte, packte das Entsetzen, als sie erfuhr, dass sie soeben der Bedrohung eines Mannes, der sich auf dem Heuboden versteckt hatte und dort vielleicht die Nacht abgewartet hätte, um sie anzufallen, entgangen war. Gleichzeitig verlieh dieses unerfreuliche Ereignis dem langweiligen Warten ein wenig Würze.

Sie dachte ohne Unterlass darüber nach und versuchte, sich das Gesicht des Mannes vorzustellen: War es abstoßend? Anrüchig? Von grauenhaften Narben, Spuren seiner vergangenen Untaten gezeichnet? Sie war überrascht zu erfahren, dass es sich um einen Jungen handelte, kaum älter als sie, der keinen schlechten Ruf im Dorf genoss. Sie fragte sich, was also das Motiv für seine Tat sein mochte. Diese Frage bohrte so sehr in ihr, dass sie zum Kapitän des Schiffes ging und ihn um Erlaubnis bat, den Knaben befragen zu dürfen, ehe das schreckliche Urteil vollzogen würde. Doch er verwehrte es ihr, aus Angst, die Unterredung könnte die Urenkelin des Dogen seelisch erschüttern. Elena verbrachte eine merkwürdige Nacht. Sie war erschöpft und erregt zugleich, traurig und freudig, unruhig und neugierig. Dieses Ereignis nahm in ihrem schwärmerischen Wesen immer größere Bedeutung an. Denn Elena hatte ein leidenschaftliches Temperament, das leicht dazu neigte, zu träumen oder aufzulodern.

Obwohl die Gegenwart von Edelfrauen bei öffentlichen Züchtigungen von Strafgefangenen nicht Sitte war, beschloss sie, alles zu tun, um dieser beizuwohnen. Gewiss, eine solche Angelegenheit war ihr höchst zuwider. Doch es war für sie die einzige Möglichkeit, den Mann, der sie bedroht hatte, zu sehen. Und das zählte mehr als alles andere.

Giovanni fand nicht in den Schlaf. Er verspürte keine Angst vor der ihm bevorstehenden Strafe, aber er hatte die Scham in den Augen der Dorfbewohner gesehen, die seinem Prozess beigewohnt hatten. An den Kummer seines Vaters, den diese Demütigung in ihm hervorrufen musste, wagte er gar nicht zu denken. Und dann dachte er an Elena. Würde es ihm gelingen, sie zu sehen und ihr zu erklären, dass er ohne Schuld war an all dem, dessen man ihn beklagte? Was konnte er in ihren Augen anderes sein als ein Bandit oder Lüstling? Wie sollte er ihr sagen, dass er aus Liebe zu ihr so gehandelt hatte? Dass er einzig ihr Gesicht, ihre Augen habe sehen, dass er sich ihrer Seele habe nähern wollen?

Am nächsten Tag hatte sich zur Mittagsstunde das ganze Dorf auf dem Platz versammelt. Nur wenige Venezianer wohnten der Vollstreckung der Strafe bei, da die meisten die Arbeiten am Schiff fertig stellten. Im Übrigen stand ihre letzte Nacht im Dorf bevor. Elena hatte es dank ihrer Überzeugungskraft durchgesetzt, zugegen zu sein.

Mit zugeschnürter Kehle hatte sie auf einem bequemen Stuhl unter den Edelleuten Platz genommen, etwa fünfzehn Meter von dem Baum entfernt, wo ihr Angreifer gleich gefesselt und gegeißelt würde.

Giovanni erschien, von zwei Soldaten flankiert, mit auf dem Rücken gebundenen Händen. Er ging an den Edelleuten vorbei und ahnte, obwohl er nicht den Kopf zu drehen wagte, Elenas Gegenwart. Die junge Frau geriet durch Giovannis Äußeres in Verwirrung. Sie hatte ihn sich viel derber vorgestellt. Die Feinheit seines Körpers und seiner Gesichtszüge und seine Jugend schienen in ihren Augen unvereinbar mit dem Verbrechen, dessen man ihn anklagte.

Die Fesseln des Verurteilten wurden gelöst, um sie um den Baum zu schlingen, gegen den er gepresst wurde. Dann zerriss man ihm die Tunika, so dass sein Rücken freilag. Der Kapitän rief mit lauter Stimme die Vergehen und den Urteilsspruch aus: zwanzig Peitschenhiebe. Er drehte sich zu einem Soldaten, der einen robusten Lederriemen in der Hand hielt, und nickte ihm zu.

Schon beim ersten Peitschenschlag verspürte Elena ein tiefes Unwohlsein und musste sich zurückhalten, um nicht aufzuschreien und zu fordern, den Qualen des Jungen sofort ein Ende zu setzen. Wieder knallte die Peitsche und wand sich um sein Fleisch. Obwohl die Schmerzen schier unerträglich waren, kam Giovanni kein Laut über die Lippen. Dieses Leiden, das er so ungerecht empfand, elektrisierte ihn auf merkwürdige Weise.

Jeder Hieb, der die Haut des jungen Mannes aufplatzen ließ, schien Elenas Seele zu schwächen, Giovannis aber zu stärken.

Am Ende der Marter band man den Verurteilten los und drehte ihn zur Menge und zu den Edelleuten. Von zwei Soldaten gestützt, versuchte Giovanni schwankend, Elenas Blick einzufangen. Doch es drehte sich ihm der Kopf, und zu viele Tränen verschleierten seine Augen. Er bemühte sich einen Moment lang, die verschwommene Silhouette der jungen Frau ausfindig zu machen, doch ihm schwanden die Sinne.

VIERZEHN

Als er wieder zu sich kam, lag er in der Hütte einer alten Frau aus dem Dorf, die sich mit der Heilkraft von Pflanzen auskannte. Sie hatte seinem Rücken Umschläge aus Tonerde und Ringelblumen aufgelegt. Am Fußende des Bettes stand eine Wache. Giovanni merkte, dass es bereits Nacht war. Sein zerfetzter Rücken brannte. Er bat um etwas zu trinken. Die Alte reichte ihm Wasser, in das sie einige Kräuter gemischt hatte. Sie sollten ihm helfen, die Schmerzen besser zu ertragen und Schlaf zu finden. Kurz nach Sonnenaufgang verließ die Wache das Haus. Giovanni vernahm Gelärm und begriff, dass die Venezianer das Dorf verließen. Er dachte an Elena, die in die Ferne rückte.

Sein Herz war schwer, aber nicht unruhig. In seinem Innersten war er davon überzeugt, dass er sie wiedersehen würde. Allein dieser Gedanke genügte, um all sein Leid zu lindern. Den Tag verbrachte er im Liegen bei der Heilerin. Als es Abend wurde, besuchte ihn sein sichtlich niedergeschlagener Vater.

Ohne ein Wort zu sagen, setzte er sich zu seinem Sohn. Giovanni nahm seine Hand. Sein Vater drückte sie liebevoll. Sein Blick fragte den Jungen nach seinem Zustand. Giovanni bedeutete ihm durch ein Augenzwinkern, dass es ihm schon besser gehe.

»Du hast uns großen Kummer bereitet«, murmelte er schließlich.

»Ich bitte dich um Verzeihung, Vater«, entgegnete Giovanni.

Lange suchte er nach Worten, mit denen er seine Liebe zu Elena und den Wunsch, sie einfach nur zu sehen, eingestehen konnte. Doch keine Silbe kam über seine Lippen.

»Sie sind weg«, sagte der alte Mann nach langem Schweigen.

Dann erhob er sich und überließ seinen Sohn der Fürsorge der Heilerin.

Drei Tage später konnte Giovanni wieder gehen.

Doch im Dorf schlugen ihm viele feindliche Blicke entgegen, wenn er sich zeigte, und das schmerzte ihn. Also blieb er meist im Haus der Alten, die ihm mehrmals am Tag neue

Latwergen anlegte. Dank ihrer Pflege verheilten seine Wunden gut. Doch sein Rücken würde für immer von tiefen Narben gezeichnet sein.

Eines Morgens bekam er Besuch vom Dorfpfarrer. Der hatte für zehn Tage das Dorf verlassen müssen, um einen kranken Amtsbruder zu vertreten, und zu seinem großen Bedauern hatte er die Venezianer nicht kennen gelernt.

»Da ereignet sich hier einmal etwas …!«, hatte er mit Verdruss bei seiner Rückkehr geseufzt.

Der Pfarrer, der eine besondere Zuneigung zu Giovanni hegte, fragte ihn nach den Gründen seines Handelns und schlug ihm vor, ihm die Beichte abzunehmen. Der junge Mann war zwar nicht besonders fromm, aber er erfüllte die religiösen Pflichten nach Art der anderen Dorfbewohner aus Gewohnheit. Er besuchte die Sonntagsmesse, ging zur Kommunion und beichtete vor den hohen Feiertagen. Er empfand keine besondere Verehrung für die Jungfrau Maria und betete nicht. Er glaubte an Gott, wie man an das Leben glaubt. Das war eine Selbstverständlichkeit, die keiner Fragen, keines besonderen Gedankens bedurfte.

Er wollte seine Schuld an einer Tat bekennen, die den Dorfbewohnern Schaden zugefügt hatte, und darüber war er zerknirscht. Hingegen fiel es ihm schwer, dem Pfarrer zu erklären, warum sein Herz auf der Stelle dieser jungen Frau verfallen war, die er doch nur gesehen hatte. Der Kirchenmann warf ihm vor, sich zu sehr in seiner Phantasie zu verlieren und törichterweise zu glauben, er sähe sie wieder. Denn selbst wenn er sie wieder fände, würde sie nichts als Verachtung für einen armen Bauern empfinden.

»Du machst dich der Sünde des Hochmuts schuldig, mein Kind, wenn du glaubst, sie könnte dich lieben. Und selbst wenn ihr euch aufrichtig liebtet, so macht der Standesunterschied jede Verbindung vor Gott und den Menschen unmöglich.«

Giovanni begriff durchaus, was der Pfarrer ihm sagte. Und dennoch flüsterte ihm eine leise Stimme etwas anderes zu. Wenn diese Frau, von der er so sehr geträumt hatte, zu ihm ins Dorf gekommen war, wenn er sie auf den ersten Blick geliebt hatte, wenn er aus Liebe zu ihr bereits so viel gelitten hatte … dann vielleicht, weil das Leben sie vereinen musste. War das Hochmut, wie der Priester fürchtete? Zweifel überkamen ihn, und er hatte das Gefühl, als verließe ihn nach und nach seine innere Kraft, die ihm doch geholfen hatte, die Marter zu überstehen.

Nach der Beichte betete Giovanni ein Vaterunser in der Kirche. Nachdenklich und melancholisch ging er nach Hause.

Auf dem Weg quälten ihn viele Fragen. Es traf ja zu, dass er nichts über Elenas Gefühle für ihn wusste. Ob sie ihn womöglich für schuldig hielt? Hatte sie vielleicht sogar eine gewisse Freude verspürt, ihn unter dieser schrecklichen Strafe leiden zu sehen? Oder noch schlimmer, hatte sie nur Gleichgültigkeit für diesen elenden Bauern übrig, der bestraft wurde wie ein Hund, den man in der Speisekammer überrascht hatte? Diese Gedanken waren entsetzlich, doch Giovanni wusste, dass er der Wirklichkeit ins Auge schauen musste. Seine Liebe zu Elena blieb vielleicht für immer tief in seinem Herzen verborgen, ein uneingestandenes Geheimnis. Vielleicht würde auch er schließlich, wie alle Jungen des Dorfs, eine Bäuerin heiraten und den Rest seines Lebens auf den Feldern arbeiten. Das war es, was das Leben für ihn bereithielt. Warum von einem anderen Leben träumen? Warum auf ein Leben voller Abenteuer oder eine außergewöhnliche und wunderschöne Frau hoffen?

Giovanni fragte sich auch, warum er seit seiner Kindheit diese Träume in sich barg, während doch die anderen Dorfjungen nur einfache Dinge anstrebten, die für sie durchaus erreichbar und von allen anerkannt waren. Müsste er seine innigsten Wünsche opfern, um sich ein friedvolles Leben zu sichern? Oder sollte er alles daransetzen, sie zu verwirklichen, auch auf die Gefahr hin, missverstanden zu werden, die Zuneigung seiner Familie zu verlieren und sowohl seine Träume wie auch die normale Existenz, die er hätte führen können, zu zerstören?

Er war ratlos. Er hatte fest an seine Träume geglaubt, war ohne Zögern der Stimme seines Herzens gefolgt und fand sich einsamer denn je wieder, ausgeschlossen aus dem Vertrauen der Dorfleute. Und es war ihm nicht einmal gelungen, auch nur ein einziges Mal Elenas Blick zu kreuzen. Sie hatte dieses Dorf wohl bereits wie eine schlechte Erinnerung aus ihrem Kopf verbannt. Hatten seine Phantasie und sein Hochmut ihn nicht tatsächlich in die Irre geführt, wie der Pfarrer meinte?

Von diesen Fragen gequält, kam er zu Hause an. Sein Vater war auf dem Feld. Doch Giacomo, sein jüngerer Bruder, hütete das Bett. Am Tag zuvor war er von einem Skorpion gestochen worden und kämpfte nun gegen hohes Fieber. Die beiden Brüder waren glücklich, sich wiederzusehen. Dennoch sprachen sie wenig, und Giovanni hatte ihm nie seine Gedanken anvertraut. Giacomo verfügte nicht über die Phantasie seines älteren Bruders, doch er liebte ihn und war bemüht, seine Worte und Taten nicht zu verurteilen, auch wenn er sie nicht verstand.

Sie tauschten sich über ihre Leiden aus, ohne aber auf die Ereignisse der letzten Tage anzuspielen.

Als Giovanni gerade das Haus verlassen wollte, um seinem Vater auf den Äckern zu helfen, sah ihn Giacomo etwas merkwürdig an und hob eine Hand, als wollte er ihn zurückhalten.

Giovanni hielt inne, doch sein Bruder wandte den Blick ab. Er zögerte einen Moment, ging aus dem Haus und machte kehrt.

»Giacomo, was hast du mir zu sagen?«

Der Junge hielt den Blick gesenkt.

»Ich sollte eigentlich nicht ... ich habe Papa versprochen, den Mund zu halten«, murmelte Giacomo mit noch immer abgewandtem Blick.

Giovanni setzte sich auf den Bettrand und sah seinen Bruder, der langsam den Kopf hob, eindringlich an.

»Das Mädchen, wegen dem du ausgepeitscht worden bist ...«

Giacomo unterbrach sich, dermaßen schwierig erschien ihm, was er zu sagen hatte.

Doch der flammende Blick seines Bruders ließ ihm keine Wahl.

»Sie hat einen Brief für dich abgeben lassen.«

FÜNFZEHN

Mein Freund, ich hinterlege diesen Brief bei Eurem Vater, ohne überhaupt zu wissen, ob Ihr imstande seid, ihn zu lesen und seinen Sinn zu verstehen. Doch das ist nicht von Belang. An dem Abend dieses schrecklichen Tages, an dem Ihr diese grausame Strafe erlitten habt, ist mein Herz zu sehr erschüttert, um nicht zu versuchen, Euch zu sagen, was ich empfinde. Ich habe von Euren Richtern erfahren, dass Ihr zugabt, Euch auf dem Dachboden versteckt zu haben ... weil Ihr mich liebt und Euch mir nähern wolltet. Sie haben Euch nicht geglaubt und verurteilt wie einen Dieb. Auch ich habe Euch nicht geglaubt, als man mir Eure verrückten Worte berichtete. Warum solltet Ihr mich lieben, wo Ihr doch nichts von mir wisst? Und als ich Euch dann sah, gefesselt wie ein gemeiner Schurke, doch voll Würde, und als ich die Peitsche auf Eurem Fleisch niedergehen hörte, diese Peitsche, die Ihr ertrugt, ohne die geringste Klage auszustoßen, als ich Eure mit Tränen und Stolz erfüllten

Augen sah … da wusste ich, dass Ihr die Wahrheit gesprochen hattet. Ich weiß nicht, warum Ihr mich liebt, und ich gestehe, dass mich dies in Verwirrung stürzt, doch es war mir wichtig, dass Ihr wisst, dass ich Euch glaube. Bestimmt werden wir nie Gelegenheit haben, uns wiederzusehen. Lasst mich Euch also einfach um Verzeihung bitten für Eure Leiden, die Euch meine Freunde auferlegt haben. Ich habe um Euch geweint.

Elena

Nahe am Fluss, an einen Felsen gekauert, an diesem geheimen Ort, zu dem er seit seiner Kindheit kam, las Giovanni den Brief etwa zehnmal. Elenas Worte waren zu stark, zu unerwartet, zu erschütternd, dass er sie bei der ersten Lektüre hätte begreifen können. Sie erfüllten nach und nach sein Denken und dann sein Herz. Er blieb stumm, starr, kein Gedanke erregte mehr seinen Geist. Dann stürzten plötzlich Tränen aus seinen großen dunklen Augen. Eine unbändige Freude nahm von ihm Besitz.

Diese Freude war mehr als das Glück, nun zu wissen, dass Elena ihn angesehen, seine Gefühle erkannt und um ihn geweint hatte. Sie war größer als die Euphorie, mit der ihm klar wurde, dass sie die Mühe auf sich genommen hatte, ihm zu schreiben, um sein Leid zu lindern, und dass ihr Herz genauso groß und gut war, wie er es vermutet hatte. Diese Freude beinhaltete gewiss all dies, aber sie war noch viel umfassender. Sie war die Erkenntnis, dass seine Träume ihn nie belogen, dass sein Herz ihn nie betrogen und dass seine quälenden Fragen eine klare Antwort gefunden hatten: Man muss den innigsten Wünschen seines Herzens folgen, denn Gott hat sie hineingelegt.

Der Zweifel, der an seiner Seele genagt hatte, war verflogen. Von nun an besaß er einen der Schlüssel des Lebens, so schmerzhaft es manches Mal auch sein konnte. Dieser Augenblick war heilig. Zum ersten Mal in seinem Leben wandte er sich an Gott, an die Bäume, den Fluss, an die ganze Welt und widmete ihnen das Gebet der Gebete:

»Danke.«

Nun wusste er mit Gewissheit, dass er nie aufhören würde, Elena zu suchen, sie zu finden und zu lieben.

SECHZEHN

Trotz seiner Jugend sah Giovanni aus wie ein alter Landstreicher. Mit löchrigen Schuhen, einem Quersack über der Schulter, Hemd und Hose geflickt, mit struppigem Bart war er seit siebenundfünfzig Tagen und ebenso vielen Nächten auf Wanderschaft.

Drei Wochen nachdem er den Brief entdeckt hatte, den sein Vater ihm eigentlich vorenthalten wollte, hatte er sein Heimatdorf verlassen. Nachdem er beschlossen hatte, sich nach Venedig aufzumachen, um Elena wiederzusehen, schob er seine Abreise auf, bis die Arbeiten auf den Feldern beendet waren. Sein Vater hatte, ebenso wie der Pfarrer, versucht, ihn von einer so gefahrvollen Reise abzubringen. Doch nichts hatte die Entschlossenheit des jungen Mannes erschüttern können.

Eines Morgens war er kurz vor Morgengrauen aufgestanden, hatte seine mageren Ersparnisse zusammengeklaubt und sich auf den Weg nach Neapel gemacht. Er wusste, dass Venedig ganz im Norden lag, am anderen Ende des Landes, an der Adriaküste. Gewiss, er hätte in weniger als einer Woche dort sein können, hätte er im Hafen von Catanzaro ein Handelsschiff bestiegen und seine Passage durch Arbeit an Bord verdient, doch als guter Bauer zog er den Landweg nach Venedig vor.

In Anbetracht dessen, dass er auf den Bauernhöfen seine

Dienste in klingende Münze umsetzten musste, um zu essen, konnte die Reise mehrere Monate dauern.

Ohne dass er es ahnte, sollte diese Wahl sich auf sein ganzes zukünftiges Leben auswirken.

Diese Entscheidung beruhte aber auch auf der großen Sorge, die Giovanni verspürte. Gewiss, er wollte Elena wiederfinden. Auf seinem Weg wiederholte er ohne Unterlass den Satz seiner Geliebten: *»Bestimmt werden wir nie Gelegenheit haben, uns wiederzusehen.«* Er hatte dieses *»bestimmt«* wie einen verkappten Appell der jungen Frau gelesen. Hätte sie nicht auch schreiben können »ganz gewiss«? Sein Drang, sie wiederzufinden, hatte sich dadurch verzehnfacht. Zugleich wusste er, wie schwer es ihm sein würde, sich ihr zu nähern. Doch besäße er, selbst wenn das erste Hindernis überwunden sein sollte, ausreichend Klugheit, Eleganz und schöne Worte, um das Herz dieser jungen Edelfrau für sich einzunehmen? Wäre sie nicht enttäuscht von diesem ungebildeten und schlecht gekleideten Bauern? Die Liebe, die in seinem Herzen loderte, würde allein sicherlich nicht ausreichen, um das von Elena in Wallung zu bringen.

Giovanni vertraute sich also der Vorsehung an und beschloss, sich vom Zufall leiten zu lassen und jede Unterweisung und jede Erfahrung für sich zu nutzen: in der Kunst, der Religion, den Wissenschaften, in richtigem Benehmen, im Umgang mit Waffen und der Sprache … Er wusste, eine solche Reise könnte ein ganzes Jahr dauern, wenn nicht gar länger, aber das schien ihm nicht so wichtig.

Er würde sich in Geduld fassen, um Elena näherkommen und ihr Herz erobern zu können.

Beseelt von diesem einzigen Ziel wanderte er über die breiten Wege, verdingte sich hie oder da für eine Weile, um ein wenig Geld zu verdienen.

Seine erste interessante Begegnung hatte er mit einem Bürger, den er in einer Herberge antraf und der auf ihn einen sehr gebildeten Eindruck machte. Giovanni schlug ihm vor, in seine Dienste zu treten und im Austausch dafür von ihm unterrichtet zu werden.

Der Mann, der mit Keramik handelte, hatte ihn mit zu sich nach Hause genommen. Auf dem Weg dorthin hatte er Giovanni die vielschichtige politische Lage Italiens erklärt.

Obwohl die italienische Halbinsel durch die Sprache, die Gebräuche, das Denken und die Künste vereint war, war sie politisch sehr geteilt. Im Nordwesten hatten die Herzogtümer Savoyen und Mailand es verstanden, ihre Unabhängigkeit zu wahren, waren aber ständig von französischen Invasionen bedroht. Im Nordosten, an der Adria, lag die Republik Venedig, die große Wirtschafts- und Seemacht, die von einem auf Lebenszeit gewählten Dogen regiert wurde. Deren Erwähnung bewegte Giovanni zutiefst, er stellte mehrere Fragen über diese Stadt im Veneto, doch sein Gesprächspartner wusste nur Oberflächliches zu berichten und hatte sie noch nie besucht.

Dennoch erklärte er ihm, Venedig habe in dauerhafter Konkurrenz zu der kleinen Republik Genua gestanden, die sich auf der anderen Seite, am Mittelmeer, befand und ebenfalls lange französischen Invasionen ausgesetzt war.

Die große Republik Florenz umfasste einen Großteil der Toskana. Sie war umgeben von kleinen autonomen Grundherrschaften wie Modena, Parma oder Piacenza. In der Mitte der Halbinsel, östlich und südlich der Republik Florenz, erstreckte sich der Kirchenstaat, der dem mächtigen Pontifex maximus unterstand, geistiges Oberhaupt der Kirche sowie weltlicher Herrscher eines Verbunds von Provinzen, zu dem insbesondere die weitläufige Bergregion der Abruzzen gehörte. Der ganze Süden der italienischen Halbinsel bildete den größten Staat, zu dessen Untertanen auch Giovanni und der Händler zählten: das Königreich Neapel und Sizilien. Den Thron hatte eine Nebenlinie des spanischen Herrscherhauses von Aragón inne, doch seit Anfang des 15. Jahrhunderts erhob der französische König rechtmäßig Anspruch auf die Krone von Neapel. So hatten Karl VIII. und später Ludwig XII. das Königreich zwar erobert, mussten aber angesichts der bewaffneten Liga der anderen europäischen Staaten sich wieder zurückziehen. Denn obgleich das Königreich Frankreich unbestritten das bedeutendste in dieser ersten Hälfte des 16. Jahrhunderts war, wie der Händler erklärte, so unterlag es doch militärisch und wirtschaftlich einem sehr mächtigen politischen Bund, dem Nachfolgestaat des Kaiserreichs von Karl dem Großen: dem Heiligen römischen Reich deutscher Nation. Von sieben Kurfürsten auf Lebenszeit gewählt, herrschte der Kaiser tatsächlich über ein riesiges Mosaik aus Königreichen und unabhängigen Staaten, das sich von der Ostsee bis zum Mittelmeer erstreckte und so verschiedenartige Gebilde wie die Spanischen Niederlande, die Freigrafschaft Burgund, Österreich, die Schweizer Kantone, Bayern, Sachsen, Böhmen, die Herzogtümer Mailand und Savoyen sowie die Republik Florenz umfasste. Im Jahr 1519, wie der Händler noch präzisierte, wurde nach Maximilians Tod der König von Spanien, Karl von Habsburg, zum Kaiser gewählt, der somit über einen anderen hervorragenden Kandidaten siegte, nämlich den französischen König Franz I. Da er seine eigenen Herrschaftsgebiete – wie Spanien und das Königreich Neapel und Sizilien – seinem riesigen Kaiserreich einverleibte, war Karl V. zum wahren Herrn über Europa geworden.

In seiner armen Heimat Kalabrien hatte Giovanni kaum etwas von diesen Konflikten erfahren, aber er hatte vom berühmten Kaiser reden hören.

Der junge Mann stellte dem Bürger noch viele Fragen, der ihm daraufhin noch genauer die Geschichte und die politischen Strukturen der einzelnen Staaten und Fürstentümer erklärte. Er erzählte ihm auch von den unaufhörlichen Auseinandersetzungen zwischen Karl V. und Franz I.

Doch kaum waren sie im Haus des Händlers angelangt, fand der Mann nie mehr wieder die Zeit, mit Giovanni zu sprechen. Er ließ ihn fünfzehn Stunden am Tag arbeiten, ließ ihn Holz sägen und einen riesigen Ofen heizen, in dem die Keramiken gebrannt wurden, und verschob weitere Unterweisungen immer wieder auf einen späteren Zeitpunkt.

Nach zehn Tagen hatte Giovanni begriffen, dass ihm kein weiteres Wissen zuteil würde, und so beschloss er weiterzuziehen. Er hatte noch nicht lange das Königreich Neapel hinter sich gelassen und wanderte nun durch den Kirchenstaat. Er hätte den Weg zur Adriaküste einschlagen können, um die Abruzzen zu umgehen, doch sein Instinkt drängte ihn, sich in die wilden Wälder zu begeben.

So kam es zu einer ersten schicksalhaften Begegnung.

SIEBZEHN

Es geschah an einem schönen Herbstmorgen.

Er betrat einen Marktflecken namens Isernia und traf eine aufgeregt lärmende Menge an. Er befragte eine alte Frau.

»Man hat eine Hexe gefangen!«, rief sie ihm mit vor Aufregung blitzenden Augen zu.

Giovanni hatte von solchen Wesen reden hören. Er wusste, dass man ihnen vorhielt, mit dem Teufel im Bund zu stehen und der Grund vieler Übel zu sein. Aber er hatte noch nie eines zu Gesicht bekommen. Von Neugier getrieben, folgte er der Menge zum Marktplatz.

Mit einigem Entsetzen betrachtete er die bezaubernde junge Frau, die, kaum zwanzig Jahre alt, mit auf dem Rücken gefesselten Händen und einem Knebel im Mund auf einem Podest kniete, auf das die Stadtbewohner sie gezerrt hatten. Ihr langes rotes Haar fiel wirr über ihr scharlachrotes Kleid.

Ihre großen blauen Augen schienen die Menge mit einer Mischung aus Angst und Wut zu verfluchen.

Giovanni erfuhr, dass die junge Frau seit dem Tod ihrer Mutter, von der sie das Wissen über Pflanzen hatte, alleine lebte und weiterhin die Beschwerden der Dörfler linderte. Die Kräuter für ihre Arzneien sammelte sie in Vollmondnächten im Wald. Doch seit einigen Monaten waren einige Menschen, die sie behandelt hatte, an einem Fieber gestorben. Und danach hatte es eine verheerend schlechte Ernte gegeben. Der Pfarrer des Marktfleckens, der einen Verdacht hegte, hatte sich zusammen mit mehreren Gemeindemitgliedern in der Nacht in den Wald begeben. Die Männer beteuerten, sie hätten beobachtet, wie die junge Frau dem Teufel gehuldigt habe. Sie hatten sie gepackt und in das Dorf gebracht. Nachdem sie vier Tage eingesperrt gewesen war, ohne Wasser und Nahrung, war sie von den Honoratioren befragt worden, sie hatte sich aber geweigert, sich zu ihren Vergehen zu bekennen. Da niemand befugt war, über eine Hexe zu befinden, hatte man mittels reitendem Boten eine Nachricht an den Bischof in der großen Stadt Sulmona geschickt. Der hatte mitteilen lassen, er entsende demnächst einen Inquisitor, der ein erstes Verhör vornehmen würde. Sollte sich der Verdacht bestätigen, würde die Frau in die finsteren Verliese des Bischofssitzes gebracht, um dort vom Prälat persönlich verhört zu werden. Die Honoratioren entschieden, die Neugier der Bevölkerung zufriedenzustellen und die Hexe tagsüber auf dem öffentlichen Platz zur Schau zu stellen. So konnte sie jeder sehen und beschimpfen. Aus Angst, sie könnte abscheuliche Gotteslästerungen von sich geben oder versuchen, den Ort zu verhexen, hatte man sie vorsichtshalber geknebelt.

Aufmerksam betrachtete Giovanni die junge Frau, die von den Dörflern unter anzüglichen Bemerkungen mit fauligem Obst beworfen wurde. Sie hockte auf den Fersen und hatte den Kopf auf die Brust gesenkt. War der Spott zu grausam oder der Schlag zu heftig, hob sie ihn mit flammendem Blick. Dann ließ sie ihn resigniert wieder sinken. Giovanni verspürte ein tiefes Unbehagen. Er verließ den Marktplatz.

Auf der Straße, die ihn aus der Stadt führte, konnte er das Gesicht dieser Frau nicht vergessen. War sie wirklich eine Anhängerin des Teufels? Er konnte es kaum glauben. Ihr Blick hatte vor allem Angst und so etwas wie Zorn über eine Ungerechtigkeit verraten. Zum zweiten Mal in seinem Leben betete er aus tiefstem Herzen. Er flehte zu Gott, er möge diesem armen Menschenkind zu Hilfe kommen, und sprach einige Vaterunser still in seinem Herzen.

Als es Abend wurde, kehrte er in eine Herberge ein. Er setzte sich an den einzigen Tisch, an dem noch Platz war, und bestellte eine warme Mahlzeit. Nachdem der Wirt mit Abscheu das Gesicht des Landstreichers gemustert hatte, forderte er, im Voraus bezahlt zu werden. Ohne mit der Wimper zu zucken, reichte ihm Giovanni die Geldstücke und legte noch eins drauf, um sich einen Strohsack im Stall zu sichern.

Während er aß, traten ein Mönch und ein bewaffneter Mann in den Gastraum. Sie bestellten ein üppiges Mahl und setzten sich ihm gegenüber. Ihrem Gespräch entnahm er, dass es sich um den Inquisitor in Begleitung einer Wache handelte, der die junge Frau verhören würde. Er lauschte. Sie waren zu Pferde gekommen und beabsichtigten, in diesem Haus zu übernachten, um am nächsten Vormittag nach Isernia weiterzureiten. Der Mönch hatte ein Zimmer bestellt, der Wachsoldat würde bei den Pferden im Stall schlafen. Giovanni erfuhr, dass die junge Frau in die große Stadt gebracht werden sollte, um dort vom Bischof angehört und beurteilt zu werden. Soweit er es verstand, hatte der schon mehrere Frauen, die man satanischer Praktiken angeklagt hatte, verbrennen lassen.

Gleich nachdem Giovanni seine Mahlzeit beendet hatte, ging er in den Stall. Er streckte sich auf dem Strohsack aus, und kurz darauf erschien auch schon der Wachsoldat, der sich wortlos hinlegte und einschlief.

Giovanni fand keinen Schlaf. Der Blick der Hexe ging ihm nicht aus dem Kopf.

Mitten in der Nacht fällte er eine schwerwiegende Entscheidung und entwickelte seinen Plan.

Kurz vor Morgengrauen schritt er zur Tat.

Er vergewisserte sich, dass der Wachsoldat in tiefem Schlaf lag. Dann griff er nach einem Holzscheit und schlug kräftig zu. Der Mann schrie nicht einmal. Giovanni schlüpfte in dessen Kleider und gürtete sich mit dessen Degen und Dolch. Nachdem er den Ohnmächtigen gefesselt hatte, versteckte er ihn im Heu. Er rasierte sich, so gut es ging, sattelte die Pferde und wartete angespannt auf den Inquisitor. Als dieser herankam und feststellte, dass seine Wache ein anderes Gesicht bekommen hatte, stieß er einen kurzen Schrei aus. Giovanni aber stieß seinen Dolch gegen den rundlichen Bauch des Geistlichen und befahl ihm aufzusitzen. Zitternd fügte der sich, und Giovanni stellte mit Erleichterung fest, dass der Inquisitor ein Feigling war. Darauf baute sein gewagter Plan, denn er hätte es nicht gewagt, die Waffen gegen einen entschlossenen Gegner zu führen oder ihn gar zu töten.

Die beiden Männer verließen die Herberge und ritten Seite an Seite nach Isernia. Giovanni dankte dem Himmel, dass er seit seiner Kindheit Pferde liebte und beim Dorfvorsteher, der mehrere besaß, recht gut reiten gelernt hatte. Er erklärte dem Inquisitor, was er vor Ort sagen und tun müsse. Mit drohender Stimme versicherte er dem verängstigten Gottesmann, er würde nicht zögern, ihn umzubringen, wenn er versuchte, sich ihm zu widersetzen.

Die beiden Männer erreichten das Städtchen im Laufe des Vormittags. Ihr Eintreffen blieb nicht unbemerkt, und eine Ansammlung von Gaffern geleitete sie zum Platz, wo die Hexe gefesselt war.

Wie Giovanni es gefordert hatte, befahl der Inquisitor, ohne auch nur vom Pferd zu steigen, man möge die junge Frau losbinden und sie auf das Pferd seines Begleiters heben. Die Wachen staunten über diese Anordnung, doch sie wagten es nicht, den Befehlen eines Inquisitors zu widersprechen. Sie führten sie vom Podest hinunter, beließen ihr aber den Knebel im Mund und die Hände hinter dem Rücken gebunden und brachten sie zu Giovanni. Der verspürte mit einer gewissen Erregung, wie der schmale, biegsame Leib der Frau sich an ihn schmiegte. Mit festem Griff umschlang er ihre Taille, damit sie nicht herabfiel, und setzte sein Pferd in Bewegung.

Giovanni las in ihren schönen Augen eine Mischung aus Verblüffung und Wachsamkeit, doch vor allem beeindruckte ihn die Eindringlichkeit ihres Blicks, den Müdigkeit und Durst nicht schwächen konnten. Ein Anflug von Zweifel ging ihm durch den Kopf, und er fragte sich, wie er den Zauber abwehren sollte, wenn es sich doch um eine echte Hexe handelte. Doch er konnte sich nicht lange mit diesem Gedanken beschäftigen. Schon erhob sich ein Geraune in der Menge, die nicht verstand, warum der Inquisitor Anstalten machte, die Hexe mitzunehmen, obwohl sie doch in Gegenwart der Honoratioren verhört werden sollte.

Der Pfarrer sprach den Inquisitor darauf an und fragte, was dies zu bedeuten habe. Der Ordensmann, immer noch in Reichweite von Giovannis Degen, antwortete betreten, es empfehle sich, die Frau an einem anderen Ort als auf diesem öffentlichen Platz zu verhören.

Der Pfarrer entgegnete, es sei klüger, sie von zwei kräftigen Männern wegschaffen zu lassen, und näherte sich Giovannis Pferd. Der Junge spürte, dass die Situation ihm entgleiten könnte.

Ohne nachzudenken, drückte er die Frau an sich und gab seinem Pferd kräftig die Sporen, das im Galopp durch die überraschten Gaffer davonsprengte. Der Inquisitor schüttelte seine Erstarrung ab und brüllte:

»Haltet ihn! Haltet ihn! Ich kenne diesen Mann nicht, er ist ein Betrüger!«

Doch es war zu spät. Giovanni fegte zum Städtchen hinaus.

Da beinahe alle Bewohner auf dem Marktplatz versammelt waren, traf er nur auf einige Alte, die zusahen, wie er vorbeigaloppierte. Als die Honoratioren reagierten und ihm einige Reiter hinterherschickten, hatte er bereits eine halbe Meile zurückgelegt.

Die Hexe brauchte eine kleine Weile, bis sie erkannte, dass sie unter den Augen ihrer Peiniger entführt worden war. Die Nervosität ihres Entführers machte ihr klar, dass die Partie noch nicht gewonnen war und dass er alleine gehandelt hatte. Sie machte ihm Zeichen mit den Augen, dass er sie von dem Knebel befreien solle. Kaum erlöst, rief sie ihm zu:

»Reite weiter bis zur Brücke, dann bieg links in den Weg, der am Fluss entlangführt.«

Der Junge folgte ihren Anweisungen. Von hinten näherte sich eine Staubwolke.

»Keine Sorge«, beruhigte ihn die junge Frau, die seine Gedanken zu lesen schien, »wir erreichen den Wald, ehe sie zu uns aufgeschlossen haben.«

Und tatsächlich verschwanden sie in einem dichten Wald. Das Pferd kam nicht mehr voran.

»Binde das Pferd an diesen Baum, und nimm mir die Fesseln von den Händen«, befahl die junge Frau, die ganz gelassen schien.

Ohne auch nur eine Sekunde zu zaudern durchschnitt Giovanni ihre Fesseln mit seinem Degen. Die Frau stürzte zu der am Sattel hängenden Feldflasche und leerte sie bis zum letzten Tropfen. Dann sah sie Giovanni gerade in die Augen.

»Diese Hunde wollten mich verdursten lassen! Folge mir, in diesem Wald finden sie uns nie.«

Sie nahm ihn bei der Hand und zog ihn ins dunkle Unterholz.

ACHTZEHN

Sie liefen eine Stunde lang nebeneinander her, ohne ein Wort zu wechseln.

Schließlich erreichten sie einen Hügel, von dem aus man einen weiten Blick über das Tal genießen konnte. Die junge Frau zeigte Giovanni eine riesige Eiche, in deren mächtigem Stamm sich eine Hütte verbarg. Sie warf eine Strickleiter, die sie hinter einer Felsspalte hervorzog, über einen der Äste und zog ihren Retter in ihr Versteck. Giovanni erklomm die Sprossen mit einiger Sorge. Die verflog, als er in ein kleines behagliches Nest aus Zweigen und getrocknetem Gras trat.

»Das ist mein geheimes Refugium«, vertraute sie Giovanni mit breitem Lächeln an und holte eine Feldflasche und einige Vorräte aus einem Versteck. »Hier, stärke dich«, sagte sie und bot ihm eine Frucht an.

»Ich heiße Luna. Ich schulde dir Dank für das, was du getan hast. Ich weiß zwar nicht, warum du es getan hast, aber ich danke dir dafür.«

Statt einer Antwort lächelte Giovanni sie an und deutete dann auf die Pflanzenbündel, die von der Hüttendecke hingen.

»Das sind Pflanzen, die ich trockne und die mir als Heilmittel dienen. Daran ist nichts sehr Unheilvolles!«

»Dann bist du also keine Hexe«, sagte Giovanni mit einer naiven Offenheit, die die Frau verblüffte.

Sie brach in ein fröhliches Lachen aus.

»Und wenn es anders wäre, wärest du dann auch mit mir geflohen?«

Giovanni lächelte wieder.

»Du fragst, warum ich dich von diesen Leuten befreit habe? Tja, das weiß ich selber nicht. Ich habe dich gestern auf dem Platz gesehen. Ich wusste nichts von dir, nicht einmal, ob das, was man sagte, richtig oder falsch ist, aber ich habe nicht hinnehmen können, wie man dich behandelte. Ich habe den ganzen Tag eine große Traurigkeit verspürt, wenn ich an dich dachte. Als es Abend geworden war und ich den Inquisitor sah, ist mir der Gedanke gekommen, dir zur Flucht zu verhelfen, indem ich den Platz der Wache einnehme und den dicken Mönch bedrohe. Doch ich muss dir gestehen, dass ich viel mehr Angst hatte als er, denn ich habe noch nie in meinem Leben eine Waffe geführt!«

Nun brachen sie beide in schallendes Gelächter aus.

»Sieh her!«, rief Luna mit triumphierendem Blick, als sie einen Krug Wein hervorzog. »Wir feiern unsere Begegnung!«

Sie hatte Giovannis Bericht mit großem Erstaunen gelauscht und fragte sich, wer dieser sonderbare junge Mann war, der sein Leben riskiert hatte, um das einer Unbekannten zu retten.

Sie stießen fröhlich an, und Luna erzählte ihm ihre Geschichte.

Sie kannte ihren Vater nicht und war allein bei ihrer Mutter aufgewachsen, auf die die Leute des Marktfleckens mit dem Finger zeigten, weil sie die Gegenwart einer ledigen Mutter wenig schätzten. Doch da diese viele Leiden gelindert hatte, jagte man sie nicht davon, wie es oft armen Frauen ohne Familie wiederfuhr, die von einem Jungen oder einem skrupellosen braven Familienvater geschwängert worden waren. Nach dem Tod ihrer Mutter begannen einige Männer, auch Dorfälteste, sie zu bedrängen und ihre Gunst einzufordern.

Luna verheimlichte Giovanni nicht, dass sie bereits mehrere Liebhaber gehabt hatte und recht freizügig lebte. Aber diese Männer hatten ihr eben gefallen! Die Verwirrung nach den Unglücksfällen, welche die Stadt heimgesucht hatten, hatten einige der abgewiesenen Männer, darunter der Pfarrer höchstpersönlich, genutzt, um eine Kabale gegen sie anzuzetteln. Sie gaben vor, sie bei einem Teufelskult beobachtet zu haben, obgleich sie doch nur im Wald bei Vollmond ihre Heilkräuter gesammelt hatte. Giovanni lauschte mit großem Interesse. Ihre Worte klangen ihm wahr. Sein Misstrauen schwand nach und nach aus seinem Herzen, er hörte ihr aufmerksam zu und betrachtete sie genauer.

Er bewunderte ihren zarten, geschmeidigen, katzenartigen Körper, ihre weiße Haut und ihre schmalen Finger. Er sah ihr lebhaftes Gesicht, ihre flammend blauen Augen und ihre prächtige rote Mähne, die auf die kleinen, wohlgeformten Brüste fiel. »Sie ist wirklich eine sehr verführerische Frau«, sagte er sich, »und ich verstehe, warum sie den Männern der Stadt den Kopf verdreht.«

Nachdem sie ihre Geschichte beendet hatte, meinte sie zu Giovanni, sie habe Hunger und wolle einige Fallen leeren. Sie kletterten vom Baum. Während Luna im Dickicht stöberte, bereitete Giovanni ein Feuer vor. Sie hatten vereinbart, erst spätnachts zu essen, um zu vermeiden, dass man den Rauch aufsteigen sähe.

Als Giovanni genügend Holz zusammengetragen und einen notdürftigen Spieß gefertigt hatte, lehnte er sich an eine Esche und betrachtete den rötlich schimmernden Himmel über dem Tal. Während die Sonne am Horizont verschwand, trat der Mond deren Nachfolge an: Er war vollkommen rund. Luna kam ihm mit einem wunderbaren Hasen in der Hand entgegen.

»Zünde das Feuer an, es besteht keine Gefahr mehr, dass man uns sieht. Ich hole noch einen Krug Wein!«

Sie kletterte wieder auf den Baum, während Giovanni das Reisig mit Hilfe zweier Feuersteine entzündete, die ihm die junge Frau gereicht hatte. Sie gesellte sich zu ihm, und wieder stießen sie fröhlich an, derweil sie darauf warteten, dass die Glut bereit wäre. Als Giovanni den Hasen auseinanderzog, um ihn aufzuspießen, griff Luna nach seiner Hand.

»Willst du, dass ich dir dein Schicksal voraussage?«

Giovanni war sprachlos.

»Ich habe von meiner Mutter auch die Gabe geerbt, das Schicksal der Menschen aus den Eingeweiden von Tieren zu lesen. Ich kann dies nur in Vollmondnächten tun. Darum haben die Leute mir den Namen Luna gegeben, denn sie glauben, es sei das Nachtgestirn, das mir diese seltsamen Offenbarungen einflößt. Ich weiß nichts von dir, aber ich kann Begebenheiten aus deiner Vergangenheit und deiner Zukunft sehen.«

Giovanni erstarrte, vielleicht saß er doch einer echten Hexe gegenüber? Woher hatte sie diese Macht? Von Gott oder vom Teufel? Ihn schauderte. Luna brach in Lachen aus.

»Fürchte dich nicht, Giovanni! Daran ist nichts Unheilvolles. Ich habe diese Gabe seit meiner Geburt. Wenn ich Leuten begegne, sehe ich Dinge aus ihrem Leben. Meine Mutter hat mich gelehrt, in den Eingeweiden von Tieren zu lesen, wenn der Mond rund ist. Ich sehe darin noch viel Genaueres. Ich habe es für mehrere Honoratioren der Stadt getan, und alles, was ich über die Vergangenheit und die Zukunft gesagt habe, hat gestimmt. Auch darum hat mich der Pfarrer satanischer Praktiken beschuldigt. Er sagt, die Mondorakel stammten aus tiefsten heidnischen Zeiten, man würde Götzenkult mit den Gestirnen treiben, wenn man glaube, sie könnten Wissen über die Zukunft vermitteln.«

Giovanni empfand die Vorbehalte des Priesters als durchaus nachvollziehbar. Wie konnte man die Vergangenheit und mehr noch die Zukunft von Unbekannten kennen, ohne von übernatürlichen Kräften unterstützt zu werden? Und wenn die christliche Religion diese Praktiken verdammte, dann doch wohl deshalb, weil sie vom Teufel heraufbeschworen wurden? Wieder las Luna die Gedanken des jungen Mannes. Sanft drückte sie seine Hand. Er wagte nicht, sie ihr zu entziehen, trotz der Angst, die ihn peinigte.

»Die Pfarrer mögen nicht, dass man den Leuten ihre Zukunft weissagt, weil dies sie viel mehr interessiert, als in die Messe oder zur Beichte zu gehen«, fuhr Luna mit fester Stimme fort. »Aber wenn mir die Natur diese Gabe verliehen hat, dann doch sicherlich, um den anderen etwas mitzuteilen, das ihrem Seelenheil nützt? Ich sehe doch nur, was Gott mir zu sehen gibt.«

Lunas Worte leuchteten Giovanni ein. Die Bestimmtheit ihres Tonfalls und die Sanftheit ihrer Stimme milderten seine Angst. »Alles in allem«, dachte er bei sich, »hat sie vielleicht Recht.«

Warum sollte Gott ein unschuldiges Geschöpf, ein Kind, mit unheilvollen Kräften ausstatten? Wenn sie diese Gabe seit ihrer Geburt besaß, dann konnte es nur der Wille des Schöpfers sein. Er schwieg lange und dachte über den Vorschlag der jungen Frau nach: Reizte es ihn, sein Schicksal zu kennen?

Im Grunde seines Herzens war Giovanni kein Fatalist. Er hatte immer empfunden, dass er seinen Lebensweg wählen konnte und nicht erleiden musste. Darum hatte er seine innigsten Wünsche als Möglichkeiten gedeutet, darum hatte er sich allen Schwierigkeiten zum Trotz auf die Suche nach Elena begeben. Er hatte erkannt, dass er sein Leben in die Hand nehmen musste, sonst hätte er nie sein Dorf verlassen und würde das Leben führen, das er nicht wollte. Zugleich hatte er sich oft gefragt, warum er sich so sehr von den anderen Kindern unterschied. Warum seine Wünsche so ganz anders waren als die seiner Kameraden. Er hatte daraus den Schluss gezogen, dass er vielleicht in seinem Leben Taten vollbringen musste, die ihm von einer das Universum regierenden und es überragenden Macht eingeflößt würden. War es das, was Luna »Schicksal« nannte?

Doch ist es gut, sein Schicksal zu kennen?, fragte er sich. Wäre es nicht besser, es nach und nach zu erfahren, Schritt für Schritt, durch die Wünsche, Begegnungen und Ereignisse, die sich einstellen? Was nutzte es, die Zukunft zu kennen, vor allem wenn sie unglücklich sein sollte? Er dachte an Elena. In diesem Augenblick war sie sein Schicksal. Stand es im großen Buch geschrieben, dass er sie suchen und finden und vielleicht sogar ... von ihr geliebt werden müsse? Welch enorme Kraft erwüchse ihm, wenn Luna ihm dies bestätigen sollte? Wenn sie ihm jedoch sagte, er sei auf dem falschen Weg, sein Schicksal sei es, sein ganzes Leben in seinem Dorf zu verbringen, Elena würde ihn nie lieben ... welche Entscheidung träfe er dann?

Der junge Mann versank noch tiefer in Gedanken. Noch immer hielt Luna seine Hand. Sie achtete sein Schweigen, denn sie wusste, dass ihre nächsten Worte von Bedeutung sein würden.

Sie las stets mit ängstlicher Sorge in den Eingeweiden. Manches Mal nahm sie alptraumhafte Visionen wahr, die sie nur allzu gern abgewendet hätte. Einmal war sie schwer erkrankt, nachdem sie in den Eingeweiden eines Huhns, das eine junge Mutter gebracht hatte, eine schreckliche Todesverkündigung sah. Die Frau starb bald danach unter grauenhaften Schmerzen bei der Geburt ihres fünften Kindes. Doch allmählich hatte sie sich in gewisser Weise an diese Visionen gewöhnt. Sie durchlebte sie sehr intensiv, während sie sie erzählte, doch dann gelang es ihr, davon Abstand zu nehmen. Sie übte ihre Gabe aus, ohne dass sie sich noch Fragen stellte, so wie andere ihr Talent fürs Schmieden oder Kochen nutzen.

Giovanni tauchte langsam wieder aus seiner tiefen Grübelei auf. Er ließ Lunas Hand los, als wolle er zeigen, dass die Entscheidung seine ureigene war. Er war zu dem Schluss gekommen, dass er seine Suche fortsetzen würde, gleichgültig was ihm die junge Frau sagte.

Er hatte also nichts zu befürchten. Bestenfalls bestärkte sie ihn in seiner Wahl, und schlimmstenfalls würde er diese sternenlose Nacht und die aus den Eingeweiden eines Hasen herausgelesenen Worte schnell vergessen.

Mit einem Kopfnicken bedeutete er Luna, dass er ihr Angebot annahm.

NEUNZEHN

Die junge Frau nahm das Messer, schlitzte dem Tier den Bauch auf und legte die Innereien frei. Im Licht des Feuers verlor sich ihr Blick in den blutigen Eingeweiden.

Giovanni beobachtete mit einiger Besorgnis Lunas Augen, die eine andere Farbe annahmen und beinahe in Rot umschlugen. Sie waren völlig in diese schleimige Masse vertieft und schienen zugleich weit, sehr weit in die Ferne zu schauen.

Plötzlich fuhr Lunas Kopf zurück, als habe sich etwas Entsetzliches in den Eingeweiden des Tieres gezeigt.

»Eine Frau, ich sehe eine Frau, umgeben von Soldaten. Ihre Hände umfassen ihren Bauch. Sie erwartet sichtlich ein Kind. Sie befindet sich in großer Gefahr.«

Luna schloss eine Weile die Augen. Ihre Stimme klang fremd. Wieder betrachtete sie die Innereien des Tieres.

»Ich sehe einen kleinen Jungen, höchstens sieben oder acht Jahre alt. Er sieht zu, wie ein Sarg in die Erde sinkt. Er hält seine Tränen zurück. Aber er ist sehr traurig, sehr verloren. Er hält seine Tränen zurück, doch Kummer senkt sich für immer in sein Herz.

Jetzt sehe ich wieder das Gesicht der jungen Frau, die das Kind erwartet. Sie hat schwarzes Haar. Sie ist noch jung, doch ihr Herz und ihr Geist sind groß und tiefgründig. Sie tröstet den kleinen Jungen. Sie möchte ihn von seiner Traurigkeit befreien. Sie streichelt sein Gesicht mit so viel Liebe!«

Luna wirkte nun erschöpft. Sie holte Luft.

»Eine andere Frau. Sie ist älter. Wie groß ist ihr Herzeleid! Sie denkt an einen Mann, den sie liebt und der zu einer schrecklichen Strafe verurteilt ist. Sie denkt, sie hätte es verhindern können. Sie fühlt sich schuldig für das, was geschieht.

Ich sehe sie jünger, sehr viel jünger. Wie schön sie ist! Doch ihr Herz ist fassungslos. Sie sieht die Leiche eines von einem Schwert durchbohrten Mannes.

Dieser Mann, ich sehe seinen Mörder! Das ist ... du bist es, der ihn getötet hat. Ich sehe einen zweiten Toten, auch ihn hast du getötet!

Ich sehe einen dritten ... und du bist sein Mörder!

Ich sehe noch einen verängstigten Mann, er hat eine Narbe an der Hand ... du kommst ihm näher ... du wirst ihn mit einem Schwert ermorden, du hebst den Arm. Alles steht still.

Ich sehe vier Greise auf Thronstühlen sitzen. Ein fünfter Thron ist leer. Du stehst vor ihnen. Sie betrachten dich mit Güte. Der erste trägt einen sonderbaren Sternenhut, der zweite ist blind, ein anderer hat einen langen weißen Bart, und der letzte ist in eine weite, weiße Tunika gehüllt. Der erste Greis öffnet den Mund: ›Dein Platz ist unter uns, mein Kind, denn deine Seele ist tief und rein.‹ Der zweite fährt fort: ›Und dennoch sind deine Hände bereits voll Blut, denn du wirst aus Eifersucht, aus Angst und aus Wut töten.‹ Ich höre, wie der dritte Greis das Wort ergreift: ›Solltest du ein viertes Mal töten, dann aus Hass ... dann aber wäre deine Seele für immer verloren.‹ Der letzte zeigt dir das Himmelszelt. ›Giovanni, sieh dir dein tragisches und glanzvolles Schicksal gut an. Fügst du dich darein?‹«

ZWANZIG

Luna schwieg. Ihre Lider schlossen sich, Tränen flossen über ihre Wangen. Schließlich blickte sie Giovanni an.

»Verzeih mir, ich hätte dir nie vorschlagen dürfen, dir deine Zukunft weiszusagen.«

Giovanni hatte ihren Visionen wie vom Donner gerührt gelauscht. Er begriff dieses blutige Fresko nicht und stand der wirren Geschichte völlig fassungslos gegenüber. In dem kleinen Jungen, der seine Mutter verloren hatte, hätte er sich wiedererkennen können, aber es gab kein schwarzhaariges junges Mädchen, das ihn getröstet hätte. Er hatte an Elena gedacht, als Luna eine Frau erwähnte, die voll Mitgefühl einen Mann ihretwegen leiden sieht. Doch es konnte sich nicht um die junge Venezianerin handeln, denn laut der Seherin war diese Frau reifen Alters. Es gelang ihm nicht, sein Leben mit dieser Geschichte in Zusammenhang zu bringen, er war aufgewühlt und ermattet zugleich. Seine Seele war in ihrem Innersten erschüttert, ohne dass sein Verstand wusste warum. Dort saß er also, unfähig, klar zu denken oder ein Wort herauszubringen. Wieder war es Luna, die das Schweigen brach.

»Es ist das erste Mal, dass ich so vieles und in so wirrer Reihenfolge sehe. Ich weiß nicht, wer du bist, und du hast nicht das Gesicht des Mannes, den ich gesehen habe, als ich die Eingeweide beschaut habe. Der war nicht nur ein Verbrecher, sondern ich habe ihn auch als einen Mann mit Macht und großem Wissen wahrgenommen. Du siehst mir eher wie ein Bauer aus.«

»Ja, ich bin tatsächlich nur ein einfacher Bauer«, erwiderte Giovanni, beinahe beruhigt durch seine eigenen Worte. »Wie du begreife ich nichts von dem, was du geschildert hast.«

Dann stand er langsam auf.

»Ich bin erschöpft. Dieser verrückte Tag, deine schrecklichen Visionen, dieser Wein, von all dem dreht sich mir der Kopf. Ich muss mich schlafen legen.«

»Du kannst in die Hütte hochklettern. Dort hast du es behaglich, der Morgentau wird dich nicht wecken. Mich haben diese Verfluchten zu sehr hungern lassen, als dass ich jetzt auf dieses Stück Wild verzichten könnte. Ich komme später zu dir … du kannst ruhig schlafen, ich bin wirklich keine böse Hexe.«

Giovanni hatte nicht einmal mehr die Kraft zu lächeln. Er dachte an nichts mehr. Mühsam erklomm er die Strickleiter und legte sich in einer Ecke der Baumhütte nieder. Innerhalb weniger Augenblicke sank er in den Schlaf.

Mitten in der Nacht begann ein Vogel zu zwitschern. Giovanni brauchte einen Moment, bis er voll bei Sinnen war.

Eine junge Frau schlief an seiner Seite, sie hatte sich eng an ihn geschmiegt. Ihr Haar machte ihn stutzig, und sanft streichelte er ihr Gesicht, das von einem Mondstrahl angeleuchtet wurde. Er fuhr zusammen.

»Elena!«

Es gab keinen Zweifel. Sie war da, in diesem Augenblick, ganz nah bei ihm. Sie schlief friedlich, hatte einen Arm über seine Brust geworfen.

Obgleich es unmöglich war, beschlich Giovanni kein Zweifel. Sie war es. Er war betört vom Zauber ihrer großen, geschlossenen Augen, von der Zartheit ihrer Haut und dem Moschusduft ihres Haars.

Ihn überkam die unbändige Lust, seine Lippen auf ihre zu drücken. In diesem Augenblick schlug die junge Frau die Lider auf. Giovannis Gesicht schwebte über ihren offenen Augen. Seine Lippen waren ihren ganz nahe. Ihre zuerst überraschten Blicke wurden langsam zärtlich und verlangend.

Giovanni wollte gerade dieses köstliche Schweigen durchbrechen und sie fragen, wie es komme, dass sie hier sei, als die Frau, die anscheinend seine geheimsten Gedanken erriet, ihm rasch den Finger auf den Mund legte. Dann ließ sie ihren Handrücken über sein Kinn gleiten, über seinen Hals, seinen nackten Oberkörper. Sie hielt kurz inne, dann drehte sie die Hand und ließ sie über die andere Hälfte seines Gesichts wandern, den Hals entlang, über die Wange, bis hoch zu seinem Haar, in das sie kraftvoll hineingriff.

Giovanni war nicht mehr Herr seiner selbst. Er war wie von Sinnen und gab sich ganz den Liebkosungen der Frau hin.

Sie glitt zu ihm hoch. Giovanni nahm wahr, wie ihre Blicke ineinander verschmolzen und ihre Lippen sich immer näher kamen. Die Frau schmiegte sich an ihn, umfing ihn mit begehrlichen Armen. Sanft fuhren ihre Hände wieder und wieder über die noch frischen Narben auf seinem Rücken. Ihre Zärtlichkeit schien ihm der erlesenste aller Balsame.

Sie spürte das Verlangen des Jungen. Mit einer flinken Bewegung, die Giovanni vollkommen überraschte, drehte sie ihn um und setzte sich auf ihn. Ihr Arm glitt hinunter zu seinem brennenden Glied. Sie packte es und nahm es in sich auf. Eine instinktive, wilde Bewegung erfasste den Körper der jungen Frau, während sie kleine spitze Schreie ausstieß. Dann neigte sie sich zu ihm, und Giovanni erbebte, als ihr offenes Haar im wilden Rhythmus ihres Beckens über seine Brust schwang. Trunken vor Glück legte er die Hände auf ihre vibrierenden Brüste und streichelte sie hingebungsvoll. Seine Erregung ließ ihn das Bewusstsein verlieren.

Wann kam er wieder zu sich …?

Die Frau lag eng an ihn gekuschelt, nackt, das Gesicht unter seinem Arm vergraben. Das fahle Morgenlicht drang langsam in die Hütte.

Giovannis träger Blick verharrte plötzlich auf dem roten Haar seiner Geliebten.

»Luna!«, rief er und richtete sich brüsk auf.

Die Frau schlief. Ein sinnlicher Ausdruck ließ ihre Gesichtszüge erstrahlen. Giovanni wich zurück.

»Die Hexe hat mich getäuscht!«, fauchte er.

Vor Angst und Zorn zitternd, raffte er seine Kleider zusammen und glitt so schnell er konnte die Strickleiter hinab. Eilig streifte er Hemd und Hose über, schlüpfte in seine löchrigen Schuhe, griff mit einer Hand nach dem Degen, den er dem Wachsoldaten entwendet hatte, mit der anderen nach der Feldflasche aus Ziegenhaut und rannte davon.

II. MERCURIUS

EINUNDZWANZIG

Er irrte stundenlang wie ein Dämon durch den Wald und war so aufgewühlt, dass er keinen Gedanken fassen konnte. Er hatte nur ein Ziel: vor dieser Frau zu fliehen, die ihn verhext hatte. Schließlich fand er aus dem Wald heraus, zurück zur Straße. Er ruhte eine Weile am Wegesrand und füllte seine Flasche an einer Quelle. Dann brach er auf in Richtung Norden, in Richtung Venedig, in Richtung Elena.

Das Wandern rückte seine Gedanken wieder zurecht. Er war wütend auf Luna, die mit Sicherheit Elenas Aussehen angenommen hatte, um ihn zu verführen, und es verwirrte ihn, eine solche Wonne und eine solche Lust empfunden zu haben, als er mit dieser Unbekannten schlief. Er machte sich Vorwürfe, auch wenn er sich immer wieder vorsagte, sein Herz und sein Körper seien ganz seiner innig Geliebten zugewandt gewesen.

Als die Sonne sank, nickte er unter einer großen Eiche am Wegesrand ein. Obgleich er über fünfzehn Stunden lang bergauf und bergab gelaufen war, konnte er nichts zu sich nehmen, so sehr war er noch im Bann der Ereignisse der Nacht zuvor. Während er in den Schlaf glitt, kamen ihm die Visionen der Hexe in Erinnerung. »Alles, was sie mir gesagt hat, scheint so weit weg von meinem Leben«, dachte er. »Zugleich ist mein Leben seit einiger Zeit so sonderbar. Was wird mir noch zustoßen? Besteht die Möglichkeit, dass ich ein Verbrecher werde? Nein, ich kann es nicht glauben! Es reicht, es nicht zu wollen. Aber gibt es einen Willen, der stärker ist als mein eigener, der meine Schritte auf einem mir vorbestimmten Weg lenkt? Kann man dem entgehen, was die Hexe ›Schicksal‹ nennt?«

Endlich schlief Giovanni ein. In seinen wilden Träumen mischten sich der widerliche Geruch nach Blut und der berauschende Duft von Elenas Haut.

»Wovon träumst du denn?«

Giovanni schreckte hoch. Am Horizont ging die Sonne auf. Ein bärtiger Riese stand vor ihm. Der Mann ließ ein dröhnendes Gelächter los.

»Du warst sehr unruhig in deinem Schlaf! Mal hast du gestöhnt wie ein Schaf, dem man die Kehle durchschneidet, und mal wie eine Färse, die sich bespringen lässt!«

»Wer seid Ihr?«, rief Giovanni mit wenig fester Stimme und griff nach seinem Schwert.

»Du musst keine Angst haben. Ich heiße Pietro. Ich bin der Diener eines Mannes, der in einem Haus im Wald lebt.«

Der Riese streckte Giovanni die Hand hin, um ihm aufzuhelfen.

Der Junge zögerte zunächst, sie zu ergreifen. Doch sein Herz sagte ihm, dass er nichts zu befürchten habe. Also umfasste er die riesige, haarige Pranke und sprang auf die Füße.

»Ich heiße Giovanni. Was tust du hier zu so früher Stunde?«

»Ich kehre aus der Stadt zurück. Ich bin gestern über die Straße gewandert und habe bei Einbruch der Dunkelheit nicht weit von hier, im Dorf Ostuni, Halt gemacht.«

Er zeigte Giovanni eine gegen einen Baum gelehnte Kiepe.

»Ich habe Vorräte und noch viele andere Dinge für meinen Meister besorgt, du kannst mit uns die Morgenmahlzeit teilen.«

Giovanni merkte nun, dass ihn sein Magen peinigte. Er nahm den Vorschlag des Riesen an und schritt ihm hinterher auf dem Pfad in den Wald. Nach einem kurzen Marsch durch Eichen, Buchen und Kastanienbäume erreichten sie eine Lichtung, die im sanften Licht der Morgensonne schimmerte. Ein Häuschen ganz aus Holz prangte mitten auf der Lichtung.

»Ich habe es mit meinen eigenen Händen gebaut«, rief Pietro, der das Erstaunen in Giovannis Augen sah. »Ich habe Monate dafür gebraucht, aber es wird uns um viele Jahrzehnte überleben.«

»Warum ein solches Haus an einem so einsamen Ort?«

»Weil mein Meister mich darum gebeten hat«, erwiderte der Mann leicht amüsiert.

»Und wem dienst du?«

»Das wirst du gleich sehen.«

Der Riese betrat das Haus. Kurz darauf erschien er wieder.

»Komm herein, mein Junge, mein Meister lädt dich ein, unser Mahl mit uns zu teilen.«

Zögernden Schrittes trat Giovanni über die Schwelle.

Er gelangte in ein großes Zimmer, das durch zwei Fenster Licht bekam. Er fuhr zusammen. Die Wände des Raums waren völlig bedeckt ... mit Büchern.

»Das ... das sind Bücher?«, fragte der junge Mann mit großen Augen. Im hinteren Teil des Raums saß ein alter Mann in einem bequemen Sessel. Er schien recht zerbrechlich, über seiner beeindruckenden Stirn erhob sich eine Korona aus Silberhaar.

Er hob den Kopf von seinem Buch und betrachtete Giovanni mit durchdringendem Blick.

»Hast du schon einmal welche gesehen?«

»Ja, aber niemals so viele«, murmelte Giovanni atemlos.

»Und du kannst lesen?«

»Ein wenig. Ich bin zwar nur ein einfacher Bauer, aber der Pfarrer meines Dorfes hat mir anhand seines Messbuchs beigebracht, Latein zu lesen.«

»Sieh mal an«, sagte der alte Mann sichtlich neugierig. »Und hast du auch anderes gelesen?«

»Leider nein! Aber ich würde gerne!«

Der Greis erhob sich langsam von seinem Platz und hielt Giovanni sein Buch hin. Der war sprachlos und beäugte das in feines braunes Leder gebundene Werk.

»Wie heißt du?«

»Giovanni … Giovanni Tratore.«

»Nimm es, mein Freund. Und sag uns, ob du etwas verstehst.«

Giovanni griff nach dem kostbaren Gegenstand. Er strich über den Einband, öffnete ihn vorsichtig und roch erst einmal daran.

»So ein schöner Geruch!«

»Genauso muss man ein Buch entgegennehmen!«, rief der alte Mann frohlockend. »Sag uns nun, was darin steht. Kannst du den Namen des Verfassers und den Titel lesen?«

Giovanni ließ die Seiten durch seine Finger gleiten, bis er zur ersten kam. Er betrachtete sie eingehend. Zum Glück war der Text in Latein geschrieben.

»Desiderius Erasmus.«

»Bravo!«, rief der Alte sichtlich entzückt. »Und wie lautet der Titel?«

»Der Titel lautet …« Giovanni zögerte, denn diese Wortverbindung erschien ihm ohne Sinn. Doch er wusste nicht, wie er das, was er gerade gelesen hatte, anders übersetzen sollte: *»Lob der Torheit …«*

»Ja, richtig!«

»Aber was bedeutet das? Wie kann man eines der schlimmsten Übel loben, das den Menschen treffen kann?«

Der alte Mann zwinkerte ihm zu. Wahrhaftig, dieser Junge, den er erst seit fünf Minuten kannte, gefiel ihm. Obgleich er ein Bauer war, hatte er den Wunsch gehabt, Lesen zu lernen, und siehe da, er zeigte Anzeichen einer wahren geistigen Neugier.

»Das macht ja gerade den ganzen Reiz dieses Titels und des Werks aus!«

Der Alte nahm Giovanni bei der Hand und bat ihn, sich neben ihn zu setzen.

»Du hast nie etwas von Erasmus gehört, oder?«

»Nein, nie.«

»Und hast du eine Vorstellung davon, was Philosophie ist?«

»Eigentlich nicht. Ich ...«

»Hast du eine religiöse Erziehung genossen?«, fragte der Alte vorsichtig.

»Der Pfarrer hat uns den christlichen Glauben beigebracht, und durch das ständige Lesen des Messbuchs habe ich vieles über unseren Herrn Jesus Christus gelernt. Aber ich habe nicht alles verstanden.«

Der alte Mann strich sich mit der Hand über den zum Teil kahlen Schädel. Er lotete die bestehende Kluft zwischen Giovannis Wissensdurst und seinem mehr als dürftigen Wissensstand aus. Er zögerte, dieses Gespräch weiterzuführen, als der junge Mann wieder ansetzte:

»Ihr habt mir nicht erklärt, wer Erasmus ist und wie man die Torheit loben kann.«

»Ich sehe, dass du Zusammenhänge herstellen willst. Das ist gut! Der Tag würde uns nicht ausreichen, über diese Frage zu sprechen, aber ich kann dir schon ein, zwei Dinge erklären.

Erasmus ist ein Freund von mir. Er ist ein holländischer Priester, aber auch Philosoph, das heißt ein Freund der Weisheit. Er ist durch ganz Europa gereist und hat einen Großteil seines Lebens dem Lesen und Übersetzen von Sentenzen der Philosophen des Altertums gewidmet. Sein Hauptanliegen ist, Eintracht herbeizuführen zwischen der christlichen Heiligen Schrift und der alten Philosophie. Manche Kirchenmänner, das musst du wissen, verdammen das Gedankengut der Philosophen der Antike unter dem Vorwand, es sei nicht von Gott inspiriert. Die Philosophen ihrerseits wollen nur der menschlichen Vernunft vertrauen und verwerfen den Charakter der göttlichen Inspiration der Schrift. Erasmus aber will beide Haltungen miteinander versöhnen, da er denkt, dass die Vernunft keineswegs im Widerspruch zum Glauben und zum Inhalt der Offenbarung steht. Verstehst du?«

»Nicht besonders gut«, gestand Giovanni in aller Bescheidenheit. »Das ist alles sehr neu für mich. Aber was hat es nun mit dem Titel des Buches auf sich?«

»Erasmus hat die Absicht, die Sitten unserer Zeit anzuprangern und insbesondere die der Fürsten und des Klerus. Da er sich mit der Kirche und den Mächtigen dieser Welt anlegt, wählt er einen satirischen Ton und setzt die Torheit als Person in Szene.«

Der alte Mann hielt inne und reichte Giovanni das Buch.

»Sieh selbst. Schlag das Buch irgendwo auf und lies!«

Giovanni nahm es entgegen und öffnete es aufs Geratewohl.

Dann beugte er sich über den gedruckten Text und begann langsam zu lesen:

»So scheinen mir die Fürsten bei aller Herrlichkeit darin doch recht arme Menschen zu sein, dass sie niemand haben, von dem sie die Wahrheit hören, und Schmeichler für Freunde nehmen müssen. Aber Fürsten wollen ja, wird man mir einwenden, die Wahrheit nicht hören, und eben darum gehen sie den Weisen aus dem Wege, aus Angst, auf einen gar zu freimütigen zu stoßen, der ihnen sagt, was mehr wahr als angenehm ist. Ganz richtig: verhasst ist Königen Wahrheit.«

»Du liest vortrefflich das Lateinische, mein Junge«, unterbrach ihn der Alte erstaunt. »Ich bitte dich, fahr fort.«

Erleichtert und angespornt durch dieses Lob, blätterte Giovanni einige Seiten weiter und begann wieder auf gut Glück zu lesen. In diesem Absatz verspottete Erasmus die Philosophen.

»Sie rühmen sich, allein weise zu sein; und meinen, alle anderen

seien flatternde Schemen. Und doch, wie köstlich phantasieren auch sie, wenn sie ihre zahllosen Welten bauen, wenn sie Sonne, Mond und Sterne mitsamt den Sphären auf Daumenbreite oder Fadendicke ausmessen …«

Der alte Mann lachte.

»Da macht er sich über uns lustig, aber er hat so Recht damit. Ach, welch scharfsinniger Geist! Aber fahre fort, wo du doch so gut in Schwung bist! Lies uns noch einige Passagen vor. Es ist noch besser, sie mit kräftiger Stimme vorzutragen, und du kommst sehr gut zu Rande.«

Giovanni vertiefte sich wieder in das Buch und las einige Zeilen über die Fragen, die sich die Theologen stellen.

»Hätte Gott auch in die Gestalt eines Weibes, eines Teufels, eines Esels, eines Kürbisses, eines Kiesels eingehen können? Und wie würde dann dieser Kürbis gepredigt und Wunder gewirkt haben? Wie wäre er zu kreuzigen gewesen?«

Dieses Mal mischte sich das Lachen des Riesen mit dem des alten Mannes, der sogar einen Hustenanfall bekam. Giovanni war selig. Nicht nur weil er beinahe ohne zu zögern einen lateinischen Text lesen konnte, sondern auch weil sein Vorlesen bei seinen Gastgebern Heiterkeit hervorrief.

»All das ist leider allzu wahr!«, sagte der alte Mann lebhaft. »Komm, mein Junge, du hast mir große Freude bereitet, und diese schönen Worte haben mir Appetit gemacht. Unsere Speisen kommen zwar denen der Kirchenleute keineswegs gleich, aber wenn du unser Essen mit uns teilen möchtest, wäre ich glücklich …«

Ohne die Antwort des Jungen abzuwarten, wandte er sich an seinen Diener. »Pietro, bereite uns einen guten Imbiss.«

»Ich weiß nicht, wie ich Euch für Eure Gastfreundschaft danken soll«, stammelte Giovanni, der von der Anstrengung des Lesens noch ganz aufgekratzt war. »Ich wage nicht zu fragen, wer Ihr seid. Es ist sehr sonderbar, einem Mann von großem Wissen zu begegnen, einem Freund eines berühmten

Schriftstellers, der so viele Bücher besitzt und so weit weg von den Städten in diesem Wald lebt …«

Der alte Mann kniff vergnügt die Augen zusammen. Obgleich er seit langem die Einsamkeit gewählt hatte, gefiel es ihm, mit diesem merkwürdigen jungen Mann zu reden.

»Ich habe nahezu mein ganzes Leben in Florenz verbracht. Kennst du die Stadt?«

»Ich stamme aus einem kleinen Dorf in Kalabrien und kenne nur das Land und die wenigen Marktflecken, die ich auf meinem Fußweg hierher durchwandert habe.«

»Und wo gehst du hin, mein Junge?«

»Nach Venedig.«

»Venedig! Aber warum ziehst du dann durch die Abruzzen? Du hättest die Küste entlanglaufen oder besser noch mit dem Schiff fahren können.«

»Ich weiß, Herr … aber ich wollte mir Zeit lassen.«

Die Neugier des alten Mannes war aufs Höchste geweckt. Wer war dieser junge Bauer, und was suchte er? Seine Gedanken wurden von seinem Diener unterbrochen, der das Mittagessen ankündigte.

Als sie im Zimmer nebenan am Tisch saßen, nahm Giovanni das Gespräch wieder auf.

»Darf ich Euch fragen, was Ihr in Florenz gemacht habt und warum Ihr diese große Stadt verlassen habt, um Euch hier zu verstecken?«

Der Alte lachte.

»Das hast du gut gesagt, mein Junge, ich habe mich hier versteckt! Ich bin wie Erasmus Philosoph, und ich habe einst ein einfaches Billett veröffentlicht, das weder der politischen noch der religiösen Obrigkeit gefallen hat. Man hat mich aus der Stadt verbannt, und ich bin mit Pietro, meinem treuen Diener, und allen Büchern, die ich habe mitnehmen können, gegangen. Seitdem haben sich die Dinge geändert, und ich hätte nach Florenz zurückkehren können, doch schließlich habe ich an diesem zurückgezogenen Leben Gefallen gefunden. Ich kann mich gänzlich meinen Studien widmen und bin nicht mehr verpflichtet, an diesen Mondänitäten teilzunehmen, die mich noch mehr langweilen als ein Gottesdienst!«

»Und was studiert Ihr?«, fragte Giovanni neugierig.

»Alles! Ich interessiere mich für die Naturwissenschaften, für Medizin, Theologie, Philosophie, für die Dichtung, für die Bewegungen der Planeten, für die heiligen Bücher – du musst wissen, seit beinahe einem Jahrhundert wird unsere alte christliche Kultur durch die Wiederentdeckung der Denker des griechischen und römischen Altertums verjüngt. Gewiss, man kannte während der früheren Jahrhunderte die Gedanken der größten Philosophen wie Platon und Aristoteles, doch sie waren durch die Araber zu uns gelangt, und sehr oft besaß man nicht die griechischen Originaltexte. Vor einem guten Jahrhundert sind nun die Handschriften des großen Platon durch byzantinische Theologen nach Italien gekommen. Im Jahre des Herrn 1439 hat Papst Eugen IV. in Florenz, meiner Geburtsstadt, ein Unionskonzil einberufen, mit der Absicht, die Ostkirche und die Westkirche zu vereinen. Trotz des relativen Misserfolgs des Konzils ließen sich mehrere griechische Gelehrte, die zu diesem Anlass gekommen waren, in der Toskana nieder. Unter der Ägide des aufgeschlossenen Cosimo de Medici entstand nach dem Vorbild der berühmten von Platon gegründeten Schule eine neue Akademie. Cosimo vertraute die Leitung dem an, der mein Meister werden sollte: Marsilio Ficino. Hast du diesen Namen schon einmal gehört?«

»Leider nein«, gestand Giovanni, beschämt, erneut seine Unkenntnis eingestehen zu müssen.

»1477 habe ich ihn zum ersten Mal getroffen. Ich war gerade siebzehn Jahre alt geworden. Er war vierundvierzig und auf dem Gipfel seines Ruhmes.« Giovanni merkte sich diese wertvolle Information und errechnete, dass der Philosoph mittlerweile in seinem dreiundsiebzigsten Jahr war. Der alte Mann erzählte mit zunehmend funkelnden Augen weiter.

»Welch herrliche Jahre! Die Akademie war, angeführt von Marsilio und unter dem Schutz von Lorenzo de Medici, Cosimos Enkel, ein Ort leidenschaftlicher Forschungen, wo wir diese verlorenen Schätze der Antike hoben. Ich beschloss, mein Leben der Philosophie zu widmen. Ich lernte Griechisch und wurde einer der engsten Mitarbeiter Marsilios. Ich half ihm bei der vollständigen Übersetzung der *Dialoge* Platons, die wir 1484 veröffentlichten, und dann bei der von Plotins *Enneaden*, die zwei Jahre später vollendet war.«

Der alte Mann machte eine Pause. Die Erinnerung an seine Vergangenheit bewegte ihn, und sein Blick schien von den Bildern dieser Ereignisse ganz in Anspruch genommen.

Giovanni nutzte die Gelegenheit, schüchtern zu fragen:

»Wer ist Plotin?«

»Ah, Plotin! Ein großartiger Geist!«, entgegnete der Philosoph begeistert. »Dieser große Bewunderer Platons lebte im dritten Jahrhundert in Alexandria und in Rom. Er unternahm eine lange Reise durch Indien, die ihn zutiefst prägte. Sein Werk bildet eine beachtliche Synthese des antiken Denkens und ist auch ganz durchdrungen von seiner mystischen Erfahrung des erhabenen Gottes, den er den Einen nennt. Während ich Plotin übersetzte, habe ich mich in Freundschaft an einen Mann gebunden, der zehn Jahre jünger war als ich und von außerordentlichem Scharfsinn: Giovanni Pico della Mirandola. Dieser Geist, zweifellos der größte, den ich kennen gelernt habe, hatte sich mit kaum dreiundzwanzig in den Kopf gesetzt, auf seine Kosten alle Gelehrten, die zur Christenheit zählten, in Rom zusammenzurufen, um mit ihnen die neunhundert Thesen zu diskutieren, die er gerade veröffentlicht hatte und die alle großen philosophischen und religiösen Fragen zusammenfassten. Doch der Papst verurteilte sieben dieser Thesen als unvereinbar mit dem christlichen Glauben.

Pico wollte nicht klein beigeben und veröffentlichte eine *Apologia*, in der er selbst alle seine Thesen verwarf. Er musste auf sein Vorhaben verzichten und ging nach Frankreich ins Exil, wo er verhaftet und eingekerkert wurde. Dank der Fürsprache von Lorenzo de Medici wurde er schließlich an unsere Stadt ausgeliefert, die ihn mit Freuden aufnahm. So hatte ich das Glück, ihn während der letzten Jahre seines viel zu kurzen Lebens fast täglich zu sehen, denn er starb 1494, nur ein Jahr, nachdem er vom Verdacht der Häresie freigesprochen worden war, und am selben Tag, an dem die Truppen des französischen Königs in Florenz einmarschierten.«

Der Philosoph schwieg und sah seinen jungen Gesprächspartner eine Weile schweigend an. Dann wandte er den Blick ab und sagte leise:

»Doch das ist eine andere Geschichte, und meine Erinnerungen führen uns zu weit. Ich wollte dir nur sagen, dass ich versucht habe, dem Weg meiner Meister Marsilio Ficino und Pico della Mirandola zu folgen, die sich bemühten, ein universelles Wissen zu erlangen, ohne jedes Vorurteil und über alle Grenzen von Sprache oder Religion hinweg.«

Giovanni war etwas benommen von all dem, was er gehört hatte. Die Vorsehung hatte ihn also zu einem Mann mit »universellem Wissen« geführt. Er traute seinen Ohren nicht.

»Du hast keinen Appetit«, sagte Pietro zu dem jungen Mann, als er bemerkte, dass er weder das Brot noch den Käse noch die Scheibe Speck, die auf seinem Teller lagen, angerührt hatte.

»Doch … ganz im Gegenteil, ich habe fürchterlichen Hunger! Aber ich bin so bewegt, jemandem wie Euch, Herr, begegnet zu sein …«

»Nenn mich Meister Lucius, so wie mein guter Pietro und meine alten Schüler der Akademie.«

Giovanni dachte bei sich, dass ein Traum wahr würde,

wenn er an einem solchen Ort studieren dürfte. Und dann dachte er noch, dass Meister Lucius ihm all sein Wissen beibringen könnte. Er müsste hierbleiben für die Zeit, die er für seine Studien bräuchte, die Zeit, seine Unwissenheit zu beackern, denn er wüsste sie wohl zu einem blühenden Garten zu wandeln. Ja, davon war er überzeugt. Und es wäre eine schöne Möglichkeit, sich Elena zu nähern. Aber wie sollte er von diesem Meister und dessen Zerberus die Erlaubnis bekommen, bei ihnen zu leben?

ZWEIUNDZWANZIG

Bis zum Ende ihres Mahls fragte Meister Lucius Giovanni aus. Der Junge sprach freimütig und erzählte ihm seine ganze Geschichte. Nur die Ereignisse der letzten beiden Tage verschwieg er, aus Angst, der Philosoph könnte ihm nicht glauben und ihn aus dem Haus jagen.

Der alte Mann war beeindruckt von Giovannis Intelligenz und seinem reinen Herzen. Während er ihm lauschte, erwachte in ihm der Wunsch, sein Wissen an einen jungen, unberührten Geist wie diesen weiterzugeben. Außerdem würden die immerhin leidlichen Lateinkenntnisse des Jungen ihm das Lernen beträchtlich erleichtern, auch wenn diese ergänzungsbedürftig waren. Er fragte sich, ob ihm nicht die Vorsehung diesen jungen Mann geschickt hatte, damit er am Ende seines Lebens das Wesentliche seines Wissens und Denkens weitergeben könne. Er beschloss, noch ein wenig zu überlegen und Giovanni, seinen Charakter und insbesondere seine Beharrlichkeit und seine Beweggründe für das Studium genau zu beobachten.

Kaum hatten sie ihre Mahlzeit beendet, fragte er ihn, ob er einige Tage bleiben mochte. Giovanni war außer sich vor

Freude, als er diese Worte hörte, und konnte nicht umhin zu antworten:

»Mehrere Wochen oder selbst mehrere Monate, wenn Ihr es wünscht!«

»Und Elena? Vergiss nicht, dass du dein Dorf und deine Familie verlassen hast, um dieses liebenswürdige Wesen zu suchen – und nicht, um mit einem jähzornigen Greis zu leben!«, scherzte Meister Lucius, den die Begeisterung des Jungen entzückte.

Dann vertraute er ihn Pietro an, der ihm das Haus zeigen und ihre Lebensgewohnheiten erklären sollte. Der Riese schlug Giovanni vor, ihn in den Wald zu begleiten und Holz zu holen.

»Ich habe mich nicht getäuscht, als ich dich zu uns mitnahm, ich glaube, du gefällst meinem Meister«, sagte er, als er Reisig aufsammelte.

»Ich weiß es nicht. Aber ich bin so glücklich, dass er mir angeboten hat, bei euch zu bleiben. Ich kann dir gar nicht genug danken, dass du mir vorgeschlagen hast, mit zu deinem Meister zu kommen. Welch ein außergewöhnlicher Mann!«

»Außergewöhnlicher, als du dir vorstellen kannst. Er ist ein Gelehrter, der außer Italienisch, Griechisch und Latein noch sechs Volkssprachen beherrscht. Aber er ist vor allem ein in der ganzen Christenheit berühmter Philosoph und Astrologe!«

Giovanni zauderte kurz. Er wusste nicht, was ein Astrologe war.

»Und du«, fragte er eilig, um abzulenken, »warst immer in Diensten von Meister Lucius? Warst du nie verheiratet?«

»Nie. Oh, ich hatte manch galantes Abenteuer, als wir noch in Florenz lebten oder auch wenn ich meinen Meister auf Reisen begleitete. Doch genau wie er hatte ich nie Gefallen daran, mit einer Frau zusammenzuleben und Kinder großzuziehen. Und weißt du, mit dem Alter ist mir das Verlangen nach Frauen nahezu vergangen.«

»Und wirst du auch von deinem Meister unterrichtet?«

»Eigentlich nicht. Ich weiß einiges, weil er mir davon erzählt oder auch, weil ich Gespräche mit anhöre, wenn Besucher zu ihm kommen. Ich stehe seit nunmehr über dreißig Jahren in seinen Diensten, und seit fast dreizehn leben wir zusammen! Aber im Gegensatz zu dir bin ich nicht imstande, Latein zu lesen. Meine Bücher sind die Waffen!«

»Waffen?«, rief Giovanni erstaunt. »Was willst du damit sagen?«

»Ich war Waffenmeister bei einem florentinischen Adligen, bei Signore Galfao. Ab meinem zehnten Lebensjahr lernte ich, mit dem Schwert, der Armbrust, dem Messer und dem Speer umzugehen. Dann wurde ich Kommandant seiner Leibgarde und brachte Männern bei, die Waffen zu führen.«

»Warum hast du diesen Herrn verlassen und bist in die Dienste von Meister Lucius getreten?«

»Wegen einer Frau!«

Verdutzt sah Giovanni den Riesen an, der lächelnd fortfuhr.

»Ich habe meinem Herrn Hörner aufgesetzt! Der hat mich fortgejagt, und kein anderer Edelmann hat mich in seinen Dienst genommen, aus Angst, meinem Herrn zu missfallen. Ich dachte daran, die Stadt zu verlassen und mich als Söldner zu verdingen, doch schließlich wurde ich von Meister Lucius als sein persönlicher Wächter eingestellt. Er war damals berühmt in Florenz, erhielt aber wiederholt Drohungen wegen seiner religiösen und politischen Standpunkte. Als er ins Exil gehen musste, beschloss ich, mit ihm zu gehen, und ich wurde ein Art Mann für alles … und mit bald sechzig Jahren bin ich noch immer da!«

Giovanni schoss ein Gedanke durch den Kopf.

»Kannst du dich noch immer der Waffen bedienen?«

»Aber sicher doch! Ich habe hier so viele, dass ich ein ganzes Regiment ausrüsten könnte. Und mehr als einmal habe ich sie einsetzen müssen, um Gauner zu verjagen, die um das Haus schlichen.«

»Wenn ich einige Zeit hierbleibe, würdest du mich im Umgang mit gewissen Waffen wie dem Messer und dem Degen unterweisen?«

Pietro stand langsam auf, und die Hände auf die breiten Hüften gestemmt, musterte er Giovanni.

»Mit größtem Vergnügen, mein Junge!«

Die nächsten Tage war Giovanni wie benommen vor Glück. Er dankte dem Himmel für diese Begegnung, die ihn fast die verstörende mit Luna hatte vergessen lassen. Eifrig half er Pietro bei verschiedenen Aufgaben im Haushalt, lernte gewissenhaft sein Latein und verschlang in weniger als zwei Tagen die lateinische Übersetzung des *Handbüchleins* von Epiktet, das Meister Lucius ihm gegeben hatte. Und er begann, mit Pietro das Führen des Degens zu üben.

Er liebte diesen Wechsel zwischen Studium und körperlicher Ertüchtigung und schwelgte in der Gesellschaft der beiden Männer, deren Wesen so verschieden war. War Pietro eine Art heiterer und sanfter Bär, so entpuppte sich Meister Lucius als ein Mann von großer Strenge, der auch hin und wieder so kurze wie heftige Wutanfälle bekam.

Das machte Giovanni wenig aus, der die Hochherzigkeit, mit der der Philosoph ihn unterrichtete, zu schätzen wusste.

Der Augenblick der Wahrheit kam am achten Tag nach seiner Ankunft. Meister Lucius zitierte ihn nach dem Mittagessen zu sich. Er wirkte ernster als sonst. Mit beinahe feierlichem Ton bat er Giovanni, ihm gegenüber auf einem Hocker Platz zu nehmen.

»Mein Junge«, begann er sich räuspernd, »seit nunmehr einer guten Woche teilst du unser Leben und wirst deinem Wunsch gemäß von mir und Pietro unterwiesen. Was wünschst du dir für die Zukunft?«

Giovanni schwieg eine Weile. Doch dann sagte er mit fester Stimme: »Meister, ich wünsche mir von ganzem Herzen, bei Euch zu bleiben und weiter zu lernen.«

»Sehr gut. Aber weißt du, was das bedeutet?«

Ein wenig aus der Fassung gebracht, antwortete Giovanni zögerlich:

»Gewissenhaft Euren Unterrichtsstunden folgen, unablässig studieren ...«

»Gewiss, aber du verpflichtest dich auch auf lange Zeit. Denn ich denke nicht daran, auch nur einen Bruchteil meines Wissens einem unsteten oder oberflächlichen Menschen zu vermitteln, der nach Lust und Laune kommt und geht und sein Glück woanders sucht, nachdem er hier vom Nektar einiger duftender Blüten genascht hat. Du musst wissen, dass du einen langen und schwierigen Weg einschlägst. Eine solide geistige Ausbildung kann Jahre dauern, selbst wenn du dich ihr vollkommen widmest. Wenn du beabsichtigst, nur einige Wochen oder Monate hierzubleiben, so ist es besser, du gehst deines Weges und setzt die Suche nach deiner Schönen fort.«

Die Worte des alten Mannes klangen hart in Giovannis Ohren. Doch sie zwangen ihn, sich seines inneren Zwiespalts vollends bewusst zu werden und sich zu entscheiden. Schon immer hatte es ihn gedrängt zu lernen. Die Aneignung von Wissen war für ihn ein Ziel an sich. Zugleich hatte sein Verlangen, Elena zu finden und ihr Herz zu erobern, nicht nachgelassen, und seine Studien schienen ihm das beste Mittel, dieses Ziel zu erreichen. Mit anderen Worten, er würde für die Schulung seines Geistes nicht riskieren wollen, Elena zu verlieren. Doch sein Meister gab ihm eindeutig zu verstehen, dass er das Studium der Philosophie nicht der Liebe zu einer Frau unterordnen dürfe. Er müsse diesen Weg ohne Hintergedanken einschlagen, müsse sich ihm mit Leib und Seele verschreiben. Diese Verpflichtung könne Jahre in Anspruch nehmen. Hätte er die Geduld, so lange auf ein Wiedersehen mit seiner

Liebsten zu warten? Und bestünde nicht die Gefahr, dass sie, wenn er sie wiedersähe, bereits verlobt wäre? Noch vor knapp einer Woche hätte er sich nicht darauf eingelassen. Nachdem er nun mit Wonne vom Glück, sich zu bilden, gekostet hatte, fiel es ihm sehr viel schwerer, sich zu entscheiden.

»Wie lange müsste ich bei Euch bleiben?«, fragte er schließlich den alten Mann.

Der Philosoph rieb sich nachdenklich das Kinn.

»Es ist mir unmöglich, dir eindeutig zu antworten. Es hängt von deinen Fähigkeiten und deinem Lerneifer ab. Aber es ist undenkbar, dass du weniger als ... drei Jahre bei mir bleibst.«

»Drei Jahre!«, wiederholte Giovanni schaudernd. Drei Jahre, ohne Elena wiederzusehen! Dies schien ihm über seine Kräfte zu gehen. Er erbat sich vom Meister Bedenkzeit, die dieser ihm bis zum Morgen des nächsten Tages gewährte.

Giovanni grübelte den ganzen Tag und die ganze Nacht über diese grausame Alternative. Wie er sich auch entschied, er müsste in jedem Fall ein Opfer bringen. Als die Sonne aufging, war Giovanni erschöpft von seinem inneren Kampf. Doch er hatte eine Entscheidung gefällt.

Wie alle, die eine schmerzhafte Wahl haben treffen müssen, fühlte er sich nun erleichtert. Er hatte verstanden, dass Meister Lucius und Pietro ihm die Chance boten, zum Mann zu werden.

Ein kräftiger Mann, imstande, sich zu schlagen, sich selbst und andere gegen Banditen und Diebe zu verteidigen.

Ein geistig und moralisch entwickelter Mann, imstande, sich selbst zu erkennen und die Welt zu verstehen. Trotz des Risikos, Elena zu verlieren, konnte er sich diese Gelegenheit nicht entgehen lassen.

Ihm war auch klar geworden, dass seine Chancen, Elenas Herz zu erobern, viel größer sein würden, wenn sie sich je wiedersähen und sie noch frei wäre.

Er ging zu Meister Lucius, der gerade den Gemüsegarten sprengte. »Meister«, sagte er ernst. »Ich habe mich entschieden: Ich bleibe so lange bei Euch, wie es Euch für meine Ausbildung notwendig erscheint.«

DREIUNDZWANZIG

Die folgenden Monate waren die aufregendsten in Giovannis jungem Leben.

Das tägliche Training mit Pietro vermittelte ihm ein ganz neues Körpergefühl. Er war geschmeidiger geworden und spürte jeden seiner Muskeln besser. Die Übungen im Umgang mit dem Degen weckten in ihm eine neue Behändigkeit und Wachheit.

Doch mehr noch fühlte er sich durch Meister Lucius verwandelt. Der alte Mann hatte sich dazu entschlossen, mehrere Fächer parallel zu unterrichten. Eine Stunde Latein, damit sein junger Schüler die Sprache der Gebildeten beherrschen lernte, die unumgänglich war, um die meisten philosophischen und theologischen Werke zu lesen. Eine Stunde in Heiliger Schrift und Theologie. Eine Stunde Griechisch, damit er die maßgeblichsten Philosophen und die Evangelien im Urtext lesen könne. Dann schließlich noch eine Stunde Philosophie, nicht nur, um ihm die großen Themen der Moral, der Naturwissenschaften und der Metaphysik nahezubringen, sondern vor allem, um ihm selbstständiges Denken zu lehren und seinen kritischen Geist und seine Urteilsfähigkeit zu entwickeln.

Denn für Meister Lucius bedeutete Philosophieren nicht nur, sich Wissen anzueignen, sondern insbesondere auch die Fähigkeit zu entwickeln, logisch zu denken und ohne vorgefasste Meinung vorzugehen. Philosophieren bedeutete, zu lernen, als hellsichtiger, freier und verantwortlicher Mensch zu leben.

Für Meister Lucius wie für seinen Freund Erasmus stand die Philosophie nicht im Widerspruch zum Glauben. Sie führte nur zu einem reiferen, persönlicheren Glauben, der den Dogmen und den kirchlichen Institutionen kritischer gegenüberstand.

Wie sein holländischer Freund warf Meister Lucius der Kirche vor, sich von den Idealen des Evangeliums abgewandt zu haben, die sie bei ihrer Gründung geleitet hatten. Er kritisierte sie heftig, da er sie liebte und wünschte, sie fände zurück zu der Einfachheit und Reinheit ihres Ursprungs, als Jesus auf den Straßen Judäas oder Galiläas zu seinen Jüngern sprach und sie ermahnte, alles aufzugeben, um ihm zu folgen. Nun aber waren die Kirche und insbesondere Rom im Laufe der Jahrhunderte zu einem der bedeutendsten Orte der Macht, der Korruption, politischer Intrigen, sexueller Ausschweifungen und der Geldgier geworden.

Aus diesem Grund hatte sich ein junger deutscher Mönch, Martin Luther mit Namen, gegen die Macht in Rom aufgelehnt. Er hatte gefordert, dem Ablasshandel ein Ende zu setzen, der darin bestand, dass die Kirche die Vergebung der Sünden verkaufte, damit der Sünder den Qualen des Fegefeuers im nächsten Leben entginge. Ebenso wie Erasmus rief er die Kirche dazu auf, eine tiefgreifende Reform der Sitten einzuleiten und zur ursprünglichen Botschaft Christi zurückzukehren. Von den Gedanken der Humanisten durchdrungen, forderte er außerdem, die Bibel in die Sprache des einfachen Volkes zu übersetzen, so dass jeder Gläubige sie lesen und mit seinem kritischen Geist erkennen könne, was den Prinzipien des Evangeliums und was dem Dogma Roms entsprach. Etwa zehn Jahre zuvor, im Januar 1521, hatte die Kirche Luther zwar exkommuniziert, doch sein Gedankengut verbreitete sich unablässig in ganz Nordeuropa, und so mancher Fürst unterstützte ihn.

Auch außerhalb der Unterrichtsstunden sprach Meister Lucius mit seinem jungen Schüler über diese brennenden Fragen, die ihn faszinierten. Er erklärte ihm, er habe Florenz wenige Monate nach dem Bruch zwischen Luther und Rom verlassen müssen, da er in einem Pamphlet die Exkommunikation des ehemaligen Mönchs von Wittenberg aufs Schärfste verurteilt hatte.

Eines Tages, als der Winter seinem Ende zuging, fragte Giovanni seinen Meister, warum er sich nicht zum Lager der Reformatoren bekannt habe, da er doch im Kern die Ansichten Martin Luthers zu teilen scheine.

»Wegen einer philosophischen und theologischen Frage höheren Ranges«, antwortete der alte Mann. »Wegen der Frage des freien Willens.«

»Des freien Willens ...«, murmelte Giovanni.

Die Frage des menschlichen Schicksals und der menschlichen Freiheit bewegte ihn zutiefst. Seit er der Hexe begegnet war und sie ihm seine Zukunft vorausgesagt hatte, fragte er sich immer wieder, ob es dem Menschen möglich sei, den Lauf seines Schicksals durch die Ausübung der Freiheit zu verändern, oder ob er dazu verdammt sei, vergeblich dagegen anzukämpfen.

Giovanni wartete geduldig, dass ihm der Meister erklärte, was der Begriff des freien Willens bedeutete und wie er seine Weigerung, sich der Reform Luthers anzuschließen, begründete. Das wäre auch die Gelegenheit, sagte sich Giovanni, ihn zu der Frage der Freiheit und des Schicksals zu befragen.

Nach langem Schweigen erhob sich der Alte von seinem Stuhl. Er trat in die Mitte des großen Raums, bat Giovanni, er möge ihm helfen, den Tisch und die Stühle beiseitezuschieben, und zog dann den Teppich weg. Vor den verblüfften Augen des jungen Mannes wurde eine Falltür sichtbar.

»Du wirst meine Geheimbibliothek zu sehen bekommen«,

sagte er heiter. »Öffne du die Falltür, ich suche nach einer Kerze, damit wir Licht haben.«

Die beiden Männer stiegen in einen kleinen Erdkeller hinab. Rechts von der Treppe stand eine recht große Holztruhe. Der alte Mann öffnete sie mit einem Schlüssel, den er am Hals trug. In der mit Stroh gefüllten Truhe verbargen sich etwa dreißig Bücher.

»Die größten Schätze meiner persönlichen Bibliothek«, kommentierte der Philosoph.

»Habt Ihr Angst vor Banditen?«, fragte Giovanni.

»Nein, Bücher interessieren die Diebe in dieser Gegend nicht sonderlich. Aber ich habe die Befürchtung, ein Brand könnte diese Werke, die mir so teuer sind, zerstören. Hier unten droht ihnen keine Gefahr!«

Meister Lucius befreite einige Bücher vom Stroh. Eines erregte gleich Giovannis Aufmerksamkeit. Sein breiter Rücken war wunderschön gebunden.

»So ein prachtvolles Buch«, raunte Giovanni voll Bewunderung.

»Ah, du hast das Juwel meiner Sammlung bemerkt!«

Der Philosoph nahm es in die Hand und schlug es auf.

»Es ist eine große Rarität, geschrieben von einem arabischen Astrologen mit Namen Al-Kindî. Dies ist das einzige Exemplar auf Latein. Dieses Buch ist von unschätzbarem Wert, und ich befürchte, dass es letztendlich an der Feuchtigkeit dieses Kellers Schaden nehmen könnte.«

Dann legte er es behutsam zurück und zog ein anderes heraus. Er verschloss die Truhe und stieg hinter Giovanni, der die Kerze trug, die sieben Stufen hinauf. Während der Junge die Falltür wieder schloss und den Teppich und die Möbel an ihren Platz zurückrückte, holte der alte Mann zwei weitere Bücher aus seiner Bibliothek. Alle drei reichte er Giovanni.

»Hier, nimm, mein Junge.«

Giovanni beugte sich über die kostbare Ausbeute. Das erste

Buch war kurz: Es handelte sich um einen Brief des Apostels Paulus, *Brief an die Römer*, den er noch nicht gelesen hatte. Das zweite war ein kleines Buch von Erasmus mit dem Titel *Diatribe sive Collatio de Libero arbitrio* – »Vom freien Willen«. Es war die Originalausgabe, die 1524, also vor genau zehn Jahren, in Basel erschienen war. Das letzte Buch war von Luther, erschienen 1525, mit dem Titel *De servo arbitrio* – »Vom geknechteten Willen«. Alle drei Werke waren auf Latein verfasst.

»Da hast du drei wesentliche Texte, um über die christliche Auffassung der menschlichen Freiheit zu diskutieren. Ich werde dir einige Ideen zu diesem Punkt erläutern und dir anhand dessen den Grund darlegen, warum ich mich nicht Luther angeschlossen habe. Aber lies erst einmal den Anfang des Paulusbriefs. Es ist ein solches Vergnügen, diese Texte vorgelesen zu bekommen!«

Giovanni schlug das Büchlein auf und begann mit zugeschnürter Kehle seine Lektüre.

»Paulus, ein Knecht Jesu Christi, berufen zum Apostel, ausgesondert zu predigen das Evangelium Gottes …«

VIERUNDZWANZIG

So wir glauben an den, der unseren Herrn Jesus auferweckt hat von den Toten, welcher ist um unsrer Sünden willen dahingegeben und um unsrer Gerechtigkeit willen auferweckt.«

»Lass es dabei bewenden«, befahl der alte Mann, als Giovanni den ersten Teil des Paulusbriefes fertig gelesen hatte. »Hier hast du den Schlussstein des ganzen Bauwerks des paulinischen Denkens. Damit du diesen Gedanken verstehst, der jahrhundertelang großen Einfluss haben sollte bis hin zu diesem Streit zwischen den beiden großen Geistern Erasmus und

Luther, werde ich dir einiges über Paulus erzählen, der der wirkliche Begründer der christlichen Religion war.«

»War es denn nicht unser Herr Jesus Christus, der die Religion begründet hat, die seinen Namen trägt?«, wunderte sich Giovanni.

Der Meister erzählte ihm die Geschichte von Saulus, einem gelehrten und frommen Juden. Als er sich zu Christus bekannte, nahm er den Namen Paulus an und wurde ohne Zweifel zu dem Apostel, der mit größtem Eifer das Evangelium, »die frohe Botschaft«, Jesu Christi verbreitete, des Sohn Gottes, gestorben und auferstanden für das Heil der Menschen. Denn weit vor den anderen Aposteln war er vom universellen Charakter des Heils überzeugt, das der von Gott Auserwählte gebracht hatte.

»Ich weiß nicht, ob ich das verstehe«, warf Giovanni schüchtern ein. »Welcher Unterschied besteht zwischen der jüdischen Auffassung des Heils und jener der Jünger Jesu?«

»Darauf komme ich gleich, denn das genau ist der Kernpunkt des Problems, das ich dir erklären will«, sagte der Greis. »Nach den jüdischen Schriften war der Mensch vor Gott gerecht, weil er die Vorschriften des durch Moses verkündeten Gesetzes befolgte. Aus diesem Grund wollten Petrus, Jakobus – Jesus' Bruder – und die anderen Apostel den neu Bekehrten die Gebote des jüdischen Gesetzes auferlegen. Aber Paulus interpretierte die Unterweisungen Christi anders. Für ihn war seit dem Kommen Christi der Mensch vor Gott nicht mehr gerecht durch das Befolgen des Gesetzes, sondern allein durch den Glauben an Jesus Christus, den Sohn Gottes und Retter der Menschheit. Darum war es nicht notwendig, die neuen, dem Heidentum entronnenen Jünger aufzufordern, die zahlreichen Vorschriften des jüdischen Gesetzes einzuhalten, wie es die Apostel anordneten. Allein der Glaube an Christus genügte, um sie vor Gott zu Gerechten zu machen. Paulus erklärt es ausführlich in seinem gesamten

Brief, indem er die Doktrin der ›Erbsünde‹ entwickelt: Der Tod ist die Konsequenz aus dem Sündenfall des ersten Menschen – Adam-, und Jesus ist der neue Adam, von Gott gesandt, der kommt und uns vom Fluch des Todes befreit, weil er alle unsere Verfehlungen auf sich nimmt, um uns die Pforten zum ewigen Leben zu öffnen.«

»Und ist es Paulus gelungen, die anderen Apostel zu überzeugen, die doch Jesus Christus schließlich leibhaftig gekannt hatten?«, wunderte sich Giovanni.

»Er löste eine heftige Kontroverse aus! Petrus rief eine Diskussionsrunde in Jerusalem zusammen, eine Versammlung, die man traditionell als das erste Konzil der entstehenden Kirche ansieht. Paulus argumentierte so gut, indem er an die von den Jüngern selbst berichteten Taten und Gesten Jesu erinnerte, dass er schließlich auch die Zögerlichsten überzeugte. Der richtige Bruch, durch den die Religion Christi sich außerhalb der jüdischen Gemeinschaft weiterentwickelte, datiert aus dieser Zeit. Paulus war davon überzeugt, dass die Ankunft Christi, des Retters, für jeden Menschen gedacht war, unabhängig von seiner Sprache oder Hautfarbe, so dass er das Ewige Leben durch den Glauben an Jesus Christus erlangt.«

Der Alte hielt inne. Er schloss eine Weile die Augen, lächelte dann Giovanni an und fuhr mit ernster Stimme fort.

»Wenden wir uns nun der Frage des freien Willens zu. In der Folge haben die ersten christlichen Denker, die man Kirchenväter nennt, versucht, Rechenschaft abzulegen über dieses Heil, das die Gnade Gottes bewirkt – denn der Glaube ist eine Gabe Gottes –, aber sie betonten auch das Verdienst eines jeden Einzelnen. Sie haben festgelegt, dass der Mensch an seinem Heil mitwirkt, indem er frei die Gabe des Glaubens empfängt und gute Werke tut, als Zeichen und Lohn des Glaubens an Jesus. Anders gesagt, selbst wenn das Heil ein für alle Mal durch Jesus Christus gegeben wurde, steht es dem Menschen frei, es anzunehmen oder abzulehnen, und er muss durch gerechte Taten seine Bekehrung zum christlichen Glauben zum Ausdruck bringen. Manche Theologen haben besonderen Nachdruck auf die menschliche Freiheit gelegt. So war Pelagius überzeugt, der Mensch könne nicht gerettet werden, ohne dass er aktiv durch gute Werke an seinem Heil beteiligt sei. Augustinus hat heftig dagegen angekämpft, er betonte, wenn der Mensch wirklich einen freien Willen besitze, dann sei er sehr schwach, und das Heil sei im Wesentlichen die Frucht göttlicher Gnade.

Luther, der sich auf Paulus' *Brief an die Römer* und auf die Schriften des heiligen Augustinus gegen Pelagius stützte, ist noch einen Schritt weiter gegangen und hat behauptet, der Mensch werde einzig durch die göttliche Gnade und durch seinen Glauben an Jesus Christus gerettet. Diese Auffassung führt dazu, jeden Gedanken an die Teilhabe des Menschen an seinem Heil, also den freien Willen, zu verneinen. Gemäß der Lehre, wie sie Luther kundtut, ist man verpflichtet zu behaupten, Gott habe gewisse Menschen auserwählt, im Besitz des Glaubens zu sein und gerettet zu werden, ganz unabhängig von ihren Werken, während andere, die nicht die Gabe des Glaubens empfangen haben, verdammt sind, ganz unabhängig von ihren Werken. Auch wenn er selbst es nicht so eindeutig formuliert, so halten sich seine Anhänger, wie etwa sein Freund Johannes Calvin, da nicht zurück.«

Giovanni überlegte. Diese Auffassung schien ihm sehr verwunderlich. Wie konnte ein ganz und gar guter Gott seit jeher die Wahl treffen, manche Menschen zu retten und andere zu verdammen, ohne die Freiheit und die Taten und Werke eines jeden zu berücksichtigen? Er befragte den alten Mann dazu.

»Genau aus diesem Grund kann ich mich Luther nicht anschließen! Obgleich ich mit seinen Ansichten übereinstimme über die große Reinigung, die die Kirche braucht, über den skandalösen Ablasshandel, über die Notwendigkeit, die Anzahl der Sakramente und die Befugnisse des Papstes einzuschränken, und auch über den Nutzen für einen jeden Christen, die Bibel lesen und seine Urteilskraft einsetzen zu können. Doch denkt man seine Theologie bis zu Ende, macht sie aus Gott so etwas wie einen grausamen Tyrannen, der – nach welchen Kriterien? – die Wahl trifft, manche Menschen gerecht sein zu lassen und andere zu verdammen, und schließlich macht sie aus dem Menschen einen Hampelmann ohne jede Freiheit. Hier, lies doch die Passage in dem Buch, das Luther als Antwort auf Erasmus geschrieben hat und in dem er ihm seine Auffassung vom freien Willen vorwirft.«

Der Philosoph schlug die Abhandlung *Vom geknechteten Willen* auf und reichte sie Giovanni. Der junge Mann sah, dass einige Zeilen unterstrichen waren.

»So ist der menschliche Wille in die Mitte gestellt (zwischen Gott und Satan) wie ein Zugtier. Wenn Gott sich darauf gesetzt hat, will er und geht, wohin Gott will, wie der Psalm sagt: ›Ich bin wie ein Tier geworden und ich bin immer bei dir.‹ Wenn Satan sich darauf gesetzt hat, will und geht er, wohin Satan will. Und es steht nicht in seiner freien Entscheidung, zu einem von beiden Reitern zu laufen oder ihn sich zu verschaffen zu suchen, sondern die Reiter selbst kämpfen miteinander, ihn zu erlangen und zu besitzen.«

Der alte Mann empörte sich heftig. »Dieser Gott, der sich der einen annimmt und die anderen der Macht des Teufels ausliefert, ist nicht mein Gott! Denn es liefe darauf hinaus zu sagen, da Gott allmächtig und der Mensch völlig ohne Macht ist, ist Gott die Ursache nicht allein für das Gute, sondern auch für das Böse. Und genau das hat mein Freund Erasmus verstanden, und aus diesem Grund hat er seine Schrift *Vom freien Willen* verfasst.«

Der Philosoph nahm das Buch zur Hand und schlug es ziemlich weit hinten auf.

»Erasmus kommt mit Fug und Recht zu dem Schluss, Luthers Theorie führe zu dem schrecklichen Paradoxon, das er hier formuliert: ›Gott krönt bei den einen seine eigenen Wohltaten mit ewiger Herrlichkeit und bestraft bei den anderen seine eigenen Missetaten mit ewiger Qual.‹ Diese Position ist für uns unhaltbar. Als Christen können wir dieser Vorstellung eines so grausamen Gottes nicht beipflichten, und als Humanisten können wir nicht akzeptieren, dass der Mensch völlig ohne freien Willen sein soll. Ich glaube, dass Luther den Menschen leider erniedrigt hat, weil er Gott verherrlichen wollte. Wir hingegen verstehen unter Verherrlichung Gottes, den Menschen emporzuheben. Denn es ist die Größe Gottes, einen freien Menschen erschaffen zu haben, und es ist die Größe des Menschen, Gott aus freien Stücken anerkennen und an seinem Heil durch den Glauben, aber auch durch seine Taten mitwirken zu können, wenn sie von der göttlichen Gnade eingegeben und genährt sind! Wir teilen mit Luther die Sorge, für das Wort und das Denken eines jeden Menschen einzutreten angesichts der Tyrannei durch die römische Macht, die den Glauben aller bevormunden will. In diesem Punkt ist auch Luther ein wahrer Humanist, und darum habe ich ihn damals gegen die Kirchenbehörden stark unterstützt, als er exkommuniziert wurde, auch wenn es für mich das Exil bedeutet hat. Aber wir können nicht hinnehmen, dass diese Befreiung von der römischen Bevormundung um den Preis der menschlichen Freiheit zustande kommt. In dieser Frage des freien Willens vertritt noch immer die römische Kirche, trotz all ihrer Fehler, die Ansicht, die die menschliche Würde rettet!«

Giovanni war voll und ganz einverstanden mit den Worten seines Meisters. Er vertrat nämlich die Meinung, es sei besser, frei zu sein als ein Sklave, auch auf die Gefahr hin, die Seele zu verlieren, falls man eher das Böse als das Gute wählte.

»Aber warum hat Luther sich für diese theologische Lösung entschieden, die doch im Widerspruch zur langen Tradition der Kirche steht?«, wollte er wissen.

»Eine gute Frage! Ich stelle sie mir selbst seit langem, und ich glaube, die Antwort liegt im Charakter des ehemaligen Mönchs. Luther war, wie er es selbst des Öfteren schrieb, von Angst zerfressen. Er war ins Kloster eingetreten, um ein Gelübde einzulösen, das er eines Nachts, als ihn ein heftiges Gewitter in Angst und Schrecken versetzte, der Jungfrau Maria gemacht hatte. Kaum war er im Kloster, setzte ihm der Gedanke an sein Heil dermaßen zu, dass er die Kasteiungen und das Fasten vervielfachte. Er stand nämlich unter dem Einfluss einer schlechten Predigt über das Heil, wonach es eher durch Werke als durch Glauben und Gnade zu erreichen sei. Und da er sich in seinem Innern so wenig imstande fühlte, durch eigene Anstrengungen zum Heil zu gelangen, verfiel er in die völlig entgegengesetzte Anschauung, nach der der Mensch nichts für sein Heil oder seine Verdammnis tun kann. Er selbst erklärte, dass er von seinen Qualen befreit wurde, indem er den Paulusbrief an die Römer wieder las und ihn so interpretierte, dass das Heil ganz und gar vom Glauben abhänge, der durch die Gnade gegeben sei, und nicht von den eigenen Werken. In dem Moment verließ ihn die Angst vor der ewigen Verdammnis. Da Gott ihm den Glauben gegeben hatte, war er gerettet, wie auch immer seine Taten gewesen sein mögen, gut oder schlecht. Er trat aus dem Kloster aus, heiratete eine ehemalige Nonne, fand Gefallen an Essen und Trinken und sorgte sich von nun an nicht mehr um sein Heil!«

»Ich verstehe. Aber wie ist genau Eure Haltung in dieser Frage?«

»Mit Erasmus und der großen christlichen Tradition glaube ich, der Mensch verdankt sein Heil Gott, doch er wirkt durch seinen freien Willen und seine guten Werke daran mit. Ich gestehe Luther gleichwohl zu, dass es schwerer ist, mit dieser Verantwortung zu leben, als mit der Überzeugung, wir seien gerettet, ganz gleich ob wir uns gut oder schlecht verhalten ... während die Ungläubigen der Verdammnis anheimfallen!«

»Und wie seht Ihr das Heil für die, die nicht christlichen Glaubens sind wie die Heiden, die Juden oder die Anhänger Allahs?«

»Ich glaube, ohne es zu wissen, dass ihnen die Gnade Christi zuteil wird und sie wie die Christen auch gerettet werden, dank der Barmherzigkeit Gottes und ihrer guten Taten. Die gewissenhafte Lektüre der griechischen Philosophen und vor allem des göttlichen Platon hat mich überzeugt, dass diesen großen Denkern manchmal mehr Gnade und göttliches Licht zuteil wurde als so manchem Bischof der heiligen Kirche!«

Giovanni wurde klar, dass er nicht genau wusste, ob er wirklich gläubig war. Er glaubte auf natürliche Weise, doch ohne dass dieser Glaube gereift, überdacht oder lebendig war. Und seit er die heidnischen Philosophen der Antike las, fühlte er sich ihren Auffassungen viel näher als so manchem Bibelwort, dessen Sinn sich ihm nicht erschloss oder an dem er sich stieß.

Diese Frage nach dem Heil beunruhigte ihn deshalb, weil er sich fragte, ob sein Leben vorbestimmt sei, ob sein Schicksal feststehe und ob er, wie es die Anhänger Luthers glaubten, nichts daran ändern könne oder ob er frei und daher verantwortlich sei für seine Taten und sein Leben.

»Was denkt Ihr im Licht der philosophischen Lehren über das Schicksal und den freien Willen?«

Meister Lucius stand auf und zog ein Buch aus seiner Bibliothek. Er reichte es Giovanni mit einem Lächeln.

»Hier, lies das! Es ist die Einleitung zu den neunhundert Thesen, die mein Freund Giovanni Pico della Mirandola allen Gelehrten seiner Zeit vorlegen wollte und die vom Papst verurteilt wurden. Es ist ein kleines Wunderwerk, und du findest darin, was ich über die Freiheit des Menschen denke.«

Giovanni dankte seinem Meister und verließ das Haus. Am Fuße einer alten, moosbewachsenen Eiche ließ er sich nieder, schlug das Büchlein auf und las seinen Titel: *De hominis dignitate* – »Über die Würde des Menschen«. Bewegt begann er zu lesen.

FÜNFUNDZWANZIG

Wochen vergingen. Giovanni las immer wieder das kleine Werk Pico della Mirandolas, das ihn völlig begeisterte. Meister Lucius unterrichtete ihn derweil weiter in den grundlegenden Fächern, und Pietro übte mit ihm den Umgang mit den Waffen. Giovanni konnte den Degen bereits mit einigem Geschick führen. Jenseits der einfachen körperlichen Ertüchtigung und des Nutzens, den er einmal daraus ziehen könnte, empfand er dies als eine wahrhaftige Fortführung seiner geistigen Anstrengungen. Ebenso wie seine Studien erforderte auch der Kampf Strenge, Disziplin und Genauigkeit. Jede Bewegung musste genauso präzise sein wie das Denken.

Obgleich seine Tage übermäßig ausgefüllt waren, dachte Giovanni ständig an Elena. Oder besser, Elena war in ihm, ohne dass er überhaupt an sie denken musste. Sie hatte dort ihren Platz, in jedem Augenblick seines Lebens. Ob sein Körper damit beschäftigt war, Nahrung zu sich zu nehmen oder Holz zu schlagen, ob sein Geist sich in eine philosophische Frage vertiefte oder in ein Problem der lateinischen Grammatik, er war immer mit der jungen Frau verbunden, und das Bild ihres Antlitzes mit den geschlossenen Augen war für immer in sein Gedächtnis eingebrannt.

Abends vor dem Einschlafen nahm er sich die Zeit, sie zu betrachten. Bei ihrem Mund, ihren Wimpern zu verweilen.

Er tauchte in ihr aufgelöstes Haar, ergriff ihre weiße Hand. Doch er liebkoste immer nur geschlossene Augen. Weil er weder ihren Blick noch die Farbe ihrer Augen hatte sehen können, schien ihm alles möglich.

Das Frühjahr ging bereits auf den Sommer zu, und gleich der Natur tauchten Giovannis Geist und Körper aus dem langen Winter grundlegendster Lehren auf, um sich nun allmählich an den ersten Früchten der harten Arbeit zu erfreuen. Er machte so gute Fortschritte, dass sein Meister beschloss, schneller im Lehrplan voranzuschreiten, und ihn bald Platon und Aristoteles im Urtext lesen ließ.

Im August, zur Zeit der großen Hitze, hatte er am Flussufer eine so seltsame Begegnung, dass er zunächst glaubte, Opfer einer Halluzination zu sein.

Zuerst hörte er das Knacken von Ästen, dann den Hufschlag eines Pferdes, das im Schritt ging. Er versteckte sich hinter einem Baum. Kurz darauf sah er in weniger als dreißig Schritt Entfernung einen Schimmel, auf dem eine sonderbare Reiterin saß: eine Frau mit langem, aufgelöstem, dunkelbraunem Haar. Als ihr Pferd das Ufer erreicht hatte, saß die Frau ab und hockte sich hin, um zu trinken.

»Ihr scheint mir ebenso durstig wie Euer Pferd«, sagte er und zeigte sich. Die junge Frau fuhr herum und legte die Hand an einen Dolch an ihrem Gürtel. Giovanni näherte sich ihr mit einem zuvorkommenden Lächeln.

»Ihr habt nichts zu befürchten.«

»Bleibt, wo Ihr seid!«, befahl die sichtlich erschrockene Frau. Giovanni hielt einige Meter vor der Unbekannten an. Ihre Augen hatten dieselbe Farbe wie ihr prächtiges Haar, sie war kaum älter als er und von verblüffender Schönheit. Niemals zuvor hatte er eine solche Noblesse im Gesicht einer Frau gesehen, ausgenommen in Elenas. Doch ihr Aussehen hatte ihn neugierig gemacht: gekleidet wie ein Mann in grobes, schmutziges Tuch, schien sie am Ende ihrer Kräfte.

»Wer seid Ihr? Was wollt Ihr?«

»Ich heiße Giovanni. Ich wohne hier im Wald. Ich sehe Euch erschöpft. Braucht Ihr vielleicht Hilfe?«

»Wie meine Stute möchte ich nur meinen Durst löschen. Kommt nicht näher.«

»Sehr gut. Solltet Ihr irgendetwas benötigen ...«

Giovanni entfernte sich einige Schritte, lehnte sich an einen Baum und tat so, als nähme er seine Lektüre wieder auf. In Wirklichkeit raste sein Puls, und sein Kopf stellte sich tausend Fragen. Während sie weiter aus dem Fluss trank, beobachtete sie ihn aus den Augenwinkeln. Sie bespritzte den Hals ihrer Stute mit Wasser, rieb ihn mit einem Lappen ab, dann nahm sie sie bei den Zügeln und ging denselben Weg zurück, den sie gekommen war. Nach einigen Schritten drehte sie sich zu dem Jungen um, der aus Angst, er könnte sie erschrecken, nicht mehr den Kopf von seinem Buch zu heben wagte.

»Was lest Ihr da?«, rief sie ihm schon weniger gereizt zu.

»Die *Nikomachische Ethik* von Aristoteles.«

Die Frau warf Giovanni einen erstaunten Blick zu.

»Seid Ihr ein Mönch?«

»Keineswegs. Ich lerne bei meinem Meister, der hinter dem Hügel in einem kleinen Haus wohnt.«

»Hier im Wald?«

»Ja. Er ist so etwas wie ein Eremit.«

Die Frau schien etwas beruhigt.

»Habt Ihr vielleicht etwas zu essen?«

Giovanni zog ein Stück Brot und einen Apfel aus seinem Quersack. Er reichte sie der jungen Frau.

»Ich hatte es für mein Abendessen mitgenommen. Es ist herzlich wenig, um Euren Hunger zu stillen, aber ...«

»Es ist wunderbar!«, entgegnete die Frau, während sie

rasch danach griff. »Damit kann ich bis heute Nacht durchhalten.«

»Wo reitet Ihr denn hin?«

Sie biss in den Apfel und sagte, nachdem sie sich über die Lippen gewischt hatte: »Ins Kloster San Giovanni in Venere.« Und fragte, mit dem Arm nach Westen zeigend: »Das liegt doch in dieser Richtung?«

Giovanni erinnerte sich, dass Pietro dieses große Kloster an der Küste in etwa zwanzig Meilen Entfernung schon einmal erwähnt hatte.

»Ja. Wenn Ihr durchreitet, seid Ihr vor Einbruch der Nacht dort.«

»Der Herr hat Euch mir gesandt. Ich heiße Giulia.«

»Und ich Giovanni.«

Giovanni war leicht verstimmt, diese Unbekannte so rasch aufbrechen zu sehen.

»Danke, Giovanni.«

Die junge Frau schwang sich auf ihre Stute, sah dem jungen Mann ein letztes Mal in die Augen und ritt im leichten Trab davon.

Giovanni blieb nachdenklich zurück. Wer war diese geheimnisvolle Reiterin? Sie hatte die Züge einer Edelfrau, aber ihre Kleidung war die eines Dieners. Sie wollte sicherlich inkognito reisen. Vielleicht war sie überstürzt vor einer Gefahr geflohen?

Kaum war er zu Hause angekommen, ging er zu seinem Meister und erzählte ihm die Begebenheit. Auch er staunte über diese merkwürdige Begegnung. Er hatte vom Kloster San Giovanni in Venere gehört, dem größten Benediktinerkloster in den östlichen Abruzzen, war aber nie dort gewesen.

»Wenn das Schicksal dir diese Frau auf so sonderbare Weise über den Weg geschickt hat, bete für sie«, trug er Giovanni auf. »Das ist das einzig Nützliche, das du für sie tun kannst, und eines Tages siehst du sie vielleicht wieder oder verstehst den Sinn dieser Begegnung. Die Vorsehung schickt uns manches Mal Menschen, die mit uns etwas gemeinsam haben, mit unserer Seele, mit den großen Linien unseres eigenen Schicksals, ohne dass uns die Mittel gegeben sind, es zu verstehen. Außer unserer Familie aus Fleisch und Blut gehören wir geistigen Familien an, oder wenn du lieber magst, Familien aus Seelenverwandten. Wenn dich diese Person berührt hat, bete für sie, mein Junge, vertraue sie Gott an. So verbindest du deine Seele unsichtbar mit ihrer in diesem großen, menschenverbindenden Mysterium der Liebe, welches die Kirche die Gemeinschaft der Heiligen nennt.«

Giovanni sah ihn fragend an.

Da der Philosoph das Thema nicht vertiefen wollte, meinte er heiter: »Ich habe dir vor einigen Monaten ein Büchlein von Pico della Mirandola anvertraut. Hast du es ausgelesen?«

SECHSUNDZWANZIG

Giovanni strahlte übers ganze Gesicht.

»Sogar mehrere Male«, antwortete er lebhaft. Sein Meister begriff sogleich, dass er dessen Ansichten teilte.

»Hervorragend. Was hast du behalten?«

»Ich bin noch immer ein Anfänger, was die Philosophie angeht«, sagte Giovanni, deutlich eingeschüchtert, ein ebenso kurzes wie grandioses Werk, das ihn zutiefst berührt hatte, zusammenfassen zu müssen. »Verblüfft hat mich Picos Ehrgeiz, alle Philosophien, alle Theologien und alle Weisheiten der Menschheit miteinander in Einklang zu bringen: von der christlichen Offenbarung zur jüdischen Kabbala, von den orphischen Mysterien zur Religion des Zarathustra, von den Lehren des Pythagoras zu arabischen Philosophien, vom Platonismus zum Aristotelismus … ich weiß nicht, ob so etwas überhaupt möglich ist, aber das Vorhaben erscheint mir höchst anerkennenswert.«

Giovanni hielt kurz inne und suchte nach Ermutigung im Blick seines Meisters.

»Pico hat dieses Vorhaben, dessen allumfassenden Charakter du zu Recht hervorhebst, nie zu Ende gebracht. Ich für meinen Teil bin recht skeptisch, ob sich so viele verschiedene Lehren erfolgreich miteinander verknüpfen lassen. Der Versuch, die Gedanken Platons und die seines Schülers Aristoteles aufeinander abzustimmen, ist ja schon schwierig genug, was auch immer Pico dazu sagt. Es erscheint mir ziemlich unrealistisch, alles in Einklang bringen zu wollen, Christus und Zarathustra, Moses und Iamblichos, Mohammed und Augustinus. Ich denke, gewisse Annäherungen lassen sich herstellen, aber die starken Gegensätzlichkeiten bleiben bestehen. Das wirst du selbst im Laufe deiner Studien merken. Aber fahre mit deiner Zusammenfassung fort. Was hast du dir noch gemerkt von diesem Büchlein?«

»Wie Ihr mir aufgetragen hattet, seine Auffassung der Freiheit des Menschen. Pico will zeigen, dass die Würde des Menschen darauf gründet, dass er das einzige Lebewesen ist, dessen Natur ihm sein Verhalten nicht zwingend auferlegt. Da der Mensch also nicht durch seine Natur determiniert ist, ist er das freieste Wesen auf Erden. Er kann sich für das Gute oder das Böse entscheiden, er kann leben wie ein Engel oder wie ein Tier. Pico sagt sogar, der Mensch sei Schöpfer seiner selbst. Dieser Gedanke hat mich sehr beeindruckt! Wir können werden, was wir werden wollen. Um ehrlich zu sein, dieser Standpunkt zieht mich sehr an, selbst wenn er uns eine große Verantwortung auferlegt. Übrigens habe ich eine Passage auswendig gelernt, in der Pico Gott erhabene Worte in den Mund legt.«

Giovanni schwieg einen Augenblick. Nachdem sein Meister zustimmend genickt hatte, deklamierte er laut, was der florentinische Philosoph Gott in den Mund zu legen gewagt hatte:

»In die Mitte der Welt habe ich dich gestellt. Damit du von da aus bequemer alles ringsum betrachten kannst, was es auf der Welt gibt. Weder als einen Himmlischen noch als einen Irdischen habe ich dich geschaffen, und weder sterblich noch unsterblich habe ich dich gemacht, damit du wie ein Former und Bildner deiner selbst nach eigenem Belieben und aus eigener Macht zu der Gestalt dich ausbilden kannst, die du bevorzugst. Du kannst nach unten hin ins Tierische entarten, du kannst aus eigenem Willen wiedergeboren werden nach oben in das Göttliche.«

»Du siehst«, sagte Meister Lucius lebhaft, »kein Gedanke könnte Luthers Theorie ferner sein! Und in diesem Punkt stimme ich mit den Ansichten unseres Freundes Pico überein.«

Giovanni brannte darauf, einen Einwand gegen seinen Meister vorzubringen, doch er zögerte, aus Angst, er könnte selbstgefällig wirken. Schließlich wagte er sich vor.

»Nach dieser Lektüre und da ich erkenne, wie sehr Ihr ebenso wie Pico della Mirandola auf dem freien Willen beharrt, frage ich mich, wie Ihr an den Einfluss der Gestirne glauben könnt. Ist es nicht widersprüchlich zu behaupten, der Mensch sei einerseits frei, sein eigenes Leben zu formen, und andererseits sei er dem Determinismus der Sterne unterworfen?«

»Du hast vollkommen Recht, mein Junge!«, rief der Philosoph und richtete sich in seinem Stuhl auf. »Aus diesem Grund hat Pico, obwohl er von der Magie und allen Arten okkulter Phänomene gefesselt war, die Astrologie immer heftig kritisiert.«

»Ja, aber warum praktiziert Ihr sie selbst?«, fragte Giovanni leicht fassungslos weiter. »Pietro hat mir gesagt, dass Ihr sogar einer der berühmtesten Astrologen der Christenheit seid!«

»Ich weiß nicht, ob ich ein berühmter Astrologe bin oder vielmehr war«, entgegnete der Meister mit einem Hauch falscher Bescheidenheit. »Was ich aber weiß, ist, dass die Gestirne uns nicht festlegen. Ptolemäus, der große Astrologe des Altertums, der im 2. Jahrhundert in Alexandria lebte, hat es folgendermaßen ausgedrückt: ›Die Sterne zwingen nicht, sie machen nur geneigt.‹ Für Ptolemäus ergänzt der Einfluss der Himmelskörper, die dem Individuum seinen Charakter geben, die Bedingtheit des Menschen durch seine Familie oder seinen Wohnort, doch der Mensch behält trotz all dieser Einflüsse noch einen Rest freien Willens. Es handelt sich also keineswegs um einen absoluten Determinismus, keineswegs um Fatalismus, es sei denn, man unterwirft sich diesen gewissen Bedingtheiten und übt seinen freien Willen nicht aus, was leider auf diejenigen zutrifft, die ausschließlich nach ihren fleischlichen Genüssen und nicht nach ihrem Geist leben. Im Übrigen bekräftigte dies Thomas von Aquin. Auch er glaubte an den Einfluss der Gestirne und behauptete, es sei möglich, das Schicksal eines seinen Leidenschaften unterworfenen Menschen vorherzusagen, denn laut einem Sprichwort ›schafft sich der Mann selbst sein Schicksal‹. Der Mensch jedoch, der imstande ist, sich zu beherrschen und seinen Charakter gemäß den Gesetzen der Moral und des Geistes auszurichten, entgeht seinem Verhängnis und wirkt frei an seinem Schicksal mit. Folglich wird für diesen jede astrologische Weissagung unmöglich oder ungenau.«

»Wenn ich es richtig verstanden habe, beeinflussen die Sterne den Körper und die Leidenschaften, aber nicht die Seele des Menschen, wo ja sein freier Wille angesiedelt ist.«

»Genau so ist es.«

»Aber wie können wir unserer Bedingtheit entgehen, ob durch die Familie, die Gemeinschaft oder durch die Sterne verursacht, und uns von ihr freimachen oder frei an unserem Schicksal mitwirken, statt es nur zu erleiden?«

»Man entgeht seiner Bedingtheit nie ganz und gar. Der Mensch bleibt sein Leben lang geprägt durch seine Sprache, seine Erziehung, seinen angeborenen Charakter und was weiß ich! Hat jemand eine fragile Gesundheit oder einen angeborenen körperlichen Makel, so behält er dies sein ganzes Leben lang. Doch der freie Wille, der in seiner Seele angesiedelt ist, lässt den Menschen Entscheidungen treffen, die sein Dasein, seine Gedanken und seine Taten in eine Richtung lenken, die nicht allein die Frucht seines Charakters, seines Verlangens, seiner Instinkte ist oder gar der Vorurteile, der Tradition, in der er steht. Anders ausgedrückt, ohne seiner von Geburt an existierenden Bedingtheit zu entkommen – ein Choleriker bleibt immer ein Choleriker und ein Künstler immer ein Künstler –, kann er seinen Charakter beherrschen, Herr seiner selbst sein, sich seinen Leidenschaften ergeben oder gegen sie ankämpfen. Man wird nicht frei geboren, man muss sich Freiheit erwerben.«

»Könnte also ein Astrologe einem solchen Menschen nichts voraussagen?«

»Ein Astrologe könnte sagen, dass ein solcher Mensch mit einer bestimmten Himmelskonstellation, zum Beispiel mit dem Planeten Mars im Aszendenten, kriegerisch ist, dass er große Gefahr läuft, verletzt zu werden oder andere zu verletzen, dass er ein Befehlshaber oder Söldner wird. All dies wird mit Sicherheit wahr, wenn der Mensch sich nicht wirklich seiner selbst bewusst ist und nur seinen spontanen Eingebungen folgt. Sobald er lernt, sich zu verstehen und zu beherrschen, wird er vermeiden können, dass gewisse Dinge sich realisieren. Und dennoch wird er immer innerlich brodeln, immer kampfeslustig sein, aber er wird zu verhindern wissen, dass ihn die Gewalt beherrscht. Er wird sich also ein Schicksal schmieden, das von jenem abweicht, das in seine Geburtskonstellation eingeschrieben zu sein scheint. Er kann zum Beispiel Mönch werden, seine Neigung zur Gewalt in eine spirituelle Kraft umwandeln, um zu himmlischen Tugenden zu gelangen. So wie Christus sagt: ›Das Reich Gottes erobert man durch Stärke, nur die Gewalttätigen reißen es an sich.‹«

Giovanni verstand die Worte seines Meisters sehr gut, und doch drängte es ihn, einen Einwand zu erheben. Da er an seine Begegnung mit Elena und an Lunas Orakel dachte, konnte er nicht umhin, den Philosophen zu fragen:

»Aber entspringen all diese Ereignisse des Schicksals allein unserem Charakter? Stehen nicht manche Begegnungen, Prüfungen oder auch glückliche Ereignisse seit jeher fest?«

Meister Lucius seufzte zufrieden. »Du hast schon Recht! Ich glaube in der Tat, dass uns die göttliche Vorsehung bestimmte Begegnungen oder Ereignisse schickt, glückliche oder unglückliche, denen wir nicht ausweichen können. Der eine erleidet eine schwere Krankheit, der andere trifft in einer wichtigen Lebenssituation einen spirituellen Meister, ein dritter verliebt sich in eine ganz bestimmte Frau. Doch jeder kann völlig frei auf diese vom Schicksal gesandten Ereignisse reagieren. Der Kranke kann mit seinem Los hadern und sein Leben lang jammern oder aber innerlich gestärkt und gereift aus dieser Prüfung hervorgehen; der junge Mann kann seinem spirituellen Meister nachfolgen oder auf seinem eingeschlagenen Weg weitergehen; und der Verliebte kann diese Frau heiraten oder aber auch eine andere wählen. Die Sterne sind Zeichen, die die Vorsehung gesetzt hat, damit wir uns selbst besser kennen lernen und die Geheimnisse unseres Schicksals entschlüsseln, aber keinesfalls, um uns voll und ganz zu lenken. Man muss sie wie Signalfeuer begreifen, die unseren Weg ausleuchten, und nicht wie Schranken, die uns die Freiheit nehmen.«

»Woher stammt die Wissenschaft der Sterne, Meister? Wie kam es dazu, dass die Menschen eine Beziehung zwischen der Stellung der Planeten im Augenblick ihrer Geburt und den Hauptmerkmalen ihres Charakters und ihres Schicksals herstellten?«

»Die Beobachtung der himmlischen Phänomene ist genauso alt wie die ersten Kulturen. Überall dort, wo der Mensch einst Dörfer und Städte gebaut hat, hat er den Himmel beobachtet. Die Wissenschaft der Sterne, so wie sie zu uns gelangt ist, ist weit vor Christi Geburt und sogar vor Moses in den chaldäischen Städten Ur und Babylon entstanden. Die Chaldäer, so haben übrigens die Römer die Astrologen genannt, beobachteten die Planeten und hatten es sich zur Gewohnheit gemacht, die eigensinnige Bewegung der Himmelskörper sowie jedes besondere kosmische Phänomen auf Tontafeln zu notieren: die Konjunktionen von Planeten, das Auftauchen eines Kometen, einer Sonnen- oder Mondfinsternis. Da sie außerdem alle wichtigen Ereignisse, die sich auf der Erde zutrugen – Epidemien, Hungersnöte oder außergewöhnlich ertragreiche Ernten, Geburt oder Tod des Königs, Kriege oder feindliche Überfälle –, aufschrieben, stellten sie schließlich Wechselbeziehungen zwischen den himmlischen und irdischen Ereignissen her. So entstand die ›Astrologie‹, ein griechisches Wort, dessen Etymologie du erkennen müsstest.«

»Die Rede über die Sterne«, antwortete Giovanni.

»Richtig. Die Chaldäer haben die Sonne, den Mond und die fünf Sterne, deren Bewegungen am Himmel wir beobachten und die wir als Planeten bezeichnen –, abgeleitet vom griechischen Wort, das ›umherschweifend‹ bedeutet – sowie verschiedene kosmische Phänomene als die Ursache gewisser Ereignisse auf der Erde gedeutet. Und da diese Planeten auf ihren himmlischen Bahnen regelmäßig wiederkehrten, folgerten sie daraus, dass sie auch auf der Erde erneut ähnliche Ereignisse herbeiführen würden. Aufgrund der Beobachtung über mehrere Jahrtausende gewann diese empirische Erfahrung an Gültigkeit, und Hungersnöte, Kriege und Überschwemmungen ließen sich voraussagen.«

»Ich verstehe«, sagte Giovanni. »Aber wann begann man, sich mit dem Schicksal des Einzelnen zu beschäftigen?«

»Sehr viel später! Erst nach jahrhundertelanger Beobachtung kam man auf die Idee, das Himmelszelt, auf dem der

Verlauf der Sonne, des Mondes und der anderen Planeten zu beobachten war, in zwölf gleiche Abschnitte zu jeweils dreißig Grad einzuteilen. Diese Einteilung beruhte im Grunde auf einer zweifachen Beobachtung. Da waren zuerst einmal die Fixsterne: Man bemerkte, dass ein bestimmtes Sternbild durch seine Form an ein bestimmtes Tier erinnerte, so dass man das entsprechende Feld des Zodiaks, des Tierkreises, nach ihm benannte; hieraus entstand die Symbolik der zwölf Zeichen. Aber noch bemerkenswerter ist, dass diese Zeichen dem jährlichen Zyklus der Sonne und dem Rhythmus der Jahreszeiten entsprechen. Du als Bauer wirst das sofort begreifen. So beginnt der Tierkreis mit dem Frühlingsäquinoktium, der Tagundnachtgleiche, am 21. März. Das erste Sternzeichen, der Widder, ist also Ausdruck der sprießenden vitalen Kräfte, welche die Natur zu Anfang des Frühlings weckt. Das Temperament der Menschen, die in dieser Periode geboren sind, ist folglich geprägt von Tatkraft, Energie, Draufgängertum und manchmal von Kampfeslust. Am 21. April folgt der Stier. Diese zweite Frühjahrsperiode zeichnet sich, wie du weißt, durch die Fülle der Formen, das Aufsteigen der Pflanzensäfte und satte Wiesen aus. Wie in der Natur findet man bei den Stiergeborenen Stabilität, Stärke, Entfaltung der Sinnesfreuden, aber auch Starrsinn oder Rachsucht. Sie sind Wiederkäuer! Mit dem 21. Mai beginnt die dritte Periode des Frühlings: Die Vegetation erobert die Luft durch Astwerk und Blätter, aber auch durch das unaufhörliche Hin und Her der Nektar sammelnden Bienen. Dieser luftigen Periode des Austauschs entspricht das Zeichen der Zwillinge, zu ihnen gehört die Bewegung, die Anpassungsfähigkeit, die Kommunikation, aber auch die Oberflächlichkeit und das Tändeln. Am 22. Juni hat die Sonne ihren höchsten Himmelsstand erreicht, und die Tage sind am längsten: Es ist Sommersonnenwende. Die rückläufige Entwicklung der Tage, die bis zur nächsten Sonnenwende im Winter anhält, symbolisiert der Krebs, das Tier, das rückwärtsläuft! Die Krebsgeborenen sind in ihrem Geist sehr mit ihrer Kindheit und den Dingen der Vergangenheit beschäftigt. Im Laufe dieser ersten Sommerperiode bilden sich die Samen aus: Die ganze Natur ist im Reifen begriffen. Es ist also ein Zeichen der Fruchtbarkeit, der Mütterlichkeit. Die Krebsgeborenen hängen an ihrem Zuhause, an der Familie und an traditionellen Werten. Sie sind auch schöpferische Menschen mit einer starken Phantasie.«

»Meine Mutter ist in dieser Jahreszeit geboren.«

»Hast du viele Erinnerungen an deine Mutter?«

»Ja. Ich erinnere mich sehr gut an ihr Gesicht und an ihre schmalen Hände. Ihre Stimme war sehr sanft, und sie wurde nie wütend, ganz anders als mein Vater. Er ist kurz nach ihr geboren, ungefähr Anfang August.«

»Dazu kommen wir jetzt«, sagte der Astrologe. »Am 23. Juli beginnt das Zeichen des Löwen, der in der Natur den Triumph der Vegetation, die Fülle der Frucht, die Kraft der Sonne und große Hitze symbolisiert. Die in dieser Periode Geborenen sind starke Menschen mit dem Bedürfnis, zu glänzen und ihre Macht oder ihre Kreativität auszuleben. Doch sie können auch an Stolz oder Eitelkeit kranken.«

Giovanni deutete ein Lächeln an.

»Am 23. August tritt die Sonne in das Zeichen der Jungfrau«, fuhr Meister Lucius fort. »Es ist die Erntezeit, mit anderen Worten, die Vollendung eines langen Prozesses, bei dem das im Winter gesäte Korn sich zur reifen Ähre entfaltet. Die Ähre wird geschnitten, die Körner fallen heraus. Alles in der Natur grenzt sich voneinander ab, trifft eine Auslese und verringert sich. Die Jungfraugeborenen haben die Neigung zu rechnen, zu trennen und zu ordnen. Sie haben keine sehr starke Lebensenergie, aber die große Fähigkeit, zu arbeiten, präzise zu sein und zu analysieren. Dann kommt am 23. September der Herbstpunkt, symbolisiert durch die Waage. Es ist die vollkommene Balance der Länge von Tag und Nacht. Es ist die Balance zwischen der Hitze des Sommers und der Rauheit des Winters. Es ist eine Periode der Sanftmut, der Harmonie. Die Waagegeborenen sind ständig auf der Suche nach Frieden, Gleichgewicht und Gerechtigkeit. Sie können aber auch dauerhaft wankelmütig sein. Sie sind in dem Maße gemäßigt und entgegenkommend, wie die im Widder Geborenen – die Kinder der gegenüberliegenden Tagundnachtgleiche –, unbeugsam und herausfordernd sind. Am 23. Oktober tritt die Sonne in den Skorpion. Das zweite Zeichen des Herbstes steht für den Tod in der Natur: Das Gras wächst nicht mehr, die Blätter fallen und vermodern. Die in diesem Zeichen Geborenen sind stark geprägt von dieser Kraft der Wandlung, des Todes und der Wiedergeburt, die sie zu ängstlichen und zerstörerischen Menschen machen kann, wenn es ihnen nicht gelingt, sich ihrer inneren Alchemie bewusst zu werden, die sie dazu drängt, ihre mächtigen Instinkte zu überwinden und zu einem höheren Licht, einem verborgenen Geheimnis vorzudringen. Als Nächstes kommt am 22. November das Zeichen des Schützen. Alles scheint tot in der Natur. Doch wie der Kentaur, der einen Pfeil in den Himmel schießt, ist der Schütze innerlich der Wiedergeburt zugewandt, er weiß, dass die Vegetation sich erneuern wird und der Tod nur ein scheinbarer ist. Die Kinder des Schützen streben also nach einem höheren Ideal, sie sind Optimisten, angezogen von der Ferne, den großen Reisen des Körpers und der Seele. Nimmt man ihnen die Freiheit, können sie zu Rebellen werden, die keinerlei Abhängigkeit ertragen. Mit dem 21. Dezember kommt die Wintersonnenwende. Wie die Natur, die völlig schmucklos, still und karg ist, sind die Steinbockgeborenen ernst, konzentriert, streng und manchmal traurig und ungesellig.« Meister Lucius lächelte. »Ich bin in diesem Zeichen geboren.«

»Aber so sehe ich Euch gar nicht!«, protestierte Giovanni.

»Ach, und wie siehst du mich?«, fragte der Philosoph amüsiert.

»Ihr seid gut und großzügig. Ja, gewiss ernst, aber niemals traurig. Und außerdem habt Ihr ein sehr hohes Ideal und seid ständig bestrebt, Euer Wissen zu mehren.«

»Ja, auch das ist ein Zug der Steinbockgeborenen. Wie die Ziege, Symbol der länger werdenden Tage, sind sie ehrgeizig, ausdauernd und streben unablässig nach innerer oder sozialer Erhabenheit.«

»Inwiefern symbolisiert die Ziege die länger werdenden Tage und diesen Wunsch nach Erhabenheit?«

»Stell eine Ziege an irgendeinen Ort, und beobachte sie. Sie klettert immer auf den höchstgelegenen Punkt in ihrem Umfeld oder auf den höchsten Gegenstand. Würden wir eine hier ins Zimmer lassen, wäre sie in nicht einmal fünf Minuten auf den Tisch geklettert!«

»Das stimmt!«, rief Giovanni, der oft Ziegen gehütet hatte.

»Das Zeichen des Wassermanns, das am 20. Januar beginnt, symbolisiert in der Natur die Verschmelzung des frisch gesäten Korns mit der Erde. Entsprechend befruchtet der Geist die Materie. Der Wassermann ist kein Tier, sondern ein Engel, ein Symbol für Intelligenz, für den Sieg des Geistes über die Materie. Der Wassermanngeborene ist ein Denker, fähig, sensible Fragen mit einem gewissen Abstand zu betrachten, ein Freidenker, der nur nach seinem Gewissen handelt, ein Anstifter, der neue Ideen zum Keimen bringen kann. Am 19. Februar kommt schließlich das letzte Zeichen des Tierkreises: die Fische. In der Natur sehen wir in dieser Zeit den Übergang, verschwommen und ohne Form, zwischen dem ausgehenden Winter und dem sich ankündigenden Frühling. Wie die Natur und dieses Tier sind die im Zeichen der Fische Geborenen nicht zu fassen. Sie ziehen ihre Kreise in den bewegten Tiefen ihrer Seele oder ihrer Phantasie. Sie haben eine große Sensibilität, die sie befähigt, sich anderen völlig hinzugeben, aber auch, sich zu verlieren und nicht mehr zu wissen, wer sie sind.«

Meister Lucius hielt inne und stand auf, um ein Glas Wasser zu trinken. Giovanni überlegte. Er war kurz vor dem Frühlingsäquinoktium geboren, er war ein Fisch. Und es stimmte, er war ein Träumer mit einer starken Phantasie. Er hatte auch an sich entdeckt, dass er großes Mitgefühl empfinden konnte. Wie merkwürdig, dass alle Menschen, die zur selben Zeit des Jahres geboren waren, gemeinsame Charaktereigenschaften haben sollten. Aber vielleicht erklärte sich dies, wie es ihm sein Meister dargelegt hatte, durch die Einflüsse der natürlichen Umgebung, die an den Kreislauf der Jahreszeiten gebunden sind. Von geringer Bedeutung wären folglich die Konstellationen der Fixsterne, die den Zeichen des Zodiaks ihren Namen gegeben haben. Wirklich wichtig wären nur die Jahreszeiten und ihre Symbolik. So wie die Menschen in heißen Ländern ein anderes Temperament haben mussten als die Bewohner der kalten Zonen, musste ein Mensch, der im Winter zur Welt kam, anders sein, etwa mehr in sich zurückgezogen, als ein im Sommer Geborener. Das konnte Giovanni verstehen. Doch er wusste, dass die Astrologie sehr viel weiter ging und sich auch für den Tag und die Stunde der Geburt eines Menschen interessierte. Er befragte seinen Meister dazu.

»Das Wort ›Horoskop‹ bedeutet ›Stunde‹«, antwortete der Philosoph. »Bei den Babyloniern begann man übrigens erst ziemlich spät, das Horoskop des Königs aufzustellen, das heißt, man notierte genau zur Stunde seiner Geburt die Positionen der Sonne, des Mondes und der fünf Planeten am Himmelszelt. Es wurde auch üblich, das Geburtshoroskop des Königs durch ein Achsenkreuz in vier gleiche Felder einzuteilen, die den vier Himmelsrichtungen entsprachen: Osten, Süden, Westen und Norden. Man schaute, wo genau zur Stunde und am Ort der Geburt des Herrschers die Himmelskörper und die Planeten standen, und notierte sie an entsprechender Stelle in seinem Horoskop. Wurde er zur Morgenstunde geboren, zeichnete man die Sonne im Augenblick seiner Geburt aufsteigend – im

Aszendenten – ein. Wurde er gegen Mittag geboren, stand die Sonne im Zenit, in der Himmelsmitte. Kam der König hingegen bei Sonnenuntergang zur Welt, notierte man, dass er die Sonne im Deszendenten hatte oder auch in der Himmelstiefe, wenn er in der Nacht zur Welt gekommen war. Und entsprechend platzierte man die anderen Planeten, wobei die, die sich an den vier Schnittpunkten der Achsen mit den Feldern des Tierkreises befanden, von besonderem Interesse waren. So kam man zu der Beobachtung, dass ein Mensch, der zum Beispiel den Mars im Aszendenten oder in der Himmelsmitte hatte, zu einem kriegerischen Temperament neigte und einen guten Soldaten abgeben könnte. Oder dass ein vom Planeten Venus geprägter Mensch sanft und schöpferisch war.

Du siehst, die Interpretation des Horoskops eines Menschen beruht auf dieser doppelten, also der himmlischen und der irdischen Eintragung: den Himmelskörpern, Sonne und Mond, und den fünf Planeten in den zwölf Zeichen des Tierkreises sowie den vier Schnittpunkten des Horoskops. Diese Praxis verbreitete sich im ganzen Reich von Alexander dem Großen und im Römischen Reich, die die astrologischen Kenntnisse von den Chaldäern erbten.«

Giovanni hing an den Lippen seines Meisters. Er überlegte, dass es ihm nützlich sein könnte, sein Horoskop zu kennen.

»Meister, ich habe eine Bitte, die mir schwerfällt auszusprechen.«

Der alte Mann sah Giovanni gerade in die Augen. Sein Blick war eindringlich, aber sanft.

»Beim Zuhören kam mir der Gedanke, es könnte sehr wertvoll für mich sein, meinen Geburtshimmel zu kennen.«

»Aha, ich sehe, die großen universellen Fragen interessieren dich weniger als dein eigener kleiner Bauchnabel!«, scherzte der Philosoph.

Giovanni errötete und senkte den Kopf.

»Ich scherze doch nur«, fuhr der Alte in väterlichem Ton

fort. »Deine Bitte ist völlig richtig. Und um ehrlich zu sein, ich hatte bereits die Absicht, dein Horoskop zu stellen und zu deuten. Aber kennst du eigentlich dein Geburtsdatum?«

Giovanni wusste, dass er kurz vor Frühlingsanfang geboren war und seine Mutter ihm gesagt hatte, er sei in der Abenddämmerung einer Vollmondnacht zur Welt gekommen. Da er sein Alter wusste – er hatte gerade erst sein neunzehntes Lebensjahr begonnen –, genügte eine einfache Rechnung, um festzustellen, dass es Ende März 1514 gewesen sein musste. Der Philosoph nahm diese Information mit Vorsicht auf.

»Ich kann dein Horoskop nicht deuten, ohne in den Ephemeriden die Position der Planeten nachgeschlagen zu haben.«

»In den Ephemeriden?«

»Das sind astronomische Tabellen, aus denen man dank der täglichen Beobachtung den Standort der Sonne, des Mondes und der fünf Planeten zu jeder Zeit entnehmen kann. Seit nunmehr bald einem Jahrhundert notieren Astronomen diese Positionen. Ich habe all diese Tabellen gekauft, als ich von 1490 bis 1520 in Florenz das Metier des Astrologen ausgeübt habe, und sie sind mit mir ins Exil gegangen.«

»Ihr könntet mir also mein Geburtshoroskop erstellen?«

»Gewiss, vorausgesetzt, die Auskünfte deiner Mutter erlauben mir, den Tag und die Stunde deiner Geburt genau zu bestimmen. Wir sprechen noch darüber ... sagen wir ... nächsten Mittwoch, am Tag des Merkur. Was hältst du davon?«

SIEBENUNDZWANZIG

Voll Ungeduld erwartete Giovanni den Tag des Merkur. Am Abend zuvor ging er nach seinen täglichen Unterrichtsstunden spazieren. Als es dämmerte, eilte Giovanni zurück zum Haus, um nicht zu spät zum Essen zu kommen.

Als er sich der Lichtung näherte, drangen merkwürdige Geräusche an sein Ohr. Er schritt kräftig aus. Jetzt hörte er Schreie. Er lief so schnell er konnte zum Haus, aus dem Kampfgetümmel erscholl. Er erstarrte kurz und sprang in die Remise, wo die Waffen gelagert waren. Er packte zwei Degen und ein Messer und stürzte in das große Zimmer.

Es herrschte ein völliges Durcheinander. In der Mitte kämpfte Pietro, der einen Hocker herumwirbelte, gegen drei mit langen Messern bewaffnete Männer. Ein vierter, offenbar vom Riesen niedergestreckt, lag am Boden.

Der Riese freute sich über Giovannis überraschendes Auftauchen.

»He, mein Freund, du kommst gerade richtig, hilf mir, diese Bösewichte zu erledigen!«

Überrascht wandten sich die Banditen um. Ohne auch nur nachzudenken, stieß Giovanni seine Klinge in den Arm des ersten, der schreiend hinauslief. Dem zweiten donnerte Pietro den Hocker über den Kopf, und der dritte ließ, um Gnade winselnd, sein Messer fallen, als Giovanni sich anschickte, ihn zu durchbohren.

Er zog die Klinge ein wenig zurück und warf Pietro den zweiten Degen zu, der, ohne zu zögern, dem Unglücklichen mit einem kräftigen Hieb die Hand abschlug und schrie:

»Und wenn ihr wiederkommt, dann säbele ich euch den Kopf ab!«

Brüllend wie ein angestochenes Schwein rannte der Mann davon. Dann packte Pietro die beiden Männer, die auf dem Boden zusammengesunken waren, und fesselte sie vor dem Haus an einen Baum.

»Was sind das für Leute? Wo ist der Meister?«, rief Giovanni, der kaum begriff, was da gerade geschehen war.

»Ich habe ihn in Sicherheit bringen und in seinem Zimmer einschließen können, als ich diese Gauner habe kommen sehen«, sagte der Riese ganz außer Atem. »Befreien wir ihn.«

Der alte Mann zitterte noch vor Aufregung. Pietro erzählte ihm, wie der Kampf ausgegangen war und wie mutig Giovanni sich geschlagen hatte.

»Ich bin stolz auf dich, mein Junge! Du begnügst dich nicht, virtuos mit Worten und Ideen umzugehen, nein, du kannst auch den Degen führen, zum Glück für uns alle!«

Pietro hätte zu gerne auch den beiden gefesselten Halunken die Hände abgeschlagen, doch sein Meister widersetzte sich dieser grausamen Strafe. Als Pietro die beiden ein wenig beutelte, bevor er sie freiließ, musste der Alte die Augen schließen. Ohne sich noch einmal umzuschauen, suchten die verängstigten Gauner das Weite.

»Ha, diese Schurken sehen wir so schnell nicht wieder«, meinte Giovanni vergnügt.

»Dein Wort in Gottes Ohr«, entgegnete Pietro etwas zweifelnd. »Es ist schon das fünfte oder sechste Mal, seit wir hier leben, dass wir Besucher dieser Art empfangen. Gebe Gott, dass sie nicht eines Tages in der Überzahl wiederkommen oder das Haus in Brand setzen!«

Der Zwischenfall war rasch vergessen, auch wenn Giovanni in der Nacht einen schrecklichen Albtraum hatte, in dem er Hunderten von Banditen, die ihn alle gleichzeitig angriffen, die Hände abschlug.

Am nächsten Morgen ging er zu seinem Meister. Ehe der ihm etwas über sein Horoskop sagen konnte, fragte er ihn, warum er die Halunken habe laufen lassen, statt sie der Justiz zu übergeben. Da erklärte ihm der Philosoph, die Abruzzen seien Teil des Kirchenstaats, und er wolle nicht, dass der Papst erfahre, wo er sich aufhalte. Nicht dass er um seine Sicherheit fürchte, aber er wolle versteckt bleiben und vermeiden, dass man ihn zwinge, nach Rom zu gehen, um sich dort zu rechtfertigen oder zu lehren. Dann stand er auf, holte ein großes Blatt Papier aus seinem Zimmer und reichte es Giovanni.

»Hier, dein Geburtshimmel.«

Giovanni

Aufgeregt betrachtete der junge Mann den großen, mit einem Zirkel gezogenen Kreis. In der Mitte lag wie ein Bauchnabel der Planet Erde. Ein erster konzentrischer Kreis beschrieb den Verlauf des Mondes, ein zweiter den des Merkur, ein dritter den der Venus. Etwas weiter außen folgte die Bahn der Sonne, dann die des Mars, des Jupiter und des Saturn. Der äußerste Kreis bestand aus den zwölf Zeichen des Zodiaks. Die innerhalb des Kreises platzierten Planeten standen den Sternzeichen gegenüber. Schließlich durchschnitten zwei gedachte Achsen den Kreis: eine Ost-West-Achse, welche die Zeichen anzeigte, in denen sich der Aszendent und der Deszendent befanden, und eine Nord-Süd-Achse, welche jene Zeichen anzeigte, in denen sich die Himmelsmitte und die Himmelstiefe befanden.

»Ich werde dir zuerst die Positionen der Sonne und des Mondes erklären, weil sie die wichtigsten Gestirne sind«, sagte Meister Lucius. »Wir können von Glück reden, dass deine Mutter dir gesagt hat, dass du bei Vollmond geboren bist. Diese kostbare Information hat mir nicht nur ermöglicht, die Stellung der beiden Himmelskörper zu bestimmen, sondern auch dank meiner Ephemeriden den genauen Tag deiner Geburt herauszufinden.«

Giovanni machte große Augen.

»Es gab 1514 tatsächlich einen Vollmond zum Frühjahrsäquinoktium. Ganz genau in der Nacht vom 20. zum 21. März. Vertraut man den Auskünften deiner Mutter, bist du in Kalabrien am 20. März 1514 nach Sonnenuntergang geboren.«

Der alte Mann hüstelte, ehe er weitersprach. »Da du am Vorabend der Tag-und-Nacht-Gleiche geboren bist, steht die Sonne auf dem letzten Grad des Zeichens Fische. Aufgrund des Vollmonds steht in deinem Geburtshoroskop deine Sonne dem Mond gegenüber, der sich ganz am Ende des Zeichens Jungfrau befindet. Wenn du wirklich zu Anfang der Nacht geboren wurdest, hast du den Aszendenten Skorpion im Saturn, weil sich das Zeichen des Skorpions im Augenblick deiner Geburt im Osten am Himmel erhebt. Jupiter geht im Westen unter, und die Sonne ist nicht weit vom Deszendenten entfernt, da sie gerade untergegangen ist.«

Meister Lucius hielt inne.

»Und was bedeutet das alles?«, murmelte Giovanni.

»Ein Horoskop zu stellen, was eine gewisse Kenntnis erfordert, ist die eine Sache, es zu interpretieren eine andere. Es ist eine wahre Kunst«, sagte der Meister und legte dabei Selbstsicherheit an den Tag. »In Florenz war ich für diese Tätigkeit berühmt, die ebenso intuitive wie rein geistige Qualitäten erfordert. Deshalb deuten zwei Astrologen ein und dasselbe Horoskop nie auf dieselbe Weise. Darauf bestehe ich, mein Junge, denn dies ist ein Kernpunkt, über den viele Anhänger wie auch Gegner der Astrologie straucheln. Die Astrologie ist keine exakte Wissenschaft wie die Logik oder die Mathematik, sie benutzt eine symbolhafte Sprache, die nach Interpretation ruft.«

Giovanni hielt den Atem an, er ahnte, dass ihm nun etwas offenbart würde.

Der Meister erklärte ihm die wichtigsten Wesenszüge seines Charakters – seine Sensibilität, seinen Eifer, seine Genauigkeit und seine natürliche Lernfähigkeit. Als der Alte über seine Fähigkeit zu lieben – und die Liebe zu idealisieren – sprach, bebte Giovanni vor Aufregung.

»Wir haben einen Überblick über das Wesentliche gewonnen. Bleibt noch, die bedeutsame Position des Saturn in deinem Horoskop zu erläutern. Bedeutsam zuerst einmal, weil er auf deinem Aszendenten liegt, aber auch, weil er der unumgängliche Weg zwischen deiner Sonne und deinem Mond ist.«

Giovanni blickte ihn fragend an.

»Ja, betrachtet man dein Horoskop näher, so springt ins Auge, dass dein Hauptproblem durch die Opposition von Sonne und Mond angezeigt ist. Du wirst dein ganzes Leben lang kämpfen müssen, um diese Opposition zu überwinden. Nun stehen diese beiden Himmelskörper in positivem Verhältnis zu Saturn. Und er sichert die mögliche Verbindung zwischen diesen beiden Polen deiner Persönlichkeit. Saturn symbolisiert die Notwendigkeit der Loslösung, der Trauer, er ermöglicht dem Menschen, sich aus der Bindung an die Mutter zu lösen, zu wachsen, indem er Krisen und Prüfungen akzeptiert. Im Altertum nannte man ihn ›den großen Übeltäter‹, denn er ist für schmerzhafte Schicksale verantwortlich und birgt Hindernisse und Schwierigkeiten. Mein Meister Marsilio Ficino hat sein Leben lang unter Melancholie gelitten und gab der starken Saturn-Position in seinem Horoskop die Schuld daran. Doch wenn der Mensch begreift, dass er an diesen Prüfungen wachsen kann und Verzicht und Einsamkeit ihm die Möglichkeit eröffnen, zu Höherem zu gelangen, dann verdient er wirklich den Namen Mensch. Saturn ist dazu da, uns von den Fesseln zu befreien, die uns zu sehr an unsere Mutter, an unsere Vergangenheit, an unsere Kindheit, an Vergnügungen, an Irdisches binden. Er ist der große und furchterregende Förderer unserer geistigen Fähigkeiten. Er führt uns durch die Hölle unserer Leidenschaften in den Himmel. Darum sind die meisten Mönche stark von diesem Planeten geprägt, der für die Entbehrung, das Studieren, die Einsamkeit, die Askese empfänglich macht. Und mein Meister sagte – er sprach dabei auch von sich –, ›die Kinder des Saturn sind zur ängstlichen Suche nach dem Schönen, Guten und Wahren verdammt‹.«

»Das passt doch sehr gut zu Euch!«, warf Giovanni ein.

»Ja, ich habe astrologische Züge, die in vielen Punkten denen meines eigenen Meisters ähneln, und meiner Meinung nach gilt das auch für dich. Aber ist das überraschend? Die zentrale Position des Saturn zeigt, dass dein Schicksal von Prüfungen und ebenso vielen Initiationsstufen bestimmt sein wird, damit du zu wahrhaftiger und großer Weisheit gelangen kannst. Schon als Kind hast du deine Mutter verloren. Du kannst also dein ganzes Leben lang hinter anderen Frauen herlaufen oder aber diese Prüfung annehmen und daran wachsen, so dass du gereift deine Bindungen wählst.

Aber hüte dich davor, dich zu sehr von der saturnschen Strenge und Härte vereinnahmen zu lassen. Dein Horoskop zeigt, dass du auch viel Zärtlichkeit, gesellschaftliches Leben und Schönheit benötigst. Im Grunde schwingt dein Leben zwischen den beiden großen Planeten Jupiter und Saturn hin und her. Sie betonen die beiden Aspekte deines Horoskops: Saturn im Aszendenten und Jupiter im Deszendenten.

Jupiter drängt dich, dir die Welt zu eigen zu machen und das Leben zu genießen, während Saturn dich auffordert, auf die Welt zu verzichten und deine Instinkte zu beherrschen. Jupiter bringt Glück, Schutz und Leichtigkeit, während Saturn dich verhängnisvollen Prüfungen aussetzt. Jupiter macht dich zum Optimisten und Saturn zum Pessimisten.«

Giovanni war von diesen Worten, die ihm so treffend schienen, tief bewegt. Obgleich der Astrologe Anzeichen von Müdigkeit zeigte, fuhr er zwar in matterem, aber darum nicht weniger überzeugtem Ton fort.

»Die Opposition zwischen deiner Sonne und deinem Mond weist darauf hin, dass dein Leben nichts anderes ist als ein unaufhörliches Bemühen, diese Gegensätze in dir zu versöhnen.«

Der alte Mann schwieg, dann hob er langsam den Kopf.

»Es gäbe noch vieles zu deinem Charakter und deinem Schicksal zu sagen. Doch für den Moment weißt du genug, und ich bin müde. Dein Horoskop bestätigt, dass du exzellente Voraussetzungen für die Philosophie mitbringst!«

Giovanni dankte dem Meister und ging unter dem Gewicht des gerade Gehörten schwankend aus dem Zimmer. Voll Unruhe lief er in den Wald. Die Gedanken überstürzten sich in seinem Kopf. All dies schien zumindest teilweise manche schrecklichen Ereignisse, die die Hexe ihm geweissagt hatte, zu bestätigen. Doch dann sagte er sich, wenn das Schicksal ihn nun gleich zwei Mal gewarnt habe, dann doch wohl deshalb, damit diese Dinge nicht einträten?

Eine ganz andere Frage trieb ihn um. Die Astrologie machte es offenbar möglich, Themen wie das Schicksal und den freien Willen anzugehen, aber sie bot auch eine umfassende Kenntnis von Psychologie und Symbolik, die zu einer besseren Einschätzung seiner selbst und der anderen führte. Während er darüber nachdachte, sagte sich Giovanni, er würde gerne lernen, Horoskope zu stellen und zu deuten. Ah, wie spannend müsste es sein, Elenas Horoskop zu bestimmen und mit seinem zu vergleichen! Er malte sich aus, wie er in Venedig ankäme und sich Elena mit den Worten näherte: »Ich bin Astrologe, wenn Ihr es wünscht, stelle ich Euch Euren Geburtshimmel und deute ihn.« Das wäre doch ein großartiger

Weg, die junge Frau anzusprechen. Sein Meister hatte ihm erzählt, die Astrologen seien an allen europäischen Höfen sehr geschätzt und man reiße sich um ihre Dienste. So könnte er nicht allein Elena ansprechen, sondern auch auf ehrbare Weise seinen Lebensunterhalt verdienen und für immer dem Bauernstand entrinnen.

Je länger er darüber nachdachte, umso vortrefflicher erschien ihm der Gedanke in jeder Hinsicht. Er müsste mindestens noch zwei Jahre bei seinem Meister bleiben, und diese Zeit würde bestimmt ausreichen, um das Metier eines Astrologen zu erlernen. Indes ein Hindernis schoss ihm durch den Kopf. Um Horoskope zu stellen, müsste er sich die Ephemeriden besorgen. Diese Werke kosteten sicherlich ein Vermögen, und er sah keine Möglichkeit, eine solche Summe zu verdienen. Als er das Problem hin und her wendete, kam ihm schließlich doch eine Idee: Warum sollte er nicht seinen Meister um die Erlaubnis bitten, die Ephemeriden, die in seinem Besitz waren, abzuschreiben? Mit ihnen könnte er die Horoskope aller Menschen, die zwischen 1490 und 1520 geboren worden waren, stellen, was schon beträchtlich wäre und ihm die Gewissheit gäbe, auch Elenas erstellen zu können, die nur wenige Jahre nach ihm zur Welt gekommen sein musste. Dieses Unterfangen würde ihn sicher Hunderte von Stunden kosten, doch er war bereit, wenn nötig, in den nächsten zwei Jahren alle seine Nächte damit zuzubringen.

Er müsste sich nur Papier und Tinte beschaffen, was eindeutig weniger kostenaufwändig wäre. Nach reiflicher Überlegung beschloss er, seinem Meister diese für seine Zukunft entscheidende Frage zu eröffnen. Dieser hörte ihm sehr geduldig zu. Dann schwieg er zwei, drei Minuten, in denen Giovanni vor Unruhe zerging, bis er einwilligte und sogar noch erklärte, er wolle dem Jungen Papier und Tinte schenken. Denn in Wahrheit entzückte es den alten Mann, sein vielschichtiges und wenig verbreitetes Wissen weitergeben zu können.

Er schätzte Giovanni, seine Intelligenz, seine Sensibilität, seinen Mut und seinen Willen zu lernen. Er war unterdessen zutiefst davon überzeugt, dass die Vorsehung sie zu diesem Zweck zusammengeführt hatte. Giovanni war überglücklich. Am selben Abend begann er die Ephemeriden in das große, gebundene Heft abzuschreiben, das ihm sein Meister geschenkt hatte. Und schon am nächsten Morgen entschied der Philosoph, die Lateinstunde durch eine tägliche Astrologiestunde zu ersetzen.

Einige Wochen später hatte sich Giovanni in die große Stadt begeben, um weitere Hefte zu kaufen. Nach zwei Tagesmärschen war er im prachtvollen, rundum von hohen Mauern umgebenen Sulmona angekommen. Diese Stadt, die auf ihre glorreiche Vergangenheit besonders stolz war, da Ovid hier das Licht der Welt erblickt hatte, war ein bedeutendes kulturelles Zentrum.

Giovanni hatte sich an Pietros Wegbeschreibung gehalten, der lieber bei seinem Meister bleiben wollte für den Fall, dass die Gauner einen erneuten Überfall wagen sollten, und schließlich hatte er nicht ohne Schwierigkeiten den Buchhändler gefunden, der auch Papier und Tinte verkaufte. Nach seinen Einkäufen bummelte er noch einige Stunden durch die Straßen. Der Lärm, das bunte Treiben, die Schönheit der Frauen, das Verhalten der Männer und die vielfältigen Gerüche machten ihn völlig fassungslos und faszinierten ihn zugleich. Er schämte sich seiner Kleidung, und die Vorstellung, eines Tages selbst in einer noch viel größeren, reicheren und berühmteren Stadt zu leben, ängstigte ihn ein wenig. Ihm wurde schwindlig bei diesem Gedanken. »Eins nach dem anderen«, sagte er sich besonnen und machte sich auf den Heimweg.

ACHTUNDZWANZIG

Seit nunmehr drei Jahren studierte Giovanni bei seinem Meister. Seine körperliche wie auch geistige Verwandlung war eindrucksvoll. Aus dem träumerischen, ungebildeten und ein wenig schmächtigen Jüngling war ein kräftiger, belesener Mann geworden. Er hatte weder etwas von seinen Idealen noch von seiner Sensibilität eingebüßt, doch er war weniger naiv, entschlossener und mehr in der Realität verankert.

Bei Pietro hatte er eine exzellente Ausbildung im Umgang mit dem Degen erhalten. Da er jünger und wendiger war als sein Lehrmeister, geschah es nun immer wieder, dass er ihn in den Übungsstunden schlug. Seit dem Angriff der Halunken war es zu keinem weiteren Zwischenfall gekommen, was Giovanni beinahe bedauerte, denn er fühlte sich jedem Kampf gewachsen.

Die Fortschritte, die er beim alten Philosophen machte, waren ebenso herausragend. Er beherrschte nun das Griechische gut genug, um die Philosophen im Urtext zu lesen, und er kannte die Heilige Schrift, aus der er manche Passage bereitwillig auswendig gelernt hatte. Sein ausgezeichnetes Gedächtnis erleichterte ihm seine Studien.

Doch am meisten fesselte ihn die Astrologie. Unterdessen hatte er gelernt, mit den Ephemeriden und den Längen- und Breitengradtabellen – mit denen man die topologische Ausrichtung des Himmels eines Menschen zur Stunde und am Ort seiner Geburt berechnete – umzugehen und ein Horoskop zu stellen. Übrigens war er fertig mit dem Abschreiben der Tabellen, die für ganz Italien galten, sowie der Ephemeriden, die Auskunft über den täglichen Stand der Sonne, des Mondes und der Planeten gaben. Er hatte insbesondere die

Symbolik der Planeten und der Tierkreiszeichen gelernt und konnte allmählich ein Horoskop richtig deuten. Über das geistige Interesse hinaus, das er dieser Disziplin entgegenbrachte, spornte die praktische Seite dieser Kunst und der materielle und soziale Nutzen, den er später aus ihr ziehen wollte, seinen Antrieb um ein Vielfaches an.

Noch immer war Elena in seinen Gedanken und Träumen lebendig. Doch auch seine Liebe zu der jungen Frau war gereift. Er hatte den Entschluss gefasst, sich nicht in seine Phantasien zu flüchten, und vermied fortan jeden Gedanken und jedes Bild, die nicht auf seiner präzisen Erinnerung beruhten. Seine philosophischen und astrologischen Studien hatten dazu geführt, dass er sich selbst besser kannte. Er wusste um die große Gefahr seines Charakters, sich die Leute oder die Dinge zu idealistisch vorzustellen. Er hatte also beschlossen, gegen diesen Wesenszug anzukämpfen, und zwang sich, seine Gedanken in Schach zu halten, insbesondere jene, die Elena betrafen. Er wartete sehnsüchtig darauf, sie wiederzusehen, und bewahrte in seinem Herzen die Erinnerung an ihr Gesicht, ohne sich aber auszumalen, was aus ihr wohl geworden war. Vor allem las er jeden Abend vor dem Einschlafen das kleine Billett, das sie ihm geschrieben hatte. Obgleich er seit langem jedes einzelne Wort kannte, war er jedes Mal bewegt, wenn sich sein Blick auf die Schrift der jungen Frau heftete: das einzige dingliche Zeichen seiner flüchtigen Begegnung mit der Venezianerin.

Giovanni hatte die Verpflichtung, die er seinem Meister gegenüber eingegangen war, erfüllt. Und er wusste, dass er bald aufbrechen würde, um Elena zu finden. Gleichwohl spürte er die Notwendigkeit, seine astrologische Ausbildung noch zu vervollkommnen, die sein Hauptpfand für den Weg geworden war, der ihn zu Elenas Herz führen sollte. Er war davon umso überzeugter, als zwei Monate zuvor, gegen Ende August, sein

Meister Besuch bekam. Es war der spanische Philosoph Juan de Valdès, einer der wenigen Menschen, die wussten, wo Lucius zu finden war. Er kam, um ihm den Tod ihres gemeinsamen Freundes mitzuteilen: Erasmus Desiderius, gestorben am 12. Juli dieses Jahres 1536. Die Nachricht ging Meister Lucius sehr zu Herzen. Dann sprachen die beiden Männer lang über die Welt. Da der Philosoph seit nahezu zwei Jahren keinen Besuch bekommen hatte, erfuhr er erst jetzt von der Wahl Alessandro Farneses auf den Papststuhl im Oktober 1534. Er war darüber nicht sonderlich erstaunt, denn er selbst hatte ungefähr zwanzig Jahre zuvor dem damaligen Kardinal vorhergesagt, er würde eines Tages zum Papst gewählt … obwohl er bereits Vater von vier Kindern war! Juan de Valdès legte Lucius dar, die Wahl dieses alten Fuchses Farnese – er war damals sechsundsechzig Jahre alt – habe seinen außerordentlichen Ruf als Astrologe wieder sehr ins Gespräch gebracht, und viele Edelleute, angefangen beim Papst selbst, würden ihn zu gerne aufstöbern und zur Rückkehr nach Rom bewegen. »Gott bewahre!«, hatte der Philosoph ausgerufen, wenngleich es ihn entzückte zu erfahren, dass er noch immer einen so hervorragenden Ruf genoss. Ausgiebig befragte er seinen Freund zu den Entscheidungen des neuen Pontifex maximus, der den Namen Paul III. angenommen hatte. Die Auskünfte des Spaniers waren durchaus ermutigend. Obgleich Farnese seine Politik des Nepotismus fortführte und kirchliche Güter unter seinen Kindern und Enkeln verteilte, schien er gewillt, die Erneuerung der Kirche einzuläuten und den Dialog mit den Protestanten aufzunehmen. Umgehend hatte er einige Kardinäle zusammengerufen, die den Ideen des Protestantismus aufgeschlossen gegenüberstanden, mit der Absicht, ein bedeutendes Konzil vorzubereiten, und war darin von Erasmus unterstützt worden. Im Gegenzug hatte der Papst dem Humanisten den Kardinalshut angeboten und dazu ein großzügiges kirchliches Einkommen, Danaergeschenke, die ihn ein für alle Mal von den Reformatoren abgeschnitten hätten und die Erasmus unverzüglich ablehnte. Meister Lucius lachte schallend, als er diese Neuigkeit hörte.

Giovanni erfuhr bei dieser Gelegenheit, dass sein Meister nicht nur als großer Wissenschaftler Anerkennung genoss, sondern auch als größter Astrologe seiner Zeit galt, und dass er früher manches vorhergesagt hatte, das im Laufe der Zeit eingetreten war. Diese Nachricht freute ihn und bestätigte ihn in seinem Entschluss, auch selbst ein renommierter Astrologe zu werden, der sich bei seinen Meriten stolz auf die Ausbildung bei seinem berühmten Meister berufen könnte.

Doch seine Neugier wurde erst recht geweckt, als er den spanischen Philosophen erzählen hörte, er habe sich kürzlich in Neapel niedergelassen und dort eine schöne und gebildete junge Contessa mit Namen Giulia Gonzaga kennen gelernt. Giovanni konnte nicht umhin, sich in das Gespräch einzumischen und von seiner seltsamen Begegnung zwei Jahre zuvor mit dieser schönen Reiterin namens Giulia zu erzählen, die zum Kloster San Giovanni in Venere galoppierte. Juan de Valdès versank kurz in Gedanken, bevor er Giovanni fragte:

»Du sagst, du habest sie Anfang August 1534 getroffen?«

»Ja.«

»Und du sagst, die junge Frau war sehr schön mit langem, kastanienbraunem Haar, aber angezogen wie ein Mann, und sie schien dir verängstigt?«

Giovanni nickte.

»Das wäre ein außerordentlicher Zufall!«

Giovanni, Pietro und Meister Lucius hingen an Valdès' Lippen.

»Ich muss euch die unglaubliche Geschichte von Giulia Gonzaga, Contessa di Fondi, erzählen, denn es ist sehr gut möglich, dass du genau sie an jenem Tag gesehen hast. Das Leben ist doch merkwürdig!«

»Lasst uns nicht länger zappeln!«, rief der Astrologe.

»Die junge Giulia ist die Tochter von Lodovico Gonzaga, Conte di Sabbioneta, und Francesca Fieschi. Von klein auf erhielt sie eine äußerst anspruchsvolle Erziehung. Mit dreizehn Jahren war sie bereits in Musik, Philosophie, Theologie und in den Naturwissenschaften hochgebildet. Und zudem rief sie, da sie schon als junges Mädchen sehr schön war, bei allen, die ihr begegneten, Bewunderung hervor. Kurz vor ihrem vierzehnten Geburtstag heiratete sie Vespasiano Colonna, Graf von Fondi, einer schönen Stadt zwischen Rom und Neapel, nicht weit von der Mittelmeerküste, zwei Tagesritte von hier. Der Conte war ein reicher und kultivierter Mann, aber dreiunddreißig Jahre älter als sie. Er war Witwer und hatte eine Tochter im Alter von Giulia. Er liebte seine junge Frau abgöttisch, was seine Tochter eifersüchtig machte. Zwei Jahre nach der Hochzeit starb der Graf bei einem Unfall und hinterließ seiner jungen sechzehnjährigen Witwe ein großartiges Erbe. Aufgrund ihrer Intelligenz sowie ihrer Schönheit und ihres Reichtums hätte Giulia die begehrteste Partie von ganz Italien sein können! Doch der Conte hatte seinem Testament eine Klausel hinzugefügt, die seiner jungen Frau untersagte, sich wieder zu verheiraten, sollte sie es dennoch tun, verlöre sie alle ihre Güter … die dann seiner Tochter zufielen!«

»Ach, dieser Lump!«, rief Pietro mit einem lauten Lachen.

»Es wäre gerechter gewesen, er hätte sein Erbe zwischen seiner Frau und seiner Tochter ohne diese dämliche Klausel aufgeteilt«, stellte Meister Lucius fest.

»Zumal aus dieser Rivalität ein entsetzliches Drama erwuchs. Giulia akzeptierte tatsächlich die Klausel und gelobte, niemals mehr zu heiraten. Sie machte aus dem Palast ein geistiges Zentrum, in dem schon bald Denker, Künstler und Kirchenmänner zusammenströmten. Dank der Porträts, die Tizian und Del Piombo von ihr malten, erlangte die Contessa ein solches Ansehen, dass Fondi sich in einen regelrechten

Hof beharrlicher Verehrer verwandelte, die alle das Herz der jungen Witwe erobern wollten. Sie hatte sicherlich in allergrößter Diskretion den einen oder anderen Liebhaber, unter denen, wie es heißt, auch der junge Kardinal Ippolito de Medici sein soll.«

»Sieh an, sieh an«, meinte Meister Lucius, der die Familie der Medici gut kannte. »Aber er war doch noch ein Kind, als ich Florenz verlassen habe.«

»Er war in der Tat kaum älter als Giulia, und er nahm ein tragisches Ende. Doch ehe ich darauf zu sprechen komme, muss ich Euch unbedingt die unglaubliche Begebenheit erzählen, die sich in der Nacht vom 8. auf den 9. August ereignete und das Leben der Contessa von Grund auf veränderte.«

Juan de Valdès hielt inne und trank einen kräftigen Schluck Wein, während seine Gastgeber schwiegen und gespannt darauf warteten, dass er fortführe.

»Mitten in der Nacht wurde Giulia geweckt, und man berichtete ihr, der berühmte Korsar Khair ad-Din Barbarossa habe gerade mit zweitausend Janitscharen an der Küste angelegt und habe die Absicht, sie zu entführen ... um sie Süleyman dem Prächtigen zum Geschenk zu machen! Die Korsaren stünden bereits an den Toren der Stadt und wären in wenigen Minuten im Schloss. Giulia zögerte nicht einen Augenblick: In Begleitung eines Dieners lief sie in den Stall, sattelte ihr bestes Pferd und entfloh im Nachthemd in die Berge! Die ganze Nacht galoppierten sie durch die abruzzische Hügellandschaft. Am frühen Morgen streckten sie sich eine Weile aus, um sich auszuruhen, und der Diener versuchte, sie zu vergewaltigen! Giulia durchbohrte ihn mit ihrem Dolch, streifte seine Kleider über und ritt weiter zum Kloster San Giovanni in Venere, wo sie glaubte, ihren besten Freund, den Kardinal de Medici, anzutreffen, der dort an Exerzitien teilnehmen sollte.«

Valdès wandte sich an Giovanni, den dieser Bericht im wahrsten Sinne des Wortes sprachlos machte.

»Es ist also durchaus möglich, dass sie diesen Weg genommen und Euch gegen Abend dieses Tages begegnet ist, als sie am Flussufer rastete, um ihr Pferd zu tränken.«

»Das ist sogar sicher«, entgegnete Pietro. »Wie schade, dass du sie nicht zu uns gebracht hast!«

»Das hätte ich zu gerne getan, doch sie war völlig verängstigt und wollte schnellstmöglich ihren Weg fortsetzen«, sagte Giovanni. »Jetzt verstehe ich warum!«

»Diese abenteuerliche Geschichte ist kaum zu glauben«, meinte Meister Lucius. »Und wie geht sie weiter?«

Juan de Valdès stieß einen tiefen Seufzer aus.

»Der Kardinal befand sich aber in Rom. Er hatte am nächsten Morgen Wind vom Angriff der Korsaren bekommen und hob eine Armee von sechstausend Mann aus. Als sie in Fondi eintraf, fand sie eine Stadt in Flammen und in Blut vor. Barbarossa war unverrichteter Dinge wieder abgezogen, doch im Zorn darüber, dass ihm seine Beute entwischt war, metzelte er alle Einwohner nieder, derer er habhaft werden konnte, plünderte die reichen Häuser und entweihte die Gräber der Schlossherren. Es war ein grauenerregendes Blutbad.«

Die drei Männer waren niedergeschmettert, als sie sich die entsetzlichen Szenen vorstellten, die der Spanier geschildert hatte.

»Aber aus welchem Grund hatte sich Barbarossa in den Kopf gesetzt, die schöne Giulia gefangen zu nehmen und dem Sultan zu schenken?«, fragte Pietro. »Diese Unternehmung auf päpstlichem Boden war doch sehr gewagt. Und hat der Herr von Konstantinopel nicht bereits mehrere Dutzend Ehefrauen in seinem Harem?«

»Mein Freund, du legst den Finger auf den dunkelsten Punkt dieser ganzen Geschichte, der noch nicht im mindesten geklärt ist. Die Hypothese, die von vielen vorgebracht wird, ist recht übel: Giulias eigene Stieftochter, die nie akzeptiert hat, zugunsten dieser Frau, die sie hasste, enterbt worden zu sein, soll den Korsaren auf die außerordentliche Schönheit der Contessa aufmerksam gemacht und ihm versprochen haben, ihm im Gegenzug für die Entführung die Reichtümer des Schlosses zu überlassen. Tatsächlich waren die Korsaren bestens informiert, und es hat den Anschein, dass Komplizen sie zum Schloss brachten. Doch es konnte kein einziger Beweis gegen Vespasiano Colonnas Tochter vorgelegt werden. Aber ein Jahr später bestätigten sich die Verdachtsmomente, als man Kardinal Medici, Giulias besten Freund und verlässlichsten Unterstützer, im Park der Contessa ermordet auffand. Aber es heißt auch, ein anderer Mann, dessen Liebeswerben Giulia nicht erhört hatte, hätte diese Tat begangen haben können. Nun hatte die junge Contessa all diese Intrigen satt und beschloss, sich von der Welt zurückzuziehen. Sie hat sich nach Neapel in ein Kloster begeben, wo sie verschiedene gute Werke unterstützt. Ich habe sie im letzten Frühjahr über unseren Freund Bernadino Ochino, der in Neapel bei den Fastenexerzitien predigte, kennen gelernt.«

Dieses Mal wandte sich Valdès an seinen Freund Lucius.

»Und ich muss sagen, diese Begegnung war äußerst nützlich, da die Contessa sich höchst aufgeschlossen für unsere Ideen zeigt. Seither unterstützt sie unsere christlichen Gruppierungen und bemüht sich um Annäherung zwischen Katholiken und Reformatoren.«

»Sehr gut«, bemerkte der Humanist.

Dann drehte sich das Gespräch um Juan de Valdès' Unternehmungen in Neapel und um die Entwicklung in allen großen italienischen Städten dieser christlichen Gruppierungen, die die Kirche von innen zu erneuern versuchten und zugleich den Lutheranern die Hand reichten.

Der Bericht hatte Giovannis Innerstes aufgewühlt. Viele Wochen lang musste er unentwegt an die Contessa Giulia denken. »Welch ein tragisches Schicksal für einen Menschen, den die Natur und das Leben anfangs in reichem Maße verwöhnt haben«, sagte er sich. Wie von seinem Meister empfohlen, betete er oft für diese Frau, die er nur so kurz gesehen hatte, und fragte sich immer wieder nach dem Sinn ihrer Begegnung.

Mit diesen Gedanken trug sich Giovanni an diesen schönen letzten Herbsttagen. Als er eines Morgens, nicht einmal hundert Meter vom Haus entfernt, durch das Unterholz streifte, sah er sich plötzlich von Angesicht zu Angesicht zehn bewaffneten Reitern gegenüber.

NEUNUNDZWANZIG

Ist dies der Ort, den man Vediche nennt?«, fragte einer der Reiter, ehe Giovanni sich gefasst hatte.

»Ja.«

»Wir suchen das Haus von Meister Lucius Constantini.«

Der junge Mann erstarrte. Er wusste nicht, mit wem er es zu tun hatte. Womöglich war sein Meister in großer Gefahr. Er würde lügen müssen, aber wie konnte er die schwer bewaffneten Männer davon abhalten, sich selber umzusehen?

»He! Bist du stumm oder gar ein Idiot?«, fragte der Reiter ungeduldig.

Giovanni sah, dass die Tuniken und Schilde der Soldaten das päpstliche Wappen zierte, was ihn ein wenig beruhigte.

»Ich … ich weiß nicht, ob er da ist. Ich werde mich erkundigen. Wen darf ich melden?«

Statt einer Antwort versetzte der Reiter Giovanni einen heftigen Tritt. Bevor er wieder auf den Beinen stand, hatten die Männer ihren Pferden die Sporen gegeben und trabten davon. Giovanni rannte hinter ihnen her. Als er auf die Lichtung kam, sah er Pietro im Gespräch mit einem von ihnen, der abgestiegen war und ihm ein Dokument hinhielt. Da Pietro offensichtlich keinerlei Feindseligkeit zeigte, verlangsamte Giovanni seinen Schritt und näherte sich vorsichtig.

Pietro betrat mit einem der Reiter, dem einzigen, der keine Waffen trug, das Haus. Nun stiegen auch die anderen ab. Als sie Giovanni sahen, rief ihm der eine, der ihn zu Boden geworfen hatte, zu:

»Sag mal, Idiot, weißt du, wo wir unsere Pferde tränken können?«

Giovanni ballte die Fäuste. Er verspürte eine unbändige Lust, sich auf ihn zu stürzen, doch er beherrschte sich.

»Aber sicher doch, Monsignore«, antwortete er ironisch. »Etwa zweihundert Meter hinter dem Haus befindet sich der Fluss.«

Der Mann entgegnete nichts. Er schickte die Soldaten mit den Pferden weg und blieb mit einem einzigen anderen Reiter vor der Tür stehen. Als Giovanni über die Schwelle treten wollte, versperrte ihm der Mann mit dem Arm den Weg. Das war nun doch zu viel. Ohne nachzudenken, ergriff Giovanni rasch den Degen des Soldaten, den er im selben Moment zurückstieß. Der Mann stolperte über einen größeren Stein und schlug der Länge nach hin. Ehe der zweite überhaupt die Chance hatte zu reagieren, versetzte ihm der junge Mann mit der Breitseite der Klinge einen kräftigen Schlag auf den Helm. Ohne einen Laut von sich zu geben, sank er in sich zusammen. Dann setzte Giovanni den Degen an die Kehle des Soldaten, der ihn beleidigt hatte.

»Ich bin vielleicht von schlichtem Gemüt, aber ich habe gelernt zu kämpfen. Los, verteidige dich!«

Giovanni ging einige Schritte rückwärts, nahm den Degen des Mannes, der am Boden lag, und warf ihn dem Soldaten zu, der mittlerweile wieder auf den Beinen stand und benommen wirkte. Nach kurzem Zaudern stürzte er sich auf Giovanni.

Von den klirrenden Degen alarmiert, kam Pietro eilig aus dem Haus. Er befahl Giovanni, den Kampf sofort abzubrechen.

»Nicht, bevor er sich entschuldigt hat«, rief ihm der junge Mann zu, der sich mit der Kraft eines Löwen schlug.

Obgleich Pietro nicht verstand, wie es dazu hatte kommen können, war er nicht gerade wenig stolz auf seinen Schüler. Er konnte sich nicht zurückhalten, ihn anzufeuern.

»Komm schon, mein Junge! Flottere Schritte, und achte besser auf deine Deckung!« Schon bald zeigte der Soldat Anzeichen von Ermattung. Giovanni spürte, dass der Moment gekommen war, dem Kampf ein Ende zu setzen. Er deutete eine ungeschickte Attacke an und ließ seinen Gegner über sein ausgestrecktes Bein stolpern, so dass er erneut zu Boden ging.

»Ich warte auf die Entschuldigung, du Flegel!«, rief Giovanni und setzte ihm den Degen auf die Brust.

»Ich … ich entschuldige mich …«

»Sehr gute Lektion!«

Pietro stand jetzt neben seinem Schüler und klopfte ihm auf die Schulter.

»Ich habe dir nicht mehr viel beizubringen«, sagte der Riese, bevor er dem Soldaten auf die Beine half. »Los!«, rief er ihm zu. »Kümmere dich um deinen Kameraden, und lass uns in Ruhe, solange unsere Meister miteinander reden.«

Das ließ der Reiter sich nicht zweimal sagen.

»Es war sehr gewagt, sich mit einem Soldaten der päpstlichen Garde anzulegen, mein Junge. Doch ich kann dich nicht tadeln, dass du deine Ehre verteidigen wolltest. Ich hätte an deiner Stelle genauso gehandelt!«

»Was haben die Soldaten des Papstes hier zu suchen?«

»Der Mann, der ins Haus gegangen ist, ist kein Soldat. Stell dir vor, er ist ein Kardinal!«

»Ein Kardinal!«

»Ja, und unser Meister schien sich an sein Gesicht zu erinnern. Er reist inkognito, nur von diesen Soldaten begleitet. Er hat, ich weiß nicht wie, unsere Spur aufgetan und ist Überbringer einer Botschaft des Papsts.«

Giovanni riss die Augen auf.

»›Von allergrößter Wichtigkeit‹, hat er gesagt. Und absolut vertraulich, denn er hat verlangt, dass ich das Haus verlasse, um mit Meister Lucius unter vier Augen zu sprechen. Ich würde zu gerne wissen, worüber die beiden da drin reden«, meinte der Riese etwas missmutig.

Das Gespräch dauerte mehrere Stunden. Giovanni und Pietro warteten mit wachsender Nervosität vor dem Haus. Letztendlich geleitete der Philosoph den Kardinal zur Tür und verabschiedete ihn ehrerbietig. Die kleine Truppe verschwand so schnell, wie sie gekommen war. Die drei Männer verharrten eine Weile im Schweigen. Giovanni musterte seinen Meister: Er sah niedergeschlagen aus.

»Das, worum er mich bittet, ist verrückt …«, sagte der Alte schließlich, und sein Blick glitt in die Ferne.

»Worum geht es?«, wollte Pietro wissen.

Der Philosoph schien wieder zu Sinnen zu kommen.

»Ich kann mit niemandem darüber sprechen, nicht einmal mit euch, meine Freunde. Die Sache ist viel zu ernst. Ich werde mich tage-, wochenlang in mein Zimmer zurückziehen müssen«, fuhr der Alte in mattem Ton fort.

Er wandte sich an Giovanni.

»Alle deine Stunden fallen aus. Tue das, was dir gut dünkt.« Dann wandte er sich an Pietro. »Sobald ich fertig gestellt habe, was ich zu tun habe, werde ich dich mit einem Brief nach Rom schicken, den du dem Papst überbringst. Bis dahin möchte ich nicht gestört werden. Du bringst mir meine Mahlzeiten in mein Zimmer.«

Der alte Mann drehte sich um und trat mit einem tiefen Seufzer ins Haus. »Gott steh mir bei!«

DREISSIG

Tage vergingen, dann Wochen und Monate. Der alte Philosoph saß inmitten von zahlreichen Büchern, darunter die berühmte Schrift von Al-Kindî, in seinem Zimmer, das ihm als Arbeitskabinett diente. Er schrieb und studierte den ganzen Tag und bisweilen auch die ganze Nacht und verließ sein Zimmer nur zweimal am Tag für einen kurzen Spaziergang. Es waren nunmehr fast vier Monate, dass er sich dieser geheimnisvollen Arbeit widmete.

Dann trat er eines Morgens aus seinem Zimmer und reichte Pietro einen dicken Umschlag, den er sorgfältig versiegelt hatte.

»Hier. Den bringst du morgen dem Papst. Zuerst begibst du dich zu dem Kardinal, den du hier gesehen hast. Ich habe seinen Namen auf den Umschlag geschrieben. Er wird dich zum Heiligen Vater führen. Du übergibst ihm den Brief persönlich. Gib vor allem Acht, dass der Inhalt dieses Umschlags nie in andere Hände kommt! Nie, hörst du! Solltest du von Gaunern überfallen werden, vernichte ihn! Er darf nie in falsche Hände geraten!«

Tief beeindruckt vom ernsten Ton seines Meisters, nickte der Riese nur, ohne ein Wort herauszubringen.

»Meister, darf ich eine Bitte an Euch richten?«, fragte Giovanni.

»Muss das jetzt sein? Ich muss mich ausruhen.«

»Ja, es ist wichtig.«

Der Alte setzte sich.

»Also gut, ich höre.«

Giovanni war sehr bewegt. Seit Wochen schon war sein Entschluss gefasst, und immer wieder hatte er sich im Stillen vorgesagt, wie er ihn seinem geliebten Meister unterbreiten würde.

»Seit nunmehr über drei Jahren bin ich Euer Schüler, und ich war nie glücklicher. Dank Eurer Großzügigkeit habe ich mir in nur wenigen Jahren ein Wissen angeeignet, auf das ich nie zu hoffen wagte. Besser noch, ich habe mich selbst kennen und die Suche nach der Wahrheit lieben gelernt. Ich könnte noch vieles von Euch lernen, und mein ganzes Leben würde nicht ausreichen, all Euer Wissen in mich aufzunehmen.«

Langsam drehte er den Kopf zu Pietro.

»Gleiches gilt für dich, mein Freund. Nie werde ich meine große Schuld, in der ich bei dir stehe, begleichen können.«

Er blickte wieder den alten Mann an, der seinem Schüler mit liebevoller Aufmerksamkeit zuhörte.

»Heute nun bin ich entschlossen, Euch zu verlassen. Diese Entscheidung bricht mir das Herz, denn ich liebe Euch beide mehr als meine Eltern.«

Giovanni hatte Mühe, seine Gefühle zu beherrschen. Seine Stimme klang schwach und zittrig.

»Aber mein Herz hat auch niemals aufgehört, diese junge Frau zu lieben, die ich nur sehr kurz in meinem Dorf erblickt habe. Um ihretwillen habe ich meinen Vater und meinen Bruder verlassen. Und ihr verdanke ich, dass ich Euch begegnet bin. Die Zeit ist gekommen, zu ihr zu gehen.«

Er machte eine Pause und senkte den Kopf, um seine Tränen zu verbergen. Ein tiefes Schweigen hatte sich über den Raum gesenkt.

»Ich weiß nicht, was das Schicksal mit mir vorhat. Vielleicht gehe ich einer großen Enttäuschung entgegen … aber ich kann nicht länger warten. Ich muss mich wieder auf den Weg machen. Geliebter Meister, mit Eurer Erlaubnis möchte ich morgen aufbrechen und meinerseits Euch den Dienst erweisen, mich selbst nach Rom zu begeben und diesen Brief dem Papst auszuhändigen.«

Die beiden ergriffenen Männer zeigten unwillkürlich eine Geste des Erstaunens.

»Ich weiß, Pietro ist müde und leidet unter schlimmem Rheuma«, fuhr Giovanni fort. »Der Weg nach Rom ist weit und nicht sehr sicher. Es wäre mir eine Freude, den Umweg über die Heilige Stadt zu machen und mich Gott anzuvertrauen, ehe ich weiter nach Venedig reise.«

Meister Lucius nickte zögerlich mit von Trauer erfülltem Ernst.

»Ich wusste, dieser Moment würde früher oder später kommen, mein guter Giovanni. Und ich muss dir gestehen, dass ich hoffte, er käme so spät wie möglich. Du warst in diesen drei Jahren der beste Schüler, den sich ein Meister nur erhoffen kann.«

Seine Stimme brach.

»Du bist noch jung, und dein impulsiver Charakter kann dir viele Streiche spielen. Aristoteles sagt, erst mit fünfundvierzig wird man ein wahrer Philosoph … ich verpflichte dich nicht, so lange bei mir zu bleiben, bis du dieses fortgeschrittene Alter erreicht hast! Du hast dir viele Kenntnisse angeeignet. Jetzt ist es Aufgabe des Lebens, deine Erziehung und dein Denken zu vervollkommnen. Ich weiß, dass du dich als ein Astrologe, der seines Meisters würdig ist, erweisen wirst. Gut, mein Kind. Nimm deine Hefte mit den Ephemeriden und die Bücher, die du aus meiner Bibliothek haben möchtest. Und wenn Pietro einverstanden ist, nimm den Brief für den Heiligen Vater mit.«

Giovanni drehte sein tränenüberströmtes Gesicht dem Riesen zu, der mit unbeholfenem Nicken zustimmte. Dann stürzte sich der Junge in die Arme seines Meisters und ließ den Tränen freien Lauf.

Er verließ die beiden noch am selben Morgen, da er den schmerzhaften Abschied nicht länger hinziehen wollte. Er wusste nicht, ob das Schicksal ihm erlauben würde, eines Tages seine beiden teuersten Freunde wiederzusehen, doch er hoffte es von ganzem Herzen. Er nahm seine wertvollen Hefte und nur drei Bücher, alle auf Griechisch: *Das Gastmahl* von Platon, die *Nikomachische Ethik* von Aristoteles und das *Neue Testament*. Er steckte den Brief für den Papst in die Scheide seines Degens, ließ die Hefte und die Bücher in den Quersack gleiten ebenso wie eine Feldflasche, Wollkleidung und einige Vorräte, versicherte sich, dass die Dukaten, die ihm sein Meister für die Reise nach Rom und Venedig geschenkt hatte, in seiner Tasche waren, und umarmte seine Freunde.

Ohne ein Wort machte er sich auf den Weg in die Ewige Stadt und wandte sich nicht mehr um.

EINUNDDREISSIG

Die Sonne neigte sich schon leicht. Er hatte die Nebenwege verlassen und lief seit gut drei Stunden raschen Schrittes über die Via Valeria, als hinter ihm ein dumpfes Grollen lauter wurde. Er drehte sich um und sah fünf Pferde über die einsame Straße galoppieren. Als die Reiter nur noch etwa zwanzig Meter von ihm entfernt waren, sah er, dass sie in schwarze Umhänge gehüllt waren und offenbar Masken trugen. Instinktiv spürte er, dass er in Gefahr war.

Mit einem Satz warf er sich ins Dickicht und rannte auf den Wald zu. Die Reiter galoppierten hinter ihm her. In dem Augenblick, als der erste schwarze Mann auf seiner Höhe war, erreichte er die Bäume. Während Giovanni sich ins Unterholz schlug, musste der Reiter seinen Galopp zügeln, um den Ästen auszuweichen. Der Junge rannte so schnell, dass er kaum noch Luft bekam, holte einen Vorsprung heraus und flüchtete sich auf die hohen Äste einer Eiche. Keuchend und angsterfüllt belauerte er die schwarzen Reiter und betete, dass sie nicht auf die Idee kämen, den Kopf zu heben. Sie hatten sich aufgeteilt und suchten den Wald ab.

Es wurde allmählich dunkel, und Giovanni beschloss, die Nacht auszunutzen, um sein Versteck zu verlassen. Als er vom Baum herabklettern wollte, hörte er einen Reiter näher kommen, der genau unter ihm langsam vorbeiritt. Giovanni zögerte nicht: Er sprang auf seinen Gegner, dem nicht einmal die Zeit blieb zu schreien, und wälzte sich mit ihm am Boden. Mit der Wendigkeit einer Raubkatze packte er ihn an der Gurgel und drückte auf seine Halsschlagader, bis der Mann das Bewusstsein verlor. Dann legte er ihn aufs Pferd, schwang sich selbst in den Sattel und flüchtete im Trab zum Wald hinaus. Kaum war er wieder auf der Via Valeria, jagte er einige Meilen im Galopp voran, dann schlug er einen Seitenweg ein. Als er sich schließlich sicher fühlte, warf er den Mann vom Pferd, fesselte ihm die Hände auf dem Rücken, nahm ihm die Ledermaske ab und machte sich daran, ihn mit kräftigen Ohrfeigen wiederzubeleben. Der schwarze Reiter kam zu sich. Als er seine Lage begriff, konnte er kaum glauben, dass ihn dieser Junge entführt hatte und ihm die Flucht geglückt war.

»Bist du nicht der Schüler des Astrologen?«

»Ja, genau, der bin ich.«

»Wo hast du denn gelernt, dich so gut zu verteidigen?«

»Ich stelle hier die Fragen. Wer seid Ihr? Was wollt Ihr? Warum versteckt Ihr Euch hinter diesen Umhängen und Masken?«

Der Mann grinste hämisch und schwieg. Giovanni griff sein Messer und zielte auf die Kehle seines Gefangenen.

»Ich bin heute Abend nicht sehr geduldig gestimmt. Wenn du dich weigerst, meine Fragen zu beantworten, steche ich dich ab wie ein Huhn.«

»Ich habe geschworen, nichts zu sagen. Wenn ich rede, bringen mich meine Kameraden um.«

»Warum seid Ihr hinter mir her?«

»Um dir den Brief abzunehmen, den du dem Papst übergeben sollst.«

Das ist es also, dachte Giovanni.

»Aber wer seid Ihr, und warum ist dieser Brief so wichtig?«

»Du hast also keine Ahnung, was darin steht?«

Der Mann las in Giovannis Gesicht, dass der Astrologe über den Inhalt des Briefes Stillschweigen bewahrt hatte. Mit größerer Selbstsicherheit setzte er wieder an:

»Glaube mir, es ist besser, du wirst ihn los. Was darin steht, ist schrecklicher als ein Komet, der auf der Erde aufschlägt. Gib ihn mir, geh nach Hause, und erzähl deinem Meister, du habest ihn verloren. Ich verspreche dir, dass du dann nicht mehr bedroht wirst.«

Giovanni lachte auf.

»Du liegst am Boden, nicht ich. Ich habe meinem Meister versprochen, diesen Brief dem Papst zu übergeben, und ich halte mein Versprechen. Gleichgültig, was darin steht!«

»Dann wirst du nie mehr in Frieden schlafen können. Selbst wenn du mich tötest, werden dich meine Kameraden überall aufspüren. Und sollte es dir gelingen, ihnen zu entkommen, werden andere dich jagen, bis sie den Brief an sich gebracht haben. Du wirst nicht lebend nach Rom gelangen.«

Giovanni begriff, dass der Mann die Wahrheit sprach. Er wusste auch, dass er selbst unter seinem drohenden Messer keine weiteren Geständnisse machen würde. Er überlegte und fällte eine kluge Entscheidung. Da er diese geheimnisvollen Verfolger nicht würde abschütteln können, musste er darauf verzichten, Rom über die Via Valeria zu erreichen. Doch Umwege waren wegen der Banditen viel zu gefährlich. Das Einfachste wäre, über die Via Valeria in die zur Ewigen Stadt entgegengesetzte Richtung zu galoppieren, wo er auf keinerlei Widrigkeiten stoßen würde. Dann konnte er im Hafen von

Pescara an Bord eines Schiffes gehen. In weniger als einer Woche hätte er Rom auf dem Seeweg erreicht.

Die Entscheidung war gefallen. Er fesselte den Mann an einen Baum und flüchtete zu Pferde in Richtung Adria.

Er ritt bis tief in die Nacht, musste aber bald eine Rast einlegen, um das Pferd zu Atem kommen zu lassen.

Bei Morgengrauen brach er wieder auf. Und als es erneut dunkel wurde, sah er endlich das Meer. Im Hafen band er sein Pferd vor einem Wirtshaus fest, und nachdem er einen Happen gegessen hatte, erkundigte er sich nach Schiffen, die nach Rom führen. Als er gerade im Gespräch mit dem Wirt war, flog die Tür auf. Drei schwarz gekleidete Männer standen im Rahmen. Giovanni stürzte in den hinteren Teil des Gastraums, sprang durch ein Fenster und fand sich Auge in Auge mit einem weiteren maskierten Mann wieder, der die Rückseite des Wirtshauses bewachte. Giovanni zog seinen Degen, und die Klingen kreuzten sich. Rasch erwies er sich seinem Gegner überlegen, verletzte ihn am Oberschenkel und flüchtete in die Nacht, während andere Männer zu Fuß und zu Pferde seine Verfolgung aufnahmen. »Wie viele sind es denn? Und wie haben sie nur so schnell meine Spur finden können?«, fragte er sich und rannte auf die vielen Schiffe zu, die am Kai vor Anker lagen.

Von überallher hörte er Hufgetrappel und Schreie. Giovanni fühlte sich umzingelt und erklomm ein kleines Boot.

Er sah, dass die zwei Bootswachen wie die Murmeltiere schliefen, kletterte hinunter in den Laderaum und versteckte sich hinter Kisten mit Waren. Mitten in der Nacht hörte er Geräusche von Deck. Er hielt den Atem an, doch schon bald begriff er, dass es sich um Seeleute handelte, die nach einem reichlich feuchten Abend an Bord kamen. Für einige Stunden war es wieder still. Als die Sonne aufging, kehrte die Betriebsamkeit zurück, und das Boot lief aus.

Giovanni beschloss, so lange in seinem Versteck zu bleiben, bis sie im nächsten Hafen anlegten. Da er an das Schlingern auf hoher See nicht gewöhnt war, war er den ganzen Tag krank, zumal die starken Winde das Schiff wie eine Nussschale hin und her warfen. Nach einem Tag, einer Nacht und einem weiteren Tag auf See warf das Schiff Anker in einem Hafen. Giovanni hatte keine Ahnung, an welchem Ort er sich befand, doch das war ihm nicht so wichtig: Er war überzeugt, seinen Verfolgern ein für alle Mal entronnen zu sein. Und dennoch hoffte er, das Schiff habe südlichen Kurs genommen. Als er bei einbrechender Nacht sicher sein konnte, dass die Mehrzahl der Besatzung von Bord gegangen war, schlich er aus seinem Versteck und begrüßte jubelnd den festen Boden unter seinen Füßen. Er sah mächtige Schiffe und unzählige Lichter im Hafen, in dem trotz der späten Stunde geschäftiges Treiben herrschte. »Wir haben in einer großen Stadt angelegt«, sagte er sich. »Vielleicht ist es Bari, wenn wir nach Süden gesegelt sind? Oder Ancona, falls wir unglücklicherweise den Weg nach Norden eingeschlagen haben sollten …« Schließlich sprach er einen kräftigen Seemann an, der gerade die Knoten einer Trosse löste.

»In welcher Stadt sind wir hier, mein Freund?«

Der Mann sah ihn an, als wäre ihm die Heilige Jungfrau erschienen.

»Was?«

»Ich bitte Euch, mir den Namen dieser Stadt zu sagen.«

Der Seemann rollte mit den Augen und hob die Arme zum Himmel.

»Ma … Venezia!«

III. JUPITER

ZWEIUNDDREISSIG

»Wenn der Signore Astrologe eintreten möchte.«

Giovanni nickte dem Diener zu, stand ohne Eile auf und betrat das Arbeitskabinett des Hausherrn.

»Ah, welche Freude, Euch endlich kennen zu lernen, lieber Signore da Scola!«, rief ein kleiner, wohlbeleibter Mann.

Giovanni antwortete mit einem breiten Lächeln und setzte sich auf den Stuhl, den ihm sein Gastgeber zuwies.

Der Mann selbst nahm auf der anderen Seite des marmornen Kamins in einem größeren Armstuhl Platz. Im selben leutseligen Ton fuhr er fort:

»Ich höre von allen Seiten nur Loblieder auf Eure Verdienste. In allen Palästen spricht man darüber, wie bemerkenswert es ist, dass Ihr dem Richter Zorzi seine wenig wahrscheinliche Ernennung in den Rat der Zehn vorausgesagt habt. Und erst gestern hat mir mein Freund Quirini erzählt, wie richtig Ihr seine delikate Finanzlage vorhergesehen habt.«

»Und dennoch unterstreiche ich immer wieder, dass meine Auffassungen mit Vorsicht zu genießen sind, denn die Stellung der Sterne wird von einem Menschen gedeutet, der nicht unfehlbar ist.«

»Schluss mit der Bescheidenheit, mein Lieber. Euer Ruf ist allgemein anerkannt. In nur wenigen Monaten habt Ihr Venedig erobert! Man raunt sogar, der Doge habe Euch in einer Privataudienz empfangen …«

Giovanni neigte den Kopf.

»Dazu möchte ich nichts sagen, mein Herr.«

»Eure Diskretion ehrt Euch.«

Der Mann blinzelte und legte die Fingerspitzen aneinander.

»Doch sagt mir, wann genau seid Ihr in Venedig angekommen?«

»Vor sechs Monaten, Signore.«

»Beachtlich! In so kurzer Zeit ein solches Renommee! Wenn ich mich nicht irre, seid Ihr ein Schüler des berühmten Florentiners Lucius Constantini, und Ihr seid hier vom Philosophen Nicolo Celestini empfangen worden.«

»Ihr seid gut informiert. Da mein Meister wusste, dass ich mich nach Venedig begeben würde, hat er mir den Namen seines Freundes genannt, der mich sehr liebenswürdig aufgenommen hat.«

»Aber ... sagt mir, aus welchem Grund wolltet Ihr nach Venedig, statt Eure Karriere eher in Florenz oder Rom zu beginnen? Der Frauen oder des Geldes wegen?«

Der Mann brach in Lachen aus. Giovanni lächelte nur zögerlich und antwortete ironisch.

»Wegen beidem natürlich.«

»Ah! Wie Recht Ihr habt! Wisst Ihr eigentlich, dass man vor kurzem hundertzwanzigtausend Seelen in unserer Stadt gezählt hat und die Zahl der Kurtisanen auf über zehntausend geschätzt wird? Macht Euch klar: im Schnitt für sechs Männer eine Hure! Die werden sich rasch darum kümmern, Euch um Eure Einkünfte zu erleichtern! Ah! Diese Diebinnen! Wenn Ihr wüsstet, was sie mir alles abgenommen haben.«

»›Abgenommen‹ ist ein großes Wort. Ihr müsst doch zumindest ein bisschen einverstanden gewesen sein.«

»Ja, leider! Der Mann ist ein irrationales Wesen. Er bringt Tage damit zu, einige Dukaten zu verdienen ... die er eiligst in wenigen Minuten in den Armen einer Unbekannten verschleudert!«

»Um ehrlich zu sein, Signore, ich muss Euch gestehen, dass ich noch nicht vom Charme dieser Damen, von denen Ihr sprecht, gekostet habe.«

Der Mann zeigte sich verblüfft. Dann zwinkerte er.

»Ach ... ich wusste nicht, dass Ihr Knaben bevorzugt.«

»Nein, keineswegs, Signore. Es ist nur einfach so, dass mein Herz vergeben ist.«

Der Mann setzte sich auf und schlug sich laut auf die Schenkel.

»Aber das ist doch ohne Bedeutung, mein Junge! Wie könnte die Liebe zu einer Frau das Verlangen, sich an allen anderen zu erfreuen, versiegen lassen?«

Giovanni lächelte wortlos. Es drängte ihn nicht, dieses Gespräch zu vertiefen, und er bedauerte bereits, sich diesem Mann überhaupt anvertraut zu haben.

»Oh, das scheint mir etwas Ernstes zu sein, mein junger Freund«, meinte der Gastgeber und beugte sich vor. »Und darf man den Namen der Schönen erfahren, die Euer Herz entführt hat?«

»Gestattet mir, dass ich Stillschweigen bewahre, Signore«, entgegnete Giovanni und sah seinen Gesprächspartner eindringlich an. »Aber ich glaube, Ihr habt mich wegen einer geschäftlichen Angelegenheit kommen lassen ...«

Der Mann hüstelte, und sein Gesicht wurde ernst.

»Ja, Ihr habt Recht, kommen wir zu den Fakten. Der Zufall will es, dass ich Gewürzhändler bin, einer der bedeutendsten der ganzen Stadt, und unsere Meere sind in den letzten Jahren zunehmend unsicher geworden. Ich weiß nicht so recht, wann ich meine Galeeren das Meer überqueren lassen soll. Man hat mir gesagt, Ihr könntet mir unter Hinzuziehung der Sterne wertvolle Ratschläge geben für den günstigsten Augenblick, um diese Unternehmung anzugehen ... Stimmt das?«

»In der Tat. Wenn ich Euer Horoskop stelle und mir die Position der Planeten in den kommenden Monaten ansehe, müsste ich imstande sein, Euch nützlichen Rat zu geben. Aber ich betone noch einmal, meine Meinung ist nicht unfehlbar. Berücksichtigt diesen Hinweis ebenso wie die anderen Faktoren.«

»Ja, stellt mir mein Horoskop. Eine Sache, die ich übrigens schon vor Jahren aus reiner Neugier habe machen lassen. Aber wie könnt Ihr die Position der Sterne in den kommenden Monaten wissen?«

»Durch denselben Vorgang, mit dem man ihre Stellung in der Vergangenheit ermittelt. Die Sterne ziehen in einem seit der Antike bekannten Verlauf über das Himmelszelt. Durch astronomische Berechnungen weiß man ihre tägliche Stellung auf mehrere Jahre und sogar mehrere Jahrhunderte im Voraus, hätte man die Zeit, diese Berechnungen auszuführen!«

»Und Ihr habt Astronomie studiert?«, fragte der Händler, den das Wissen seines Gesprächspartners zunehmend beeindruckte.

»Nein. Aber ich besitze astronomische Tabellen, Ephemeriden genannt, für die letzten Jahrzehnte, und ich habe meine ersten Einkünfte ausgegeben, um mir hier die Ephemeriden für die nächsten drei Jahre zu beschaffen. Da ich die Transite der Planeten des betreffenden Menschen in den wichtigsten Punkten mit seinem Geburtshoroskop vergleiche, kann ich es wagen, so manche Voraussage für die Zukunft zu treffen.«

Der Händler war sprachlos.

»Hier sind diese Bücher«, sagte Giovanni und zog die Hefte und seine neuen, gedruckten Ephemeriden aus seiner großen Tasche.

»Ich brauche nur den Ort, das Jahr, den Monat, den Tag und wenn möglich die Stunde Eurer Geburt, um Euer Horoskop zu stellen und es für die Beantwortung Eurer Frage mit dem aktuellen Verlauf der Planeten zu vergleichen.«

Rasch machte der Händler all die nötigen Angaben, und Giovanni errechnete in kaum zwanzig Minuten den Geburtshimmel seines Gastgebers. Hingegen dauerte es über eine Stunde, bis er die Position der verschiedenen Planeten in den kommenden Monaten bestimmt hatte und aus ihnen einen Schluss ziehen konnte. Er empfahl dem Händler, seine Schiffe erst in zwei Monaten heimzuholen.

Hocherfreut zahlte der Mann den Preis für die Sitzung: vierzig Dukaten, eine beträchtliche Summe für eine so rasch erledigte Arbeit. Giovanni verabschiedete sich und eilte ins Erdgeschoss des Palazzos, wo eine Gondel auf ihn wartete.

Diese Beratungen langweilten ihn unsäglich, doch sie ermöglichten ihm ein sehr gutes Auskommen. Denn in Venedig war alles teuer: die Kleider, die Wohnungen, der Dienst der Gondolieri. Da er binnen weniger Monate eine viel beachtete Persönlichkeit geworden war, musste er für seinen neuen gesellschaftlichen Status etwas tun. Daher gab er ein Vermögen aus, um sich mit den äußeren Insignien des Reichtums auszustatten, ohne die auf Dauer niemand in der eleganten Gesellschaft verkehren konnte.

Er bat den Gondoliere, ihn zum Palazzo Priuli im Castello-Viertel zu bringen. Das Boot verließ den Rio San Maurizio, bog links in den Canale Grande ein und glitt am prunkvollen Palazzo vorbei, den der alte Doge Andrea Gritti gerade fertig gestellt hatte. Den Gerüchten zum Trotz hatte Giovanni das Oberhaupt von Venedig noch nicht unter vier Augen gesprochen. Er war ihm vor drei Wochen bei einer Feier vorgestellt worden, und der Doge hatte Interesse für diesen begabten und ehrgeizigen jungen Mann gezeigt. Er hatte ihm zwar vorgeschlagen, er möge ihn doch im Dogenpalast besuchen, so dass sie über die Wissenschaft der Sterne reden könnten, an die er selbst nur wenig glaubte, allerdings hatte er ihm keine offizielle Einladung zukommen lassen. Giovanni wartete also ungeduldig auf ein Zeichen des höchstrangigen Mannes der Stadt. Nicht um seiner gesellschaftlichen, sondern um seiner persönlichsten Bestrebungen willen: um Elena näherzukommen.

Schon wenige Tage nach seiner unvermuteten Ankunft in Venedig hatte Giovanni ohne Schwierigkeiten die Spur der Urenkelin des Dogen aufgetan. Ganz Venedig amüsierte sich nämlich über das bewegte Liebesleben von Andrea Gritti, der mit seiner Ehefrau Kinder hatte, aber auch mit einer im Kloster lebenden Ordensfrau und mit türkischen Konkubinen, die er während seiner Zeit in Konstantinopel kennen gelernt hatte. Elena war die zweite Tochter von Vienna, der legitimen Enkelin des alten Dogen. Vienna hatte Paolo Contarini geheiratet, der aus einer der ältesten und angesehensten Patrizierfamilien stammte. Elena Contarini – so hieß sie also – wohnte in einem Palast am Canale Grande.

Rasch hatte Giovanni zwei weitere entscheidende Informationen in Erfahrung gebracht, eine gute und eine schlechte. Die gute war, dass Elena, obgleich eine der besten Partien des venezianischen Adels, noch nicht geheiratet hatte. Giovanni war beinahe in Ohnmacht gefallen, als er es vernahm. Doch sein Glück wurde von der anderen Nachricht getrübt: Elena hatte Venedig vor einigen Monaten verlassen und weilte bei ihrem Vater, dem Gouverneur der fernen Insel Zypern.

Die junge Frau verbrachte nämlich die Hälfte des Jahres in Venedig bei ihrer gesundheitlich angegriffenen Mutter und die andere Hälfte in der zypriotischen Hauptstadt Nikosia. Und dann hatte er mit schmerzerfüllter Aufregung erfahren, dass Elena erst im Laufe des Sommers oder, noch später, erst im Herbst nach Venedig zurückkehren würde. Darum hatte er beschlossen, ihre Heimkehr abzuwarten und sich während des Frühjahrs dank seiner astrologischen Fähigkeiten in die hohe venezianische Gesellschaft einzuführen. Der Erfolg seines Unterfangens hatte seine kühnsten Hoffnungen übertroffen. Da er vom ersten Tag an bei einem alten Philosophen, einem Freund seines Meisters, logierte, hatte er rasch seine Kunst den reichen Venezianern demonstrieren können, die eilig verlauten ließen, ein schöner, begabter junger Mann, Schüler des berühmtesten italienischen Astrologen, habe sich in Venedig niedergelassen.

Giovanni hatte zwar seine kalabrische Herkunft nicht verheimlicht, aber doch einen anderen Namen angenommen, da seiner zu bäuerlich klang und vielleicht von einem Venezianer, der ihn einst in seinem Heimatdorf verurteilt hatte, wiedererkannt würde. Er behauptete, aus der kalabrischen Stadt Catanzaro zu stammen – die einzige, die er kannte –, und nannte sich fortan Giovanni da Scola.

Die Leute rissen sich um ihn: Diese Witwe wollte erfahren, ob sie noch einmal einen Ehemann fände, jener Kaufmann wollte seinen Handel abgesichert wissen, und dieser Mann von Rang wollte Näheres über die Entwicklung seiner Situation erfahren. Schon bald stellte Giovanni fest, dass die Dinge, die ihn an der Astrologie faszinierten – die Selbsterkenntnis und die Grundtendenzen des Schicksals –, die Menschen sehr viel weniger interessierten als Fragen des Geldes, der Macht oder der Liebe. Zunächst war er darüber verstimmt. Dann fügte er sich und beugte sich den sehr konkreten Fragen seiner Kunden. Denn das Geld und die Beziehungen, die ihm seine Tätigkeit einbrachten, würden ihm sicherlich helfen, sein einziges Ziel zu erreichen: Elena wiederzusehen.

Nachdem die Gondel in den Canale Grande eingebogen und dann an Markusplatz und Dogenpalast entlanggefahren war, bog sie in einen breiten Kanal hinter dem Campo San Zaccaria, dann wieder nach links in einen kleinen Kanal, der zum prachtvollen Palazzo Priuli führte. Dieses von Kanälen umgebene Gebäude, das einer der größten Familien Venedigs gehörte, liebte Giovanni ganz besonders. Da sein Besitzer mittellos war – hier konnte man mächtig und arm sein oder auch reich und ohne politisches Gewicht –, vermietete er kleine Wohnungen, bestehend aus einem Salon, einem Bade- und einem Schlafzimmer, an wohlhabende Reisende. Sobald Giovanni ausreichend Geld verdient hatte, beschloss er, in diesen prächtigen Palast zu ziehen. Nun konnte er Gäste in seinem privaten Salon empfangen, hauptsächlich Damen, die aus Diskretion nicht zu Hause beraten werden wollten. Wenn er nicht zum Mittag- oder Abendessen geladen war, teilte er seine Mahlzeiten mit der Familie Priuli, deren Gastfreundschaft und geistiges Raffinement er sehr schätzte. Hier sammelte er mit Unschuldsmiene die meisten Informationen über Elena, denn die Priulis waren mit den Contarinis gut befreundet und kannten die Urenkelin des Dogen. Die Gondel hielt vor dem Haupteingang des Palazzos. Giovanni drückte dem Gondoliere ein Geldstück in die Hand, ging dann über die Haupttreppe in den dritten Stock und betrat seine Wohnung. Er zog seinen langen schwarzen Umhang und seine Schuhe aus. Die Ephemeriden legte er in einen kleinen Schrank im Salon, der stets verschlossen war und seine wertvollsten Besitztümer enthielt.

Er schob die Hand in die Tiefe des Schranks und zog einen Umschlag hervor, der hinter einigen Philosophiebüchern versteckt war. Als der Astrologe den Brief betrachtete, den ihm sein Meister für den Papst anvertraut hatte, wurde ihm das Herz schwer. Vor nunmehr zwei Jahreszeiten war er von den Abruzzen aufgebrochen, um nach Rom zu reisen, und dramatische Umstände hatten ihn daran gehindert, sein Wort zu halten. Anfangs hatte er sich eingeredet, das Schicksal habe es so gewollt. Bestimmt, damit er nicht ein weiteres Mal einem dieser schwarzen Reiter begegnete, die sich seines kostbaren Sendschreibens bemächtigen wollten. Vielleicht auch, damit er ohne Aufschub Elena wiederfände. Als er dann erfuhr, dass Elena erst in einigen Monaten zurückkehren würde, hatte er geplant, diese Zeitspanne für die Reise nach Rom zu nutzen. Doch wiederum hatten sich die Ereignisse ineinandergefügt, ohne dass er wirklich Herr über sein Leben gewesen wäre. Kaum angekommen, war der Erfolg seiner ersten Beratungen so durchschlagend, dass man ihn fast täglich in die bedeutendsten venezianischen

Familien einlud. Tag für Tag wurde er bekannter und reicher. Nach Rom zu fahren und all die Risiken dieser Reise einzugehen hätte seinen gesellschaftlichen Aufstieg zunichtegemacht und ihn für immer von der Frau seines Herzens ferngehalten. Wenn ihm doch die Vorsehung so exzellente Bedingungen für ein Wiedersehen mit ihr bot, konnte er dann das unkalkulierbare Risiko auf sich nehmen, Venedig zu verlassen? Im Laufe der Wochen war seine Entscheidung gereift, Elenas Rückkehr abzuwarten und erst anschließend die wichtige Mission, die ihm sein Meister anvertraut hatte, zu erfüllen. Hin und wieder rechtfertigte er sich vor sich selbst, indem er sich in Erinnerung rief, dass dieser nichts von einer ausdrücklichen Eile gesagt und ihm sogar aufgetragen hatte, im Falle einer Gefahr den Brief zu vernichten, was ja bedeutete, dass die Sicherheit dieser Mission höher angesiedelt war als die Schnelligkeit ihrer Ausführung.

Trotz all dieser Argumente, die er sich ständig vor Augen hielt, hatte Giovanni ein schlechtes Gewissen. Jedes Mal, wenn er den Schrank öffnete, musste er sich unweigerlich vergewissern, dass der Brief noch da war. Und jedes Mal, wenn er ihn in Händen hielt, sagte ihm dieselbe innere Stimme, er hätte dieser Verpflichtung längst nachkommen müssen.

Mit absoluter Priorität.

DREIUNDDREISSIG

Giovanni verschloss den Schrank, hängte sich das Schlüsselchen wieder um den Hals und zog sich für das Abendessen bei seinen Gastgebern um. Das Speisezimmer befand sich eine Etage tiefer. Sechs riesige Fenster gingen auf einen kleinen Kanal und verliehen diesem Raum mit seiner hohen Decke einen würdevollen Anstrich.

Giovanni, der neben der Dame des Hauses saß, begrüßte einen ihm unbekannten Gast, einen Mann um die dreißig mit einem sehr kurzen schwarzen Bart, der neben dem Hausherrn Platz genommen hatte und auch Giovanni mit ausgesuchter Höflichkeit begrüßte.

»Agostino Gabrielli. Ich bin entzückt, Eure Bekanntschaft zu machen.«

»Giovanni da Scola. Ganz meinerseits.«

»Ich bin zwar erst seit vorgestern wieder in Venedig, habe aber bereits zweimal von Euch reden hören. Und ich bin mit großem Vergnügen und einiger Neugier der Einladung unserer Gastgeber gefolgt, die mir hiermit die Gelegenheit bieten, Euch persönlich kennen zu lernen.«

Der junge Mann bemühte sich, bei all den Komplimenten einen kühlen Kopf zu bewahren. Er wusste, beim geringsten Fauxpas, bei der ersten falschen Prophezeiung würden sich diese Elogen in beißenden Spott verwandeln. Deshalb versuchte er, dem, was man über ihn sagte oder dachte, nicht allzu viel Bedeutung beizumessen. Für ihn zählte allein, dass Elena nach ihrer Rückkehr das Verlangen verspüren möchte, ihn zu treffen. Dies war der einzige Beweggrund, seinen guten Ruf zu pflegen.

»Ich weiß nicht, mein Herr, was man Euch über mich erzählt hat, doch ich hoffe, Euch nicht zu enttäuschen.«

»Nur das Allerbeste! Aber nennt mich doch Agostino, ich bin nicht so viel älter als Ihr.«

»Gut, da Ihr Euch nun bekannt gemacht habt, lasst uns jetzt die geräucherten Sardellen genießen«, meinte die Dame des Hauses.

Dann fügte sie zu Giovanni gewandt an: »Wisst Ihr, dass unser Freund Agostino, der heute ein großer Kunstkenner ist, lange Jahre Theologie studiert hat?«

»Ja, ich war in Rom, weil ich die Laufbahn eines Klerikers einschlagen wollte. Doch nachdem mich eine hinreißende, von der Natur sehr begünstigte Brünette von meiner Berufung abgebracht hat, habe ich mich dem Kunsthandel zugewandt!«

»Ihr nehmt es sehr genau!«, rief der Hausherr. »Selbst die reizvollsten Frauen haben die meisten unserer Priester und Bischöfe nicht von ihrer Berufung abbringen können! Ganz zu schweigen von unserem Papst Paul III., der im Alter von fünfundzwanzig zum Kardinal ernannt wurde, weil er dem Papst Alexander VI. Borgia seine entzückende Schwester Julia ins Bett gelegt hat und den das rote Kardinalsgewand nicht davon abgehalten hat, mindestens vier Kinder zu zeugen und zahlreiche Konkubinen zu haben!«

»Und genau das wollte ich nicht! Meint Ihr nicht, dass unsere Kirche einer grundlegenden Reform der Sitten des Klerus bedarf, wenn sie verhindern will, dass die Gläubigen den Reformatoren in die Arme laufen?«

»Ich bin ganz Eurer Meinung!«, entgegnete Priuli schon ernster. »Ich habe keine große Sympathie für diesen Luther, den ich für einen groben, eitlen Menschen halte, aber in diesem Punkt – wie auch in manchen anderen – gebe ich ihm Recht.«

»Ich habe den Eindruck, Eure Stadt will sich bei diesen Streitigkeiten eher neutral verhalten«, bemerkte Giovanni. »Auch wenn die Reformatoren hier keinen Tempel und keinen Pastor haben, so habe ich doch festgestellt, dass Ihr die Verfechter der neuen Lehre nicht verurteilt.«

»Richtig«, erwiderte der Hausherr. »Wir unterstützen den Papst, wollen ihm aber keineswegs die Häretiker ausliefern.«

Giovanni lächelte.

»Dies bestätigt bestens Euer ständiges Streben nach Unabhängigkeit, wie mir scheint!«

Agostino gefiel Giovannis Bemerkung.

»›In erster Linie Venezianer, dann Christen‹, wie das Sprichwort sagt! Ich sehe, unser Freund hat wohl verstanden, welche Auffassung von Politik man in unserer stolzen Stadt hat.«

Während er sich über den Bart strich, fuhr er fort: »Dürfte ich unter Berücksichtigung Eurer astrologischen Kenntnisse Euch die bedeutsame Frage stellen, die die ganze Christenheit umtreibt?«

»Nur zu.«

»Ist dieser Luther der Antichrist?«

Seit seiner Ankunft in Venedig hatte Giovanni bereits mehrere Male diese sonderbare Behauptung aus dem Munde glühender Papstanhänger, der Papisten, vernommen. Sein Meister hatte die Frage des Antichristen angesprochen, als er ihn die *Offenbarung* des Johannes lesen ließ. In diesem prophetischen Text, der den letzten Teil der Bibel ausmacht, ist nie ausdrücklich vom Antichristen die Rede, sondern von »Tieren« im Dienste des Satans, welche die Gläubigen verführen und sie vom rechten Glauben abbringen. In seinen ersten beiden Briefen spricht Johannes konkreter von der Ankunft des »Antichrist« in der »letzten Stunde« und von den »Antichristen«, die ihm vorausgehen werden, von diesen, die »euch in die Irre führen«, und den »Lügnern«. »Sie sind aus unserer Mitte gekommen, aber sie gehörten nicht zu uns.« Meister Lucius hatte Giovanni erklärt, seit den Aposteln habe jede Christengeneration erwartet, die letzte Stunde stünde unmittelbar bevor, und daran geglaubt. Die vielen Verfolgungen, denen die Anhänger Jesu zum Opfer fielen, sowie die Probleme des Römischen Reichs schienen damals die Prophezeiungen der Bibel zu bestätigen, die das bevorstehende Ende der Welt, dem alle möglichen Übel vorausgingen, ankündigte. Doch nach dem Glaubensübertritt des Kaisers Konstantin I. Mitte des 4. Jahrhunderts hatte sich das christliche Bewusstsein von Grund auf verändert. Augustinus war der beste Interpret dieser neuen Geisteshaltung und kündigte an, das Ende der Welt stehe nicht so unmittelbar bevor, wie es die Apostel dachten: Der apostolischen Zeit der Gründer folge die Zeit der Kirche, während der die Frohe Botschaft Christi allen Völkern verkündet werden müsse. Erst dann kämen das Ende der Zeit und das Reich Gottes. Annähernd tausend Jahre lebte man nicht mehr in dieser ständigen Spannung der endzeitlichen Erwartung. Das 14. Jahrhundert markierte einen Wendepunkt. Die Hungersnöte, der Hundertjährige Krieg, die Pest, die mehr als ein Drittel der europäischen Bevölkerung dahinraffte: so viele Katastrophen, die man nicht versäumte als die großen Leiden zu deuten, die dem Ende der Welt vorausgingen. Doch das letzte Zeichen, der Beweis, dass die Geschichte der Menschheit ihrem Ende entgegenging, war die Entdeckung der Neuen Welt durch Christoph Kolumbus: Nun würde, wie es Jesus Christus prophezeit hatte, das Evangelium der gesamten Schöpfung verkündet, und das Letzte Gericht könnte stattfinden. Meister Lucius erinnerte sich an die Ergriffenheit, die die ganze Christenheit bei der Nachricht von der Entdeckung des wagemutigen Seefahrers erfasste. Doch wenn das Ende der Welt bevorstand, müsste sich ein weiteres Zeichen offenbaren: die Ankunft der Antichristen und des leibhaftigen Antichrist. Dieser Diener des Teufels, dieser falsche Prophet, müsste viele Gläubige verführen, indem er Christus nachahmte oder sich als sein Bote ausgab. Auch Meister Lucius hatte sich Fragen gestellt über die Gleichzeitigkeit der Ankunft des Antichrist und der Entdeckung der Neuen Welt. Doch er hatte diesen nie mit Luther gleichgesetzt, und auch mit sonst niemandem. Giovanni bündelte seine Erinnerungen und sagte schließlich:

»Ich weiß nicht, ob Luther der in der Bibel angekündigte falsche Christus oder sogar irgendeine Ausgeburt der Hölle ist, doch mir scheint, dies würde zu sehr der Propaganda der Papstanhänger zupasskommen, um wahr zu sein!«

Agostino lachte schallend.

»Natürlich! Die Frage ist doch, ob der Antichrist eine einzige Person ist, wie es die meisten Katholiken glauben, oder ob es sich vielmehr um ein Amt oder um eine Institution handelt, wie es die Reformatoren behaupten. Was denkt Ihr darüber?«

Giovanni verstand, wohin ihn sein Gesprächspartner lenken wollte.

»Ihr sprecht vom Papsttum, nicht wahr?«

»Es würde mich wahrhaftig sehr interessieren, was Ihr von den Anschuldigungen Luthers und seiner Anhänger gegen das katholische Rom haltet. Ist der Stuhl des Papstes nicht der des Antichrist? Die Päpste geben sich als Stellvertreter Christi auf Erden aus, dabei sind sie laut den Reformatoren nichts anderes als die gegenteilige und dämonische Fratze. Christus war keusch, die Päpste sind lüstern. Christus war arm, die Päpste sind reich. Christus wies jede irdische Macht von sich, die Päpste laufen der Macht und der Ehre hinterher. Christus hatte gefordert, man solle niemanden auf Erden ›Vater‹ nennen und als ›Heiligen‹ anreden, denn er sagte, ›Ihr habt nur einen Vater‹ und ›Nur Gott ist heilig‹; die Päpste jedoch lassen sich mit ›Heiliger Vater‹ ansprechen. Kurzum, für den ehemaligen deutschen Mönch ist das Amt des Papstes nichts anderes als der Sitz des Antichrist, die Fortsetzung des heidnischen Babylon und des heidnischen Rom, das sich für den Kopf und das Herz des Christentums ausgibt!«

»Ich folge nicht den Papisten, die Luther beschuldigen, dieser falsche Prophet zu sein, der aus dem Inneren der Kirche hervorgegangen sein soll, um einen Großteil der Gläubigen durch seine Lügen zu verführen. Und ebenso wenig halte ich etwas von diesen Thesen, die den Heiligen Stuhl mit dem Thron des Tieres der Offenbarung oder des Antichrist gleichsetzen. All das scheint mir doch von einer zu einseitigen Polemik herzurühren.«

Der alte Priuli unterbrach Giovanni.

»Ihr glaubt offenbar nicht an das drohende Ende der Zeit,

mein junger Freund. Sind denn die Zeichen nicht zahlreich genug, um Euch zu überzeugen? Und was sagen die Planeten dazu?«

»Um ganz offen zu sein, ich habe dazu keine genaue Meinung. Und es ist mir nie in den Sinn gekommen, die Sterne zu diesem Thema zu befragen.«

Während er sprach, schoss Giovanni plötzlich ein Gedanke durch den Kopf. Er erinnerte sich, dass sein Meister nach dem Besuch des päpstlichen Legaten sich viele Monate lang komplizierten astrologischen Berechnungen gewidmet hatte. Und so fragte er sich jäh, ob das Ziel seiner frenetischen Forschungen nicht gerade ebendiese Frage war: das Datum des Weltuntergangs. Daran wäre nichts Absurdes, denn Katholiken und Protestanten dachten an nichts anderes mehr, und Meister Lucius galt als der beste Astrologe seiner Zeit. Aber war es möglich, ein Ereignis dieser Tragweite anhand gewisser außergewöhnlicher planetarischer Konjunktionen vorherzusehen?

»Es ist merkwürdig, dass ein so talentierter Astrologe wie Ihr sich anscheinend nicht um diese brennenden Fragen kümmert«, setzte sein Gastgeber ein wenig enttäuscht hinzu.

»Um ehrlich zu sein«, gestand Giovanni bescheiden, »ich bin noch sehr jung und habe meine ganze Ausbildung bei einem einzigen Meister gemacht, fern von den Umtrieben der Städte. Obwohl er der Größte ist, haben die knapp vier Jahre, die ich bei ihm war, nicht ausgereicht, mir all sein Wissen weiterzugeben. Seitdem ich hier lebe, entdecke ich viele Themen, die helle Köpfe beschäftigen und über die ich leider bisher kaum nachgedacht habe.«

»Ich möchte Euch eine Frage zu einem anderen, ebenso spannenden Punkt stellen«, warf Agostino ein. »Aber vielleicht seid Ihr nicht auf dem Laufenden über diese andere Kontroverse, die die Christenheit in Aufregung versetzt …«

»Sprecht nur zu.«

»Wenn Luther nicht der Antichrist ist, ist er dann der Prophet, den der bedeutende arabische Astrologe Albumasar vor einigen Jahrhunderten angekündigt hat?«

VIERUNDDREISSIG

Der Name dieses Astrologen war Giovanni nicht fremd. Er wusste, dass die astrologischen Kenntnisse des Altertums den Christen durch arabische Denker vermittelt worden waren, die ihrerseits das astrologische Wissen bereichert hatten. Albumasar musste einer von ihnen sein. Doch Giovanni hatte bisher nichts von einer Weissagung gelesen oder gehört, die Luther betraf, und das erschien ihm höchst erstaunlich.

»Ich muss zugeben, dass ich über diese Sache nichts weiß«, gestand Giovanni etwas verlegen.

»Und der Name Lichtenberger sagt Euch auch nichts?«, fragte Agostino weiter.

Giovanni hob den Kopf. Die anderen sahen ihn mit großen fragenden Augen an.

»Ich bitte darum, klärt mich auf«, antwortete der Astrologe mit amüsiert einnehmendem Lächeln.

»Ich wäre entzückt, wenn es mir unser Gastgeber erlaubte, denn dieses Thema begeistert mich«, meinte Agostino zu Priuli gewandt.

»Nur zu!«, entgegnete der venezianische Edelmann ohne zu zögern. »Aber man soll uns zuerst den nächsten Gang servieren, damit wir nicht unterbrochen werden.«

Die Dienerin tat, wie ihr befohlen. Agostino strich sich über den Bart und hob mit ernster Stimme zu seiner Darstellung an.

»Alles begann 1484 mit dem Erscheinen von *Pronostica* von Paul van Middelburg, dem Bischof von Urbino. In dieser

Schrift gräbt der Kirchenmann eine alte astrologische Prophezeiung aus, die der große arabische Astrologe Albumasar im 9. Jahrhundert gemacht hat, der die Konjunktion der Planeten Saturn und Jupiter über mehrere Jahrhunderte eingehend untersucht hat, die, ich glaube, alle zwanzig Jahre eintritt.«

»Ja, das ist richtig«, bestätigte Giovanni.

»Albumasar berechnete, dass im Jahre 1484 die große Konjunktion im Zeichen Skorpion stattfinden würde und folgerte daraus das Erscheinen eines neuen Propheten. 1492 veröffentlichte Johannes Lichtenberger, ein Astrologe aus Mainz, seinerseits Albumasars Prophezeiung, der er eigene Kommentare anfügte. Ich habe den Text bestens im Kopf: *›Diese außerordentliche Konstellation und Übereinstimmung der Sterne zeigt an, dass ein kleiner Prophet geboren wird, der aufs Beste deuten wird die Heilige Schrift und auch Antworten geben wird mit großem Respekt für die Göttlichkeit und die menschlichen Seelen zu ihr zurückführen wird. Denn die Astrologen nennen kleine Propheten diejenigen, die Veränderungen in die Gesetze bringen und neue Riten gründen oder eine andere Deutung des Worts geben, das die Menschen als göttlich betrachten.‹*«

Ganz gebannt musste Giovanni unweigerlich an Luther denken. Als die Dienerin mit dem Hauptgang in den Raum trat, nutzte er die Gelegenheit seinen Gesprächspartner zu fragen:

»Sagt mir, ohne mich länger im Ungewissen zu lassen: Ist Luther bei der großen Konjunktion von 1484 geboren?«

»Aber ja doch! Dennoch kennt niemand sein genaues Geburtsdatum. Die Meinungen schwanken zwischen November 1483 und November 1484. Doch auf diese Frage komme ich später zurück, denn sie ist Gegenstand heftiger Debatten zwischen Protestanten und Katholiken.

Wenden wir uns noch einmal, wenn Ihr es erlaubt, Lichtenbergers Schrift zu, die nur acht Jahre nach Luthers Geburt und auf Albumasars Weissagungen aufbauend entstanden ist. Lichtenberger hat seiner Schrift Zeichnungen beigefügt. Auf einer sind zwei Mönche dargestellt: ein großer und ein kleiner. Der große scheint jemanden zu maßregeln, und ein Teufel hockt ihm auf der Schulter. In seinem Kommentar dazu schreibt der Astrologe: *›Man sieht einen Mönch in einer weißen Kutte mit dem Teufel aufrecht auf der Schulter. Er trägt einen weiten Mantel, der bis zum Boden fällt und weite Ärmel hat, und ihm folgt ein junger Mönch. Er wird von wacher Intelligenz sein, wird vieles wissen und große Weisheit besitzen. Dennoch wird er oft Lügen aussprechen und ein hitziges Gemüt haben. Und wie ein Skorpion – denn diese Konjunktion stellt sich ein im Haus des Mars und in der Finsternis – wird er oft das Gift ausstoßen, das er im Schwanz trägt. Und er wird der Grund für großes Blutvergießen sein.‹«*

Agostino schwieg. Alle sahen ihn gespannt an.

»Esst, solange das Essen noch warm ist«, sagte schließlich die Dame des Hauses.

»Bei einer derartigen Prophezeiung vergeht einem der Appetit«, sagte Giovanni, verblüfft über Lichtenbergers Beschreibung. »Und ich darf Euch sagen, sie überschreitet den Rahmen astrologischer Berechnungen: Dieser Mann hatte auch eine seherische Gabe. Meines Erachtens kann man die Zerrissenheit Luthers, seine Intelligenz, seine Heimtücke, sein Talent, die Heilige Schrift zu deuten, und seine Unbarmherzigkeit, mit der er seine Gegner angreift, nicht besser beschreiben.«

»Ganz meine Meinung!«, erwiderte Priuli und stieß seine Gabel kraftvoll in das mit Oliven geschmorte Huhn. »Und wisst Ihr, ob Luther sich in dieser Weissagung wiedererkannt hat?«

»Noch viel besser!«, entgegnete Agostino. »Er ließ sie sogar 1527 neu drucken und schrieb ein Vorwort dazu, in dem er nur wenig Abstand zu Lichtenbergers Worten nimmt.«

»Ich habe geglaubt, Luther stünde der Astrologie ablehnend gegenüber«, meinte Giovanni erstaunt.

»Ja, so war es auch, bis ihn sein Schüler Philip Melanchthon, ein begabter Astrologe, davon überzeugte, dass Albumasars und Lichtenbergers Prophezeiung nur auf ihn zutreffen könne und dass es ganz in seinem Interesse liege, sie anzuerkennen, um der Reform zu dienen. Seitdem verbreiten die Protestanten ständig diese Schrift.«

»Oh, Nutzen und Vorteil der Astrologie!«

»Ihr sagt es! Doch die Frage nach seinem Geburtsdatum bleibt weiterhin ungelöst. Luther selbst kann nicht mit Sicherheit das Jahr nennen, in dem er das Licht der Welt erblickt hat.

Da es keinerlei Eintragung in einem Register gibt und sich kein Zeuge verlässlich erinnert, setzt es jeder, je nachdem, was er beweisen will, entweder auf Ende 1483 oder Ende 1484 fest. Niemand stellt in Zweifel, dass er genau oder ungefähr zum Zeitpunkt der großen, von Albumasar vorhergesagten Konjunktion und im Zeichen Skorpion geboren ist. Doch je nach dem, ob ein Astrologe Protestant oder Katholik ist, werden das Jahr, der Tag und die Stunde seiner Geburt im Sinne des genauen Horoskops, das man stellen möchte, zurechtgelegt! Darum hat sein Schüler Melanchthon seine Sonne in Konjunktion mit Jupiter und Saturn gesetzt in dem Abschnitt der Sterne, der die Religion regiert, wohingegen die Papisten es so zurechtrücken, dass diese dreifache Konjunktion in dem Bereich steht, welcher der Sexualität und den leichten Sitten zugeordnet ist!«

Giovanni lachte schallend.

»Deshalb wollte ich Euch zu Luthers Horoskop befragen«, sprach Agostino weiter. »Denn einerseits bejubelt man ihn als den angekündigten Propheten, und andererseits schmäht man ihn als einen Mann der Ausschweifungen, der nur ein falscher Prophet sein kann, also der leibhaftige Antichrist!«

»Das ist ja höchst spannend«, kommentierte Giovanni. »Leider habe ich keine Möglichkeit, Nachforschungen über das Geburtsdatum des Reformators anzustellen, doch ich verspreche Euch, ich werde sein Horoskop eingehend studieren, wenn Ihr eines Tages verlässliche Informationen habt.«

»Ich werde mich darum kümmern. Doch ich fürchte, dass wir nie etwas Genaues darüber erfahren werden.«

»Jedenfalls ein äußerst fesselndes Thema«, meinte Priuli, der gerade fertig gespeist hatte.

Es wurde still am Tisch. Signora Priuli, die fürchtete, ihre Gäste könnten sich wieder in eine allzu langweilige Diskussion über die Religion verstricken, suchte nach einem amüsanteren Gesprächsthema. Plötzlich kam ihr eine Idee.

»Ach, mein Freund«, sagte sie zu Giovanni gewandt, »da Ihr Euch doch für die junge Elena Contarini interessiert, wisst Ihr eigentlich, dass sie wieder in Venedig ist?«

Giovanni erstarrte, dann stammelte er: »Ah …«

»Ich habe es kurz vor unserem Essen aus dem Munde unseres Freundes Agostino erfahren, der an Bord desselben Schiffes kam wie die reizende Tochter des *rettore* von Zypern.«

»Ah, Ihr … Ihr kommt gerade aus Zypern?«

»Ja, vorgestern. Aber ich wusste gar nicht, dass Ihr die bezaubernde Elena Contarini kennt. Man muss schon sagen, Ihr seid ein höchst erstaunlicher Mann!«

»Ich kenne sie nicht«, beeilte sich Giovanni nahezu atemlos anzufügen. »Ich habe nur von dieser jungen Frau gehört, der man nachsagt, sie sei außerordentlich schön und intelligent. Und ich habe gelegentlich einige Auskünfte über diese reizende Person bei unseren Gastgebern eingeholt.«

»Tatsächlich, mein Freund, Ihr habt ein feines Gespür!«, rief Agostino.

»Ich habe kein besonderes Auge auf die junge Contarini geworfen«, setzte Giovanni noch hinzu und riss sich schmerzlich zusammen, um eine gute Figur abzugeben. »Es würde mich einfach freuen, bei Gelegenheit die Bekanntschaft dieser liebenswürdigen Person zu machen.«

Die Tischgesellschaft lachte fröhlich, was Giovannis Bedrängnis auf die Spitze trieb.

»Diese Gelegenheit könnte sich rasch ergeben«, meinte Agostino.

»Ich habe im Laufe der Überfahrt freundschaftliche Bande mit diesem charmanten Fräulein geknüpft, und sie hat mich zu einem kleinen Fest eingeladen, das sie nächste Woche in ihrem Hause gibt. Ich könnte ihr vorschlagen, dass sie Euch dazubittet. Was meint Ihr?«

»Ich ... ich wäre sehr glücklich«, stotterte Giovanni, der nun nicht mehr denken oder atmen konnte.

»Ich werde Euch ihrer Mutter wärmstens empfehlen«, sagte Sophia Priuli fröhlich. »Sie ist eine sehr gute Freundin! Glaubt mir, mein Lieber, ich bin sicher, dass Ihr eingeladen werdet.«

FÜNFUNDDREISSIG

Die Gondel fuhr vom Palazzo Priuli ab.

Das Wetter war trostlos, seit den Morgenstunden hüllte sich die Stadt in feinen Nebel.

Giovanni entdeckte eine neue Facette von Venedig. Dieser Schleier verlieh der Stadt ein verführerisches, geheimnisvolles Gesicht. Und diese ganz besondere Atmosphäre entsprach den Gefühlswirren, die sein Herz quälten. Seit einer Woche bereitete er sich auf ein Wiedersehen mit Elena vor. Zwei Tage nach dem Zusammentreffen mit Agostino Gabrielli im Palazzo Priuli hatte er einen Brief, geschrieben von der Hand der jungen Frau, erhalten. Ohne den Hauch eines Zweifels erkannte Giovanni ihre Schrift wieder, selbst wenn der Strich ausholender, selbstsicherer geworden war. In dem Brief hieß es ganz einfach:

Verehrter Herr Astrologe,
seit meiner Rückkehr von Zypern höre ich nur das Allerbeste über Euch, und ich würde mich glücklich schätzen, Euch zu meinen Gästen bei der Soiree zählen zu dürfen, die ich nächsten Donnerstag gebe. Donnerstag ist der Tag des Jupiter, wenn ich mich nicht täusche. Ich hoffe, dies ist ein gutes Vorzeichen für unser Kennenlernen. Wenn Ihr Euch zu uns gesellen könnt, so kommt bei Einbruch der Dunkelheit.
Elena Contarini

Am nächsten Tag hatte er seine Antwort überbringen lassen.

Verehrte Contessa Contarini,
ich fühle mich sehr geschmeichelt und danke Euch für Eure liebenswürdige Einladung. Jupiter ist das Gestirn der Erhabenheit und des Glücks, und es ist ein ausgezeichneter Tag, um die Bekanntschaft einer Person zu machen, die ein so hohes Ansehen genießt wie Ihr. Ich werde Euch also mit großem Vergnügen aufsuchen.
Giovanni da Scola

Am meisten beunruhigte ihn die Frage, ob die junge Frau ihn wiedererkennen würde. Das Pseudonym, das er sich zugelegt hatte, verschleierte seine Herkunft, nicht aber seine Gesichtszüge. Es war nicht auszuschließen, dass Elena sie noch vage in Erinnerung hatte. Für diesen Fall hatte er sich vorgenommen, dies in Gegenwart der anderen abzustreiten. Er könnte Elena seine wahre Identität nur unter vier Augen gestehen. Wenn es die Umstände eines Tages erlauben sollten.

Die Gondel bog in den Canale Grande. Giovanni spürte, wie sein Herz mit jedem Meter, den er ihr näher kam, heftiger schlug. Seit vier Jahren wartete er auf diesen Moment, und er konnte sich kaum vorstellen, dass er ihr in wenigen Minuten gegenüberstehen sollte. Ihr, Elena. Ein Traum, der ihm verrückt erschienen war. Heute waren die größten Hindernisse überwunden: Er war ein anziehender, gebildeter Mann geworden, Elena war noch immer frei und hatte ihn zu sich eingeladen. Und dennoch wusste Giovanni, dass das Beängstigendste noch vor ihm lag. Dieses letzte Hindernis ohne Gesicht trug einen Namen: das Unbekannte. Giovanni lebte nicht mehr in einer Phantasiewelt. Er wusste, dass dieses Wiedersehen ihn enttäuschen konnte. Die junge Frau, die er kaum kannte, konnte sich verändert haben. Er wusste auch, dass er ihr missfallen, dass sie vielleicht einen Geliebten haben konnte, dass sie sich womöglich gar nicht für die Astrologie interessierte und ihn nur aus reiner Höflichkeit eingeladen hatte. Das war das Unbekannte, mit dem Giovanni rechnete und das ihm üble Bauchschmerzen verursachte.

Langsam glitt die Gondel zum Palazzo Contarini, der am linken Ufer des Canale Grande im Viertel San Samuele lag. Seit Elenas Rückkehr war Giovanni jeden Tag im Boot an diesem Palast vorbeigefahren, in der heimlichen Hoffnung, Elena an einem Fenster zu entdecken. Er hatte reges Treiben zur Vorbereitung des Festes gesehen, doch niemals das geliebte Gesicht. Giovanni hatte sich für diesen Abend herausgeputzt, er trug Gewänder aus Samt und Seide, für die er beim berühmtesten Händler des Rialto ein Vermögen ausgegeben hatte. Er wusste, mehr noch als anderswo galt in Venedig die äußere Erscheinung – das Gesicht, die Kleidung, das Haus, die Gondel – als Aushängeschild für Würde und Erlesenheit. Ein plumper oder schlecht gekleideter Gelehrter wirkte wie ein Tölpel, und ein Adliger, der nur eine bescheidene Unterkunft vorweisen konnte, verlor sein Ansehen. Im Laufe der Monate hatte Giovanni die ausgeklügelten Regeln des venezianischen Spiels gelernt.

Die Gondel erreichte das Portal des Palazzos.

Lampions erleuchteten die große offene Pforte, vor der eine Vielzahl bunter Gondeln defilierte.

Giovanni wurde von einem Diener, der ihn nach seinem Namen fragte, begrüßt. Nach kurzer Überprüfung wies ihm dieser Mann eine breite Treppe, die in die obere Etage führte. Am Fuße der Treppe nahm eine junge Frau seinen Umhang entgegen.

Mit rasendem Herzschlag ging Giovanni sehr langsam die Steinstufen hinauf. Er hörte Stimmengewirr und vor allem eine himmlische Musik: ein Streichorchester. Er trat in einen riesigen Empfangssaal, den drei mit Kerzen bestückte Kristalllüster in warmes, funkelndes Licht tauchten. Acht hohe Fenster gingen auf den Canale Grande hinaus. Eine prunkvolle Treppe aus weißem Marmor führte hinauf zu den Zimmern. Die mit rotem Stoff bespannten Wände schmückten zahlreiche Gemälde. Tische, auf denen delikate Speisen und viele Getränke angerichtet waren, standen an den Wänden. In einer Ecke des Saals, wo für diesen Abend eine Bühne aufgebaut worden war, saßen fünf Musiker. Als Giovanni den Salon betrat, waren etwa fünfzig Gäste, alle recht jung, in munterem Gespräch.

Erst blieb er auf der obersten Stufe stehen, dann machte er in einer Art Schwebezustand eine Runde durch den Saal, um sie, deren Anblick allein ihn schon zum Beben brachte, zu finden.

»Ach, sieh an, unser Astrologe!«, rief plötzlich eine bekannte Stimme.

Giovanni drehte sich um und fiel Agostino, der inmitten von Freunden stand, in die Arme.

»Du siehst blendend aus!«, sagte der junge Kunsthändler.

»Ich wollte Euch keine Schande machen! Schließlich habt Ihr dafür gesorgt, dass ich an diesen göttlichen Ort geladen wurde.«

»Genug der Förmlichkeiten, mein Lieber! Duzen wir uns! Es ist herrlich hier, nicht wahr? Auch ich bin wie du heute zum ersten Mal in diesem Haus. Es ist nicht der größte, aber sicher einer der charmantesten Palazzi von Venedig. Komm, ich möchte dir einige Freunde vorstellen, die auch Elenas Freunde sind.«

Agostino ging auf einen schlanken jungen Adeligen und zwei junge Frauen zu. Die Schönheit der einen fiel ihm ins Auge: ein blasser Teint, rabenschwarzes Haar und schöne, geheimnisvoll blaue Augen, ein schwarzes Kleid. Sie hieß Angelica. »Sie ist bestimmt im Skorpion geboren«, dachte Giovanni und sah die junge Frau genauer an.

»Ich bin entzückt, Eure Bekanntschaft zu machen«, raunte sie ihm ins Ohr. »Es heißt, Ihr seid ebenso begabt, die Sterne zu deuten, wie … verführerisch.«

»Ihr schmeichelt mir, Signorina!«

»Sicher habt Ihr bereits mein Sternzeichen erraten!«

»Ich gestehe, ich wäre nicht überrascht, wenn Ihr im Skorpion geboren seid.«

»Oh, nein!«

»Ihr seht, ich bin nicht auf der Höhe meiner Reputation.«

»Ich bin im Stier geboren, aber mein Aszendent ist Skorpion … also habt Ihr Euch nicht ganz geirrt, werter Astrologe.«

»Ich sehe, Ihr habt Euch Euer Horoskop bereits deuten lassen.«

»Meine Eltern haben für alle ihre Kinder eines stellen lassen. Daher kenne ich meinen Geburtshimmel, wäre aber überglücklich, wenn Ihr ihn mir deuten könntet.«

»Mein Freund, hütet Euch vor diesem reizenden Geschöpf. Sie hat mit ihrem sanften Gift schon mehr als einen gepikst, der sich bis heute nicht davon erholt hat!«

Es war die Stimme einer Frau, die ihm dies zugeflüstert hatte. Er antwortete lachend und im Schwung der Begeisterung:

»Ich glaube, ich bin groß genug, um mich gegen Skorpione und selbst gegen Stiere verteidigen zu können!«

Dann drehte er sich um. Und wurde bleich. Eine hinreißende junge Frau streckte ihm ihre Hand entgegen.

»Elena Contarini.«

Giovanni war wie erstarrt. Elena fuhr mit demselben einnehmenden Lächeln fort:

»Ich nehme an, Ihr seid Giovanni da Scola, der berühmte Astrologe …«

»Ja … ja … der bin ich.«

»Komm wieder zu dir, mein Freund«, sagte Agostino, der Giovanni auf den Rücken klopfte. »Wir haben dir doch gesagt, dass Elena die schönste Frau von Venedig ist!«

SECHSUNDDREISSIG

Sekundenlang blieb Giovanni stumm, unfähig, das kleinste Wort herauszubringen, die kleinste Geste zu machen. Er war hypnotisiert. Langes blondes Haar mit rötlichem Schimmer rahmte das Engelsgesicht, in dem große grüne Augen strahlten. Elena trug ein purpurrotes, mit Goldfäden betresstes Kleid. Das tiefe Dekolletee schmückte ein zartes Perlenkollier, das eine bebende Brust erahnen ließ. Giovanni verspürte denselben tiefen Schock wie beim ersten Mal, als er Elena gesehen hatte. Da aber die junge Frau seit damals einen solch großen Platz in seinem Herzen eingenommen hatte, war das Gefühl, das ihn überflutete, nun noch überwältigender.

Elena war von Giovannis eindringlichem Blick und seiner Benommenheit erst überrascht und dann peinlich berührt. Sie nahm ihn beim Arm, was die Verwirrung des jungen Mannes nur noch steigerte.

»Kommt, mein Freund, stärkt Euch.«

Sie führte ihn zum Buffet, und Giovanni fasste sich allmählich.

»Entschuldigt mein Verhalten. Eure Schönheit … verblüfft mich so sehr.«

Die junge Frau lachte auf.

»Ich glaube Euch kein Wort! Es gibt so viele schöne Frauen in Venedig und sogar hier!«

»Ihr habt etwas ganz ... Besonderes.«

»Ihr wisst, wie man mit Frauen spricht. Aber die geistigen Dinge bedeuten mir mehr als Äußerlichkeiten oder schöne Worte.«

»Ich spreche ganz ehrlich zu Euch. Und ich teile Eure Vorliebe für die Dinge, die mehr die Seele als die Sinne erfreuen. Aber ich trenne nicht das Schöne vom Guten. Als Anhänger Platons glaube ich, dass ein schönes Gesicht eine Gabe Gottes ist, um ein Herz zu fesseln und es zur Betrachtung der göttlichen Schönheit und Güte zu führen.«

Es rührte sie, als sie entdeckte, dass er sich für Philosophie interessierte, und sie lächelte.

»Ihr hebt das Gespräch auf eine so hohe Ebene, dass es an mir ist, Euch bald zu bitten, mir von Alltäglicherem und Konkreterem zu sprechen!«

»Das glaube ich Euch nicht. Man hat mir erzählt, dass Ihr mehr Geist als Frau seid.«

»Ach, sieh an! Ich wüsste zu gern, welcher meiner Freunde oder meiner Feinde so etwas über mich sagt.«

»Soviel ich weiß, habt Ihr keine Feinde. Ich habe nur Menschen kennen gelernt, die Euch bewundern.«

Elena drehte sich um und griff zu zwei Schüsselchen. Eines reichte sie Giovanni.

»Probiert diese köstliche Hummercremesuppe.«

Giovanni, der Elena unverwandt ansah, tauchte seine Lippen in das Schälchen.

»Hmm ... äußerst schmackhaft.«

»Es ist ein Rezept meiner Großmutter. Ich koche unglaublich gerne.«

Giovanni erstarrte. »Sagt mir nicht, dass Ihr all diese Speisen selbst zubereitet habt.«

»Nein, seid ohne Sorge! Nur einige davon. Aber sprechen wir über Euch. Ihr interessiert mich sehr. Ihr seid, soviel ich weiß, erst seit einem halben Jahr hier in Venedig und habt bereits die ganze Stadt mit Eurer astrologischen Begabung erobert. Woher kommt Ihr, und warum habt Ihr unsere Stadt als Ausgangspunkt Eurer brillanten Karriere gewählt?«

Giovannis Blick verschleierte sich. Und Elena erkannte sogleich, dass ihre Frage bei ihrem Gegenüber eine zweifellos schmerzliche Erinnerung geweckt hatte.

»Verzeiht mir meine Taktlosigkeit. Meine Mutter sagt mir immer, ich sei zu direkt und zu spontan ...«

»Ich bitte Euch, Elena ...«

Er fasste sich. »Contessa ...«

»Nennt mich Elena ... wenn Ihr mir erlaubt, Euch Giovanni zu nennen?«

Dem jungen Mann stiegen die Tränen in die Augen.

»Aber gewiss, Elena.«

Als sie sah, wie ihn das Gefühl überwältigte, verspürte sie eine sonderbare Regung. Etwas, das sie nie zuvor erlebt hatte. Das irrationale Gefühl, dass sie diesen Unbekannten bereits kannte .... oder zumindest seine Seele und dass diese Seele ihr nahe, unendlich nahe war.

Eine Frau von etwa vierzig steuerte auf die beiden zu.

»Elena, Liebling! Du kommst keiner deiner Pflichten nach! Ständig kommen neue Gäste, und du ziehst dich hier in eine Ecke zurück, statt sie zu begrüßen.«

»Du hast Recht, Mama. Ich möchte dir Giovanni da Scola vorstellen.«

»Ah! Ihr also nehmt meine Tochter so in Beschlag! Meine Freundin Sophia Priuli hat mir nur Gutes von Euch erzählt.«

»Entschuldigt mich, Giovanni. Ich überlasse Euch meiner Mutter. Bis später ...«

Beinahe mit Bedauern ging Elena, um ihre Gäste zu empfangen. Giovanni hörte einige Minuten, wie Vienna Contarini ihm einen Lorbeerkranz flocht. Doch seine Gedanken waren ganz bei Elena. Ein geradezu schmerzhaftes Glück überwältigte ihn.

Als sich Agostino und seine Freunde zu ihm gesellten, konnte er an nichts anderes denken als an Elenas Worte, an ihr Lächeln, das sich ihm eingebrannt hatte. Und es gelang ihm nicht, seinen Augen zu untersagen, ohne Unterlass nach ihr zu suchen.

Mehrere Male trafen sich ihre Blicke. Elena wandte verschämt ihre Augen ab, konnte aber ebenso wie er nicht umhin, dass sie inmitten von tausend Verpflichtungen dieser dunkle, tiefe Blick anrührte, der sie nie losließ.

Dennoch war Giovanni unter den ersten Gästen, die das Fest verlassen wollten. Er war sich nun seiner Gefühle für Elena sowie auch des Interesses, das ihm die junge Frau entgegenbrachte, vollkommen sicher. Die anderen Gäste, die ihn immerzu nach Astrologischem fragten, langweilten ihn und lenkten ihn von seinen innersten Gedanken ab. Er verspürte das zwingende Bedürfnis, allein zu sein. Er ging auf die Gastgeberin zu. Elena, die noch immer umringt war, konnte ihre Verwirrung nicht verbergen, als sie ihn näher kommen sah. Kaum stand er vor ihr, nahm sie ihn wieder am Arm und zog ihn beiseite.

»Elena, ich muss gehen. Ich weiß nicht, wie ich Euch für dieses herrliche Fest danken soll.«

»Ihr verlasst mich schon?«

»Ja, ich muss. Aber ich brenne darauf, Euch wiederzusehen … unter günstigeren Umständen. Wenn Euch dies nicht verwegen erscheint.«

»Im Gegenteil. Ich wäre sehr glücklich, unser unterbrochenes Gespräch fortzuführen.«

»Wann darf ich Euch wiedersehen?«

Ohne auch nur im Geringsten zu zögern, antwortete sie: »Übermorgen. Kommt zur Vesperstunde, wenn Ihr könnt.«

»Ich werde da sein.«

Giovanni beugte sich über ihre Hand und küsste sie leidenschaftlich. Dann begleitete ihn Elena schweigend zur Treppe. Als er hinunter ins Erdgeschoss ging, wo ihn eine Gondel erwartete, rief sie ihm nach:

»Ihr sprecht mir dann von Platon, nicht wahr?«

Giovanni blieb abrupt stehen. Seine Augen strahlten, dann eilte er die letzten Stufen hinunter, ohne sich noch einmal umzudrehen.

SIEBENUNDDREISSIG

Punkt vier Uhr nachmittags setzte die Gondel Giovanni vor dem Palazzo Contarini ab. Ein Diener half ihm aus seinem Umhang und führte ihn hinauf. Der junge Mann wurde von Elenas Mutter, der er einen Strauß rosa Lilien überreichte, herzlich begrüßt.

»Welch wunderbare Aufmerksamkeit! Das wäre nicht nötig gewesen. Es ist eine solche Freude, Euch zu empfangen. Aber vorgestern habt Ihr uns recht früh verlassen.«

»Was ich sehr bedaure, denn dieses Fest ist unvergesslich!«

Plötzlich erschien Elena oben auf der Treppe, die vom Empfangssaal zu den Zimmern auf der zweiten Etage führte. Sie trug ein türkisblaues Kleid und eine Stola aus rosafarbenem Brokat.

Ihr langes Haar war geflochten und zu einer Haube hochgesteckt, was sie wie eine Prinzessin des Mittelalters aussehen ließ. Als Giovanni sie langsam die Stufen herabkommen sah, konnte er seine Gefühlswallung, die ihm die Brust zusammenschnürte, nicht beherrschen.

»Sieh doch, Liebling, wie schön sie sind«, rief Vienna Contarini und zeigte ihr den Strauß. »Sie passen perfekt zu deinem Schal!«

»Ihr seid ein Hexer, Signore da Scola!«, entgegnete Elena, als sie ihm die Hand reichte, die Giovanni zitternd küsste.

»Ich bin sehr bewegt, Euch wiederzusehen, Contessa.«

Elena wandte sich an ihre Mutter.

»Mama, darf ich Signore da Scola in den kleinen Salon führen?«

»Aber sicher doch, Liebling. Dort ist es so viel wärmer als hier im großen Saal. Und dort seid Ihr ungestörter. Ich werde Juliana bitten, Euch eine heiße Schokolade zu servieren. Was sagt Ihr dazu, mein Freund?«

»Ich habe erst vor kurzem dieses sonderbare Getränk entdeckt, und ich gestehe, es schmeckt mir ganz vorzüglich.«

»Wisst Ihr, dass es seit einigen Jahren am spanischen Hof Furore macht und man es mit den verschiedensten Gewürzen zubereiten kann? Habt Ihr es schon einmal mit Zimt probiert?«

»Nein, noch nicht.«

»Dann werdet Ihr nun Gelegenheit dazu haben!«

Elena geleitete Giovanni in den oberen Stock. Ein Flur führte zu mehreren Zimmern und zu einem Salon von relativ bescheidener Größe, der jedoch von vier hohen Fenstern zum Canale Grande Licht bekam. Die jungen Leute betraten den reich dekorierten kleinen Raum. Elena setzte sich in die Ecke eines ausladenden Kanapees und forderte Giovanni auf, in der anderen Ecke Platz zu nehmen.

»Habt Ihr nicht eine Schwester?«, fragte der junge Mann, um seine Beklemmung zu verscheuchen.

»Ja, aber sie ist bei meinem Vater auf Zypern geblieben.«

»Erzählt mir von dieser schönen Insel. Ihr seid oft dort, wie man hört.«

»Mein Vater ist dort seit fast fünf Jahren der *retore*. Ich verbringe die Hälfte der Zeit in Venedig und die andere in Nikosia.«

»Ich hoffe, Ihr bleibt einige Zeit bei uns, bevor Ihr wieder zu Eurem Vater und Eurer Schwester reist.«

Elena sah Giovanni schalkhaft an und schwieg eine Weile. Dann sagte sie in vertraulichem Ton:

»Dürfte ich, da wir nun alleine sind, Euch wieder mit Eurem schönen Vornamen ansprechen?«

»Eine größere Freude könntet Ihr mir gar nicht machen … Elena.«

»Nun sagt mir, Giovanni, zieht Ihr Platon oder Aristoteles vor?«

Giovanni verschlug es die Sprache. Seit ihrer Begegnung zwei Tage zuvor wusste er, dass Elena sich für Philosophie interessierte, aber niemals hätte er damit gerechnet, dass sie das Gespräch mit dieser Frage eröffnen würde. Er setzte sich auf und antwortete freimütig.

»Den großen Aristoteles bewundere ich sehr, und einige seiner Werke, wie zum Beispiel die *Nikomachische Ethik*, lese ich immer wieder. Doch ich gestehe, dass ich dem göttlichen Platon den Vorzug gebe, der, ohne die biblische Offenbarung zu kennen, den menschlichen Geist auf unerreichte Höhen zu heben wusste.«

»Ich habe gehört, dass Ihr die Philosophen im griechischen Urtext lest. Stimmt das?«

»Wenn man sie richtig verstehen will, ist dies unerlässlich«, bekannte Giovanni ohne jede Eitelkeit. »Ich hatte das Glück, einem Meister begegnet zu sein, der mich mehrere Jahre lang in Philosophie, Latein und Griechisch unterrichtet hat und der selbst ein Schüler des berühmten Marsilio Ficino war.«

Elena warf Giovanni einen strahlend bewundernden Blick zu.

»Ein Glück, dass Ihr sicherlich aufgrund Eurer Talente und des Wissensdursts verdient habt«, entgegnete die junge Frau sogleich. »Ich brenne darauf, alles von Euch zu erfahren!«

Diese schnörkellose, ungezierte Keckheit bewegte ihn. Und so erwiderte er leidenschaftlich: »Und ich alles von Euch!«

Elena senkte den Blick. Sie war immer geradeheraus, und manches Mal bedauerte sie ihre Spontaneität, die ihre Gefühle zu rasch verriet. Giovanni hatte sie auf der Stelle in den Bann geschlagen. Seit ihrer Rückkehr von Zypern hatten ihre Freunde ihr überschwänglich von diesem brillanten jungen Astrologen erzählt, in den die gute Gesellschaft Venedigs geradezu vernarrt war. Und dann hatte ihr Agostino gesagt, Giovanni wäre entzückt, ihre Bekanntschaft zu machen. Was sie überrascht und noch neugieriger gemacht hatte. Am Festabend war sie sofort empfänglich gewesen für seine etwas rätselhafte Schönheit, seine Intelligenz und die Aura des Geheimnisvollen, die ihn umwehte. Auch hatte sie in Erfahrung gebracht, dass er offenbar keine Geliebte hatte. Seit zwei Tagen waren ihre Gedanken mit diesem Unbekannten beschäftigt, der keine junge Frau gleichgültig ließ. Und Elena spürte, dass auch sie Giovanni gefiel. Ihre Freundinnen hatten – manche mit einer Spur Missmut – betont, dass er sie nicht eine Sekunde aus den Augen gelassen habe. Diese gegenseitige Anziehung erschien ihr höchst sonderbar, doch die magische Aura dieser Begegnung schürte das Feuer nur noch mehr, das in ihrem Herzen allmählich entbrannte.

»So habt Ihr also bei einem großen Philosophen studiert. Habt Ihr nicht auch bei ihm die Astrologie erlernt?«

»Ja, richtig. Meister Lucius gilt in Florenz und Rom als einer der größten Astrologen Europas. Doch ich wusste nichts davon, als ich ihn kennen lernte!«

»Genau. Ich habe gehört, Euer Meister lebt versteckt in einem abruzzischen Wald. Wie habt Ihr ihn gefunden? Und warum übrigens habt Ihr ihn gesucht?«

»Ehrlich gesagt, ich habe ihn eigentlich nicht gesucht … oder vielmehr, ich suchte, ohne es zu wissen, einen Mann wie ihn. Die Vorsehung hat mich auf den Weg geschickt.«

Elena machte große Augen.

»Drückt Euch klarer aus, mein Freund!«

»Verzeiht. Ich weiß, meine Geschichte ist recht wirr. Um es kurz zu machen, kann man sagen, dass ich meine Heimat verlassen habe mit dem Ziel, das Leben kennen zu lernen und meine mageren Kenntnisse zu vertiefen. Und so habe ich eines Morgens am Wegesrand einen Mann kennen gelernt, der mich zu seinem Meister gebracht hat, der niemand anders war als der berühmte Philosoph.«

Giovanni wurde von einer fröhlichen, molligen Dienerin unterbrochen, die, ohne anzuklopfen, mit einem duftenden Tablett das Zimmer betrat.

»Das wird Euch guttun! Seid vorsichtig, die Schokolade ist kochend heiß!«

»Danke, Juliana«, sagte Elena und stand auf, um einen kleinen niedrigen Tisch vor das Kanapee zu rücken.

Die Dienerin stellte die Tassen und den Kuchen darauf ab. Als sie sich Giovanni zuwandte, blieb ihr Blick einige Sekunden auf seinem Gesicht hängen, als zeigte sie ein gewisses Erstaunen. Dann ging sie wieder hinaus, wohl darauf achtend, dass die Tür ein Stück offen blieb. Elena setzte sich wieder aufs Kanapee, doch nun schon viel näher an den jungen Mann, dem sie eine Tasse reichte.

»Seid vorsichtig, Ihr habt gehört, was Juliana gesagt hat.«

»Danke, Elena«, antwortete Giovanni und nahm die Tasse entgegen, die er zunächst auf seinem Knie abstellte.

Auch Elena wartete ab, dass das Getränk abkühlte, und machte es sich auf dem Kanapee bequem.

»Erzählt mir von Eurer Familie ... von Eurer Heimatstadt ...«

Keine Bitte hätte Giovanni mehr in Bedrängnis bringen können. Dennoch beschloss er, so aufrichtig wie möglich zu sein, ohne aber sein Geheimnis preiszugeben.

»Ich war sieben, als meine Mutter starb.«

»Verzeiht, es tut mir so leid ...«

»Ihr könnt doch nichts dafür, Elena!«, meinte Giovanni mit einem Lächeln und nahm unwillkürlich die Hand der jungen Frau.

Verwirrt entzog sie sie ihm, wenn auch mit sanfter Geste.

»Ich habe allein mit meinem Vater und meinem jüngeren Bruder in einem Städtchen in Kalabrien gelebt«, fuhr Giovanni bedächtig fort und bemühte sich, seine Verwirrung zu überwinden. »Mein Vater, der verarmtem niedrigen Adel entstammt, war Pferdehändler. Kennt Ihr Kalabrien?«

Elenas Blick verfinsterte sich. Sie wandte den Blick ab und sah zum Fenster hinaus, das auf den Canale Grande ging.

»Ja, vor vier oder fünf Jahren war ich für einige Tage dort. Ich habe schlechte Erinnerungen daran. Wir hatten auf der Rückreise von Zypern wegen eines Piratenangriffs einen Schiffbruch.«

»Einen Schiffbruch!«, wiederholte Giovanni, sehr darauf erpicht, ihre Erinnerungen an diese Begebenheit zu ergründen, die seinem Leben eine völlig neue Wendung gegeben hatte.

»Der Schiffbruch ist nicht von Belang. Aber ich habe dort etwas sehr Verwirrendes erlebt, das mich bis heute in meinen Träumen heimsucht ...«

Elena sah Giovanni wieder in die Augen.

»Aber ich möchte nicht darüber sprechen.«

Giovanni war einerseits aufgewühlt, dass sie nichts von ihrer damaligen Begegnung vergessen hatte, und andererseits tief enttäuscht, dass sie nicht darüber sprechen wollte. Sie reichte ihm ein Stück Mandelkuchen.

»Sprecht mir von Platon. Wisst Ihr eigentlich, dass hier in Venedig seine Philosophie kaum geschätzt wird? Unsere Meister, die in Padua lehren, sind alle glühende Anhänger des Aristoteles, den sie für realistischer und wirklichkeitstreuer halten.«

»Das wundert mich nicht. Ihr Venezianer seid in erster Linie Pragmatiker! Aristoteles hat sein ganzes Leben den Menschen und die Natur beobachtet, dann das, was er verstanden hatte, klassifiziert, analysiert, seziert und geordnet. Platon hingegen hat sich viel mehr auf seine innere Erfahrung bei der Ideen-Erkenntnis gestützt: auf das Wahre, Schöne, Gute, denen er die ganze sinnliche Wirklichkeit zuschreibt. Da ich recht idealistisch bin, berührt mich Platons Philosophie mehr. Habt Ihr seine Dialoge gelesen? Insbesondere *Das Gastmahl*?«

»Leider nein, da ich im Gegensatz zu Euch weder Latein noch Griechisch lesen kann. Mein Hauslehrer hat mir einige Grundzüge der Philosophie beigebracht und viele Passagen aus Büchern mit mir gelesen, aber nie *Das Gastmahl*. Worum geht es in diesem Buch?«

»Um die Liebe.«

»Um die Liebe! Ihr müsst mir mehr davon erzählen, mein Freund. Dieses Thema interessiert mich.«

»Wie ich Euch schon bei unserem letzten Gespräch sagte, zeigt Platon, dass die sinnliche Schönheit, welche uns in einem Leib oder in einem Gesicht anrührt, uns zur Schönheit der Seele und zur Schönheit des Göttlichen führt.«

Giovanni hielt inne und sah Elena eindringlich an.

Die junge Frau hielt seinem Blick stand. Sie war sich sicher, er würde ihr gleich etwas ganz Persönliches sagen. Sie hätte das Thema wechseln oder die Augen niederschlagen können, doch sie war entschlossen, ihn anzuhören, ohne genau zu wissen, was sie ihm antworten würde. Sie vernahm sein Geständnis, das er mit vor Gefühl leicht heiserer Stimme vorbrachte.

»Darum, Elena, schäme ich mich nicht zu gestehen, dass ich Euch vom ersten Augenblick an, als ich Euch sah, geliebt habe.«

ACHTUNDDREISSIG

Giovanni hatte die Wirkung nicht bedacht, die seine Worte haben konnten. Er liebte Elena so aufrichtig und seit so vielen Jahren, dass er sich nicht darüber im Klaren war, wie sehr diese unerwartete Erklärung die junge Frau überraschen musste, die im Glauben war, ihre erste Begegnung läge nur zwei Tage zurück.

Elenas Kopf nahm wohl wahr, dass diese erstaunlichen Worte voreilig waren. Doch ihr Herz sprach eine andere Sprache. Eine unergründliche Sprache. Sie fühlte, dass Giovanni aufrichtig war. Sie fühlte auch, dass diese Liebe in ihr ein Echo fand. Sie sagte nichts, reichte jedoch langsam Giovanni die Hand und hielt seinem Blick ohne auszuweichen stand.

Giovanni, der am ganzen Leib zitterte, streckte sanft den Arm aus, um der so sehnsüchtig erwarteten Berührung Elenas entgegenzukommen. Ihre Finger streiften sich wie zwei Blütenblätter einer Knospe, die sich öffnet und sich zum ersten Mal der Sonne darbietet. Giovanni stiegen Tränen in die Augen. Als Elena dies sah, überkam sie eine unbändige Lust, sich ihm in die Arme zu werfen.

Doch sie hielt sich zurück. Giovanni wagte sich nicht weiter vor, zumal sie jeden Augenblick gestört werden konnten. Er begnügte sich also damit, Elenas Hand zu drücken, sie schlangen ihre Finger ineinander und schlossen die Augen.

»Wann kann ich dich wiedersehen?«, flüsterte er.

Das »du« ließ sie mehr erbeben, als der leidenschaftlichste Kuss es vermocht hätte. Doch es gelang ihr, einen klaren Gedanken zu fassen und sich einzugestehen, es sei besser, sich nicht wieder in ihrem Zuhause zu treffen, damit ihre Mutter nicht argwöhnisch würde.

»Empfängst du Frauen und stellst ihnen ihr Horoskop, ohne dass ganz Venedig darüber redet?«

»Das kommt durchaus vor, und ich wäre entzückt, dich bei mir begrüßen zu dürfen. Aber meine Zimmerwirtin ist eine gute Freundin deiner Mutter.«

»Ach, das ist unerheblich! Ich werde einfach die Wahrheit sagen: dass der Astrologe, um den sich alle reißen, mir vorgeschlagen hat, mir meinen Geburtshimmel zu deuten und meine dringendste Frage zu beantworten … ob ich bald verheiratet sein werde!«

Giovanni wurde blass. Er ließ Elenas Hand los.

»Ist denn davon die Rede?«

»Es gibt einige Bewerber, die meiner Mutter sehr gefallen, aber es wird an dir sein, mir zu sagen, ob sie der Mühe wert sind … oder ob ich noch etwas warten muss«, sagte sie leicht amüsiert. »Frag doch Sophia Priuli, ob ich nach der Beratung bei ihr zu Abend essen könnte. Somit wäre der Anstand gewahrt«, fügte Elena noch hinzu und stand auf.

Auch der junge Mann erhob sich.

»Morgen Abend?«

»Das wäre zu schnell, meine Mutter würde Verdacht schöpfen! Sagen wir in drei, vier Tagen, wenn das den Priulis zusagt.«

»Ich verstehe«, sagte Giovanni, der sich zusammennahm.

»Hallo, mein Liebling!«, rief ihnen Vienna Contarini im selben Augenblick vom Treppenabsatz zu. »Vergiss nicht, dass wir noch einen Hut für deine Soiree bei den Grimanis kaufen müssen.«

»Ich komme gleich, Mama, wir sind gerade fertig!«, gab Elena zurück.

Dann wandte sie sich zu Giovanni, drückte ihm einen Kuss auf die Wange und huschte zur Tür.

»Ich ziehe mich rasch um. Frag doch meine Mutter nach dem Tag und der Stunde meiner Geburt. Auf bald!«

Giovanni blieb keine Zeit, auf diese flüchtige Geste zu reagieren. Er verabschiedete sie mit Blicken, als sie auch schon im Flur verschwand, der zu ihrem Zimmer führte. Er ging die Treppe hinunter und stand Elenas Mutter gegenüber. Er erklärte ihr, er habe ihre Tochter für eine astrologische Beratung über ihr zukünftiges Liebesleben zu den Priulis eingeladen. Vienna fand diese Idee ausgezeichnet und nützte die Gelegenheit, Giovanni zuzuflüstern, sie selbst habe eine Schwäche für den Sohn der Grimanis, zu denen sie am selben Abend zum Essen geladen waren.

»Er wäre eine hervorragende Partie für Elena«, vertraute sie ihm an. »Doch leider ist sie noch unentschlossen.«

»Ich würde sie gerne in diesem Sinne beraten … es sei denn, die Sterne weisen einen anderen Weg«, entgegnete Giovanni mit einem Hauch Ironie.

»Selbstverständlich«, sagte Vienna ein wenig verlegen.

»Aber dafür müsste ich den exakten Tag und die exakte Stunde ihrer Geburt wissen, wenn Ihr Euch daran erinnert.«

»Natürlich.«

Vienna kritzelte etwas auf ein kleines Billett und reichte es Giovanni, der es in seine Tasche gleiten ließ.

»Sehr gut. Erlaubt mir, mich von Euch zu verabschieden, Contessa. Ich hoffe, Euch bald wieder aufsuchen zu dürfen.«

»Kommt und erzählt mir, was die Gestirne über meine Tochter sagen! Wie ich sie kenne, wird sie sich weigern, mir die Wahrheit zu verraten!«

»Mit dem größten Vergnügen«, antwortete Giovanni und verabschiedete sich formvollendet von seiner Gastgeberin.

Plötzlich rief sie ihn zurück.

»Signore da Scola!«

Überrascht drehte Giovanni sich um.

»Wie hat Euch die Schokolade geschmeckt?«

»Göttlich!«

»Das freut mich sehr. Kommt wieder, wann immer Ihr wollt!«

Giovanni dankte ihr, ging dann die breite Treppe hinunter auf das Portal zu, das sich zum Kanal öffnete, wo eine Gondel auf ihn wartete.

Plötzlich besann er sich eines anderen und wandte sich an den Diener, der ihn begleitete.

»Gibt es nicht einen anderen Ausgang, auf eine Gasse? Ich habe das Bedürfnis, mir die Beine zu vertreten.«

»Selbstverständlich, Signore.«

Der Diener geleitete Giovanni zu einer schmalen Holztür, die auf einen winzigen Durchgang führte. Als der Diener die Tür hinter ihm geschlossen und dem Gondoliere mitgeteilt hatte, er müsse nicht länger warten, inspizierte Giovanni die örtlichen Gegebenheiten. Er sah, dass das Gässchen – so schmal, dass zwei Männer nicht aneinander vorbeigehen konnten – zum Canale Grande führte und die ganze Seite des Palazzos säumte. Er hob den Kopf und stellte fest, dass in jedem Stockwerk mehrere Fenster auf dieses Sträßchen gingen. Im dritten und obersten Stock schimmerte ein Fensterchen, das, wenn er sich nicht irrte, zur Belüftung von Elenas Zimmer oder ihres Badezimmers diente. Verwirrt über diese Entdeckung ging er das Gässchen etwa zweihundert Meter entlang und kam auf eine größere Straße. Er bog nach links in die *calle* San Samuele und verlor sich frohen Herzens in den Gässchen des Viertels von San Marco.

Der Tag neigte sich bereits, als er den Palazzo Priuli erreichte. Rasch ging er hinauf in seine Wohnung, legte flink den Umhang und die Beinkleider ab und öffnete den Schrank. Er zog die astronomischen Tabellen daraus hervor und machte sich sogleich an die Arbeit. Als er Elenas Geburtshimmel fertig gezeichnet hatte, schwieg er lange, völlig in seine Gedanken vertieft.

»Es ist unglaublich!«, murmelte er schließlich.

In diesem Augenblick klopfte Marinella, die Dienerin, an die Tür, um ihn zu Tisch zu bitten.

NEUNUNDDREISSIG

Strahlend stand Elena, in ein weites, rotes Samtcape gehüllt, in der Tür des Palazzos. Auf ihrem hochgesteckten Haar saß ein passender Hut.

»Mein Kind! Welch eine Freude, dich nach so vielen Monaten wiederzusehen! Du wirst immer schöner.«

»Danke, Sophia! Es ist mir ein großes Vergnügen, Euch in Eurem wunderbaren Palazzo zu besuchen.«

»Vor allem habe ich das Glück, einen jungen Mann unter meinem Dach zu beherbergen, der ebenso charmant wie talentiert ist …«

Elena wurde beinahe genauso rot wie ihr Umhang.

»Ich scherze nur, Liebes!«, sagte Sophia und umarmte die junge Frau. »Ich weiß, warum du hier bist, und ich habe deiner Mutter gesagt, dass ich es für eine ausgezeichnete Idee halte.«

Sie nahm Elena ihren schweren Umhang und den Hut ab und führte sie nach oben in den Empfangssaal.

Als sie den Raum betraten, konnte sie nicht umhin hinzuzufügen:

»Ich weiß allerdings nicht, was du mit ihm gemacht hast. Seit Eurem Treffen vor einigen Tagen hat er den Appetit verloren, geht nicht mehr vor die Tür und wirkt völlig abwesend.«

»Ich kann mir dieses merkwürdige Verhalten nicht erklären«, entgegnete Elena mit gespieltem Erstaunen.

Sie selbst zeigte dieselben Symptome. Sie musste Tag und Nacht an Giovanni denken, was sie in höchste Aufregung versetzte.

Sophia Priuli lächelte.

»Da wir uns später zum Abendessen sehen, werde ich dich nun unverzüglich in seine Wohnung bringen lassen.«

Mit klopfendem Herzen folgte Elena der Dienerin in die oberen Stockwerke des Palazzos.

Auf dem Treppenabsatz wies Marinella auf Giovannis Tür und zog sich diskret zurück. Elena war nun allein und wartete einige Sekunden, bis sich ihr Atem beruhigt hatte. Mit gewohnter Geste richtete sie ihr Haar und klopfte zweimal verhalten an. Sie hörte das Parkett knarzen. Ihr blieb fast das Herz stehen, als Giovannis Gestalt in der offenen Tür erschien. »Elena!«

Sie war plötzlich sehr beklommen, trat jedoch in den Salon und tat so, als interessierte sie sich für die Dekoration.

»Ihr habt keine Zeit verschwendet: Man könnte meinen, Ihr wohnt schon länger hier.«

Giovanni, den die förmliche Anrede zuerst betrübte, erkannte sehr rasch das Unbehagen der jungen Frau und versuchte, ihr die Befangenheit zu nehmen, indem er darauf einging.

»Ihr seht, ich habe mich rasch eingewöhnt! Aber ich habe mir noch nicht die Zeit genommen, die Wohnung besser einzurichten.«

»Im Gegenteil, sie ist sehr gut so. Man darf kleinere Räume nicht überladen.«

Elena betrachtete ein Gemälde, das zwischen den beiden Fenstern hing und auf dem eine Winteransicht des Canale Grande dargestellt war.

»Ihr habt Venedig im Winter noch nicht kennen gelernt. Ihr werdet sehen, wie zauberhaft es ist!«

Es gelang ihr nicht, zum Du zurückzukehren. All das, von dem sie die vorhergehenden Tage geträumt hatte, schien ihr in diesem Augenblick undenkbar.

»Es heißt, an manchen Tagen müsse man den Markusplatz mit den Füßen im Wasser überqueren.«

Elena lachte. Diese Bemerkung löste die Spannung ein wenig.

»Ja, durchaus! Und in manchen Wintern kann man sich

nur noch mit Booten fortbewegen. Aber das macht doch den Charme unserer Stadt aus, nicht wahr?«

»Gewiss. Und ich bin voll der Bewunderung, wenn ich an die Männer denke, die diese Lagune erschlossen haben, an diese riesigen Palazzi, die auf Tausenden von Pfeilern ruhen, die sie in den Schlick gerammt haben … ein Wunder des menschlichen Willens und Talents!«

»Ja, ich bin wirklich stolz auf meine Stadt und ihre Gründer. Jedes Mal, wenn ich von Zypern heimkehre, geht mir das Herz auf, wenn ich aus der Ferne die zehn Campanile aufragen sehe.«

Elena war nun gelöster und erkannte, dass es die Angst vor ihrem eigenen Begehren war, die sie Giovanni gegenüber so distanziert sein ließ. Mit einem einnehmenden Lächeln wandte sie sich ihm zu.

»Ich habe noch einmal darüber nachgedacht, was Ihr über die platonische Liebe gesagt habt.«

Voll Erleichterung konstatierte Giovanni den veränderten Tonfall und die wiedergefundene Nähe.

»Ah …«, hauchte er nur und wies der jungen Frau einen Armstuhl zu.

»Ja«, meinte Elena, als sie sich setzte. »Ich frage mich, wie die Liebe, die uns ein schönes Gesicht einflößt, uns unweigerlich zur wahrhaftigen Liebe dieser Person gegenüber und besser noch zur Liebe Gottes führen kann?«

»Ich habe nie gesagt, dass diese erste sinnliche Anziehung zwangsläufig zu den höchsten Ebenen der Liebe führt. Es ist nur eine Möglichkeit, die sich uns bietet. Doch es ist klar, dass manche Menschen auf der Ebene der Verführung der Sinne bleiben und es ihnen nicht gelingt, sich zur vollkommenen Liebe aufzuschwingen.«

»Worin besteht diese vollkommene Liebe?«

»Sicherlich darin, dass sie die Liebenden auf die uneigennützigste Weise verbindet. Sie bedingt, dass man einen Menschen um seiner selbst willen liebt und nicht wegen seiner Eigenschaften, insbesondere der Schönheit, oder wegen eines Vorteils, den er uns verschaffen könnte.«

»Aber wenn man meint, einen Menschen auf den ersten Blick zu lieben, wie kann man dann sicher sein, dass man ihn wirklich um seiner selbst willen liebt, dass man sich an seine Seele bindet und nicht nur an seinen Körper, an sein Äußeres?«

Diese Frage spielte so eindeutig auf Giovannis erste Liebeserklärung an, dass er einen Augenblick zögern musste. Sollte er sich auf diese theoretische Diskussion einlassen und vorgeben, nicht zu verstehen, worauf sie anspielte, oder sollte er ihr ganz direkt seine eigenen Gefühle eröffnen?

Er entschied sich für die zweite Möglichkeit.

»Elena, ich kann Euch keinerlei Beweis erbringen, dass meine Liebe zu Euch wahrhaftig ist. Ich weiß nur, dass ich seit dem ersten Augenblick, als ich Euch gesehen habe, an Euch denke und dass dieser Gedanke meinem Leben seinen ganzen Sinn gibt ...«

»Aber es ist doch kaum eine Woche her! Ich kann nicht glauben, dass Euer Leben seit diesem Moment eine ganz andere Wendung genommen hat.«

Giovanni war schon zu weit gegangen, um einen Rückzieher zu machen. Ohne die Risiken eines solchen Geständnisses ermessen zu wollen, schloss er die Augen.

»Elena, ich denke seit vier langen Jahren jeden Tag an Euch.«

»Was ... was wollt Ihr damit sagen?«

»Ich habe Euch zum ersten Mal an einem Sommerabend gesehen ... vor mehr als vier Jahren.«

»Ich erinnere mich nicht, dass wir einander schon einmal vorgestellt worden sind. War es in Venedig? Oder auf Zypern?«

»Weder in Venedig noch auf Zypern.«

»Ich war an keinem anderen Ort. Nicht in Rom, nicht in Florenz ...«

»Wirklich nicht?«

»Ihr tut sehr geheimnisvoll!«

Elena erhob sich aus ihrem Sessel und ging zum Fenster. In ihr stieg der Argwohn auf, er wolle sich lediglich auf ein verführerisches Schäkern einlassen.

Giovanni hingegen überkam eine sonderbare Ruhe. Dieses Geständnis kostete ihn keine große Überwindung. Ganz im Gegenteil, er befreite sich von einer schweren Last.

»Ich mache keinerlei Geheimnis daraus, Elena. Ich versuche nur, ohne Euch zu brüskieren, Euch die ferne Erinnerung an unsere erste Begegnung ins Gedächtnis zu rufen.«

»Und warum sollte ich brüskiert sein?«, brauste Elena auf, die nun ungeduldig wurde. »War diese lang vergangene Begegnung denn so betrüblich?«

Giovanni sah sie wie durch einen Schleier von Traurigkeit an. Er fand nicht die Worte, um ihr zu sagen, dass er dieser arme Bauer war, der sie durch die Holzbohlen des Speichers angesehen und den man so hart bestraft hatte. Doch dann kam ihm ein Gedanke. Er stand auf, trat auf sie zu, hob langsam sein Hemd und zeigte ihr seinen nackten Oberkörper. Elena war dermaßen überrascht, dass sie erstarrte. Giovanni drehte sich um. Und sie entdeckte die alten Narben, die seinen Rücken zerfurchten. Sie begriff, dass dieser Mann ausgepeitscht worden war. Ohne wirklich zu verstehen, verspürte sie eine merkwürdige Beklemmung, die mit einer schmerzhaften Erinnerung in Verbindung stand. Sie sah plötzlich wieder den blutenden und beinahe leblosen Körper des jungen kalabrischen Bauern, den man an ihr vorbeizerrte. Ein Beben erfasste ihre Seele. Sie trat an Giovanni heran und legte ihre Hände auf seine vernarbten Wunden, die unter ihren Handflächen erzitterten.

Giovanni drehte sich wieder um. Tränen standen in seinen Augen.

Sie sah ihn eindringlich an und stieß einen erstickten Schrei aus.

VIERZIG

Bist du es wirklich?«

Giovanni sah Elena schweigend und mit aufgewühltem Gesicht in die Augen.

»Bist du meinetwegen hierhergekommen?«

»Ja.«

Elena hielt einen Moment bestürzt inne, dann warf sie sich in Giovannis Arme, schmiegte das Gesicht an seinen Oberkörper und drückte ihn mit all ihrer Kraft an sich. Der junge Mann umschlang sie fester und ließ seine Tränen still über ihren Nacken rollen. Sie schluchzte, ohne ihn loszulassen.

»Giovanni, ich wusste nicht einmal deinen Namen. Auch ich habe so oft an dich gedacht. Ich habe so mit dir gelitten …«

Sie hob den Kopf und suchte seinen Blick.

»Jetzt verstehe ich, warum ich so bewegt war, als ich dich auf dem Fest wiedergesehen habe. Mir schien, als kenne ich deine Seele. Und es hat gestimmt!«

»Elena, seit Jahren warte ich auf diesen Moment!«

Schweigend sahen sie sich an, die Gesichter so nah beieinander, dass Elena die Lider schloss. Sie stellte sich auf die Zehenspitzen und legte ihre Lippen sanft auf Giovannis. Sie bebten, als sie sich berührten.

Giovanni löste sich als Erster aus der Umarmung, aus Angst, er könnte die junge Frau ersticken. Wieder sah er sie an. Dieses Mal leuchtete ein Freudenschimmer in seinen dunklen Augen.

»Elena, ich bin so glücklich, so glücklich …«

»Also, Signore da Scola, Ihr lebtet in einer Stadt, und Euer Vater war Pferdehändler.«

Elena zeigte ein breites Lächeln. Giovanni musterte sie etwas unsicher.

»Mein richtiger Name ist Giovanni Tratore. Nimmst du es mir übel, dass ich über meine Herkunft gelogen habe, um unser Geheimnis zu schützen?«

»Nicht doch! Es ist tatsächlich besser, wenn niemand hier weiß, wer du wirklich bist.«

»Du kannst dir nicht vorstellen, wie sehr mich der Brief, den du meinem Vater übergeben hast, getröstet hat! Obgleich ich ihn auswendig kannte, habe ich ihn jeden Tag aufs Neue gelesen.«

Sie betrachtete ihn schweigend. Diese ganze Situation schien ihr so unwirklich, so märchenhaft.

»Es fällt mir schwer zu glauben, dass du nur aus Liebe zu mir deine Familie verlassen hast und zu Fuß durch ganz Italien gewandert bist!«

»Und dennoch ist es die reine Wahrheit.«

»Aber du hast lange gebraucht, bis du bei mir angekommen bist!«

Giovanni lachte.

»Nicht, weil ich nicht an dich gedacht hätte! Als ich meinen Meister kennen lernte, verlangte er, dass ich mindestens drei Jahre bei ihm bliebe. Wenn du wüsstest, wie sehr ich gezaudert habe! Ich hatte so großes Verlangen, dich wiederzusehen!«

Es fiel Elena schwer zu begreifen, dass er alles aus Liebe zu ihr auf sich genommen hatte, einschließlich des Erlernens der Philosophie und der Astrologie. Es machte sie überglücklich und gleichzeitig ganz befangen.

»Ich bin sicher, dass ich nicht so viel Glaube, Liebe und Hoffnung verdiene. Du wirst rasch entdecken, dass ich nur ein ganz gewöhnliches junges Mädchen bin …«

»Ich kenne dich nicht sehr gut, Elena, aber ohne es zu wissen, hast du mich auf einen Weg außerordentlicher Begegnungen, wertvoller Bekanntschaften und großer Freuden geführt. Und ich glaube vor allem, dass du selbst nicht die Schönheit, die in dir ist, kennst … eine Schönheit, die dein Körper nur widerspiegelt.«

»Ja, Herr Alleswisser.«

»Vergiss nicht, ich bin Astrologe, und ich habe dein Horoskop gestellt! Ich weiß jetzt sehr viel über dich.«

»Ich hatte völlig vergessen, dass wir uns treffen wollten, um darüber zu sprechen! Aber ohne dich enttäuschen zu wollen, mein Horoskop und meine Bewerber sind mir völlig gleichgültig. Ich habe dies nur als Vorwand benutzt, um dich hier wiederzusehen.«

»Da hast du Unrecht!«, warf Giovanni ein. »Denn ich habe in deinem Horoskop etwas Außergewöhnliches entdeckt.«

Sie blickte ihn neugierig an.

»Nun, der Planet Venus, das Symbol für die Liebe, steht bei dir genau an derselben Position wie bei mir.«

»Soll ich daraus ableiten, dass es uns bestimmt ist, uns zu lieben?«

Giovanni erwiderte Elenas Lächeln und drückte seine Lippen auf ihren Mund. Wieder umarmten sie sich leidenschaftlich. Doch dann unterbrach sie das knarzende Geräusch von Schritten vor der Tür. Die beiden hielten die Luft an. Es wurde dreimal geklopft. Marinellas Stimme war zu hören.

»Verzeiht die Störung, aber das Essen ist angerichtet. Man erwartet Euch im großen Salon.«

»Wir kommen in wenigen Minuten«, antwortete Giovanni und räusperte sich.

Er bückte sich, um sein Hemd aufzuheben, während Elena ein bisschen Ordnung in ihr Haar brachte.

»Was sollen wir sagen, wenn sie uns nach dieser fesselnden astrologischen Sitzung fragen?«, fragte Elena munter.

»Du sagst einfach, es sei sehr lehrreich gewesen, aber zu persönlich, um davon zu erzählen. Lass mich das Übrige machen, ich werde ein paar Banalitäten über deinen Charakter verraten …«

»Du siehst, ich bin insgesamt also doch sehr banal!«

Sie umarmten sich lachend, dann führte Giovanni Elena ins Ankleidezimmer. Dort blieb sie eine Weile, während er seinen Salon aufräumte. Sie trat zu ihm, als er seine astrologischen Bücher in den Schrank legte. Elena wurde neugierig, als sie den sorgfältig verwahrten dicken Umschlag hinter den Büchern sah. Giovanni verschloss den Schrank und hängte sich den Schlüssel wieder um den Hals.

»Komm, lass uns zu unseren Gastgebern gehen. Und wäre es nicht vielleicht klug, uns vor ihnen wieder förmlich anzureden?«

»Mit Vergnügen, *Signor astrologo*!«

Die Priulis warteten bereits ungeduldig.

»Ah, endlich!«, rief der Herr des Hauses, als er die jungen Leute die Treppe herunterkommen sah. »Lasst uns sofort zu Tisch gehen, mein Magen kann nicht länger warten!«

»Verzeiht«, entgegnete Giovanni. »Es gab so vieles über diese entzückende Person zu sagen.«

»Daran haben wir keinen Zweifel«, sagte Sophia, die ihren Gästen die Plätze zuwies.

»Nun, Elena, was hast du Spannendes erfahren?«

»Unendlich viel! Aber es ist noch zu frisch und zu verworren, als dass ich gelassen darüber sprechen könnte.«

»Und außerdem sind die Themen sehr persönlich«, warf Giovanni ein und lächelte der Gastgeberin zu.

»Selbstverständlich. Aber sagt uns nur eines, das ich unbedingt wissen möchte!«

Elena sah die Dame des Hauses fragend an.

Sophia wartete einen Moment, bis die Dienerin die heißen Teller ausgeteilt hatte, führte einen Löffel Suppe zum Mund, was ihr Ehemann und die beiden Gäste ebenfalls taten, und stellte schließlich die Frage, die ihr auf den Lippen brannte.

»Wird Elena Don Gregorio Badia oder den jungen Tommaso Grimani heiraten?«

Giovanni drohte zu ersticken. Elena sah peinlich berührt drein, war aber weniger überrascht von dieser Frage. Sie antwortete gelassen:

»Ich habe noch keine Entscheidung gefällt, und Signore da Scola hat diese Frage nicht angeschnitten.«

Sophia sah Giovanni fassungslos an.

»Ich habe gedacht, Ihr würdet ihr Horoskop stellen, gerade eben um von ihrem zukünftigen Gefühlsleben zu sprechen?«

»Ja, gewiss. Aber wir haben bisher über allgemeine Fragen gesprochen, darüber, was für die Contessa Contarini von Vorteil wäre und was nicht. Und nicht über spezielle Personen.«

»Für sie wäre es von Vorteil, einen reifen, gebildeten Mann wie Don Gregorio zu heiraten«, meinte der alte Priuli.

»Aber Liebling, er ist fast vierzig und könnte ihr Vater sein!«, hielt Sophia dagegen.

»Das ist nicht von Bedeutung. Er ist ein Mann mit Temperament, mit der vollen Kraft des Alters, reich und mächtig. Junge Frauen können nur gewinnen, wenn sie einen erfahrenen Mann heiraten statt eines Jünglings, der noch alles im Leben lernen muss wie der junge Grimani.«

»Tommaso ist doch kein Kind mehr! Er ist sicher älter als unser Freund Giovanni. Er sieht sehr gut aus, ist gut erzogen und eine der besten Partien der Stadt. Und muss ich dich daran erinnern, dass er ein ausgezeichneter Degenfechter von furchterregendem Ruf ist? Auch wenn dies nicht der Charakterzug ist, den ich an ihm am meisten schätze! Ich an Elenas Stelle würde nicht zögern!«

Elena konnte nicht mehr an sich halten.

»All das ist etwas voreilig. Ich habe nicht die Absicht, mich in den nächsten Monaten zu verheiraten. Hingegen hat mir

Signore da Scola gesagt, ich sei sehr begabt für die Philosophie, und er hat mir vorgeschlagen, mir Privatunterricht zu geben.«

Giovanni machte große Augen. Dann richtete er sich auf und pflichtete ihr voll und ganz bei.

»Die Contessa besitzt eine große Intelligenz und begeistert sich für philosophische Fragen. Es wäre mir eine Ehre, ihre Fragen beantworten zu dürfen.«

»Eine hervorragende Idee!«, meinte Sophia Priuli. »Es ist nämlich bedauerlich, dass unsere Mädchen nicht eine so gründliche Ausbildung genießen wie unsere Jungen und nicht auf die Universität gehen dürfen.«

»Ich bin vielleicht ein Mann alter Schule«, erwiderte ihr Gatte, »aber mir scheint, um einem Haushalt vorzustehen, haben die Frauen andere Aufgaben, als abstrakte Ideen zu erörtern.«

»Das Eine schließt das Andere nicht aus«, entgegnete Elena. »Wie Signore da Scola mir erklärt hat, bin ich genauso dazu geschaffen, Kinder großzuziehen wie meinen Geist weiterzubilden.«

»Nun ja, wenn die Sterne es sagen!«, meinte Priuli und zuckte mit den Schultern.

Giovanni gelang es, das Gespräch auf allgemeinere Themen zu lenken. Nach dem Essen begleitete er Elena zur Tür des Palazzos. Und ehe die junge Frau in der Gondel verschwand, flüsterte er ihr ins Ohr:

»Darf ich morgen vorbeikommen und dir meine erste Unterrichtsstunde geben?«

»Lass mich zuerst mit meiner Mutter sprechen. Ich gebe dir bald Nachricht.«

Nachdem die beiden sich flüchtig geküsst hatten, stieg Elena in die kleine hölzerne Kabine in der Mitte der Gondel.

Giovanni sah dem über das Wasser hinweggleitenden Boot nach, bis es verschwand. Dann wünschte er seinen Gastgebern eine gute Nacht und zog sich in seine Wohnung zurück. Dort setzte er sich in seinen Armstuhl und sog voll Gefühl noch ein wenig den Duft von Elenas Parfüm ein. Nach einer Weile stand er auf und öffnete seinen Schrank. Er zog den für den Papst bestimmten Umschlag hervor, setzte sich wieder und betrachtete ihn ernst.

»Wann werde ich den Mut finden, Elena zu verlassen und nach Rom zu reisen?«, murmelte er. »Wenn ich doch zumindest wüsste, was darin steht!«

Der junge Mann sann über das Gespräch über Luther, den Antichrist und das Ende der Welt nach. Je mehr er sich in seine Gedanken vertiefte, desto mehr war er der Überzeugung, dieser Brief müsse etwas mit diesem Thema zu tun haben. Vielleicht enthüllte sein Meister den Namen des Antichristen oder das Datum des Weltuntergangs? Es juckte ihn in den Fingern. Giovanni sah den Umschlag prüfend an: Ob es wohl möglich wäre, ihn zu öffnen, ohne ihn aufzuschlitzen? Nein. Er brannte darauf, es zu tun. Er zögerte lange, dann legte er den Umschlag zurück in den Schrank.

Er ging in sein Schlafzimmer, entkleidete sich, legte sich auf das Bett und blickte zum Fenster hinaus, wo sich ein Himmel voller Sterne und Geheimnisse entfaltete. Er hatte zwar kein reines Gewissen, doch sein Herz war erfüllt von Jubel. Er sagte sich, er müsse sich noch einige Wochen von Elenas Zuneigung überzeugen, bevor er ihr den Grund seiner Reise nach Rom erklären könne. Es wäre eine Sache von allerhöchstens vierzehn Tagen. Danach würde er ohne Gewissensbisse mit seiner Geliebten leben können.

EINUNDVIERZIG

Voll Ungeduld wartete Giovanni auf ein Zeichen der jungen Frau. Zwei Tage später erhielt er endlich ein Briefchen. Es enthielt schlechte Neuigkeiten. Nach warmherzigen Worten gestand Elena, ihre Mutter habe den Philosophiestunden zugestimmt … aber nur unter der Bedingung, dass sie teilnähme! Ob sie vielleicht etwas ahnte? Jedenfalls wäre es ihnen unmöglich, sich alleine zu sehen. Dennoch bat sie ihn am Nachmittag des folgenden Tages in ihren Palast.

Dort unterrichtete der Astrologe dann Mutter und Tochter sowie zwei geistreiche Damen, die Vienna hinzugebeten hatte, in griechischer Philosophie. Den jungen Leuten bot sich keine Gelegenheit, sich unter vier Augen zu sprechen. Dasselbe wiederholte sich nun jede Woche an zwei Nachmittagen. Giovanni war hocherfreut, Elena zu sehen, und zutiefst betrübt, sie nicht umarmen zu können. Auch Elena starb vor Verlangen, sich ihm in die Arme zu werfen, und ertrug es nicht mehr, ihrer Mutter und deren Freundinnen diese Komödie vorspielen zu müssen.

Als Giovanni eines Tages vor einem Gasthaus saß und darüber nachdachte, wie er Elena alleine treffen könnte, sprach ihn plötzlich eine vertraute Stimme an:

»Oh, du siehst aber nachdenklich aus!«

Giovanni hob den Kopf. Sein Gesicht leuchtete auf.

»Agostino! Wie ich mich freue, dich zu sehen!«

Der Freund war in Begleitung eines älteren, prächtig gekleideten Herrn.

»Und ich erst! Ich möchte dir Andrea Balbi, einen sehr guten Freund, vorstellen. Dürfen wir uns setzen und ein Glas Wein mit dir trinken?«

»Nichts würde mir eine größere Freude bereiten.«

»Man sieht dich kaum noch in der Stadt. Du sollst mehrere Abendeinladungen abgesagt haben. Alle Herzen auf halbmast!«

»Ach, weißt du, ich habe zurzeit keine große Lust, mich zu amüsieren.«

Giovanni hätte sich Agostino anvertraut, aber die Gegenwart des Unbekannten ließ ihn davor zurückscheuen. Doch sein Freund brachte das Gespräch auf die Frau seines Herzens.

»Sollte dich vielleicht die Begegnung mit Elena Contarini durcheinandergebracht haben?«

»Ich … ich muss gestehen, dass sie mich nicht gleichgültig lässt.«

»Ich hatte dich gewarnt: Sie ist die schönste Frau von ganz Venedig! Und außerdem eine sehr gute Partie mit einer üppigen Mitgift. Wie bedauerlich für uns, dass sie nur einen Edelmann aus den ältesten Familien der Stadt heiraten kann … wie unseren Freund Balbi!«

Agostino und Andrea lachten laut auf. Giovanni wurde bleich.

»Was willst du damit sagen?«

»Ich spreche von diesem genau vor zehn Jahren erlassenen Gesetz, das die Ehe zwischen Adeligen und Leuten aus dem Volk untersagt.«

Giovanni war verdutzt. Venedig schien ihm eine so offene, so freizügige, kosmopolitische Stadt zu sein, dass er nie auf den Gedanken gekommen wäre, ihm und Elena könnte sich eine juristische Hürde in den Weg stellen.

Mehr recht als schlecht versuchte der junge Mann seine Verwirrung zu überspielen.

»Sieh mal einer an, welch ein seltsames Gesetz«, bemerkte er und versuchte, das Gespräch auf eine politische Ebene zu heben. »Ich dachte, Venedig sei eine Republik?«

»Du legst den Finger genau auf die enorme politische Ambivalenz unserer werten Stadt! Unsere politische Ordnung, eine sonderbare Mischung aus Demokratie und aufgeklärtem Despotismus, fußt ganz und gar auf der Aristokratie, die die Senatoren, den Dogen und seine Ratsmitglieder wählt. Bewundernswert ist, dass dieses System, das völlig auf sozialer Ungleichheit beruht, bei allen Zustimmung findet, angefangen bei denen, die von jeglicher politischer Repräsentation und Entscheidung ausgeschlossen sind, also bei achtundneunzig Prozent der Bevölkerung!«

»Ich gebe zu, dass wir keine wahre Republik sind, von der viele träumen«, differenzierte Andrea Balbi, Mitglied des Großen Rates, des Eckpfeilers der politischen Ordnung Venedigs. »Aber ganz im Gegensatz zu vielen Monarchien, die uns umgeben, verhindert unser System eine erbliche Diktatur. Unser höchster Repräsentant, der Doge, wird von den Mitgliedern des Großen Rates in einem komplizierten Verfahren gewählt, das Machenschaften einer einzigen Familie ausschließt, und seine Macht wird ständig durch andere Instanzen wie den Senat oder den Rat der Zehn kontrolliert.«

»Ich stelle unsere Institutionen nicht in Frage«, betonte Agostino, der jedes Missverständnis vermeiden wollte in einer Stadt, in der anonyme Denunziationen so manchen politischen Gegner ins Gefängnis gebracht oder in den Gifttod getrieben hatten. »Diese Institutionen geben unseren Regierungen seit über sieben Jahrhunderten eine beachtliche Stabilität, die ich sehr schätze. Ich will nur unserem jungen Freund erklären, dass unsere Stadt von einer adligen Elite regiert wird, die zwar aufgeschlossen ist, aber ihre Interessen und ihren Bestand rechtmäßig zu schützen versucht, vor allem gegenüber den reichen Kaufleuten, denen daran gelegen ist, an den politischen Entscheidungen teilzuhaben. Ist dies denn nicht, mein Lieber, der Sinn dieses kürzlich erlassenen Gesetzes, das den Patriziern untersagt, sich mit Bürgerlichen, auch wenn sie noch so reich sind, zu verheiraten?«

»Vollkommen richtig«, entgegnete Balbi, den die Worte seines Freundes besänftigten. »Die zahlreichen Eheschließungen zwischen Adligen und Nichtadligen drohten mittelfristig das Fundament unserer Stärke und politischen Stabilität anzugreifen. Aus diesem Grund habe ich mich selbst für dieses Gesetz eingesetzt. Schließlich gibt es genug hübsche und reiche junge Frauen in Venedig, da kann man doch die wenigen Adligen unter ihresgleichen heiraten lassen!«

Agostino lächelte verständnisvoll und sah Giovanni in die Augen.

»Du siehst, mein Lieber, du solltest wie ich in anderen Revieren als denen der Contarinis jagen. Übrigens belauern bereits mehrere Raubvögel aus den großen Familien die hübsche Beute. Aber sei unbesorgt, ich könnte dir hervorragende, dir zugängliche Jagdreviere zeigen! Die diabolische Angelica zum Beispiel spricht nur von dir. Obgleich sie die Tochter eines reichen, angesehenen Mannes ist, gehört sie nicht dem alten Adel an. Glaube mir, diese Fährte solltest du aufnehmen!«

»Und sie soll auch nicht allzu unbeugsam sein, nach dem was man so hört«, fügte Andrea hinzu. »Doch alles hängt davon ab, was Ihr sucht. Wenn Ihr eine angenehme Zeit verbringen wollt, können fast alle jungen adligen Frauen Euch in die Arme schließen ... wenn Ihr Euch geschickt genug anstellt, auch ihr Herz ein wenig zu berühren. Sie zu heiraten ist eine andere Geschichte.«

Giovanni konnte das Geplänkel nicht länger ertragen. Er rang sich ein Lächeln ab und erwähnte eine Verpflichtung, um sich zu verabschieden. Er war ohnehin zu einer weiteren Philosophiestunde mit Elena verabredet.

Während er durch die Gässchen entlang den Kanälen schlenderte, musste er weiter an Agostinos und Andreas Worte denken. Obwohl er nicht gewagt hatte, an eine Heirat mit Elena zu denken, stürzte ihn die Tatsache, dass diese Heirat unter keinen Umständen stattfinden könnte, in tiefste

Verzweiflung. Als wäre die Tür zu seinem Traum für immer zugefallen. Er dachte auch wieder an die Freier der jungen Venezianerin. Er fragte sich, was wohl sie über dieses Gesetz dachte, das es ihnen verbot, die Ehe zu schließen. Was hatte sie vor? Wollte sie ledig bleiben und Giovanni zum Geliebten nehmen? Angesichts ihrer gesellschaftlichen Stellung schien dies unmöglich. Wollte sie einen anderen heiraten, den sie nicht liebte, und Giovanni heimlich treffen?

All diese Fragen quälten ihn. Er musste unbedingt mit Elena sprechen. Aber wie sollte er es anstellen, mit ihr allein zu sein? Als er die Rückseite des Palazzo Contarini erreichte, kam ihm eine Idee. Er blieb stehen und kritzelte eine kurze Nachricht auf eine Seite, die er aus dem Buch in seiner Hand herausriss. Dann betrat er den Palast durch den Dienstboteneingang.

Er hielt seinen Unterricht ab, als wäre nichts geschehen. Elena sah ihn ständig an, suchte verzweifelt nach dem geringsten Schimmer von Zärtlichkeit oder Leidenschaft in seinem Blick. Doch Giovanni blieb unbewegt und kühl. Als sie sich voneinander verabschieden sollten und Elena bereits fast verzweifelte, schob ihr Giovanni ein fein gefaltetes Zettelchen in die Hand.

ZWEIUNDVIERZIG

Im Campanile der Kirche San Samuele hatte es gerade Mitternacht geschlagen. Ein Schatten schlich durch das schmale Gässchen entlang des Palazzo Contarini. Als der Mann nur noch wenige Meter vom Canale Grande entfernt war, blieb er stehen und legte den Kopf in den Nacken. Der Vollmond beschien die Palastmauer. Im Inneren waren alle Lichter gelöscht, die großen Fenster bis hinauf ins oberste Stockwerk vergittert.

Der Mann sprang zum ersten Fenster, das auf der Höhe des Erdgeschosses des Palazzos lag. Er klammerte sich ans Gitter, kletterte bis zum höchsten Punkt der Öffnung und zog sich hinauf zum zweiten Fenster, das zum großen Salon gehörte. Auf dieselbe Weise gelangte er zum dritten Stock. Aus dem Inneren des Raumes leuchtete ein schwaches Licht. Giovanni klopfte an die Scheibe. Der Schein einer Kerze näherte sich. Elena öffnete das Fenster.

»Mein Liebling, du hast es geschafft!«

»Und du?«, fragte Giovanni fieberhaft.

»Ja! Sieh doch!«

Die junge Frau hob die Eisenstange vor dem Fenstergitter beiseite, und Giovanni sprang in das Zimmer. Elena sah Giovanni mit funkelnden Augen an.

»Ich bin deinen Anweisungen gefolgt und habe beinahe zwei Stunden gebraucht, bis ich es geschafft hatte«, erzählte sie und zeigte ihm stolz das Werkzeug, mit dem sie das Schloss der Stange durchgesägt hatte.

»Du bist wunderbar!«

Zum ersten Mal stand der junge Mann in Elenas Zimmer. Es war riesig. Zwei hohe Fenster gingen hinaus auf den Canale Grande und boten selbst bei Nacht einen überwältigenden Ausblick. Am anderen Ende des Raumes prangte ein großes Himmelbett. Giovanni fasste Elena, die nur ein weißes, weites Seidenhemd trug, um die Taille und setzte sie auf das Bett.

»Du bist noch verrückter als ich!«

»Dein Mund, dein Körper, deine Hände fehlen mir so sehr!«

»Wenn du wüsstest, wie sehr ich dich begehre!«

»Dann nimm mich.«

Elena hatte sich noch nie einem Mann hingegeben, doch sie war von ausgeprägter Sinnlichkeit und erwartete diesen Augenblick mit Ungeduld. Die venezianische Gesellschaft war nicht prüde, und viele junge Leute kannten die körperliche Liebe bereits vor der Ehe. Doch Elena hatte eine edle Auffassung von der Liebe und hatte nie diese Erfahrung machen wollen, ohne dass ihre Seele ebenso berührt würde wie ihre Sinne. Doch nun war sie leidenschaftlich verliebt. Auch wusste sie, dass Giovanni sie liebte und mit jeder Faser seines Seins begehrte. Während sie ihn entkleidete, liebkoste er ihr Gesicht, ihr Haar.

Obgleich er bereits die Freuden der Liebe mit Luna erlebt hatte, überkam ihn das Gefühl, sich ihr zum ersten Mal hinzugeben, und seine Seele zitterte ebenso sehr wie sein Körper. Er umschlang Elena leidenschaftlich, glühende Zärtlichkeit schnürte ihm die Kehle zu, und er drückte seine Geliebte an sich, als wollte er überprüfen, ob sie wirklich aus Fleisch und Blut sei und in dieser Nacht, in dieser Nacht voller Zauber ihm gehören sollte. Mit bebender Seele, mit unersättlichem Mund und das Antlitz in die seidige Flut ihres Haars vergraben, verschmolz er bald mit ihr. Die zarten, festen Rundungen ihres Busens, der sich gegen seine Brust presste, steigerten sein Verlangen ... Sie stöhnte unter ihm. Als er die Augen aufschlug, überwältigte ihn ihr Anblick mit schmerzhaftem Begehren ... Elena mit geschlossenen Augen, die Stirn schweißbedeckt, ein Bild, das sich an das andere, unendlich keusche reihte, für das er mit seinem Blut bezahlt hatte. In diesem Augenblick, als das Feuer in ihm loderte und den Rhythmus für seine Lenden vorgab, als er die Stöhnende in die Verzückung ihrer ersten gemeinsamen Reise davontrug, raunte er ihr zu, wie sehr er sie liebe, und Elena hörte ihren Namen, wie sie ihn nie zuvor gehört hatte ... wie ein Gebet.

Die Liebenden verharrten lange aneinandergeschmiegt, ohne ihre Körper voneinander lösen zu können. Dann streckte sich Giovanni neben seiner Geliebten aus. Beide genossen sie diesen Moment reiner Freude und hatten die Augen an die Decke, an das Himmelszelt von Elenas Zimmer, gerichtet.

»Ich könnte nicht ertragen, von dir getrennt zu werden«, murmelte sie. Giovanni umarmte sie innig.

»Ich auch nicht, Liebste. Und dennoch können wir niemals Mann und Frau werden.«

Elena hob den Kopf und sah ihn erstaunt an.

»Warum denkst du daran in diesem Moment?«

»Ist es denn nicht die Wahrheit? Ein Gesetz verbietet doch die Ehe zwischen Adligen und Leuten aus dem Volk.«

»Ja, das stimmt, und es ist äußerst bedauerlich.«

»Wie kannst du mich lieben, wenn du weißt, dass wir uns eines Tages trennen müssen, damit du diesen Badia oder diesen Grimani heiratest?«

Elena wandte den Blick ab.

»Ich weiß nur eines: Mein Herz liebt nur dein Herz, und ich könnte nie fern von dir leben.«

»Wie soll das gehen, wenn du mit einem anderen verheiratet bist?«

Elena drückte ihn heftig an sich.

»Wir werden für immer Liebende bleiben!«

»Und wir können uns nur heimlich sehen?«

»Mir graut, darüber zu sprechen! Gibt es denn eine andere Lösung?«

»Aber ja doch.«

Elena sah Giovanni verdutzt an.

»Wir könnten Venedig verlassen«, sagte der junge Mann entschlossen.

Elena sah ihn traurig an.

»Meine Eltern könnten nicht ertragen, dass ich die Gesetze der Stadt übertrete und mich wie eine Diebin davonstehle.«

»Und doch können wir nur so zusammenbleiben, Elena. Ich habe lange darüber nachgedacht. Eines Tages wirst du zwischen mir und deiner Familie wählen müssen.«

Elena sah verstört drein. Dann stand sie leise auf, durchschritt das Zimmer und lehnte sich ans Fenster.

»Niemals könnte ich diese Stadt verlassen. Sie ist ein Teil von mir.«

Sie drehte sich zu Giovanni. In seinen Augen standen Tränen.

»Und selbst wenn ich dich über alles liebe, selbst wenn du die Liebe meines Lebens bist, könnte ich meinen Eltern niemals ein solches Leid zufügen. Es würde sie umbringen.«

Giovanni schlug die Augen nieder. Ein stechender Schmerz durchbohrte seine Brust. Er musste sich zusammenreißen, um nicht in Schluchzen auszubrechen. Mit großer Anstrengung schluckte er seinen Kummer hinunter und sah zu Elena auf.

»Du hast Recht, Liebste, ich werde nie mehr davon sprechen.« Sie kam zurück ins Bett und warf sich ihm in die Arme. Weinend bedeckte sie ihn mit Küssen, ohne zu ahnen, dass etwas im Herzen ihres Geliebten zerbrochen war. Und dass die Folgen dramatisch werden würden.

DREIUNDVIERZIG

26. Dezember. Giovanni trug zum ersten Mal die *bauta*, die schwarzseidene Kapuze mit dem kurzen Spitzenumhang. Er streifte die weiße Maske über und setzte sich den Dreispitz auf den Kopf. Dann warf er sich den *tabarro*, ein weites schwarzes Cape, über die Schultern, trat aus dem Palazzo Priuli und wartete einen Moment. Es war dunkel, und dichter Nebel zog durch die Lagunenstadt. Bald trat ein Mann, dem ein Diener mit einer Laterne vorausging und der genauso gekleidet war wie er, auf ihn zu.

»Entschuldige, dass ich dich habe warten lassen. Bei diesem Nebel sieht man nicht die Hand vor Augen! Du bist nicht zu erkennen …«

»Du auch nicht, mein lieber Agostino!«

»Es ist mir ein großes Vergnügen, dich zu deinem ersten Maskenball auszuführen. Du wirst sehen, es wird ein unvergessliches Erlebnis … alles ist möglich.«

Einige Wochen waren vergangen. Giovanni und Elena trafen sich regelmäßig und verbrachten heimlich die Nacht im Zimmer der jungen Frau. Mehrere Male wäre er beinahe in den frühen Morgenstunden überrascht worden, als er sich mühsam die Hauswand hinunterhangelte. Doch zum Glück hatte noch keiner der Diener Spuren seiner nächtlichen Besuche entdeckt. Er sah Elena auch während des Philosophieunterrichts, der sie begeisterte, selbst wenn sie dann von einer Freundesschar der Contarinis umringt waren. Elena liebte es, Giovanni am Tage brillant über komplizierteste Gedankengänge reden zu hören und ihn nachts zu ihren heimlichen Liebesspielen wieder zu treffen, die sie unendlich beglückten. Giovanni hatte sein Versprechen gehalten und nie mehr wieder das schmerzhafte Thema der Heirat angeschnitten. Doch innerlich nagte ein Kummer an ihm, der umso heimtückischer war, da er ihn nicht wahrhaben wollte. Mehrere Male hatte er versucht, seiner Geliebten zu gestehen, dass er für einige Wochen nach Rom müsse. Doch er fand letztlich nie die Kraft dazu, da er zu sehr fürchtete, von ihr zu gehen. Dennoch hatte er sich zum Ziel gesetzt, diese Reise gleich zu Jahresanfang, nach den Weihnachtsfeierlichkeiten, die den Auftakt zum Karneval gaben, anzutreten.

Die drei Männer trafen maskierte und kostümierte Menschen, die ebenfalls auf dem Weg zu Abendeinladungen waren. Sie überquerten Plätze, auf denen sich eine bunte Menge drängte, die den ersten Tag des Karnevals feierte, der seinen Höhepunkt am Fastnachtsdienstag, dem Vorabend der Fastenzeit, finden würde. Während sich das Volk zu Tamburinklängen auf den Straßen amüsierte, gaben die Edelleute in ihren Palästen glanzvolle Bälle. Doch Arm und Reich teilten dieselbe Begeisterung für diese Zeit außerhalb der Zeit, wo alles erlaubt zu sein schien. Die Venezianer, die ohnehin zu freien Sitten neigten, nutzten diese verrückten Winternächte, um sich in einem Wirbel aus Musik und Tanz, berauscht vom schweren Wein, allen möglichen Ausschweifungen hinzugeben. Obwohl diese Vergnügungen Giovanni nicht interessierten, hatte er neugierig Agostinos Einladung angenommen, ihn zu einem der berühmtesten Bälle der Stadt zu begleiten. Er wusste, dass er Elena dort nicht antreffen würde, da sie selbst Gäste empfing; eine Einladung, die er abgelehnt hatte aus Angst, es nicht ertragen zu können, wenn Masken es wagen sollten, sich ihr gegenüber Freiheiten herauszunehmen.

Die Dreiergruppe hatte nun den Palazzo Gussoni vor sich. Die *bauta* tragenden Männer und maskierten Frauen, die zu Fuß oder mit der Gondel eintrafen, traten in den herrlich beleuchteten Palast. Agostino gab dem Laternenträger ein Geldstück und reichte seine Einladung den ebenfalls maskierten Dienern, die den Eingang bewachten. Die beiden Männer gelangten über die Treppe in einen großen Saal, in dem über zweihundert Gäste sich lärmend an den ausgesuchtesten Speisen labten. Schon bald entflammten Geigenklänge die Menschen, und alle begannen zu tanzen. Obgleich Giovanni die Schritte nicht beherrschte, wurde er in den Kreis hineingezogen und nahm freudig am Fest teil. Gruppentänze wechselten sich mit Paartänzen ab, und Giovanni war rasch in der Lage, am Arm einer Frau – von der er nicht wusste, ob sie eine Patrizierin oder eine der vielen Kurtisanen war, die sich gerne bei diesen Bällen unter die Aristokraten mischten – einige passable Schrittfolgen mitzumachen.

Er tanzte und trank stundenlang. Gegen Mitternacht begannen Grüppchen und Paare in den Saalecken miteinander zu tändeln, wo zu diesem Zweck große, durch Paravents abgeschirmte Diwane bereitstanden. Giovanni lehnte Avancen einiger Damen ab, blieb am Tisch sitzen und trank vergnügt mit anderen Gästen. Einer, der bestimmt genauso viel getrunken hatte wie Giovanni, war auf den Tisch gestiegen und erzählte von seinen erotischen Heldentaten. Plötzlich spitzte Giovanni die Ohren. Der Mann behauptete, einen Teil des Abends im Palast der Contarini verbracht zu haben.

»Ah, meine Freunde, welch eine Atmosphäre! Dort waren viel mehr schöne junge Frauen als hier an diesem tristen Ort, wo sich ganz offensichtlich unsere Eltern und Großeltern ein Stelldichein geben.«

Die jungen Leute applaudierten lachend.

»Da gab es welche, deren Hintern so aufgeheizt war, dass man meinen konnte, sie säßen schon seit gestern auf der Glut!«

»Und du hast dich geopfert, sie mit einer schönen lauwarmen Dusche abzukühlen«, warf ein Mann vom Tischende gegenüber unter dem Gelächter der anderen ein.

»Du weißt nicht, wie Recht du hast! Ich habe mir eines dieser Weiber geschnappt, das tanzte, als wäre es eine rollige Katze auf dem Dach eines Campanile! Ich habe sie um die Taille gepackt und zu einem Kanapee getragen. Einen Moment hat sie so getan, als widersetzte sie sich mir, doch dann hat sie ihre Röcke gehoben und mir ihr Kleinod gezeigt. Ah! meine Freunde, welch ein schönes Biest!« Der junge Mann äffte die Szene nach.

»Ich habe sie umgedreht und von hinten genommen. Sie hat vor Vergnügen so laut geschrien, dass andere Weiber dazugekommen sind, um uns anzufeuern und zu warten, dass sie selber an die Reihe kämen! Nachdem sie ihre Lust genossen hatte, habe ich mich zurückgezogen, und stellt euch vor, diese schöne Schlampe hat mir ihren Namen genannt, damit ich es ihr noch einmal bei ihr zu Hause besorge!«

Die Gäste johlten.

»Ihren Namen! Ihren Namen! Ihren Namen!«

Der junge Mann schien zu zögern. Dann sagte er: »Ihr wisst doch, dass ich nicht das Recht habe, den Namen einer maskierten Dame preiszugeben. Aber was ich euch sagen kann, ist, dass es sich um ... meine Verlobte handelt!«

Die Männer und Frauen grölten vor Vergnügen.

»Meine keusche Verlobte, von der ich voll Ungeduld den ersten Kuss erwartet habe! Sie bot ihren Hintern einem Unbekannten dar!«

Die Gäste lachten Tränen. Einer drehte sich zu seiner Nachbarin, die neben Giovanni saß, und flüsterte ihr zu:

»Ist das nicht der junge Tommaso Grimani? Mit wem ist er denn verlobt?«

»Er ist es noch nicht. Doch er spricht mit Sicherheit von seiner ihm Versprochenen, von Elena Contarini. Im Übrigen hat das Fest, von dem er erzählt, bei ihr stattgefunden.«

»Nicht möglich!«

Wie Dolchstöße durchbohrten diese Worte Giovannis Herz. Er sagte zunächst nichts, dann brüllte er mit geballter Faust:

»Du lügst!«

Voll Wut war Giovanni aufgestanden. Alle erstarrten.

»Ich kenne diese Frau gut, deren Ehre und Namen du beschmutzt! Sie hat viel zu viel Anstand, um sich in deinen stinkenden Pfoten zu winden!«

Der junge Mann geriet durch Giovannis groben Zwischenruf etwas aus der Fassung. Er versuchte sich zu fangen.

»Ach ... wir haben wohl einen ihrer Bewunderer vor uns. Ich bedaure zutiefst, dich im Regen stehen lassen zu müssen ...«

»Du Lügner! Nimm deine Maske ab, und lassen wir die Waffen sprechen. Ich dulde nicht den Affront gegen diese Frau!«

»Und mit wem habe ich die Ehre?«

Giovanni riss sich die Maske vom Gesicht.

»Ich bin Giovanni da Scola. Wenn du ein Mann bist, der es verdient, so genannt zu werden, dann zeige dich, und kämpfe mit dem Degen!«

Ein Mann versuchte zu vermitteln.

»Komm, beruhige dich. Unser Freund hat keinen Namen genannt. Es lohnt doch nicht, dass ihr euch deswegen gegenseitig umbringt!«

»Trotz seiner Maske erkennt Ihr alle diesen niederträchtigen Mann und ebenso die Frau, deren Ehre er mit seinen schändlichen Worten besudelt. Zu Unrecht den Namen einer Dame zu beschmutzen verdient also Eurer Meinung nach keine Genugtuung? Ihr tragt den Adel nur im Namen. In Eurer Seele seid Ihr nichts anderes als Schweine! Verkleidete, parfümierte und … maskierte Schweine!«

Ein Schauder des Entsetzens durchlief die Anwesenden.

»Ihr habt es so gewollt!«

Der Mann sprang vom Tisch, stellte sich vor Giovanni und riss seine Maske herunter.

»Tommaso Grimani. Ich werde Euch Eure Beleidigungen heimzahlen, Signore da Scola. Wir treffen uns in einer Stunde bei Sonnenaufgang mit dem Degen bewaffnet und in Begleitung eines Sekundanten.«

»An welchem Ort?«

»Dem einzigen in Venedig, wo man sich duellieren kann, ohne dass man von der Polizei gestört wird: auf der Insel Sant'Elena. Amüsanter Zufall, nicht wahr?«

»Ich werde dort sein!«

Tommaso machte auf dem Absatz kehrt und verließ, umringt von seinen Freunden, den Saal. Mehrere Gäste blieben bei Giovanni. Eine Frau ergriff das Wort.

»Du bist verrückt. Dieser Mann ist ein hervorragender Fechter und hat schon so manchen in den Himmel oder in die Hölle geschickt.«

In diesem Augenblick trat Agostino zu ihnen.

»Giovanni, ich höre gerade, dass du den Grimani-Sohn zum Duell gefordert hast. Du hast den Verstand verloren. Er ist nicht nur ein exzellenter Fechter, seine Familie ist auch seit Jahrhunderten mit den Contarinis eng verbunden.«

»Und was werden Elenas Eltern sagen, wenn sie erfahren, dass dieses Schwein ihre Tochter öffentlich als Hure dargestellt hat?«

Agostino war verdutzt. Ein Mann ergriff das Wort.

»Er hat keinen Namen genannt, er hat von seiner Verlobten gesprochen.«

»Aber Tommaso ist doch mit niemandem verlobt, und schon gar nicht mit Elena«, erklärte Agostino. »Vor zwei Wochen hat er offiziell um ihre Hand angehalten, aber sie hat abgelehnt.«

»Er hat einfach irgendetwas dahergeschwafelt, um seine Enttäuschung zu verbergen«, meinte einer der Gäste. »Das waren nur hohle Worte eines angetrunkenen Mannes. Keiner hat ihm geglaubt.«

»Entschuldige dich bei ihm, Giovanni, solange noch Zeit ist!«

»Ich werde nicht so niederträchtig sein wie er, Agostino. Wir treffen uns in einer knappen Stunde auf der Insel Sant'Elena. Ich habe einen Degen bei mir. Willst du mein Sekundant sein?«

VIERUNDVIERZIG

27. Dezember. Der Morgen graute. Das Boot verließ den Canale Grande und glitt auf die kleine Insel Sant'Elena zu, die am Rande des Arsenal-Viertels liegt. Sie war so gut wie menschenleer. In ihrer Mitte stand ein nur von wenigen Häusern

umgebenes Mönchskloster. Ihre Ufer waren recht wild, und alle Arten von geheimem oder illegalem Tun – Schmuggel, Duelle, Seitensprünge – fanden hier im Schutz des wuchernden Schilfs statt.

Vorne im Boot saß Elena. Ängstlich sah sie über das Meer. Würde sie rechtzeitig eintreffen, um das Duell zwischen Giovanni und Tommaso zu verhindern? Eine Frau, die den Zwischenfall im Palazzo Gussoni miterlebt hatte, hatte sie benachrichtigt. Als ihr Fest dem Ende zuging, hatte Elena eilig ein Boot bestellt und war, ohne jemandem Bescheid zu sagen, mit dieser Freundin an Bord gegangen. Sie fürchtete vor allem um Giovannis Leben. Tommaso war ein impulsiver, streitsüchtiger Mann und bereits zweimal, weil er bei Duellen seine unglückseligen Gegner getötet hatte, zu Gefängnisstrafen verurteilt worden. Er war aber nie lange in Haft geblieben, da Duelle zwar gesetzlich verboten waren, faktisch aber toleriert wurden, wenn sie zwischen Mitgliedern des Adels ausgefochten wurden und entsprechend den Regeln Zeugen zugegen waren.

Das Boot glitt an San Marco und dann am Arsenal vorbei. Der Tag hatte bereits die Nacht verdrängt. Elena fürchtete, zu spät zu kommen, um diesem Duell Einhalt zu gebieten, das, nach dem, was die Freundin erzählt hatte, offenbar aus einer Mischung aus Alkohol, Bitterkeit und Dummheit in Tommasos Herz sowie aus Eifersucht und einem überhöhten Verständnis von Ehre in Giovannis Herz entstanden war.

»Schneller!«, trieb Elena den Ruderer an, der trotz der schneidenden Kälte bereits schweißüberströmt war. Nun sahen die Frauen die Inselspitze vor sich. Zwei Boote, ohne Zweifel die der Duellanten, lagen dort vertäut. Die wenigen Minuten, die Elena noch vom Landgang trennten, kamen ihr wie Stunden vor. Die Angst ließ sie kaum noch atmen. Sie war sich sicher: Etwas Entsetzliches war gewiss bereits eingetreten.

Kaum hatte das Boot angelegt, sprang sie an Land. Ihr Ballkleid behinderte sie etwas, doch sie raffte ihre Röcke und lief so schnell sie konnte durch das Schilf. Sie erreichte eine freie Fläche, und was sie dort sah, bestätigte ihre schlimmsten Befürchtungen.

Ein Mann lag auf dem Boden. Zwei andere beugten sich über ihn. Als Elena auf sie zustürzte, richtete sich Agostino auf und schloss sie fest in die Arme, ehe sie des schrecklichen Anblicks gewahr werden konnte.

»Er ist tot!«, rief er und versuchte, sie fernzuhalten.

Elena wehrte sich mit aller Kraft.

»Lass mich los! Ich will ihn sehen!«

Agostino umfasste mit zitternden Händen das tränenüberströmte Gesicht der jungen Frau.

»Es ist nichts mehr zu machen. Der Degen hat ihm die Kehle durchschnitten. In nur wenigen Minuten war er verblutet ...«

Elena begann zu schreien und mit ihren Fäusten auf Agostinos Schultern einzutrommeln.

»Lass mich los! Ich will ihn sehen! Ich will ihn sehen!«

Erst als sie Agostino heftig kratzte, konnte sie sich ihm entwinden. Sie eilte zu dem Toten. Der Unglückselige lag in seinem Blut, und sein Gesicht war bis zur Unkenntlichkeit entstellt. Sie warf sich auf ihn und legte ihren Kopf auf seine Brust. Die Seidenkapuze und der Spitzenumhang waren blutgetränkt.

»Mein Liebster!«, flüsterte Elena. »Warum hast du mich verlassen? Ich kann ohne dich nicht mehr leben. Warum ... warum?«

Sie weinte bitterlich. Tommasos Sekundant trat einen Schritt zurück und flüsterte Agostino ins Ohr:

»Ich wusste nicht, dass sie so sehr an ihm hing.«

»Ich auch nicht. Umso tragischer ...«

Elena richtete sich auf und wischte mit ihrem Mantel das

Gesicht des Freundes ab, das zur Seite gefallen und blutüberströmt war. Zart fuhr sie mit dem schwarzen Samt über das blutige Gesicht. Dann hob sie den Kopf, sammelte die letzten Kräfte, die ihr blieben, und sah in das Gesicht des Geliebten.

Die junge Frau betrachtete einige Sekunden lang die Züge des Toten, stieß einen Schrei aus und verlor das Bewusstsein. Die beiden Sekundanten trugen sie zum Ufer und besprengten sie mit Wasser. Doch die junge Frau blieb wie leblos.

»Seht doch!«, rief Elenas Freundin.

Die drei Männer hoben den Blick. Sie entdeckten zwei Boote, die mit starken Ruderstößen näher kamen.

»Jemand muss Alarm geschlagen haben«, meinte Agostino verärgert. »Welch ein Glück, dass er eingewilligt hat, die Flucht zu ergreifen und die Stadt zu verlassen, denn das hier hätte mit Sicherheit Gefängnis bedeutet.«

FÜNFUNDVIERZIG

Elena schlug die Augen auf. Voll Erstaunen sah sie ihre Mutter und zwei Freundinnen an, die neben ihr saßen und miteinander sprachen.

»Giovanni!«, rief sie und richtete sich jäh auf. »Giovanni!«

Ihre Mutter und ihre Freundinnen eilten zu ihr.

»Gott sei Dank! Du bist wieder bei Bewusstsein«, sagte ihre Mutter und stützte ihr den Kopf. »Wir waren so in Sorge!«

Entgeistert sah Elena die drei Frauen an.

»Wo ist Giovanni?«

»Liebes, ruh dich aus«, riet ihre engste Freundin und nahm ihre Hand.

Schroff stieß Elena die Hand zurück.

»Wo ist Giovanni?«, fragte sie heftig und ließ dabei ihre Mutter nicht aus den Augen.

Verlegen wandte Vienna den Blick ab.

»Mama, wo ist er? Ich will ihn sehen!«

Zerknirscht sah sie ihre Tochter an.

»Das ist unmöglich!«

»Was soll das heißen, unmöglich?«

»Du … du weißt, was geschehen ist?«

»Ja und? Warum sollte ich ihn nicht sehen können?«

»Sei doch vernünftig, Elena«, sagte die andere Freundin. »Du weißt doch, dass es verboten ist, einen Gefangenen zu besuchen, der gerade einen Mann getötet hat.«

Bereits seit einer guten halben Stunde wartete Elena im Vorraum des Amtszimmers des Dogen. Nach dem Schrecken, ihren Geliebten tot zu glauben, danach am unglücklichen Tommaso erkennen zu müssen, dass Giovanni das Duell gewonnen hatte, konnte sie nichts mehr davon abhalten, ihren Liebsten wiederzusehen. Sogleich hatte sie den Entschluss gefasst, ihren Urgroßvater um eine Sonderaudienz zu bitten.

Ein Sekretär öffnete die Tür.

»Contessa Contarini?«

Elena sprang auf.

»Ja?«

»Bitte tretet ein.«

Kaum hatte sie das Amtszimmer betreten, erhob sich der Doge von seinem Schreibtisch und ging mit ausgebreiteten Armen auf sie zu.

»Mein Kind!«

Elena warf sich ihm in die Arme und konnte ihre Tränen nicht zurückhalten.

Der alte Mann bat seinen Sekretär, sie alleinezulassen. Dann wandte er sich sanft an die junge Frau, der er milde über das Haar strich.

»Was ist los, meine kleine Prinzessin?«

»Großvater, du musst mir helfen.«

»Ich höre.«

»Heute ist bei Morgengrauen ein Mann verhaftet worden, weil er sich auf Sant'Elena duelliert hat.«

»Ja, man hat mich über dieses dumme, tragische Duell informiert«, unterbrach sie der Doge. »Ich habe übrigens gerade der Familie Grimani mein Beileid übersandt.«

Der alte Mann sah Elena mitfühlend an.

»Und ich weiß, dass du dem Opfer nahestandst, mein armes Kind.«

»Ja. Tommaso hat vor kurzem um meine Hand angehalten, aber ich habe abgelehnt. Sicherlich war das der Grund für diese Tragödie.«

»Erklär mir das näher.«

»Laut der Sekundanten hat Tommaso, der gestern Abend bestimmt zu viel getrunken hatte, Schändliches über mich gesagt, hat erzählt, er hätte mich wie eine vulgäre Kurtisane beim Maskenball genommen. Um mich von diesem Affront reinzuwaschen, hat ihn der junge Giovanni zum Duell gefordert.«

Der Doge machte ein verdutztes Gesicht.

»Ich kenne noch nicht alle Einzelheiten dieser Angelegenheit, doch ich habe eine Untersuchung angeordnet. Ich werde veranlassen, dass deine Aussage zu Protokoll genommen wird. Doch das bringt uns den unglückseligen Tommaso, der zum ersten Mal auf einen Stärkeren getroffen ist, auch nicht zurück.«

»Großvater, ich bin nicht wegen Tommaso zu dir gekommen, sondern um Hilfe für Giovanni da Scola zu erbitten.«

»Für den Mörder?«

»Ich kenne ihn sehr gut. Er gibt Mama und mir seit zwei Monaten Philosophieunterricht. Er ist ein sehr feinsinniger Mann von großer Güte. Er hat sich nur duelliert, um meine Ehre zu verteidigen!«

Mit nachdenklichem Gesichtsausdruck ging der Doge ein paar Schritte und strich sich über den Bart.

»Ich habe bereits von diesem jungen Mann gehört. Ein brillanter Astrologe aus Florenz, glaube ich …«

»Aus Kalabrien. Aber er war der Schüler eines großen florentinischen Philosophen«, stellte Elena richtig.

»Aus Kalabrien … hmm … wir werden seine Identität überprüfen. Denn er hat sich nicht nur duelliert, sondern hat auch noch versucht zu fliehen. Wir haben ihn bei sich zu Hause aufgegriffen, als er einige Dinge zusammenpacken wollte, um die Stadt zu verlassen. Du kennst unsere Gesetze: Er muss verurteilt werden, denn Duelle sind strengstens untersagt. Wenn das Duell jedoch aus gutem Grund und nach den Regeln der Kunst stattgefunden hat, kommt dein Freund vielleicht mit nur wenigen Monaten Gefängnis und der Verbannung aus der Stadt davon.«

»Ich … ich wollte dich um zwei kleine Gefallen bitten.«

Schweigend sah der Doge Elena an.

»Dass man ihn gut behandelt und nicht foltert.«

»Ich werde persönlich darüber wachen.«

»Ich würde ihn gerne sehen, und sei es auch nur ein einziges Mal und ganz kurz.«

»Das geht nicht, mein Kind.«

»Aber … du bist doch der Doge …«

»Der Doge steht nicht über den Gesetzen der Stadt!«, rief der Alte energisch. »Vor allem wenn es sich um eine Angelegenheit handelt, in die Mitglieder seiner Familie verwickelt sind. Du weißt doch, dass ich vom Rat der Zehn überwacht werde … in dem ich wahrhaftig nicht nur Freunde habe!«

Elena warf sich ihrem Urgroßvater zu Füßen.

»Ich flehe dich an! Er hat diese Dummheit für mich begangen!«

Der Doge zog sie zu sich hoch.

»Ich habe den Eindruck, er war mehr als nur dein Philosophielehrer …«

»Ja, das stimmt«, gestand Elena. »Wir lieben uns. Auch wenn diese Liebe unseren Gesetzen nach nicht erlaubt ist.«

»Ich verspreche dir, darüber nachzudenken. Aber du bewahr Stillschweigen, sprich mit niemandem, nicht einmal mit den Untersuchungsbeamten und Richtern, über die wahren Gefühle, die dich mit diesem Mann verbinden. Hörst du?«

Elena nickte. Ihr Urgroßvater küsste sie auf die Stirn und versprach, sobald er Neues über Giovanni wüsste, in den Palazzo Contarini zu kommen.

Eine Woche später löste Andrea Gritti sein Versprechen ein. Er aß bei seiner Enkelin und seiner Urenkelin zu Abend. Fieberhaft hatte Elena auf diesen Moment gewartet. Ganz Venedig sprach über nichts anderes als über dieses Duell, und die verrücktesten Gerüchte über die Gründe und Umstände des Kampfes machten die Runde. Es hieß, das Duell habe gute zwanzig Minuten gedauert und Giovanni sich als exzellenter Fechter erwiesen. Laut einem der Sekundanten habe er seinen Gegner zuerst am Bein verletzt und von ihm gefordert, er solle seine Worte über die junge Frau, die er beleidigt habe, zurücknehmen. Tommaso soll lächelnd entgegnet haben: »Du wirst Elena niemals heiraten, denn du bist nur von niedrigem Adel aus einer unbedeutenden Stadt.« Erst dann habe Giovanni ihm den verhängnisvollen Schlag an der Kehle zugefügt. So mancher wollte diese Geschichte nicht glauben. Andere hingegen bestätigten, in ihr Tommasos stolzen, impulsiven Charakter zu erkennen, und lobten das Ehrgefühl des Astrologen, von dessen Qualitäten als Degenfechter bisher niemand etwas gewusst hatte.

Diese grauenvolle Geschichte, die mit ihrer überspitzten Darstellung Elena unmittelbar in die Sache hineinzog, wühlte sie sehr auf, doch sie litt vor allem Giovannis wegen. Sie fürchtete sogar, der junge Mann könnte im Gefängnis seinem Leben ein Ende setzen.

Der Doge hatte einen anstrengenden Tag hinter sich, und seine Gesundheit duldete nicht, dass er spät zu Bett ging. Daher setzten sie sich gleich zu Tisch. Ohne Umschweife erzählte er Vienna und Elena die Neuigkeiten über den Gefangenen.

»Ich bin gestern zu diesem Giovanni in die Zelle gegangen.«

»Wie geht es ihm?«, fragte Elena besorgt.

»Man behandelt ihn gut, und seine Stimmung schien mir nicht allzu niedergeschlagen, auch wenn er nicht sehr gesprächig war.«

»Wann wird er verurteilt?«, fragte Vienna.

»Ziemlich rasch, zumal die Untersuchung so gut wie abgeschlossen ist.«

»Was wollt Ihr damit sagen?«

Der alte Mann räusperte sich.

»Es muss unter uns bleiben.«

Die beiden Frauen nickten.

»Der Ablauf der Ereignisse ist lückenlos nachgewiesen. Es gibt keinerlei Zweifel mehr über die Gründe des Duells und über das verabscheuungswürdige Verhalten des jungen Grimani. Die beiden Sekundanten bestätigen auch, das Duell habe gemäß den Regeln stattgefunden, und Tommaso habe sich geweigert, seine Worte zurückzunehmen, sogar noch als er den Degen seines Gegners an der Kehle spürte.«

»Dann dürfte Giovanni keine allzu schwere Strafe auferlegt bekommen?«, wollte Elena voll Sorge wissen.

»Leider haben sich die Dinge wegen der Identität des Verdächtigen verkompliziert.«

Elena stieg das Blut ins Gesicht.

»Vor drei Tagen ging im Dogenpalast eine anonyme Anzeige ein. In dem Brief wird behauptet, der Mann heiße nicht da Scola. Er sei nur ein einfacher Bauer, der vor vier Jahren versucht habe, Elenas Ehre anzutasten, als ein Schiff auf dem Rückweg von Zypern gezwungen war, in Kalabrien anzulegen, nachdem es von Korsaren angegriffen worden war.«

Der Doge unterbrach sich kurz, um die gegrillten Sardinen, die ihm Juliana gerade auf den Teller gelegt hatte, zu verspeisen.

Vienna nutzte die Gelegenheit, das Wort zu ergreifen.

»Das ist ja unglaublich! Ich erinnere mich an diese Geschichte, bei der Maria, meine Schwägerin, und Juliana zugegen waren. Der Mann wurde zu Peitschenhieben verurteilt. Nicht wahr, Juliana?«

Die Dienerin nickte, ehe sie in die Küche zurückging.

»Genau so war es«, erklärte der Doge. »Wir haben den Bericht des Schiffskapitäns von damals und einige Zeugen dieser Expedition gefunden, die ihn auf der Stelle wiedererkannt haben. In jedem Fall lassen die Narben auf seinem Rücken keinen Zweifel zu.«

»Und … was hat Giovanni gesagt?«, fragte Elena aschfahl.

»Angesichts so vieler Beweise war er klug genug zu gestehen. Er hat erklärt, sein Aufenthalt in Venedig stehe in keinerlei Verbindung zu dieser früheren Geschichte. Ich habe da meine großen Zweifel. Doch das ist nicht so wichtig. Viel schlimmer ist …«

Der Doge nahm einen großen Schluck Wein und fuhr fort.

»Was ihn sehr schwer zu stehen kommt, ist, dass er sich für einen Edelmann ausgegeben hat, obwohl er keiner ist. Damit ist eine der grundlegenden Regeln für ein Duell verletzt, der Hauptanklagepunkt wird darum geändert in Mord.«

Elena stieß einen spitzen Schrei aus, den sie zu ersticken versuchte, indem sie die Hände vor den Mund schlug. Sie sah ihrem Urgroßvater gerade in die Augen.

»Was droht ihm?«

Der alte Doge sah von Elena zu Vienna. Er seufzte tief und sagte mit zerknirschter Miene:

»Unsere Gesetze sind strikt. Tötet ein Mann aus dem Volk ein Mitglied des Adels, muss er auf dem Scheiterhaufen sterben oder wird gehängt ... er hat die Wahl.«

Giovanni Tratores Prozess dauerte zwei lange Tage. Elena wurde als Zeugin aufgerufen. Das war das erste Mal seit dem Duell, dass sie Giovanni wiedersah. Die beiden Liebenden sahen sich lange in die Augen, ohne jedoch das geringste Wort wechseln zu können. Elena setzte sich mit so unglaublicher Kraft für den Angeklagten ein, dass die Richter beeindruckt waren. Doch unglücklicherweise gab es im venezianischen Recht keinen Passus, der es ermöglichte, Giovanni mildernde Umstände zuzuerkennen: Entweder würde er schuldig gesprochen und müsste sterben, oder aber er war unschuldig, was jedoch unmöglich schien. Nachdem das Gericht sich eine Stunde beraten hatte, fällten die Richter das Urteil und riefen Giovanni an die Schranke. Flankiert von zwei Soldaten, trat der abgemagerte junge Mann vor seine Richter. Wie alle anderen Zeugen und Beteiligten befand sich auch Elena im kleinen Verhandlungssaal. In der angespannten Stille ergriff der älteste Richter das Wort.

»Giovanni Tratore, Ihr werdet des Mordes an Tommaso Luigi Grimani schuldig gesprochen. Folglich seid Ihr zum Tode verurteilt.«

Tommasos Eltern applaudierten. Elena blieb ungerührt und sah zu dem ebenfalls ganz gefassten Giovanni. Sie wusste, es gab einen letzten Ausweg, der Giovanni den Scheiterhaufen oder den Tod durch den Strang ersparen könnte: die Gnade des Dogen. Obgleich Elena ihn angefleht hatte, hatte der alte Mann nichts versprochen. Er fürchtete, ein derartiges Handeln könnte ihm als Vetternwirtschaft ausgelegt werden und würde für immer seine Familie mit der sehr mächtigen Grimani-Familie entzweien.

Elena wagte noch immer nicht zu atmen. Der alte Richter fuhr fort.

»Doch in Anbetracht der Heftigkeit der Verunglimpfung vonseiten Eures Opfers der Elena Contarini und Eurer Motive, die dazu geführt haben, dass Ihr Signore Grimani zum Duell gefordert habt, und auch in Anbetracht des guten Rufes, den Ihr in unserer Stadt so rasch erlangt habt, hat der Doge, der oberste Richter von Venedig, beschlossen, Euch seine Gnade zu gewähren und Eure Strafe in eine Verurteilung zum Galeerendienst auf Lebenszeit umzuwandeln. Das Urteil wird morgen früh vollstreckt. Die Sitzung ist geschlossen.«

Die Familie Grimani schrie entrüstet auf. Elena warf sich in Agostinos Arme und brach in Schluchzen aus. Dann lief sie Giovanni hinterher, der, noch immer von zwei Soldaten flankiert, den Saal verließ. Sie rempelte einen Richter an, entwischte den Armen eines Wachsoldaten, der sie ergreifen wollte, und endlich gelang es ihr, Giovanni am Ärmel zu zupfen. Der junge Mann drehte sich um. Elena umarmte ihn mit all ihrer Kraft, noch ehe die Soldaten eingreifen konnten. Während sie versuchten, die junge Frau wegzuzerren, riss sich Giovanni das Schlüsselchen vom Hals, steckte es ihr unbemerkt zu und flüsterte:

»Der Umschlag, der in meinem Schrank ist: Übergib ihn dem Papst persönlich, es ist sehr wichtig …«

Er hatte nicht mehr die Zeit, seinen Satz zu vollenden, und wurde aus dem Saal geführt. Elena, mittlerweile von drei Männern gebändigt, rief ihm durch die Tür nach:

»Ich werde auf dich warten …«

IV. SATURNUS

SECHSUNDVIERZIG

Kyrie eleison, Christe eleison, Kyrie eleison. Die Kirche war von einer Weihrauchwolke erfüllt. Die tiefen Stimmen der vierzig Mönche antworteten einander in der noch zögerlichen Helligkeit des Tagesanbruchs. Die ganz in Schwarz gekleideten Gottesmänner erhoben sich während der Messe immer wieder, um die Ikonen des Christus und der Jungfrau Maria, die in der Mitte des Chors aufgestellt waren, zu küssen.

Nach der Messe drängten die Mönche fröhlich aus der Kirche. Sie hatten bereits seit über vier Stunden gebetet und mussten sich noch gut zwei Stunden gedulden, bis sie im Refektorium die erste Mahlzeit des Tages einnähmen. Derweil widmeten sie sich verschiedenen handwerklichen Tätigkeiten. Einer der Fratres, ein junger Mönch, der noch das Novizenhabit – eine weite schwarze Soutane ohne Gürtel – trug, ging in das Sprechzimmer, wo er auf den Klostervorsteher wartete, einen etwa fünfzigjährigen Mann mit dichtem schwarzen Bart, der für seine strenge Auslegung der rechten Lehre bekannt war.

»Bruder Ioannis!«, sagte der Hegumenos mit Nachdruck, als er den Novizen begrüßte. »Ich muss mit dir über etwas sprechen, das schmerzlich für dich sein dürfte.«

Als Zeichen der Demut schlug der junge Frater die Augen nieder. Wie die meisten Mönche trug er einen dünnen Bart, seine langen, zusammengebundenen Haare waren mit dem traditionellen Scheitelkäppchen, der Skufia, bedeckt.

»Wir müssen eine Entscheidung treffen, was dein klösterliches Leben angeht. Drei Jahre Noviziat gehen dem Ende zu, und du hast darum gebeten, dein Gelübde ablegen zu können. Wir haben mit den Ältesten darüber gesprochen. Dein

Glaube, dein religiöser Eifer und deine Moral sind untadelig. Eigentlich spricht nichts dagegen, dass du deine Profess ablegst.«

Der junge Frater sah noch immer zu Boden und wartete ängstlich auf das Unangenehme, das der Hegumenos ihm zu sagen hatte.

»Nur eines bereitet Schwierigkeiten«, fuhr der Klostervorsteher eher barsch fort. »Bei der Ankunft auf Athos hast du, noch ehe du Novize unseres Klosters wurdest, Theophanes den Kreter kennen gelernt. Dieser große Künstler war dir freundschaftlich sehr zugetan und hat dich gelehrt, wie man heilige Ikonen malt. Als wir dich bei uns aufnahmen, haben wir dir die Möglichkeit gelassen, weiter Bilder der Jungfrau zu malen, da es dein Wunsch war und du über eine große Begabung zu verfügen scheinst. Die Ikonen, die du malst, stimmen aber immer weniger mit dem traditionellen Kanon der Ikonenmalerei überein.«

Der Novize sah den Klostervorsteher erstaunt an.

»Oder vielmehr, sie entsprechen ihm nur scheinbar«, verbesserte sich der Hegumenos. »Ja, gewiss, die Materialien, die Gewänder, die Farben, die Symbole … doch die Gesichter der Jungfrauen, die du malst, sind … zu menschlich. Ich möchte beinahe sagen … zu sinnlich.«

Der Novize zeigte sich noch überraschter.

»Ich bin mir sicher, dass du dir dessen nicht bewusst bist«, meinte der Hegumenos. »Doch mehrere Fratres sind von der Schönheit deiner Gesichter verwirrt, da sie eher eine menschliche Schönheit zum Ausdruck bringen, als die Muttergottes darzustellen. Um ganz offen zu sein, einige Mönche haben mich gebeten, deine letzten Ikonen aus den Gemeinschaftsräumen zu entfernen, da sie durch ihre Betrachtung in Unruhe versetzt werden.«

»Wie das?«

»Du weiß doch, dass keine Frau, nicht einmal ein weibliches Tier, Zutritt zum heiligen Berg Athos hat. Manche Brüder haben somit seit Jahrzehnten keine Frau gesehen ... und deine Ikonen der Jungfrau Maria erinnern sie an eine Weiblichkeit, die sie beunruhigt, statt sie in ihrem Wunsch nach Keuschheit zu unterstützen.«

»Ich kann es nicht glauben«, gestand Bruder Ioannis.

»Und doch ist es so, und diese Entwicklung bereitet auch mir Sorge.«

Der Novize schwieg.

»Wie auch immer, wir haben entschieden, dass du deine Gelübde nur unter einer Bedingung ablegen darfst.«

Der Hegumenos machte ein sehr ernstes Gesicht und sah dem jungen Mann tief in die Augen.

»Du musst auf das Malen verzichten. Für immer.«

Nach dem Zehn-Uhr-Imbiss verließ der junge Mönch das Kloster Simonos Petra und betrat den breiten Weg, der zum Meer führte. Nach einer Weile wandte er sich um. Mit schwerem Herzen betrachtete er das großartige Bauwerk hoch auf dem Felsvorsprung. Er ging weiter und schlug einen steilen Weg ein, der etwa hundert Meter über dem Meer die Küste säumte. Am Ende dieses Sommers war das Wetter mild, und der Ausblick, der sich dem jungen Mann bot, war prachtvoll.

Die Halbinsel Athos, die wie ein gestreckter, schmaler Finger in die Ägäis ragt, war seit dem 10. Jahrhundert von Mönchen besiedelt. Sie wurde zum hohen geistlichen Ort der orthodoxen Welt. Mitte des 15. Jahrhunderts konnte die osmanische Vorherrschaft in Griechenland die rasche Entwicklung auf dem Berg Athos nicht bremsen, und mehrere tausend Mönche, nicht nur Griechen, sondern auch Russen, Moldawier, Rumänen, Kaukasier, Ukrainer lebten dort im Rhythmus ihres immerwährenden Gebets. Die meisten von ihnen hielten sich in den zwanzig Großklöstern auf, die über die ganze Halbinsel entlang der Ost- und Westküste verstreut lagen. In den Klöstern selbst – in den größten lebten mehrere hundert Mönche zusammen – gab es zwei verschiedene Lebensformen: das koinobitische Leben, das alle Brüder verpflichtete, nach derselben Regel der Gemeinschaft zu leben, und das idiorrhythmische Leben, bei dem die Mönche sich eine gewisse Unabhängigkeit in der Arbeit, im Eigentum oder bei den Mahlzeiten bewahrten und nur die Gottesdienste gemeinsam feierten. Viele andere wiederum lebten in Skiten, in dörflichen Siedlungen, wo die Hütten der Mönche sich um eine Klosterkirche gruppierten. Noch andere hatten eine sonderbare Lebensweise gewählt: Sie wanderten von Kloster zu Kloster und von einer Skiti zur anderen, ohne sich jemals einer speziellen Regel zu unterwerfen. Sie nannte man Gyrovagen, Wandermönche. Schließlich lebten auf dem Heiligen Berg noch zahlreiche Eremiten, von denen die meisten abgehärtete alte Mönche waren, die sich nach vielen Jahren in der Gemeinschaft oder einem idiorrhythmischen Leben für die Einsamkeit entschieden hatten.

Der Novize war auf dem Weg zur Südspitze des Athos, um einen der berühmtesten Eremiten zu besuchen, einen alten russischen Mönch von hohem spirituellen Ansehen: den Starez Symeon. Zwei Stunden ging er an der Küste entlang, kam am Kloster Gregorios vorbei, dann am Kloster Dionysios, das nach dem schrecklichen Brand, der es vor acht Jahren, 1535, zerstört hatte, wieder aufgebaut worden war. Vorsichtig überquerte er die beiden Wildbäche, die das Kloster Agios Pavlos umgaben, das sich an den nördlichen Steilhang des hier über zweitausend Meter hohen Bergs Athos schmiegte. Nachdem er sich erfrischt und ein wenig ausgeruht hatte, folgte er weiter dem Weg, der die Südspitze des Heiligen Bergs umrundete. Der Weg entfernte sich von der Küste, und der Novize stieg noch gut zwei Stunden die mit Bäumen bewachsenen, steilen Hänge hinauf. Während seiner ganzen Wanderung sprach er ohne Unterlass im Rhythmus seiner Atmung das traditionelle Jesusgebet der Mönche und orthodoxen Pilger. »Herr Jesus Christus, Sohn Gottes, hab Erbarmen mit mir Sünder.« Er kam an eine Weggabelung. Nach links führte der Weg nach Megistis Lavras, dem ältesten, auf der Südspitze der Halbinsel gelegenen Kloster. Nach rechts führte er hinunter zum Meer. Bruder Ioannis erinnerte sich an die Wegbeschreibung des Hegumenos und bog nach rechts. Nach etwa zehn Minuten traf er auf einen anderen Weg, der vom Meer hinauf zum Kloster verlief. Er folgte ihm etwa hundert Meter, bis er in einen schmalen, unbefestigten Pfad einbog, der sich durchs Dickicht schlängelte.

Endlich stand er vor einer Einsiedlerklause, die sich an den Felsen schmiegte. Sie war von einem Gärtchen umgeben, das merkwürdigerweise durch einen niedrigen Holzzaun begrenzt war. Eine dünne Hanfschnur verband die Eingangstür der Hütte mit dem zehn Meter entfernten Zauntor. Der greise Eremit, der seit mehreren Jahren vollkommen erblindet war, hatte diese Vorrichtung entwickelt, um nicht ständig von Mönchen oder Pilgern gestört zu werden, die bei ihm Rat für ihr spirituelles Leben suchten. Wenn er jedoch gesprächsbereit war, ließ er den Torschlüssel über die Hanfschnur gleiten.

Bruder Ioannis war erleichtert festzustellen, dass er an diesem Tag der Einzige war, der zum Starez wollte. Er sah, dass der Schlüssel über der Schnur, neben der Tür zur Einsiedlerhütte hing. Um sein Eintreffen anzukündigen, ergriff er den Klopfer, ein kleines Eichenholzbrett am Tor, und klöppelte zehnmal mit einem Holzhammer darauf. Dann setzte er sich unter einen wenige Meter vom Eingang entfernten Unterstand. Der Hegumenos hatte ihn darauf vorbereitet, dass er womöglich lange Stunden warten müsste, bis der Starez den Schlüssel über die Hanfschnur gleiten ließe, als Zeichen dafür, dass er seinen Gast empfange. Man erzählte sich, er lasse seine Besucher manchmal sogar mehrere Tage warten, während er weiter seinen Beschäftigungen nachgehe. Er gehe in sein Gärtchen, verlasse es wieder und tue so, als bemerkte er nicht, dass jemand vor seinem Zaun auf ihn warte. So mancher gehe entmutigt weg, andere verbrächten das Warten im Gebet, ohne zu essen, ohne zu schlafen, und erzählten, diese Wartezeit sei für sie Quelle höchster göttlicher Gnaden gewesen. Es ging auch das Gerücht um, der Starez könne hellsehen, was im Gegensatz zu seiner körperlichen Blindheit stand, und es komme vor, dass er im Voraus wisse, wer ihn besuche, selbst wenn derjenige ihm unbekannt sei. Es hieß, er lese in den Gedanken, und niemand habe je gewagt, ihn zu belügen.

Doch vor allem war er ein Mann von großer Heiligkeit. Geboren in einem südrussischen Dörfchen, war er als Neunzehnjähriger zum Berg Athos gekommen und hatte ihn nie wieder verlassen. Die ersten vierzig Jahre hatte er bescheiden und zurückgezogen im großen russischen Kloster Agios Pandeleimonos verbracht. Als er dann den Wunsch verspürte, in einer kleineren Gemeinschaft zu leben, war er im Alter von sechzig Jahren in eine kleine Skiti in der Nähe des Klosters übersiedelt. Dort nahm sein guter Ruf seinen Anfang. Als nach fünfzehn Jahren sein Wunsch wuchs, dem ständigen, ihn bedrängenden, Rat suchenden Besucherstrom zu entfliehen, schottete er sich noch mehr ab und zog sich in diese Einsiedelei zurück, die einsam an der Spitze der Halbinsel lag. Hier lebte er bereits seit acht Jahren. Doch auch wenn die meisten Pilger seine Spur verloren hatten, so gaben sich die Mönche des Athos heimlich die Information wie einen kostbaren Schatz weiter, und noch oft wurde der alte Mann von seinen Brüdern, die aus allen vier Himmelsrichtungen des Athos kamen, im Gebet gestört.

Die Nachmittagsstunden verstrichen, ohne dass der Eremit auch nur das geringste Lebenszeichen gab. Viele Male war der junge Mönch versucht, erneut auf das Klopfbrett zu schlagen, denn er fürchtete, der Starez könnte überhört haben, dass er einen Besucher hatte. Doch er erinnerte sich der Worte des Hegumenos, der ihm geraten hatte, nur ein einziges Mal auf sich aufmerksam zu machen, denn der alte Eremit habe ein ausgezeichnetes Gehör und schätze es nicht, wenn ihn die Besucher mehrere Male störten. Der Novize betete daher mit Inbrunst und bat Gott, er möge dem heiligen Mann für den Rat, um den er ihn ersuchen wollte, eine Eingebung schicken. Als die Nacht anbrach, begann ihn der Hunger zu peinigen. Zum Glück hatte er für eine etwaige lange Wartezeit vorgesorgt, und so zog er ein Stück Brot aus seinem Quersack. Auch während des Essens betete er innerlich weiter: »Herr Jesus Christus, Sohn Gottes, hab Erbarmen mit mir Sünder.«

Gegen zehn Uhr am Abend, als der junge Mann allmählich einnickte, war mit einem Mal ein kleines Licht in der Hütte des Eremiten zu sehen. Bruder Ioannis stand auf und ging näher ans Zauntor. Im schwach beleuchteten Raum entdeckte er den Schatten eines Greises, der hin und her ging. Nach einer Weile öffnete der Eremit ein Fensterchen neben der Tür und ließ über die Schnur einen dicken Schlüssel gleiten, der laut scheppernd gegen eine Kupferplatte stieß, die am Zauntor angebracht war. Klopfenden Herzens griff der Novize nach diesem Schlüssel und steckte ihn in das Schloss. Er versperrte das Tor hinter sich und öffnete die zweite Tür mit demselben Schlüssel. Er erkannte eine menschliche Gestalt, die in dem einzigen Raum auf einem Strohsack saß. Auf einem Tischchen in der Ecke brannte eine Kerze. Langsam ging der Novize auf den Eremiten zu. Als er vor dem Greis stand, dessen Gesichtszüge er kaum erkennen konnte, verneigte er sich als Zeichen seines Respekts.

»Evlogite!«

»O'Kyrios!«, antwortete der Eremit und schlug das Kreuzzeichen, ehe er seine lange, faltige Hand dem Novizen hinstreckte, der sie demutsvoll küsste.

»Setz dich, mein Sohn«, sagte der Starez milde und zeigte auf ein vor ihm liegendes Kissen.

Seine rechte Hand war damit beschäftigt, einen *komboskini*, eine Art baumwollene Gebetsschnur, zu beten, die er selbst gefertigt hatte. Der Novize ließ sich auf das Kissen nieder. Er sah den Eremiten an und war ergriffen von seiner Schönheit. Ein langer gepflegter Bart von makellosem Weiß rahmte ein harmonisches, aber von der Askese eines langen, entbehrungsreichen Lebens zerfurchtes Gesicht. Trotz seiner extremen Magerkeit und der Blindheit erhellte ein inneres Licht das Gesicht des alten Mannes, was ihm einen Ausdruck großer Güte verlieh.

»*Batjuschka*, Väterchen, ich danke Euch für diese Begegnung.«

»Was kann ich für dich tun, mein Sohn?«

»Ich komme auf Empfehlung des Hegumenos des Klosters Simonos Petra.«

Der junge Mönch hielt inne, doch der Starez rührte sich nicht. Also fuhr er fort.

»Seit drei Jahren bin ich Novize in diesem Kloster, und ich muss meine Profess ablegen. Es gibt jedoch ein Hindernis. Bei meiner Ankunft auf Athos habe ich den Maler Theophanes den Kreter kennen gelernt, der mich die Ikonenmalerei gelehrt hat. Ich habe mehrere Ikonen für das Kloster gemalt, und zwar ausschließlich die Jungfrau mit dem Kind. Doch der Hegumenos und der Rat der Alten sind wegen meiner letzten Bilder beunruhigt. Sie finden, meine Jungfrauen seien … zu sinnlich.«

Der alte Mann deutete ein Lächeln an.

»Wie schade, dass ich blind bin und mich nicht daran erfreuen kann!«

Bruder Ioannis überraschte diese humorige Bemerkung. Zögerlich sprach er weiter.

»Ich bin mir dessen überhaupt nicht bewusst, und das Malen dieser Jungfrauen ist zum Kern meines spirituellen Lebens geworden. Während ich male, bete ich unablässig, und so finde ich meinen Seelenfrieden. Nun fordern die Alten von mir, für immer auf das Malen zu verzichten, sonst würden sie mich nicht in ihrer Gemeinschaft aufnehmen.«

Der junge Mann schwieg. Er bemerkte, dass der Eremit, dessen Gesichtszüge er immer deutlicher erkennen konnte, sehr ernst aussah und in sein Gebet versunken schien. Der junge Mönch setzte wieder an.

»Seit der Hegumenos mir diese Entscheidung mitgeteilt hat, habe ich meinen Frieden verloren. Ich schlafe nicht mehr, ich kann mich nicht mehr auf die Messe konzentrieren und nicht mehr in Ruhe beten. Ich verspüre eine große Niedergeschlagenheit, die dem Trübsinn ähnelt: Es will mir nicht gelingen, eine Entscheidung über meine Zukunft im Kloster zu treffen. Ich habe den sehnlichen Wunsch, meine Profess abzulegen und dieses Leben der Askese und des Gebets weiterzuführen. Doch der Gedanke, nie mehr wieder Ikonen der Jungfrau zu malen, erscheint mir unmöglich … ich … ich glaube, dazu hätte ich nicht die Kraft …«

Es wurde still in der Hütte. Draußen hörte man den Wind rauschen, der vom nahen Meer kam. Noch immer betete der Starez seine Gebetsschnur. Der junge Novize sah ihn beklommen an und wartete auf seinen Rat. Nach einigen Minuten sagte der alte Mönch:

»Erzähl mir von der Frau, die du in der Welt geliebt hast, bevor du ins Kloster gekommen bist.«

Bruder Ioannis war wie vor den Kopf geschlagen.

»Was … was wollt Ihr damit sagen?«

»Erzähl mir von dieser Frau, die noch heute dein Herz versengt und die du mit den Zügen der Jungfrau malst.«

Die Stimme des Starez klang entschieden, aber auch von großer Sanftmut durchdrungen. Der Novize schwieg einen Moment, dann brach er in Tränen aus. Trotz all seiner Bemühungen konnte er ihnen keinen Einhalt gebieten. Ohne dass auch nur ein einziges Wort, ein einziges Bild in seinen Gedanken auftauchte, spürte er, wie ein gewaltiges Leid seine Seele überwältigte.

Doch dann kam ihm das Gesicht einer Frau ins Bewusstsein. Ein Gesicht, das er versucht hatte, für immer zu vergessen. Ein Gesicht, das er glaubte, durch unablässiges Gebet aus seiner Seele ausgelöscht zu haben. Erst nach zehn langen Minuten konnte er aufhören zu schluchzen, doch er fühlte, dass sein Herz in abgrundtiefe Traurigkeit versunken war. Der alte Mönch war stumm geblieben. Er beugte sich vor und streckte seine Hand zum Novizen aus, der sie kraftvoll drückte. Der junge Mann spürte eine ungeheure Wärme von dieser mageren, faltigen Hand ausgehen. Die Wärme strömte in seinen Leib und stieg ihm bis zum Herz. Da fand er die Kraft zu sagen: »Sie heißt Elena.«

SIEBENUNDVIERZIG

Drei lange Stunden beichtete Giovanni dem alten Mönch sein Leben. Immer wieder wurde er von Schluchzern geschüttelt und musste sein Erzählen unterbrechen. Der Starez schwieg. Sanft hatte er die Hand des jungen Mannes losgelassen, hörte ihm aber mit so viel Mitgefühl zu, dass der Novize meinte, der Greis strahle ein warmes Licht aus. Dieses Licht gab ihm den Mut, weiter zu erzählen. Nachdem Giovanni von seinem Verbrechen und seiner Verurteilung berichtet hatte, fuhr er fort.

»Ich habe also Elena den Schlüssel zum Schrank zugesteckt und ihr die Mission anvertraut, der ich nicht nachgekommen bin. Ich habe das Vertrauen meines Meisters, der mir so viel gegeben hat, getäuscht.«

Der junge Mönch seufzte tief.

»Am nächsten Morgen brachte man mich auf eine militärische Galeere, die sogleich Venedig verlassen und durch das Mittelmeer patrouillieren sollte. Man kettete mich neben fünf anderen Ruderern an eine Bank. Wir waren über zweihundert Verurteilte, alles Kriminelle. Bei den Bedingungen, unter denen wir lebten, hielten die Robustesten höchstens zwei, drei Jahre durch. Ich muss Euch gestehen, Väterchen, dass ich nur noch sterben wollte. Doch die Vorsehung hat es bestimmt anders entschieden, denn das, was ein tödlicher Unfall hätte sein müssen, wurde Ursache für mein Heil. Ich lebte schon seit ungefähr achtzehn Monaten in dieser leidvollen und verzweifelten Hölle, als unser Schiff am Ende einer grausamen Schlacht von einem osmanischen Boot versenkt wurde. Als das Wasser von allen Seiten ins Schiff eindrang und wir Unglücklichen, an unsere Bänke Gefesselten brüllten wie die Tiere, die man zur Schlachtbank führt, hatte einer unserer Aufseher, Gott segne ihn, Erbarmen mit uns. Er öffnete die Schlösser unserer Ketten. Da ich recht weit vorne in den ersten Reihen saß, konnte ich entkommen, bevor das Schiff vollends unterging. Ich bin ins Wasser gesprungen, und dank Gottes Gnade habe ich mich an einem Stück Holz, das im Wasser schwamm, festbinden können. Nach vielen, vielen Stunden wurde ich endlich an eine mir unbekannte Küste geschwemmt, wo ich das Bewusstsein verlor. Als ich wieder zu mir kam, lag ich in einer schmalen Klosterzelle. Ich war auf der Insel Kreta gestrandet, und die Fischer, die mich fanden, hatten wegen der Eisen, die meine Handgelenke umschlossen, verstanden, dass ich ein entflohener Galeerensträfling war. Statt mich den venezianischen Behörden zu übergeben, die die Insel regierten, haben sie mich in ein orthodoxes Kloster gebracht. Die Mönche dort pflegten mich mit großer Hingabe, und der Hegumenos erklärte mir, dass die kretische Bevölkerung den katholischen Venezianern feindlich gesinnt sei. Er nahm das Risiko auf sich, mich in seinem Kloster zu verstecken.

Da ich mich nur in der Klausur aufhalten durfte, verbrachte ich den größten Teil meiner Zeit mit Lesen und Meditieren in der kleinen Kapelle, die der Jungfrau Maria geweiht ist. Ich war kein allzu beflissener Gläubiger, und mein Glaube war ziemlich unvollkommen. Doch eine Ikone der Jungfrau Maria berührte mich ganz besonders. Es war eine Mutter der Barmherzigkeit. Ich musste sie immer wieder betrachten. Der berühmte russische Künstler Andrej Rubljow hatte sie einst gemalt. Als ich mich eines Tages vor der Ikone innerlich sammelte und voll Beklemmung über mein vergangenes Leben nachdachte, merkte ich, dass die Ikone eine ungeheure Zärtlichkeit verströmte. Die Jungfrau lächelte mich an und schien mir zu sagen: ›Sei ohne Sorge, ich bin deine Mutter; ich liebe dich trotz deines Verbrechens und deiner Verfehlungen.‹«

Wieder schwieg Giovanni. Eine starke Gefühlsregung erstickte fast seine Stimme.

»Dann, *Batjuschka*, haben mich Schluchzer überwältigt, so wie vorhin vor Euch. Ich habe Abscheu vor meiner Sünde verspürt und gleichzeitig die unendliche Liebe der Mutter Jesu Christi. Ich habe viele Stunden geweint, allein in der Kapelle, zerfressen von der Reue über mein Verbrechen. Als dann die Mönche kamen, um ihre Abendmesse zu halten, hat sich zum ersten Mal mein Herz für die göttliche Liturgie geöffnet. Ich empfand grenzenlose Freude. Nach der Messe ging ich zum Hegumenos und erzählte ihm mein Leben. Er hatte strenge Worte für meine Sünden, aber auch sanfte und tröstende für den reuigen Sünder, der ich war. Im Laufe der Wochen, als ich die griechische Sprache immer besser beherrschte, lehrte er mich die Grundlagen des orthodoxen Glaubens. Dann habe ich mit seinem Einverständnis feierlich das Glaubensbekenntnis gesprochen. Ach, Vater, ich habe große Momente der Gnade erlebt!«

Der Starez rührte sich noch immer nicht. Mit ruhigen Zügen lauschte er Giovannis Bericht und betete seine Gebetsschnur. Der Novize fuhr fort.

»Ich wusste nicht genau, was ich tun sollte. Einerseits brannte ich darauf, nach Venedig zurückzukehren und Elena wiederzusehen, doch ich wusste um die Gefährlichkeit eines solchen Vorhabens. Andererseits war ich versucht, nach Italien zu reisen und meinem Meister das Scheitern meiner Mission zu gestehen. Doch der Hegumenos brachte mich davon ab. Er fürchtete, die Venezianer, die das Mittelmeer kontrollierten, könnten mich wieder gefangen nehmen. Auch meinte er, Elena liege viel daran, diese Mission, die ich ihr bei unserer letzten Begegnung anvertraut hatte, zu einem guten Ende zu bringen. Möge er Recht behalten. Eines Tages teilte mir der Hegumenos seine Sorge mit. Zu viele Leute wüssten mittlerweile, dass ich mich im kleinen Kloster aufhalte, und er habe Angst, die politischen Behörden erführen es bald. Da machte er mir den Vorschlag, ich solle mit drei Brüdern zum Berg Athos reisen, die sich für einen langen Rückzug dorthin begaben. Da der Heilige Berg wie ganz Griechenland zum Osmanischen Reich gehöre, liefe ich keinerlei Gefahr, wieder in die Hände der Venezianer zu fallen. Ich nahm sein Angebot umso freudiger an, als ich mich allmählich in dieser klösterlichen Abgeschiedenheit eingesperrt fühlte. So bin ich zum Berg Athos gekommen. Die Mönche, die mit mir reisten, begaben sich zum Kloster Simonos Petra. Der dortige Hegumenos verstand meine Lage und gestattete mir, im Gästehaus, das viele Pilger beherbergte, zu bleiben. Nach einigen Wochen bekamen die drei Mönche Besuch eines kretischen Landsmanns, des Malers Theophanes. Dieser Künstler und sehr gläubige Mann hörte von meiner Geschichte und wollte mich kennen lernen. Ich erzählte ihm von meiner Bekehrung vor der Ikone der Jungfrau der Barmherzigkeit von Andrej Rubljow und erklärte ihm, wie sehr mich die gemalten Bilder in den Bann zögen. Da schlug er mir zu meiner großen Überraschung vor, mich in die Kunst der Ikonenmalerei einzuführen und mir beizubringen, wie man nach russischer Technik die Mutter der Barmherzigkeit malt. Voll Demut und Begeisterung nahm ich seinen Vorschlag an. Sieben Monate lang lernte ich bei diesem unvergleichlichen Meister, die Heiligenbilder zu zeichnen und zu malen. Dann verließ er das Kloster Simonos Petra und zog weiter ins Kloster Stavronikita, wo man ihn bat, die Kirche und das Refektorium auszumalen. Ich überlegte, meinem Meister zu folgen, doch ein noch dringlicherer Ruf hielt mich in Simonos Petra zurück. Je länger ich das Leben der Mönche teilte, desto stärker verspürte ich den Wunsch, in ihrer Mitte zu bleiben. Ich öffnete dem Hegumenos mein Herz, der mich in meiner Berufung bestärkte und mich als Novize in der Gemeinschaft willkommen hieß. Am Festtag von Mariä Geburt nahm ich das Habit. Ich malte weiterhin jeden Tag Ikonen und teilte das Gebet und das gemeinschaftliche Leben der Brüder.«

Giovanni atmete durch, schloss einen Moment die Augen und beendete mit seiner von Müdigkeit und Gefühlsregung heiseren Stimme seinen Bericht.

»Drei Jahre lang habe ich unaufhörlich den Namen Jesu angerufen, habe die Barmherzigkeit Gottes erfleht und Ikonen der Muttergottes gemalt. Ich glaubte, ich hätte für immer die Vergangenheit hinter mir gelassen. Seitdem jedoch der Hegumenos mir gesagt hat, meine Jungfrauen seien ›zu menschlich‹, bereitet mir die Vorstellung, nie mehr zu malen, genauso viel Pein wie die, das Kloster verlassen zu müssen.«

Wieder hielt der Novize inne.

»Heute, *Batjuschka*, bin ich hier und flehe Euch an, mein Herz zu erhellen, das wieder in der Finsternis umherirrt. Glaubt Ihr, dass der Herr von mir fordert, mit dem Malen aufzuhören und mein Gelübde im Kloster abzulegen? Oder soll ich weiterhin malen und auf das Klosterleben verzichten?«

Giovanni schaute in das gefurchte Greisengesicht, das im sanften Kerzenlicht schimmerte. Aus diesem Munde, davon war der junge Mann im Innersten überzeugt, käme ein Wort, das ihn aus seinem bedrängenden Dilemma befreien würde. Indessen hatte die Frage, die der Starez ihm zu Elena gestellt hatte, seine verschütteten Erinnerungen geweckt, so dass seine Gedanken nicht mehr so klar waren. Oder vielmehr, in seinem Herz und Körper war etwas geschehen, das ihn ergriffen und seine Gewissheiten und Zweifel erschüttert hatte. Sein Gemütszustand war nicht mehr derselbe wie zuvor, als er die Hütte des Eremiten betreten hatte. Die einfache Frage des alten Mannes hatte ihn dazu gebracht, sein ganzes Leben aufzufächern und zu begreifen, wie sehr sein Herz noch von Elena besetzt war. Am Ende seiner Darstellung hatte er ein wenig unwillkürlich die Frage gestellt, die ihn zu dem heiligen Mann geführt hatte. Doch tief in seinem Inneren spürte er, dass sie sich schon nicht mehr so stellte. Daher war er reichlich unsicher und begierig, die Antwort des Starez Symeon zu vernehmen.

Der alte Mönch schwieg einige Minuten. Dann hob er die linke Hand und zeigte auf einen Tisch, der einige Meter neben dem Novizen stand.

»Du musst durstig sein, mein Kind. Nimm dir doch ein wenig Wasser.«

Tatsächlich war Giovannis Kehle trocken. Er stand auf, nahm sich etwas zu trinken und setzte sich wieder vor den Starez, auf dessen Gesicht sich ein zartes Lächeln andeutete.

»Aus welchen Gründen bist du ins Kloster gegangen, und warum möchtest du nun deine Profess ablegen?«

Giovanni dachte nach.

»Um mich im ständigen Gebet ganz und gar Gott hinzugeben«, bekannte er schließlich.

»Sehr gut. Und warum möchtest du Gott dein ganzes Leben im Gebet hingeben?«

»Weil er das liebenswerte Gute ist und ich mein Leben mit der Suche nach anderen Gütern, die zu meinem Untergang oder dem von anderen führen könnten, nicht verschleudern will.«

»Verstehe ich recht, dass du ins Kloster eingetreten bist und dort verbleiben möchtest aus Liebe zu Gott und aus Angst, dich in der Welt zu verlieren?«

»Ja, gewissermaßen.«

»Da liegt vielleicht dein ganzes Problem, Giovanni.«

Der Novize sah verblüfft auf.

»Die Angst vor der Welt ist im Grunde genommen die Angst vor sich selbst. Deine Liebe zu Gott wird an Grenzen stoßen, und du wirst nie das oberste Ziel des spirituellen Lebens erreichen.«

Der Starez verstummte. Giovanni, der nicht an sich halten konnte, fragte:

»Und … was ist dieses Ziel?«

»Die Gottwerdung des Menschen.«

Der Novize dachte über die Worte des ehrwürdigen Mönchs nach und bat dann:

»Könnt Ihr mir mehr darüber sagen, Väterchen?«

Der Greis schloss die Lider über seinen blinden Augen, als fiele es ihm auf diese Weise leichter, die Antwort in der Tiefe seiner Seele zu finden.

»Die Heilige Schrift sagt uns: ›Und Gott schuf den Menschen ihm zum Bilde, zum Bilde Gottes schuf er ihn.‹ Die frommen Theologen der Ostkirche haben das ganze christliche geistliche Leben ausgehend von diesem grundlegenden Satz begriffen. ›Gott schuf den Menschen ihm zum Bilde‹ bedeutet, dass der Mensch das einzige irdische Wesen ist, das in sich die Prägung Gottes trägt. Diese Prägung ist unser rationaler Verstand und unser freier Wille. Das menschliche Wesen ist die einzige Kreatur, die Verstand und freien Willen besitzt. Mit diesen beiden Fähigkeiten kann er zu göttlicher

Ähnlichkeit gelangen. Diese Ähnlichkeit ist ihm nicht von Anbeginn gegeben. Sie ist zugegen in seinem Inneren als Appell, als Möglichkeit, als Wunsch. Indem der Mensch sich auf die beiden göttlichen Fähigkeiten stützt, die da seine Intelligenz und sein Wille sind, strebt er in völliger Freiheit danach, Gott ähnlich zu werden. Und mit beständiger Hilfe der göttlichen Gnade wird er dahin gelangen.«

»Aber sagt uns denn nicht die Heilige Schrift, die Sünde unserer ersten Eltern sei es gerade gewesen, ›wie Gott‹ sein zu wollen, indem sie unter der Einflüsterung der Schlange die verbotene Frucht der Erkenntnis des Guten und Bösen pflückten?«

»Ihre Sünde war nicht, den Wunsch gehabt zu haben, Gott ähnlich zu werden, denn das ist die Bestimmung eines jeden Menschen. Ihre Sünde besteht darin, dass sie es durch sich selbst werden wollten, ohne göttliche Hilfe, sie verließen sich nur auf ihre eigenen Anstrengungen, ohne den Weg einzuschlagen, den Gott für sie gewählt hatte. Aus diesem Grund durften sie die Früchte dieses Baumes, welcher der der Gottwerdung ist, nicht berühren. Denn solange diese Frucht nicht reif ist, erlaubt Gott nicht, dass der Mensch sie zu sich nimmt. Nicht weil er fürchtet, der Mensch könnte ihm zum Rivalen werden, wie es die Schlange anklingen lässt! Sondern ganz einfach, weil der Mensch nicht bereit ist. Die Gottwerdung ist ein langer Prozess, der sich in Etappen und mit der beständigen Hilfe des Heiligen Geistes erfüllen muss.«

»Ich verstehe, Väterchen. Aber warum wurde dieser Baum ›der Baum der Erkenntnis des Guten und Bösen‹ genannt?«

»Du hast deine theologischen Studien anhand der lateinischen Übersetzung des heiligen Hieronymus gemacht, nicht wahr?«

»Ja, das stimmt.«

»Übersetzt man genau, heißt dieser Baum: ›der Baum der Erkenntnis des Vollendeten und des Unvollendeten‹. Leider haben die römischen Theologen diesen vielschichtigen Begriff, Hieronymus folgend, mit ›Baum der Erkenntnis des Guten und des Bösen‹ übersetzt. Darum wurde die erste Sünde der Menschheit als eine moralische Verfehlung aufgefasst, obgleich es sich doch um einen Bruch des Seienden handelt, um einen Bruch der Seinsordnung. Denn Gott hat den Menschen unvollendet geschaffen, aber mit dem Wunsch nach Vollendung ausgestattet. Dieser Wunsch drängt den Menschen danach, Gott zu suchen und ihm ähnlich zu werden. Dieser allmählich fortschreitende Übergang vom ›Unvollendeten zum Vollendeten‹ – Aristoteles würde sagen ›vom Gedanken zur Tat‹ – vollzieht sich durch die Intelligenz und den menschlichen Willen in der Ausübung des freien Willens nach gewissen Regeln des Seienden. Nur Gott allein kennt sie, und es wäre verwegen, diese Etappen überwinden zu wollen, ohne durch die göttliche Gnade angespornt zu sein und sich vertrauensvoll von ihr leiten zu lassen.«

Der Starez hielt kurz inne und fuhr mit kräftigerer Stimme fort:

»Die ständige und grundlegende Versuchung des Menschen, die unter dem unglücklichen Begriff der ›Erbsünde‹ sehr schlecht verstanden wird, ist, göttliche Allmacht erlangen zu wollen, ohne die Läuterung des Herzens und des Verstands zu durchlaufen, eine notwendige Läuterung, die dieser Macht ermöglichen wird, sich in Liebe auszuüben. Doch diese Läuterung verlangt, dass wir in uns hinabsteigen, in das Innerste unseres Seins, denn die Begegnung mit Gott ereignet sich in unserem Herzen. So heißt es in der Heiligen Schrift: ›Denn sehet, das Reich Gottes ist inwendig in euch.‹ Statt Gott zu vertrauen, statt sich wie ein Kind in seine Hände zu begeben und ihn in unserem Inneren zu suchen, verweigern wir seine Hilfe und versuchen, uns durch uns selbst zu erheben, bis wir zum Himmel reichen, was das Bild des Turmbaus zu Babel symbolisiert. Aber diese Versuchung des Stolzes, dieser Wille zur Allmacht, die den Menschen von seiner wahren Bestimmung abbringt, darf uns nicht vergessen lassen, dass die Gottwerdung sehr wohl das einzige Ziel des spirituellen Lebens ist. Wir alle sind aufgerufen, und darin besteht die Größe des menschlichen Lebens, Gott ähnlich zu werden.«

»Bedeutet dies, dass wir das göttliche Sein erreichen und mit ihm eins werden?«

»Nein, keineswegs. Das Christentum ist keine pantheistische Philosophie, nach der die Seele des Einzelnen in die Natur oder in die Seele der Welt eingeht. Gott in seinem Sein wird für den Menschen immer unerreichbar bleiben. Wenn wir Gott erkennen, ihn ersehnen und uns mit ihm vereinen, dann durch seine Energien.«

»Was bedeutet das?«

»Gott ist der ganz Andere. In der Tiefe seines Geheimnisses kann er nur von ihm selbst erkannt werden. Aber angetrieben von der Liebe, hat dieser absolut transzendente Gott aus sich selbst heraustreten wollen, sich verströmen, sich offenbaren und sich teilhaftig den Wesen geben wollen, die er freiwillig ins Leben gerufen hat und die nur in ihm und durch ihn bestehen.

Dieses Strahlen des göttlichen Seins ist das, was Dionysios die göttlichen ›Kräfte‹ und Gregor Palamas die göttlichen ›Energien‹ nennt. Diese ›Energien‹ sind der Anfang und das Ende der Schöpfung. Alle lebenden Menschen, geschaffen nach dem Ebenbild Gottes, also mit Verstand und Willen ausgestattet, sind aufgerufen, aus freien Stücken teilzuhaben am göttlichen Strahlen und selbst göttlich zu werden. Doch diese Gottwerdung ist eine Teilhabe am göttlichen Leben, die die Andersartigkeit Gottes und die des Menschen bewahrt. Sie bedeutet nicht Vermengung oder Aufgehen im erhaben Göttlichen. Hierin liegt die ganze Feinheit der christlichen Lehre, die sehr wenig bekannt ist oder sehr schlecht verstanden wird.«

ACHTUNDVIERZIG

Der Starez hüstelte. Giovanni war gebannt. Natürlich hatte er Theologie studiert, doch niemals zuvor hatte man zu ihm so eindringlich vom spirituellen Leben gesprochen und das damit verbundene höchste Ziel so klar formuliert. Erneut stellte er dem ehrwürdigen Mönch eine Frage.

»Wenn dies also das Ziel allen menschlichen Lebens ist, ist dann nicht gerade das klösterliche Leben dazu bestimmt, die besten Bedingungen zu verfüllen, damit der Mensch sich auf dieses Wesentliche konzentriert und sich vollkommen in die Hände Gottes begibt?«

»Selbstverständlich. Und dein Wunsch, sich ihm zu widmen, ist lobenswert. Doch dieser Vorsatz darf nicht die Angst vor der Welt und vor dir selbst verschleiern, denn deine Spiritualität würde dadurch verfälscht. Und mir scheint, dass du noch von der Last der Sünden in deiner Vergangenheit und der Angst vor deinen fleischlichen Begierden gezeichnet bist.«

»Vielleicht stimmt das, Väterchen. Was also soll ich tun, um mich davon zu befreien?«

»›Ihr sind viele Sünden vergeben, denn sie hat viel geliebt‹, hat Jesus über die Sünderin gesagt. Auch du, Bruder Ioannis, hast eine schwere Sünde begangen, denn du hast einem Mann das Leben genommen, doch du hast aus Liebe zu einer Frau gehandelt und dein Verbrechen aufrichtigen Herzens bereut. Also zweifele nicht mehr an der Vergebung des Herrn. Behalte im Kopf, dass die Barmherzigkeit Gottes ein Berg ist, der sehr viel höher ist als der Abgrund der menschlichen Sünde.«

Giovanni nickte. Dies wusste er seit seiner Bekehrung vor der Ikone der Mutter der Barmherzigkeit im kleinen kretischen Kloster. Doch es mit einem Mal aus dem Munde des frommen Mannes zu hören bewegte ihn tief.

»Dein Herz ist nicht in Frieden«, sprach der Starez mit trotz der Müdigkeit kräftiger Stimme weiter. »Gewissensbisse plagen dich. Ich weiß nicht, ob es wegen des Verbrechens an diesem Mann ist oder weil du das Versprechen an deinen Meister nicht eingelöst hast oder weil du noch immer diese Frau begehrst, aber dein Herz ist nicht in Frieden. Du fühlst dich schuldig für diese Verfehlungen, und dieses Schuldgefühl stellt ein Hindernis dar, das das Licht des heiligen Geistes nicht in die Tiefe deiner Seele dringen lässt.«

»Aber, *Batjuschka*, wie sollte mich mein Gewissen nicht anklagen, diesen Mann getötet und das Vertrauen meines Meisters enttäuscht zu haben? Bis zu meiner Bekehrung habe ich tiefe Schuld empfunden. Seither ist mir Gottes Vergebung zuteil geworden, und ich habe zu meinem Frieden zurückgefunden.«

»Glaubst du?«

»Ich denke schon«, entgegnete Giovanni, etwas verunsichert durch die Worte des Starez. »Und was ich seit meinem Gespräch über die Ikonen mit dem Hegumenos empfinde, ist vor allem Traurigkeit und nicht Schuld.«

»Du empfindest somit keinerlei Schuld, wenn du entdeckst, dass die Ikonen, die du malst, mehr der Frau ähneln, die du geliebt hast und die du vielleicht bis heute begehrst, als der Muttergottes?«

»Das habt erst Ihr mir zu verstehen gegeben.«

»Glaubst du nicht, dass du es bereits in deinem Innersten wusstest? Denkst du nicht, dass die Wahrheit dieser Liebe, die du noch immer dieser Frau entgegenbringst und die du dich geweigert hast, dir einzugestehen, zu schwer zu ertragen war? Habe ich nicht einfach das gesagt, was dein Herz bereits wusste, sich aber gewehrt hat zuzugeben?«

»Ich … ich weiß es nicht«, vertraute ihm Giovanni an.

»Und glaubst du nicht, dass dieses innerlich verworrene Gefühl, das nicht erkannt wurde und weder als Begehren noch als bewusste Reue zum Ausdruck kam, sich in ein morbides Schuldgefühl verwandelt hat?«

»Was wollt Ihr damit sagen?«

»Um die Traurigkeit zu heilen, die auf deiner Seele lastet, musst du zuerst einmal anerkennen, dass du diese Frau noch immer begehrst. Dann musst du dich entscheiden, ob du sie wiedersehen und deine Liebe zu ihr leben willst oder aber ob du hierbleiben und diese Liebe Gott entgegenbringen möchtest, indem du den Herrn bittest, diese Liebe zu läutern, damit sie deine Frömmigkeit wachsen lässt, ohne dass dein Herz von diesem Begehren und der Schuld, die sie in deiner Seele wachruft, getrübt wird.«

»Ich verstehe, Väterchen. Aber ist es denn nicht richtig und notwendig, wenn ich hierbleiben möchte, dass mein Gewissen mich anklagt, noch immer Leidenschaft für eine Frau zu empfinden, wo ich doch gelobt habe, mich ganz Gott und dem Gebet zu widmen?«

»Ich glaube, du verwechselst Zerknirschung mit Schuld.«

Giovanni sah verblüfft drein.

»Die Zerknirschung ist die aufrichtige Reue, die wir nach einer Sünde verspüren. Dieses Bereuen stellt uns wieder in das Licht des Heiligen Geistes, das uns hilft, uns wieder zu erheben. Der Blick unserer Seele ist dann einzig auf Gott gerichtet. Die Schuld hingegen ist Gift für die Seele. Statt Gott anzuschauen, schauen wir uns selbst an und verurteilen uns, manches Mal sogar, ohne es zu wissen. Da wir diese böse Tat begangen oder jenen schlechten Gedanken gehegt haben, halten wir uns selbst für schlecht. Wir verzweifeln an uns selbst und, schlimmer noch, wir verlagern unsere Selbstanklage auf Gott. Gott scheint uns dann ein Furcht erregender Richter zu sein. Nun hören wir nicht mehr die Stimme Gottes, sondern die unseres anklagenden Gewissens, das die götzenartige Maske des allmächtigen und barmherzigen Herrn angelegt hat. Erinnere dich an die Worte des heiligen Johannes: ›Daran erkennen wir, dass, so uns unser Herz verdammt, Gott größer ist denn unser Herz.‹ Die menschlichen Früchte der Gewissensbisse und der Schuld sind Trauer, Angst und sogar Verzweiflung. Die göttlichen Früchte des Bereuens und der Zerknirschung sind Freude, Frieden und Gnade. Indem wir uns der stets angebotenen Vergebung Gottes öffnen, befreit die aufrichtige Reue unser Herz dort, wo die krankhaften Gewissensbisse es in sich und in seinen Dämonen verschließen.«

Als Giovanni diese Worte des Starez hörte, wurde ihm klar, dass er tatsächlich auf recht unbewusste Weise Schuld empfinden musste wegen der ungewollten Erinnerung an Elena, die ihn noch immer heimsuchte, und auch wegen seiner Verfehlungen in der Vergangenheit. Bei seiner Bekehrung hatte er die göttliche Vergebung erfleht, und sie wurde ihm zuteil, und er dachte, er wäre frei von diesen Gewissensbissen, obgleich sie noch immer ohne sein Wissen an seiner Seele nagten.

»Väterchen, ich begreife, dass mein Herz wegen meiner Sünden in der Vergangenheit noch immer unter dem Einfluss schlimmer Gewissensbisse steht. Doch habe ich mich oft in die Hand Gottes begeben, und ich glaubte, ich hätte seine Vergebung erlangt. Warum sucht mich dennoch gegen meinen Willen und trotz meiner Gebete weiterhin die Last dieser Sünden heim?«

Der Eremit hob seinen blinden Blick langsam zum Himmel und stieß einen Seufzer aus, ehe er antwortete.

»Das Einzige, was du betrachten darfst, ist die Liebe Gottes … denn du bist ein Sklave der Angst.«

Diese Bemerkung überraschte Giovanni.

»Was wollt Ihr damit sagen, *Batjuschka*?«

»All unsere Verfehlungen, all unsere Sünden rühren von drei Übeln: dem Stolz, der Ignoranz und der Angst. Während deiner theologischen Studien hat man dir gewiss vom Stolz erzählt. Doch allzu oft vergisst man die beiden anderen Übel. Die Ignoranz, die der große Sokrates zu Recht angeprangert hat, ist das Übel des Verstands. Die Angst ist das Übel, das unser Herz heimsucht. Wie das Wissen das einzige Mittel ist, die Ignoranz zu besiegen, ist das einzige Gegenmittel gegen die Angst ... die Liebe. Denn das Herz des Menschen strebt nur danach, zu lieben und geliebt zu werden. Alle Verletzungen der Liebe, die schon in der Kindheit ihren Anfang nehmen, verursachen Ängste, die letztendlich unser Herz lähmen und uns allerhand Schlechtes tun lassen, manchmal sogar Verbrecherisches.«

»Aber ich habe doch dieses Verbrechen nicht aus Angst begangen. Sondern aus leidenschaftlicher Liebe und Eifersucht ...«

»Das bezweifle ich nicht!«, rief der Alte. »Doch abgesehen von dem infamen Gerede jenes Mannes, woher kamen diese Leidenschaft und diese tödliche Eifersucht?«

Giovanni überlegte einen Moment.

»Aus einer großen Traurigkeit, scheint mir. Sicherlich aus dem Wissen, dass ich die Frau, die ich liebte, niemals würde heiraten können ... weil ich nicht dort geboren war, wo ich hätte geboren sein müssen.«

»Ja, denn Trauer entspringt der Entbehrung von etwas Geliebtem. Aber war es nicht die Angst, diese Liebe zu verlieren, die dir den Kopf verdreht hat?«

»Wahrscheinlich«, antwortete Giovanni zaghaft.

»Und ist es nicht so, dass die Angst, deinen alten Meister zu betrüben oder ihn gar zu enttäuschen, noch heute dein Herz martert?«

»Sicher«, gestand der Novize nach kurzer Überlegung.

»Das einzige Übel, mein Kind, das du in deinem Herzen

besiegen musst, ist die Angst. All die anderen Übel: die Wut, die Eifersucht, die Traurigkeit, das morbide Schuldgefühl gehen aus diesem inneren Feind hervor. Wenn es dir gelingt, deine Angst zu beherrschen, wird dich nichts anderes mehr erreichen, keine böse Kraft wird Macht über dein Herz erlangen. Und um die Angst zu besiegen, gibt es nur ein Mittel: die Liebe. Das ganze Leben ist der Weg von der Angst zur Liebe.«

Der alte Mann schwieg. Er legte seine Hände vor dem Mund aneinander und neigte leicht den Kopf. Dann streckte er Giovanni seine faltigen Handflächen entgegen.

»Tauche ein in die Liebe Gottes. Dann wirst du erneut geboren, befreit von der Angst, die bis heute die Kraft der Liebe gehindert hat, dein Herz ganz in Besitz zu nehmen.«

Der Starez hielt inne und legte die Hände auf seine Knie. Er schien in Gedanken versunken. Dann fragte er:

»Weißt du, wie oft in der Bibel steht, ›Fürchtet euch nicht‹?«

»Nein.«

»Dreihundertfünfundsechzig Mal. Jeden Tag, an dem die Sonne aufgeht, sagt Gott: ›Fürchtet euch nicht! Habt keine Angst!‹ Wenn man die biblische Offenbarung richtig versteht, ist sie nichts anderes als die Offenbarung des Sieges der Liebe über die Angst, des Lebens über den Tod. Seit dem ersten Mord durch Kain ist die ganze Menschheitsgeschichte nur eine blutige Folge von Morden, ausgelöst durch die Angst, das Bedürfnis, überlegen zu sein, und die Rachsucht. Laut den Propheten ist Jesus Christus gekommen, um diesem teuflischen Kreislauf ein Ende zu setzen. Er konnte sich der Allmacht Gottes bedienen und hat sich zu ihrem ergebenen Diener gemacht. Am Kreuz hat er seine Peiniger nicht verdammt, sondern gerufen: ›Vater vergib ihnen; denn sie wissen nicht, was sie tun!‹ Er ist gekommen, um uns die Kraft der

Vergebung, des Sieges der Liebe über den Hass und über die Angst zu lehren.«

Der Starez nahm wieder seine Ausgangshaltung ein, wobei die Hände auf den Knien ruhten, und betete wieder mit seiner Gebetsschnur.

»Ich möchte nicht Eure Zeit und Eure Güte zu sehr ausnützen, *Batjuschka.* Eure Worte rühren mein Herz, und ich werde mein ganzes Leben lang über sie nachsinnen. Aber was denkt Ihr, sollte ich im Augenblick tun?«

»Versenke deinen Geist in die Liebe und in die göttliche Barmherzigkeit.«

Giovanni war verunsichert und zögerte, seine Frage aufs Neue zu stellen. Er fragte andersherum:

»Glaubt Ihr, ich sollte weiter Ikonen malen?«

»Das kann ich nicht sagen. Wenn du die Antwort nicht in deinem Herzen findest, frage deinen Ikonen-Meister, wie er deine letzten Bilder beurteilt.«

»Und denkt Ihr, ich sollte mein klösterliches Gelübde ablegen?«

»Auch das kann ich nicht sagen. Wenn du die Antwort nicht in deinem tiefsten Inneren findest, dann frage deinen Hegumenos, was er darüber denkt.«

Giovanni überlegte einen Moment. Dann stellte er eine letzte Frage.

»Glaubt Ihr, mein Herz ist noch in der Liebe zu dieser Frau gefangen?«

»Wenn dein Herz noch in der Liebe gefangen ist, möge Gott dich segnen.«

»Aber wie kann ich mein Leben Gott widmen, wenn ich diese Frau liebe?«

»Es besteht kein Widerspruch zwischen deinem Verkriechen bei Gott im Klosterleben und deiner Liebe zu dieser Frau, wenn du entschlossen bist, auf die Begierde des Fleisches zu verzichten, die dich zu ihr zieht. Versuch nicht, dein Begehren zu vergessen oder es zu leugnen, wie du es bisher aus Angst, ihm nachzugeben, getan hast. Bete für sie jedes Mal, wenn ihr Gesicht in dir plötzlich wieder auftaucht, und vertraue sie der unendlichen Barmherzigkeit Gottes an.«

»Und wenn ich merke, dass dieses Begehren mich trotz all meiner Gebete heimsucht?«

»Wenn dein Herz ständig in Aufruhr ist, bleib nicht im Kloster. Es heißt doch in der Heiligen Schrift: ›In meines Vaters Hause sind viele Wohnungen‹, und sehr wenige sind zur immerwährenden Keuschheit berufen. Vielleicht liegt deine Berufung woanders, mein Kind. Bete zu Jesus Christus und seiner Mutter. Versenk dich in seine Liebe, und du wirst die richtige Antwort auf deine Fragen finden.«

Nach kurzem Schweigen schlug der Starez das Kreuzzeichen in Giovannis Richtung, was bedeutete, dass ihr Gespräch beendet war. Der Novize küsste die Hand des alten Mannes und dankte ihm zutiefst. Mühsam nur, da seine Beine ganz steif geworden waren, stand er auf. Er sah, dass der Morgen graute. Als er die Tür der Einsiedlerhütte öffnete, rief ihm der Greis diesen letzten Rat zu:

»Mein Kind, vergiss nie die beiden Worte Jesu: ›Niemand hat größere Liebe denn die, dass er sein Leben lässt für seine Freunde.‹ Und das andere: ›Ich bin dazu geboren und in die Welt gekommen, dass ich für die Wahrheit zeugen soll.‹ Die Liebe und die Wahrheit sind die beiden Leuchtfeuer, die dein ganzes Leben bestimmen werden.«

Giovanni war verdutzt. Noch einmal dankte er dem Starez und verließ die Hütte.

NEUNUNDVIERZIG

Herr Jesus Christus, Sohn Gottes, hab Erbarmen mit mir Sünder.« Das Herz fest im Gebet verankert, war Giovanni ins Kloster Simonos Petra zurückgekehrt. Seine Seele war von einer schweren Last befreit. Doch zugleich war sein Geist mit einer quälenden Frage beschäftigt. Die Worte des Starez hatten ihm nicht ermöglicht, eine Entscheidung zu treffen. Doch er wusste, der Kern des Problems war Elena. Könnte er sie vergessen, wie er es seit drei Jahren hoffte? Kaum war er im Kloster angekommen, hatte er ängstlich die beanstandeten Ikonen betrachtet. Was er bislang sich nicht hatte eingestehen wollen, sprang ihm nun ins Auge: Hinter den Zügen der Jungfrau Maria hatte er sehr wohl Elena gemalt. Es war ihr Mund, ihr Blick. Je mehr er versucht hatte, sie zu vergessen, desto mehr hatte er sie gemalt. Er glaubte sich erlöst von seiner Vergangenheit, doch er hatte niemals aufgehört, sie darzustellen. Er dachte, er hätte dieses geliebte Antlitz für immer begraben … und siehe da, er selbst ließ es wieder aufleben durch seine Hände, durch sein Herz, sogar durch seine Gebete.

Als Giovanni sich all dessen bewusst wurde, überkam ihn tiefes Unbehagen. Ohne nachzudenken, packte er die Ikonen, all die Ikonen, die der Hegumenos verboten hatte, ging in die Klosterküche und warf sie ins Feuer. Da kamen ihm die Worte des Starez wieder in den Sinn. Und er verstand, dass er aus Angst gehandelt hatte. Als er sah, wie die Farben aufplatzten und die Bilder in den Flammen aufgingen, weinte er bitterlich.

Er fasste den Entschluss, seinen Meister Theophanes zu besuchen, der begonnen hatte, das Kloster Stavronikita mit Fresken auszumalen. Er erzählte dem Ikonenmaler, der ihn wie einen Sohn liebte, die Ereignisse dieser letzten Tage. Nachdem der Kreter einige Tage überlegt hatte, meinte er:

»Da du dir nun dank der Worte des ehrwürdigen Vaters Symeon der Verwirrung, in der du dich befandest, bewusst bist, glaube ich, dass du die Malerei wieder aufnehmen kannst. Nimm dir die Ikonen der Alten zum Vorbild, und wende beim Malen dein Herz immer der Jungfrau zu. Sei wachsam: Solltest du wieder die Züge dieser Frau erkennen, verzweifle nicht. Beginn dein Werk von vorne.«

Gestärkt durch diesen Rat, kehrte Giovanni ins Kloster Simonos Petra zurück und teilte dem Hegumenos mit, er wolle sein Gelübde ablegen und unter diesen neuen Vorkehrungen wieder malen. Der Klostervorsteher reagierte mit einem klaren Nein. Er müsse sich entscheiden.

Die Unnachgiebigkeit des Hegumenos bestürzte Giovanni. Sie konfrontierte ihn mit der Frage, die ihm der Starez gestellt hatte, ob er Elena noch begehre. Ob die Venezianerin noch sein Herz beherrsche. Ob er in der Lage sei, sich in diesem Zustand des Zweifels in Keuschheit Gott zu widmen, ohne Gefahr zu laufen, sich zu irren und eines Tages sein Gelübde zu brechen.

Giovanni folgte dem Rat des Eremiten und meditierte Tag und Nacht über die Liebe Gottes. Er fand zurück zu einem gewissen inneren Frieden und begriff, dass er nicht imstande war, sich zu entscheiden. Sein unermüdliches Beten hatte sein Herz für die Demut geöffnet.

Nach einem ausgiebigen Gespräch mit dem Hegumenos kam er zu dem Schluss, sein Novizenhabit noch ein weiteres Jahr zu tragen und sich in dieser Zeit Klarheit über seine Gefühle für Elena zu verschaffen. Auch riet ihm der Klostervorsteher, Abstand zu gewinnen und einige Monate zu reisen, in andere Klöster oder Skiten, um dort andere spirituelle Meister kennen zu lernen.

Eines Morgens brach Giovanni nach dem Morgengebet mit einem Bündel auf dem Rücken von Simonos Petra auf. Wieder ging er zum Kloster Stavronikita, um Meister Theophanes von seinem Entschluss zu erzählen. Der Ikonenmaler nahm die Nachricht wohlwollend auf. Dann schlug ihm Giovanni vor, ein, zwei Monate bei ihm zu bleiben. Doch Theophanes zögerte und entgegnete:

»Ich meine, du solltest Athos für einige Zeit verlassen. Du lebst seit über drei Jahren hier, und ich glaube, du solltest dich an einen anderen Ort begeben, um über deine Berufung nachzudenken. Reisen verändert den Blick auf uns selbst und unser Leben.«

»An welchen Ort?«

»Kennst du Meteora?«

»Dieser Name sagt mir nichts.«

»Es sind Klöster in der Mitte Griechenlands, eine Tagesreise mit dem Schiff und zwei Tage Fußmarsch von hier entfernt. Das ist der außergewöhnlichste Ort, den ich je gesehen habe!«

»Außergewöhnlicher als Athos?«

»Geistlich gesehen, ist er ebenso heilig. Aber die Landschaft ist erstaunlicher. Die Natur ist grandios: Felsensäulen erheben sich mitten aus der Ebene. Eremiten leben seit einigen Jahrhunderten zurückgezogen in den zahlreichen Höhlen dieser sonderbaren Berge. Aber am beeindruckendsten sind die Bauwerke, die die frommen Mönche auf den meisten Gipfeln errichtet haben. Nur Gott weiß, durch welches Wunder es ihnen gelungen ist, diese Glanzleistungen zu vollbringen! Zugang zu diesen Klöstern zwischen Himmel und Erde hat man nur durch ein ausgeklügeltes System aus Rädern, Rollen und Seilen, mit dem Menschen, Nahrung und Materialien in über der Tiefe schwebenden Netzen hochgehievt werden.«

Giovanni zeigte sein Erstaunen.

»Es ist sehr beeindruckend«, fuhr der Ikonenmaler fort. »Als man mich zum ersten Mal in dieses Netz hineingesetzt hatte und ich gute fünf Minuten in der Luft hing, meinte ich, mir bliebe das Herz stehen! Und dann gewöhnt man sich daran.«

»Wie lange seid Ihr dort geblieben?«

»Sehr lange! Es ist fünfzehn Jahre her. Ich habe die ganze Kirche des kleinen Klosters Agios Nikolaos Anapavsos ausgemalt. Ein Ort von außergewöhnlicher Schönheit, an den ich mich mit Sehnsucht erinnere.«

»Könntet Ihr mir ein Empfehlungsschreiben für den Hegumenos dieses Klosters mitgeben?«, fragte Giovanni, der in diesem Moment den Entschluss gefasst hatte, diesen so reizvollen Ort zu besuchen.

Giovanni war fünf Tage unterwegs, bis er den nach Athos heiligsten Ort der griechischen Orthodoxie erreichte. Da das ganze Land von den Osmanen kontrolliert wurde, hatte er nichts zu befürchten, zumal ihm seine Mönchskutte einen bevorzugten Status verlieh.

Als Giovanni Meteora endlich vor sich sah, war er wie vom Donner gerührt. Diese riesigen, vollkommen glatten Felsen schienen sich aus dem Nichts zu erheben. Als er näher kam, bewegte ihn die Schönheit der Klöster, die sich an die höchsten Gipfel schmiegten, noch mehr. Die Stätten der Mönche waren, wie es ihm Theophanes erklärt hatte, nur durch ein System von Seilwinden zu erreichen. Der Novize kam in ein Dorf, das am Fuße der Felsen lag, und fragte, wo es zum Kloster Agios Nikolaos gehe. Dann bog er auf einen Pfad, der inmitten einer zunehmend wilden Natur anstieg. Nachdem er eine knappe Stunde gegangen war, gelangte er zum Fuße des Klosters. Der Felsen, auf dem es stand, war im Vergleich zu den anderen nicht so hoch. Aufgrund seiner geringen Fläche hatte man das Kloster, das sich vollkommen an die Formen des Steins anschmiegte, sehr in die Höhe gebaut, was dem Ganzen eine außergewöhnliche Harmonie verlieh.

Giovanni hob den Blick und entdeckte etwa fünfzig Meter über der Erde ein Netz, das sich an einem Seil langsam herabsenkte. Bald darauf sah er, dass ein Mönch wie ein gefangener Fisch in diesem Netz hing. Kaum hatte er den Boden berührt, entfernte der Mönch den mächtigen Haken, der das aus Seilen bestehende Netz um einen Ring, der mit einem Tau verbunden war, zusammenhielt. Sie tauschten den rituellen Gruß.

»Evlogite!«, sagte der Mönch.

»O'Kyrios!«, antwortete Giovanni.

»Von welchem Kloster kommst du?«

»Ich komme vom Athos.«

»Vom Heiligen Berg! Gott segne dich. Und wie ist dein Name?«

»Bruder Ioannis.«

»Herzlich willkommen. Möchtest du in unser Kloster?«

»Ja. Ich habe ein Empfehlungsschreiben für den Hegumenos von Theophanes Strelitzas.«

»Gott segne ihn! Wie geht es ihm?«

»Gut. Er malte gerade das Refektorium des Klosters Stavronikita aus.«

»Du wirst die überragenden Fresken bewundern können, mit denen er unsere kleine Kirche ausgeschmückt hat. Sie sind eine große Gottesgabe für unsere Gemeinschaft.«

»Wie viele Mönche seid ihr?«

»Achtzehn. Unser Kloster ist eines der kleinsten. Im Großen Meteoron, das du hinter dir siehst, leben mehr als zweihundert. Und insgesamt beten hier auf diesen Felsen in über zwanzig Klöstern und vielen Einsiedeleien mehr als zweitausend Mönche!«

»Das ist ja unglaublich!«

»Bist du schon einmal zum Beten hier gewesen?«

»Nein, noch nie!«

»Ein Glück für dich, dass ich gerade heruntergekommen

bin, um ins Dorf zu gehen! Ich erkläre dir, was du tun musst, um zum Kloster zu kommen.«

Der Mönch zog Giovanni ein Stück weiter.

»Hier das Klopfbrett. Du musst etwa zwanzigmal darauf hämmern und die Antwort des Pförtner-Mönchs abwarten. Wäre das Netz nicht heruntergelassen, würde er es dir bald schicken. Wir rufen ihn, und ich werde dich ins Netz setzen.«

Der Mönch schlug in einem bestimmten Rhythmus auf das Holzbrett, worauf sofort die Antwort erfolgte: Kurze kleine Schläge tönten vom Felsen herab. Nicht ohne Sorge stellte sich Giovanni in das auf dem Boden ausgebreitete Netz. Dann zeigte ihm der Mönch, wie er den Haken aufnehmen musste, der alle Netzmaschen in dem großen, am Ende des Taus hängenden Ring zusammenfasste. Als all dies getan war, zog der Mönch fünfmal kurz am Seil, das das Netz mit der Winde verband. Kurz darauf hob sich das Tau in die Höhe, und Giovanni hatte keinen Boden mehr unter den Füßen. Zusammengeknickt saß er da, die Hände um die Knie geschlungen.

»Hab keine Angst«, rief der Mönch und winkte ihm nach. »Das Seil reißt nur ganz selten!«

Das »ganz selten« stürzte Giovanni in heftige Angst. Er schloss die Augen, um nicht in die Tiefe zu sehen. Die Fahrt hinauf kam ihm wie eine Ewigkeit vor. Ohne Unterlass betete er den Namen Jesu. Schließlich gelangte er vor ein Plateau, und zwei Mönche griffen nach dem schwankenden Paket, um es auf den Boden zu ziehen. Kaum befreit, sah Giovanni zwei weitere Mönche, die das Rad in Bewegung gesetzt hatten. Erleichtert seufzte er auf und sagte sich, er habe es nicht eilig, wieder hinunterzukommen.

FÜNFZIG

Vier Monate waren vergangen, seit Giovanni im Kloster Agios Nikolaos angekommen war. Nicht ein einziges Mal hatte er diesen Adlerhorst verlassen. Er teilte das asketische Leben der Mönche, von denen die meisten sehr alt waren. Doch hinter diesem dem Gebet gewidmeten und scheinbar einfachen Leben zehrte ein großes Drama an der Seele des Novizen. Er dachte unentwegt an Elena. Nicht nur dass sich sein Geist die Glücksmomente in Erinnerung rief, sondern auch sein Körper war in Aufruhr, und oft wachte er voll des Begehrens nach ihr auf. Er konnte noch so sehr seine Gedanken Gott darbieten, sich der Jungfrau Maria anvertrauen oder über die göttliche Barmherzigkeit nachsinnen, nichts half: Die junge Frau bedrängte ihn Tag und Nacht. Er vertraute sich dem Hegumenos, dem Klostervorsteher Pater Basileios, an, einem strengen, kompromisslosen Greis. War das unaufhörliche Begehren, das er für die junge Frau empfand, Zeichen dafür, dass er nie ein klösterliches Leben führen könnte? Müsste er nun, wie es ihm der Starez Symeon nahegelegt hatte, das Kloster verlassen? Der Hegumenos teilte diese Auffassung nicht. Ganz im Gegenteil, er war davon überzeugt, der junge Bruder Ioannis habe eine wahre Berufung, er müsse aber durch Beten, Fasten und Schlafentzug jedes fleischliche Begehren und jeden Gedanken daran ausmerzen. Daher drängte er Giovanni, ein zunehmend strengeres Leben zu führen und täglich seine Gedanken an die ihn peinigende Fleischeslust zu beichten.

Giovanni hatte wieder angefangen, Ikonen zu malen. Er achtete besonders sorgsam darauf, nicht wieder die Züge der jungen Frau zu malen, die noch immer sein Herz zum

Lodern brachte. Es gelang ihm zwar recht gut, das Gesicht der Jungfrau nach dem traditionellen Kanon zu zeichnen, doch ihr Blick blieb merkwürdig. Da begriff Giovanni, dass es ihm trotz all seiner Bemühungen unmöglich war, nicht Elenas Blick zu malen. Nachdem er viele Male die Augen der Mutter der Barmherzigkeit von neuem begonnen hatte, kam ihm eine Idee. Weil es ihm nicht gelang, Elenas Blick zu vergessen, könnte er doch diese Schwierigkeit umgehen und eine Jungfrau mit geschlossenen Augen darstellen. Tief aufgewühlt konnte er endlich seine Ikone fertig stellen. Das Ergebnis war recht ungewöhnlich. Lange betrachtete er sie, und Tränen der Rührung rannen ihm über die Wangen. Er könnte also weitermalen. Er wollte gerade dem Hegumenos sein Werk zeigen, als ihm beim Abendgebet ein finsterer Gedanke kam, der ihn so sehr verdross, dass er die Kapelle verließ und in das Kämmerchen hinaufging, das ihm als Malstube diente. Im schwachen Licht einer Kerze sah er die Ikone an und erstarrte. Was er in der Kirche geahnt hatte, war ihm nun zur Gewissheit geworden. Diese geschlossenen Augen, dieser zarte, ruhige Ausdruck, waren seit Jahren tief in sein Gedächtnis eingebrannt. Es war Elenas Gesichtsausdruck, als er sie vom Dachboden aus zum ersten Mal gesehen hatte und sie ausgestreckt auf dem Bett lag.

Eine Welle der Verzweiflung durchflutete Giovannis Herz. Nun hatte er die Gewissheit, dass er Elena nicht vergessen könnte. Ihr Gesicht bliebe für immer in sein Gedächtnis eingegraben. Am selben Abend erzählte er all das dem Hegumenos, der es selbst übernahm, die verfluchte Ikone ins Feuer zu werfen. Er verbot ihm zu malen, ermutigte ihn aber, hartnäckig an seiner Berufung festzuhalten.

Mehrere Wochen verbrachte Giovanni in größter Niedergeschlagenheit. Zum ersten Mal dachte er ernstlich darüber nach, entgegen der Ansicht des Hegumenos das Kloster zu verlassen. Aber wo sollte er hin? Sein Herz gab ihm ein, nach Venedig zu Elena zurückzukehren. Es war Irrsinn, aber er konnte nicht ohne sie leben! Vielleicht würde sie ihn erwarten. Vielleicht hatte sie ihre Meinung geändert und wäre nun bereit, aus Liebe zu ihm ihrer Familie und ihrer Stadt zu entfliehen. Und dann würde er endlich erfahren, ob sie dem Papst Meister Lucius' Brief überbracht hatte. Trotz der ungeheuren Gefahren begann er, seine Rückkehr nach Venedig, verkleidet und unter falschem Namen, ins Auge zu fassen.

Eines Nachts, als der Schlaf ihn mied und er Pläne schmiedete, erinnerte er sich an einen Satz von Luna: »Du wirst aus Eifersucht, aus Angst und aus Wut töten.« Im Kloster hatte er diesen Satz der Hexe völlig vergessen. Und nun stiegen diese befremdlichen Worte wieder in ihm hoch. Giovanni geriet darüber in tiefe Verwirrung. Hatte die Hexe nicht diesen ersten Mord vorhergesehen? Würden nicht, wenn er nach Venedig zurückkäme, unweigerlich durch die Leidenschaft, die ihn beherrschte, die mächtigen Bande des Schicksals ihn wieder fesseln, und würde er nicht weitere Verbrechen begehen?

In den nächsten Tagen sann er über diesen Gedanken nach und beschloss, mit Pater Basileios offen darüber zu sprechen. Dieser nahm Lunas Worte voll Skepsis auf. Gleichwohl hielt er ihm mit Nachdruck vor Augen, dass seine Rückkehr in die Welt für ihn die Ketten der Sklaverei an die Leidenschaft und Sünde bedeuteten. Für den Greis stand Giovanni vor einer schwierigen Lebensentscheidung: die geistige Freiheit und ein tugendhaftes Leben im Rahmen eines Daseins, das vollkommen Gott gewidmet war, oder aber ein Sichverlieren an die Macht des Verlangens und ein bewegtes, sicher dramatisches Leben in der Welt.

Die Worte des Hegumenos rührten Giovanni. Eine Woche später entschied er, seine ewige Profess der Keuschheit, der Armut und des Gehorsams in diesem Kloster abzulegen. Pater Basileios war hocherfreut und machte ihm den Vorschlag, diese Zeremonie zu Anfang der Fastenzeit abzuhalten. Giovanni betete Tag und Nacht und kasteite sich weiter. Da nun sein Entschluss gefasst war, fand er zurück zu einem gewissen inneren Frieden. Nur eines quälte ihn noch: dass er nicht die Kraft haben könnte, sein ganzes Mönchsleben lang seine Verpflichtung Gott gegenüber einzuhalten.

Als er wenige Tage vor dem Gelübde auf der kleinen Terrasse, die auf der Felsspitze lag, meditierte und sein Blick auf die Felswand fiel, die sich einige hundert Meter vom Kloster entfernt erhob, kam ihm ein verrückter Gedanke. Erst nahm er ihn skeptisch auf, dann aber ließ er sich von ihm immer mehr gefangennehmen. Schließlich stieg er mit einer sonderbaren Mischung aus Überschwang und Furcht die schmale Holzleiter hinunter und klopfte an die Tür des Klostervorstehers.

EINUNDFÜNFZIG

E*vlogite!«*

»O'Kyrios«, antwortete der Hegumenos mit etwas matter Stimme. Nachdem Giovanni die Hand des Alten geküsst hatte, setzte er sich auf den Boden.

»Was gibt es?«, fragte der Mönch, erstaunt über den begeisterten Gesichtsausdruck des Novizen.

»Ich glaube, der Herr hat mir die Lösung eingegeben!«

»Die Lösung wofür?«

»Für die spirituelle Krise, die ich seit einigen Wochen durchlebe, seitdem ich mich entschieden habe, das Gelübde abzulegen. Wie ich Euch anvertraut habe, peinigt mich der Gedanke, ich könnte mein Gelübde brechen und eines Tages in die Welt zu dieser Frau zurückkehren, die mein Herz berührt hat, und alle möglichen niederträchtigen Verbrechen begehen.«

Der Alte deutete ein Nicken an.

»Als ich vorhin die Felswand, die unserem Kloster gegenüberliegt, und insbesondere die Grotte betrachtet habe, in der der heilige Ephraim gelebt hat, hat Gott der Herr mir die Lösung für diese Angst eingegeben.«

Der Hegumenos begann zu verstehen, worauf der junge Mönch hinauswollte, da ihm dies aber zu überraschend kam, tat er so, als verstünde er nicht, um ein wenig Zeit zum Nachdenken zu gewinnen.

»Ja und?«

»Bruder Antonius hat mir viel aus dem Leben von Ephraim dem Eremiten erzählt. Wie vor beinahe zweihundert Jahren dieser Mönch, den das Fleisch einer Frau und die Erinnerung an sie quälte, beschloss, sich für den Rest seines Lebens in der Grotte in der Mitte der Felswand einschließen zu lassen. Wie Ihr wisst, hat er über vierzig Jahre dort verbracht, ohne je mit einem Menschen zu sprechen, in der Einsamkeit und im Gebet, allein mit den Engeln als Vertraute. Antonius hat mir erzählt, wie man ihm einmal pro Woche – so wie man es mit allen frommen Eremiten macht, die diesen radikalen Weg gewählt haben – in einem Korb Brot und Wasser herabließ und dass es über vierzig Jahre dauerte, bis er diese Vorräte nicht mehr anrührte. Da man nun wusste, dass er tot war, hat sich ein Mönch an einem Seil heruntergelassen, um nachzusehen und seine Leiche zu bergen. Wie groß war seine Überraschung, als er feststellen musste, dass die Grotte leer, absolut leer war. Ephraims Leiche war tatsächlich verschwunden, und die Suche am Fuße des Felsens, über zwanzig Meter unterhalb der Grotte, blieb erfolglos. Einige Wochen später hatte ein frommer Mönch die Vision, Ephraims Körper sei so rein geworden, dass er von den Engeln des Herrn geradewegs in den Himmel gebracht worden sei. Seither wird Ephraim der Eremit in unseren Klöstern als ein großer Heiliger verehrt.«

»All das weiß ich. Worauf willst du hinaus?«

»Warum sollten andere Mönche, die ebenfalls das Verlangen nach einer Frau peinigt, ihm nicht in seinem Glauben und seinem absoluten Vertrauen in Gott nacheifern können? Warum sollte ich mich nicht in die Grotte des heiligen Ephraim zurückziehen und geloben können, dort bis zu meinem Tod zu bleiben?«

Der Hegumenos schwieg eine Weile. Dann strich er sich über seinen graumelierten Bart.

»Gewiss, die Heiligen sind unsere Vorbilder. Aber fühlst du dich wirklich zu einer solchen Entsagung berufen? Hast du eine Vorstellung, welche Kämpfe du gegen den Satan und gegen dich selbst führen müsstest, um nicht verrückt zu werden?«

»Diese Kämpfe führe ich, seitdem ich hier bin. Ich glaube, Gott bittet mich heute um diesen Akt des absoluten Verzichts, um mich endlich von den Ketten zu befreien, die mich an diese Frau binden. Hat sich denn nicht Ephraim auf diese Weise von seinem Joch befreit? Warum hat Gott mich in dieses Kloster genau gegenüber dieser Grotte kommen lassen, wenn nicht, um mich aufzufordern, diesem Heiligen nachzueifern?«

Der Klostervorsteher schloss die Augen und strich sich immer noch über den Bart.

»Das will überlegt sein.«

»Praktisch gesehen ist es ganz einfach«, entgegnete Giovanni mit strahlenden Augen. »Auf dem Felsgipfel leben zwei Mönche, die dort eine Seilwinde gebaut haben. Sie müssten mich nur ein einziges Mal auf die halbe Höhe des Felsens hieven, in die Grotte hinein, und mir anschließend einmal pro Woche Brot und Wasser in einem Korb zukommen lassen. Wird der Korb voll wieder hochgezogen, werde ich endlich in das Reich unseres himmlischen Vaters eingegangen sein.«

»Ja, ja, ich weiß, dass es machbar wäre«, brummelte der

Superior. »Aber bist du wirklich zu dieser außergewöhnlichen Lebensweise berufen? Dessen muss ich mich im Gebet vergewissern.«

Giovanni neigte den Kopf und legte die Hand aufs Herz.

»Selbstverständlich, Vater, doch wisst, seitdem mir dieser Gedanke gekommen ist, als ich Gott um die Gnade der Erkenntnis bat, hat meine Seele endlich wieder Frieden gefunden.«

»Wir sprechen am Samstag nach der Liturgie noch einmal darüber. Bitte bis dahin die Muttergottes, mir Klarheit zu geben.«

Am nächsten Samstag, dem Tag des Saturn, fand sich Giovanni in der kleinen Zelle des Hegumenos ein. Vater Basileios machte ein ernstes Gesicht.

»Ist dein Wunsch, bis zu deinem Tode in der Grotte des heiligen Ephraim zu leben, noch immer unerschütterlich?«

»Ich habe Tag und Nacht zu unserem Herrn und seiner Mutter gebetet, und dieser Wunsch ist in mir nur größer geworden«, antwortete Giovanni mit fester Stimme.

»Hmm«, machte der alte Mann. »Auch ich habe viel gebetet, um Erkenntnis über dich zu gewinnen. Es ist eine schwerwiegende Entscheidung, die sich nicht nur auf dein ganzes Leben auswirkt – wie es auch das Gelübde tut –, sondern die auch noch ohne Widerruf ist. Ein unbeständiger Mönch kann sein Gelübde brechen und nach einer Zeit des Umherirrens durch die Barmherzigkeit Gottes gerettet werden, die Abgeschiedenheit auf Lebenszeit jedoch kennt keinen anderen Ausgang, als bis zum Ende durchzuhalten, andernfalls verliert man den Verstand oder nimmt sich das Leben. Du weiß doch, dass man so manchen Eremiten tot am Fuße des Berges aufgefunden hat, auf dem er in der Abgeschiedenheit einer Höhle gelebt hat? Man hat niemals erfahren, was geschehen war, doch die Möglichkeit des Freitods kann man nie ausschließen.«

»Aber das weiß ich doch, Vater. Doch ich nehme lieber das

Risiko auf mich, den Verstand zu verlieren, als eines Tages mein Gelübde zu brechen und in die Welt zurückzukehren, wo ich das Herz dieser Frau martern oder ein weiteres Verbrechen begehen könnte.«

»Du hast Mut, und selbst wenn es in den Augen der Menschen ein Irrsinn ist, glaube ich, dass dein Wunsch von Gott kommt, und dem kann ich mich nicht widersetzen.«

Giovannis Augen strahlten.

»Danke!«

»In neun Tagen, am Aschermittwoch, wirst du deine Profess ablegen und auch das Gelübde, dass du in dieser Grotte leben wirst. Am selben Tag wird man dich in die Höhle hinablassen. Du wirst warme Kleidung und mehrere Wolldecken mitnehmen, die dich vor der Kälte schützen sollen. Und du wirst nur ein einziges Buch haben: die heilige Bibel. Kein Flehen, kein Schreien, kein Beten wird dich je von dieser Verpflichtung befreien. Nur der Tod erlöst deine Seele aus diesem freiwilligen Gefängnis. So frage ich dich ein letztes Mal: Willst du es von ganzer Seele und von ganzem Gemüte?«

»Ich will es von ganzer Seele und von ganzem Gemüte. Ich will für immer abgeschieden von der Welt und geborgen in Gott sein. Ich will es bis zu meinem Tode, getragen nicht von meinen menschlichen Kräften, sondern allein von der Hoffnung auf die Begegnung in der Ewigkeit mit unserem Herrn Jesus Christus, mit ihm, der gesagt hat: ›Denn wer sein Leben will behalten, der wird's verlieren; und wer sein Leben verlieret um meinet- und des Evangeliums willen, der wird's behalten.‹«

ZWEIUNDFÜNFZIG

Herr Jesus Christus, Sohn Gottes, hab Erbarmen mit mir Sünder.«

Mühsam stand Giovanni auf. Seit mehreren Stunden hatte er auf dem feuchten Boden der Grotte gekniet und ununterbrochen das Jesusgebet gesprochen. Die Sonne war aufgegangen, und ihre ersten Strahlen streiften den Eingang der Höhle, der nach Osten ging. Wie jeden Morgen verrichtete Giovanni seine Notdurft in einen Holzbottich und schüttete die Exkremente in die Tiefe. Dann setzte er sich an den Grottenrand und ließ sein abgemagertes Fleisch von der sanften Morgensonne wärmen. Dies war die einzige Freude, die er seinem Körper zugestand. Als nach zwanzig Minuten seine Knochen aufgewärmt waren, schlug er seinen Psalter auf und begann zu beten.

»Herr Jesus Christus, Sohn Gottes, hab Erbarmen mit mir Sünder.«

Kaum hatte er die Psalmen zu Ende gesprochen, ließ ihn das Geräusch der Seilwinde aufmerken. Ein großer Korb, der an einem Hanfseil hing, erschien plötzlich vor der Öffnung der Grotte. Er griff nach ihm mit aller Vorsicht, aus Angst, den wertvollen Inhalt umzuwerfen: ein Tönnchen Wasser und einen großen Brotlaib, der ihm als Vorrat für eine ganze Woche diente. Manchmal legten Bruder Gregorios und Bruder Nicodemos, die beiden Mönche, die in der kleinen Skiti oben auf dem Felsen lebten und deren Aufgabe es war, ihn mit Nahrung zu versorgen, noch einige frische oder getrocknete Früchte hinzu, je nachdem, was sie hatten beschaffen können. Dieses Mal gab es, wie Giovanni feststellte, nur Wasser und Brot. Er nahm es an sich und zog fünfmal kurz am Seil. Und etwa zwanzig Meter oberhalb setzte sich eine Seilwinde, die Bruder Gregorios betätigte, in Bewegung.

»Herr Jesus Christus, Sohn Gottes, hab Erbarmen mit mir Sünder.«

Das Herzensgebet begleitete jede Geste seines Lebens. Ob Giovanni aß, ob er die Stundengebete sprach, ob er die Bibel las oder den Horizont betrachtete: der Name Jesu verwurzelte sich tief in seinem Herzen, und oft geschah es, dass er betend erwachte, sogar ohne sich dessen bewusst zu sein. Elenas Gesicht tauchte in seinen Träumen nicht mehr auf, und sein Herz war geborgen in Gott. Als sein karges Mahl beendet war, bespritzte er sich das Gesicht und räumte Brot und Wasser in einen Winkel der Höhle.

Die Grotte in der Mitte der Felswand sah aus wie ein etwas schlitziges Auge, sie war sieben oder acht Meter breit und ungefähr drei Meter hoch. Nach hinten weitete sie sich. Mit einer Tiefe von etwa zehn Metern erreichte sie an ihrer breitesten Stelle zwölf Meter.

Giovanni schlief und betete hinten in der Höhle. Er aß, sprach die Stundengebete und las die Bibel weiter vorne an der Öffnung, um mehr Licht zu haben.

In den neun Monaten, die er dieses Klausnerleben führte, hatte er seine Entscheidung nicht einen einzigen Augenblick bedauert. Was hätte das Bedauern auch genutzt, da doch diese Entscheidung unumkehrbar war? Selbst wenn er krank war, konnte er weder Besuch noch Hilfe von außen bekommen. Er lebte der göttlichen Vorsehung ausgeliefert und hatte die Augen der Seele auf das Elend des menschlichen Schicksals und die Größe der göttlichen Barmherzigkeit gerichtet:

»Herr Jesus Christus, Sohn Gottes, hab Erbarmen mit mir Sünder.«

Sein Herz hatte wieder Frieden gefunden. Im Laufe der ersten Monate hatte er sogar so intensive Momente der Gnade erfahren, dass er lange Stunden, die Seele durchdrungen von der Kraft der göttlichen Liebe, geweint hatte. Dann waren die Gnaden nach und nach versiegt. Dennoch hörte er nicht auf, ohne Unterlass zu beten und nach den strengen Regeln zu leben. Pater Basileios hatte ihm geraten, besonders sorgsam darauf zu achten, nie die Disziplin des Alltagslebens schleifen zu lassen. Er betete auch jeden Tag zu seinem Vorbild, dem heiligen Ephraim, und erflehte die Kraft, in seinem Glauben und seinem Vertrauen auf Gott nicht nachzulassen. Wenn ihn der Schatten einer Mutlosigkeit streifte, dachte er an den heiligen Eremiten, der an diesem Ort vierzig Jahre lang gelebt, gebetet und mit Gott und den Engeln gesprochen hatte. Und allein schon dieser Gedanke gab ihm neuen Mut.

»Herr Jesus Christus, Sohn Gottes, hab Erbarmen mit mir Sünder.«

Dennoch verspürte er seit einigen Wochen, seit die Herbstkälte die Nächte beschwerlich machte, eine leichte innere Erregung. Ohne dieses Gefühl genauer benennen zu können, merkte er, dass er sich körperlich mehr bewegen musste und dass schon seine Träume unruhiger wurden. Tatsächlich begann er, sich auf diesem begrenzten Raum eingeengt zu fühlen, weigerte sich jedoch, es sich einzugestehen: Ein Erkennen hätte der Angst Tür und Tor öffnen können. Unmerklich inspizierte er den hinteren Teil der Grotte, als suchte er nach einer weiteren Öffnung.

»Herr Jesus Christus, Sohn Gottes, hab Erbarmen mit mir Sünder.«

Als er an diesem Morgen wie immer sein ewiges Gebet psalmodierte, strichen seine Hände langsam über die felsige Rückwand, ohne zu ahnen, dass er eine unglaubliche Entdeckung machen sollte.

Er spürte, dass in der untersten, dunkelsten Ecke der Grotte der Stein weniger glatt war. Er legte sich auf den Boden, und als er die Rückwand genauer betrachtete, sah er, dass es sich tatsächlich um mehrere, übereinandergeschichtete Felsblöcke handelte, die mit einer so dicken Staubschicht überzogen waren, dass er sie unmöglich hatte mit dem Auge erkennen können. In jäher Aufregung kratzte Giovanni mit einem scharfkantigen Stein an der Wand. Nach einer Stunde begriff er, dass es sich um eine sehr alte Verschüttung handelte. Die Höhle musste ursprünglich viel tiefer gewesen sein, und ihren hinteren Teil musste man durch einen schmalen Tunnel erreicht haben können. Weil die Decke dieses Tunnels eingestürzt war, war der hintere Teil nun nicht mehr zugänglich.

Als die erste Verblüffung sich gelegt hatte, beschloss Giovanni, sich von dieser Entdeckung nicht aus der Ruhe bringen zu lassen, und er nahm den Rhythmus aus Gebet und täglicher Lektüre wieder auf.

»Herr Jesus Christus, Sohn Gottes, hab Erbarmen mit mir Sünder.«

Doch in dieser Nacht musste der Mönch trotz seines unablässigen Betens immerzu an den verschütteten Tunnel denken. Eine unbezähmbare Neugier schwirrte in seinem Kopf: Was konnte sich hinter diesen aufgetürmten Steinblöcken befinden? War die Grotte wohl sehr viel größer? Um sich von diesen quälenden Fragen zu befreien, beschloss er, sich Gewissheit zu verschaffen und gleich am nächsten Morgen zu versuchen, die Felsblöcke beiseitezuräumen. Kaum hatte er gefrühstückt, machte sich Giovanni am obersten Block zu schaffen. Mit Hilfe eines scharf gewetzten Steins legte er seine Konturen frei. Über zwei Stunden lang mühte er sich, ihn zu bewegen. Vergeblich. Plötzlich wurde ihm bewusst, dass er zum ersten Mal seit neun Monaten ein Stundengebet versäumt hatte. Daraufhin fasste er den Entschluss, seine

Grabungen erst am nächsten Tag fortzusetzen, und stellte einen präzisen Arbeitsplan für den Vor- und Nachmittag auf. Es gelang ihm, diesen Vorsatz einzuhalten. Zumindest äußerlich, denn er musste dagegen ankämpfen, dass sein Blick und seine Gedanken sich nicht ständig dem Geröll zuwendeten, das er beiseitegeschafft hatte. Er verbrachte zwei Stunden am Vormittag und zwei Stunden am Nachmittag mit dem Versuch, die Felsbrocken freizulegen. Mit viel Geduld und Anstrengung gelang es ihm schließlich, einen Block erst zu bewegen und dann hervorzuziehen. Mit all den anderen ging es nun sehr viel leichter. Am zehnten Arbeitstag lag der Tunnel frei. Er war nicht länger als zwei Meter und mündete im zweiten, sehr schummrig beleuchteten Teil der Grotte. Ein stechender Geruch nach Feuchtigkeit, sogar nach Fäulnis stieg ihm in die Nase. Als sich seine Augen an das Dämmerlicht gewöhnt hatten, sah er, dass diese zweite Höhle um die Hälfte kleiner war als die erste, und vor allem sehr viel niedriger. Er musste vorwärtskriechen. Da stießen in der dunkelsten Ecke seine Hände gegen etwas Eigenartiges. Er nahm es und trug es ans Licht: ein Knochen! Ein menschliches Schienbein!

»Herr Jesus Christus, Sohn Gottes, hab Erbarmen mit mir Sünder.«

Angestrengt betend und mit klopfendem Herzen kroch er in die feuchte Höhle zurück. Ein vollständiges Skelett lag da unter Stofffetzen. Nach und nach schaffte Giovanni die Gebeine in die Hauptgrotte. Er hatte keinerlei Schwierigkeit, das Skelett eines Mannes mittlerer Größe wieder zusammenzufügen. Die kleine Goldplakette am Hals des Toten ließ keinerlei Zweifel an seiner Identität: Ephraim.

DREIUNDFÜNFZIG

Unter dem Namen des Mönchs war auch das Datum seiner ewigen Profess eingraviert: Ostern 1359. Giovanni war wie betäubt. Darum also hatte man die Leiche des heiligen Eremiten nie gefunden! Ganz offenbar hatte er im zweiten Teil der Grotte seine Schlafstatt eingerichtet. Eines Nachts hatte ein Einsturz den Tunnel, der die beiden Höhlen miteinander verband, verschüttet. Der Unglückselige saß in der Falle. Er musste verhungert und verdurstet sein. Die Brüder, die seine Leiche holen wollten, kannten die Grotte nicht, denn der alte Eremit hatte bereits vierzig Jahren, in der Abgeschiedenheit verbracht. Sie hatten also nur feststellen können, dass der Alte auf geheimnisvolle Weise verschwunden war.

Giovanni musste an den Mönch denken, der einige Wochen später geträumt hatte, die Engel des Herrn hätten die Leiche des Eremiten direkt in den Himmel gebracht. Diese Erklärung hatte sich aufgedrängt, und seit fast hundertfünfzig Jahren ehrte man das Andenken dieses Eremiten als das eines großen Heiligen. Ein Schauer der Angst lief dem jungen Mann über den Rücken.

»Herr Jesus Christus, Sohn Gottes, hab Erbarmen mit mir Sünder.«

Giovanni betete und beruhigte sich mit dem Gedanken, Ephraim habe sicherlich nach so vielen Jahren der Einsamkeit zu höchster Geistigkeit gefunden. Da war es nicht von Belang, dass sein Tod durch einen Unfall und nicht durch ein Wunder verursacht war.

Giovanni beschloss, seinen unglückseligen Kameraden christlich zu bestatten. Das Beste wäre gewesen, die Brüder von dieser Entdeckung zu benachrichtigen, damit der fromme Mann im Kloster beerdigt würde. Doch er verzichtete darauf, da er fürchtete, den Glauben mancher Mönche zu erschüttern, die dem Eremiten größte Verehrung entgegenbrachten. Stattdessen entschied er, die Knochen hinten in der Grotte aufzuhäufen, mit Steinen zuzudecken und das Holzkreuz, das er mitgebracht hatte, daraufzulegen. Als er seine Arbeit fast vollendet hatte, bemerkte er etwas Ungewöhnliches auf einem der Felsbrocken, den er bewegte: eine undeutliche, von Staub zugedeckte Schrift. Er rieb mit seinem Ärmel darüber. Ja, da standen Worte, unlesbar im Halbdunkel.

Diese neue Entdeckung erschütterte Giovanni bis ins Innerste. Der heilige Eremit wollte, bevor er starb, noch eine Botschaft hinterlassen. Und die Vorsehung hatte gewollt, dass er, Bruder Ioannis, dieses Testament entgegennahm … anderthalb Jahrhunderte später. Der Mönch dankte Gott für diese unschätzbare Gnade.

»Herr Jesus Christus, Sohn Gottes, hab Erbarmen mit mir Sünder.« Völlig in Aufruhr rollte er den Felsbrocken ans Licht. Nach großen Mühen hatte er es geschafft, und nun betrachtete er den Stein.

Drei Worte waren mit zittriger Hand geschrieben. Sie waren kaum zu lesen, und Giovanni musste noch einmal über den Stein wischen.

Da sah er, dass der fromme Mann seine letzten Worte mit der Spitze seines Fingers … mit seinem Blut geschrieben hatte.

Klopfenden Herzens gelang es ihm endlich, die Botschaft, die Ephraim den Menschen nach vierzig Jahren Abgeschiedenheit hinterlassen hatte, zu entziffern.

Und die Botschaft lautete: »Es ist kein Gott.«

V. MARS

VIERUNDFÜNFZIG

Giovanni war einen Augenblick wie vor den Kopf geschlagen. Dann verlor er das Bewusstsein. Als er wieder zu sich kam, glaubte er, aus einem furchtbaren Albtraum zu erwachen.

Doch da lag der Stein – genau vor ihm. Zehn Mal, hundert Mal las er die aufgemalten Buchstaben. Immer wieder entzifferten seine Augen dieselbe Botschaft, doch sein Verstand begriff sie nicht, sein Herz glaubte sie nicht. Nein. Es war unmöglich, völlig unmöglich, dass ein Mann, der so viele Jahre in Askese und Einsamkeit gebetet hatte, am Ende seines Lebens die Existenz Gottes verwarf. Aber dass Gott seinen treuen Diener auf diese Weise verlassen haben könnte, schien ihm noch unmöglicher.

Giovanni suchte nach Erklärungen: Der Eremit hatte vielleicht einen längeren Satz schreiben wollen und nicht mehr die Kraft gehabt, ihn zu vollenden. Ja, das musste es sein. Der Anfang des Psalms 14 kam ihm in den Sinn: »Die Toren sprechen in ihrem Herzen: Es ist kein Gott. Sie taugen nichts und sind ein Gräuel mit ihrem Wesen; da ist keiner, der Gutes tue. Der Herr schauet vom Himmel auf der Menschen Kinder, dass er sehe, ob jemand klug sei und nach Gott frage.«

Das ist die Erklärung!, sagte sich Giovanni. Wie viele andere große Heilige war Ephraim mit seinen Gedanken in die Hölle getaucht, um die Verzweiflung derjenigen nachzuempfinden, die Gott nicht finden oder von ihm durch ihre Sünden abgeschnitten sind. Er fasste sich wieder und baute das Grab des Eremiten fertig. Den Rest des Tages verharrte er im Gebet. *»Herr Jesus Christus, Sohn Gottes, hab Erbarmen mit mir Sünder.«*

In den nächsten Tagen konnte Giovanni nicht anders, als wieder und wieder die Botschaft auf dem Stein zu lesen. Obgleich er fest an seine Erklärung glaubte, schlich sich ein beharrliches Unbehagen in seine Seele. Hatte er bisher den heiligen Ephraim um Hilfe angefleht, so betete er nun für das Seelenheil des alten Eremiten zu seiner eigenen Überraschung zum ersten Mal zur Jungfrau Maria. Diese Entdeckung steigerte seine Bestürzung. Er musste den Stein loswerden. Damit ihn niemand fände, rollte er ihn in den hinteren Teil der Grotte zurück und beschloss, den Tunnel wieder zuzuschütten.

Giovanni nahm den normalen Alltag seines Eremitendaseins erneut auf und versuchte, das Geschehene zu vergessen. Rasch wurde ihm die Unmöglichkeit dieser Absicht klar. Statt also die Gedanken zu vertreiben, die ihn ständig zu diesem schrecklichen Satz zurückführten, beschloss er, sie in sich aufzunehmen und sein Gebet mit dem des Ephraim zu vereinen für all jene, deren Seele keinen Zugang zu Gott fand. Für die Ungläubigen natürlich, aber auch für die großen Sünder und Skeptiker, die sogar die Existenz Gottes in Frage stellten. Schließlich sagte er sich, die Vorsehung habe ihn diese Entdeckung machen lassen, damit er einen neuen, einen noch tieferen Sinn in seiner Abgeschiedenheit mit Gott fände.

»Herr Jesus Christus, Sohn Gottes, hab Erbarmen mit mir Sünder.«

Mehrere Wochen lang betete der junge Mönch inbrünstig für die verlorenen Seelen. Doch eine dumpfe Angst hatte sein Herz erfasst, und dies zu leugnen gelang ihm nicht mehr. Er begriff, dass er nicht mehr an seine Vermutung über Ephraim glaubte. Daher betete er immer öfter für den armen Eremiten. Sicherlich war dessen Seele nach so vielen Jahren der Einsamkeit in Verwirrung geraten. Gott hatte ihm dies offenbart, damit er für das Heil des Unglücklichen betete. Von nun an wollte er jedes seiner Gebete Ephraims Seelenfrieden widmen.

»Herr Jesus Christus, Sohn Gottes, hab Erbarmen mit mir Sünder.«

Doch Tag für Tag stieg größere Wut in seinem Innersten auf. Dieser zunächst unerklärliche Zorn nahm ihn schließlich ganz in Besitz. Eines Nachts reckte er die Faust zum Himmel und schrie: »Warum? Warum hast du deinen Diener in der Verzweiflung sterben lassen? Warum hast du zugelassen, dass Satan seine Hoffnung auf deine Barmherzigkeit zunichte macht? Warum lässt du einen Mann, der dir sein ganzes Leben geopfert hat, in der Finsternis des Zweifels sterben? Bist du grausam? Hast du Freude daran, Unschuldige leiden zu sehen? Wie viel Blut und Tränen brauchst du noch, um deinem Zorn Genüge zu tun?« Sein Schrei war der der ganzen leidenden, gläubigen Menschheit, die das unerträgliche Schweigen Gottes nicht verstand.

Nachdem Giovanni bis zur Besinnungslosigkeit gebrüllt hatte, brach er weinend zusammen. Unendliches Elend ergriff sein Herz. Er empfand abgrundtiefes Mitgefühl für diesen Mann, der allem entsagt hatte, der gelitten, auf die Freuden der Welt verzichtet, ein Familienleben geopfert und jahrzehntelang Tag und Nacht in der Kälte, im Hunger, in der Einsamkeit gebetet hatte … um dann verlassen von diesem Gott, dem er in Liebe und Treue gedient hatte, zu sterben.

Ohne es zu wissen, beweinte Giovanni auch sich selbst.

FÜNFUNDFÜNFZIG

Drei Wochen waren seit jener nächtlichen Revolte vergangen. Drei Wochen, in denen Giovanni vergeblich versucht hatte, den Brand, der in seiner Seele loderte, zu löschen. Er hatte alle Gemütszustände durchlebt: Zweifel, Hoffnung, Angst, Gläubigkeit, Wut, Verlassenheit, Niedergeschlagenheit, Vertrauen, Traurigkeit. Nach furchtbaren inneren Kämpfen hatten seine Seele und sein Verstand letztlich wieder zueinandergefunden in der festen Überzeugung: Entweder war Gott ein bösartiges Wesen, ein sadistischer Vater, oder aber er existierte nicht … was besser wäre. Giovanni empfand keine Wut mehr. Er war nicht mehr traurig. Er war einfach still verzweifelt.

Die Erinnerungen aus der Vergangenheit brachen wieder über ihn herein. Voll Rührung sah er tröstliche Bilder seiner Familie vor sich. Aus dem Kloster hatte er seinem Vater und seinem Bruder einen Brief geschrieben, um ihnen die Sorge über sein Schicksal zu nehmen. Doch nun stellte er sich die Frage, was wohl aus ihnen geworden war. Er dachte wieder an Elena, und das Verlangen, sie wiederzusehen, ließ ihm keine Ruhe.

Doch vor allem sehnte er sich in diesen schmerzlichen Momenten nach einem Gespräch mit Meister Lucius. Zu gerne hätte er ihm seine Zweifel anvertraut, ihn um Rat gefragt. Giovanni versuchte sich vorzustellen, was der Philosoph ihm gesagt oder an seiner Stelle getan hätte. Wie er ihn vermisste!

Als eines Nachts in seiner Seele tiefe Verzweiflung tobte, kam ihm der Gedanke, sich umzubringen. Er näherte sich dem Abgrund und sah lange auf die Baumwipfel zwanzig Meter unter ihm. Er schloss die Augen. Bilder wurden in seiner

Erinnerung wach. Elenas Gesicht, das seiner Mutter. Sanfte, bittere Tränen rollten ihm über die eingefallenen Wangen. Er stand am Abgrund. Als er in die Tiefe springen wollte, erschien ihm das Gesicht von Luna. Und sein Körper wurde von einer merkwürdigen Regung übermannt, dem unbezähmbaren Bedürfnis nach geschlechtlicher Liebe. In Gedanken konzentrierte er sich auf die Hexe. Ihr verführerischer Duft, ihre zarte Haut nahmen plötzlich wieder von seinem geschundenen Körper Besitz. Ohne sich bewusst zu sein, was er tat, liebkoste er sich und rief sich mit geschlossenen Augen diese Frau in Erinnerung, die ihn bezirzt und ihm sein erstes sexuelles Erleben geschenkt hatte. Er stieß ein mächtiges Röcheln aus, den Schrei eines Tieres, einen Schrei, der aus der Finsternis der Urzeiten aufzusteigen schien.

Seit einigen Tagen betete er nicht mehr. Gewiss, die Worte kamen ihm noch über die Lippen, doch seine Seele lehnte sie ab. Er hatte zu einer schwachen, instinktiven Lebenslust zurückgefunden. Mehrmals am Tag befriedigte er sich. Manchmal waren seine Gedanken bei Luna, dann wieder bei Elena. Und dann war er plötzlich besessen von dem Gedanken, schnellstmöglich diesen Ort zu verlassen.

Es gab nur eine einzige Möglichkeit: Er musste die anderen glauben lassen, er wäre tot, damit ein Bruder herabkäme, um seinen Tod festzustellen. Also schränkte er seinen Verbrauch an Wasser und Nahrung ein, um etwas beiseitelegen zu können.

In der folgenden Woche rührte er den Korb nicht mehr an. Als die beiden Mönche, die in der Skiti lebten, den unangetasteten Korb sahen, beschlossen sie, nach ihm zu sehen. Der kräftigere hantierte an der Seilwinde und ließ den anderen im Netz bis zur Grotte hinab. An der Öffnung angekommen, stieg Bruder Nicodemos aus dem Netz und ging auf Giovanni zu, der auf dem Boden lag. Als sich der Mönch über ihn beugte, traf ihn ein heftiger Schlag am Kopf. Giovanni zerrte den leblosen Körper auf das Netz und stellte sich selbst hinein. Dann zog er fünfmal kurz am Seil. Das Netz hob sich, und ruckartig ging es aufwärts. Giovanni befreite sich und zog den bewusstlosen Mönch auf das Plateau. Der andere Mönch arretierte die Winde und rannte auf sie zu, im Glauben, sein Mitbruder brächte die Leiche des Eremiten. Verdutzt blieb er stehen.

»Was machst du da? Was ist mit Bruder Nicodemos geschehen?«

»Er ist nur ohnmächtig. Mir blieb keine andere Wahl, um aus der Höhle herauszukommen.«

»Aber … du hast doch das Gelübde abgelegt. Du hast nicht das Recht, sie zu verlassen!«

Giovanni spürte, wie ihn panische Angst ergriff.

»Ich muss weg!«, rief er.

»Daran werde ich dich hindern!«, schrie der Mönch und stürzte sich auf ihn.

Giovanni wich der Attacke geschickt aus und stieß den Mönch zur Seite. Erst rollte er einige Meter, dann kippte er über den Rand.

»Bruder Gregorios!«, brüllte Giovanni mit ausgebreiteten Armen. Er rannte zu ihm, wollte ihn festhalten, doch der Unglückselige ließ den Rand des Plateaus los und fiel vierzig Meter in die Tiefe.

Entsetzt sah Giovanni zu. Ein Satz der Hexe hallte in ihm wider: »Du wirst aus Angst töten.« Da verstand er, dass er durch seinen Rückzug aus der Welt seinem Schicksal hatte entgehen wollen. Doch das Schicksal hatte ihn eingeholt, bis in sein Kloster hinein, bis hinein in sein Einsiedlerleben und die Grotte. Denn sein Schicksal war tief in seinem Herzen eingebrannt.

SECHSUNDFÜNFZIG

Giovanni griff nach dem Rettungsseil, das an der Winde befestigt war, warf es in die Tiefe und begann den langen Abstieg. Unten angelangt, betrachtete er voll Entsetzen den zerschmetterten Bruder Gregorios.

Dann wandte er sich ab und lief zwei Tage und eine Nacht in Richtung Meer. Er hatte beschlossen, zu Meister Lucius zurückzukehren. Nicht nur, um ihm zu gestehen, dass er seine Mission nicht erfüllt hatte, sondern auch, um ein wenig Trost und kostbaren Rat bei diesem Weisen und seinem Diener, bei seinen einzigen wahren Freunden zu suchen. Natürlich hatte er auch an Elena gedacht, doch der Gedanke, der jungen Frau erneut das Herz zu brechen oder den Rest seines Lebens auf einer Galeere der Serenissima zu fristen, hatte ihn davon abgehalten. Vielleicht würde er sie später aufsuchen. Doch im Augenblick zählte nur, seinen alten Meister wiederzusehen.

Im Hafen von Volos fand er ein Genueser Schiff, das bereit war, ihn kostenlos mit nach Italien zu nehmen. Nach einer Woche auf See ging er in Pescara an Land. Kaum hatte er wieder italienischen Boden unter den Füßen, riss er sich seine fadenscheinige Soutane vom Leib und tauschte sie gegen ein paar alte Lumpen. Auf der Via Valeria schlug er die Richtung nach Rom ein.

Er verbrachte eine Nacht im Freien und wanderte weiter, verließ alsbald die Hauptstraße und nahm Wege, die in die bewaldeten Berge der Abruzzen hineinführten. Er ging raschen Schrittes bis ins Dorf Ostuni. Als er den Waldrand von Vediche erreichte, schlug sein Herz schneller, so glücklich war er, endlich wieder an diesem Ort zu sein, wo es ihm so gut ergangen war. Auf dem Weg zum Holzhaus trieben ihm die Erinnerungen Tränen in die Augen ... Er fühlte sich schuldig, weil er seinen Auftrag nicht ausgeführt hatte, doch tief im Innern wusste er, dass seine Freunde ihm vergeben würden.

Als er die Lichtung betrat, stockte ihm das Blut in den Adern.

Die Hütte war niedergebrannt.

An dem Unkraut, das die Überreste des Hauses überwucherte, erkannte Giovanni, dass der Brand schon einige Jahre zurückliegen musste. War es ein unglücklicher Unfall ... oder ein verbrecherischer Akt gewesen? Was war aus seinem Meister und Pietro geworden? Wieder nahm Angst Giovannis Herz in Beschlag. Er musste es herausfinden. Sogleich kehrte er um und ging zurück ins Dorf. Auf dem Weg traf er einen Bauern und fragte ihn:

»Ich wollte zwei Freunde besuchen, die im Wald von Vediche gelebt haben, und ich finde das Haus niedergebrannt und verlassen vor. Was ist denn geschehen?«

»Ah! Das ist ein großes Unglück!«, antwortete der Bauer zögernd. »Aber es ist schon lange her.«

»Was ist geschehen? Wo sind die Männer, die in diesem Haus gelebt haben?«

»Eine Horde von Banditen hat sie umgebracht. Schwarze Reiter.«

Giovanni spürte einen Schlag in die Magengrube.

»Wann war das?«

»Vor vielen Jahren! Bei den beiden lebte noch ein dritter Mann, ein Lehrling, glaube ich. Er ist weggegangen, und nur wenig später sind die schwarzen Männer gekommen ... Sie haben die Hütte in Brand gesteckt. Und das ist noch nicht alles! Wenn Ihr die Leichen des Alten und seines Dieners gesehen hättet! Wie man sie gefoltert hat, bevor sie starben! Bestimmt hat man sie zwingen wollen zu verraten, wo sie ihre Ersparnisse versteckt hatten ... und bestimmt haben sie nichts gesagt.«

»Wo sind sie beerdigt?«, fragte Giovanni gramerfüllt.

»Nicht weit vom Haus hat man ein Loch ausgehoben und die beiden Toten hineingelegt. Ein Priester hat sie gesegnet, und es wurde ein Kreuz aufgestellt.«

Nur mit Schwierigkeiten fand Giovanni die Stelle, wo seine Freunde beerdigt waren. Er richtete das kleine Kreuz wieder auf, das umgefallen war, und stand stumm davor. Seine Trauer war grenzenlos, doch keine einzige Träne fand den Weg aus seinen müden Augen. Zudem empfand er ein erdrückendes Schuldgefühl: Waren seine Verfolger zurückgekehrt und hatten seine Freunde gefoltert, weil er ihnen damals entkommen war? Weil sie wissen wollten, was in diesem verfluchten Brief stand? Welch schreckliches Geheimnis musste er zum Inhalt haben, dass er Anlass zu derlei Morden gab?

Giovanni bat seinen Meister und Pietro um Verzeihung. Er war völlig am Boden zerstört. Er konnte nicht mehr beten und nicht mehr denken. Es wurde dunkel, die Kälte wurde schneidender. Giovanni blieb vor dem Grab stehen.

Es begann zu schneien.

SIEBENUNDFÜNFZIG

Die ganze Nacht verbrachte Giovanni wie erstarrt an diesem Ort. Von Müdigkeit überwältigt, war er schließlich zusammengesackt und auf dem Grab seiner Freunde eingenickt.

Am frühen Morgen hatte es aufgehört zu schneien. Ein dünner weißer Mantel bedeckte ihn. Er spürte, wie die Eiseskälte ihm bis in die Knochen kroch. Um nicht zu erfrieren, rollte er sich instinktiv immer enger zusammen. Nicht nur sein Körper, auch sein Geist war kältestarr. Die letzten Kräfte hatten seine Seele verlassen. Er hatte keinerlei Verlangen mehr. Nicht danach zu leben, nicht einmal zu sterben. Er dachte an nichts mehr. In seinem Kopf war Ruhe eingetreten, nicht weil er, so wie er es von früher kannte, tiefen Frieden empfand, sondern weil er frei von jedem Gedanken war. Er wusste, dass er bald sterben würde, wartete auf die letzte Erlösung, ohne Angst, wie ein verletztes Tier, das sich zum Sterben in einen Graben zurückzieht.

Die Kälte hatte seinen Körper vollends durchdrungen, so sehr, dass er ihn nicht mehr spürte. Auch sein Geist verließ ihn allmählich. Er schwebte zwischen zwei Welten, wartete nur noch auf den Tod, um für immer zu entfliehen.

Er hörte ihn nicht kommen, aber er spürte seine Wärme an seinem Körper. Eine Wärme, die sein eiskaltes Fleisch erschaudern ließ. Instinktiv versuchte er, sich an diese Wärmequelle zu klammern, aber seine erstarrten Muskeln brachten nicht die geringste Bewegung zustande. Er spürte einen Atem im Nacken. Einen hechelnden Atem, der den Reif auf der Haut seines Halses tauen ließ. Nach und nach belebte diese tröstliche Wärme seinen Geist wieder. Er gab sich keine Mühe zu verstehen, ließ sich von diesem wohligen Gefühl umfangen. Eine Zunge leckte langsam seinen Nacken. Nach einer Weile spürte er, wie seine Muskeln reagierten. Unter großen Anstrengungen drehte er sich um und schlug die Augen auf.

Der Hund bekam Angst und sprang auf. Giovanni, der noch immer am Boden lag, betrachtete ihn. Er war recht groß, aber in erbärmlichem Zustand. Sein graumeliertes Fell war völlig verdreckt, und er war ebenso abgemagert wie Giovanni. Mit eingeklemmtem Schwanz und hängenden Ohren blickte er den Mann unruhig an. Giovanni sah ihm lange in die Augen, hielt seinen Blick, ohne an irgendetwas zu denken. Dann gelang ihm ein Lächeln, und er reckte dem Tier die Hand entgegen.

»Hab keine Angst.«

Diese Geste und die freundliche Stimme schienen den Hund zu beruhigen. Langsam kam er näher, streckte sich neben dem jungen Mann aus und legte seine Schnauze in dessen Hand. Giovanni strich ihm über den Kopf. Voll Furcht und Freude sah der Hund zu ihm auf. Giovanni war ganz gerührt von diesem Blick und versuchte, auf die Beine zu kommen. Wieder sprang der Hund auf und machte einige Schritte rückwärts. Giovanni hockte sich auf die Fersen. Seine Glieder waren noch immer so kalt, dass er seine Hände und Füße nicht spürte, dennoch klopfte er sich mit der linken Hand auf den Schenkel und streckte die rechte zu seinem Schicksalsgefährten aus.

»Komm.«

Nach etlichem Zögern kam der Hund schwanzwedelnd näher. Mit einer deutlichen Mischung aus Freude und Furcht ließ er sich streicheln. Giovanni umschlang seinen Hals, und der Hund kläffte freudig. Giovannis Seele erwärmte sich nach und nach.

»Na, mein Guter, wir beide sind wirklich in einem bedauernswerten Zustand. Ich bin sicher, du hast seit einer Ewigkeit nichts mehr gefressen.«

Der Hund jaulte leise.

»Mach dir keine Sorgen. Ich kümmere mich um uns.«

Mühsam stand Giovanni auf. Schwindelgefühle brachten ihn ins Taumeln. Er zitterte vor Kälte und Hunger. Sie bräuchten ein Feuer. Er sammelte etwas Reisig, und da seine Finger so kalt waren, gelang es ihm erst nach vielen vergeblichen Versuchen mit Hilfe zweier Feuersteine, die er in den verkohlten Überresten der Hütte gefunden hatte, ein Feuer zu entzünden. Er hockte einige Zeit davor, um sich aufzuwärmen. Allmählich pulsierte wieder Blut durch seine Arme und Beine. Der Hund nutzte die unverhoffte Wärme und saß neben ihm, wobei er die Flammen nicht aus den Augen ließ.

Als Giovanni seine Glieder wieder richtig bewegen konnte, beschloss er, sich auf die Suche nach etwas Essbarem zu machen. Er kannte die umliegenden Wälder gut und erinnerte sich an die Fallen, die Pietro irgendwo aufbewahrt hatte. Er fand eine, die noch zu funktionieren schien, und stellte sie auf. Der Hund sah ihm neugierig zu. Dann setzte sich Giovanni wieder ans Feuer. Die Nacht versprach eiskalt zu werden. Mit einem Mal ertönte ein durchdringender Schrei. Giovanni rannte zur Falle. Der Hund sprang voraus, versetzte dem Hasen, den es erwischt hatte, den Gnadenbiss und machte sich sogleich daran, ihn zu verschlingen. Giovanni warf sich auf ihn, wollte ihm seine Beute entreißen. Doch zum ersten Mal bleckte der Hund die Zähne und knurrte böse.

»Na so was, mein Guter, ich weiß, du hast Hunger, aber du könntest mir etwas abgeben!«

Zwei Drittel des Hasen konnte er schließlich dem Hund entreißen, der sich damit zufrieden gab, gierig seinen Teil der Beute zu verschlingen.

Was von dem Wildtier übrig blieb, zerlegte Giovanni und spießte es auf, um es in der Glut zu braten. Als er das Fleisch für gar hielt, riss er ein Stück davon ab und warf es seinem Gefährten zu.

»Hier! Du verdienst es nicht, aber du hast sicher noch länger als ich nichts zu beißen bekommen!«

Während der Hund sich eilig über das Fleisch hermachte, genoss Giovanni sein Stück in Ruhe. Das wärmende Feuer, die Gegenwart des Tieres, die Freude, etwas zu essen zu haben, all das gab ihm ein Stück Lebenswillen zurück. Nicht die Lebenslust, die noch nicht, aber doch ausreichend Kraft, weiterleben zu wollen.

»Wie heißt du?«, fragte er den Hund.

Das Tier sah ihn erstaunt an. Es schien sagen zu wollen: »Du siehst doch, dass ich wie du ein Vagabund bin. Ich habe schon lange kein Herrchen mehr, und ich erinnere mich nicht mehr an den Namen, den ich früher vielleicht einmal hatte. Wenn du willst, dass wir ein Stück des Weges gemeinsam gehen, ist es an dir, mir einen Namen zu geben!«

Giovanni musste seine Gedanken gelesen haben, denn ihm schoss eine Antwort durch den Kopf.

»Noah! Was sagst du zu diesem Namen? Na, Noah?«

Der Hund bellte freudig und wedelte mit dem Schwanz.

ACHTUNDFÜNFZIG

Einige Wochen waren vergangen, seit Giovanni zum Haus seines Meisters – oder zu dessen Überresten – zurückgekehrt war. Er hatte sich mit Eifer darangemacht, eine kleine Hütte an die Stelle des alten Hauses zu bauen. Er war in den Keller hinuntergestiegen, wo der Philosoph seine kostbarsten Bücher versteckt hatte, doch der war ausgeplündert. Dieser Raum ermöglichte es ihm, den Winter zu überstehen: Wenn es draußen zu kalt war, schlief er unten im Heu. Noah wich nicht von seiner Seite, folgte ihm auf Schritt und Tritt. Nachts schliefen sie aneinandergeschmiegt auf der Strohmatte. Und bei der gemeinsamen Jagd erwies sich der Hund als guter Spurensucher, der ihn auf Wildwechsel aufmerksam machte, wo Hasen und andere Tiere entlangkamen.

Giovanni genügte Noahs fröhliche Gesellschaft, die der Menschen suchte er nicht. Er unternahm gern lange Wanderungen durch den Wald, vor allem, wenn Schnee gefallen war. Oft blieb er am Fuße einer mächtigen Eiche stehen, schloss die Augen und ließ sich von den milden Strahlen der Wintersonne wärmen. Ab und zu öffnete er die Lider und betrachtete das fahle Licht auf den weißen Baumwipfeln. Noah kauerte dann zu seinen Füßen und wartete, ohne sich zu rühren. Dieses Sicheinsfühlen mit der Natur und die Gegenwart des Hundes waren Balsam für sein zerrissenes Herz. Er betete nicht mehr. Er dachte weder an Gott noch ans Kloster. Doch oft gingen ihm Bilder seiner Kindheit und seines Wanderlebens nach seiner Begegnung mit Elena durch den Kopf. Er nahm sie wahr, ohne jedoch nach ihrem Sinn zu fragen. Manchmal stieg mit einer Erinnerung eine Gefühlsregung in ihm hoch. Er bemühte sich nicht, ihr auszuweichen, doch genauso wenig, bei ihr zu verharren. Er ließ sich von ihr berühren, wie er die Wärme der Sonne oder den schneidenden Wind auf seiner Haut entgegennahm. Sein Leben bestand aus Handlungen zum Überleben – Holz schlagen, jagen – und aus einfachen Empfindungen – Wärme, Kälte, Hunger –, ohne irgendein Gefühl der Sehnsucht, der Hoffnung oder Furcht. Er war wie festgezurrt in der Gegenwart, und diese Abfolge von Augenblicken bestimmte sein neues Leben. Vielleicht würde er sich eines Tages entschließen, diesen Ort zu verlassen, und zu Elena aufbrechen. Doch instinktiv spürte er, dass es noch zu früh war, darüber nachzudenken, und so lebte er ohne Träume und Pläne.

Da klopfte das Schicksal wieder an seine Tür.

Er kam von einer erfolglosen Jagd zurück. Das Wetter war recht mild. Etwa hundert Schritt vor der Hütte zeigte Noah ein ungewöhnliches Gebaren. Er hob die Nase in den Wind und rannte knurrend zum Haus. Mit der Nase am Boden lief er einige Male um das Haus herum, folgte dann einer Spur und verschwand. Giovanni dachte an ein Wildtier und maß dem Ganzen keine Bedeutung bei. In den folgenden Tagen war Noah sichtlich nervös. Giovanni machte sich allmählich Sorgen und suchte aufmerksam die Umgebung der Hütte ab. Zu seiner großen Verblüffung fand er in einiger Entfernung Hufabdrücke. Es musste jemand hier gewesen sein. Vielleicht ein Reisender, der sich verirrt hatte?

Von nun an inspizierte Giovanni die Wege und das Unterholz der Umgebung. Einige Tage später bemerkte er eine neue Spur auf dem lehmigen Weg, der zum Haus führte. Dieses Mal waren es keine Hufe, sondern Spuren eines Menschen. Er studierte sie eingehend. Der Fuß war recht klein und eher schmal. Sehr wahrscheinlich ein Heranwachsender oder eine Frau. Nach dieser Entdeckung raste Noah ins Unterholz, kam aber unverrichteter Dinge zurück. Giovanni wusste nicht, was er davon halten sollte. War es dieselbe Person? Eines jedenfalls war sicher, jemand schlich um seine Hütte herum. Da er sich noch recht lebhaft an die Gauner erinnerte, traf er einige Vorkehrungen. Er spannte eine dünne Kordel quer über den Weg, der zu der Straße ins Dorf führte, und verband sie mit einem Glöckchen, das unfehlbar klingeln würde, wenn jemand nachts umherstreifte.

Und genau das geschah. Eines Abends schlug das Glöckchen an. Noah bellte ungehalten und rannte zum Weg, Giovanni lief hinter ihm her. Ihm war, als vernehme er nicht nur Gebell, sondern auch das Knacken brechender Äste. Und plötzlich kläffte Noah noch einmal, und dann Stille. Als Giovanni zu der Stelle kam, sah er den Hund auf der Seite liegen. Er hörte noch Schritte, die sich im Wald entfernten. Da es dunkel wurde, wollte er die Verfolgung nicht riskieren. Er beugte sich zu Noah, der eine leichte Verletzung am Schädel hatte. Der Hund war eindeutig mit einem Knüppel bewusstlos geschlagen worden. Er kam rasch wieder zu sich, und Giovanni verbarrikadierte sich mit ihm in der Hütte und schloss kein Auge in dieser Nacht.

Am nächsten Morgen kehrte er beim ersten Licht mit Noah an den Ort des Geschehens zurück, wo er eine interessante Entdeckung machte. Bevor der Hund niedergeschlagen worden war, hatte er seinem Angreifer einen Stofffetzen aus der Kleidung gerissen. Giovanni hob den bläulichen Stoff auf. Ohne jeden Zweifel, das war ein Stück von einem Frauenkleid.

Giovanni sagte sich, dass vielleicht eine Bäuerin, die womöglich ausgehungert war, versucht hatte, sich der Hütte zu nähern. Vielleicht war es eine verlassene Frau oder ein missbrauchtes junges Mädchen, das fliehen musste. Oder auch eine umherirrende Verrückte, wie man sie manchmal auf dem Lande antraf. Diese Überlegungen marterten ihn. Er nahm die Kordel mit dem Glöckchen an sich und packte einige Vorräte in einen kleinen Beutel, den er an den Ast eines Baumes hängte, nicht weit von der Stelle, wo Noah niedergeschlagen worden war. Doch niemand rührte den Beutel an, außer den Vögeln, die in ihn hineinpickten und sich am kostbaren Stück Wild erfreuten, das darin war. Giovanni sagte sich, die Unbekannte habe bestimmt aus Angst vor dem Hund dem Ort für immer den Rücken gekehrt.

Er war traurig darüber.

Seit über einer Woche hatte er nicht die kleinste weitere Spur entdecken können. Als er eines Morgens in seiner Hütte aß, sprang Noah auf und begann zu knurren. Giovanni öffnete die Tür. Es hatte geschneit, und eine dünne weiße Schicht deckte den Boden zu. Es wäre überhaupt nicht schwer, den Spuren eines möglichen Besuchers zu folgen. Um zu verhindern, dass sich ein ähnlicher Zwischenfall ereignete wie Tage zuvor, ließ er Noah im Haus und machte sich alleine auf den Weg. Er war etwa dreihundert Meter gegangen, als sein Blick auf ein Spurengewirr fiel. Es ließ sich leicht erraten, dass eine kleine Reitergruppe bis zu dieser Stelle vorgedrungen und dann umgekehrt war. Da hörte er plötzlich Geräusche aus dem Wald. Ihm blieb kaum die Zeit, sich umzudrehen und die beiden ganz in Schwarz gekleideten Reiter zu entdecken, die auf ihn zugaloppierten.

NEUNUNDFÜNFZIG

Erst in der Hütte kam Giovanni, fest an einen Balken gefesselt, wieder zu sich. Da sein Kopf schmerzte, verstand er, dass man ihn niedergeschlagen hatte. Er sah Noah am anderen Ende des Raums, auch er festgebunden. Der Hund jaulte und wedelte mit dem Schwanz, als sein Herrchen wieder bei Bewusstsein war.

Der einstige Mönch sah sich fünf Männern in schwarzen Umhängen und Ledermasken gegenüber. Einer von ihnen, er wirkte eher schmächtig, saß etwas im Hintergrund auf dem einzigen Stuhl.

»Sieh an, unser Freund kommt wieder zu sich«, sagte ein großer, magerer Mann, dessen Hand mit einem blutigen Verband umwickelt war.

Giovanni begriff, dass Noah den Mann gebissen haben musste, als er die Hütte betreten hatte. Warum bloß haben diese brutalen Männer den Hund nicht getötet?, fragte er sich.

»Wer seid Ihr?«, erkundigte sich schließlich Giovanni in bitterem Ton. »Wenn Ihr meinen Meister umgebracht habt, seid Ihr nichts anderes als Feiglinge! Ihr sollt verflucht sein!«

Der Mann mit dem Verband versetzte Giovanni mit seiner gesunden Hand eine deftige Ohrfeige.

»Wir stellen hier die Fragen. Was hast du mit dem Brief gemacht, den dir dein Meister anvertraut und den du nie seinem Empfänger übergeben hast?«

»Das ist es also? Ihr habt diese grauenhaften Verbrechen begangen, um zu erfahren, was in diesem Brief steht? Aber was berechtigt Euch zu solchen Untaten? Seid Ihr Christen oder Barbaren?«

Der Mann wollte wieder zuschlagen, als ihn eine Stimme im Befehlston davon abhielt.

»Es reicht! Lass mich ihn befragen!« Es war die Stimme eines alten Mannes. Langsam erhob er sich vom Stuhl und ging auf Giovanni zu.

»Du weißt nicht, was du sagst. Aber ich verstehe deinen Gram und deinen Zorn. Leider blieb uns kein anderes Mittel, um etwas zu verhindern, das noch schwerer wiegt als diese Verbrechen.«

Giovanni sah ihn ungläubig, wütend und verächtlich zugleich an.

»Und was ist dieses ›Etwas‹, das Euch berechtigt, Unschuldige zu foltern und zu töten?«

»Unschuldige!«, rief der alte Mann. »Unschuldige! Hast du auch nur eine Idee vom Inhalt des Briefes, den du bei dir trugst?«

»Nein.«

»Er lügt«, brüllte einer der Männer.

»Das glaube ich nicht«, widersprach der Alte bedächtig. »Sonst wäre er über den Tod des Astrologen nicht so außer sich.«

Dann trat er noch näher an Giovanni heran und starrte ihm mit seinen kleinen Augen ins Gesicht. Der einstige Mönch war erschrocken über die Kälte dieses Blicks. Nie zuvor hatte er so große Unbarmherzigkeit in den Augen eines Menschen gesehen. Er fragte sich, ob nicht die Maske diesen Eindruck noch verstärkte. Der Alte sprach in eisigem, bedrohlichem Ton:

»Wo hast du all diese Jahre gesteckt? Was hast du mit dem Brief gemacht?«

Die Gedanken überstürzten sich in Giovannis Kopf. Seine Geliebte hatte also den Brief nicht dem Papst übergeben. Würde er Venedig nur erwähnen, könnte er die Verbrecher auf Elenas Spur bringen. Er musste sie in die Irre führen.

»Als ich damals in Pescara Euren Klauen entkam, habe ich mich nach Griechenland eingeschifft. Dort habe ich den Brief einem römischen Händler anvertraut, der mir versprach, ihn zum Vatikan zu bringen. Und ich habe mich zur Orthodoxie bekehrt und bin Wandermönch geworden.«

»Was sollen diese Märchen?«, brüllte der Verletzte und kam Giovanni gefährlich nahe.

»Deine Geschichte hat weder Hand noch Fuß. Kannst du uns einen Beweis erbringen, dass du wirklich Mönch gewesen bist?«

»Durchsucht meine Hosentasche.«

Einer der Männer kam der Aufforderung nach und zog eine abgewetzte Gebetsschnur hervor.

»Ein *komboskini*!«, sagte der alte Mann sichtlich überrascht. »Das beweist noch nichts. Aber etwas Wahres muss dran sein an dem, was du erzählst. Mag sein, dass du nach Griechenland gegangen bist. Aber dass du den Brief einem Unbekannten anvertraut haben willst, wo du doch wusstest, wie viel Bedeutung dein Meister ihm beimaß, das nehme ich dir nicht ab.«

»Und doch ist es die Wahrheit. Ich habe bis heute keine Ahnung von seinem Inhalt, aber mir war klar, dass ich es nie schaffen würde, bis zum Papst zu kommen. Kaum in Rom, hättet Ihr mich sofort gefunden und ermordet. Davon war ich überzeugt, und darum hielt ich es für klüger, den Brief diesem Händler zu geben, der mir vertrauenswürdig erschien.«

Ein bedrohliches Schweigen machte sich breit.

»Ich weiß nicht, ob du ein naiver Dummkopf bist oder uns zum Narren hältst«, zischte der alte Mann. »Ich weiß übrigens sehr wenig über dich, außer dass du einige Jahre bei diesem verfluchten Astrologen und seinem Komplizen gelebt hast. Wie heißt du, und woher kommst du?«

Da Giovanni sicher war, dass diese Männer nicht davor zurückschreckten, womöglich auch seine Familie zu foltern, log er erneut.

»Ich heiße Giovanni da Scola und stamme aus Kalabrien.«

»Warum bist du zu Meister Lucius gegangen?«

»Ich habe meine Heimatstadt verlassen, um im Norden in einer großen Stadt zu studieren. Es war reiner Zufall, dass ich meinem außergewöhnlichen Meister begegnet bin, bei dem ich drei Jahre lang Philosophie studiert habe.«

»Ich glaube nicht an den Zufall«, entgegnete der Alte kalt. »Und hast du bei ihm auch Astrologie studiert?«

Giovanni spürte, dass es auch hier besser war zu lügen.

»Nein.«

»Hast du wirklich keine Ahnung vom Auftrag des Papstes? Du hast aber doch deinen Meister monatelang arbeiten sehen, bevor er dich mit dem Brief auf den Weg geschickt hat. Du musst dir doch Gedanken gemacht haben.«

»Ich … ich glaube … er hat tatsächlich seine Astrologiebücher konsultiert. Ich weiß aber nicht, zu welchem Zweck.«

»Wirklich nicht?«

Der alte Mann schien mit seinem stechenden Blick Giovannis Seele überprüfen zu wollen.

»Ich habe keine Ahnung.«

»Schade! Wir werden dir ein Glied abhacken müssen, um zu sehen, ob du die Wahrheit sprichst. Es wäre so viel einfacher, wenn du uns gleich sagtest, wo der Brief ist!«

Giovanni zitterte ängstlich. Doch ihn überkam eine Wut, die stärker war als seine Angst.

»Keine Folter der Welt könnte mich dazu bringen, etwas zu sagen, das ich nicht weiß. Klebt nicht schon genügend Blut an Euren Händen? Aber welcher Sache dient Ihr eigentlich?«

»Der des allmächtigen Schöpfers und seines Sohnes Jesus Christus«, antwortete der Alte gelassen.

»Aber wie kann man im Namen Christi töten, wo er doch über nichts anderes als die Liebe spricht?«, schrie Giovanni empört.

»Genau aus dem Grund, damit diese Botschaft bewahrt

und nicht durch heidnische Praktiken wie die Sterndeuterei verraten wird!«

Ungläubig sah Giovanni den Alten an.

»Ihr wollt mir sagen, Ihr habt meinen Meister und seinen Diener Pietro umgebracht … weil er Astrologe war?«

»Oh, so nun auch nicht! Die heilige Kirche Jesu Christi ist heute so durchsetzt von dieser gottlosen, in der Bibel verdammten Gepflogenheit, dass unser Leben nicht ausreicht, all jene Geistlichen, die sich ihr mit Wonne hingeben, mit der Schärfe des Schwerts zu schlagen! Nein, mein junger Freund, das Vergehen deines Meisters wiegt unendlich viel schwerer!«

Der Alte kam ganz nah an Giovannis Gesicht und raunte ihm ins Ohr:

»Auf die Bitte von Paul III., dieser Ausgeburt der Hölle, die den erhabenen Papsttitel besudelt, hat er es gewagt, sich dieser schändlichen Methode zu bedienen, um dem, was das Kostbarste an unserem Glauben ist, zu schaden.«

Giovanni fragte sich, welches heilige Dogma sein Meister wohl unter astrologischen Gesichtspunkten angetastet haben konnte. Doch er fragte sich auch, und dies war ihm im Augenblick wichtiger, wer diese fanatischen Mörder waren.

»Seid Ihr Anhänger Luthers, dass Ihr den Papst so hasst?«

Der alte Mann brach in eine schreckliche Lachsalve aus.

»Du hättest keine schlimmere Beleidigung finden können, um mich wütend zu machen, so dass ich Lust bekomme, dich eigenhändig zu foltern, du armer Idiot! Die Reformatoren sind in vielen Punkten noch schlimmer als die Astrologen! Sie haben die heilige Lehre der Kirche verraten, ebenso wie diese falschen, götzendienerischen Päpste sie mit ihren heidnischen Überzeugungen und Praktiken verunreinigen. Doch wie schwach auch ihr Glaube sein mag, wie niederträchtig ihre Auffassung der Religion, keiner von ihnen hätte je gewagt, was dein Meister getan hat.«

Der alte Mann atmete durch und schleuderte Giovanni entgegen: »Das Schändlichste vom Schändlichen!«

»Was auch immer mein Meister getan haben mag, habt Ihr nicht genügend Rache genommen, indem Ihr ihn und seinen treuen Diener grausam gefoltert und ermordet habt? Warum müsst Ihr mir nach so vielen Jahren noch nachstellen?«

»Weil dieser Brief niemandem in die Hände fallen darf.«

Der Mann packte Giovanni am Kragen.

»Niemandem! Verstehst du mich? Nur ich allein darf seinen Wortlaut erfahren, um ihn dann für immer zu vernichten!«

Wie ein Geisteskranker hing der Alte an Giovanni. Dann ließ er ihn los und wollte sich, sichtlich erschöpft von der Anstrengung, wieder setzen.

Noah knurrte, als der Mann ihm näher kam. Plötzlich hielt der Alte inne und sah den Hund an.

Der Mann mit der verletzten Hand rief Giovanni zu:

»Glaub mir, ich weiß, wie man die Zunge eines Mannes löst.«

Er zog einen Degen unter seinem Umhang hervor, zerriss das Hemd des jungen Mannes und setzte ihm langsam die Klinge auf die Brust.

»Hör auf!«

Der alte Mann drehte sich um.

»Der Hund. Ich habe doch gesagt, er könnte uns noch nützlich sein. Es gibt Menschen, die wortlos jeden Schmerz ertragen, es aber nicht verkraften, wenn einem anderen Schmerz zugefügt wird, und sei es ein Tier.«

»Das heißt Mitgefühl, und Jesus Christus hat es uns gelehrt!«, schrie Giovanni.

»So ist es. Wir werden sehen, wie weit dein Mitgefühl reicht«, sagte der Alte mit einem grimmigen Lächeln. Dann deutete er mit müder Geste auf Noah.

»Nein!«, brüllte Giovanni. »Lasst Noah in Ruhe! Er hat mit dieser Geschichte nichts zu tun!«

Der Alte war wie vom Donner gerührt.

»Wie hast du dieses Tier genannt?«

»Das tut nichts zur Sache! Ihr erfahrt nichts von mir, auch wenn Ihr diesen Hund quält!«

»Du hast es gewagt, dieses Tier nach einem Patriarchen der Bibel zu benennen ...«

»Nach einem Patriarchen, der Mitleid mit den Tieren hatte und sie vor der Sintflut gerettet hat! Ihr aber, Ihr seid nichts anderes als Ungeheuer ohne Mitleid, ohne Seele.«

Der Mann mit der verletzten Hand ging mit gezücktem Degen auf Noah zu, der, die Zähne bleckend, zurückwich.

»Nein!«, brüllte Giovanni. »Ich weiß nichts! Ich schwöre es Euch bei Gott! Ich weiß nichts!«

Der Mann neckte die Schnauze des Hundes mit der Spitze seines Degens.

»Das ist doch die Gelegenheit, dir deinen hässlichen Biss heimzuzahlen, na, Noah ...«

Mit einem Hieb schlug er dem Hund die rechte Vorderpfote ab.

Der Hund stieß ein markerschütterndes Winseln aus und brach zusammen. Blut lief über den Boden.

»Hört auf!«, flehte Giovanni.

»Dann sag uns, wo der Brief ist!«, entgegnete der Alte barsch.

»Ich schwöre Euch, ich weiß es nicht. Tötet mich, aber hört auf, das arme Tier zu martern.«

Der Anführer nickte dem Verletzten zu. Dieser hob wieder seinen Degen über Noah, der vor Schmerz jaulend auf der Seite lag. Wieder schlug der Mann wutentbrannt zu. Doch im selben Moment machte der Hund einen Satz zur Seite, um der Klinge auszuweichen, die dank eines glücklichen Zufalls die Kordel durchtrennte, mit der er angebunden war. Der Mann war verdutzt, und Noah sprang auf seine drei ihm verbliebenen Pfoten.

»Lauf, Noah! Lauf weg!«, brüllte Giovanni.

Einer der Männer stürzte zur halboffenen Tür, doch der Hund war schneller und konnte entkommen. Zwei Männer rannten hinaus, kamen aber wenige Minuten später verärgert zurück.

»Trotz seiner Verletzung ist uns dieser Köter entwischt«, gestand einer der beiden.

»Das macht nichts«, meinte der Alte.

»Lasst uns das Verhör da wieder aufnehmen, wo wir aufgehört haben«, beharrte der Mann mit der verletzten Hand.

»Es ist sinnlos.«

Verblüfft wandte er sich zum Alten.

»Vollkommen sinnlos. In meinem Alter kennt man die Menschen so langsam. Sei sicher, wenn er etwas gewusst hätte, hätte er alles darangesetzt, dass wir diesen Hund verschonen. Unter der Folter sagt er auch nicht mehr.«

»Was machen wir jetzt mit ihm?«

»Ihn uns vom Halse schaffen.«

Der Alte kam auf Giovanni zu. »Möchtest du vielleicht wissen, was in dem Brief steht, bevor du stirbst?«

Giovanni schwieg.

»Ich bin sicher, dass du es möchtest. Es ist so viel besser, wenn man weiß, warum man stirbt. Aber wenn du nicht willst, erfährst du es eben nicht.«

»Ihr seid nicht nur Fanatiker und Verbrecher, sondern auch Feiglinge, die es nicht einmal wagen, ihr Gesicht zu zeigen. Wenn ich überleben sollte, werde ich Euch finden, wo immer Ihr auch stecken solltet. Dann werdet Ihr Euch für Eure Verbrechen verantworten müssen!«

Der Alte nahm seine Maske ab und forderte seine Komplizen auf, es ihm gleichzutun. Giovanni sah jedem dieser Männer, die seine liebsten Freunde getötet hatten, gerade in die Augen. Diese Gesichter würde er nie vergessen. Der alte Mann nahm seinerseits Giovanni ins Visier.

»Morgen reise ich nach Jerusalem, in die Heilige Stadt, wo der Sitz unserer Bruderschaft ist. Du müsstest also eine lange Reise unternehmen, um mich wiederzufinden. Doch ich fürchte, du wirst nicht mehr die Kraft dazu haben.«

»Ihr habt eine Bruderschaft gegründet, um Eure Verbrechen zu planen?«

»Ganz recht. Wir haben eine geheime Bruderschaft ins Leben gerufen: den ›Orden des höchsten Guts‹. Wir haben die göttliche Mission erhalten, alles, was die Fundamente des heiligen katholischen Glaubens angreifen könnte, auszurotten, egal mit welchen Mitteln.«

»Ihr seid doch nur verrückte Fanatiker, die den Glauben verzerren. Wie kann man im Namen eines Glaubens, der die Liebe als höchste Tugend preist, Verbrechen begehen? Hat der Apostel Paulus denn nicht verkündet: ›*Wenn ich mit Menschen- und mit Engelzungen redete und hätte der Liebe nicht, so wäre ich ein tönend Erz oder eine klingende Schelle.*‹?«

»Genug!«, brüllte der alte Mann.

»›*Und wenn ich weissagen könnte und wüsste alle Geheimnisse und alle Erkenntnis und hätte allen Glauben, also dass ich Berge versetzte, und hätte der Liebe nicht, so wäre ich nichts …*‹«

»Willst du wohl still sein!«

»›*Und wenn ich all meine Habe den Armen gäbe und ließe meinen Leib brennen und hätte der Liebe nicht, so wäre mir's nichts nütze …*‹«

Der Alte gab dem Mann mit der Wunde ein Zeichen, woraufhin dieser ein langes Messer zog und sich auf den jungen Mann stürzte.

»›*Die Liebe verträgt alles, sie glaubet alles, sie hoffet alles, sie duldet alles …*‹« Die Messerklinge drang in Giovannis Brust, der, einen Blutschwall spuckend, aufschrie.

»›*Die Liebe … höret … nimmer … auf.*‹« Er hob den Kopf, blickte gen Himmel und stieß hervor:

»Aber ich … ich hasse Euch.«

Die Männer in Schwarz ließen Giovanni liegen, legten Feuer im Haus und galoppierten im strahlend weißen Schnee davon.

Eine Gestalt huschte aus dem Wald und rannte zu der schon rot glimmenden Hütte. Eine junge Frau schlüpfte eilig hinein und schaffte es, den Brand zu löschen. Sorgsam untersuchte sie die klaffende Wunde in Giovannis Brust. Erleichtert stellte sie fest, dass die Klinge sein Herz knapp verfehlt hatte.

Giovanni atmete noch, doch er verlor sehr viel Blut. Die Frau zog getrocknete Blätter vom Haselnussstrauch aus ihrer Tasche, vermengte sie mit ein bisschen tonhaltiger Erde, riss ein Stück Stoff aus ihrem bläulichen Kleid und machte ihm einen notdürftigen Verband.

Sie hob den Kopf des Verletzten und streichelte zärtlich sein Gesicht.

»Oh, mein Giovanni, was haben sie dir angetan?«

SECHZIG

Die Morgendämmerung brach an. Der Prior des Klosters San Giovanni in Venere hatte dem Bericht seines Gastes gelauscht, ohne ihn auch nur ein einziges Mal zu unterbrechen.

Giovanni kauerte noch immer auf dem Strohsack, mit angezogenen Beinen, die Augen voller Tränen. Nach den langen Wochen ohne Bewusstsein und ohne jede Erinnerung hatte er sein Gedächtnis wiedergefunden. Er hatte sich wiedergefunden.

Nachdem Don Salvatore zunächst bewegt eine Weile geschwiegen hatte, trat er auf ihn zu.

»Mein Freund, Euer Bericht erschüttert mich. Nun verstehe ich, warum ich Euch hierbehalten wollte; warum ich geglaubt habe, in Eurem Blick eine tiefe Seele zu erahnen, die die Qualen der Hölle und die Freuden des Paradieses kennen gelernt hat.«

Giovanni hob den Blick zum Prior.

»Ich danke Euch für alles, was Ihr für mich getan habt. Ohne Euch …«

»Ich habe nur meine Pflicht als Diener Gottes und meiner Brüder erfüllt«, unterbrach ihn der Prior.

»Aber wer hat mich hierher gebracht? Ich erinnere mich an nichts mehr, nachdem diese Fanatiker mir den Messerstich versetzt haben.«

»Bauern, die Euch in der Hütte einer Hexe gefunden haben. Da sie Euch leblos sahen, glaubten sie, Ihr wäret vom Teufel besessen.«

»In der Hütte einer Hexe?«

»Ja. Sie hatten sie gerade gefasst, doch zum Glück konnte sie entkommen. Sie haben Euch anscheinend in einem unterirdischen Raum auf einer Strohmatte gefunden.«

Giovanni versuchte zu überlegen. Es handelte sich vielleicht um die Hütte, die er auf den Trümmern des Hauses seines Meisters gebaut hatte, wo eine Falltür zu einem kleinen Keller führte.

»Luna!«

»Wie bitte?«

»Luna«, wiederholte Giovanni. »Das ist der Name der Heilerin, die mir damals die Weissagung machte und der ich das Leben gerettet habe.«

»Ach ja. Dieser Teil Eures Berichts hat mich übrigens sehr überrascht.«

»Sie lebte in den abruzzischen Wäldern nur einige Tagesmärsche von Meister Lucius' Haus entfernt. Möglicherweise war sie es, die mir jetzt das Leben gerettet hat und die die Dorfbewohner als Hexe verbrennen wollten.«

»Nach Aussage der Bauern soll es sich um eine schöne junge Frau handeln.«

»Ja, das ist sie. Und wahrscheinlich war sie es, die, kurz bevor die Männer in Schwarz auftauchten, um die Hütte schlich.«

»Jedenfalls muss sie sich noch immer im Wald verstecken, denn die Bauern haben sie nicht gefunden.«

»Wenn ich einst Zweifel an ihr hatte, so weiß ich heute, dass sie eine Frau voll Güte ist.«

Und ihre Weissagung hat sich als so richtig erwiesen, dachte er bei sich.

»Da Ihr Euch nun wieder erinnern könnt, möchte ich gerne ein Rätsel klären«, sagte der Prior voller Ernst. »Was geschah in der Krankenstube, bevor wir Euch mit von innen verriegelter Tür und dem grausam ermordeten Frater Modesto auffanden?«

Giovanni schloss die Augen. Es fiel ihm schwer, sich die Begebenheit in Erinnerung zu rufen, da er noch an Gedächtnislücken litt. Dennoch bemühte er sich, und nun stiegen Bilder aus der Vergangenheit auf.

»Einer der Fanatiker!«

»Wie das?«

»Ich kenne sein Gesicht! Er war einer von denen, die mit dem Alten in der Hütte waren. Einer von denen, die Meister Lucius und Pietro umgebracht haben.«

»Das ist unmöglich!«

»Ich bin mir sicher. Die Gesichter dieser Mörder werde ich nie vergessen!«

»Aber was ist in jener Nacht in der Krankenstube geschehen?«

»Das weiß ich nicht mehr genau. Ich sehe diesen Mann, der sich über mich beugt und versucht, mich mit einem Kissen zu ersticken. In dem Moment wird mir bewusst, dass ich sein Gesicht kenne. In mir erwacht der Zorn. Ich greife nach der

Klinge, die neben mir liegt, und finde die Kraft, sie ihm in den Leib zu stoßen. Dann erinnere ich mich an nichts mehr.«

Der Prior überlegte einen Augenblick.

»Wenn das, was Ihr sagt, wahr ist – und auch wenn es merkwürdig klingt, habe ich keinen Grund, daran zu zweifeln –, hieße dies, dass Fra Modesto Mitglied dieser geheimen Bruderschaft war. Als die Bauern Euch herbrachten, erkannte er Euch und beschloss, Euch zu töten, da er fürchtete, Ihr könntet wieder zu Sinnen kommen und ihn entlarven. Er schleicht sich also mitten in der Nacht aus dem Dormitorium in die Krankenstube. Um sicherzugehen, dass ihn niemand überrascht, legt er innen den Riegel vor und versucht, Euch zu ersticken. Sein Angriff zeitigt jedoch die unerwartete Wirkung, Euch wieder zur Besinnung zu bringen. Ihr erkennt ihn, und der Gedanke an Rache treibt Euch dazu, ihn zu töten. Womöglich habt Ihr Euch mit ihm geschlagen, denn wir haben Euch auf dem Boden liegend gefunden, und die Wunde in der Brust hatte sich wieder geöffnet. So erklärt sich alles. Der Mörder war nicht geflohen, denn er war eines der beiden Opfer, die wir im Zimmer vorgefunden haben.«

Giovanni schwieg. Wieder dachte er an Lunas Orakel. Er hatte nun bereits dreimal getötet. Einmal aus Eifersucht, einmal aus Angst und einmal aus Zorn. Der Prior strich sich mit den Händen übers Gesicht und sah seinem Gast in die Augen:

»Und unser Bruder Anselmo, den wir einige Tage später vergiftet aufgefunden haben? Habt Ihr auch dieses weitere Verbrechen begangen?«

Giovanni zeigte sich überrascht.

»Gab es noch ein Verbrechen, während ich ohne Bewusstsein war? Daran habe ich keinerlei Erinnerung!«

»Ja, ein anderer Bruder wurde vergiftet. Aber womöglich war das Gift für Euch bestimmt, und dieser Bruder hat unglücklicherweise den tödlichen Becher geleert.«

»Was bedeuten würde, dass noch ein anderer Mönch mir nach dem Leben trachtet …«

»Schon möglich. Er ist vielleicht auch Mitglied dieser geheimen Bruderschaft. All das ist höchst sonderbar.«

Don Salvatore überlegte einen Augenblick, dann fragte er:

»Erinnert Ihr Euch an die Ikone, die Ihr gemalt habt?«

Giovanni war verdutzt.

»Ich habe hier eine Ikone gemalt?«

»Ja, sie ist erschütternd schön. Eine Heilige Jungfrau mit geschlossenen Augen.«

Giovanni erbebte.

»So haben wir auch, dank eines befreundeten Händlers, der sich an Ort und Stelle begeben hat, erfahren, dass Ihr eine Weile auf Athos gelebt habt.«

»Das wusstet Ihr?«

»Ja, und wir kannten sogar Euren religiösen Namen: Bruder Ioannis. Aber der Vorsteher des Klosters, in dem Ihr am längsten wart …«

»Simonos Petra?«

»Ja, genau. Also der Hegumenos weigerte sich, uns zu sagen, was aus Euch geworden war, und gab sogar vor, nichts über Euch zu wissen. Aber ein anderer, aus Italien stammender Mönch erinnerte sich an Eure so außergewöhnlichen Ikonen und daran, dass Ihr aus Kalabrien stammt … wie meine Großmutter!«

»Und all diese Nachforschungen habt Ihr für mich angestellt?«

»Ja, ich hoffte, Euch helfen zu können, das Gedächtnis wieder zu finden … und es hat doch Wirkung gezeigt, denn als Ihr mich ein kalabrisches Schlaflied summen hörtet, ist die Mauer, die zwischen Eurem Bewusstsein und Eurer Erinnerung an die Vergangenheit stand, endlich gefallen.«

Giovanni sah den Prior an. Was wäre aus ihm geworden ohne das tiefe Mitgefühl dieses Mannes?

Er nahm die Hände des Mönchs und drückte sie.

»Ich danke Euch, ich danke Euch von ganzem Herzen für Eure Fürsorge. Ich glaube nicht mehr an Gott, aber sollte es ihn dennoch geben, möge er Euch hundertfach lohnen, was Ihr für mich getan habt.«

»So habt Ihr denn wirklich Euren Glauben verloren?«, fragte der Prior, den dieses Geständnis mehr bewegte als Giovannis Dankbarkeit.

Der junge Mann senkte den Kopf.

»Wie ich Euch sagte, mein Glaube ist in der Grotte erloschen, als mir bewusst wurde, dass Gott diesen Eremiten, der ihm sein ganzes Leben geweiht hatte, verlassen hatte. Und alles, was ich anschließend erlebt habe, die Entdeckung, dass meine Freunde eines entsetzlichen Todes gestorben waren, die Grausamkeit dieser Fanatiker, die im Namen der Reinheit des Glaubens morden, all das hat meinen Abfall vom Glauben nur bestärkt.«

Don Salvatore hätte dieses Gespräch gerne fortgesetzt, doch er erinnerte sich an die strikte Anordnung des Paters Abt, Giovanni am nächsten Morgen in das Hospiz San Damiano zu bringen.

»Ich muss unbedingt zu unserem Pater Abt. Könntet Ihr hier auf mich warten, ohne Euch von der Stelle zu rühren? Ich gehe zum Stundengebet, und gleich nach den Laudes werde ich mit ihm sprechen, um ihn vor diesen Mördern zu warnen, die unter uns weilen, und um über Euer Schicksal zu befinden.«

Giovanni zeigte keine Regung. Der Prior streifte seine Kutte über und öffnete die Tür der Krankenstube.

»Ich werde eine gute Stunde fort sein, vielleicht auch länger. Rührt Euch vor allem nicht von der Stelle, und legt den Riegel vor.«

Zwei Stunden später eilte Don Salvatore zurück ins Infirmarium. Er hatte in Kürze Giovannis Leben dem Abt erzählt, der verwirrt und skeptisch gewirkt, aber nicht abgelehnt hatte, sein Urteil noch einmal zu überdenken und den jungen Mann anzuhören. Gleichwohl wünschte er nicht, dass dieses Gespräch im Kloster stattfände. Angesichts der Gefahr, die der junge Mann lief, müsste man ihn so rasch wie möglich an einen anderen, sichereren Ort bringen. Und Don Theodoro hatte vorgeschlagen, ihn wie geplant nach San Damiano zu bringen, wo er zunächst außer Gefahr wäre und man ihn rasch entlassen würde.

Don Salvatore klopfte an die Tür. Da sich nichts rührte, rief er nach Giovanni. Nichts. Er öffnete und konnte einen Schrei nicht unterdrücken.

Das Zimmer war leer.

In den Holztisch war mit dem Messer ungelenk ein Wort eingeritzt: »Danke«.

EINUNDSECHZIG

Giovanni erreichte den Hafen von Ancona.

Mit verhängten Zügeln hatte er der Küste entlang die vierzig Meilen zwischen dem Kloster San Giovanni in Venere und dem großen Hafen an der Adria in weniger als einem Tag und einer Nacht zurückgelegt, mit nur einer Pause von wenigen Stunden auf halber Wegstrecke, damit das Pferd sich erholen konnte. Selbst wenn die Mönche sein Verschwinden und das Fehlen des Pferdes, das er aus dem Stall gestohlen hatte, rasch bemerkt haben sollten, meinte er, dass ihm niemand habe bis hierher folgen können. Er hatte ein schlechtes Gewissen, das Vertrauen des Priors enttäuscht zu haben, darum hatte er sich geschworen, ins Kloster zurückzukehren und das Pferd zu bezahlen, sobald seine Mission erfüllt wäre. Und die war ganz einfach: den Alten, der Meister Lucius und

Pietro gefoltert und ermordet hatte, ausfindig zu machen und zu töten.

Als er plötzlich allein in der Krankenstube zurückgeblieben war, hatte er nicht lang gezögert. Auch nur eine Stunde länger an diesem Ort zu bleiben, wo man bereits zweimal versucht hatte, sein Leben auszulöschen, war viel zu gefährlich. Sein Instinkt hatte ihn gedrängt, so rasch wie möglich zu fliehen. Gewiss hätte er versuchen können, unter den Mönchen von San Giovanni in Venere die Mitglieder der Bruderschaft zu enttarnen. Doch abgesehen von der Gefahr, ein weiteres Mal angegriffen zu werden, ehe er etwas hätte in Erfahrung bringen können, war er wie besessen vom Gedanken an den zynischen Alten. Er verspürte abgrundtiefen Hass für diesen Fanatiker, der viele unschlüssige Seelen, die meinten, einer edlen Sache zu dienen, in diese Verbrechen hineingezogen hatte. Ihn musste er finden und zur Strecke bringen. Dann wäre die geheime Bruderschaft ohne Kopf, der grausame Mord an seinen Freunden und sicher vielen anderen ebenso Unschuldigen gerächt. Der Mann hatte ihm einen wertvollen Hinweis gegeben, bevor er versucht hatte, ihn umzubringen: Er wohne in Jerusalem, hatte er gesagt.

So hatte Giovanni nur noch einen einzigen Gedanken: zur Wiege der Christenheit zu kommen. Er wusste, dass von Ancona aus Schiffe in den Orient fuhren. Mit dem gestohlenen Pferd hatte er nicht nur seinen eventuellen Verfolgern entkommen können, er rechnete auch damit, es für den Preis seiner Reise eintauschen zu können.

Das erschöpfte Tier am Zügel führend, ging er zu Fuß in den Hafen. Ein Händler zeigte ihm einen Dreimaster, der am nächsten Tag mit Pilgern an Bord ins Heilige Land aufbrechen würde. Da Giovanni keine einzige Münze besaß und ihn der Hunger quälte, verkaufte er das Pferd. Obwohl es in einem erbärmlichen Zustand war, bekam er eine recht erkleckliche Summe dafür und stärkte sich sogleich in einer Schenke.

Dann handelte er den Preis für seine Passage aus. Der Kapitän, der sein ärmliches Aussehen in Augenschein nahm, erklärte ihm anfangs, das Schiff sei zum Bersten voll, was stimmte. Als er jedoch die Goldstücke sah, sagte er sich, sein Schiff werde wohl kaum wegen eines zusätzlichen Passagiers sinken. Um jeder späteren Beschwerde zuvorzukommen, wies er Giovanni auf die Unbequemlichkeiten der Reise hin: Das Essen sei abscheulich, die Laderäume seien voller Waren, weshalb die Passagiere bei jedem Wetter auf Deck nächtigten, und sie seien so eng zusammengepfercht, dass es fast unmöglich wäre, sich zum Schlafen auszustrecken. Giovanni ging ohne zu handeln auf der Stelle an Bord. Der Preis, den der Kapitän von ihm forderte, erschien ihm angemessen, und es blieb ihm noch genug Geld, um einige Zeit in Jerusalem überleben zu können.

Neben den Seeleuten wimmelte es auf dem Schiff von Pilgern – über zweihundert, schätzte er –, die das Osterfest direkt an den Stätten des Todes und der Auferstehung Jesu Christi feiern wollten. Der junge Mann nahm den Teller, den Löffel und die dicke Wolldecke, die im Reisepreis inbegriffen waren, und suchte sich einen Platz auf dem Bug. Er nickte den Menschen rechts und links von sich zu, legte sich an die Reling und schlief erschöpft ein.

Der Dreimaster kam nur langsam voran. Nachdem er entlang der italienischen Küste bis zur Spitze Apuliens mit gutem Rückenwind gesegelt war, schaukelte er nun auf dem Meer vor dem Peloponnes. Der Wind hatte sich gelegt, das Wetter war schön und mild. Giovanni hatte sich mit einem Pilger namens Emanuel angefreundet, der aus Flandern stammte und zu Fuß quer durch Europa bis nach Ancona gelaufen war. Der Witwer hatte gelobt, ins Heilige Land zu pilgern, wenn sein einziges Kind, eine Tochter von zwanzig Jahren, die im Kindbett fast gestorben wäre, wieder gesund würde. Seinen kleinen Laden hatte er seinem Schwiegersohn übergeben und sich für ein halbes Jahr verabschiedet. Giovanni hatte ihm nicht den wahren Grund für seine Reise anvertraut. Wie konnte er einem Mann, der zu den Stätten des Lebens Jesu reiste, um zu beten, eingestehen, dass er selbst dorthin fuhr, um zu töten?

Am neunten Tag der Reise gab der Kapitän bekannt, sie segelten nun an der Insel Kreta vorbei. Giovanni war bewegt, da er sich an das schreckliche Jahr auf der venezianischen Galeere, an den Schiffbruch und sein Entkommen an die kretische Küste erinnerte. Er dachte wieder an seine Bekehrung vor der Ikone der Jungfrau der Barmherzigkeit. Wie hatte ihn die Entdeckung der Liebe Jesu Christi und der Muttergottes erschüttert! Da verspürte er so etwas wie einen Stich im Herzen, und seine Augen wurden feucht. Einen Augenblick lang war er versucht zu beten, doch sein Wille sträubte sich. »Nein«, sagte er sich, »in dieser Welt gibt es keinen guten Gott. Ein guter Gott hätte den armen Ephraim nicht in seiner Verzweiflung alleingelassen. Ein guter Gott hätte nicht zugelassen, dass meine edlen Freunde in seinem Namen massakriert würden. Jesus Christus ist am Kreuz gestorben, und sein Opfer hat einzig dazu gedient, die Menschen bis an das Ende aller Zeiten zu rühren, nicht sie zu retten. Keine Auferstehung von den Toten, keine Erlösung, kein ewiges Leben. Dieses Leben ist nur eine absurde Mischung von Wonnen und Gräueln.« Giovanni verwarf nicht nur den biblischen Gott und die Göttlichkeit Jesu Christi, sondern auch die platonischen Wahrheiten, das Schöne, Wahre und Gute. Gewiss, die Natur bot viele Beispiele für Schönheit. Gewiss, das Herz des Menschen konnte unendliche Güte in sich bergen, und Jesus Christus – oder andere außergewöhnliche Menschen – hatten versucht, dieses Gute freizusetzen. Gewiss, die menschliche Klugheit strebte nach Wahrheit. Doch das Böse, die Verfehlung, die Grausamkeit waren auf dieser Welt gleichermaßen am Werke, wenn sie nicht sogar überwogen. Giovanni konnte nicht mehr gelten lassen, dass ein durch und durch gutes, höheres Prinzip die Welt erschaffen habe und regiere. Und da es ihm ebenso absurd erschien, wie die Manichäer und Katharer die Existenz zweier widerstreitender göttlicher Prinzipien anzunehmen, eine Quelle des Guten und eine Quelle des Bösen, konnte er nur noch an den Menschen glauben und auf ihn hoffen, was ihn jedoch bei rechter Überlegung zutiefst verzweifeln ließ.

Während seine Gedanken im gemächlichen und gewohnten Rhythmus des Schiffs hin und her schaukelten, ertönte plötzlich der Ruf aus dem Ausguck:

»Segel steuerbords!«

Die am besten sahen, entdeckten einen Punkt am Horizont. Da er im Laufe von Minuten größer wurde, bedeutete dies, dass er auf ihr Schiff zuhielt. Doch noch war er zu weit entfernt, um festzustellen, woher er kam und welche Absichten er hatte.

»Hoffen wir, dass es kein Piratenschiff ist!«, meinte Emanuel, der den kleinen schwarzen Punkt nicht aus den Augen ließ.

»Und auch kein Korsar!«, meinte Giovanni und musste daran denken, was Elena und Giulia zugestoßen war.

»Ein Korsarenschiff wäre besser als ein Piratenschiff«, sagte ein Seemann neben ihnen. »Dann bleiben wir zumindest am Leben und werden nur als Sklaven verkauft.«

»Es sei denn, es ist ein christlicher Korsar. Dann könnten wir in aller Ruhe weitersegeln«, entgegnete Emanuel.

»Außer, wenn es Franzosen sind!«, erwiderte der Seemann. »Denn die haben sich mit den barbaresken Korsaren verbündet und verstehen sich darauf, Schiffe anzugreifen, die unter der Flagge des Heiligen Römischen Reichs fahren.«

Der Matrose spuckte über Bord und fügte grummelnd hinzu:

»Heute ist Dienstag, der Tag des Mars … schlechtes Omen.«

Wegen des schwachen Windes konnte der große Dreimaster diesem rätselhaften Schiff, das ganz offensichtlich auf sie zuhielt, nicht entkommen. Die Seeleute wurden mit jeder Minute nervöser. Der Matrose im Ausguck hatte bald eine neue Nachricht:

»Ein Dreimaster!«

»Seht doch nur, wie schnell er trotz Flaute vorankommt!«, beobachtete der Seemann neben Giovanni. »Der muss viele Ruderer haben!«

Wieder spuckte der Mann über Bord und sagte: »Eine barbareske Schebecke, dafür lege ich meine Hand ins Feuer!«

Das angstvolle Warten zog sich noch fast eine Stunde hin, bis der Wachmatrose im Mastkorb das Urteil des Seemanns bestätigte und die Flagge des Schiffs beschrieb.

»Rote Fahne, zwei gekreuzte Krummsäbel ... algerische Korsaren!«

»Barbarossa?«, fragte Giovanni den Seemann.

»Nein, seine *Algérienne* fährt unter roter Flagge mit drei silbernen Halbmonden darauf. Aber ganz sicher einer seiner Rais.«

»Was tun wir jetzt?«, wollte Emanuel wissen.

»Nichts! Oder fliehen, wenn durch ein Wunder Wind aufkommt!«

»Ja, kämpfen wir denn nicht?«, fragte Giovanni.

»Wozu? Die haben mindestens zwanzig Kanonen und über hundert kampferprobte Männer an Bord, während wir unbewaffnet sind und die Pilger und Seeleute keine Erfahrung im Kämpfen haben.«

»Was wird aus uns?«, fragte Emanuel, der bleich geworden war.

»Wenn sie uns am Leben lassen, wofür die barbaresken Korsaren bekannt sind, werden sie uns in Algier als Sklaven verkaufen.«

ZWEIUNDUNDSECHZIG

Die Schebecke wurden von etwa hundert Ruderern vorangetrieben, die in ihren Anstrengungen erst nachließen, als das Schiff in Rufweite war. Der algerische Rais forderte den Kapitän auf, sich bedingungslos zu ergeben, was dieser auch tat. Die Korsaren ließen zwei schlanke Boote mit je fünfzehn bewaffneten Männern zu Wasser, die an Bord des Handelsschiffs kamen. Die kleine Truppe wurde von einem Renegaten – einem ehemals christlichen Sklaven, der zum Islam übergetreten war und im Dienst der Korsaren stand – befehligt. Er fragte lange den Kapitän aus, während seine Männer das Schiff von oben bis unten inspizierten. Die Korsaren wirkten vollauf zufrieden mit ihrer Beute, die sie obendrein nicht einen Schuss Munition gekostet hatte. Der Renegat gab seinen Männern Anweisungen und fuhr zurück, um seinem Rais Bericht zu erstatten. Währenddessen gingen die Korsaren von Passagier zu Passagier und von Seemann zu Seemann.

»Versteckt Euer Geld irgendwo auf dem Schiff, und steckt nur ein, zwei Geldmünzen ein«, raunte der Seemann Giovanni und Emanuel zu und ging mit gutem Beispiel voran.

Giovanni schob unauffällig zehn Dukaten hinter ein Tau und behielt zwei Geldstücke. Als die Korsaren ihn von Kopf bis Fuß durchsuchten, wobei sie nicht vergaßen, seine Schuhe umzudrehen, fanden sie ohne Schwierigkeiten die beiden Münzen und ließen ihn und die Männer an seiner Seite ansonsten unbehelligt. Denen, die nichts bei sich hatten, erging es schlecht. Da die Korsaren wussten, dass kein Reisender mit leeren Taschen unterwegs war, wurden sie ärgerlich und bedrohten mit ihren Klingen jene Unvorsichtigen, die versucht hatten, ihr ganzes Geld in Sicherheit zu bringen. Rasch mussten sie das provisorische Versteck ihrer mageren Schätze gestehen, nur ein toskanischer Pilger leugnete hartnäckig und wurde von den Korsaren in einer Anwandlung schlechter Laune über Bord geworfen. Dieses Ereignis verdeutlichte den Passagieren des Handelsschiffs, wie sehr ihr Leben am seidenen Faden hing. Ab sofort zeigten sie sich kooperativer.

Mit der kostbaren Beute beladen, fuhr das zweite Boot zurück zum Korsarenschiff. Kurz darauf mussten die Pilger eine schreckliche Szene miterleben. Schreie erschallten von der Schebecke.

»Was ist da los? Man könnte meinen, sie schlitzen sich gegenseitig die Bäuche auf«, fragte Giovanni.

»Das würde mich wundern«, antwortete der Seemann. »Ich glaube vielmehr, dass sie kranke oder erschöpfte Ruderer abmurksen.«

Kurz darauf bestätigte sich diese finstere Vermutung. Zwanzig Männer, tot oder lebendig, wurden ins Meer geworfen. Emanuel bekreuzigte sich.

»Herr, nimm ihre Seele zu dir.«

»Möge er uns vor allem davor schützen, sie ersetzen zu müssen«, sagte der Seemann.

Bald kamen die Korsaren mit den beiden leeren Booten zurück zum Handelsschiff. Der Sklavenaufseher ging an Bord, und gemeinsam mit den Korsaren, die an Bord geblieben waren, sah er sich unter den Passagieren nach neuen Ruderern um. Erinnerungen an seine Zeit als Galeerensklave stiegen in Giovanni hoch. Angstschweiß floss ihm von der Stirn. Eine solche Schicksalsprüfung könnte er nicht ein zweites Mal ertragen, besser auf der Stelle sterben, sagte er sich.

Der Sklavenaufseher befahl allen jungen Männern, sich zu entkleiden, und nahm sie in Augenschein. Von Zeit zu Zeit gab er eine Order. Dann packte ein Korsar einen Mann und ließ ihn in das Boot steigen. Niemand wagte Widerstand zu leisten, da jeder wusste, er würde sofort erschlagen oder über

Bord geworfen wie die anderen Unglückseligen. Als der Sklavenaufseher auf Giovanni zukam, musterte er ihn mit sichtlich zufriedener Miene, denn obgleich er wegen seiner langen Genesung noch recht mager war, war er doch jung und gut gebaut. Je näher ihm dieser Mann kam, umso mehr spürte Giovanni, wie ihm das Blut in den Adern gefror. Der Aufseher blieb vor ihm stehen, sah ihn kurz an und machte den beiden Wachen, die hinter ihm hergingen, Zeichen. Als der eine ihn packte, erstarrte Giovanni und schrie:

»Nein!«

Der Sklavenaufseher hob seinen Ochsenziemer und wollte ihn gerade niederknallen lassen, als ihm jemand Einhalt gebot.

»Halt! Du begehst einen großen Fehler. Dieser Mann ist ein Adliger aus Kalabrien, der als bescheidener Pilger reist. Dein Herr könnte für ihn ein reiches Lösegeld einstreichen.«

Der Korsar ließ den Arm sinken und sah Emanuel drohend an.

»Wer bist du?«

»Sein Diener. Mein Herr nimmt es mir bestimmt übel, dass ich ihn verraten habe, aber der Gedanke, ihn als Ruderer auf Eure Galeere verschleppt zu sehen, ist mir unerträglich.«

Der Sklavenaufseher sah wieder zu Giovanni, dann ließ er einen anderen Korsaren rufen, der offenbar einer der Anführer war, und erklärte ihm die Sachlage. Dieser herrschte Giovanni an:

»Wie heißt du?«

Giovanni zögerte nicht eine Sekunde.

»Giovanni da Scola. Ich bin tatsächlich ein Edelmann aus Catanzaro. Meine Familie wird Euch für mich und meinen Diener ein gutes Lösegeld zahlen.«

»Und was tust du hier in deinen erbärmlichen Kleidern, eingepfercht auf Deck?«

»Nach der Genesung meiner Mutter habe ich das Gelübde

abgelegt, nach Jerusalem zu pilgern. Dazu gehört, dass ich den Weg in aller Bescheidenheit und ohne Geld zurücklege. Und mein treuer Diener ist meine einzige Begleitung.«

Der Korsar sah Giovanni lange in die Augen.

»Du scheinst die Wahrheit zu sagen. Bei unserer Ankunft werde ich dich dem Pascha melden.«

Der Anführer nickte dem Sklavenaufseher zu, der seinen finsteren Marktgang fortsetzte und wenig später in Begleitung von zwanzig Unglücklichen zur Galeere zurückfuhr. Giovanni drückte innig Emanuels Hand, denn der hatte ihm zweifellos das Leben gerettet.

Schließlich beschlossen die Korsaren, das gekaperte Schiff *ammarinati*, das heißt mit reduzierter Mannschaft, loszuschicken. Dreißig bis an die Zähne bewaffnete Männer blieben unter der Führung eines Korsaren an Bord. Sein Befehl lautete, das Schiff samt Mannschaft, Waren und Passagieren nach Algier zu bringen, während der Rais mit seiner Korsarengaleere seine Fahrt auf der Suche nach neuer Beute fortsetzte.

Das Handelsschiff segelte nun mit neuem Kurs nach Westen zur nordafrikanischen Küste. Das Leben an Bord hatte sich fast wieder normalisiert. Die Seeleute waren zuverlässig auf ihren Posten und erhielten noch immer die Befehle von ihrem Kapitän, der unter strengster Bewachung der Korsaren stand.

Nach einigen Tagen auf See, als günstige Winde sich erhoben hatten, kam der Anführer der Korsaren zu Giovanni.

»Ich stamme auch aus Kalabrien, aus der Gegend von Reggio. Erzähl mir ein bisschen von dort.«

»Ich bin aus Catanzaro, und leider bin ich in meiner Heimat nicht viel herumgekommen, da mich meine Geschäfte recht bald nach Norden geführt haben.«

Der Mann sah ihn schweigend mit ziemlichem Unwillen an.

»Und du, was tust du hier bei den Korsaren?«, setzte Giovanni eilig hinterher, um zu verhindern, dass er weiter ausgefragt würde.

»Mein Vater ist bei einem Raubzug des Khair ad-Din, des berühmten Barbarossa, an der kalabrischen Küste ums Leben gekommen. Meine Mutter, meine beiden Schwestern und ich wurden gefangen genommen und wurden seine Sklaven. Ich war noch nicht einmal sechs Jahre alt. Einige Jahre später hat man mir vorgeschlagen, wenn ich zum Islam konvertiere, bekäme ich im Gegenzug meine Freiheit wieder. Ich habe eingewilligt und auf einem Schiff einer der Rais von Barbarossa angeheuert. Heute bin ich achtundzwanzig Jahre alt und der Erste Offizier des Schiffes, das du vor einigen Tagen gesehen hast.«

»Wie ist dein Name?«

Der Mann lachte laut auf.

»Baha ad-Din el Calabri! Es ist so lange her, dass ich meinen alten Christennamen ausgesprochen habe.«

»Erinnerst du dich noch an ihn?«

Baha ad-Din starrte Giovanni an. Ein trauriger Schleier, den bald Wut vertrieb, legte sich auf seine schönen blauen Augen.

»Aber sicher. Aber was geht dich das an, du elender Christ?«

»Du selbst hast mich gebeten, dir etwas über deine Heimat Kalabrien zu erzählen. Ich dachte, es würde dir Freude machen, dich an deine Vergangenheit zu erinnern.«

Der Mann lächelte.

»Es war töricht von mir, so aufzubrausen. Ich hieß Giacomo.«

»Wie mein Bruder!«

»Ach ja? Und was macht er?«

Wieder musste Giovanni lügen, und sein Gesicht verfinsterte sich etwas.

»Er dient in der Armee des Kaisers. Ich habe ihn seit Jahren nicht gesehen.«

»Bist du verheiratet? Hast du Kinder?«

»Nein, noch nicht. Und du?«

»Ich habe eine Frau und zwei Kinder. Sie leben in Al Dschesair, in der Stadt, die ihr Algier nennt. Gott sei Dank werde ich sie bald wiedersehen.«

»Erzähle mir etwas über diese Stadt. Gefällt sie dir?«

»Und wie sie mir gefällt! Bald wirst du ihre Pracht bestaunen können. Weißt du, auch wenn mir damals diese Stadt und ihre Korsaren den Vater und die Freiheit genommen haben, so ist heute mein Herz dieser Stadt verfallen. Um nichts in der Welt würde ich woanders leben wollen.«

Der Ruf des Mannes im Ausguck unterbrach ihn.

»Mehrere große Schiffe voraus!«

Der Korsar eilte zum Heck des Schiffes, das strikt seinen Kurs hielt. Eine knappe Stunde später trafen sie auf drei venezianische Militärgaleeren. Das Handelsschiff hatte noch immer die Flagge des Königreichs von Neapel und Sizilien gehisst. Da auf der Brücke alles normal aussah, begnügten sich die Venezianer damit, den Kapitän durch das Sprachrohr zu fragen, ob an Bord alles in Ordnung sei. Die Korsaren hatten sich im Laderaum versteckt, und Baha ad-Din, der die Uniform des Kapitäns übergezogen hatte, bejahte. Einige Minuten lang hielten alle die Luft an, doch kein Seemann und kein Passagier wagte hinüberzubrüllen, sie seien Gefangene der Korsaren. Giovanni überlegte einen Augenblick, dass er ins Wasser hätte springen und versuchen können, zu einer der christlichen Galeeren hinüberzuschwimmen. Aber es war ihm immer noch lieber, als Sklave in Algier verkauft zu werden, als in die Hände der Venezianer zu geraten.

Die nächsten zehn Tage der Reise verliefen ohne weiteren Zwischenfall. Eines Morgens sah Giovanni die afrikanische

Küste vor sich. Wenige Stunden später brüllte der Mann im Ausguck:

»Al Dschesair!«

Die Korsaren schossen mit ihren Pistolen in den blauen Himmel und fielen sich vor Freude in die Arme. Die Pilger und Seemänner hingegen sahen sich niedergeschlagen an. Sobald sie an Land gingen, würden sie als Sklaven verkauft.

DREIUNDSECHZIG

Schon bald zeigte sich Algier den ängstlichen Blicken der Gefangenen in seiner ganzen Pracht. Die weiße Stadt lag auf einem Berg am Meer. Die sie umgebenden grünen Hügel hoben das Weiß der Steine, aus denen alle Gebäude – Häuser, Paläste, Moscheen – errichtet waren, strahlend hervor.

Als das Schiff festmachte, wurden die Korsaren von einer freudigen Menschenmenge empfangen. Schaulustige, Bettler, Kinder, Seeleute, aber auch reiche Kaufleute oder deren Verwalter drängten sich, um die neue Beute in Augenschein zu nehmen und ihren Wert zu schätzen. Die Hafenwächter jedoch interessierten sich nur für das Schiff, da ihnen seine Ausstattung, von den Segeln bis zu den Masten, zustand. Der junge Kapitän begab sich gleich in Begleitung zweier Schreiber zum Palast des Paschas, um ihm, dem Herrscher von Algier, dem Vertreter des Sultans von Konstantinopel, eine Aufstellung der Beute zu überbringen: Schiff, Menschen, Waren, Geld, Schmuck. Der Pascha erhob systematisch ein Zehntel der Gesamtbeute, und jede Hinterziehung wurde streng bestraft. Ein etwas geringerer Prozentsatz kam den verschiedenen Beamten und Verwaltern der Stadt zu und ein Prozent den Marabuts, religiösen Männern, die manchmal die sonderbare Gabe des Heilens oder des Weissagens hatten und vom

Volk verehrt wurden. Der Rest wurde zwischen dem Rais, der das Schiff geentert hatte, und seiner Besatzung aufgeteilt, oder auch unter seinen Anteilseignern, wenn er für einen oder mehrere Privatmänner arbeitete.

Bevor die Korsaren die Waren entluden, führten sie die unglücklichen Pilger und die Besatzung des gekaperten Schiffes von Bord, insgesamt fast einhundertfünfzig Männer und dreißig Frauen. Eingekreist von den Janitscharen – Söldnern, die der Sultan von Istanbul, wie Konstantinopel bei den Osmanen heißt, dem Herrscher von Algier geschenkt hatte und die dem Pascha als Polizei, Elitearmee und Leibgarde dienten –, wurden sie direkt zum Sklavenmarkt gebracht. Sie anzuketten erübrigte sich. Jeder Fluchtversuch wäre angesichts der dichten Menschenmenge, die sich um den Zug drängte, gescheitert. Ob arm, ob reich, ob Mann oder Frau, ob alt oder jung, alle hatten ihr Vergnügen daran, sich die Gesichter der Gefangenen anzusehen. Die wenigen jungen Frauen zogen vor allem die Blicke der Männer an, während es ihren Frauen und Töchtern gefiel, die Männer zu mustern, wobei sie sich ihren Schleier vors Gesicht zogen und ihr Lachen verbargen, sobald einer von ihnen sie ansah. Da Giovanni der einzige junge, gut gebaute Mann war, der der Zwangsrekrutierung für die Korsaren-Schebecke entgangen war, zog er große Aufmerksamkeit auf sich.

Auf dem weitläufigen Platz in der Mitte der Stadt mussten sich die Gefangenen auf den Boden setzen. Ein knurriger Alter ging mit einem Stift und einer Schreibtafel auf den gefangenen Kapitän zu. Er gab ihm zu verstehen, er solle aufstehen, und schrieb ihm mit einer Art Kreide eine Nummer auf die Kleider. Dann zerrte er ihn am Arm ein Mal über den von Algeriern gesäumten Platz. Einige Interessenten fragten den Gefangenen nach seinem Alter, seinem Beruf oder nach seinem Herkunftsland. Der Alte sprach viele europäische Sprachen und übersetzte die Antworten. Manchmal befühlten Händler die Muskeln des Gefangenen oder forderten ihn auf, den Mund zu öffnen, um seine Zähne zu begutachten. Giovanni erinnerte sich an den Pferdemarkt seiner Kindheit, und ihm wurde übel. Emanuel suchte seinen Blick und murmelte:

»Wenn man bedenkt, dass wir Christen genau dasselbe mit den gefangenen Indianern oder Mauren machen!«

Als der Kapitän die Platzrunde beendet hatte, befahl ihm der Alte, er solle sich wieder setzen, und wandte sich dem nächsten Gefangenen zu, dem dieselbe Behandlung zuteil wurde.

Stunden vergingen. Giovanni musste ohnmächtig und aufgebracht mit ansehen, wie nahezu alle Männer ein junges Mädchen anfassten. Nachdem es gut zwanzigmal gekniffen, betastet und gekitzelt worden war, erlitt die Frau einen Nervenzusammenbruch und fiel zu Boden. Man belebte sie wieder, und ihr Leidensweg begann erneut, bis sie zum größten Vergnügen der Menge aus Leibeskräften losschrie. Man musste sie anketten und gewaltsam fortziehen, denn sie weigerte sich, auch nur einen Schritt zu machen. Giovanni kam als einer der Letzten dran. Vielen Händlern und Privatmännern stach er wegen seiner Jugend und seiner edlen Gesichtszüge ins Auge.

Gegen Mittag erklang eine kräftige, wohlklingende Männerstimme von der Spitze des Minaretts, das den Platz beherrschte.

»Das ist der *muadhdhin*, der zum Gebet ruft«, flüsterte ein Seemann Giovanni ins Ohr. »Das geschieht fünf Mal am Tag: bei Sonnenaufgang, am Mittag, mitten am Nachmittag, vor dem Sonnenuntergang und eine Stunde nach Einbruch der Nacht.«

Der junge Mann war beeindruckt von der Schönheit des Gesangs, der ihn an orthodoxe Kirchengesänge erinnerte. Der Alte und ein Großteil der Umstehenden gingen zum Gebet und danach zum Essen. Die Gefangenen wurden in den Schatten unter die Arkaden gesetzt und mit Wasser, Brot und

Datteln versorgt. Einige Stunden später, kurz nach dem Nachmittagsgebet, kamen die Leute wieder auf den Platz. Der Alte packte den Gefangenen mit der Nummer 1, ging über den Platz und rief:

»*Achbal*, *achbal*, wie viel?«

Sorgsam notierte er dann auf seiner Schreibtafel die Nummer des Gefangenen, den erzielten Preis und den Namen seines Käufers. Den Preis schrieb er auch auf die Kleidung des Gefangenen, ehe der sich wieder zu seinen Leidensgenossen hockte. Giovanni erkundigte sich bei einem Seemann, der sich mit den Gebräuchen ein wenig auszukennen schien, nach dem Grund dafür.

»Ist die Versteigerung zu Ende, werden wir dem Pascha vorgeführt, der für sich persönlich jeden achten Sklaven kaufen kann.«

»Ja, aber warum hat man uns denn erst hierher gebracht?«, fragte Giovanni erstaunt.

»Weil bei der öffentlichen Versteigerung der wahre Wert der Sklaven festgelegt wird. Wenn der Pascha das Recht hat, jeden achten Sklaven für sich zu kaufen, berücksichtigt man den Wert der Sklaven, und diese Gesamtsumme wird von seinem Prozentsatz auf die Gesamtheit der Beute abgezogen.«

»Welch eine Genauigkeit und welch ein Gerechtigkeitssinn ...«, spöttelte Giovanni.

Nun wurde er versteigert, und er war erstaunt über die Gebote, die selbst den Preis für die junge Frau überstiegen. Später hörte er, dass die Korsaren den Alten informiert hatten, dass er trotz seines bescheidenen Aussehens ein Edelmann sei, der ein hohes Lösegeld einbringen könnte. Händler und Privatleute spekulierten also mit seinem Wiederverkaufswert. Schließlich wurde er für sehr viel Geld von einem maurischen Händler gekauft, der sich darauf spezialisiert hatte, Lösegelder für gefangene Christen einzutreiben.

Kurz vor Einbruch der Dunkelheit war die Versteigerung

zu Ende. Als wenig später der Muezzin die Gläubigen zum Gebet rief, löste die Menschenmenge sich auf. Die Janitscharen führten die Gefangenen zu einem der drei Bagnos des Paschas in der Unterstadt, wo ständig mehrere hundert Sklaven in unterirdischen Gängen ohne Luft und Licht lebten. Männer und Frauen wurden voneinander getrennt und zu jeweils zwanzig in fensterlose Räume gepfercht. Man gab ihnen Wasser und Brot und erklärte ihnen, dies müsse bis zum nächsten Morgen reichen. Die Wachen sprachen eine merkwürdige Sprache, ein Kauderwelsch aus Französisch, Spanisch, Italienisch und Portugiesisch, *»franco«* genannt, in dem sich die Türken und Algerier mit den Sklaven verständigten, aber auch die meisten Sklaven untereinander.

»Forti, forti! Schnell, schnell!«, brüllte der Wachsoldat, als er die Tür des Raums öffnete, wo Giovanni in einer stinkenden Hängematte eine schlaflose Nacht verbracht hatte. Als alle Gefangenen vor dem Ausgang des Bagnos standen, wurden sie in die *Jenina*, den prächtigen Palast des Paschas, geführt. Giovanni bemerkte, dass die junge Frau fehlte, die am Tag zuvor auf dem Sklavenmarkt einen Nervenzusammenbruch erlitten hatte. Schon bald drang auch an sein Ohr, was die Gruppe der Frauen verbreitete: Die Unglückliche hatte sich in der Nacht mit einem Schal erdrosselt. Diese Neuigkeit ließ dem jungen Mann das Blut in den Adern stocken. Doch als er sich den lüsternen Blick des dicken Kaufmanns, der sie ersteigert hatte, in Erinnerung rief, fragte er sich, ob sie nicht die richtige Entscheidung getroffen hatte.

Die Sklaven wurden, wieder in Anwesenheit des Alten mit seiner Schreibtafel, einer nach dem anderen dem Pascha vorgeführt, der niemand anders war als der Sohn des Barbarossa. Der berüchtigte Korsar war im Jahr zuvor mit über fünfundsiebzig Jahren zum Sultan zurückgerufen worden, um dort seine letzten Lebensjahre bei Hofe zu verbringen. Bevor er sich auf den Weg nach Istanbul begab, hatte er seine Nachfolge geregelt und von Suleiman seinen eigenen Sohn Hassan zum Pascha von Al Dschesair ernennen lassen. Hassan ähnelte jedoch seinem Vater kaum, weder äußerlich noch charakterlich noch in seinen politischen Ambitionen. Von seiner Mutter, einer Berberin, hatte er die große Liebe zu Algier geerbt, die sein Vater, der Osmane, nie empfunden hatte. Khair al-Din, genannt Barbarossa, hatte Algier vor allem immer als einen strategisch günstigen Ort für seine Raubzüge übers Meer angesehen. Sein Streben ging stets dahin, das Mittelmeer abzuschöpfen, das er wie seine Westentasche kannte; das Wohlergehen der Stadtbevölkerung hatte ihn nie gekümmert. Hassan, weniger blutrünstig und cholerisch als sein Vater, war nicht nur begeistert von der Stadt, deren Gründung er miterlebt hatte, er plante sogar insgeheim, ihr eines Tages die Unabhängigkeit zuzugestehen und die etwa zweitausend Janitscharen loszuwerden, die das städtische Leben vergifteten. Er herrschte zwar erst seit einem Jahr über Al Dschesair, hatte aber schon die Wertschätzung der Bevölkerung gewonnen, die bunt zusammengewürfelt war aus alteingesessenen Berbern, Arabern, Mauren, Juden und christlichen Konvertiten, ganz zu schweigen von den vielen auf See erbeuteten Christensklaven und den schwarzen Sklaven, die die Araber verkauften.

Hassan saß im Schneidersitz auf einem Podest im großen, schmucklosen Saal. Die Natur hatte ihn nicht gerade begünstigt: klein und mollig, ein rundliches Gesicht, ein schütterer Bart, eine höckerige Stirn, die durch einen imposanten blauen Turban noch niedriger wirkte. Wie sein Vater lispelte er leicht, doch sein Verstand war ebenso wach wie scharfsinnig. Er war umgeben von vier Janitscharen vor dem Podest und zwei Ratgebern, die hinter ihm saßen. Der Alte, der den Verkauf der Sklaven überwacht hatte, saß am Fuße des Podests und vertiefte sich in seine Schreibtafeln, während die Sklaven einer nach dem anderen vor dem Herrscher von Al Dschesair vorbeizogen. Aufmerksam betrachtete der Pascha jeden Gefangenen, aber auch seinen Preis auf der Kleidung, und befragte den Alten, wann immer es ihm gefiel. Hin und wieder unterhielt er sich mit seinen Ratgebern, und manches Mal wandte er sich sogar an die Gefangenen, wobei der Alte übersetzte. So befragte er auch Giovanni ausgiebig über seine Herkunft, seine Familie und seinen Reichtum. Der junge Mann tischte wieder die Lügen auf, die er schon den Korsaren erzählt hatte. Er erbat vom Pascha, falls er ihn zu kaufen beabsichtige, die Gnade, dann auch seinen Diener Emanuel zu erwerben, da er nicht von ihm getrennt werden und noch weniger ihn allein zurücklassen wolle, wenn für ihn das Lösegeld gezahlt würde.

Wie üblich fällte der Pascha keine unmittelbare Entscheidung und schickte alle Gefangenen zurück ins Bagno. Nach einigen Tagen rief man sie wieder zusammen, und die vom Pascha Auserwählten wurden einer nach dem anderen aufgerufen. Giovanni und Emanuel waren erleichtert, als sie ihre Namen hörten. Die Algierer, die als Käufer von Gefangenen auftraten, waren ebenfalls zugegen. Sie bezahlten dem Alten und seinen Helfern den Preis und zogen mit ihren Sklaven von dannen. Manche weinten, als sie sich von ihren Leidensgenossen verabschiedeten, doch die meisten schienen resigniert zu haben. Das Grüppchen, das vom Pascha gekauft worden war, blieb an Ort und Stelle. Dann erschien sein Verwalter, ein Mann von majestätischem Gebaren, etwa fünfundvierzig Jahre alt. Giovanni erkannte in ihm einen der Männer, die etwas hinter dem Pascha gesessen hatten. Er war ein Araber aus Algier, Ibrahim ben Ali el Tajer mit Namen. Er sprach mit leiser, bedächtiger Stimme, was die Ängste der Sklaven ein wenig besänftigte. Er erklärte, die Frauen würden in den Palast gebracht, wo sie verschiedene Aufgaben zu erfüllen hätten. Die Männer blieben alle außer einem, der wegen seiner Kochkünste ebenfalls im Palast eingesetzt würde, im Bagno. Sie würden bei diversen Arbeiten des öffentlichen Interesses eingesetzt, wie zum Beispiel bei der Ausbesserung oder dem Bau von Straßen oder von öffentlichen Gebäuden. Ibrahim erläuterte ihnen, sie würden immer gut behandelt, solange sie sich den herrschenden Regeln unterwürfen. Doch er warnte sie auch vor jeglichem Fluchtversuch, denn der würde hart bestraft: der erste mit dreihundert Stockschlägen auf die Fußsohlen, der zweite mit dem Abschlagen einer Hand. Und der dritte mit dem Tod.

»Es muss also beim ersten Mal klappen«, raunte Giovanni Emanuel ins Ohr.

VIERUNDSECHZIG

Giovanni wurde mit fünfzehn anderen Gefangenen zurück ins Bagno geführt, in einen großen Raum, wo ihnen ein Eisenring um die rechte Fessel gelegt wurde. An diesem hing eine dicke, aus fünf oder sechs Gliedern bestehende Kette, die es dem Gefangenen kaum erlaubte, sich fortzubewegen, und schnelles Laufen schier unmöglich machte. Dieses System hatte mehrere Vorteile: Die Gefangenen konnten ohne allzu große Mühe ihrer Arbeit nachgehen, waren aber im Falle einer Flucht stark behindert und konnten zudem von der Bevölkerung als Sklaven des Paschas erkannt werden.

Da sie nun Eisenketten trugen, durften Giovanni und Emanuel sich frei im Bagno bewegen. Das unterirdische Gefängnis umfasste nicht nur die schlecht belüfteten Schlafsäle, sondern auch eine Art Taverne, einen großen Raum mit gewölbter Decke, der nur wenig Licht und Luft von einem einzigen Kellerfensterchen bekam. Dort konnten die Sklaven zusammensitzen und sogar trinken und spielen. Als Giovanni mit Emanuel in diese lärmende Höhle trat, fragte er sich, woher die Sklaven wohl das Geld hatten, das sie hier ausgaben, da man sie doch vor ihrer Ankunft an diesem Ort völlig ausgeplündert hatte. Emanuel lächelte verschmitzt und zeigte Giovanni einen Dukaten, den er erfolgreich in seinem Schuh verborgen hatte. Die beiden Freunde setzten sich an einen nicht zu lauten Tisch und bestellten bei einem schmächtigen Knaben einen Krug Wein.

»Welch großes Glück, dass ich dieses Geldstück retten konnte!«, flüsterte Emanuel. »So können wir uns trotz all dem Unglück, das uns widerfährt, zumindest einige gute Momente leisten.«

»Mich hat gestern einer dieser türkischen Soldaten durchsucht. Er hat mir alles abgenommen, was ich auf dem Schiff hatte retten können und dummerweise wieder in meine Tasche gesteckt hatte!«

»Ich weiß nicht, wie viele Glas Wein dieser Golddukat wert ist. Aber ich fürchte, wir müssen uns recht bald wieder mit Wasser begnügen.«

Giovanni sah sich um.

»Es ist doch sonderbar, dass alle diese Männer, von denen manche seit Monaten oder gar seit Jahren hier sind, noch Geld ausgeben können, das sie den Korsaren oder Türken bei ihrer Ankunft unterschlagen haben. Jedenfalls ist es sehr geschickt vom Pascha, es sie hier ausgeben zu lassen!«

»Nicht wahr?«, sagte ein dicker Mann auf Italienisch, der am anderen Ende des Tisches saß.

»Mit wem haben wir die Ehre?«, entgegnete Giovanni, nachdem sich seine Überraschung gelegt hatte.

Der gut vierzig Jahre alte Mann reichte ihm seine kräftige Hand und sagte mit einnehmendem Lächeln:

»Georges Maurois. Ich komme aus Dieppe, einer Hafenstadt im Norden des französischen Königreichs.«

Giovanni drückte dem Franzosen lange die Hand.

»Giovanni da Scola und mein Diener Emanuel. Wir stammen aus Kalabrien.«

»Herzlich willkommen in Algier.«

»Danke! Wir hätten gerne auf diesen Ausflug verzichtet. Unsere Seereise sollte uns nach Jerusalem führen. Und Ihr, seit wann versauert Ihr hier?«

Der Mann zeigte ein breites zahnloses Lächeln und schwieg einen Moment. Giovanni und Emanuel sahen sich überrascht an.

»Seit acht Jahren, meine Freunde«, sagte er endlich. »Seit acht langen Jahren habe ich diese prachtvolle Bleibe zu meinem Wohnsitz erkoren. Ich kenne hier jeden Winkel, so wie ich auch die kleinsten Gässchen der Stadt kenne.«

»Und habt Ihr keine Hoffnung, eines Tages freizukommen?«, fragte Emanuel.

Georges brach in schallendes Gelächter aus.

»Schon dreimal ist mein Lösegeld entrichtet worden! Und dreimal wurde es auf dem Weg gestohlen! Meine Eltern und Freunde haben umsonst geblutet und besitzen nicht mehr einen Sou, um mich hier rauszuholen.«

Giovanni und Emanuel sahen ihn sprachlos an.

»So ein Unglück!«, sagte Giovanni. »Und Ihr habt nie versucht zu fliehen?«

Der Franzose rückte näher an die beiden heran und raunte ihnen zu:

»Über Dinge dieser Art dürft Ihr nicht mit Unbekannten reden, denn das Bagno wimmelt von Gefangenen, die bereit wären, Euch für ein paar Piaster zu verraten. Ich habe mehr als einen gekannt, dessen Fluchtplan im Blut endete, weil er gegenüber den anderen Gefangenen den Mund nicht halten konnte. Noch vor einem Monat mussten drei Männer die Stockstrafe über sich ergehen lassen, nachdem man sie mitten in der Nacht gefasst hatte, als sie in einer Nachbarbucht ein Boot vertäuten. Und wisst Ihr, wer sie verraten hat?«

Die beiden Freunde sahen ihn fragend an.

»Ein hier lebender Kapuzinerpriester, dem sich einer der

Männer anvertraut hatte, damit der fromme Mann sie mit seinen Gebeten begleite!«

»Heilige Jungfrau!«, rief Emanuel.

»Als Dank dafür haben die Türken den Geistlichen freigelassen. Glaubt mir, vertraut niemandem …«

»Nicht einmal Euch?«, entgegnete Giovanni mit spöttischem Funkeln in den Augen.

»Vor allem nicht mir! Ich würde Mutter und Vater verkaufen, um nach Hause zu kommen!«

Die drei Männer lachten auf.

»Wir haben uns gefragt, woher das Geld kommt, das Ihr in dieser Taverne ausgebt«, sagte dann Emanuel, nachdem er einige Schluck Wein genossen hatte.

»Wir verdienen es uns.«

»Wie das?«

»Jeden Morgen gehen wir bei Sonnenaufgang in Gruppen von zwanzig bis zu hundert Mann zu den Baustellen des Paschas. Die Arbeit endet am Nachmittag. Es bleiben uns also noch einige Stunden bis zum Sonnenuntergang. Die Janitscharen verleihen uns an Algierer, die für eine gewisse Zeit eine Arbeitskraft brauchen. Von diesem Geld geben sie uns einen kleinen Prozentsatz ab. Manche sparen Tag für Tag über Jahre, in der Hoffnung, ihr Lösegeld selbst zahlen zu können und die Freiheit wiederzuerlangen. Doch die meisten können so wie ich nicht umhin, alles in dieser üblen Taverne auszugeben, um das Leben hier ein bisschen weniger mühselig zu gestalten.«

Georges stieß einen tiefen Seufzer aus.

»Ich gestehe, hätte ich alles, was ich in den acht Jahren verdient habe, gespart, könnte ich heute in den besten Schenken des Hafens von Dieppe Karten spielen. Doch leider habe ich Jahre auf dieses Lösegeld gewartet, das nicht eingetroffen ist.«

»Habt Ihr Frau und Kinder?«, fragte Giovanni.

»Gott schütze sie! Ich bin seit zwanzig Jahren verheiratet

und habe vier Kinder. Als ich meine Heimatstadt verlassen habe, war die Jüngste noch nicht einmal zwei Jahre alt.«

»Und Ihr habt nie etwas von ihnen gehört?«

»Von Ibrahim, dem Verwalter des Paschas, weiß ich, dass sie alle am Leben sind. Denn seine Emissäre haben dreimal meine Familie, meine Freunde und meine Geschäftspartner getroffen und das Lösegeld für mich zusammengetragen. Aber wie ich Euch schon erzählt habe, hat sich das Schicksal gegen mich verschworen, und diese Emissäre wurden auf ihrem Rückweg überfallen und ausgeplündert. Ein erstes Mal von den osmanischen Korsaren aus Konstantinopel, die die Emissäre des Paschas zwar wieder freiließen, aber das Lösegeld behielten; ein zweites Mal von Banditen im Hafen von Dieppe, ehe die Emissäre überhaupt an Bord gegangen waren! Und ein drittes Mal von christlichen Korsaren des Malteserordens, die nicht allein das Geld an sich nahmen, sondern zudem die jüdischen Emissäre des Paschas als Sklaven verkauften.«

»Meint Ihr die Hospitalier?«, fragte Emanuel.

»Ja, diesen katholischen Ritterorden, der sich ursprünglich ›Ritter- und Hospitalorden vom Heiligen Johannes zu Jerusalem‹ nannte. Gleich dem Templerorden wurde er zum Zeitpunkt der Kreuzzüge gegründet, um den Pilgern beizustehen. Nach der Zerschlagung der Templer durch Philip den Schönen haben die Malteser einen Teil ihrer Besitztümer geerbt. Der Sitz dieser mächtigen Organisation war auf Rhodos, bis diese Insel von den Osmanen erobert wurde und Karl V. ihnen kürzlich die Insel Malta geschenkt hat. Darum nennt man sie hier Malteserritter.«

»Und haben die jüdischen Emissäre nicht erklären können, dass dieses Geld dazu dienen sollte, einen armen Christensklaven aus den Fängen der algerischen Korsaren freizukaufen?«, fragte Emanuel nach.

»Sie haben es sicherlich gesagt, aber obgleich die Malteserritter Mönche sind und das Gelübde ablegen, unserem Herrn zu dienen, leben sie genauso wie die osmanischen Korsaren von Raubzügen auf dem Meer! Und außerdem dürften sie den Juden kaum Kredit gewähren, da sie sie wie die meisten Christen noch weit mehr verachten, als es die Muslime tun, die ihnen immerhin ein gewisses Vertrauen entgegenbringen.«

»Aus welchem Grund hast du deine Heimat verlassen?«, war es nun an Giovanni zu fragen.

Der Franzose klopfte dem jungen Mann freundschaftlich auf die Schulter.

»Ja, duzen wir uns, meine Freunde! Und lasst mich euch noch ein Glas von diesem miesen Wein ausgeben.«

Georges rief den Jungen heran, der in der Taverne bediente.

»Pippo! Drei Glas auf meine Rechnung!«

»Ist er Italiener?«, fragte Giovanni, als er den Jungen ansah.

»Ja, aus der Gegend von Neapel. Als Kind wurde er bei einem Raubzug in seinem Dorf gefangen genommen. Dann hatte ihn ein alter Jude gekauft, der nicht allzu schlecht zu ihm war. Doch als dieser vor zwei Jahren starb, wurde er von unserem Tavernenwirt gekauft, einem abtrünnigen Christen, der sich heute Mustafa nennt und diesen armen Knaben noch schlechter behandelt als einen Hund.«

Giovanni betrachtete den Jungen genauer. Er war nicht nur ungewöhnlich mager, seine Augen waren tief umschattet, sein Blick erloschen. Er empfand Mitleid mit diesem Unglückseligen.

»Ich bin Kaufmann«, erzählte Georges. »Ich wollte nach Lissabon reisen, um dort Stoffe aus Indien einzukaufen. Unglücklicherweise wurde unser Schiff, obwohl es gut bewaffnet war, von drei Korsaren-Schebecken des Barbarossa angegriffen.«

»Barbarossa«, wiederholte Giovanni. Er hatte in der Vergangenheit bereits zweimal von diesem berühmten Korsaren gehört: damals beim Angriff auf das venezianische Schiff mit Elena an Bord und dann nach der Begegnung mit Giulia Gonzaga. Und jetzt befand er sich in einer Stadt, die Barbarossas Sohn regierte.

»Ah! Barbarossa! Das wäre doch eine Geschichte, um uns die Zeit zu vertreiben«, meinte Georges.

Georges sprach Italienisch mit starkem französischen Akzent, doch seine Leidenschaft fürs Erzählen, seine Art, die Worte mit Blicken und Händen zu unterstreichen, schlug seine beiden Gesprächspartner in den Bann. Auch Giovanni zeigte starkes Interesse am Schicksal dieses Seeräubers, dessen Herz, nachdem er zu viel Ungerechtigkeit und Leid mit angesehen und selbst durchlebt hatte, sich nach und nach im Hass verhärtet hatte.

Zwei Stunden später wurde Georges plötzlich durch lautes Getöse unterbrochen. Die Sklaven, die mit internen Aufgaben betraut waren, begannen, das Abendessen auszugeben. Alle strömten aus der Taverne und begaben sich in ihre Schlafsäle, wo ihnen Brot und etwas Trockenobst zugeteilt wurde.

Georges' Schlafplatz befand sich in einem anderen Raum als der der Neuankömmlinge, doch er flüsterte ihnen zu, mittels einiger Geldstücke sei es immer möglich, die Sklaven, die das Bagno verwalteten, zu bestechen, so dass man den Platz wechseln könne. Kaum hatten sie ihr karges Mahl hinuntergeschlungen, legten sich die zwanzig Gefangenen in ihre schmalen Hängematten, die an großen Haken in den Mauern befestigt waren.

Giovanni konnte weder den Mangel an Luft ertragen noch den Gestank, noch das Gewicht der Kette, die sein rechtes Bein nach unten zog. Wie schon in der Nacht zuvor machte er kein Auge zu. Er musste an die Begegnung mit dem Franzosen denken. Er war der Überzeugung, dass dieser Mann rechtschaffen war. Er spürte nicht nur, dass er ihm vertrauen konnte, sondern sagte sich auch, er würde ihm helfen, nach Hause zurückzukehren. »Wir müssen gemeinsam diesen Ort verlassen«, dachte er. »Und ich bin mir sicher, unser Freund hat bereits eine Idee, wie man es am besten anpacken könnte. Wenn wir seine Freundschaft gewinnen, wird er uns bestimmt davon erzählen.«

FÜNFUNDSECHZIG

Der erste Arbeitstag war besonders hart. Giovanni und Emanuel wurden mit etwa hundert anderen Sklaven zum Bau einer Festung eingeteilt.

Nachdem sie bei Sonnenaufgang aufgestanden waren, marschierten sie unter den amüsierten Blicken der Anwohner und von dreißig Janitscharen streng bewacht mühsam außerhalb der Stadt in geschlossenen Reihen bergauf. Kaum angekommen auf dem Ras Tafourah, einem Hügel, der die weiße Stadt überragt, begannen sie mit ihrer anstrengenden Arbeit, die darin bestand, die Fundamente auszuheben für ein Kastell, das Hassan Pascha zu bauen beschlossen hatte. Gegen Mittag durften sie sich kurz erholen und an der etwa hundert Schritt entfernten Quelle ihren Durst löschen. Von einem anderen Sklaven hörte Giovanni, dass diese Quelle Algier mit Süßwasser versorgte. Und tatsächlich entdeckte er ein römisches Aquädukt, der zur Stadt hinunter führte.

Er nutzte die Atempause, um die grandiose Landschaft zu bewundern. In der Ferne sah er den Hafen mit seiner Mole, die am Fort Penon ihren Anfang nahm. Dieses von den Spaniern errichtete Kastell stand auf »den Inselchen«, Al Dschesair, die der Stadt ihren Namen gegeben hatten. Über zwanzig Schebecken und einige Handelsschiffe lagen dort vor Anker. Auch das Schiff, das er in Ancona bestiegen hatte, konnte er ausmachen.

Da Algier auf Hügeln erbaut war, zogen sich Tausende Häuser bis hinunter zum Meer: Privathäuser, Paläste, Minarette, Moscheen, Gärten und Terrassen drängten sich in einem dichten Gewirr, das sich dennoch zu einer beinahe vollkommenen Harmonie fügte. Ausgiebig genoss Giovanni diese Aussicht, die trotz der widrigen Umstände sein Herz berührte. Doch als die Türken nach ihm brüllten, musste er zurück zur Baustelle.

In diesen Apriltagen begann die Sonne eine Last für die Gefangenen zu werden, da es für sie keinen schützenden Schatten gab. Emanuel, der weniger an ihre kräftigen Strahlen gewöhnt war als Giovanni, bekam einen schweren Sonnenbrand. Die Haut in seinem Gesicht und auf den Schultern war rot wie Ochsenblut. Als Georges, der auf einer Baustelle im Hafen gearbeitet hatte, ihn in diesem erbärmlichen Zustand zurückkehren sah, ließ er Alexander, einen englischen Sklaven, rufen, der Arzt war. Der strich ihm eine kühlende Paste auf die verbrannte Haut.

Während der Arzt Emanuel behandelte, wandte sich der Franzose an Giovanni.

»Dein Diener macht mir den Eindruck, als wäre er starke Hitze nicht gerade gewöhnt, und seine Haut ist sehr weiß. Der ist bestimmt nicht in Kalabrien geboren …«

»Ja, stimmt«, antwortete Giovanni, ohne sich aus der Ruhe bringen zu lassen. »Er stammt aus Flandern. Ich habe ihn auf einer Reise in den Norden Europas kennen gelernt, und er ist in meinen Diensten geblieben.«

»Er beherrscht die italienische Sprache aber noch nicht sehr gut.«

»Für meine Zwecke reicht es.«

»Gewiss … Achtet nur gut darauf, wenn ihr von Ibrahim getrennt befragt werdet, euch nicht zu widersprechen. Es könnte euch teuer zu stehen kommen, falls sich herausstellen sollte, dass gewisse Dinge in euren Darstellungen sich nicht ganz mit der Realität decken.«

Giovanni sah Georges schweigend an und nickte.

»Dein Freund ist nicht in der Verfassung, heute noch zu arbeiten«, fuhr der Franzose fort. »Doch wenn du ein bisschen Geld verdienen möchtest, kann ich dich zu einem Mauren mitnehmen, der dich jeden Tag ein paar Stunden beschäftigt, um die Wohnungen, die er den Janitscharen vermietet, in Ordnung zu bringen.«

»Gerne«, entgegnete Giovanni.

Nicht dass er wirklich noch arbeiten oder ein paar Münzen verdienen wollte, doch er sagte sich, dass sich hieraus womöglich eine Gelegenheit zur Flucht ergäbe.

Georges brachte ihn zu einem Janitscharen namens Mehmet. Der Türke war klein und gedrungen. Ein dünner schwarzer Schnauzbart mit hochgezwirbelten Enden zierte ein eckiges Gesicht ohne jede Anmut. Er sprach ein fast unverständliches *franco* und machte sich vor allem durch seine schroffen Gesten und Grimassen verständlich. Nachdem der Franzose ihm erklärt hatte, Giovanni würde gerne arbeiten, sah Mehmet den Kalabrier prüfend an, wie man ein Maultier ansieht, das man zum Pflügen nimmt. Dann stimmte er zu. Bald stieß ein dritter Sklave, ein Holländer namens Sjoerd, zu ihnen.

Vom Türken bewacht, durchquerten die drei Männer die Kasbah. An diesem späten Nachmittag war der Handel im vollen Gange, und in den schmalen gewundenen Gässchen wimmelte es von fliegenden Händlern, die Oliven, Eier, Datteln, Gewürze, Früchte, Parfüms, bunte Stoffe, Stickereien, Burnusse, naturbelassene oder bemalte Keramiktöpfe feilboten. Nachdem die vier Männer einige Sträßchen hinter sich gelassen hatten, traten sie durch eine schmale blaue Tür und kamen in einen großen, recht schmucklosen, viereckigen Innenhof, der von einem vierstöckigen Gebäude umgeben war.

»Das ist ein *foundouk*, eine Karawanserei«, flüsterte Georges Giovanni ins Ohr, während der Türke nach dem Besitzer suchte. »Es gehört einem Mauren, der etwa zwanzig Zimmer an Janitscharen vermietet. Da er nicht zu viele Sklaven unterbringen und ernähren will, beschäftigt er jeden Tag einige von uns, die ihm Mehmet vermittelt. Unsere Aufgabe ist es, die Zimmer der türkischen Soldaten zu reinigen.«

Mehmet kam mit dem Hausherrn zurück, einem alten und eher barschen Mann, der Giovanni kurz musterte. Er wechselte einige Worte mit dem Türken, dann gab er zu verstehen, dass er Giovanni einige Tage auf Probe beschäftigen wolle. Mehmet ging in sein Zimmer, um sich auszuruhen, und die drei Gefangenen, angeleitet von einem Sklaven des Mauren, machten sich daran, die Räumlichkeiten und Aborte zu reinigen.

Als die Sonne am Horizont verschwand und der Gesang des Muezzin erklang, rief Mehmet die Sklaven zusammen, reichte jedem vier kleine Geldstücke und brachte sie zurück ins Bagno. Während Georges sich wie üblich gleich in die Taverne begab, um das eben verdiente Geld zu vertrinken, ging Giovanni in seinen Schlafraum, um nach Emanuel zu sehen. Er döste und litt noch immer, doch dank Alexanders Umschlägen spürte er die Verbrennungen nicht mehr so stark. Giovanni erzählte seinem Freund, was er erlebt hatte, und beschrieb ihm bis ins Kleinste die bunten Gässchen von Al Dschesair.

Schon bald wurden sie von den Sklaven, die das Essen austeilten, unterbrochen. Giovanni stürzte sich auf den Kanten Brot, da er nach diesem langen Tag zermürbender Arbeit völlig ausgehungert war. Und obgleich ihm die üblen Gerüche und der Mangel an frischer Luft noch immer zusetzten, war er so erschöpft, dass er rasch in den Schlaf fand.

Die nächsten Tage verliefen nach demselben immergleichen Rhythmus. Emanuel war nicht in guter Verfassung und litt weiterhin unter der Sonne. Er schützte seinen Kopf mit einem Tuch und musste einen Türken bestechen, damit er jede Stunde etwas trinken durfte. Nachdem die Sklaven die Fundamente fertig ausgehoben hatten, begannen sie, Steinblöcke aufzuschichten, die Maultiere in Karren vom Hafen brachten. Der Umgang mit den behauenen Steinen war nicht nur sehr anstrengend, sondern erforderte auch jeden Moment große Wachsamkeit, damit einer dieser Blöcke von mehreren hundert Kilo nicht einen Sklaven erschlug. Giovanni ging weiterhin am Ende des Tages mit Georges in den *foundouk*, während Emanuel sich ausruhte. Anschließend trafen sich die drei Freunde in der Taverne, wo sie bei einem Glas Wein oder einem algerischen Schnaps mal miteinander und mal mit anderen Gefangenen aus aller Herren Länder sprachen.

Alle Sklaven im Bagno waren christlicher Herkunft. Manche hatten ihrem Glauben abgeschworen und waren zum Islam übergetreten, weil sich dadurch ihre Lebensbedingungen verbesserten. Auch wenn sie nicht freigelassen wurden, konnten sich diese Renegaten, wie man sie nannte, frei in der Stadt bewegen und mit verschiedenen Tätigkeiten innerhalb oder außerhalb des Lagers ihren Lebensunterhalt verdienen. Da viele Türken sie verachteten und die anderen Sklaven ihnen ihre Abtrünnigkeit vorwarfen, waren sie allseits schlecht angesehen. Daher waren sie oft aggressiv und cholerisch. Das traf auch auf Mustafa, den Tavernenwirt, zu, einen Spanier, dessen Alter nicht zu schätzen war und der die Zeit damit zubrachte, seinen jungen Gehilfen Pippo zu beschimpfen. Giovanni empfand immer mehr Mitleid für den Jungen und fragte sich, ob er nicht noch anderen, weniger öffentlichen Misshandlungen seines Herrn ausgesetzt war. Als die drei Freunde sich eines Abends an einem Tavernentisch niederließen, sprach er Georges darauf an.

»Pippo tut mir leid. Er ist weiß wie die Wand, und seine Augen sind immer so traurig. Glaubst du nicht, dass der unglückliche Junge noch viel Schlimmeres erdulden muss als nur die Schreie seines vom Glauben abgefallenen Herrn?«

»Aber das wissen doch alle.«

»Was meinst du?«

»Alle wissen, was Mustafa mit seinem Sklaven treibt.«

Giovanni war verdutzt.

Georges beugte sich vor und raunte:

»Er macht, was man hier ›schändliche Liebe‹ nennt.«

»Willst du sagen, er unterhält mit dem Jungen ein sündiges Verhältnis?«

Georges nickte.

»Kann man denn nichts tun, um das arme Kind aus dieser Hölle herauszuholen?«

»Ein Herr hat alle Rechte an seinem Sklaven. Er kann ihn vergewaltigen, foltern oder gar töten. Selbst wenn die Religion die schändliche Liebe verbietet, so missbrauchen doch viele Herren ihre jungen Christensklaven. Dagegen kann man nichts tun.«

»Das ist ja fürchterlich«, klagte Emanuel.

»Das ganze Sklaventum ist fürchterlich«, meinte Giovanni.

Pippo brachte drei Gläser Wein. Giovanni sah den Jungen mitfühlend an und steckte ihm ein gutes Trinkgeld zu. Zum Dank hob Pippo die Augen, doch kein Leuchten war darin zu entdecken, kein Lächeln durchbrach seine Maske aus Traurigkeit. Emanuel beschloss, ein völlig anderes Thema anzuschneiden.

SECHSUNDSECHZIG

Weißt du, wie viele Menschen unter diesen erbärmlichen Umständen leben?«, wollte Emanuel von Georges wissen.

»Allein der Pascha von Algier besitzt ungefähr zweitausend Sklaven. Darum hat Barbarossa die drei riesigen unterirdischen Verliese bauen lassen. Aber mindestens fünfzehntausend weitere Sklaven gehören Privatleuten, und das in einer Stadt, die an die achtzigtausend Seelen zählt. Auch sie sind größtenteils Christen, aber im Vergleich zu uns sind sie um ihr Schicksal zu beneiden. Sie leben im Haus ihres Herrn und werden meistens gut behandelt. Sie dürfen, um Botengänge für ihren Besitzer zu erledigen, frei herumlaufen, müssen nur jeden Abend vor Einbruch der Dunkelheit zurückkehren.«

»Unser Unglück ist, dass uns Barbarossas Sohn gekauft hat und wir in diesem dreckigen Bagno vor uns hin vegetieren!«, seufzte Emanuel. »Und dabei waren wir so erleichtert, vom Pascha ausgewählt worden zu sein!«

Plötzlich fiel ein völlig betrunkener Sklave auf Georges, der diesen nach Fusel und Ungeziefer stinkenden Mann nur mühsam beiseiteschieben konnte. Er übergab ihn dessen Gefährten, die ihn zu seiner Hängematte schleppten.

»Leider ist das hier das einzige Vergnügen, das man uns gönnt!«, sagte Georges und setzte sich wieder hin.

»Gibt es denn hier keine Huren wie in allen anderen Häfen der Welt?«, fragte Emanuel, der die Anspielung des Mannes aus Dieppe bestens verstanden hatte.

»Aber ja doch! Die Stadt ist voller Freudenmädchen. Christensklavinnen, die von ihren Herren verkauft worden sind, oder sogar verstoßene Musliminnen, Witwen ohne Einkünfte. Doch sie sind uns verwehrt, da wir ja keine Nacht außerhalb des Lagers verbringen dürfen.«

Georges schwieg einen Moment, um dann vertraulich zu flüstern:

»Es gibt aber immer eine Möglichkeit, sich mit den Janitscharen und den Patrons, bei denen wir abends arbeiten, zu arrangieren, so dass man doch eine Frau treffen kann. Aber das kostet verdammt viel Geld, und man muss bereit sein, einen Monat schwerer Arbeit gegen zehn Minuten Vergnügen einzutauschen!«

»Was ist nur aus uns geworden!«, brummelte Emanuel. »Möge es Gott gefallen, uns so schnell wie möglich aus dieser Hölle zu befreien!«

»Das hängt vor allem von der Bereitwilligkeit eurer Lieben ab, Lösegeld zu bezahlen. Und vom Glück, dass die Summe wirklich beim Pascha ankommt!«

Emanuel und Giovanni tauschten einen finsteren Blick. Da sie dem Rais und dem Pascha ein Lügenmärchen aufgetischt hatten, konnten sie von dieser Seite nichts erwarten. Giovanni überlegte sogar, dass sie so bald wie möglich fliehen müssten, denn wenn die Emissäre des Paschas mit leeren Händen aus Italien zurückkämen, würden die Korsaren nicht zaudern, sie für ihre Lüge teuer bezahlen zu lassen. Er kannte Georges zwar nicht sehr gut, doch sein Instinkt sagte ihm, dass er ihm vertrauen konnte. Daher wollte er es wagen, sich ihm zu offenbaren. Er sah Emanuel verschwörerisch an. Der verstand die Botschaft und deutete ein zustimmendes Nicken an.

»Georges, wir müssen dir etwas Wichtiges anvertrauen«, flüsterte Giovanni und rückte näher an den Franzosen heran, um sicherzugehen, dass kein unbefugtes Ohr sie belauschen konnte.

SIEBENUNDSECHZIG

Wir möchten so schnell es geht von diesem Ort verschwinden«, murmelte Giovanni unter dem leicht besorgten Blick seines Freundes Emanuel. Georges schwieg eine Weile. Dann murmelte er:

»Meine Freunde, ich verstehe euch. Ich hätte es selbst schon vor Jahren tun sollen. Doch jetzt fehlt mir der Mut dazu, weil das Risiko sehr hoch ist. Die meisten scheitern. Ich habe viele Bastonaden mit ansehen müssen. Das Schreien der Gefolterten ist unerträglich, und die Unglückseligen können wochenlang keinen Fuß auf den Boden setzen. Die Vorstellung eines solchen Schmerzes raubt mir jede Courage zu fliehen.«

»Aber du willst doch wohl nicht bis zu deinem Lebensende hier in diesem stinkenden Gefängnis vermodern, fern von deiner Familie?«, fragte Giovanni.

»Seit acht Jahren träume ich jeden Tag davon, sie wiederzusehen, und ich sehe mich mitten unter ihnen. Aber ich habe nicht das Herz, irgendetwas zu unternehmen, darum lebe ich von meinen Träumen.«

»Selbst wenn du dir die Flucht aus dem Kopf geschlagen hast, so hast du vielleicht eine Idee, wie man es am besten anstellen könnte.«

»Aber natürlich. Auch daran denke ich jeden Tag! Ohne Komplizen hat man keine Chance. Die einzigen Gefangenen, die ich kenne und deren Flucht geglückt ist, haben sich in der Nacht davongestohlen und sind in ein kleines Boot gestiegen, das sie in einer kleinen Bucht nahe der Stadt erwartete.«

»Wie findet man solche Komplizen?«

»Da gibt es zwei Möglichkeiten. Entweder lässt man den Christen in den Städten Bejaia oder Oran, die von Algier nur einige Tage Schifffahrt entfernt sind, eine Nachricht zukommen, damit sie uns an einem bestimmten Tag an einem bestimmten Ort erwarten. Oder aber man erkauft sich für viel Geld die Komplizenschaft eines Algierers, damit er uns aus der Stadt bringt. Doch da könnte man genauso gut sein Lösegeld selbst bezahlen, und zudem ist es sehr gewagt.«

»Vergessen wir also die zweite Möglichkeit. Aber wen könnte man anschreiben und um Hilfe von außen bitten?«

»Seit den Kreuzzügen gibt es zwei geistliche Orden, die es sich zur Aufgabe gemacht haben, Christen, die in die Hände von Muslimen gefallen sind, zu befreien: den Orden der Sainte Trinité und den Orden Notre-Dame de la Merci. Meistens sammeln sie Geld in der Christenheit, um Sklaven freizukaufen. Doch da Barbarossa sich mehrmals geweigert hat, ordnungsgemäß zurückgekaufte Gefangene in die Freiheit zu entlassen, schicken sie dem Pascha von Algier kein Geld mehr. Erreicht sie aber ein Brief mit vielen überzeugenden Einzelheiten über die Identität der Sklaven, zögern sie nicht, bei einem *impresario* ein großes Boot zu leihen und des Nachts die Entflohenen an Bord zu nehmen. Aber nur im Sommer und bei Vollmond können sie ohne Gefahr übers Meer fahren.«

»Diese Möglichkeit klingt ausgezeichnet! Aber wie können wir ihnen eine Nachricht zukommen lassen?«, fragte Giovanni, der ahnte, dass die Dinge nicht so leicht sein würden.

»Das ist der heikelste Punkt!«, antwortete Georges mit einem Lächeln. »Auch hierfür muss man sich Komplizen kaufen. Man kann es über einen Christensklaven versuchen, der einer Karawane, die nach Oran oder Bejaia aufbricht, den Brief mitgibt. Der Preis ist vernünftig, doch die Gefahr, dass der Brief abgefangen wird, ist groß. Die Sklaven sind leicht auszumachen und werden mit dreihundert Stockschlägen bestraft. Das habe ich mehr als einmal erlebt!«

Giovanni sah Emanuel an, der den Blick abwandte.

»Das muss wohl überlegt sein«, meinte Giovanni. »Doch ehrlich gesagt, ich will hier nicht länger versauern. Könntest du uns, wenn wir uns entschließen sollten zu fliehen, die Verbindung zu einem dieser Christensklaven herstellen?«

»Aber ja doch. Und ich kann euch jetzt schon sagen, dass es euch zweihundert Piaster kosten wird.«

Bestürzt sah Emanuel Giovanni an. »So viel Geld haben wir doch gar nicht!«

»Wenn ihr beide jeden Tag bei Privatleuten arbeitet, könntet ihr die Summe in knapp einem Jahr zusammenhaben!«, sagte Georges.

Das vertrauliche Gespräch der drei Freunde hatte ein Ende, als sich einige andere Sklaven zu ihnen an den Tisch setzten.

In dieser Nacht musste Giovanni ständig an den Fluchtplan

denken und wie er so rasch wie möglich an das nötige Geld kommen könnte. Er wollte nicht ein Jahr warten.

Am nächsten Nachmittag holte ein schwarzer Sklave Giovanni, der gerade von der Baustelle zurückgekehrt war, und brachte ihn zum Verwalter in den Palast des Paschas. Nachdem die beiden Männer einen weitläufigen Innenhof, den Obstbäume und Wasserläufe mit wohlduftenden Pflanzen zierten, hinter sich gelassen hatten, traten sie in einen großen Saal, wo Ibrahim seine Gäste empfing. Der Sklave bot Giovanni an, während sie auf den Verwalter warteten, auf einer Bank Platz zu nehmen, und reichte ihm Eselsmilch und frische Datteln. Voll Freude nahm Giovanni sie entgegen. Auf einem bequemen Kissen aus rotem Samt sitzend, bewunderte er die Marmorwände, die drei arabische Schriftzeichen schmückten. Plötzlich stand Ibrahim in der Tür. In seiner Begleitung befand sich ein etwas älterer, sehr einfach gekleideter Mann.

»Ah, Signore da Scola, ich hoffe, die Lebensbedingungen im Bagno sind Euch erträglich!«

»Was soll ich dazu sagen? Ich lebe noch, aber ich gestehe, ich kann es kaum erwarten, diesen Ort zu verlassen.«

Ibrahim setzte sich auf eine andere Bank, nicht weit von seinem Gast. Der ältere Mann setzte sich neben ihn.

»Das hängt allein von Euch ab, mein Freund. Oder vielmehr von der Großzügigkeit Eurer Familie. Das ist auch der Grund, warum ich Euch habe kommen lassen. Wir müssen gemeinsam die Höhe Eures Lösegelds festsetzen.«

Ibrahim wies auf seinen Begleiter und sagte:

»Ich möchte Euch Isaac vorstellen, einen meiner jüdischen Emissäre, der mit Euren Angehörigen über Euren Freikauf verhandeln wird. Er muss einen Brief bekommen und braucht viele Details, damit er Eure Familie findet. Ihr seid doch aus Kalabrien, nicht wahr?«

Giovanni spürte, wie ihm Schweißperlen auf die Stirn traten. Die Falle, in die er sich selbst begeben hatte, begann zuzuschnappen. Er überlegte, ob es nicht besser sei, diesem freundlichen Mann gleich seinen Schwindel zu gestehen. Doch dann erinnerte er sich, dass ihm Georges erzählt hatte, welch große Bedeutung das Ehrenwort für die Muslime habe. Man würde ihn seine Lüge teuer bezahlen lassen, ihn erneut auf eine Galeere schicken, und seine Flucht würde noch schwieriger. Nein, es gab nur eine einzige Lösung: dieses Spiel mitspielen und versuchen zu fliehen, ehe der Emissär zurückkehrte und dem Pascha den Betrug aufdeckte.

»Ich werde für meine Befreiung alles tun, was Ihr von mir verlangt«, entgegnete Giovanni. »Aber könnt Ihr mir sagen, wie lange ich mich noch gedulden muss?«

Ibrahim drehte sich zu Isaac. Dieser strich sich bedächtig über den Bart, und in einem exzellenten Italienisch, das im Gegensatz zum harten Akzent und ärmlichen Wortschatz des Verwalters stand, sagte er:

»In einer Woche breche ich zum Königreich von Neapel und Sizilien auf. Ich habe die Fälle von vier Gefangenen auszuhandeln. Bedenkt man die Dauer der Reise und des Geldsammelns, werde ich frühestens in drei Monden zurück sein.«

»Was sind schon ein paar Monate im Leben eines Sklaven, wenn er weiß, dass er bald wieder in Freiheit sein wird?«, meinte Ibrahim mit einem Lächeln.

Giovanni schwieg nachdenklich. Es war ihm klar, dass er unmöglich in so kurzer Zeit die zweihundert Piaster zusammenbringen konnte. Er musste eine andere Lösung für seinen Fluchtplan finden.

Ibrahim winkte den Sklaven heran, der Giovanni wieder den Teller mit den Datteln reichte und sein Glas füllte. Anschließend befragte er den jungen Mann eingehend zu seinem Reichtum und dem seiner Eltern. Giovanni erfand alles. Nach einem nicht enden wollenden arabischen Wortwechsel mit Isaac setzte der Verwalter des Paschas schließlich die Summe für Giovannis Freikauf und den seines Dieners auf hundert Golddukaten fest. Giovanni hatte keine rechte Vorstellung davon, was diese Summe bedeutete. Dann wollte Isaac mehr über seine Heimatstadt und sein Zuhause wissen. Wieder stellte Giovanni seinen Einfallsreichtum unter Beweis und beschrieb manche Einzelheit sehr genau, damit der Emissär den Weg zum vorgeblichen Haus gut fände. Schließlich brachte der Sklave Giovanni eine Schreibgarnitur, Papier und eine Feder. Ibrahim diktierte ihm den Brief, den er, da er nicht verheiratet war, an seine Eltern richten sollte. Was Giovanni ohne mit der Wimper zu zucken auch tat. Er unterstrich, wie man es ihm geheißen hatte, die Höhe des Lösegelds und übertrieb ein wenig die Misshandlungen, denen er ausgesetzt war, um das Mitleid seiner Familie zu erregen. Kaum war der Brief fertig und unterschrieben, verabschiedete sich Isaac von den beiden Männern und verließ mit dem Brief den Saal. Als Ibrahims Blick auf das Eisen um Giovannis rechten Knöchel fiel, entdeckte er eine eiternde Wunde. Er winkte einen anderen Sklaven heran und bat ihn, heilende Umschläge zu bringen.

Währenddessen fragte er Giovanni, wie ihm Al Dschesair gefiele.

»Es ist ein besonders schöne Stadt«, antwortete Giovanni, diesmal ohne lügen zu müssen. »Es muss sehr angenehm sein, hier als freier Mann zu leben.«

»Nichts hindert dich daran, nach deiner Freilassung zu bleiben«, meinte Ibrahim mit einem leicht schalkhaften Lächeln. »So manch ehemaliger Gefangene zieht es vor, hier zu leben, statt in seine Heimat zurückzukehren!«

»Ich liebe meine Familie und mein Land«, erwiderte Giovanni.

»Aber natürlich. Ich habe das nur aufs Geratewohl gesagt. Und außerdem müsstest du zu unserem Glauben übertreten, was du ja vielleicht auch nicht möchtest.«

Giovanni antwortete nicht. Er sah auf die Wände und befragte seinen Gastgeber zu den arabischen Schriftzeichen, die sie zierten.

»Das sind die drei Schriftzeichen *Alif*, *Lam* und *Ha*, die Gott bezeichnen. Einer der bedeutendsten Verse des Korans: *la ilaha illa Allah*, der so viel bedeutet wie, ›Es gibt keinen Gott außer ihm‹, besteht nur aus diesen drei Schriftzeichen. Siehst du, um jede Götzenverehrung auszuschließen, verzichten wir im Gegensatz zu Euch Christen darauf, Gott und den Propheten figürlich darzustellen, Gleiches gilt für jedes menschliche Bild. Unsere einzige Möglichkeit, Göttliches bildlich darzustellen, besteht darin, gewisse Schriftzeichen oder bestimmte Koranverse auf Bücher, Wände oder Gegenstände zu schreiben.«

»Das erscheint mir sehr klug«, entgegnete Giovanni, der daran denken musste, den Zügen der Jungfrau Maria jene Elenas verliehen zu haben.

Dann fragte er:

»Dürfte ich, da es mir vergönnt ist, mit dem großen Diener des Paschas zu sprechen, Euch eine Frage zu Khair ad-Din und dem Sultan Suleiman stellen?«

»Mit Vergnügen.«

»Der Zufall wollte es, dass ich in Italien eine flüchtige Begegnung mit der schönen Giulia Gonzaga hatte.«

Als dieser Name fiel, zeigte Ibrahim eine gespannte Aufmerksamkeit.

»Einer ihrer Freunde, der Philosoph Juan de Valdès, hat mir später ihre unglaubliche Geschichte erzählt. Stimmt es, dass Barbarossa versucht hat, sie zu entführen, um sie Suleiman, der von ihrer großen Schönheit gehört haben soll, zu schenken?«

Kühl musterte Ibrahim sein Gegenüber. Dann antwortete er mit sanfter Stimme:

»Ganz so war es nicht. Hast Du schon einmal von Roxelane gehört, der Lieblingsfrau des großen Sultans, und vom Großwesir Ibrahim?«

»Nein, noch nie.«

»Wenn du an Geschichten von höfischen Intrigenspielen Gefallen findest, wirst du nicht enttäuscht sein.«

Während der Sklave Umschläge auf Giovannis wunden Knöchel legte, schwieg der Verwalter. Dann machte er ihm den Vorschlag, den milden Abend zu genießen und durch den Garten zu spazieren.

»Was ich dir jetzt erzähle, ist mittlerweile jedermann in Istanbul sowie auch hier bekannt, doch damals war es eine der abenteuerlichsten Intrigen am Hofe des Sultans. Alles begann mit der Rivalität zwischen den beiden Menschen, die den größten Einfluss hatten auf unseren geliebten Suleiman, der zu recht ›der Gesetzgeber‹ heißt. Auf der einen Seite war Ibrahim, der Großwesir und vor allem der teuerste Freund des Sultans. Ibrahim war Christ, Sohn eines griechischen Fischers, der im Alter von zwölf Jahren von türkischen Piraten entführt und als Sklave an eine Witwe verkauft wurde, die ihn nach Manisa mitnahm, wo zu der Zeit Suleiman als Statthalter herrschte. Der zukünftige Sultan war angetan von der Schönheit und Intelligenz des jungen Sklaven, der vortrefflich mit dem Wort umgehen konnte, Oden sang und Gedichte schrieb. Er nahm ihn in seine Dienste und ernannte ihn zum Kammerherrn seiner Privatgemächer, was große Entrüstung am Hof hervorrief. Ibrahim, der zum Islam übergetreten war, wurde von den besten Lehrern unterrichtet und lernte viele Sprachen. Als Suleiman nach dem Tod seines Vaters Sultan wurde, folgte ihm Ibrahim nach Konstantinopel und wurde rasch zum zweitwichtigsten Mann im Palast, was Neid und Groll bei den hohen Würdenträgern des *Diwans* auslöste. Im Grunde hatte Ibrahim nur einen einzigen Rivalen, der ebenso wie er das Ohr des Sultans hatte und in der Lage war, seine Pläne zu durchkreuzen, insbesondere was die diplomatischen Beziehungen zu den christlichen Königreichen anging, ein Bereich, der ihn über alles faszinierte. Ganz bestimmt wegen seiner Herkunft. Und dieser Rivale war eine Frau, Roxelane, die Favoritin unter den Haremsdamen.«

Der Verwalter lud Giovanni ein, sich am Rand des Wasserbassins niederzulassen, und bat einen Sklaven, ihnen ein Glas frisch gepressten Fruchtsaft zu bringen. Als er an Giovannis Blick erkannte, wie viel Interesse er seiner Erzählung entgegenbrachte, fuhr er genüsslich fort.

»Die durch und durch wahre Geschichte dieser Haremsdame kann es mit unseren schönsten Märchen aufnehmen! Es heißt, die junge Frau habe Alexandra geheißen. Die in Südostrussland geborene Tochter eines orthodoxen Popen wurde im Alter von zehn Jahren von Tataren entführt, die sie an die Türken verkauften. Wegen ihrer schneeweißen Haut und ihres roten Haars wurde sie schließlich von der Sultansmutter gekauft, die sie für den Harem ihres Sohnes ausersah. Wegen ihrer russischen Herkunft nannte man sie Rossa, dann Roxelane. Sie trat zum Islam über und lernte Türkisch. Als sie heiratsfähig wurde, vertraute sie die Sultansmutter der *haznedar ousta*, der ›wissenden Frau‹, an, die ihr beibrachte, wie sie alle Wünsche ihres zukünftigen Herrn zu erfüllen habe. Auch erklärte sie ihr, dass sie bald mit zehn anderen jungfräulichen Mädchen dem Sultan vorgestellt würde. Ließe Suleiman vor ihr sein Taschentuch fallen, bedeute dies, dass sie noch am selben Abend das Bett mit ihm teilen würde.

Und doch hätte die erste Begegnung mit Suleiman Roxelane beinahe das Leben gekostet. Als er das Taschentuch fallen ließ, blieb sie versteinert stehen und zeigte nicht die Andeutung eines zufriedenen Lächelns. Vom Sultan angesprochen, der sich durch dieses hochmütige Verhalten gedemütigt fühlte, antwortete sie, sie sei zubereitet worden wie eine Gans, die gleich verschlungen würde, und sie habe ja keine andere Wahl! Als die Eunuchen sie ergriffen und der Sultan gerade wegen dieses unglaublichen Affronts sein Urteil über sie sprechen wollte, schlug sie Suleiman eine Schachpartie vor.

Völlig aus der Fassung gebracht, nahm er den Vorschlag der jungen Frau an. Nach wenigen Zügen war er matt! So merkwürdig, wie es erscheinen mag, empfand er gerade deswegen zu dieser intelligenten, mutigen und willensstarken Frau eine leidenschaftliche Liebe, die in all den folgenden Jahren nicht nachließ. Rasch wurde sie seine Lieblingsfrau, und Suleiman konnte ihre Ratschläge nicht mehr entbehren.

Ibrahim war darüber von Neid zerfressen. Da hörte er von dieser Frau, die du das Glück hattest, kennen zu lernen, von Giulia Gonzaga, von ihrer Schönheit und ihrer unvergleichlichen Klugheit.«

Der Verwalter unterbrach seine Erzählung und fragte Giovanni:

»Ist sie wirklich so schön, wie man sagt?«

»Um ehrlich zu sein, ich habe sie nicht aus nächster Nähe und nur in sehr schlechter Verfassung gesehen, denn sie war die ganze Nacht geritten und gekleidet wie ein Mann. Und dennoch war ich beeindruckt von ihrem strahlenden Blick, ihrem langen kastanienbraunen Haar und ihren feinen, edlen Zügen.«

Ibrahim strich sich lange über den dünnen Bart, wobei er Giovanni ansah.

»Der Großwesir kam auf die Idee, die junge Frau von Barbarossa entführen zu lassen. Er wollte sie dem Sultan darbieten, in der geheimen Hoffnung, sie zu seiner Verbündeten zu machen und Roxelane aus Suleimans Herz zu verdrängen. Doch die Lieblingsfrau bekam Wind von seinen Absichten und vom Scheitern der Expedition. Von nun an ruhte und rastete sie nicht, da sie fürchtete, Suleiman zu verlieren. Sie erhöhte die Zahl der Spione um ein Vielfaches und fing schließlich eine äußerst kompromittierende Botschaft ab, in der Ibrahim Ferdinand von Österreich, dem Bruder von Karl V., einen Friedensvertrag vorschlug. Die Botschaft schloss mit den Worten: ›*Der Sultan tut alles, was ich will, da ich seit sei-*

ner frühesten Kindheit sein Fleisch an mein Fleisch in Leidenschaft gebunden habe. Und obgleich ich vorgebe, Muslim zu sein, bin ich in meinem Herzen Christ geblieben.‹ Mehr brauchte Roxelane nicht. Sie zeigte Suleiman diesen Brief. Nachdem er sich anfangs geweigert hatte, ihn für echt zu halten, dann durch ein Meer von Tränen und Zornausbrüchen ging, entschied Suleiman, sein innigster Freund müsse sterben. Er lieferte ihn seiner Lieblingsfrau aus, die ihn eines Nachts in seinem eigenen Gemach von sieben Eunuchen ermorden ließ. Um jeden weiteren Versuch eines Verrats abzuwenden, befahl Suleiman, dass man das Blut seines Wesirs, das auf dem Boden und den Wänden seines Zimmers klebte, nicht abwischen solle.«

Ibrahim schwieg und betrachtete den rötlich schimmernden Himmel.

»Wenn Ihr eines Tages nach Italien zurückgekehrt seid, könnt Ihr der schönen Giulia die wahren Gründe für ihre versuchte Entführung erzählen! Es ist schon spät. Ali wird Euch ins Bagno zurückbringen. Ich bedauere zutiefst, Euch solche Lebensumstände auferlegen zu müssen. Wir planen den Bau von Gefängnissen, die mit Fenstern und sogar Terrassen auf den Dächern ausgestattet sein werden. Doch wenn sie errichtet sind, seid Ihr schon längst wieder glücklich zu Hause!«

»Inschallah, wie Ihr so schön sagt.«

»Inschallah! Und möge Gott Euch beistehen, Signore da Scola.«

ACHTUNDSECHZIG

Nach seiner Rückkehr ins Bagno begab sich Giovanni sofort in die Taverne. Durch einen glücklichen Zufall traf er dort Emanuel und Georges, die gerade von der Arbeit im *foundouk* zurückkamen. Er nahm sie beiseite.

»Unsere Lage wird bald unhaltbar. Ibrahim hat mich ausführlich zu meinem Reichtum, meiner Familie und meinem Haus befragt. Ich habe nichts als Lügen erzählt. Und schließlich hat er unser Lösegeld auf hundert Golddukaten festgelegt.«

»Nicht schlecht!«, entfuhr es Georges, der sich schon vor langem entschlossen hatte, diese tragische Situation mit einem Lachen zu nehmen.

»Jedenfalls wird der Emissär in wenigen Monaten zurück sein, und dann sind wir entlarvt.«

»Ich habe schon einmal eine ähnliche Situation miterlebt. Noch am selben Tag landete der Mann in Ketten auf einer Galeere.«

»Das ist genau das, was ich befürchte!«, erwiderte Giovanni. »Wir müssen unbedingt entkommen. Aber wie sollen wir das anstellen ohne Geld?«

»Da gibt es keine Lösung. Es könnte noch gelingen, unsere Wärter zu überrumpeln und unsere Eisenkette durchzufeilen, aber niemand kann die Stadt ohne Helfer von außen verlassen. Weder über das Meer noch auf dem Landweg. Manche haben versucht, sich unter eine Karawane zu mischen, doch da sie schlecht Arabisch sprechen und sich mit den Gebräuchen der Menschen im Land nicht auskennen, hat man sie schnell erkannt und zurück ins Lager gebracht.«

»Und dennoch müssen wir irgendetwas versuchen«, meinte

Emanuel beunruhigt. »Denn nichts ist schlimmer, als auf einer Korsarengaleere zu enden. In nicht einmal drei Jahren wären wir unter den Schlägen oder aus Erschöpfung gestorben.«

Bleiernes Schweigen, Zeichen tiefster Niedergeschlagenheit, senkte sich über die drei Freunde. Schließlich hob Georges den Kopf und sagte:

»Ihr könnt nur noch beten, dass ein Wunder geschieht, meine Freunde, denn ich sehe keinerlei Ausweg für euch.«

»Du redest wie Ibrahim, der mir Gottes Beistand gewünscht hat«, erwiderte Giovanni mit finsterem Blick. »Aber weißt du, ich glaube schon lange nicht mehr an Gott und an Wunder.«

Die Tage vergingen, und das Leben der Sklaven verlief in gewohnten Bahnen. Verzweifelt dachte Giovanni über eine Fluchtmöglichkeit nach.

Doch eines Morgens geschah etwas Ungewöhnliches. Zweihundert Gefangene wurden mit einem Schiff an einen Ort gebracht, wo sie mehrere Tage lang Holz schlagen würden, das für den Bau von Schebecken bestimmt war. Da Ibrahim Al Dschesair manchmal gerne verließ, leitete er die Expedition selbst. Als die Sklaven, unter dem wachsamen Blick von fünfzig Janitscharen, am Strand im Schneidersitz aßen, kam ein prächtig gekleideter Mann in Begleitung zweier Diener auf Ibrahim zu. Er stellte sich als der Vorsteher des benachbarten Dorfes vor. Er erklärte dem Verwalter des Paschas, er sei ein frommer Muslim, der inbrünstig alle Gebote des Propheten befolgt habe, außer einem.

»Welches ist das?«, fragte Ibrahim.

»Ich hatte noch keine Gelegenheit, mit meinen eigenen Händen einen dieser ungläubigen Hunde zu töten«, antwortete der Dorfvorsteher.

»Und was möchtest du?«, fragte Ibrahim weiter, den die Antwort des Mannes etwas erstaunt hatte.

»Würdest du mir gestatten, da du hier mit vielen Christensklaven bist, einen von ihnen zu töten, damit ich nicht sterbe, ohne alle Gebote des Propheten erfüllt zu haben? Dein Preis sei der meine.«

Ibrahim überlegte einen Moment, dann reichte er ihm den Säbel eines Janitscharen.

»Diese Gunst sei dir gewährt. Nimm diesen Krummsäbel, und gib mir fünfhundert Piaster. Das ist der Preis für das Leben des erbärmlichsten Sklaven.«

»Allah segne dich!«, erwiderte der Mann und griff nach dem Säbel. Dann forderte er einen seiner beiden Diener auf, das Geld abzuzählen, und gab es Ibrahim. Der Verwalter wandte sich den Sklaven zu, die wie versteinert zugesehen hatten, und sagte zu ihnen auf *franco:*

»Kann einer von euch mit dem Säbel umgehen?«

Nun schauten die Sklaven noch verdutzter.

»Los! Einer von euch, der kämpfen kann, wird doch wohl den Mut haben, sich mit dem Säbel in der Hand diesem Mann im gerechten Kampf zu stellen. Sonst werde ich irgendeinen von euch bestimmen.«

Bei diesen Worten trat Giovanni vor.

»Ich kann kämpfen.«

Ibrahim schien zu zögern, da er doch fürchten musste, einen Gefangenen zu verlieren, der ihm hundert Golddukaten einbringen könnte. Dann sah er Giovannis entschlossenen Blick und die panische Angst des Dorfvorstehers, der, obgleich er das Kauderwelsch nicht verstand, wohl begriffen hatte, dass die Dinge einen anderen Lauf nahmen, als er es sich vorgestellt hatte. Der Verwalter sagte sich schließlich, dass er keinerlei Risiko eingehe, reichte Giovanni seinen eigenen Krummsäbel und befahl einem Janitscharen, er möge ihm die Eisenkette abnehmen.

»Wie?«, meinte der Dorfvorsteher aufgebracht. »Du gibst ihm einen Säbel und nimmst ihm seine Kette ab!«

»Was dachtest du denn? Der Koran weist uns an, wenn unser Glaube oder unsere Gemeinschaft bedroht ist, uns mit dem Ungläubigen zu schlagen. Aber wo steht, dass der Prophet fordert, einen wehrlosen Mann zu töten, der dir nichts Böses will? Glaubst du, der Islam wäre eine Religion, die den Mord predigt?«

Dem Mann verschlug es die Sprache. Ibrahim gab Giovanni ein Zeichen, der daraufhin auf den Dorfvorsteher zuging. Der begann zu brüllen:

»Du lässt mich von diesem Christen umbringen! In Allahs Namen, ich flehe dich an, er soll mir mein Leben lassen.«

Ibrahim sah Giovanni an.

»Er verweigert den Kampf. Du hast nun das Recht, eine Entschädigung zu verlangen. Was ist dein Preis?«

Giovanni dachte kurz nach und antwortete:

»Dieser Mann hat dir fünfhundert Piaster für das Leben eines Sklaven gegeben. Ist das Leben eines edlen Muslim nicht mindestens ebenso viel wert?«

Ibrahim deutete ein Lächeln an und übersetzte die Antwort dem Dorfvorsteher, der eilig in den Handel einwilligte. Nachdem sein Diener Giovanni das Geld übergeben hatte, eilten die drei Männer davon, als fürchteten sie weiteres Unheil.

Dieses Ereignis amüsierte die Wachen und erfreute die Gefangenen, die Giovanni gratulierten. Kaum zurück im Bagno, erzählte er Georges und Emanuel diese unfassbare Geschichte und zog vor ihren ungläubigen Augen die fünfhundert Piaster aus der Tasche.

»Ein Wunder!«, rief Emanuel schließlich. »Seit einigen Tagen bete ich unaufhörlich zur Muttergottes und den Heiligen, sie mögen uns zu Hilfe kommen. Und nun fällt uns dieses unverhoffte Geschenk vom Himmel!«

Giovanni antwortete nicht und wusste nicht, was er denken

sollte. Seine einzige Gewissheit war, dass dieses Geld ihnen das Tor zur Freiheit öffnen würde.

Georges wandte den Blick von den Geldstücken ab und flüsterte seinen Freunden zu:

»Ihr müsst noch in dieser Woche einen Brief an die Trinitarier in Oran schicken, damit ihnen genügend Zeit bleibt, eure Flucht zu planen und euch die Nacht und den Ort zu nennen, wo das Schiff euch erwartet.«

»So machen wir's«, sagte Giovanni begeistert. »Aber unter einer Bedingung, Georges: Du kommst mit uns!«

»Ja, komm mit!«, wiederholte Emanuel und umfasste das Handgelenk des Franzosen. Georges schwieg eine Weile, bis er sagte:

»Danke, danke von ganzem Herzen, meine Freunde. Doch hätte ich den Mut gehabt zu fliehen, hätte ich dieses Geld seit langem zusammengespart. Ich habe einfach zu große Angst, dass der Brief von den Türken abgefangen werden könnte, und um nichts in der Welt will ich die Gefahr auf mich nehmen, dreihundert Stockschläge aushalten zu müssen. So ist es nun einmal. Ich habe keinerlei Mut, wenn es um körperlichen Schmerz geht.«

Trotz Emanuels und Giovannis Hartnäckigkeit änderte der Franzose seine Meinung nicht. Doch dank seiner guten Beziehungen gelang es ihm, Papier und Tinte zu beschaffen. Zusammen mit den zweihundert Piastern übergab er den Brief einem Mauren, der die Adresse der Trinitarier und Wege, ihnen den Brief zukommen zu lassen, kannte. Der erste Teil des Plans hatte nunmehr geklappt. Nun galt es, auf die Antwort zu warten. Und sollte der Brief nicht abgefangen werden und die Antwort positiv ausfallen, müssten sie noch Mittel und Wege finden, im gegebenen Moment den Janitscharen zu entkommen.

Die Zeit des Wartens verbrachte Giovanni in einer sonderbaren Mischung aus unablässiger Angst und Hoffnung. Tag und Nacht hatte er nur den einen Gedanken im Kopf. Weil er seine Umgebung stets aufmerksam im Blick hatte, war bald die beste Möglichkeit gefunden, wie sie den Janitscharen entwischen könnten. Es müsste während der Arbeit im *foundouk* sein: Meistens ließ Mehmet sie allein und ruhte sich aus, und die Tür der Karawanserei blieb stets offen. Es würde genügen, den Augenblick abzupassen, in dem sich keine Wache oder kein Sklave im Eingangsbereich befand, um sich zu verdrücken und in der Kasbah unterzutauchen. Aber sie müssten auch die Eisenkette loswerden, damit man sie nicht sofort als Sklaven erkannte. Zu diesem Zweck besorgte sich Giovanni wieder mit Georges' Hilfe und für etwa zehn Piaster eine Feile von einem Abtrünnigen. Mit ihr würden sie am Abend vor der Flucht die Kette ein gutes Stück ansägen, so dass man sie im richtigen Moment schnell abwerfen könnte. Den Eisenring am Knöchel würden sie unter einer weiten Djellaba verstecken, die bis auf die Füße fiel und im *foundouk* leicht zu stehlen wäre.

Drei Wochen später steckte der maurische Bote Georges einen kleinen Zettel zu, ohne dass es Mehmet merkte. Wieder im Bagno, faltete der Franzose im Beisein seiner beiden Freunde das Zettelchen auseinander. Darauf stand nur:

»Die beiden Christen sollen sich in der ersten Nacht des nächsten Vollmonds am Cap Matifou einfinden.«

NEUNUNDSECHZIG

Es war der Abend vor dem großen Tag, an dem Giovanni und Emanuel endlich frei sein oder aber zu einer schrecklichen Strafe verurteilt würden. Wie üblich trafen sie sich mit Georges in der Taverne, um etwas zu trinken und die letzten Vorbereitungen zu besprechen. Je näher das schicksalhafte Datum rückte, desto trauriger wirkte der Franzose. Er erklärte seinen Freunden diese Melancholie damit, dass er sie unendlich vermissen werde. Doch Giovanni verstand, dass etwas anderes, etwas sehr viel Schmerzhafteres in ihm arbeitete. Darum beschloss er an diesem Abend, Georges direkt darauf anzusprechen.

»Mein Freund, ich weiß von deinen Ängsten, doch ich bin überzeugt, dass du jetzt bereit bist, sie zu überwinden, und versuchen möchtest, deine Freiheit wiederzuerlangen. Es spielt keine Rolle, ob wir zu zweit oder zu dritt auf dem Boot sind. Dein Platz ist morgen an unserer Seite.«

Emanuel nickte zustimmend. Georges konnte seine Rührung nicht verbergen. Seine Augen füllten sich mit Tränen. Als Giovanni dieses Urgestein weinen sah, schnürte sich ihm das Herz zusammen, und auch seine schönen dunklen Augen wurden feucht.

»Ich weiß nicht mehr, was ich denken soll«, sagte schließlich der Franzose mit brechender Stimme.

Giovanni drückte ihm die Hand.

»Denke nicht, handle. Komm mit uns, und lass deine Angst hier im Lager.«

Georges sah seine beiden Freunde, die ihn nicht aus den Augen ließen, lange an. Dann richtete er sich auf und seufzte:

»Wir sind also zu dritt.«

Emanuel konnte sich nicht zurückhalten und umarmte den Mann aus Dieppe. Giovanni gab ihm einen liebevollen Klaps auf den Rücken. Georges fand sein Lächeln wieder.

»Mit dem Gedanken an diese verpasste Gelegenheit hätte ich hier nicht einen Tag länger leben können. Nun, da die Würfel gefallen sind, lasst uns alles für den morgigen Tag planen. Nichts darf dem Zufall überlassen bleiben!«

»Ehe wir dazu kommen, möchte ich euch noch einen Vorschlag machen«, warf Giovanni ein.

Emanuel und Georges sahen ihn gespannt an.

»Wenn wir zu dritt die Gefahr auf uns nehmen, könnten wir doch auch zu viert fliehen.«

»An wen denkst du?«, murmelte Emanuel plötzlich beunruhigt.

»An Pippo.«

Die beiden anderen rissen die Augen auf.

»Es besteht doch kein Zweifel, dass dieses Kind diesem verfluchten Ort für immer entfliehen möchte.«

»Ja, gewiss. Aber es bedeutet für uns ein zusätzliches Risiko«, hielt Georges dagegen.

»Welches?«, fragte Giovanni.

»Ich sehe sogar zwei. Stell dir einmal vor, dass er mit ›ja‹ antwortet, dann seine Information an die Türken verkauft und im Gegenzug dafür seine Freiheit bekommt oder zumindest das Verlies verlassen darf. Diese Möglichkeit können wir nicht ausschließen. Und außerdem arbeitet er nicht am Abend mit uns im *foundouk*. Es wird also sehr kompliziert, ihn an unserer Flucht zu beteiligen.«

»All das will gut überlegt sein«, schloss sich Emanuel den Zweifeln an.

»Diese beiden Punkte habe ich selbstverständlich bedacht«, sagte Giovanni. »Meine Idee ist, seinen Patron zu bezahlen, ebenso wie unseren Janitscharen Mehmet und den Besitzer des *foundouk*, und Pippo morgen Nachmittag dorthin mitzunehmen. Wir geben ihnen zu verstehen, dass wir mit dem Jungen in einem Zimmer des Hauses ›schändliche Liebe‹ treiben wollen. Du, Georges, warst es, der mich auf diese Idee gebracht hat, als du erzähltest, es sei recht gängig, dass Sklaven sich Huren in die Privathäuser bringen lassen, wo sie arbeiten. Wenn wir mit dem Jungen allein sind, machen wir ihm den Vorschlag, sich unserer Flucht anzuschließen. Sollte er ablehnen, lassen wir ihn an Ort und Stelle zurück und können ihn sogar knebeln, falls wir glauben, uns drohe Gefahr von seiner Seite. Ansonsten fliehen wir mit ihm.«

»Deine Idee ist gar nicht so dumm und hat einen großen Vorteil: Wir vier wären allein in einem Zimmer, was uns die Flucht erleichtert«, meinte Georges nach kurzem Nachdenken.

»Aber ich bin skeptisch«, warf Emanuel ein. »Fürchtet ihr denn nicht, dass Mehmet oder Mustafa uns beim Verwalter anschwärzen wegen dieser Liebespraktik, die der Islam ächtet? Statt auf der Flucht finden wir uns dann in einem noch dreckigeren Kerker wieder.«

»Ja, ein kleines Risiko besteht«, antwortete Georges. »Aber es ist verschwindend gering. Mustafa wird uns nicht verpfeifen, denn er ist zu geldgierig und treibt es selbst mit dem Jungen. Mehmet denkt nur ans Geld und hat keinen Glauben oder eine persönliche Moralvorstellung. Und was den Besitzer des *foundouk* angeht, er hat schon Geld aus meinen Händen entgegengenommen, um eine Hure in eines der Zimmer zu lassen.«

Giovanni und Emanuel sahen ihn erstaunt an.

»Nun ja, ich muss gestehen, manchmal habe ich dem Verlangen nach einer Frau nachgegeben. Was wollt ihr, acht Jahre fern meiner Liebsten sind eine lange Zeit!«

»Wir verurteilen dich nicht, Georges, und womöglich würden wir es nach einigen Monaten genauso machen!«, sagte Giovanni heiter. »Aber du schienst mir so weit davon entfernt und beinahe angeekelt, als du uns davon erzähltest!«

»Jedenfalls sind meine Fragen damit beantwortet«, sagte Emanuel wieder ernst. »Somit spricht nichts dagegen, dass wir Giovannis Plan durchführen. Auch mich schmerzt das Unglück des Jungen.«

»Sehr gut«, sagte Giovanni. »Uns bleiben noch hundertachtzig Piaster. Georges, was denkst du, wie viel müssen wir dem einen und anderen geben, damit unser Plan klappt?«

»Um keine Risiken einzugehen und jedes längere Feilschen zu vermeiden, sollten wir das Geld dritteln: fünfzig für den Tavernenwirt, fünfzig für den Janitscharen und fünfzig für den Mauren. Bei dieser Summe wird niemand ablehnen, und es bleiben dir noch dreißig Piaster, falls irgendetwas Unvorhergesehenes eintritt.«

»Sehr gut. Ich kümmere mich jetzt um Mustafa. Und die anderen beiden überlasse ich dir für morgen.«

Giovanni nahm achtzig Piaster an sich und gab Georges den Rest. Dann steuerte er auf den Tavernenwirt zu und bat ihn um ein kurzes Gespräch unter vier Augen. Grummelnd willigte dieser ein.

Schon bald kam Giovanni zum Tisch der Freunde zurück.

»Er schien sehr erstaunt über meine Bitte und hat erst so getan, als verstünde er nicht. Doch als er die Geldmünzen sah, hat er nur gesagt: ›Nehmt den Jungen morgen Abend mit, und macht mit ihm, was ihr wollt. Doch sollte man euch erwischen, werde ich abstreiten, Geld von euch bekommen und von euren Absichten gewusst zu haben.‹«

»Nichts anderes hatte ich von ihm erwartet«, kommentierte der Franzose. »Mit Mehmet spreche ich morgen, kurz bevor wir uns auf den Weg zum *foundouk* machen, damit er nicht allzu viel Zeit zum Nachdenken hat.«

»Ausgezeichnet«, lobte Emanuel.

Keiner der drei Komplizen konnte in dieser Nacht – in ihrer letzten, wie sie hofften, an diesem verfluchten Ort – ein Auge zutun. Heimlich reichten sie sich die Feile weiter und kerbten das erste Glied der Kette so weit ein, dass es, versetzte man ihm einen kräftigen Schlag, aufspringen würde. Während des Tages arbeiteten sie wie immer auf ihren Baustellen und achteten besonders darauf, jeder Verletzung oder Bestrafung, die ihren nächtlichen Plan gefährden könnten, aus dem Weg zu gehen.

Endlich war er da, der schicksalhafte Moment. Der Muezzin rief zum Nachmittagsgebet, und die Gefangenen kehrten ins Bagno zurück. Giovanni ging in die Taverne. Er war höchst aufgeregt und fürchtete, Mustafa könnte seine Meinung geändert haben. Und tatsächlich forderte der Tavernenwirt auf der Stelle zwanzig Piaster mehr. Giovanni ging weg, behauptete, dann würde er auf sein Vorhaben verzichten, Mustafa lief hinter ihm her, erklärte sich schließlich einverstanden und säuselte ihm ins Ohr, wenn er erst einmal den Jungen ausprobiert habe, würde er das nächste Mal bestimmt ein gutes Drittel mehr bezahlen. Giovanni musste an sich halten, um den Tavernenwirt nicht niederzuschlagen. Der rief nun Pippo und befahl ihm ohne weitere Erklärung, er solle mit Giovanni gehen und ihm in allem gehorchen. Der Junge warf dem Kalabrier einen finsteren Blick zu, dann folgte er ihm zum Tor des Gefängnisses, wo bereits Mehmet, Emanuel und Georges auf sie warteten. An Mehmets lüsternem Blick und seinem verschwörerischen Lächeln erkannte Giovanni sofort, dass der Handel abgemacht war.

Die vier Männer und das Kind liefen durch die Kasbah. Offensichtlich hatte Pippo das Bagno nie verlassen dürfen, denn all diese Verkäufer, diese Gegenstände, diese Düfte schienen ihn zugleich zu verschrecken und zu entzücken. Im *foundouk* angekommen, machte Georges sich auf die Suche nach dem Besitzer, während die andern im Innenhof warteten. Giovanni war beunruhigt über die Art und Weise, wie Mehmet Pippo ansah. Nach etwa zehn Minuten kam Georges mit dem Mauren zurück, der etwas Arabisches zu Mehmet sagte. Daraufhin ging der Janitschar hinauf in den ersten Stock und winkte den anderen, sie sollten ihm folgen. Georges zwinkerte seinen Freunden zu, um anzudeuten, dass alles wie vorgesehen verlaufen war. Mehmet öffnete eine Tür und ließ die drei Freunde und das Kind in ein geräumiges Zimmer treten. Pippo wirkte besonders aufgeregt und ahnte vielleicht, welches Schicksal ihm womöglich bevorstand. Doch zur Überraschung der Christen kam auch Mehmet ins Zimmer. Georges erinnerte ihn an ihre Abmachung, doch der Janitschar wollte davon nichts wissen und gab ihnen zu verstehen, auch er wolle von dieser Situation profitieren. Angesichts der überraschenden Wendung warf Giovanni alles in eine Waagschale und gab dem Türken einen freundschaftlichen Klaps auf die Schulter. Der Janitschar entspannte sich und legte seinen breiten Gürtel ab. Dann sank er auf einen Diwan und machte den Gefangenen Zeichen, sie sollten beginnen. Giovanni, der noch immer Theater spielte, setzte sich gelassen neben den Janitscharen und sagte zu Georges, er solle sich des Jungen annehmen, der sich in die hinterste Ecke des Zimmers verkrochen hatte. Der Franzose ging auf ihn zu und führte ihn an der Hand zum Diwan. Pippo folgte ihm mit gesenktem Blick. In diesem Moment drehte sich Giovanni zu Mehmet und drückte ihm ein Kissen aufs Gesicht. Auch Emanuel und Georges warfen sich auf ihn. Georges griff nach einem Hocker und schlug damit kräftig auf den Wachsoldaten ein.

»Er lebt noch«, bestätigte Emanuel, der sein Ohr an die Brust des Türken gelegt hatte.

»Zur Sicherheit knebeln wir ihn und fesseln ihm die Hände und Füße mit diesem Band«, sagte Georges. Während sich die beiden anderen um den Janitscharen kümmerten, beugte Giovanni sich zu Pippo und sprach ihn auf Italienisch, der Muttersprache des Jungen, an. Nun schien er noch verschreckter.

»Hab keine Angst. Wir haben deinen Patron und den Mauren angelogen. Wir haben dich hierher mitgenommen, weil wir dir vorschlagen wollen, mit uns zu fliehen. Heute Nacht erwartet uns ein von Christen gesteuertes Boot. Willst du aus diesem Bagno fliehen?«

Das Kind stand da mit offenem Mund und begann zu zittern. Giovanni hakte nach:

»Verstehst du, was ich sage?«

Kurz darauf nickte der Junge lebhaft.

»Willst du mit uns fliehen? Und weißt du, falls man uns

erwischt, dass wir mit dreihundert Stockschlägen bestraft werden?«

Pippo sah Giovanni völlig verblüfft an.

»Du musst dich entscheiden, Pippo. Willst du wie wir versuchen, nach Hause zu kommen und deine Eltern wiederzusehen?«

Das Kind war wie gelähmt.

Georges sprach dazwischen.

»Fertig! Der Türke kann keinen Schaden mehr anrichten. Aber wir müssen unverzüglich fliehen. Ich hole die Djellabahs.«

Er verließ das Zimmer. Giovanni nutzte den Moment, um noch einmal auf den Jungen einzureden.

»Du siehst, wir gehen jetzt. Dir bleiben nur noch wenige Minuten, um dich zu entscheiden. Solltest du dich uns nicht anschließen wollen, kehrst du zurück ins Bagno, wo dich dein Patron misshandelt. Ansonsten hast du eine Chance, deine Freiheit wiederzuerlangen oder aber erwischt und streng bestraft zu werden.«

Emanuel und Giovanni hatten das letzte Stück ihrer Ketten abgefeilt, die leicht abfielen. Schon kam Georges mit drei Djellabahs.

»Für den Kleinen habe ich keine gefunden, aber da er kein Eisen trägt, wird man ihn für unseren Sklaven halten, der hinter uns herläuft.«

Dann feilte er seine Kette ab. Unter dem Blick des noch immer versteinerten Pippo streiften die drei Männer die Djellabahs über, die sie von Kopf bis Fuß einhüllten.

»So wird niemand erraten, dass wir Christen sind!«, rief Emanuel begeistert.

Giovanni ging ein letztes Mal auf Pippo zu und packte ihn an den Schultern.

»Nun, mein Kind, wofür hast du dich entschieden?«

Der Junge blieb stumm.

»Willst du mit uns kommen, ja oder nein?«

Als Zeichen der Zustimmung nickte Pippo bedächtig und ließ Giovanni dabei nicht aus den Augen.

»Du bist ein mutiger Junge!«, rief Giovanni außer sich vor Freude. »Auf dass du schon bald wieder bei deiner Familie sein mögest!«

Die Gefangenen liefen die Treppe hinab – Georges, der das Haus gut kannte, allen voran – und überquerten den Innenhof, der zu dieser Stunde zum Glück menschenleer war. Sie gelangten auf die Straße und tauchten ins Gewimmel ein. Sie mischten sich unter die Leute, gingen zur Stadt hinaus und liefen in Richtung des Cap Matifou. Als die Sonne am Horizont stand, hörten sie in der Ferne den Gebetsruf und wussten, dass es nun nicht mehr lange dauern konnte, bis man ihre Flucht entdeckte. Mit Einbruch der Dunkelheit erreichten sie das Kap. Der Mond stieg in seiner ganzen Fülle über dem Meer auf. Nun mussten sie nur noch, hinter einen Felsen gekauert, auf das Boot warten.

Sie warteten mehrere Stunden. Sie sprachen wenig, hatten aber alle dieselbe dumpfe Angst: dass ihre Befreier nicht zum vereinbarten Ort kämen. Als Giovanni die Strahlen des Abendsterns auf der Gischt tanzen sah, musste er an Luna denken. Vieles von dem, was die Hexe ihm vorausgesagt hatte, war eingetroffen. Doch vom Sklavendasein, vom Bagno hatte sie nichts gesagt. Wenn es so etwas wie Schicksal gab, wie wäre dann seins in dieser Nacht, in der alles geschehen konnte? Würde er noch an Gott glauben, hätte er sicherlich, so wie Georges und Emanuel, im Stillen gebetet.

Plötzlich rief Pippo, der auf einem kleinen Hügel stand:

»Ein Boot!«

Die drei Freunde sprangen auf und starrten auf den Punkt, auf den der Junge mit ausgestrecktem Arm gezeigt hatte.

»Da sind sie! Sie haben uns nicht im Stich gelassen!«, jubelte Georges, bevor er Giovanni in die Arme fiel.

Das Bötchen näherte sich langsam der Küste. In wenigen Minuten wären sie endlich frei. Während aber ihre Augen frohlockten und sich nicht von dem Punkt lösen konnten, der über das Meer auf sie zukam, bebten ihre Ohren vor Entsetzen, da von den Dünen laues Getöse drang. Verdutzt drehten sie sich um und sahen schon die Soldaten, die schnellen Schrittes näher kamen.

»Die Miliz! Die Janitscharen! Wir sind verloren!«, flüsterte Emanuel.

»Nein, tauchen wir in die Fluten, und schwimmen wir dem Boot entgegen!«

Giovanni sprang ins Wasser, Emanuel und Pippo taten es ihm gleich.

Nach etwa zwanzig Zügen hörte Giovanni einen Schrei. Er schaute sich um und sah voll Entsetzen, dass Georges, der als Letzter ins Wasser gegangen war, ertrank.

»Schwimmt weiter! Macht nicht Halt, ich kümmere mich um ihn«, brüllte er seinen Freunden zu.

Während Emanuel und Pippo weiter auf das Boot zuhielten, machte Giovanni kehrt und packte den Franzosen, der wie der Teufel um sich schlug, um nicht unterzugehen.

»Ich … ich kann nicht schwimmen!«, brachte Georges schließlich heraus, als Giovanni unter ihn tauchte, um ihn auf den Rücken zu nehmen.

»Hör auf zu zappeln!«, brüllte ihm Giovanni zu. »Sonst gehen wir beide unter!«

Trotz der warnenden Worte konnte der Franzose sich nicht ruhig halten.

»Ich muss ihn bewusstlos schlagen, sonst schaffe ich es nie, ihn zum Boot zu bringen«, sagte sich Giovanni, der sich nun, so gut es ging, bemühte, seinen noch immer um sich schlagenden Freund zu ziehen. Auch Giovanni schluckte viel Wasser, und er erkannte, dass er das Boot niemals erreichen würde. Er musste eine grausame Wahl treffen: Entweder rettete er sich allein und überließ Georges dem sicheren Tod, oder aber er brächte ihn zur noch nahen Küste … und kehrte zurück in sein Sklavendasein. Er vernahm die Schreie der Janitscharen, die den Uferstreifen erreicht hatten. Da dachte er, er könne nicht unbelastet leben, wenn er den Tod seines Freundes auf dem Gewissen hätte. Er zögerte nicht länger und kehrte um.

Völlig entkräftet kam er am Strand an. Georges, der Unmengen Wasser geschluckt hatte, war halb ohnmächtig. Die Janitscharen stürzten auf sie zu und prügelten sie mit Tritten und Stöcken. Was die günstige Wirkung hatte, dass der Franzose wieder zu sich kam und das ganze Wasser aus den Lungen spuckte.

Als die beiden mühsam auf die Beine kamen, bemerkten sie, dass das Boot vom Horizont verschwunden war, und sie begriffen, dass es ihren beiden Freunden – sehr zum Ärger der Türken – gelungen war zu entkommen. Als Giovanni an Emanuel und Pippo dachte, die bald ihre Familien wiedersähen, empfand er ein so großes Glück, dass heiße Tränen seinen Blick verschleierten. Doch fast im selben Augenblick wurde ihm bewusst, dass er ins Lager zurückkehren und dort eine schreckliche Strafe über sich ergehen lassen musste. Da verfinsterte tiefe Trauer seine Seele, und seine Tränen versiegten.

SIEBZIG

Kaum waren sie wieder in der Stadt, wurden die beiden Entflohenen in eine winzige Zelle gesteckt, wo man sie an Eisenringe kettete, die in der Mauer verankert waren. Einige Stunden verbrachten sie im Dunklen, ohne Essen, ohne Trinken. Dann wurden sie mit aneinandergeketteten

Knöcheln dem Verwalter vorgeführt. Ibrahim vernahm sie in barschem Ton erst einzeln, dann zusammen. Die Gefangenen sagten, wie sie vereinbart hatten, die Wahrheit, mit Ausnahme von einem Punkt: Sie leugneten, dass ihnen ein in Algier lebender Komplize geholfen hatte, und behaupteten, sie hätten den Brief einem ihnen unbekannten Karawanenführer mitgegeben. Ibrahim machte Giovanni darauf aufmerksam, wie dumm er gehandelt habe, da er doch schon bald gegen Zahlung des Lösegeldes freikomme. Der Kalabrier war kurz davor, seinen ganzen Betrug zu gestehen, doch er ahnte, dass es besser wäre, damit zu warten, bis sich der Zorn des Verwalters gelegt hätte. Und er begründete seine Tat mit der Angst, dass wie in Georges' Fall das Geld nicht eintreffen könnte. Sie erfuhren auch, dass die Flucht ihrer Freunde erfolgreich gewesen war. Zudem wollte Ibrahim von ihnen wissen, was sie dazu bewegt hatte, den jungen Pippo, trotz der Gefahren, die damit einhergingen, befreien zu wollen. Es fiel ihm sichtlich schwer zu glauben, dass sie aus Mitleid gehandelt hatten. Am Ende der Verhörs kündigte ihnen der Verwalter an, es würde die übliche Strafe verhängt, die auf den ersten Fluchtversuch stand: dreihundert Stockschläge auf die Fußsohlen.

Am nächsten Tag wurden alle Sträflinge nach dem Nachmittagsgebet zum großen Platz in der Stadt gebracht. Zweihundert Janitscharen bewachten sie. Auf der anderen Seite des Platzes drängten sich Hunderte Schaulustige, die die Züchtigung miterleben wollten. Den beiden Gefangenen wurden die Ketten abgenommen, und man führte sie mitten auf den Platz.

»Pila baso cane, porta falaca«, befahl der Kommandant der Wachsoldaten, was so viel bedeutete wie: »Auf den Boden mit euch, ihr Hunde! Bringt die Falaka!«, den vier oder fünf Fuß langen Holzbalken mit Löchern in der Mitte. Die Wachen gaben den Verurteilten zu verstehen, dass sie sich auf den Rücken

legen sollten. Zwei Türken brachten die *Falaka* und steckten Giovannis Füße durch die beiden Löcher. Sie fesselten sie fest an das Holz, und während sie ihn zu beiden Seiten festhielten, hoben sie seine Beine an. Zwei andere Janitscharen sorgten dafür, dass der Kalabrier die Schultern und Arme nicht mehr bewegen konnte. Ein fünfter Mann mit einem drei, vier Fuß langen Ochsenziemer in der Hand stand vor dem Gefesselten und wartete mit starrem Blick auf das Zeichen des Kommandanten. Der ließ die Hand sinken, und der Türke schlug mit aller Kraft zu. Giovanni, überrascht von der Heftigkeit des Schlages, konnte einen Schmerzensschrei nicht unterdrücken. Ein Gemurmel – aus Vergnügen oder Mitleid – ging durch die große Menschenmenge, die der Folter zusah. Der Türke vollführte die Bastonade in regelmäßigem Rhythmus, wobei er die Schläge laut mitzählte. Bei hundert angekommen, überließ er seinen Platz einem zweiten Soldaten, der mit frischer Kraft den Vollzug der Strafe fortsetzte.

Nach fünf oder sechs entsetzlich schmerzhaften Schlägen war Giovanni in einen Schwebezustand gefallen, in dem der Schmerz beinahe erträglich wurde. Ein dritter Soldat folgte auf den zweiten. Beim zweihundertdritten Schlag verlor Giovanni das Bewusstsein. Mit einigen Kübeln Wasser brachte man ihn wieder zur Besinnung, und der junge Mann schluckte ein wenig vom erfrischenden Nass. Als die Bestrafung zu Ende war, spürte Giovanni seine Füße, die nur noch blutige, geschwollene Fetzen waren, überhaupt nicht mehr. Man befreite ihn aus der *Falaka* und zog ihn beiseite.

Nun begann Georges' Leiden. Der Franzose zitterte und schwitzte vor Angst. Man fesselte auch seine Füße an den Holzbalken, und der erste Schlag des Ochsenziemers ging auf ihn nieder. Georges biss die Zähne zusammen, doch nicht ein Schrei entfuhr ihm. So blieb es bis zum dreihundertsten und letzten Schlag. Die Zuschauer waren voll Bewunderung für die Tapferkeit des Franzosen.

Anschließend trugen vier Sklaven die beiden Gefolterten zum Verlies und legten sie in ihre Hängematten. Während ein Sklave ihnen Wasser einflößte, reinigte Alexander ihre Wunden und legte Verbände an.

»Fünf, sechs Wochen lang wird es euch unmöglich sein, einen Fuß auf den Boden zu setzen«, erklärte der englische Arzt den beiden Männern. »Ich werde jeden Morgen und jeden Abend nach euch sehen. Nur Mut!«

Weder Giovanni noch Georges hatten die Kraft, auch nur das geringste Wort über die Lippen zu bringen. Völlig erschöpft blieben sie über Stunden reglos liegen, bis sie endlich in einen komaähnlichen Dämmerschlaf fielen.

Kaum waren sie am nächsten Morgen allein in der Stube, murmelte Giovanni zu Georges:

»Du hast mich aufgebaut mit deiner Tapferkeit. Nicht ein Schrei kam aus deinem Mund.«

Der Franzose zeigte ein schmales Lächeln.

»Ich habe entdeckt, dass die Angst vor dem Schmerz schlimmer ist als der Schmerz selbst!«

»Es tut mir so leid, dich hineingezogen zu haben in dieses …«

»Nichts soll dir leidtun. Ich bedaure nur, dass du meinetwegen umkehren musstest. Dieses Opfer hättest du nicht bringen dürfen, Giovanni.«

»Rede keinen Unsinn. Mir ist es wichtiger zu wissen, dass du am Leben bist. Ich konnte dich nicht ertrinken lassen.«

Georges' Gesicht verzerrte sich.

»Giovanni, ich muss dir ein Geständnis machen.«

Die beiden Männer sahen sich an.

»Etwas, das mir sehr auf der Seele liegt.«

Giovanni schwieg und fragte sich, was sein Freund sich wohl vorzuwerfen hätte.

»In der Nacht vor unserer Flucht habe ich kein Auge zugetan«, sagte der Franzose mit rauer Stimme. »Die Versuchung, euch zu verraten, Ibrahim alles zu erzählen und im Tausch dafür meine Freiheit zu bekommen, war groß.«

Giovanni empfand dieses Geständnis wie einen Faustschlag. Doch rasch fasste er sich wieder und sagte sich, das Wichtigste sei, dass Georges dieser Versuchung nicht nachgegeben habe.

»Wenn ich daran denke, dass du, um mir das Leben zu retten, deine eigene Freiheit geopfert hast!«, rief Georges am Rande der Tränen. »Ich bitte dich um Verzeihung, Giovanni! Ich bin erbärmlich!«

»Du bist alles andere als erbärmlich«, hielt der Italiener trotz seiner Erschöpfung mit Nachdruck dagegen. »Ich habe dir nichts zu verzeihen, da dein Verhalten untadelig war.«

Die beiden Männer sahen sich lange mit warmherzigem Blick an.

Paolo, ein römischer Sklave, der im Straflager Dienste tat, kam plötzlich in ihre Stube und brachte ein wenig Luft und Licht mit sich herein.

»Ach, Paolo, lass diese Tür offen, ja?«, jammerte Georges, der diese Dunkelheit nicht mehr ertragen konnte.

»Gerne, Kameraden! Ich will euch die jüngsten Neuigkeiten über eure Komplizen erzählen.«

Georges und Giovanni spitzten die Ohren.

»Der Janitschar, der mit euch gegangen ist, ist vom Dienst suspendiert und wird von seinesgleichen verurteilt, da er gegen seine Pflicht verstoßen hat und in Versuchung war, aufs Ärgste sein Keuschheitsgelübde zu brechen. Niemand weiß, was mit ihm geschieht, aber so schnell werden wir ihn nicht wiedersehen! Der Besitzer des *foundouk* ist dazu verurteilt worden, dem Pascha ein Bußgeld zu zahlen, das dem Preis zweier geflohener Sträflinge entspricht.«

»Und dieser Hund von Mustafa?«, fragte Georges.

»Das Beste habe ich mir bis zum Schluss aufgehoben«, erwiderte Paolo in genießerischem Ton. »Der *Diwan* hat ihn zur Hinrichtung durch den Pfahl verurteilt.«

»Mein Gott!«, entfuhr es dem Franzosen.

»Und was ist das?«, fragte Giovanni.

»Es wird ihm mit gleicher Münze heimgezahlt«, antwortete Paolo mit gewissem Vergnügen. »Man wird ihn unter den Armen an einem Galgen aufhängen und dann langsam auf einen spitzen Pfahl absenken, der sich durch seinen Anus bis in die Eingeweide bohrt.«

»Das ist ja abscheulich!«, rief Giovanni.

»Es ist nicht schlimmer als das, was er dem armen Pippo viele Jahre lang angetan hat«, meinte Paolo und spuckte auf den Boden.

»Das Grausame an der Pfählung ist, dass sie Stunden dauert«, erklärte Georges. »Weiß du, wann sie vollstreckt wird?«

»Morgen früh in Bab-el-Oued.«

»Wir werden die Schreie des armen Mustafa bis hierher hören können«, sagte der Franzose.

»Und wer übernimmt die Taverne?«, fragte er dann nach kurzem Schweigen.

»Ich! Ibrahim hat sie mir gestern angeboten, wenn ich im Gegenzug zum Islam übertrete, womit ich mich auf der Stelle einverstanden erklärt habe.«

»Des einen Pech ist des anderen Glück«, murmelte Georges, der nun Paolos gute Laune besser verstand.

»Meine Freunde, diese Chance habe ich auch ein Stück euch zu verdanken. Ich werde mich erkenntlich zeigen, indem ich euch jeden Tag einige Schoppen vom besten Wein bringe! Jetzt muss ich mir unter den jungen Gefangenen noch einen Gehilfen aussuchen.«

»Begeh nicht dieselben Sünden wie dieser arme Mustafa!«, rief ihm Giovanni nach, als er zur Tür hinausging.

»Keine Gefahr. Dafür liebe ich die Frauen viel zu sehr, und

außerdem kann ich jetzt außerhalb meiner Dienstzeiten frei durch die Stadt spazieren!«

Fünf Wochen vergingen. Und wie es ihnen Alexander vorausgesagt hatte, konnten Georges und Giovanni vor Ablauf dieser Zeit keinen Fuß auf den Boden setzen. Ihre ersten Schritte waren äußerst schmerzhaft. Nicht wegen der Wunden, die mittlerweile gut verheilt waren, sondern wegen der Muskeln in den Beinen, die wochenlang nicht bewegt worden waren und sie nicht trugen. Eine Woche lang mussten sie sich erst auf Kameraden, dann auf Stöcke stützen, bis sie endlich wieder ohne Hilfe laufen konnten. Zu diesem Zeitpunkt wurde Giovanni in die *Jenina* vorgeladen.

Die Sonne stand im Zenit, und der Muezzin hatte gerade zum Mittagsgebet gerufen. Mit zitternden Beinen und bebendem Herzen begab er sich unter Schmerzen zum Palast. Ihm war durchaus klar, weswegen Ibrahim ihn kommen ließ. Als er den Empfangssaal des Verwalters betrat, sah er sich tatsächlich dem verschlossenen Gesicht des jüdischen Emissärs gegenüber, der nach Italien gereist war. Beide Männer sagten kein Wort. Als Ibrahim bald darauf in den Raum kam, begrüßte er Giovanni auf befremdlich freundliche Weise.

»Ah, Herr da Scola! Welch eine Freude, Euch wiederzusehen! Ich bin froh, dass Ihr Euch wieder auf den Beinen halten könnt. Aber bleibt doch nicht stehen in Eurem geschwächten Zustand!«

Giovanni wartete, bis der Mann Platz genommen hatte, und setzte sich dann selbst.

»Ihr erinnert Euch doch an Isaac?«

Giovanni nickte.

»Nun gut, unser Freund ist heute Morgen von seiner Italienreise zurückgekehrt und hat mir alles berichtet, was er gesehen, gehört und verhandelt hat wegen der Gefangenen, die er den Auftrag hatte zu verkaufen.«

Ibrahim schwieg nun und strich sich über den Bart. Dann sagte er mit gespieltem Erstaunen:

»Ihr scheint mir ja nicht sehr erpicht darauf zu erfahren, was er über Euch zu sagen hat.«

Giovanni schlug die Augen nieder. Er hatte sehr wohl das Spielchen des Verwalters verstanden und beschloss, ihm zuvorzukommen.

»Ich weiß, dass ich Euer Vertrauen missbraucht habe. Ich weiß, dass Ihr mich zu einer Strafe verurteilen werdet, die noch schlimmer sein wird als die, von der ich mich nur mühsam erhole. Aber ich weiß auch, dass Ihr an meiner Stelle genauso gehandelt hättet, um der Galeere zu entgehen. Denn welcher Mann täte nicht alles, um zu vermeiden, ein zweites Mal in diese Hölle zurückkehren zu müssen?«

Ibrahim sah dem jungen Mann fest in die Augen. Dann wollte er wissen:

»Wieso ein zweites Mal?«

»Die Venezianer haben mich vor einigen Jahren zur Galeere verurteilt, weil ich im Duell einen Edelmann getötet habe, wobei ich, wie Ihr ja in Erfahrung gebracht habt, nur ein einfacher Bauer bin«, gestand Giovanni.

»Und wie kam es dazu, dass ein kalabrischer Bauer sich mit einem venezianischen Adligen duelliert?«, fragte Ibrahim erstaunt.

Wieder schlug Giovanni die Augen nieder.

»Da müsste ich Euch die ganze Geschichte meines unglücklichen Lebens erzählen! Doch das ist nicht von Interesse.«

»Ganz im Gegenteil, wie die meisten meiner Landsleute liebe ich Geschichten! Komm, Isaac, lass uns allein, denn unser Freund bekennt sich zu seiner Doppelzüngigkeit, deine Aufgabe ist erledigt. Ich lasse dich wieder rufen, wenn es nötig ist.«

Der Emissär, sichtlich erleichtert, verließ den Raum. Ibrahim bat einen Sklaven, Getränke zu servieren, und befahl

Giovanni geradezu, er möge zu erzählen anfangen und nichts Wichtiges auslassen. Nun rekapitulierte Giovanni zum zweiten Mal innerhalb weniger Monate den Lauf der Ereignisse seines kurzen, aber bewegten Lebens. Nichts von dem, was ihn geprägt hatte, sparte er aus, weder den Brief noch den Verlust seines Glaubens in der Grotte noch den Hund, der ihm das Leben rettete. Ibrahim war fasziniert. Er unterbrach ihr Gespräch nur ein einziges Mal, als er am Nachmittag zum Gebet ging. Er kam zurück mit einer Schale getrockneter Früchte und bat Giovanni, er möge fortfahren. Als er endlich schwieg, war es bereits dunkel geworden, und Ibrahim ging ein weiteres Mal beten. Bei seiner Rückkehr lud er den jungen Mann ein, mit ihm zu essen – was eine vollkommen unübliche Geste war.

Während des Abendessens stellte er ihm tausend Fragen, die die Philosophie, die Theologie und die Astrologie berührten. Als der Muezzin zum Nachtgebet rief, verabschiedete er sich schließlich von seinem Gast mit der Bitte, er möge am nächsten Abend wieder mit ihm speisen, damit sie ihr faszinierendes Gespräch fortsetzen könnten.

Als sie sich die Hände schüttelten, fragte er Giovanni:

»Warum hast du mir nicht von Anfang an deine wahre Geschichte erzählt? Ich hätte dich aus dem Lager geholt und dich zu meinem persönlichen Sklaven gemacht, um mich mit dir über all diese großen Wahrheiten zu unterhalten!«

EINUNDSIEBZIG

Am nächsten Abend holte ein Sklave Giovanni ab und begleitete ihn zu den Gemächern des Verwalters des Paschas. Während des Essens sprachen sie wieder über philosophische und religiöse Fragen, die Ibrahim begeisterten.

Giovanni nutzte die Gelegenheit und befragte ihn zum Islam, und seinem Gastgeber war es ein Vergnügen, ihm Kenntnisse zu vermitteln. Am darauffolgenden Abend führte der Sklave Giovanni direkt in einen Raum, der in der Nähe der Gemächer des Verwalters lag, und erklärte ihm, es entspreche dem Willen seines Herrn, dass er von nun an hier wohne. Seine Lebensbedingungen änderten sich völlig, denn nun arbeitete er mit dem Verstand, schlief in einem luxuriösen Gemach und konnte sich innerhalb der *Jenina* frei bewegen. Und dennoch empfand Giovanni keine tiefe Freude. Er war noch immer ein Gefangener. Nur sein Käfig war ein anderer.

Vergeblich bemühte er sich darum, Georges in den Palast zu holen. Ibrahim machte dem Franzosen zum Vorwurf, dass er Giovanni bei seinem Fluchtversuch geholfen hatte, und wollte außerdem seinen bevorzugten Gesprächspartner für sich allein haben. Giovanni erreichte zumindest, dass Georges bessere Haftbedingungen bekam.

Der Verwalter kleidete seinen neuen Sklaven prächtig ein, verschaffte ihm Bücher und Schreibzeug und bot ihm sogar eine junge, schöne maurische Sklavin an, die ihm dienen und all seine Begehren erfüllen sollte. Zum großen Erstaunen seines Gastgebers lehnte Giovanni Letzteres ab.

Wochen vergingen. Auf die drückende Augusthitze folgten milde erste Septembertage. Die Tage wurden kürzer und die Nächte kühler, was nicht zu Giovannis Missfallen war, hatte er doch im Sommer unter der stickigen Hitze sehr gelitten. Nun konnte er, wie es ihm beliebte, in der *Jenina* umherlaufen. Der Palast des Paschas, geerbt vom unglückseligen Selim el Toumi, war zwar nicht allzu groß, besaß aber einen besonderen Charme, und Giovanni liebte es, in den kühlen und wohlduftenden Gärten seiner verschiedenen Innenhöfe zu wandeln, die sich bis zu den privaten Gemächern von Barbarossas Sohn und zu seinem Harem erstreckten. Dies war der einzige Ort, den die Sklaven nicht betreten durften, und Giovanni hatte nie eine der vielen Frauen des Herrschers von Al Dschesair zu Gesicht bekommen, die von zehn schwarzen Eunuchen streng bewacht wurden.

Die Gespräche zwischen Ibrahim und Giovanni fanden immer seltener statt, da der Verwalter von seinen Aufgaben sehr in Beschlag genommen war. Und dennoch vergingen nie mehr als drei, vier Tage, ohne dass er den jungen Mann einlud, mit ihm zu Abend zu speisen.

Giovanni war beeindruckt von der Frömmigkeit des Verwalters, der die fünf Säulen des Islam genauestens befolgte: Er bekundete seinen Glauben an den einzigen Gott, zuverlässig verrichtete er die fünf täglichen Gebete, er gab den Armen Almosen, war bereits zweimal nach Mekka gepilgert, und seine Sklaven versicherten, dass er im Ramadan sehr streng faste.

Eines Abends machte Ibrahim Giovanni nach dem Essen einen sonderbaren Vorschlag.

»Ich reise morgen zu meinem spirituellen Meister, der zwei Tagesritte von hier entfernt an der Straße nach Tlemcen lebt. Er ist ein berühmter Sufi. Möchtest du mich begleiten?«

»Was ist ein Sufi?«, fragte Giovanni.

»Der Sufismus ist der mystische Zweig des Islam. Kurz nach dem Tod des Propheten haben einige Männer – manche von ihnen waren völlig ohne Bildung – sehr starke spirituelle Erfahrungen durchlebt. Die Menschen strömten herbei, um sie anzusehen, da die Frömmigkeit geradezu aus ihnen herausbrach. Mehrere von ihnen haben Orden gegründet, *tariqa* genannt, wo ihre Anhänger den Belehrungen des Meisters folgen und sich verschiedenen heiligen Künsten und spirituellen Übungen widmen. Einige Sufis wurden von den *ulama*, den islamischen Rechtsgelehrten, verfolgt, da sie in absoluter Freiheit leben und Ansichten vertreten, die manchmal im Widerspruch zu den traditionellen religiösen Vorschriften zu stehen scheinen. Mein spiritueller Meister ist ein berühmter Sufi, der eine *tariqa* in einer kleinen Stadt zwischen Al Dschesair und Tlemcen gegründet hat.«

»Ich würde mich glücklich schätzen, dich zu begleiten und deinen Meister kennen zu lernen. Aber bist du sicher, dass ihm die Gegenwart eines Christen nicht lästig ist?«

Ibrahim lachte auf.

»Ein Kadi oder ein *ulama* würde ihn mehr belästigen! Mein Meister macht keinen Unterschied zwischen den Menschen, und er trifft gerne mit Gottessuchern zusammen, welcher Religion sie auch angehören mögen.«

Am nächsten Morgen machten sich Ibrahim und Giovanni ohne Geleit auf den Weg nach Tlemcen. Sie ritten den ganzen Tag und auch den folgenden. Bei ihrer Ankunft in der *tariqa* begrüßte sie freundlich ein junger Mann und führte sie in einen Raum, in dem die Gäste sich stärken konnten.

Giovanni war angenehm überrascht von den heiteren Gesichtern der zahlreichen Schüler des Scheich Selim el Aquba. Die meisten waren sehr jung, und alle trugen weite, weiße Baumwolltuniken. Nachdem die beiden Gäste sich erfrischt hatten, wurden sie eingeladen, am Abendgebet teilzuhaben. Auch Giovanni wurde erlaubt, obgleich er Christ war und dies nicht verheimlichte, die kleine Moschee der *tariqa* zu betreten. Er zog seine Schuhe aus und blieb im Hintergrund. Etwa fünfzig Schüler und zehn Gäste nahmen an der Zeremonie teil, bei der sich stille Gebete, Lesungen von Suren und Gesänge, begleitet von Kniegeigen und Kithara, abwechselten. Giovanni war von ihrer Schönheit sehr bewegt. Ibrahim und der junge Italiener verbrachten die Nacht im Schlafsaal des Ordens, wo alle Gäste, unabhängig von ihrer sozialen Herkunft, untergebracht waren.

Am nächsten Tag, kurz nach dem Morgengebet, wurde Ibrahim aufgefordert, zu seinem Sufimeister zu kommen. Er schlug Giovanni vor, im blumengeschmückten Hof der *tariqa* auf ihn zu warten. Nach gut zwei Stunden holte ein Schüler den Italiener und führte ihn in das kleine Zimmer von Scheich Selim. Der Meister, ein alter Mann mittlerer Größe mit einem feinen, bartlosen Gesicht, saß im Schneidersitz da. Er trug eine weiße Tunika und hatte leuchtend blaue Augen. Er empfing Giovanni mit einem strahlenden Lächeln.

»Salam alaikum.«

»Oua alaikum assalam«, erwiderte Giovanni, der mittlerweile mit den arabischen Grußworten vertraut war.

»Marhaba bika ya oualadi.«

»Choukran laka ya Sidi.«

»Allah yahfadhouka!«

Giovanni wandte den Kopf zu Ibrahim, der in seinen Augen las, dass er nicht weiter konnte in diesem Gespräch. Der Sufi verstand und brach in ein lautes, ansteckendes Lachen aus. Von nun an befragte er Giovanni auf Arabisch, und Ibrahim übersetzte ins Italienische. Eine gute halbe Stunde drehte sich das Gespräch um Giovannis Leben, um sein Sklavendasein, sein Land, seinen Glauben und um seine geistige und spirituelle Ausbildung. Dann fragte Ibrahim Giovanni, ob er dem Meister eine Frage stellen wolle. Da Giovanni sich auf diese Begegnung vorbereitet hatte, antwortete er ohne Zögern:

»Was ist Eurer Auffassung nach das größte Übel, das im Herzen des Menschen wohnt und ihn auf seinem spirituellen Weg behindert?«

Der weise Mann betrachtete seine Gesprächspartner mit einem amüsierten Lächeln.

»Was denkt ihr darüber, ihr beiden?«

»Der Hochmut«, entgegnete Ibrahim.

Ihre Blicke gingen zu Giovanni, der schweigend dasaß.

»Die Angst«, meinte er dann.

»Jeder hat gemäß seinem Herzen geantwortet«, sagte der Mystiker.

Sie lachten.

»Gleichwohl beide Antworten wahr sind, ist die unseres jungen Christenfreunds vielleicht verbreiteter, denn die Angst wohnt ohne Ausnahme in allen Herzen, während manche Menschen ohne jeden Hochmut sind.«

Der Sufi sah Giovanni in die Augen.

»Weißt du, was unsere größte Angst ist?«

Diese Frage überraschte Giovanni. Er überlegte einen Augenblick.

»Die Angst zu sterben, glaube ich.«

Der Alte schwieg eine Weile, bis er mit sanfter und zugleich fester Stimme sprach:

»Das habe ich auch lange geglaubt. Und im Laufe der Jahre ist mir etwas klar geworden. So erstaunlich es klingen mag, nicht vor dem Tod fürchten wir uns am meisten … sondern vor dem Leben!«

»Vor dem Leben!«, sagte Ibrahim verblüfft. »Ist denn unser Leben, so schmerzlich es auch sein kann, nicht unser kostbarstes Gut? Wir alle halten doch mit Inbrunst daran fest.«

»Ja, wir halten uns daran fest, aber wir leben es nicht. Oder vielmehr, wir klammern uns ans Dasein. Doch das Dasein ist eine Tatsache, das Leben aber eine Kunst.«

»Was wollt Ihr damit sagen?«, fragte Giovanni.

»Etwas ganz Einfaches: Ohne uns nach unserer Meinung zu fragen, hat Gott uns erschaffen. Er hat uns das Sein geschenkt. Also sind wir da. Das ist eine Tatsache, und wir können nichts dafür. Nun müssen wir leben. Und hier sind wir gefordert, denn wir sind aufgerufen, zu Schöpfern unseres Lebens zu werden. Wie ein Kunstwerk müssen wir es zuerst einmal wollen, dann es uns vorstellen, es denken, es modellieren, es behauen, und dies durch alle glücklichen oder unglücklichen Ereignisse hindurch, die geschehen, ohne dass wir etwas dafür können. Man lernt zu leben, wie man das Philosophieren oder das Kochen lernt. Und der beste Lehrmeister ist das Leben selbst und die Erfahrung, die man daraus gewinnt.«

»Das verstehe ich. Aber worin besteht die Angst vor dem Leben?«

»Wir haben Angst, uns dem Leben voll und ganz zu öffnen, empfänglich zu sein für seinen ungestümen Fluss. Lieber kontrollieren wir unser Dasein und führen ein enges, abgestecktes Leben mit so wenigen Überraschungen wie möglich. Dies gilt in den bescheidenen Hütten ebenso wie in den Palästen! Der Mensch hat Angst vorm Leben, und er ist ständig auf der Suche nach der Sicherheit. Alles in allem strebt er mehr danach zu überleben als zu leben. Aber Überleben heißt, existieren ohne zu leben ... und das heißt, schon sterben.«

Der Weise sah seine Gesprächspartner mit einem breiten Lächeln an. Dann sagte er:

»Vom Überleben zum Leben zu finden ist eines der schwierigsten Dinge, die es gibt! Ebenso schwierig und beängstigend ist es zu akzeptieren, dass wir die Schöpfer unseres Lebens sind! Wir leben lieber wie die Schafe, ohne allzu viel nachzudenken, ohne allzu viele Risiken auf uns zu nehmen, ohne das Wagnis einzugehen, unseren tiefsten Träumen zu folgen, die ja unsere besten Lebensinhalte sind. Gewiss, du existierst, mein junger Freund, aber die Frage, der du dich stellen musst, lautet: Bin ich lebendig?«

Die Worte des Weisen, die Ibrahim nach und nach übersetzte, fanden in Giovanni einen tiefen Widerhall. Er dachte, dass er damals, als er sein Dorf verließ, um Elena zu finden, das Leben gewählt hatte. Er hatte die Sicherheit einer insgesamt ruhigen Existenz aufgegeben, um seinen Träumen zu folgen, seinem Herzen.

Er hatte eine bedeutende Entscheidung getroffen, er hatte Gefahren auf sich genommen, er hatte Vertrauen ins Leben gehabt. Und das Leben hatte ihm unschätzbar wertvolle Geschenke gemacht: Es hatte ihm Pietro und Meister Lucius über den Weg geschickt. Es hatte ihm die Möglichkeit eröffnet, Elena wiederzusehen und zu lieben. Doch mit dem Töten dieses einen Mannes hatte er alles verdorben. Dann war er in ein Kloster gegangen, bestimmt um vor dem Leben zu fliehen, denn er hatte Angst vor sich selbst. Und aus welchem Grund war er Sklave geworden? Weil er sich mit dem Gedanken an Rache eingeschifft hatte, dachte er. War denn letztlich seine augenblickliche Lage nicht der Widerschein der Befindlichkeit seines Herzens? Er war noch immer Sklave seiner Leidenschaften. Ja, vielleicht verweigerte er das Leben und folgte einem Weg des Todes. Vielleicht war er seit seiner Abreise aus Venedig und der Trennung von Elena nicht mehr lebendig.

Giovanni antwortete dem Weisen mit einem Lächeln, einem Lächeln, das mehr sagte als tausend Worte. Dann stellte er ihm eine weitere Frage:

»Ich habe auf dem Berg Athos einen berühmten russischen Starez kennen gelernt, der behauptete, das höchste Ziel des menschlichen Lebens sei die Gottwerdung des Menschen. Teilt Ihr diese Auffassung?«

»Aber ja! Al Hallaj, einer der größten Sufimeister, wurde gekreuzigt, weil er in aller Lautstärke gerufen hatte: ›Ich bin Gott, ich bin Gott!‹ Und er hatte vollkommen Recht! Der Wille desjenigen, der ganz bei Gott ist, stimmt überein mit dem Willen Allahs. Die islamische Mystik lehrt dasselbe wie die jüdische und die christliche Mystik. Aber das kann man nicht allen sagen, denn der Weg der Mystik ist ein gefährlicher Weg.«

Giovanni blinzelte fragend.

»Gefährlich für die, die einen schwachen Geist haben und glauben, sie wären Gott geworden, dabei sind sie einfach ein bisschen verrückt! Gefährlich auch für die Glaubenswächter, denn sie mögen die Menschen nicht, die das Göttliche erfahren und ihren Rechtsdekreten widersprechen!«

Wieder brach der Weise in ein vergnügtes, ansteckendes

Gelächter aus. Dann war es an Ibrahim, ihm eine Frage zu stellen, die ihm am Herzen lag.

»Wenn dies also das Ziel des spirituellen Lebens ist, wie ist der beste Weg dahin? Welcher führt uns, egal welchem Glauben wir auch angehören mögen, am sichersten an ein gutes Ende?«

»Was denkst du selber darüber?«, fragte der Weise zurück.

»Gott zu lieben und seine Gebote zu achten«, antwortete Ibrahim, seiner ersten Eingebung folgend.

»Ja, gewiss, aber du sprichst hier vom Weg des religiösen Menschen. Der Weg des spirituellen Menschen ist breiter und einfacher. Er betrifft die Gläubigen und die Ungläubigen, die Juden, die Christen, die Muslime oder die Heiden. Dieser Weg ist in keinem Buch keiner Religion beschrieben, doch insgesamt gesehen fasst er die besten Wege, die in den heiligen Büchern beschrieben sind, in sich zusammen. Alle, Männer, Frauen, Kinder, Reiche und Arme können ihn beschreiten.«

Ibrahim und Giovanni sahen sich an. Sie hatten nicht die geringste Ahnung, was der Sufi ihnen sagen wollte, der seinen Blick über Giovanni erhob, als betrachtete er etwas in der Ferne. Dann sagte er mit bedächtiger, gesetzter Stimme:

»Seht ihr, meine Freunde, das Wesentliche des spirituellen Lebens besteht nicht darin, die Bibel oder den Koran gut zu kennen und Gott gemäß den Glaubensregeln zu ehren. Es besteht nicht darin, jeden Tag in die Kirche oder in die Moschee zu gehen oder Gebete und Lobgesänge zu sprechen. Dies alles ist sehr gut, doch es ist religiöse Tugend. Es besteht auch nicht darin, nach guten Regeln zu leben, seine Pflicht zu tun und keine Sünden zu begehen. Dies ist zwar sehr wichtig, doch es gehört mehr zur Moral. Das Wesentliche am spirituellen Leben ist jenseits der Moral und des Glaubens. Es ist zugleich sehr viel einfacher und sehr viel schwieriger zu erfüllen. Das Wesentliche des spirituellen Lebens … ist, ›ja‹ zu sagen zum Leben! Und nicht mit Resignation, sondern mit Vertrauen und Liebe! So erkennt man die Gegenwart Gottes im Kern eines jeden Geschehens. Ich bin Weber von Beruf, und jedermann sollte von den Webern das Vertrauen lernen. Jeder bearbeitet sein ganzes Leben lang den Stoff von der Rückseite, er sieht nur seinen Stich und die Nadel. Die Schönheit des Wandbehangs offenbart sich erst am Schluss, wenn man das Werk umdreht. Dann erscheint ein Bild, das nur Gott kannte und dessen Form und Pracht wir nicht einmal ahnen konnten. Das Vertrauen in diese sich formende Vollendung ist der Antrieb für den spirituellen Weg. Und der Grundstein dafür ist die Öffnung zum Leben, zu dem, was es uns an Gutem und scheinbar weniger Gutem bietet. Alle unsere Antworten auf die Ereignisse des Lebens, ob sie nun von unserem Herzen, unserem Glauben oder unserer Moral ausgehen und so winzig sie auch sein mögen, bilden nach und nach eine mysteriöse Form, die größer ist als wir und deren Sinn wir erst nach unserem Tod erfassen … wenn wir endlich im Schoß Gottes sind. Dann gibt es nur noch die Liebe.«

VI. VENUS

ZWEIUNDSIEBZIG

In den folgenden Wochen dachte Giovanni oft an die Worte des weisen Sufis zurück. Sie hatten tiefen Widerhall in seiner Seele gefunden, und Fragen, von denen er geglaubt hatte, sie wären für immer vergraben, drängten erneut an die Oberfläche seines Bewusstseins. Er begann wieder zu studieren und bat Ibrahim, ihm philosophische Bücher auf Latein oder Griechisch und auch eine Bibel zu beschaffen. Obgleich Ibrahim bei dem Gedanken zögerte, das Buch der Ungläubigen in den Palast des Paschas zu bringen, gab er den Bitten seines geliebten und bewunderten Schützlings nach, weil er sich sagte, der Koran selbst zitiere in vielen Absätzen aus dem heiligen Buch der Juden und Christen. Doch der Verwalter des Paschas wusste nicht, dass er durch diese Tat seinen politischen Feinden den letzten, von ihnen heiß ersehnten Vorwand lieferte, um ihn zu stürzen.

Einige Tage nachdem er Giovanni eine lateinische Bibel überreicht hatte – jene des Kapuzinerpaters, von dessen Verrat Georges erzählt hatte –, wurde Giovanni in seinen Gemächern vom Kommandanten der Janitscharen verhaftet. Er nahm die Bibel an sich und führte Giovanni vor den *Diwan*, den Rat des Paschas. Zu seiner großen Überraschung musste Giovanni feststellen, dass Ibrahim, eines seiner bedeutendsten Mitglieder, nicht in diesem Rat zugegen war. Hassan, der Sohn des Barbarossa, saß in der Mitte. Ein schlanker und recht junger Mann, Raschid ben Hamroun mit Namen, ergriff das Wort, vernahm Giovanni auf Italienisch und übersetzte anschließend die Antworten des jungen Mannes ins Arabische.

Giovanni begriff recht schnell den Grund für Ibrahims Abwesenheit. Einige Mitglieder des *Diwans*, darunter dieser

Raschid, hatten seinen Herrn angeklagt, ein finsteres Komplott gegen den Pascha anzuzetteln. Um ihre Behauptungen zu stützen, versuchten die Ankläger, ihn mit allen Mitteln ins Unrecht zu rücken. Zwei Gründe sprachen für Giovannis Vorladung: Die Verschwörer wollten dem Pascha beweisen, dass Ibrahim ein ziemlich erbärmlicher Muslim sei, denn er verbringe zahlreiche Abende mit diesem Christensklaven, dem er sogar, oh, welche Blasphemie!, das heilige Buch der Ungläubigen zum Geschenk gemacht habe. Aber ihre Angriffe beschränkten sich nicht nur auf die Religion. Sie gaben zu verstehen, Giovannis Anwesenheit bei Ibrahim erkläre sich noch aus anderen, eher fleischlichen Gründen. Giovanni protestierte heftig, doch die Ankläger versäumten nicht, ihn an die Begebenheit bei seiner Flucht mit dem jungen Pippo zu erinnern, und übergaben dem Pascha die nach Diktat notierte Zeugenaussage von Mehmet, dem Janitscharen, der bestätigte, kurz vor der Flucht bei der Ausübung der schändlichen Liebe zwischen Giovanni und dem Knaben zugegen gewesen zu sein. Giovanni beteuerte, all dies sei Lüge, und er legte die wahren Gründe dar, aus denen er dem Jungen vorgeschlagen habe, mit ihnen gemeinsam zu fliehen. Doch als man ihn fragte, warum er die Dienste der jungen Frau abgelehnt habe, war seine Antwort zögerlicher. Er sagte dem Pascha, er trage noch die Liebe für eine andere Frau in sich, die er seit Jahren nicht gesehen habe, und es sei ihm unmöglich gewesen, sich mit einer Sklavin zu vergnügen. Er betonte auch, er lehne insgesamt die Sklaverei ab und habe keine körperliche Beziehung mit einer Frau haben wollen, der keine andere Wahl bleibe. Als seine Antwort übersetzt wurde, setzten mehrere Mitglieder des *Diwans* ein breites Grinsen auf, und Giovanni verstand, dass seine Antwort nicht überzeugt hatte.

Nach dem halbstündigen Verhör wurde er zurückgebracht, aber nicht in sein Gemach, sondern geradewegs ins Bagno, in eine kleine Einzelzelle, wo man ihn ankettete. Dort verbrachte er mehrere Tage, ohne Licht, bei etwas Zwieback und brackigem Wasser. Am fünften Tag führte man ihn in die *Jenina*. An den schweren Ketten, die man ihm um die Knöchel legte, erkannte er, dass Ibrahim ausgeschaltet worden war. Und tatsächlich empfing ihn im Amtszimmer des Verwalters der Mann, der vor dem *Diwan* die Anklagen gegen seinen Herrn vorgebracht hatte. Raschid ben Hamroun empfing ihn voll Verachtung und sprach ohne Umschweife:

»Dein einstiger Herr ist gestern nach Istanbul abgereist, um dem Sultan Rechenschaft über sein doppeltes Spiel abzulegen, das ihn zum Komplizen der Christen und unserer Feinde gemacht hat.«

»Ich bin sicher, dass Ibrahim seinem Glauben und dem Pascha gegenüber höchst loyal war!«

»Schweig! Ungläubiger Hund!«, rief Raschid. »Du gehörst zu denen, die seine Seele verdorben haben. Bis zu seiner Verurteilung durch den *Diwan* von Istanbul ist sein gesamter Besitz vom Pascha beschlagnahmt worden. Ich habe Zugriff darauf, und wenn ich will, kann ich dich auf der Stelle töten lassen.«

Raschids dunkle Augen funkelten, und Giovanni verstand, dass dieser Mann nichts so sehr liebte wie die Macht und dass er wohl lange auf den Moment gewartet hatte, wo er endlich das Amt und die Güter der rechten Hand des Paschas an sich reißen konnte.

»Was hast du mit mir vor, da ich ja nun dein Sklave bin?«

Raschid lächelte und rief einen schwarzen Sklaven, der ihm ein Blatt Papier und eine Schreibfeder brachte. Beide Dinge legte er vor Giovanni.

»Ich will von dir nur eines. Anschließend kannst du zurück in deine Gemächer, zu deinen Büchern, mit Ausnahme der Bibel, und zurück in die Freiheit der *Jenina*.«

Giovanni sah Raschid gespannt an.

»Schreib, dass du mit deinem einstigen Herrn schändliche Liebe getrieben hast. Und schreibe auch, dass du deine Taten der Vergangenheit bereust und zum Beweis deiner Reue deinen christlichen Glauben ablegst und zum Islam, zum einzig wahren Glauben übertrittst.«

Bedächtig senkte Giovanni den Blick. Er nahm das Blatt und die Feder zur Hand. Er dachte kurz nach und schrieb dann langsam einige Zeilen auf Italienisch. Er sah wieder auf und reichte das Blatt Raschid, der es mit unverhohlener Freude an sich nahm. Der neue Verwalter trat an ein Fenster und las Giovannis Geständnis:

»Ich, Giovanni Tratore, Sklave von Ibrahim ben Ali el Tajer, des Verwalters des Paschas, bezeuge die große moralische Tugend und die absolute Loyalität meines Herrn zum Pascha, zum Sultan und zum Propheten. Ich bestätige auch mein Festhalten am christlichen Glauben meiner Väter und meinen Respekt vor allen Religionen wie dem Islam, die die Aufrichtigkeit der Worte, die Wahrheit der Taten preisen und daran erinnern, dass Gott unendliche Barmherzigkeit ist.«

Raschid bebte vor Wut, als er den Brief las. Er verharrte einen Augenblick, ohne etwas zu sagen, und wandte sich dann dem Gefangenen zu. Er griff nach einer Kerze und verbrannte das Blatt vor seinen Augen, wobei er ihn mit beherrschter Stimme anfuhr:

»Wer bist du, dass du mir Lektionen erteilst? Ich könnte dich für das, was du eben getan hast, auf der Stelle pfählen lassen!«

Raschids Gesicht war zornesrot geworden, und seine Augen schienen Dolche auszusenden. Dennoch riss er sich zusammen und fuhr in gemessenerem Ton fort:

»Doch ich will mich nicht von der Wut hinreißen lassen. Ich werde mich damit begnügen, die Strafe zu verhängen, die dir bereits mein Vorgänger hätte auferlegen müssen, weil du über deine wahre Identität gelogen hast, was genauso schwer wiegt wie ein Fluchtversuch. Und du bist bereits einmal geflohen. Du weißt, welche Strafe auf einen zweiten Fluchtversuch steht: ein abgehacktes Glied! Und es wird deine rechte Hand sein, die, mit der du gerne schreibst und gerade dieses hier geschrieben hast!«

Zwei Tage später, kurz nach dem Aufruf zum ersten Gebet, wurde Giovanni auf dem großen Platz zur Schau gestellt, genau dort, wo er nur wenige Monate zuvor die Bastonade ertragen musste. Ein kleines Holzpodest war aufgebaut worden, damit alle seine Qualen sehen könnten. Dort stand er nun in Ketten und von zwei kräftigen Janitscharen bewacht. Ein Schild am Podest nannte die Gründe für seine Verurteilung – Angabe einer falschen Identität, gefolgt von einem ersten Fluchtversuch – sowie die Stunde, zu der die Strafe vollstreckt würde: nach dem Mittagsgebet. Zum dritten Mal in seinem Leben fand sich Giovanni der Öffentlichkeit wegen einer Strafe preisgegeben. Die, die jetzt erfolgen würde, löste in ihm noch größeres Entsetzen aus. Von den Peitschenhieben und den Stockschlägen hatte er sich erholt. Aber die Vorstellung, für immer die Hand zu verlieren, machte ihm, jenseits der zu erwartenden Schmerzen, zutiefst Angst. Er bemühte sich, die Gaffer nichts davon merken zu lassen, doch seine Seele war in finsterste Finsternis getaucht. Er dachte an Elena, an Gott, ans Schicksal, an Luna. Sein Leben erschien ihm als ein großes Chaos. Warum hatte er so viel Licht, Liebe und große Wahrheiten kennen gelernt, wenn er doch hier endete? Er wusste, dass er Gefahr lief, sein Leben hier elendig als Sklave zu fristen. Und zwar als amputierter Sklave, dem man im Bagno die erniedrigendsten Aufgaben zuweisen würde. Wieder einmal war er untröstlich und fühlte sich vollkommen alleine auf dieser Welt. Die Worte eines Psalms, den er im Kloster täglich gesprochen hatte, kamen ihm plötzlich in den Sinn. Obgleich diese Worte nicht mehr vom Glauben getragen waren, von dem er damals durchdrungen war, ließ er sie über seine Lippen kommen, auf Griechisch, wie er es von früher gewohnt war.

»Aus der Tiefe rufe ich, Herr, zu Dir. Herr, höre meine Stimme, lass Deine Ohren merken auf die Stimme meines Flehens! So Du willst, Herr, Sünden zurechnen, Herr, wer wird bestehen? Denn bei Dir ist die Vergebung, dass man Dich fürchte. Ich harre des Herrn; meine Seele harret, und ich hoffe auf sein Wort.«

Tränen flossen ihm über die Wangen, und er hielt inne. Eine Stimme aus der Menge sprach den Psalm, ebenfalls auf Griechisch, weiter:

»Meine Seele wartet auf den Herrn von einer Morgenwache bis zur andern. Israel, hoffe auf den Herrn! Denn bei dem Herrn ist die Gnade und viel Erlösung bei ihm, und er wird Israel erlösen aus allen seinen Sünden.«

Erstaunt starrte Giovanni in die Menschenmenge, suchte, wer diese Worte gesprochen haben könnte. Es war die Stimme einer Frau. Er sah mehrere, doch da sie nicht das Recht hatten, ihr Gesicht einem Verurteilten zu zeigen, waren sie verschleiert. Giovanni sah ihnen in die Augen. Da ließ ihn die Schönheit eines Blicks erschauern, der züchtig und brennend zugleich hinter einem blauen Tuch hervorlugte. Die junge Frau mit den großen dunklen Mandelaugen hielt einen Moment seinem glühenden Blick stand, dann senkte sie den Kopf und verließ den Platz.

Dieses Ereignis war Balsam auf Giovannis geschundener Seele. Da hatte jemand Anteil an seinem Leid genommen. Aber wer? Und vor allem, welche arabische Frau konnte einen Psalm auf Griechisch zitieren? Dieses Rätsel beschäftigte eine Weile den gequälten Geist des Kalabriers, den nur noch eine Stunde von der Vollstreckung seiner schrecklichen Strafe trennte.

Entsprechend dem Brauch wurden bald die über hundert Gefangenen aus dem Bagno, dem Giovanni entflohen war, auf den Platz geführt. Die öffentlichen Züchtigungen sollten als abschreckende Beispiele dienen und jeden weiteren Versuch im Keim ersticken.

Giovanni suchte mit den Augen nach Georges. Ihm war,

als erkenne er in der Ferne die Gestalt des Franzosen. Doch er war sich nicht sicher. Er tröstete sich mit dem Gedanken, seinen Freund im Gefängnis wiederzusehen.

Der Muezzin rief die Gläubigen zum Gebet, und der Platz leerte sich schlagartig. Eine kurze Zeitspanne herrschte Totenstille. Dann strömten die Menschen zurück. Raschid ben Hamroum erschien, um persönlich an der Vollstreckung der Strafe teilzunehmen. Man stellte ihm einen Stuhl direkt neben das Podest, doch er zog es vor zu stehen.

Zwei Janitscharen ließen Giovanni niederknien. Der eine hielt ihn an den Hüften fest, der andere zwängte seine Hand in eine für diese Folter bereitete Falaka. Giovannis rechte Hand stieß durch das Holz, bis sie auf der Hälfte des Handgelenks stecken blieb. Dann wurde die Falaka auf einen Holzblock gestellt, dessen Enden zwei Türken festhielten, während einer der Janitscharen Giovannis Nacken ergriff, damit er sich nicht mehr bewegen konnte. Raschid gab dem Scharfrichter ein Zeichen. Ein stämmiger Türke mit einer kurzstieligen Axt stieg auf das Podest. Er stellte sich auf die linke Seite des Holzblocks und starrte unentwegt auf die rechte Hand des Kalabriers, die aus der Falaka herausschaute. Er atmete tief ein und hob die Axt langsam zum Himmel. Giovanni schloss die Augen.

DREIUNDSIEBZIG

Gnade für den Gefangenen!«, schrie eine Männerstimme aus der Menge. Bei diesen Worten gab Raschid dem Scharfrichter Zeichen, die Vollstreckung zu unterbrechen.

»Wer hat hier Gnade für den Verurteilten gefordert?«, schrie nun seinerseits der Verwalter des Paschas, während er mit seinem finsteren Blick prüfend in die Zuschauermenge sah.

Ein Mann trat aus der Menge. Alle kannten ihn. Mohammed el Latif war Maure und einer der reichsten algerischen Kaufleute. Langsam ging er auf Raschid zu, der ihn erkannte.

»Ich hoffe, du hast einen guten Grund, diesen Akt der Gerechtigkeit zu unterbrechen!«, rief ihm der neue starke Mann der *Jenina* entgegen.

»Den besten, den es gibt!«

Wutentbrannt wartete Raschid ab.

»Dieser Gefangene interessiert mich. Ich mache dir den Vorschlag, ihn zu kaufen.«

»Aber du kennst doch die Bedingungen für den Kauf eines Verurteilten!«, zeigte sich Raschid überrascht.

»Zehnfacher Preis, nicht wahr?«

Raschid witterte ein exzellentes Geschäft.

»Genau so ist es.«

»Und wie hoch ist sein Preis?«

Raschid überlegte kurz.

»Bevor er in Ungnade fiel, hatte ihn Ibrahim ben Ali el Tajer auf hundert Golddukaten geschätzt.«

Mohammed strich sich bedächtig über den Bart und sagte lächelnd:

»Das weiß ich. Aber ich weiß genauso gut wie du, dass der Sklave falsche Angaben zu seinem Namen und seinem Reichtum gemacht hat. Deswegen wurde er ja zum zweiten Mal verurteilt. Sage mir also, wie hoch du den Preis eines unvermögenden Christensklaven schätzt? Wir alle hier sind doch mehr oder weniger Händler«, fuhr er fort und deutete mit der Hand auf die Menschenmenge. »Und wir wissen die Genauigkeit deines Preises zu würdigen.«

Bei diesen Worten ging ein spöttisches Murmeln durch die Zuschauer. Die Verhandlungen zwischen dem neuen Verwalter des Paschas und dem maurischen Kaufmann ließen sich spannend an. Raschid war verärgert, doch er konnte sich diesem Ritual, das zu den tief verwurzelten Gebräuchen des Landes gehörte, nicht entziehen.

»Dieser Mann ist sehr viel mehr wert, als du denkst!«, rief er. »Er ist ein Gelehrter, der mehrere alte Sprachen spricht, und Ibrahim hatte ihn trotz seiner Lügen zu seinem persönlichen Sklaven gemacht. Er schätzte im Übrigen seine Gesellschaft und seine geistigen Fähigkeiten so sehr, dass er mehrmals pro Woche mit ihm unter vier Augen speiste.«

»Du scheinst ja seine geistigen Qualitäten weniger zu schätzen, denn schließlich hast du ihn ins Lager zurückgeschickt!«, antwortete Mohammed ironisch.

Spöttisches Gelächter machte sich unter den Menschen breit. Raschid war wütend, ließ sich aber nicht aus der Fassung bringen.

»Ich diene meinem Herrn, statt mich für die Religion der Ungläubigen zu interessieren!«

»Daran zweifle ich nicht. Also, wie hoch schätzt du den Wert dieses ungläubigen Schwätzers?«

»Auf nicht weniger als siebzig Golddukaten!«

Ein Geraune ging durch die Menge. Das war viel zu viel für einen Mann, für den keinerlei Lösegeld zu erhoffen war. Einen jungen, gut gebauten Christensklaven konnte man schon für unter zehn Dukaten finden.

»Du hast noch immer eine sehr hohe Meinung von diesem ungläubigen Hund. Komm, lass uns vernünftig sein. Er entspricht, zieht man seine Gelehrsamkeit in Betracht, dem Wert von fünfzehn oder zwanzig Dukaten, und vergiss nicht, dass ich dir den zehnfachen Wert biete, also zweihundert Dukaten!«

»Unter fünfhundert Dukaten gehe ich nicht«, rief der Verwalter mit Nachdruck. »Und wenn du nicht einverstanden bist, tritt zurück in die Menge, und lass mich den Befehl geben, dass man ihm die Hand abhackt, ehe ich ihn ins Lager zurückschicke.«

»Du wirst einen guten Verwalter abgeben, Raschid ben

Hamroum! Aber ich habe langsam deine Ansprüche satt. Dieser Sklave interessiert mich, aber nicht zu jedem Preis. Ich mache dir ein letztes Angebot von dreihundert Dukaten in klingenden Goldmünzen!«

»Bring mir vierhundert Dukaten, und dieser Mann gehört dir. Sonst gebe ich umgehend Befehl, dass der Scharfrichter seine Arbeit zu Ende bringt.«

Mohammed el Latif wusste, dass der Verwalter – und sei es, um nicht das Gesicht zu verlieren – mit dem Preis nicht weiter heruntergìnge. Er klatschte in die Hände, und drei Sklaven traten zu ihm. Einer trug eine schwere Truhe, die er zu Füßen seines Herrn abstellte.

Ohne Raschid aus den Augen zu lassen, ordnete er an, dieser Sklave möge dem Verwalter vierhundert Geldstücke vorzählen. Bei diesen Worten erhob sich ein Gemurmel in der Menschenmenge. Aus welchem Grund gab wohl Mohammed el Latif, einer der versiertesten Händler, für einen Christensklaven, und sei er noch so gelehrt, eine so hohe Summe aus?

Raschid ben Hamroum befahl einem Janitscharen, gemeinsam mit dem Sklaven die Summe abzuzählen. Dann gab er den Wachen Anweisung, Giovanni freizulassen. Der Kalabrier ging langsam unter den versteinerten Blicken der Schaulustigen die Stufen des Podests hinunter. Er wurde zu seinem neuen Herrn geführt, den er wortlos ansah.

»Was hast du mit ihm vor?«, fragte Raschid.

»Das weiß ich noch nicht. Er könnte vielleicht meine Pferdeställe ausmisten.«

»Bei dem Preis könntest du ihn deinen Pferden die Bibel vorlesen lassen!«

Die Menschenmenge brach in Gelächter aus. Mohammed deutete ein Lächeln an. Er veranlasste, dass man seinem neuen Sklaven den Eisenring und die Kette abnahm. Er bahnte sich einen Weg durch die Neugierigen und ging mit Giovanni und seinem Gefolge nach Hause.

Der reiche Händler lebte in einer prachtvollen Villa mitten in der Kasbah. Er hatte vier Frauen und besaß etwa dreißig Sklaven. Zu Hause angekommen, bot er Giovanni einen Platz auf einem bequemen Diwan an und ließ ihm zu essen und zu trinken servieren.

»Warum habt Ihr das getan?«, wollte Giovanni, nachdem er ein Glas kühles Wasser getrunken hatte, endlich wissen.

Der Mann lächelte.

»Du musst doch am meisten überrascht gewesen sein.«

»Ja, wie sollte ich auch nicht. Ich habe mich noch nicht davon erholt. Ich danke Euch.«

»Ich selber habe mich noch nicht davon erholt, dass ich dich vor der versammelten Stadt für einen dermaßen hohen Preis diesem Dieb abgekauft habe! Gleich morgen werden meine Lieferanten versuchen, ihren Preis um das Vier- oder Fünffache zu erhöhen! Ich werde Wochen brauchen, um mich von so einem Schlag zu erholen!«

»Ich frage Euch noch einmal: Warum habt Ihr mich um jeden Preis kaufen wollen?«

»Du siehst es vollkommen richtig. Mein Auftraggeber hat wahrhaftig zu mir gesagt: ›Kaufe ihn um jeden Preis.‹«

»Wollt Ihr sagen, Ihr hättet mich nicht für Euch erworben?«

Mohammed lachte schallend.

»Was sollte ich denn mit einem so kostspieligen, zudem noch gelehrten Sklaven anfangen, wo ich mich doch ausschließlich für den Gewürzhandel interessiere?«

»Ich ... ich verstehe nicht. Wer hat Euch denn beauftragt, mich zu kaufen?«

»Mein Freund Eleazar.«

»Aus welchem Grund?«, fragte Giovanni weiter.

»Ich habe keine Ahnung! Knapp zehn Minuten vor der Vollstreckung deines Urteils hat er seinen treuen Diener zu mir geschickt, der mich bat, dich auf der Stelle dem Verwalter abzukaufen, da dir sonst die Hand abgehackt würde.« Und der maurische Händler betonte noch einmal: »Um jeden Preis.«

»Aber warum ist dieser Eleazar nicht selbst auf den Platz gekommen, um über meinen Kauf zu verhandeln?«

»Weil er Jude ist.«

Giovanni blickte ihn verständnislos an.

»Weißt du denn nicht, dass die Juden im Osmanischen Reich nicht das Recht haben, christliche Gefangene zu kaufen?«, fragte Mohammed.

Giovanni konnte allmählich wieder denken. Dennoch schien ihm die Sache unbegreiflich. Ein ihm unbekannter Mann hatte ihn ganz offensichtlich, damit ihm die Amputation erspart bliebe, für ein kleines Vermögen gekauft. Zu welchem Zweck? Was würde er von ihm fordern?

»Ich habe Verständnis, dass du dir Fragen stellst«, meinte Mohammed. »Auch mich drängt es, Eleazar zu sehen, damit er mir seine Gründe erklärt. Denn, ohne dich verletzen zu wollen, du bist nicht ein Zehntel des Geldes wert, für das ich dich gekauft habe!«

Giovanni lächelte:

»Davon bin ich fest überzeugt.«

Nachdem Giovanni seinen Durst gelöscht hatte, führte man ihn in ein Vestibül, wo man ihm eine weite braune Djellabah überzog. Mohammed bat ihn, die Kapuze aufzusetzen, und erklärte ihm, er würde nun unauffällig zu seinem wahren Herrn gebracht.

Er verabschiedete sich von Giovanni und vertraute ihn drei Sklaven an, die ihn durch die Kasbah führten. Sie gingen hinauf in die Altstadt, ins jüdische Viertel. Die Straßen waren schmal und schmutzig. Die Kinder, die draußen spielten, waren ärmlich gekleidet. Mohammeds Männer klopften an eine kleine, blau gestrichene Tür.

Giovanni bemerkte am rechten Türpfosten in Augenhöhe einen sonderbaren Gegenstand. Ein etwa vierzigjähriger, ganz in Weiß gekleideter Schwarzer öffnete ihnen. Er winkte Giovanni in den Bogengang und verabschiedete seine Begleiter mit einem Kopfnicken. Kaum stand Giovanni im Innenhof, nahm er die Kapuze ab. Der Mann stellte sich ihm in hervorragendem Italienisch vor.

»Ich heiße Malek. Ich bin der Verwalter deines neuen Herrn. Sei willkommen im Hause von Eleazar ben Yaacov el Cordobi.«

Giovanni bewunderte den kleinen, mit Blumen geschmückten Patio. Das Haus hatte zwei Stockwerke und war nicht übermäßig verziert.

»Hier leben die Diener, und hier bereiten wir die Speisen zu«, erklärte Malek.

Dann trat er durch einen zweiten Torbogen und zog ihn in einen zweiten, sehr viel größeren Innenhof, den zwei fein verzierte Wasserbassins schmückten.

»Das ist der Ort, wo mein Herr seine Gäste empfängt.«

Giovanni blieb stehen, um die Marmorkolonnaden zu bewundern. Doch der Verwalter zog ihn unter einen weiteren hölzernen Torbogen, der prachtvoll geschnitzt war. Nun kamen sie in einen wunderschönen Garten, den Bäume und Büsche zierten, aber auch Wasserläufe und Brunnen. In aufeinanderfolgenden Terrassen stieg er etwa hunderte Schritt an und war von dicken Mauern umgrenzt. Das dreistöckige Haus öffnete sich mit von schmalen, blauen und roséfarbenen Marmorsäulen getragenen Galerien zum Garten.

»Hier betet, arbeitet, isst und erholt sich unser Herr.«

Giovanni bewunderte wortlos die exquisite Harmonie.

In diesem Moment erschien der Herr des Hauses, ein etwa sechzigjähriger Mann, dessen Bart fast ebenso weiß war wie seine Tunika und das Käppchen, das er auf dem Hinterkopf trug. Als Giovanni ihn auf sich zukommen sah, spürte er instinktiv, einem Mann von hoher Spiritualität gegenüberzustehen, und in seinen Gedanken legten sich die Gesichtszüge des Don Lucius, des Starez' Symeon und des Sufimeisters übereinander.

Der Mann blieb vor Giovanni stehen, lächelte und streckte ihm zur Begrüßung beide Hände entgegen.

»Sei herzlich willkommen in diesem bescheidenen Haus, mein Freund«, sagte er auf Italienisch.

Giovanni ergriff voll Herzlichkeit Eleazars Hände.

»Ich weiß nicht, wie ich Euch danken soll, dass Ihr mich vor dieser Folter gerettet habt…«

»Es wäre doch schade gewesen, so schöne Hände abzuschlagen!«, entgegnete sein Gastgeber mit einem Lächeln. »Wie heißt du?«

»Giovanni. Ich stamme aus Kalabrien.«

»Das ist schön! Hast du Hunger?«

»Ja, ein bisschen.«

»Malek, geleite unseren Freund in sein Zimmer, und bitte Sarah, ihm Milch, Früchte und Gebäck zu bringen. Du kannst auch ein Bad nehmen und dich von all diesen schlimmen Erlebnissen erholen. Bei Sonnenuntergang wirst du geholt, so dass wir gemeinsam speisen.«

Eleazar nickte seinem Gast zu und ging leichtfüßig zum Haus. Malek führte Giovanni zurück in den ersten Innenhof und dann in ein Zimmer im zweiten Stock, das auf eine Terrasse ging. Giovanni war höchst überrascht, so gut untergebracht zu werden. Sarah, eine junge Dienerin mit hübschem, lächelndem Gesicht, kam schon bald darauf mit einem Tablett. Während Giovanni seinen Hunger stillte, bereitete sie ihm ein aromatisiertes Bad und ging still hinaus. Voll Wonne tauchte der junge Mann in das lauwarme Wasser. Als er sich gewaschen und erfrischt hatte, trat er hinaus auf die Terrasse. Die Sonne strebte schon dem Horizont zu.

Da Eleazars Haus auf einem Hügel lag, bot sich ein herrlicher Blick über die ganze Stadt bis hinunter zum Meer. Die meisten der umstehenden Häuser, die von winzigen Gässchen eingerahmt waren, schienen hingegen eher bescheiden. Giovanni fragte sich, warum ein so reicher Mann in einem so armen Viertel wohnte. Er bemerkte auch, dass es ein Leichtes wäre, über die Terrasse zu fliehen. Indessen schien sein neuer Herr offensichtlich diese Möglichkeit nicht zu befürchten.

Ein recht alter Mann kam auf die Terrasse. Er sprach Giovanni im üblichen *franco* an.

»Ich heiße Yosseph. Unser guter Herr hat mich gebeten, Euch an seinen Tisch zu geleiten.«

Giovanni folgte dem Mann bis in die Mitte des Gartens. Bequeme Bänke standen um einen massiven Holztisch. Fackeln zu allen vier Seiten des Tisches und viele Kerzen verströmten ein mildes Licht. Die Dienerin, die ihm das Bad eingelassen hatte, stand unbeweglich etwas abseits. Yosseph ging gleich wieder. Giovanni schwieg. Er bemerkte, dass der Tisch für drei gedeckt war. Vielleicht für ihn, Eleazar und dessen Frau, dachte er. Er fragte die Dienerin nach ihrem Namen. Doch sie gab ihm lächelnd mit einem Handzeichen zu verstehen, dass sie seine Sprache nicht verstand.

»Ma asmouki?«, fragte Giovanni, der einige arabische Worte sprach.

Ein Leuchten ging über das Gesicht der jungen Frau.

»Sarah! Hal tatakalamou al arabia?«

»Qalilane!«

»Hat dir unser Freund Ibrahim die schöne arabische Sprache beigebracht?«, rief ihm Eleazar entgegen, der in dem Moment hinzutrat.

Giovanni drehte sich um.

»Ja, ich habe in der *Jenina* ein paar Worte gelernt. Aber nicht zu vergleichen mit Eurer perfekten Beherrschung des Italienischen. Ich habe mich übrigens gefragt, wie Ihr und Euer Verwalter …«

»Wir reisen viel und sprechen die Sprachen aller europäischen Länder ein wenig. Aber setz dich doch, mein Freund.«

Giovanni nahm auf einer Bank Platz. Eleazar setzte sich ihm gegenüber. Sarah servierte ihnen die Getränke.

»Ich weiß nicht, wie ich Euch danken soll, dass Ihr mich vor dieser schrecklichen Folter gerettet habt«, sagte Giovanni noch einmal und sah seinem Gastgeber in die Augen.

»All das ist jetzt vorüber. Lass uns lieber von dir reden. Du kommst also aus Kalabrien.«

Giovanni nickte.

»Ich wusste, dass du Italiener bist und unseren Freund Ibrahim mit deinem Wissen erfreut hast. Aber ich hätte nicht gedacht, dass du aus einer so armen Gegend stammst. Wo hast du die Philosophie und die Astrologie gelernt?«

»Ihr seid gut informiert!«

»Ich schätze Ibrahim sehr, und er hat mir von dir erzählt.«

»Habt Ihr Neuigkeiten von ihm?«

»Leider nein. Er ist nach Konstantinopel gereist, um sich vor dem *Diwan* zu verteidigen. Doch seine Feinde sind sehr mächtig. Seit Barbarossas Abreise haben sie nichts anderes im Sinn, als die Herrschaft über Al Dschesair einem der Ihren zu übergeben und sie dem Sohn des Korsaren zu entreißen, den sie verachten. Das Komplott gegen Ibrahim zielt im Grunde genommen gegen Hassan Pascha, doch ich fürchte, er hat das noch nicht durchschaut. Aber du hast meine Frage noch nicht beantwortet.«

»Ich habe mein Heimatdorf verlassen, und als ich auf dem Weg nach Norden war, habe ich einen großen Gelehrten kennen gelernt, der mich fast vier Jahre lang als seinen Schüler bei sich aufgenommen hat.«

»Wie ist sein Name?«, fragte der Herr des Hauses verdutzt.

»Lucius Constantini.«

Eleazars Augen leuchteten auf.

»Der große florentinische Astrologe? Der Schüler von Ficino?«

Giovanni nickte.

»Das ist ja unglaublich! Weißt du, dass du bei einem Mann gelebt hast, den alle Astrologen als einen der gelehrtesten ihres Fachs ansehen?«

»Seid Ihr vielleicht auch Astrologe?«

»Nicht wie dein Meister, der meines Wissens der fähigste Mann auf der ganzen Welt ist, ein Horoskop zu deuten. Doch ich interessiere mich für die Wissenschaft der Sterne wie für vieles andere.«

Mit gerunzelter Stirn sah Eleazar plötzlich, dass sich der Blick des jungen Mannes verfinsterte.

»Lebt er noch?«

»Leider nein. Er ist schon vor einigen Jahren gestorben.«

Eleazar senkte den Blick zu Boden.

»Das ist ein großer Verlust für uns alle. Ich glaube, er war recht alt.«

»Ja. Aber er ist weder am Alter noch an einer Krankheit gestorben«, antwortete Giovanni düster.

Eleazar sah auf und musterte sein Gegenüber.

»Willst du sagen, er ist ermordet worden?«

»Und auf schlimmstmögliche Art, und genauso Pietro, sein getreuer Diener.«

»Aber wer … und warum?«

Giovanni schwieg. Plötzlich wurde ihm bewusst, dass er so gut wie nichts über seinen neuen Herrn wusste und vielleicht schon zu viel gesagt hatte.

»Gestattet, dass ich Euch diese schmerzhafte Frage an einem anderen Tag beantworte. Ihr bringt mich zum Reden, aber ich weiß nichts über Euch und genauso wenig über die doch befremdlichen Gründe, warum Ihr mich dem neuen Verwalter des Paschas abgekauft habt.«

Eleazar antwortete nur mit einem angedeuteten Lächeln.

»Ist es, weil Ihr Ibrahim von mir habt erzählen hören? Doch wie könnten meine geringen Kenntnisse einen solchen Preis wert sein?«

»Ja, es stimmt, ich habe Gutes über dich gehört. Doch das ist nicht der Grund, warum ich meinen Freund Mohammed gebeten habe, dich zu kaufen.«

Neugierig sah Giovanni Eleazar an.

»Der wahre Grund … hier kommt er.«

Bei den letzten Worten machte Eleazar eine Handbewegung. Giovanni folgte mit dem Blick dieser Geste, und seine Augen erblickten die feine Gestalt einer jungen, verschleierten Frau, die lautlos zu ihnen getreten war.

Beide Männer standen auf, um sie zu begrüßen.

VIERUNDSIEBZIG

Als sie im Licht stand, hob sie langsam den zarten Schleier, der ihr Gesicht verdeckte, und legte ihn auf ihr Haar. Giovannis faszinierten Augen bot sich ein Gesicht von verführerischer Schönheit. Das lange schwarze Haar fiel ihr bis zu den Hüften. Eine schmale und ganz leicht gebogene Nase endete sanft über einem schönen Mund mit roséfarbenen Lippen. Sie war sicher kaum zwanzig Jahre alt, doch ihr intensiver Blick ließ erahnen, dass sie eine seltene innere Stärke besaß. Giovanni war auf der Stelle von ihren großen dunklen Augen gefangengenommen, die ihn gerade ansahen.

»Esther. Meine Tochter«, sagte Eleazar ruhig und nahm die junge Frau bei der Hand.

Dann sagte er, zu Giovanni gewandt:

»Ich stelle dir Giovanni vor.«

Rot vor Aufregung schwieg Giovanni. Endlich sagte er:

»Ihr seid es … nicht wahr?«

»Was wollt Ihr damit sagen?«, fragte Esther auf Italienisch zurück.

»Ihr seid es, die ich heute Morgen auf dem Platz gesehen

habe, etwa eine Stunde bevor meine Strafe vollstreckt werden sollte. Ihr standet vor dem Podest und habt mich angesehen.«

»Viele Frauen haben Euch heute Morgen angesehen. Manche mit Härte und andere mit Mitgefühl. Manche vielleicht sogar mit Verlangen.«

»Wart Ihr es nicht, die die Folgeworte des Psalms gesprochen hat?«

»Ihr habt sie also gehört?«

»Wie hätte ich sie nicht hören können, selbst wenn sie nur gemurmelt waren? Und wie hätte ich nicht erstaunt sein sollen, diese Worte auf Griechisch zu hören?«

»Esther kennt die Bibel genauso gut auf Griechisch wie auf Hebräisch«, meinte Eleazar mit ein bisschen Stolz in der Stimme. »Aber setz dich doch, mein Kind.«

Ohne Giovanni aus den Augen zu lassen, glitt sie auf den dritten Diwan und sagte:

»Ich verstehe Eure Überraschung, aber stellt Euch meine vor und meine Gefühlsregung, als ich den Verurteilten die Worte des Psalms flüstern hörte, den ich jeden Tag bete.«

»Habt Ihr darum Euren Vater gebeten, er möge mich freikaufen?«

»Nicht allein deshalb. Weil ich von Ibrahim wusste, dass Ihr ein Gelehrter seid, hat mich die Neugierde auf den Platz getrieben. Und da las ich in Euren Augen eine tiefe Verzweiflung. Aber nicht die Verzweiflung eines Mannes, dem die Hand abgeschlagen wird. Ich habe anderes in Eurem Blick gelesen, etwas viel Erschütternderes. Als ich Euch sah, musste ich an das Gesicht Jesu denken, an den Blick, den er im Garten Gethesame gehabt haben könnte, als er zu Gott betet: ›Vater, willst du, so nimm diesen Kelch von mir.‹«

»Ihr … Ihr seid Christin?«, fragte Giovanni mit bebender Stimme.

»Ich bin Jüdin, wie meine Vorfahren seit vielen Generationen. Aber ich lese das Evangelium so wie die hebräische Bibel. War Jesus denn nicht Jude?«

»Ja, natürlich ... aber ich dachte, Juden läsen nicht das Neue Testament.«

»Die meisten nicht. Mein Volk leidet zu sehr unter dem Hass der Christen. Es ist nicht leicht, die Augen über das eigene Leid hinauszuheben, über die Verachtung derjenigen hinweg, die uns unterdrücken und zum Glaubenswechsel zwingen, um im Namen Jesu anderes zu lesen als den Grund für diesen Hass. Doch dank meinem Vater habe ich von Kindesbeinen an gelernt, die Evangelien zu lesen und Jesus als einen der größten Propheten zu sehen, den Gott gesandt hat.«

Giovanni musste diese Frau unverwandt ansehen. Zu gerne hätte er noch Stunden mit ihr über dieses Thema gesprochen. Doch eine andere Frage bedrängte ihn noch mehr. Nur mit Mühe konnte er seinen Blick von Esther ab- und Eleazar zuwenden.

»Da Ihr mich nun gekauft habt, bin ich Euer Sklave. Was gedenkt Ihr, mit mir zu tun?«

Ehe Eleazar antwortete, sprach er einen Segen auf Hebräisch und forderte Esther und Giovanni auf, sich das Gartengemüse, das Sarah gerade serviert hatte, schmecken zu lassen. Dann sagte er:

»Offiziell bist du Mohammeds Sklave. Wir selbst haben keinen einzigen Sklaven. Alle, die hier leben, werden für ihre Arbeit entlohnt und können, ganz wie es ihnen beliebt, gehen. Das Gleiche gilt für dich.«

Giovanni war verblüfft.

»Wollt Ihr sagen, es steht mir frei, ob ich bleibe oder gehe?«

»Genau so ist es!«

»Aber es wird mir nicht möglich sein, Euch die ungeheure Summe, die Ihr für meinen Kauf ausgegeben habt, zurückzuzahlen!«

»Das ist ohne Belang. Ich habe es meiner geliebten Tochter

zuliebe getan. Ihre Mutter ist vor langer Zeit gestorben. Ich habe kein anderes Kind, und es war das erste Mal in zwanzig Jahren, dass sie mich um etwas gebeten hat. Wie hätte ich es ihr abschlagen können?«

Giovanni sah Esther an, die die Augen niederschlug. Und seine füllten sich mit Tränen.

»Ich kann Euch nicht genug danken für das, was Ihr für mich getan habt.«

Esther hob den Kopf und sagte mit bewegter Stimme:

»Es gibt einen Satz Jesu, einen einzigen, der uns vom Apostel Paulus überliefert ist, aber nicht in den Evangelien steht. Dieser Satz lautet: ›Geben ist seliger denn Nehmen.‹ Und an diesem Abend ist mein Herz, dank Euch, ganz selig.«

Giovanni weinte still. Als Esther die Tränen des ehemaligen Sträflings sah, war sie tief gerührt. Sie zog den Schleier vors Gesicht und bat ihren Vater um Erlaubnis, sich zurückziehen zu dürfen. Eleazar ließ sie gehen und erklärte Giovanni:

»Esther ist sehr empfindsam. Sicher weil sie als kleines Kind ihre Mutter verloren hat. Sie ist stärker und zerbrechlicher als jedes andere Kind, das ich je kennen gelernt habe.«

»Ihr macht Euch keine Vorstellung, wie sehr Eure Tat und Eure Gesellschaft mein Herz erwärmen«, entgegnete Giovanni mit brechender Stimme.

»Ich sehe, auch du bist sehr empfindsam. Solltest etwa auch du im Kindesalter deine Mutter oder deine Eltern verloren haben?«

»Ja, richtig«, antwortete Giovanni. »Meine Mutter starb, als ich sieben Jahre alt war.«

»Das hinterlässt eine unauslöschliche Spur in der Seele. Aber in diese Wunde ergießt sich auch die Gnade Gottes, so dass die Seele empfindsamer und mitfühlender wird. Wenn du wie mein Täubchen bist, dürftest auch du von den geringsten Kümmernissen oder Ungerechtigkeiten, die du mit ansiehst, erschüttert werden.«

Giovanni dachte an Luna, und dann an Pippo.

»Ja, das trifft wohl zu.«

»Die Wunden des Lebens können uns niederschmettern, so dass wir uns allem verschließen. Sie können uns aber auch stärker machen, so dass wir uns anderen gegenüber offener zeigen. Wir haben nicht gewählt, sie zu erleiden, aber wir haben die Freiheit, in die Tiefe zu stürzen oder aber uns gestärkt zu erheben. Das ist eines der größten Geheimnisse der menschlichen Seele.«

»Ihr scheint sie gut zu kennen.«

»Nur drei Dinge faszinieren mich, und ich bemühe mich stetig darum, sie besser zu verstehen: Gott, den Kosmos und die menschliche Seele. Das ist einerseits wenig und andererseits viel!«

»Das erinnert mich an Meister Lucius. Seid auch Ihr Philosoph?«

»Nenne es, wie du willst. Bei uns bezeichnet man mich als Kabbalist. Hast du schon einmal von der Kabbala gehört?«

»Ja, bei Pico della Mirandola.«

»Es freut mich, dass du diesen vortrefflichen Schriftsteller gelesen hast! Mein eigener Meister hat ihm damals Hebräisch und die Grundzüge der Kabbala beigebracht! Doch ich muss einräumen, dass er trotz seines guten Willens und brillanten Geists nur das berücksichtigt hat, was seine philosophische und christliche Synthese bereichert hat. Die jüdische Kabbala wird von christlichen Denkern noch immer weitgehend verkannt.«

»Ich würde mich glücklich schätzen, wenn Ihr mir davon erzähltet.«

»Warum nicht, mein Freund. Aber gewiss nicht heute Abend! Du bist viel zu erschöpft von diesem anstrengenden Tag. Es wäre klug, wenn du dich nun schlafen legtest.«

»Gerne. Aber sagt mir noch eines.«

»Ich höre.«

»Wie kann ein Mann, der seine ganze Zeit mit Studieren zubringt, so reich sein?«

Eleazar lachte auf.

»Eine ausgezeichnete Frage! Siehst du, ich übe seit mehr als dreißig Jahren einen der wenigen Berufe aus, den die Christen und Muslime den Juden zugestehen: Ich bin Bankier. Da es die christliche und die muslimische Religion ihren Gläubigen verbieten, Geld gegen Zinsen zu verleihen, behaupten wir uns seit Jahrhunderten in diesem Beruf.«

»Und beansprucht diese Tätigkeit nicht Eure ganze Zeit?«

»Keineswegs! Ich habe mich schon seit langem entschieden, Gott zu dienen und nicht dem Geld. Doch Geld mehrt Geld, und daher wächst mein Vermögen seit Jahren, ohne dass ich etwas anderes tun muss, als es gut zu verwalten. Und dies nimmt mir ein Verwalter meines Vertrauens, wie Malek und andere andernorts, ab, was mir beträchtlich Zeit für meine Studien lässt.«

»Wollt Ihr andeuten, dass Ihr Leute habt, die an verschiedenen Orten für Euch arbeiten?«

Eleazar machte eine lässige Handbewegung.

»Selbstverständlich! Ich habe Niederlassungen in etwa zwanzig Städten Europas und des Osmanischen Reichs.«

Giovanni war sprachlos.

»So habe ich die vielen Sprachen gelernt und zahlreiche Landstriche bereist«, erzählte Eleazar.

»Aber warum lebt Ihr hier? Ihr könntet in einem Palast in Venedig, Rom oder Florenz residieren.«

»Meine Vorfahren haben bis zum letzten Jahrhundert im spanischen Cordoba gelebt. Dann haben im Jahr 1492 die katholischen Könige die Juden aus Spanien verjagt. Alle unsere Besitztümer wurden beschlagnahmt. Meine Großeltern haben mit ihren Kindern auswandern müssen. Da sie kein Vertrauen mehr in die Christen hatten, haben sie sich – wie viele ihrer jüdischen Brüder – entschlossen, sich in dieser wirtschaftlich aufblühenden Stadt niederzulassen, die unter dem Einfluss der Muslime und seit Barbarossa unter dem der Osmanen steht. Denn der Status der *dhimmi* ist uns angenehmer als der des Volkes, das Jesus Christus getötet hat. In ihrem Inneren verachten uns die meisten Muslime, aber sie lassen uns in Ruhe leben und arbeiten. Die Christen jedoch vergiften oft unsere Brunnen, vergewaltigen unsere jungen Frauen, zwingen uns, zum Christentum überzutreten, und können uns jederzeit unter irgendeinem Vorwand niedermetzeln.«

»Und habt Ihr nie auf Rache gesonnen und Hass empfunden?«

»Ich habe für mich die Entscheidung getroffen, Beleidigung nicht mit Beleidigung, Zorn nicht mit Zorn und Verachtung nicht mit Verachtung zu vergelten. Und zudem haben mich meine kabbalistischen Studien ständig den großen Philosophen und Mystikern aller Religionen nähergebracht, angefangen mit Jesus Christus. Doch darüber sprechen wir das nächste Mal, falls du beschließt, einige Zeit bei uns zu bleiben.«

Giovanni betrachtete das schöne friedliche Gesicht dieses Mannes, der ihn vor einem entsetzlichen Schicksal bewahrt hatte.

»Die Herzlichkeit Eures Empfangs rührt mich zutiefst, und es wäre mir eine Ehre, einige Wochen in Eurem Haus zu verbringen.«

»Ich bin hocherfreut, und Esther wird es auch sein. Fühle dich hier wie zu Hause. Bitte Malek um alles, was du brauchst, er spricht deine Sprache sehr gut. Nun leg dich schlafen.«

Giovanni stand auf. Und doch drängte es ihn, seinem Gastgeber, der ihn bis zum Tor des Patios begleitete, eine letzte Frage zu stellen.

»Warum wohnt Ihr hier im ärmsten Viertel der Stadt, wo Ihr doch unendlich reich seid?«

Eleazar strich sich über seinen langen Bart.

»Dafür gibt es mindestens zwei Gründe. Zuerst einmal,

weil hier die meisten Juden von Al Dschesair wohnen und es mir etwas bedeutet, unter meinesgleichen zu leben. Und außerdem, weil ich nirgends in der Unterstadt einen solchen Garten finden würde. Und es gefällt mir sehr, dass dieser Garten, den nur sehr wenige Algierer kennen, hier inmitten dieser schmutzigen Gässchen versteckt liegt. Siehst du, ich liebe die versteckte Schönheit, die sich nicht beim ersten Blick offenbart und die man entdecken muss. Darum habe ich meine Tochter Esther genannt. Dieser Vorname hat eine doppelte Bedeutung. Er kommt von Astarte, der phönizischen Göttin der Liebe, die bei den Griechen zu Aphrodite und bei den Römern zu Venus wurde. Und auf Hebräisch bedeutet er: ›ich werde verstecken‹. Esther ist die Liebe, der hellste Stern, der aber von Gott verborgen ist. Nur die, die dessen würdig sind, können ihn entdecken.«

FÜNFUNDSIEBZIG

Die Ereignisse des Tages hatten Abgründe in Giovanni aufgetan. Sein Herz, das seit der Trennung von Elena so viele Verletzungen erlitten hatte, war wie von Eis umfangen gewesen. Die Freundschaft zu Georges und Emanuel und auch zu Ibrahim hatte es nach und nach wieder erwärmt. Die Begegnung mit Eleazar und Esther hatte es nun endgültig auftauen lassen. Er verbrachte eine tränenreiche Nacht. Er weinte keine bitteren Tränen, wie er sie von der Galeere oder der Grotte kannte, sondern heiße Tränen der Erleichterung. Sein Herz begann wieder zu schlagen. Viele Gesichter, Gesichter von Menschen, die er geliebt hatte, kamen ihm in den Sinn wie Geister, die zu neuem Leben erwachten. Dann erschien ihm Esthers Antlitz. Er begriff, dass diese Frau, der er seine Rettung verdankte, ihn auf den ersten Blick, als er in Ketten lag, liebte. Sie hatte gebeten, ihn um jeden Preis freizukaufen, weil sie ohne Berechnung liebte. Aber würde er sich dieser Liebe und dieses Vertrauens würdig erweisen, die sie und ihr Vater ihm entgegenbrachten?

In den frühen Morgenstunden schlief er ein. Als er erwachte, stand die Sonne im Zenit. Sein Herz war leicht. Vergnügt sang er ein kalabrisches Lied, während er sich wusch. Das war ihm seit Venedig nicht mehr passiert. Er ging hinunter in den Patio der Dienerschaft und traf Sarah, die, als sie ihn sah, ein fröhliches Lachen unterdrückte. Er verstand nicht warum, lachte aber mit. Er ging in das Zimmer, wo Malek arbeitete. Und auch der Verwalter lächelte, als er ihn sah, er zeigte dabei seine herrlich weißen Zähne, die im prächtigen Kontrast zu seiner dunklen Hautfarbe standen.

»Du hast den Schlaf wirklich gebraucht!«

»Gerade habe ich den Ruf des Muezzins gehört, und an der Sonne sehe ich, dass es Mittag sein muss. Ich war wirklich sehr erschöpft. Doch jetzt fühle ich mich ganz ausgezeichnet!«

»Das sollte auch so sein, denn du bist vorgestern hier angekommen! Du hast zwei ganze Nächte und fast anderthalb Tage geschlafen.«

Giovanni war bestürzt.

»Das ist doch nicht schlimm«, entgegnete Malek lachend. »Ich habe nur seit gestern vier, fünfmal Sarah in dein Zimmer geschickt, um sicherzugehen, dass du nicht tot oder verschwunden bist!«

»Dank der Gnade Gottes bin ich sehr lebendig und habe keinerlei Verlangen, diesen Ort zu verlassen! Aber ich habe unbändigen Hunger!«

»Stärke dich! Unser Herr hat mir auch gesagt, du könntest, wie es dir beliebt, überall im Haus und im Garten umherspazieren. Vermeide nur, in die Stadt zu gehen, denn es wäre gefährlich für dich, erkannt zu werden.«

Nachdem Giovanni gegessen und getrunken hatte, ging er in den Garten, dessen Schönheit ihm noch mehr ins Auge fiel als zwei Tage zuvor. Wassergeplätscher und Vogelgezwitscher mischten sich mit den Düften der Blumen und Wasserpflanzen. Giovanni setzte sich unter einem Schatten spendenden Maulbeerbaum auf eine Steinbank und schloss die Augen. Aus der Tiefe seiner Seele stieg ein Wort auf, und ohne dass er eigentlich wusste, an wen es gerichtet war, konnte er es ihm nicht verweigern, über seine Lippen zu kommen:

»Danke.«

Eine sanfte Stimme ließ ihn erschaudern.

»Das ist das vollkommenste Gebet.«

Giovanni schlug die Augen auf, und Esther stand vor ihm. Sie trug eine sehr leichte, blaue Tunika und einen durchsichtigen gelben Schleier, der einen Teil ihres Haars bedeckte und ihr über den Rücken und die Schultern fiel. Sie war nicht sehr groß, doch ihr schmaler, anmutiger Körper ließ sie hoch gewachsen wirken. Lächelnd sagte sie:

»Reiße ich Euch auch nicht aus Eurem Gebet?«

Er stand auf und erwiderte der jungen Frau mit einem Lächeln:

»Ich … ich habe nicht richtig gebetet. Ich weiß nicht, wie ich Euch danken soll, ohne Euch …«

Esther legte ihm einen Finger auf die Lippen.

»Psst. Habt Ihr schon die zehn Brunnen im Garten gesehen?«

»Nein.«

»Gut, dann zeige ich sie Euch. Mein Vater hat in über zwanzig Jahren diesen wahrhaftigen Garten Eden nach einer sehr genauen Symbolik angelegt.«

»Warum sind es zehn Brunnen?«

»Die Zahl verweist auf die zehn Sefirot, die zehn Emanationen Gottes, wie sie in der jüdischen Mystik, der Kabbala, beschrieben sind. Seit ihren Ursprüngen teilt sich diese Mystik in zwei unterschiedliche Richtungen. Die eine sucht wie die christliche und islamische Mystik die Vereinigung mit Gott durch das Herz, insbesondere durch die Erfahrung der Trance. Und die andere ist intellektueller. Bei ihr gilt es, das Göttliche zu erfahren durch eine symbolhafte Lektüre der heiligen Schriften. Dieser Weg, den man theosophische Kabbala nennt, stützt sich auf die zweiundzwanzig Buchstaben des hebräischen Alphabets. Jeder Buchstabe hat mehrere symbolhafte Bedeutungen, aber auch einen Zahlenwert. *Aleph* zum Beispiel entspricht der 1, *Beth* der 2, *Ghimel* der 3 und so weiter. Kombiniert man die symbolischen Bedeutungen und den Zahlenwert, kommt man zu einer mystischen Lesart der Thora und findet einen viel tieferen, verborgenen Sinn als bei der einfachen, wörtlichen Lektüre.«

»Hat Gott denn nicht seine kostbarsten Schätze verborgen?«

Esther blieb stehen und sah Giovanni an.

»Mein Leben war chaotisch und manches Mal voll Schmerz, doch ich habe die Gnade erfahren, fast vier Jahre bei einem großen Philosophen und eine ebenso lange Zeit in griechischen Klöstern verbringen zu dürfen. Ich habe also gelernt, mein geistiges Auge zu öffnen, so dass ich einige mystische Erfahrungen in der Vereinigung mit Gott erlebt habe. All das erscheint mir heute so weit weg!«

»Ich weiß nichts über Euer Leben, Giovanni. Ich weiß nur, dass Ihr gerade eine große Prüfung durchgemacht habt. Ich bin mir sicher, wenn Gott Euer Herz auf die Probe gestellt hat, dann nicht ohne Grund. Euer Leben war sicherlich manches Mal schmerzvoll, aber gewiss nicht chaotisch. Ich bin sicher, dass Ihr eines Tages seinen Sinn verstehen werdet.«

»Ich habe mal wie du … wie Ihr gedacht …«

Esther sah ihn an, wobei ein Lächeln ihre Lippen umspielte.

»Ich höre lieber … ›wie du‹.«

»Ich habe mal wie du gedacht«, setzte Giovanni wieder an. »Doch dann habe ich gezweifelt ... sogar an der Existenz Gottes.«

Langsam und in Schweigen gehüllt spazierten sie weiter über die Gartenwege. Dann sagte Esther:

»Ein Weiser sagt, wer nicht die Nacht des Zweifels erfahren hat, kann nicht zum Licht des wahrhaftigen Glaubens gelangen.«

»Und du, Esther, hast du schon mal an der Existenz Gottes gezweifelt?«

»Ja, als Kind. Als meine Mutter starb, verlor mein Herz seine Kraft, mein Glaube starb mit ihr. Ich konnte nicht mehr beten, und allein der Gedanke an Gott verursachte mir Schmerzen. Dieser Zustand hat mehrere Jahre angedauert.«

»War es für deinen Vater ähnlich?«

»Mein Vater hat eine schreckliche Prüfung durchlebt, aber ich glaube nicht, dass er den Glauben verloren hat. Er hat meine Haltung geachtet und nie versucht, mich zu drängen oder zu überzeugen. Und dann sah ich eines Frühlingstages in diesem Garten eine Blume erblühen, und ein ungeheures Gefühl überkam mich. Dieses Blümchen wurde zum Symbol meines wiedererwachenden Glaubens. Viele Stunden habe ich um meine Mutter geweint, bis ich gegen Gott gewettert habe.«

Giovanni zuckte zusammen, denn er erinnerte sich, wie er in der Grotte gegen Gott gewütet hatte.

»Ich habe Ihm meinen ganzen Zorn entgegengeschleudert. Und als ich eines Morgens aufwachte, wusste ich, dass ich Ihm vergeben hatte.«

»Wem? Gott?«

»Ja, Gott«, sagte Esther heftig. »Für gewöhnlich denkt man, man müsse den Menschen vergeben. Aber wenn uns das Leben schrecklich gepeinigt hat, sind wir böse auf Gott, und dann muss man Ihm vergeben, denn Er ist das Leben.«

Giovanni blieb stehen. Diese Worte fanden einen tiefen

Widerhall in seiner eigenen Erfahrung. Ihm wurde plötzlich bewusst, dass er nie daran gedacht hatte, Gott zu vergeben. Er hatte sich nur auf die übelste Weise an ihm gerächt: indem er ihn ignorierte.

»Und hast du zum Glauben zurückgefunden?«

»Ja. Aber es war nicht mehr nur mein reiner, sorgloser Kinderglaube. Es war derselbe und doch ein anderer. Es war ein Glaube, in dem Gott geheimnisvoller wurde und sich meinem Verstand mehr entzog, aber in meinem Herzen gegenwärtiger und inniger war. Ich könnte ihn nicht gut beschreiben. Ich lebe jede Sekunde in der Gegenwart Gottes, doch ich könnte nicht mehr ein Wort über Ihn sagen. Ich habe auf gewisse Weise durch meine eigene Erfahrung zum Kern der Lehren der Kabbala gefunden.«

Esther ging langsamen Schrittes über den Mittelweg weiter bis hinauf zum höchsten Teil des Gartens. Sie sagte bedächtig:

»Die Kabbala unterscheidet zwischen *en sof*, dem verborgenen und unaussprechlichen Aspekt Gottes, und den zehn Sefirot, die seine Emanationen in der Welt sind. *En sof*, was man mit ›das Unendliche‹ oder ›das Nichts‹ übersetzen könnte, bedeutet, dass Gott sich unserem Verstand vollkommen entzieht. Kein Wort kann Ihn beschreiben. Kein Bild kann Ihn darstellen. Kein Konzept kann Ihn erfassen. Euer berühmter Theologe Thomas von Aquin hat so schön gesagt: ›Das ist das Letzte menschlicher Erkenntnis über Gott, dass man erkennt, dass man Gott nicht kennt.‹ Und die Mystiker aller Religionen sagen: Gott ist über allem, und Ihn zu benennen ist sogar gefährlich. Darum ist es im Judentum verboten, Seinen Namen auszusprechen. Benennen heißt besitzen … und wie schnell hätten wir uns Gott für unsere eigenen Pläne angeeignet!«

Giovanni musste an die Mitglieder des Ordens des höchsten Guts denken, die im Namen der Reinheit des Glaubens ohne Skrupel mordeten. Er dachte an alle Muslime und Christen, die im Namen Allahs oder Jesu Christi leidenschaftlich kämpften. Wie klug war es doch, Gott nicht zu benennen! Aber auch wie schwierig und anspruchsvoll, zu einem Gott zu beten, den man nicht erkennen, nicht benennen und nicht beschreiben konnte!

»Die zehn Sefirot sind also die zehn Emanationen dieses geheimnisvollen und unergründlichen Gottes«, fuhr Esther fort. »Sie sind die göttlichen Eigenschaften, die von Ihm ausströmen und die Welt erfüllen. Sie sind nicht Gott, sondern Seine Offenbarungen, Seine Kräfte, und durch sie können wir etwas über Gott erkennen.«

Esther hatte Giovanni in den oberen Teil des Gartens geführt. Sie drehte sich um.

»Wir sind am höchsten Punkt des Gartens. Das Haus liegt ganz unten, und über den Pfad in der Mitte könnten wir es direkt erreichen. Der Garten liegt da wie ein Baum. Wir befinden uns an der Spitze des sefirotischen Baums. Dieser Mittelpfad ist in gewisser Weise der Baumstamm.«

Esther drehte dem Haus den Rücken zu und ging noch einige wenige Schritte ganz bis zum Ende des Weges. Spontan nahm sie Giovanni am Arm, zog ihn in einen buschigen Strauch, schob die Zweige beiseite und zeigte ihm einen prächtigen niedrigen Brunnen, der die Form einer Krone hatte.

»Sieh dir diesen Brunnen an. Er ist der größte im ganzen Garten. Doch er liegt versteckt. Er symbolisiert die erste Sefira: *Kether*, ›die Krone‹, die den Kopf bildet und über allen anderen Sefirot steht.«

Giovanni war fasziniert. Er bewunderte Esthers leidenschaftliche Intelligenz. Und die kabbalistischen Prinzipien, die sie ihm erklärte, ließen ihn an manche Aspekte des christlichen Mysteriums denken.

Viele Fragen gingen ihm durch den Kopf. Doch vor allem genoss er diesen Moment des Glücks und der Harmonie.

Wie sollte er vergessen, dass er nur wenige Tage zuvor noch in einem dreckigen Kerker, bewacht von Rüpeln, vor sich hin vegetierte? Und nun ging er in Begleitung einer ebenso gebildeten wie schönen Frau durch diesen zauberhaften Garten, der nach einer symbolträchtigen Mystik angelegt war.

Esther sah ihn wortlos an. Ihr Blick war durchdringend und zurückhaltend zugleich. Ein seltsamer Gegensatz, der ihr einen einzigartigen Charme verlieh. Giovanni war dafür sehr empfänglich und wollte es ihr gerade gestehen, als unverhofft Malek durch das Tor des Patios trat.

»Ah! Hier seid Ihr! Verzeiht, dass ich Euer Gespräch störe, aber unser Herr möchte Giovanni in seinem Arbeitskabinett sehen.«

»Dann geh«, sagte Esther und entschwand mit einem Lächeln.

Malek, der vorausging, wies ihm den Weg in den zweiten Stock des Hauses. Fieberhaft fragte sich Giovanni, was der Hausherr wohl von ihm wolle. Und gleichzeitig war sein Herz noch bei Esther im Garten.

SECHSUNDSIEBZIG

Herein, herein!«, rief Eleazar.

Der Raum war mindestens zwanzig Schritt lang, zehn oder zwölf breit und acht hoch. Die Wände waren von oben bis unten mit Büchern bedeckt. Die Mitte des Saals beherrschte ein riesiger Holztisch, übersät mit Pergamenten, Federn, Kreiden, Büchern, und all das wurde überragt von einem bronzenen siebenarmigen Leuchter. Eleazar saß hinter seinem gewaltigen Schreibtisch, und Giovanni konnte von ihm nur seinen mit einer kleinen, weißen Kippa bedeckten Schädel sehen. Er hob den Kopf.

»Ah, mein Freund! Ich bin so froh, dass du dich erholt hast. Komm doch näher.«

Giovanni konnte den Blick nicht losreißen von all den Werken in den Holzregalen, Tausende mussten es sein, und die meisten schienen alte Handschriften. Er ging um den Schreibtisch herum und sah, dass Eleazar gerade dabei war, einen Text auf ein Pergament zu schreiben.

»Das ist Hebräisch, nicht wahr?«

»Ganz genau! Hast du schon einmal Handschriften in dieser Sprache gesehen?«

»Handschriften? Nein. Aber ich habe hebräische Buchstaben in manchen Werken gesehen. Ich finde sie sehr beeindruckend, denn jeder ähnelt einem Kunstwerk.«

»Manche Kabbalisten verbringen ihr Leben damit, sie zu malen, um sich von ihrer Kraft und ihrem vielfältigen Sinn durchdringen zu lassen.«

Giovanni musste an Esthers Worte denken. Er fragte:

»Glaubt Ihr, dass die Buchstaben eine Kraft und eine Bedeutung durch sich selbst haben, außerhalb eines jeden Satzes?«

»Das ist das Charakteristische an den zweiundzwanzig Buchstaben des hebräischen Alphabets. Jeder ist so voller Wirkungsvermögen, dass er eine unglaubliche Kraft verströmt. Allein schon die Tatsache, einen von ihnen auszusprechen, kommt dem Sprechen einer magischen Formel gleich: Man geht nicht unberührt daraus hervor!«

Neben dem Pergament lag ein Stapel Blätter, eng mit einer feinen lateinischen Handschrift beschrieben und mit Abbildungen, auf denen die Planeten zu sehen waren. Giovannis Blick wurde von diesen Bildern magnetisch angezogen. Eleazar amüsierte sich darüber.

»Ach, unser Astrologe ist fasziniert vom Reigen der Gestirne!«

»Verzeiht … mein Blick wurde von dieser Abbildung angezogen, wo seltsamerweise die Sonne und nicht die Erde im Mittelpunkt des Universums steht.«

»Ja, so ist es!«

»Habt Ihr diese sonderbare Darstellung des Kosmos gezeichnet?«

»Nein, das ist der Brief eines Freundes, eines berühmten Gelehrten namens Nikolaus Kopernikus. Er teilt mir darin seine Theorie mit, die unser Weltbild revolutioniert. Wir haben uns vor einigen Jahren in Bologna kennen gelernt.«

»Welche Erstaunlichkeiten behauptet denn dieser Mann?«

»Dass die Erde sich um sich selbst dreht, und noch besser, dass sie nicht das Zentrum unseres Universums ist, sondern nur ein Planet wie viele andere, der sich um die Sonne dreht.«

Giovanni war sprachlos. Wie konnte man derlei behaupten, wo doch die tägliche Beobachtung den Menschen zeigte, dass es die Sonne war, die sich um die Erde drehte, und nicht umgekehrt!

»Mein Junge, ich verstehe dein Erstaunen«, sagte Eleazar mit einem schalkhaften Blick. »Auch ich war, als Kopernikus mir zum ersten Mal in allergrößter Heimlichkeit von seiner Hypothese erzählte, sehr stutzig. Die heliozentrische Theorie ist nicht neu. Aristarchos von Samos hatte sie bereits im Altertum aufgestellt. Aber Kopernikus erbringt heute den mathematischen Beweis.«

»Eine solche Theorie verstößt nicht nur gegen die allgemeine Auffassung, sie stellt zudem die beiden großen intellektuellen Autoritäten, die Bibel und Aristoteles, in Frage.«

»Und genau darum geht unser Freund mit größter Vorsicht vor. Er hat schon genügend wissenschaftliche Beweise zusammengetragen, um seine Hypothese geltend zu machen, aber noch zögert er, sie zu publizieren. Er läuft Gefahr, von der Universität und auch von der Kirche verurteilt zu werden.«

»Und … haltet Ihr seine These für einleuchtend?«

»Nicht nur für einleuchtend, sondern für zutreffend!«

Giovanni lief ein Schauer über Rücken und Nacken.

»Aber wenn diese Theorie stimmt, wie Ihr es zu glauben scheint, was ist dann mit der Astrologie, die ganz auf der Kosmologie des Aristoteles und des Ptolemäus beruht, welche die Erde im Mittelpunkt des Universums sieht?«

»Es ändert sich nichts.«

»Wie soll ich das verstehen?«

»Es ändert sich nichts, denn die Astrologie ist – im Gegensatz zur aufkeimenden Astronomie – kein exaktes, sondern ein symbolisches Wissen. Für den Astrologen ist es unerheblich, ob die Sonne um die Erde kreist oder umgekehrt! Es zählt allein die Situation des Menschen, der aufgrund seiner Beobachtung im Zentrum des Kosmos seinen Platz hat. Der Astrologe sagt nicht, wie der Himmel ›an sich‹ ist, sondern wie der Himmel ›für einen bestimmten Menschen‹ zu einem bestimmten Augenblick und an einem präzisen Ort ist. Symbolisch kann man weiterhin denken, dass die biblische oder aristotelische Sicht, bei der der Mensch das Zentrum des Kosmos ist, zutrifft … selbst wenn sie wissenschaftlich falsch ist!«

Bewegt von diesem Gespräch, schwieg Giovanni, da er sich an die Diskussionen mit Meister Lucius erinnert fühlte.

»Wie du sicher weißt«, fuhr der Kabbalist fort, »symbolisieren die verschiedenen Planeten die verschiedenen Aufgaben der menschlichen Seele, und die Anordnung der Planeten, ihre Stellung zueinander, ist aufschlussreich für die innere Anordnung des Charakters des einzelnen Menschen. Die Sterne sind also nichts weiter als der Ausdruck unseres Charakters und geben nicht seine Ursache an und auch nicht unser Schicksal. Darum heißt es ja auch im ersten Buch Mose über die Sonne und den Mond: ›Es werden Lichter an der Feste des Himmels, die da scheiden Tag und Nacht und geben Zeichen, Zeiten, Tage und Jahre.‹«

»Werden wir also nicht in einem zufälligen, sondern in einem genau bestimmten Moment geboren, in dem die kosmische Ordnung in gewisser Weise dem Gesicht unserer Seele entspricht?«

»Ganz genau! Unsere Seele, die gewisse Anlagen hat und diesem oder jenem Schicksal zustrebt, inkarniert sich und wird anschließend in einem Moment geboren, wo sie sich in Harmonie mit dem gesamten Kosmos befindet.«

»Doch woher stammen diese inneren Anlagen, die schon vor unserer Geburt da sind? Wie kann unsere Seele in etwa den Augenblick ihrer Inkarnierung ›wählen‹?«

Eleazar sah Giovanni begeistert an und klatschte in die Hände.

»Das ist die große Frage, mein lieber Giovanni! Die Antworten darauf gehen je nach geistiger Strömung weit auseinander. Für Aristoteles, den die christlichen Theologen aufgegriffen und weiterentwickelt haben, kommt die höchste Energie der Seele – das *noos* – von Gott und inkarniert sich im Moment der Zeugung im Körper. Dieser Körper und diese Psyche sind also allein die Frucht familiären Erbes. Unser Charakter rührt somit von dem, was unsere Ahnen uns weitergegeben haben. Doch für Platon und eine große Zahl Kabbalisten wandert die menschliche Seele ebenso spirituell wie körperlich von Leben zu Leben und wählt ihre neue Existenz entsprechend dem, was sie bereits als Erfahrung in ihren vorhergehenden Leben gesammelt hat. Sie besitzt also bereits einen Charakter, der sich mit den Atavismen des neuen Körpers, den sie sich gewählt hat, vermischt. Aber sie hat auch Wissen, Gefühle, Ängste und mehr oder weniger ausgeprägte spirituelle Veranlagungen, die sie in den anderen Leben erworben hat. So kann es sein, dass ein bestimmtes Kind eine unerklärliche Angst vor dem Wasser hat, weil es in seinem vorhergehenden Leben ertrunken ist, oder es zeigt eine erstaunliche Veranlagung für die Musik oder die Wissenschaften, weil es bereits Kenntnisse auf diesen Gebieten gesammelt hat.«

Eleazar schaute seinem Gast tief in die Augen.

»Es würde mich nicht überraschen, wenn dies auch auf dich für die Philosophie oder die Religion zuträfe, mein lieber Giovanni!«

Giovanni lächelte zweifelnd.

»Warum sollte ich gewählt haben, in eine Familie von Analphabeten in einem kalabrischen Dörfchen hineingeboren zu werden statt in eine adlige Familie, die in einer großen Stadt wie Rom oder Florenz lebt?«

»Vielleicht weil du ein Schicksal gewählt hast, das dich durch alle Lebensformen hindurch stufenweise Erfahrungen machen lässt.«

Und das hat deine Seele nicht daran gehindert, soviel ich weiß, nach Meistern zu suchen und sie zu finden, die dir höchste Kenntnisse vermittelt haben.«

»Ja, schon als Kind habe ich mich danach gesehnt, ein anderes Leben zu führen als die anderen in meinem Dorf«, antwortete Giovanni.

»Siehst du, ich wüsste nicht mit Sicherheit zu sagen, ob die menschliche Seele eine Vielzahl von Leben durchlebt oder ob sie sich nur ein einziges Mal in einem Körper und einer Psyche inkarniert, die vom Charakter und den Erfahrungen unserer Eltern und Vorfahren geprägt sind. Aber wie dem auch sei, von drei Dingen bin ich voll und ganz überzeugt.«

Um seine Worte zu verdeutlichen, legte der Kabbalist den rechten Zeigefinger an den Daumen seiner linken Hand.

»Erstens, wir werden mit einem großen psychischen Gepäck geboren, das uns mindestens genauso konditioniert wie die materiellen Verhältnisse, unsere Familie und das Land, worein wir geboren sind.«

Nun legte er den rechten Zeigefinger an den linken.

»Zweitens, unser Leben ist nicht die Frucht eines Zufalls, sondern enthält bereits vom Moment der Zeugung und der Geburt an im Keim – wie die Eichel eines Eichbaums, wenn du so willst –, das, was wir berufen sind zu werden.«

Sein Zeigefinger rückte zum Mittelfinger der linken Hand.

»Schließlich drittens, das Leben ist so etwas wie eine Schule, deren einziges Ziel das Erlernen von Wissen und der Liebe ist. Zu diesem Zweck durchleben wir verschiedenste Erfahrungen, angenehme und schmerzliche, die uns erlauben, Fortschritte zu machen. Betrachte dein eigenes Leben, mein Junge, und sage mir, ob es nicht ein guter Beweis dafür ist?«

Giovanni blieb nachdenklich. Es ließ sich nicht abstreiten, dass man sein Leben als eine Initiation voller Begegnungen, Hindernisse und Schicksalsschläge auffassen konnte. Doch eine Frage trieb ihn seit vielen Jahren um. Seit er Luna begegnet war.

»Aber wenn wir ein Schicksal mit seinem Anteil an Freuden und Prüfungen erben, wo ist da die Freiheit?«

»Wenn der Mensch einen freien Willen hat, und auch davon bin ich fest überzeugt, dann zeigt er sich nicht in der Wahl des Charakters, seiner Lebensumstände oder in den großen Linien seines Schicksals. Er zeigt sich darin, was er aus diesem Charakter macht, in der Art und Weise, wie er auf die Ereignisse seines Lebens reagiert. Stell dir den Menschen wie einen Schauspieler auf einer Theaterbühne vor, der eine bestimmte Rolle spielen muss, die ein anderer vorher geschrieben hat. Der Spielraum des Schauspielers besteht nicht darin, diese Rolle zu ändern, sondern sie auf seine Weise zu interpretieren, so gut er kann. Daher erkennt man einen großen Schauspieler nicht daran, ob er einen Prinzen oder einen Diener spielt, sondern an der Art und Weise, wie er als Prinz oder Diener seine Rolle umsetzt. Es ist nicht von großem Belang, ob wir arm oder reich sind, ein bescheidenes oder ruhmreiches Schicksal haben, Mann oder Frau sind, jung oder alt sterben, es zählt ganz allein die Tatsache, dass wir unser Leben auf hellsichtige, tiefsinnige und gerechte Weise einsetzen. Die Freiheit des Menschen beruht mehr auf der Art, das Leben zu leben, als auf den Lebensbedingungen, die uns großteils von einer höheren Macht auferlegt sind.«

Eleazar erhob sich langsam von seinem Schreibtisch und überließ seinen Gesprächspartner eine Weile seinen Gedanken.

Diese Auffassung erinnerte Giovanni an die Stoiker, die er bei Meister Lucius studiert hatte. Der Kabbalist kehrte mit einem in seinen Augen sichtlich kostbaren Buch zurück und legte es auf den Schreibtisch. Neugierig betrachtete Giovanni die Handschrift und ihren dicken, schafledernen Einband.

»Und was für den Einzelnen gilt, gilt auch für die Gemeinschaft«, sagte der Kabbalist mit der Hand auf dem Buch.

»Was wollt Ihr damit sagen?«

»Dass die ganze Menschheit langsam auf eine geheimnisvolle, gemeinschaftliche Vollendung zugeht. Gewiss, in ihrer Hand liegen weder die Voraussetzungen noch das Ende. Aber ihr bleibt die Freiheit, die Richtung und die Form des gemeinschaftlichen Wegs vorzugeben, durch gemeinschaftliche Entscheidungen und durch individuelle Entscheidungen, aus denen sie sich zusammensetzen. Ob wir es wollen oder nicht, wir alle sind miteinander verbunden und bedingen uns gegenseitig. Jedes positive Tun oder jeder positive Gedanke eines einzigen Menschen hilft der gesamten Menschheit und hebt sie empor, wohingegen eine einzige negative Tat oder ein einziger negativer Gedanke eines einzigen Menschen die ganze Menschheit schwächt und herabdrückt. Wir gehen nach bestimmten Gesetzen und universellen Rhythmen einen gemeinsamen Weg.«

»Nach welchen?«, fragte Giovanni, den die Gelehrtheit seines Wohltäters faszinierte.

»Auch hierzu liefert uns die Astrologie wertvolle Hinweise«, antwortete Eleazar und klopfte auf das dicke Werk, das er gerade herangebracht hatte.

»Siehst du dieses Buch?«, sagt er mit ernster Stimme. »Es

ist eine über siebenhundert Jahre alte Handschrift von allerhöchster Seltenheit. Es ist das Werk des arabischen Philosophen Abu Yusuf Yacub ibn Ishaaq al-Sabah Al-Kindî.«

»Al-Kindî?« Giovanni zuckte zusammen, als er diesen Namen hörte. Er erinnerte sich an ein astrologisches Werk dieses Mannes, das Meister Lucius über alles schätzte. Der Kabbalist fuhr fort:

»Er spricht vom Gemeinschaftsschicksal der Menschheit. Der Philosoph hat mehr als zweihundert Werke über alle möglichen Themen geschrieben: über die Medizin, die Philosophie, die Theologie, die Astronomie, die Mathematik, die Geographie, das Wahrsagen und etliches mehr. Aber er hat sein Leben auch dem Berechnen großer planetarischer Konjunktionen mehrerer Jahrtausende gewidmet und hat dieses Meisterwerk angelegt: das Große Buch des menschlichen Schicksals.«

Giovanni konnte seinen Blick nicht losreißen von diesem Werk. Er war im Innersten davon überzeugt, auch wenn der Einband anders aussah, dass es dasselbe Werk war, das auch Meister Lucius besessen und mit dem er sich monatelang zurückgezogen hatte, um den Brief an den Papst zu schreiben.

SIEBENUNDSIEBZIG

Voll Verve wandte sich Eleazar an seinen jungen Freund: »Gestützt auf zahlreiche Beispiele, erklärt der Verfasser dieses beachtlichen Werks, dass sich die großen Etappen der Menschheitsgeschichte bereits anhand aller Tierkreiszeichen erfassen lassen, die der Frühlingspunkt durchlaufen hat – das ist der Punkt, an dem die Sonne am Tag des Frühlingsäquinoktiums aufgeht. Etwa vier Jahrtausende vor Jesus Christus ging die Frühlingssonne im Sternbild des Stiers auf. Alles weist darauf hin, dass just zu der Zeit der Mensch allmählich sesshaft wurde, Häuser aus Ziegeln baute und Viehzucht betrieb. Sesshaftigkeit und Hausbau sind die beiden charakteristischen psychologischen Züge dieses zweiten Tierkreiszeichens. Hinzu kommt, dass zu dieser Zeit in allen Religionen, bei den Sumerern, den Assyrern und sogar den Ägyptern, die Figur des Stiers verehrt wurde. In Griechenland herrscht der Kult des Minotaurus, und in Ägypten huldigt man Apis, einem Gott mit Stierkopf. Auf symbolischer Ebene entsprechen die Charakteristika des Zeichens Stier sehr gut der Entstehung und dem Aufstreben der ersten Kulturen, die dem sozialen und politischen Leben kraftvolle Grundlagen gaben. Ungefähr zweitausend Jahre vor Christi Geburt ist dann der Frühlingspunkt, der sich im Tierkreis immer rückwärtsbewegt, in das Sternbild des Widders getreten. Das religiöse Opfertier, das man damals darbrachte, war der Widder, wie es das Beispiel Abrahams zeigt. Das Volk der Hebräer, das von Abraham abstammt, macht den Widder und das Lamm zu Opfertieren schlechthin. Aber auch anderswo findet man die Figur des Widders, so zum Beispiel in Ägypten die Vorrangstellung des Amon-Râ, des Sonnengottes mit Widderkopf. Symbolisch entspricht der Widder der Ära der Eroberung und der Entwicklung großer Reiche, wie dem der Ägypter, Perser, Mazedonier und Römer. Die Geburt Christi fällt zeitlich mit dem Eintreten des Frühlingspunkts in das Sternbild Fische zusammen. Du weißt ja sicherlich, dass der Fisch das Sinnbild der ersten Christen ist! Erst sehr viel später wird das Kreuz zum Symbol des Christentums. Mehrere Jahrhunderte lang erkannten sich die Anhänger Christi an dem Fischsymbol, das sie in Zeiten der Verfolgung in die Katakomben malten.«

»Weil die ersten Apostel Jesu Fischer von den Ufern des Sees Genezareth waren?«, fragte Giovanni.

»Ja, aber auch weil das griechische Wort für Fisch, ICHTUS, sich aus den Anfangsbuchstaben der ersten fünf Wörter des Satzes *Iesous Khristos Theou Huios Sôter* zusammensetzt, was so viel bedeutet wie: Jesus Christus, Sohn Gottes, Retter. Um auf die Astrologie zurückzukommen, möchte ich noch anfügen, dass die Symbolik der Fische bestens zu den Hauptzügen der christlichen Religion passt: Mitgefühl, Opfer oder Selbstlosigkeit, Suche nach Verschmelzung und nach Einheit des Menschengeschlechts.«

Eleazar unterbrach sich kurz. Giovanni sah ihn mit Zuneigung an.

»Wenn ich es richtig verstanden habe, wird die Frühlingssonne etwas mehr als zweitausend Jahre nach Christi Geburt in einem neuen Sternbild aufgehen … im Wassermann. Wird dann nicht auch die Menschheit in eine neue Ära eintreten?«

»Ja, bestimmt. Das 21. Jahrhundert wird weltweit tief greifende Erschütterungen in den Kulturen und Religionen erfahren.«

»Wird dies das Ende der christlichen Religion bedeuten?«

»Das Ende? Das vermag ich nicht zu sagen, aber sicherlich eine tiefschürfende Veränderung. Vielleicht im Sinne einer Humanisierung der Religion, denn der Wassermann hat im Gegensatz zu den anderen Sternzeichen ein Menschen- oder Engelsgesicht. Sehr wahrscheinlich wird man die Entwicklung einer neuen Ära, die auf dem Menschen und auf humanistischen Werten aufbaut, erleben, welche in unserer Zeit ihren Anfang nimmt. Entsprechend der Symbolik des Zeichens wird man dann unter der Herrschaft des Geistes leben, und die Menschen werden eine neue Kultur aufbauen wollen, die auf der Idee menschlicher Brüderlichkeit gegründet sein wird. Werden sie es tun und dabei jede Vorstellung von Gott aufgeben oder Gott im menschlichen Herzen verbergen? Niemand weiß es, und dieser Prozess wird auf alle Fälle mehrere Jahrhunderte dauern.«

»Und sagt dieses Buch nichts Genaues über unsere Zeit, die doch so voller Umbrüche ist?«

»Aber ja doch! Außer den großen Zyklen von etwas mehr als zweitausend Jahren, die dem Phänomen der Präzession, also der Verlagerung, der Äquinoxen entsprechen, hat Al-Kindî die Zyklen der großen Planetenkonjunktionen berechnet, und zwar für das gesamte Fische-Zeitalter. Er hat angekündigt, dass eine große Saturn-Jupiter-Konjunktion, die 1484 im Zeichen Skorpion eintritt, das Vorzeichen für einen tiefgreifenden Wandel in der christlichen Religion sein würde.«

Giovanni war erstaunt.

»Aber hat nicht der große Albumasar diese berühmte Prophezeiung gemacht? Und hat er nicht auch einen neuen Propheten angekündigt, in dem manche ohne Zögern Luther erkennen, der unter dieser Konjunktion geboren ist?«

»Ich sehe, du weißt bestens Bescheid! Du hast Recht, es war Albumasar, der berühmteste arabische Astrologe, der diese Prophezeiung gemacht hat. Doch er hat sich dabei auf die astrologischen Berechnungen Al-Kindîs gestützt, der niemand anders war als sein eigener Meister!«

»Ist dann also dieses Buch in Eurer Hand das astrologische Werk Al-Kindîs, auf das sich Albumasar gestützt hat?«, fragte Giovanni ganz aufgeregt.

»Genauso ist es.«

»Wie heißt dieses Buch?«

»*Djefr*, der Brunnen«, antwortete der Kabbalist. »Es ist zweifellos das kostbarste Buch meiner Bibliothek, da es von ihm auf der ganzen Welt nur zwei Exemplare gibt.«

Giovanni sah sein Gegenüber überrascht an.

»Woher wisst Ihr das?«

»Die Orginalhandschrift wurde von Al-Kindî auf Arabisch verfasst. Doch wie es der Historiker Ibn Khaldun in seinen *Prolegomena* bezeugt, ging sie leider im 8. Jahrhundert bei der Eroberung Bagdads durch die Mongolen verloren. Hulagu, einem Enkel von Dschingis Khan, fiel tatsächlich nichts Besseres ein, als alle Werke der erstaunlichen Bibliothek des

Kalifenreichs in den Tigris zu werfen. Nun hatten aber die Kalifen die kostbare Handschrift ängstlich gehütet, statt sie abschreiben zu lassen und den Gelehrten zur Verfügung zu stellen.«

»Und das Exemplar, das in Eurem Besitz ist?«, fragte Giovanni ungläubig.

»Al-Kindîs Sekretär hatte das arabische Buch zum Glück vor dem Tod seines Herrn und ehe es den Kalifen übergeben wurde, heimlich abgeschrieben. Das ist die Handschrift, die du hier siehst. Ich habe sie für ein Vermögen von seinen Nachkommen gekauft, die auch in Cordoba lebten.«

»Erstaunlich! Und das zweite Exemplar, von dem Ihr gesprochen habt?«

»Ehe ich es erwarb, hatten seine Besitzer für eine beträchtliche Summe erlaubt, dass ein in Cordoba lebender christlicher Mönch, der ganz besessen war von der Astrologie, es auf Latein kopierte. Ich habe keine Ahnung, was aus dieser Handschrift geworden ist, sie ist die einzige, die neben meiner existiert …«

Giovanni sah Eleazar starr an.

»Was ist dir?«, fragte der Kabbalist überrascht.

»Ich … ich glaube, ich weiß, was aus diesem Buch geworden ist. Mein Meister besaß eine Handschrift, an der er ganz besonders hing. Es war ein lateinisches Werk über Astrologie, geschrieben von Al-Kindî und ungefähr genauso groß wie dieses hier. Ich habe es nie lesen können, aber von seinem Diener Pietro habe ich erfahren, dass er es einst in Florenz für einen sehr hohen Preis einem Mönch abgekauft hat!«

Eleazar strich sich bedächtig über den Bart.

»Was ist nach dem Tod deines Meisters aus diesem Buch geworden?«

»Leider weiß ich es nicht. Aber ich fürchte, es könnte vernichtet worden sein.«

»Wie das?«

»Das ist eine lange Geschichte«, gestand Giovanni. Daraufhin erzählte er Eleazar, wie der Kardinal zu seinem Meister kam und eine schwerwiegende Frage des Papstes überbrachte und er, Giovanni, die Antwort wegen der schwarzen Reiter nicht nach Rom bringen konnte. Er sprach vom tragischen Tod seines Meisters und Pietros und auch von seiner Begegnung mit den Mitgliedern der geheimen Bruderschaft. Doch er verschwieg, dass er in der Absicht, deren Anführer zu töten, nach Jerusalem hatte reisen wollen. Er erklärte jedoch, dass der Keller leer war, als er zum Haus im Wald zurückgekehrt war, und dass alle Bücher seines Meisters, darunter auch das von Al-Kindî, von den Männern in Schwarz gestohlen oder verbrannt worden waren.

Eleazar hörte Giovanni höchst aufmerksam zu. Dieser Bericht bot ihm nicht nur die Möglichkeit, seinen Gesprächspartner besser kennen zu lernen, sondern gab ihm auch Aufschluss über den Beweggrund, der zu all diesen Verbrechen geführt hatte.

»Und hast du wirklich keine Ahnung, was in diesem Brief an den Papst stand, den du in Venedig zurückgelassen hast?«, wollte der Kabbalist wissen.

»Nein«, antwortete Giovanni, den die Gefühle überwältigt hatten. »Ich weiß nur, dass sich mein Meister einige Monate lang mit seinen Astrologiebüchern, zu denen auch diese Handschrift gehörte, zurückgezogen hatte.«

»Es würde mich nicht überraschen, wenn die Frage des Papstes in Zusammenhang mit Al-Kindîs Buch und den Zeichen der Zeit stünde. Denn Papst Paul III. ist selbst ein begeisterter Astrologe und muss sich Fragen stellen über die Bedeutung von so bedeutenden Zeichen wie der Entdeckung der Neuen Welt oder der Zwietracht der Christenheit im Okzident. Genau wie ich kannte er den guten Ruf deines Meisters. Vielleicht wusste er auch, dass Lucius das einzige lateinische Exemplar des *Djefr* besaß. Wer weiß? Jedenfalls wäre ich nicht erstaunt, wenn er ihn zu eschatologischen Fragen, wie das unmittelbare Bevorstehen des Weltuntergangs oder die Ankunft des Antichrist, befragt hätte.«

»Das ist sehr gut möglich. Ich habe auch schon daran gedacht. Aber eines macht mich stutzig.«

Neugierig hörte Eleazar zu.

»Warum nur hat der Anführer der geheimen Bruderschaft, der Meister Lucius getötet hat und auch mich zu töten versuchte, zu mir gesagt, mein Meister habe etwas sehr viel Schlimmeres getan als alle Verbrechen der Päpste oder Luther, den er hasste? Er habe ›das Schändlichste vom Schändlichen‹ getan, hat er mir mit hasserfüllten Augen entgegengeschleudert. Ich frage mich, warum eine Prophezeiung über das Ende der Welt oder die Studien von Al-Kindî über die großen kosmischen Kreisläufe und deren Verknüpfung mit irdischen Ereignissen einen fanatischen Christen dermaßen wütend machen kann?«

»Diese Worte sind in der Tat merkwürdig. Manche könnten aufgebracht sein über die Angabe eines präzisen Datums des Weltuntergangs, denn in den christlichen Schriften heißt es, nur Gott allein kenne den Tag und die Stunde des Jüngsten Gerichts. Doch im *Djefr* wird ein solches Datum gar nicht erwähnt. Und ich kann mir nur schlecht vorstellen, dass dein Meister, der einen aufgeklärten Glauben und eine gute Kenntnis der Heiligen Schrift besaß, sich auf eine so gewagte Prophezeiung eingelassen hat. Da frage ich mich wie du, was für einen überspannten oder fanatischen Katholiken das ›Schändlichste vom Schändlichen‹ sein könnte.«

Beide Männer schwiegen nun. »Darf ich mir das Buch ansehen?«, fragte Giovanni schließlich.

»Aber sicher!«, antwortete Eleazar, griff mit beiden Händen nach der kostbaren Handschrift und reichte sie Giovanni, der sie sich auf den Schoß legte und langsam die Seiten umblätterte.

»Wie ergreifend der Gedanke, dass es sich nun um das einzig existierende Exemplar handelt!«

»Die Möglichkeit besteht … aber es ist nicht sicher«, stellte Eleazar richtig.

Giovanni hob den Kopf. »Wie meint Ihr?«

»Nichts belegt, dass das lateinische Werk deines Meisters der *Djefr* war und es vernichtet wurde. Vielleicht haben es die Fanatiker an sich genommen, bevor sie das Haus angesteckt haben. Vielleicht auch hat der Mönch, in dessen Besitz es war, weitere Abschriften gemacht, ehe er es deinem Meister überließ.«

»Ja, das könnte sein.«

»In jedem Fall ist das Interesse der geheimen Bruderschaft für Lucius' Brief an den Papst größer als für Al-Kindîs Werk, das sie leicht hätten stehlen können. Ich glaube, dass sich dein Meister der Berechnungen Al-Kindîs bedient hat, um etwas anderes zu machen. Etwas, das im direkten Zusammenhang mit den Fundamenten des christlichen Glaubens steht. Aber was?«

»Die Mitglieder der Bruderschaft wissen es wohl, denn sie wollen diesen Brief um jeden Preis in ihren Besitz bringen.«

»Sicher kennen sie die Frage, die der Papst Lucius gestellt hat. Aber ich bezweifle, dass sie eine Vorstellung von der Antwort haben. Und die interessiert sie in höchstem Maße, auch wenn es sich um etwas handeln könnte, das sie zutiefst verabscheuen. Und du hast keinerlei Vorstellung, wer diese Leute sind oder wo sich ihr Schlupfwinkel befindet?«

Giovanni zögerte, Eleazar sein Wissen zu offenbaren, denn dann müsste er ihm auch den wahren Grund für seine Reise nach Jerusalem gestehen. Er war sich aber selbst darüber nicht im Klaren. Monatelang war sein Herz hasserfüllt gewesen und Rache sein einziger Gedanke. Doch seit einiger Zeit, und vor allem seit er in diesem Haus wohnte, war sein Herz zur Ruhe gekommen, so dass er sich allmählich fragte, ob er überhaupt noch nach Jerusalem reisen und den Anführer der Fanatiker töten wolle. Da er ein wenig Zeit brauchte, um all dies zu überdenken, log er Eleazar lieber an.

»Ich weiß es nicht. Nur eines ist gewiss, einige Mönche des Klosters San Giovanni in Venere, wo man mich aufgenommen und gepflegt hat, gehören dieser Bruderschaft an. Sehr wahrscheinlich rekrutiert sie ihre Mitglieder in vielen kirchlichen Kreisen, bestimmt auch im Vatikan.«

»Ja, ganz bestimmt. Und aufgrund eines geheimen Winks eines Menschen aus dem Umkreis des Papstes – vielleicht war es sogar der Kardinal – müssen diese Männer in Schwarz gekommen sein, um die Antwort deines Meisters abzuholen. Und da der Brief seinen Empfänger nie erreicht hat, werden sie ihn wohl noch immer suchen. Hast du ihnen gesagt, dass du ihn in Venedig zurückgelassen hast?«

»Gott bewahre! Und insbesondere habe ich mich gehütet, ihnen zu gestehen, dass ich ihn meiner jungen Freundin anvertraut habe, denn ansonsten hätten sie sie sicher ausfindig gemacht und gefoltert!«

Eleazar sah überrascht aus.

»Ach, du hast ihn einer Frau anvertraut?«

»Ja. Zumindest habe ich ihr den Schlüssel des Schranks gegeben, in dem der Brief versteckt war. Doch vom Anführer der Bruderschaft weiß ich mittlerweile, dass sie den Brief nicht nach Rom gebracht hat.«

»Und wie heißt diese Frau?«

Giovanni wollte gerade antworten, als eine innere Macht seine Zunge lähmte. Warum wollte der Kabbalist dies wissen? Eine dumpfe Angst ergriff ihn. Er sagte nichts.

»Verzeih meine Neugierde. Aber ich kenne viele venezianische Familien, und es wäre doch amüsant, wenn diese Frau zu einer von ihnen gehörte. Solltest du jedenfalls irgendwann diesen Brief holen und Neues über diese Frau wissen wollen, zögere nicht, mich anzusprechen. Ich habe in Venedig eine große Niederlassung, in der viele Menschen für mich arbeiten.«

»Das werde ich bestimmt tun«, entgegnete Giovanni mit trockener Kehle. »Doch im Augenblick möchte ich vor allem diese ganze Angelegenheit vergessen.«

Eleazar stand auf und klopfte Giovanni freundschaftlich auf die Schulter.

»Ich verstehe. Und ich habe im Augenblick großen Hunger! Du bist mein Gast. Lass uns im Garten, wo es noch so angenehm mild ist, zu Abend essen.«

Dann stellte er Al-Kindîs Handschrift zurück ins Regal. Überrascht sah Giovanni, dass ein anderes Buch, von derselben Größe und Dicke, aber mit einem jüngeren Einband, unmittelbar daneben stand.

Er aß mit seinem Gastgeber zu Abend, der ihn ausgiebig befragte, und freute sich, Esther wiederzusehen. Giovanni erzählte die entscheidenden Erlebnisse seines Lebens. Gleichwohl änderte er wegen einer dumpfen Befürchtung Elenas Namen und erfand eine Liebesbeziehung mit einer Person von niedrigerem Stand. Am Ende dieses langen Mahls wünschte ihm Esther mit ausgesuchter Freundlichkeit eine gute Nacht. Giovannis Erzählung hatte sie ganz besonders bewegt. Als sich abendliche Kühle über den Garten senkte, ging auch der junge Mann in sein Zimmer.

Er fand nicht in den Schlaf. Er musste an diesen herrlichen Spaziergang mit Esther im sefirotischen Garten denken, der seine Seele verzaubert hatte. Er dachte auch an Eleazars astrologische Erläuterungen, die in ihm viele Erinnerungen an die Zeit bei Meister Lucius geweckt hatten. Doch etwas anderes versetzte ihn in Unruhe. Ein noch undeutliches Gefühl löste Besorgnis in ihm aus, wo er doch gerade seinen Seelenfrieden wiedergefunden hatte. »Man wird sehen«, sagte er sich und versuchte, diese finsteren Gedanken zu vertreiben.

ACHTUNDSIEBZIG

Im Laufe der nächsten Wochen lernte Giovanni das Haus und das Leben seiner neuen Herren besser kennen. Obgleich Eleazar und Esther außerordentlich wohlhabend waren, lebten sie sehr einfach. Ihre Speisen, hauptsächlich Fisch und Gemüse, unterschieden sich nicht von denen aller Algierier. Der Kabbalist schlief in einem relativ kleinen Zimmer, ohne Möbel, ohne Zierrat, auf einer einfachen Matte. Von den Dienern wusste Giovanni, dass Esthers Zimmer, das im zweiten Stock zum Garten lag, erlesener war und über ein großes Badezimmer und eine blumengeschmückte Terrasse verfügte. Im Haus herrschte eine heitere und friedliche Atmosphäre. Die acht Diener, die mit im Haus lebten, waren ihrer Herrschaft sehr zugetan und direkt Malek unterstellt. Wie alle anderen Diener Eleazars war auch der Verwalter ein freigelassener Sklave. Er lebte seit nunmehr über zehn Jahren beim Kabbalisten und begleitete ihn auf seinen zahlreichen Reisen. Eleazar suchte seine verschiedenen Niederlassungen am liebsten im Herbst und im Winter auf, zu einer Jahreszeit also, zu der wegen des schlechten Wetters nur wenige Leute reisten und auch die Korsaren zu Hause blieben, ein Umstand, der in seinen Augen so manche Übelkeit aufwog, die starker Seegang hervorrufen konnte. Eleazar war ausreichend bekannt und geachtet, um durch ganz Europa und das Osmanische Reich reisen zu können, und er verstand sich sowohl mit den Christen als auch mit den Muslimen. Zwischen Mai und Oktober hielt er sich lieber in Al Dschesair auf, empfing recht wenig Besuch und widmete sich ganz seinen philosophischen und religiösen Studien.

Als gläubiger Jude stand Eleazar morgens zu früher Stunde

auf und sprach dieses kurze Gebet: »Ich bekenne vor Dir, dem ewig lebenden König der Welt, dass Du mir in großer treuer Liebe meine Seele wiedergegeben hast; groß ist Dein Vertrauen!« Dann wusch er sich zum Zeichen der Läuterung die Hände und zog seinen *Tallit*, ein großes viereckiges Tuch, über. Lange Wollfransen, die *Zizit*, hingen von den vier Ecken, genau wie es Gott zu Moses gesagt hat: »... sprich zu ihnen, dass sie sich Quasten machen an den Zipfeln ihrer Kleider ... und sollen euch die Quasten dazu dienen, dass ihr sie ansehet und gedenket aller Gebote des Herrn ...« Dann band er mit Lederriemen ein schwarzes Kästchen aus hartem Pergament an seinen linken Arm und ein weiteres an die Stirn. Diese beiden Kästchen, *Tefillin* genannt, enthielten vier Thora-Abschnitte, die den Gläubigen ermahnen, sich das göttliche Wort wie ein Zeichen an den Arm und zwischen die Augen zu knüpfen. Sie symbolisieren, dass sein Handeln und Denken sich nach dem göttlichen Gesetz richten. Dann blieb Eleazar in seinem Zimmer vor einem niedrigen Tisch hocken, auf dem mehrere Rollen lagen, und betete bis zum Sonnenaufgang. Sein Gebet bestand aus Lobpreisungen und Segenssprüchen, die sich mit Psalmen und Gesängen abwechselten. Nach dem Mittagessen und abends vor dem Schlafengehen zog er sich wieder in sein Zimmer zum Beten zurück. Den Rest des Tages verbrachte er im Wesentlichen in seinem Arbeitskabinett, wo er sich seinen Studien widmete. Mindestens einmal pro Woche ging er in die Synagoge, wo der Rabbiner ihn oft bat, aus der Thora zu lesen und die Stelle zu kommentieren. Gemeinsam mit Esther und den jüdischen Dienern des Hauses achtete er den Sabbat.

Obgleich es nicht auf den ersten Blick auffiel, entdeckte Giovanni, dass manche Speisen untersagt waren wie Schwein, Kaninchen und Pferd, aber auch, dass es seine Gastgeber vermieden, gewisse Nahrungsmittel zusammen zu verzehren, wie Milchiges und Fleischiges, das in zwei verschiedenen Geschirren zubereitet und aufgetragen wurde.

Giovanni fand heraus, dass es in Al Dschesair zwei sehr unterschiedliche jüdische Gemeinden gab. Die einen lebten seit vielen Generationen hier und hatten sich vollkommen der arabischen Sprache und Kultur angepasst. Sie waren Schneider, Sticker oder Juweliere, und manche verliehen Geld gegen Zinsen. Und dann gab es die anderen, die man »Juifs francs« oder auch die »Livorner« nannte, sie waren erst kürzlich aus Europa eingetroffen und wurden wegen ihres Reichtums und ihrer Beziehungen im Allgemeinen besser behandelt. Wie im übrigen Osmanischen Reich hatten die Juden in Algier den *dhimmi*-Status, was bedeutete, sie waren eine unterworfene, aber geschützte Minderheit, ein Status, der sie tatsächlich vor Tod oder Plünderung ihres Hab und Guts bewahrte, für den sie aber im Gegenzug hohe Steuern zahlen mussten. Esther erzählte Giovanni, dass die Juden in Al Dschesair dennoch schlechter behandelt wurden als Sklaven. Aus diesem Grund schickte Malek stets maurische, niemals jüdische Diener für die Einkäufe in die Stadt.

Giovanni entdeckte auch, wie die Bewohner der Kasbah lebten. Die Straße war öffentlicher Raum. Die engen, schattigen Gassen, in denen es von Menschen nur so wimmelte, dienten nicht nur dem Hindurchgehen, sondern waren auch Ort der Begegnung und des Handels. Das Haus war der private, der familiäre Raum. Dieser persönliche, eher düstere Ort war zur Außenwelt hin völlig abgeschlossen, kein Fenster – mit Ausnahme von kleinen Scharten im obersten Stock, durch die man blicken konnte, ohne selbst gesehen zu werden – ging zur Straße hinaus. Nach maurischer Art waren alle Häuser um einen Patio herum gebaut, diesen regelrechten Lichtschacht zierten duftende Pflanzen, Brunnen und Wasserbassins. Eine Stein- oder Marmortreppe führte nach oben, und die Zimmer waren von den Gängen aus zu betreten, die den Innenhof rundum säumten. Schließlich gab es noch sonnenüberflutete Terrassen, Raum für privates und öffentliches Miteinander, wo die Kinder spielten, während die Frauen die Wäsche aufhängten und sich von Haus zu Haus unterhielten.

In den ersten beiden Wochen ging Giovanni gar nicht in die Stadt. Er genoss es, vor Sonnenuntergang lange auf seiner kleinen Terrasse zu sitzen, auf die Stadt zu blicken und ihren Geräuschen zu lauschen. Nicht ohne Rührung nahm er die Schönheit des Lichts in sich auf, das sich über den dicht gedrängten Dächern neigte. Langsam streifte sein Blick über die Terrassen, die stufenweise wie eine großartige Treppe zum Meer hin abfielen. Al Dschesairs Charme begann ihn zu bezaubern. Etwa zweimal in der Woche speiste er mit seinen Gastgebern zu Abend, und ihre stets interessanten und angenehmen Gespräche hatten verschiedenste Themen. Eleazar erzählte ihm von seiner Kindheit in Cordoba und den dramatischen Ereignissen, als die ganze Familie aus dem Land gejagt wurde. Die katholischen Könige hatten die Vertreibung der Juden aus Spanien angeordnet, und innerhalb eines einzigen Tages war ihr gesamter Besitz beschlagnahmt worden. Sein Vater Yaacov war bereits Bankier und hatte keine Schwierigkeiten, sich in Al Dschesair anzusiedeln. Eleazar war gerne kreuz und quer durch Europa gereist und hatte, als er erwachsen war, beschlossen, sich in Bologna niederzulassen. Er heiratete ein erstes Mal, doch Rachel starb, ohne ihm Kinder geschenkt zu haben. Er blieb eine Zeitlang Witwer, erbte das Bankhaus mit all seinen Niederlassungen und gründete neue dazu. Mit vierzig heiratete er Batsheva, Esthers Mutter, und sie zogen mit all seinen Büchern wieder nach Al Dschesair, wo er immer mehr Zeit mit seinen kabbalistischen Studien verbrachte. Nach dem tragischen Tod seiner zweiten Frau hatte er den Entschluss gefasst, mit seiner angebeteten Tochter allein zu leben.

Schon als Kind begleitete Esther ihren Vater auf all seinen Reisen. Der Vater sorgte dafür, dass sie bei jedem Auslandsaufenthalt mit den herausragendsten Künstlern und Gelehrten zusammentraf, und in Algier hatte sie einen Privatlehrer, der sie in Griechisch, Latein und Philosophie unterwies. Der Vater selbst brachte ihr Hebräisch sowie Kenntnisse des Talmuds und der Kabbala bei. Mit ihren zwanzig Jahren war Esther also eine Frau von außergewöhnlicher Bildung. Doch Giovanni entdeckte an ihr noch weitere Talente. Sie fertigte feinste Stickereien, liebte es, im Garten zu arbeiten, und sang zur Kithara. Als er das erste Mal vernahm, wie sie ihre sanfte, warme Stimme mit langen Akkorden des Instruments begleitete, war er zutiefst gerührt. Aus Angst, die junge Frau könnte innehalten, wenn sie ihn sähe, hatte er sich hinter einer Zeder verborgen. Über eine Stunde lauschte er, wie Esther Psalmen sang.

Als er abends die junge Frau im Garten antraf, konnte er nicht an sich halten und gestand ihr, wie sehr ihm ihr Gesang zu Herzen gegangen war.

»Hätte ich gewusst, dass du zuhörst, hätte ich sofort aufgehört«, sagte sie überrascht.

»Aber warum denn? Du singst so hinreißend.« Esther schlug die Augen nieder.

»Ich singe für Gott und nicht, um Männer zu verführen.«

»Das war mir klar, und deine Lieder haben meine Seele berührt. Du bist eine erstaunliche Frau. Die jungen Edelfräulein, die ich in Venedig kennen gelernt habe, hatten nichts anderes im Sinn, als auszugehen, Feste zu feiern, sich schön zu machen und einen Ehemann zu finden: Du hingegen verbringst die meiste Zeit des Tages in diesem Haus! Du empfängst nie Gäste und widmest sehr viel Zeit dem Beten, Lesen, Singen und nachdenklichen Spaziergängen in diesem mystischen Garten …«

Esther lachte vergnügt.

»Du hast schon Recht, mich zu necken! Du musst den Eindruck haben, dass ich mich ausschließlich für die Religion interessiere.«

»Ich will dich doch nicht necken! Ich sehe dich nur stets deine Seele und deinen Geist nähren.«

»Ja, das stimmt. Dies gehört zu meinen Hauptanliegen. Das kabbalistische Wissen, die religiösen Rituale sowie die Philosophie oder die Kenntnis der anderen Religionen sind für mich einer der Wege, ein Leben zu führen, das sich dem Geschenk, das Gott uns gemacht hat, als würdig erweist.«

»Und welches sind die anderen Wege?«

Esther setzte sich auf die Schaukel, Giovanni lehnte sich an den Stamm eines Feigenbaums. Langsam schwebte sie mit Blick in den Himmel vor und zurück. Sie wirkte ein wenig abwesend, als wäre sie vom Tanz der Wolken oder der Vögel gebannt, und ließ sich Zeit mit ihrer Antwort.

»Seit meiner Kindheit strebe ich nur nach einem: zu lieben. So stark zu lieben, wie es nur irgend geht. Daher suche ich nach den Wegen, die mich diesem Ziel so nahe wie möglich bringen. Ich suche sie in den Ideen, damit mein Herz von den richtigen und wahren Gedanken geleitet wird. Aber auch im Gebet und in der inneren Erfahrung, denn ich bin davon überzeugt, dass alle Liebe von Gott kommt. Ich suche sie auch in der Kunst, denn Schönheit und Harmonie erheben mein Herz. Und außerdem suche ich sie in mir. Ich versuche jeden Tag, mich besser kennen zu lernen, zu verstehen und zu lieben, denn in dem Gebot heißt es: ›Du sollst deinen Nächsten lieben wie dich selbst.‹ Ich suche sie natürlich auch und vor allem in der Beziehung zu anderen Menschen. Wie kann ich besser zuhören, besser teilen, besser helfen, besser leben mit jenen, in deren Mitte Gott mich gestellt hat?«

Giovanni lauschte ihr, ohne sie aus den Augen zu lassen. Je mehr er sie betrachtete, umso mehr klangen ihre Worte in ihm wider und umso mehr liebte er sie. Nie hätte er gedacht, dass es auf dieser Welt einen solchen Menschen geben könnte.

»Giovanni, du bist ein Zauberer! Man sagt immer von mir, ich sei zurückhaltend und verschlossen. Und jetzt vertraue ich meine intimsten Gedanken einem Menschen an, den ich kaum kenne.«

»Wenn du wüsstest, wie dankbar ich dir dafür bin!«

»Aber vielleicht sind wir einander nicht so unbekannt. Seit ich dich zum ersten Mal auf dem Platz gesehen habe, wo du gemartert werden solltest, habe ich ein seltsames Gefühl. Das Gefühl, dass wir uns schon einmal begegnet sind.«

»Das ist unmöglich. Aber merkwürdigerweise empfinde ich ganz ähnlich, denn alles, was du mir sagst, findet in mir ein tiefes Echo.«

»Das ist sehr wohl möglich.«

»Was willst du damit sagen?«

Esther schwieg einen Moment.

»Nichts. Darüber reden wir ein andermal. Zu meinem großen Bedauern muss ich dich jetzt verlassen, Giovanni. Danke, dass du mir zugehört hast. Und morgen musst du mir von den Geheimnissen deines Herzens erzählen!«

NEUNUNDSIEBZIG

Giovanni verspürte allmählich das Verlangen, sich aus dem Haus und dem Garten hinauszubegeben. Er bat Eleazar um Erlaubnis, ein oder zwei Mal pro Woche das Haus verlassen zu dürfen. Eleazar war einverstanden unter der Bedingung, dass er stets von jemandem begleitet würde, der Arabisch sprach. Esther besuchte oft bedürftige Familien, um ihnen Nahrung zu bringen, und diese Ausflüge gefielen Giovanni ganz besonders. So lernten ihn nach und nach die Bewohner des Viertels kennen, denen er als ein von Mohammed ausgeliehener Christensklave vorgestellt wurde.

Eleazar hatte dem jungen Mann auch vorgeschlagen, sich Bücher aus der Bibliothek zu leihen, und Giovanni hatte sich eine lateinische Bibel und Platons Dialoge auf Griechisch genommen. Voll Freude tauchte er wieder in diese Werke ein, die ihm damals den Sinn für die letzten Fragen geschärft hatten. Eleazar vertraute ihm allmählich kleine Aufräumarbeiten in seiner Bibliothek an. Neben diesen geistigen Aufgaben bemühte er sich auch, sich im Haus nützlich zu machen, und manches Mal bat ihn Malek bei Gärtner- oder Maurerarbeiten um Hilfe.

Doch trotz der Schönheit des Hauses, der Freude, im Garten zu lesen und nachzudenken, trotz der Herzlichkeit seiner Gastgeber und seiner unablässig wachsenden Liebe zu Esther kam Giovanni innerlich nicht richtig zur Ruhe. Mehrere Dinge bereiteten ihm Sorge und hinderten ihn daran, sich diesen erlesenen leiblichen und geistigen Genüssen ganz und gar hinzugeben.

Tag für Tag musste er an Georges denken, der nur wenige Hundert Meter entfernt noch immer im Bagno litt. Wie gerne hätte er seinen Freund wiedergesehen! Wie gerne würde er ihm helfen, diesen schrecklichen Ort endlich zu verlassen! Eines Morgens, als er gerade darüber nachsann, setzte sich Esther neben ihn auf eine Bank im Garten und fragte ihn, warum er so traurig sei. Und Giovanni vertraute sich ihr an. Er erzählte ihr die schmerzliche Geschichte des Franzosen, sein Verlangen, ihn wiederzusehen, und seinen Kummer, dass er noch immer im Gefängnis sei. Esther hörte ihm schweigend zu und wechselte dann das Thema.

Auch die Erinnerung an Elena und diesen Brief, der den Papst nie erreicht hatte, machte ihn unruhig. Was war mit dem Brief geschehen? Und wartete Elena auf ihn, oder hatte sie geheiratet? Dachte sie noch an ihn? Wie gerne würde er sie wiedersehen! Sollte er nicht, da er sich doch frei bewegen konnte, nach Venedig reisen? Aber Venedig bedeutete große Gefahren, für sie wie auch für ihn. Und dann begriff er, dass sein Herz in all diesen Jahren einen Winterschlaf gehalten hatte und erst seit einigen Wochen wieder zum Leben erwachte … seit er in Esthers Nähe war. Seine Liebe für Elena würde ewig währen, ihr Gesicht bliebe für immer in ihn eingebrannt. Doch sein

Verlangen nach ihr hatte im Laufe der Zeit und der Prüfungen allmählich nachgelassen. Gewiss, er wusste, die Glut würde wieder angefacht, wenn er ihr begegnete. Doch er durfte seine Geliebte nicht wiedersehen, die Leidenschaft nicht wieder wecken, sagte er sich. Hingegen hatte das tägliche Zusammensein mit Esther in Giovanni nach und nach tiefe Gefühle und ein sinnliches Begehren entstehen lassen. Anfangs hatte er sich bemüht, gegen seine Regungen anzukämpfen. Doch dann war er zu dem Schluss gekommen, zuzulassen, was in ihm lebendig wurde, ohne Berechnung, ohne Vorgabe außer jener, jeden Augenblick mit Aufrichtigkeit zu leben.

Manchmal indes fragte er sich, ob das Herz von Eleazars Tochter wirklich frei war und ob sie ihm Zuneigung entgegenbringen könnte. Diese Fragen quälten ihn, und gleichzeitig befielen ihn Zweifel an seinem Wunsch, seinen Rachezug nach Jerusalem fortzusetzen. Doch zunächst beschäftigte ihn eine dringendere Frage. Seit dem langen Gespräch über Al-Kindîs Buch in Eleazars Arbeitskabinett nagte ein furchtbarer Zweifel an ihm. Ein kleines Detail hatte ihn im Gespräch mit dem Kabbalisten überrascht, und mehr noch hatte ihn die Handschrift, die neben dem *Djefr* im Regal stand, verwirrt. Des Öfteren hatte er versucht, wenn er in Büchern etwas nachschlug, sich diesem berühmten Buch zu nähern, doch immer hatte ihn der Kabbalist aufgefordert, Werke aus anderen Ecken der Bibliothek zu holen, und außerdem war er nie allein gewesen in diesem Raum. Dieser Zweifel wurde im Laufe der Wochen so bedrückend, dass Giovanni beschloss, sich Klarheit zu verschaffen.

Eines Nachts, als das ganze Haus schlief, stand er auf, schlich sich auf leisen Sohlen die Treppe zum Innenhof der Dienerschaft hinab und trat in die Küche. Er tastete umher, fand endlich eine Kerze, griff nach einem Fleischmesser und verließ den Raum auf Zehenspitzen. Er durchquerte den zweiten Innenhof, schlich die Treppe zum Arbeitszimmer des Kabbalisten hinan und drückte sich an den Wänden entlang, bis er vor dessen Tür stand. Zu seiner großen Erleichterung war sie offen. Er ging hinein und zündete die Kerze an. Er näherte sich mit klopfendem Herzen dem Regal, in dem die alten Handschriften standen. Da war der *Djefr*, genau neben dem anderen, etwas jüngeren Manuskript. Giovanni stellte die Kerze ab und zog das fragliche Buch heraus. »Mir scheint, es ist genau derselbe Einband. Es wäre unglaublich, wenn dies …« Unerwartet flog die Tür auf, Giovanni fuhr zusammen, und herein trat Malek mit zwei anderen Dienern, die ihre Krummsäbel gezückt hatten.

»Was tust du hier?«, rief der schwarze Riese drohend.

»Ich wollte etwas nachsehen«, entgegnete Giovanni wenig überzeugend.

»In der Nacht? Heimlich? Du wolltest doch eine alte Handschrift stehlen!«

»Nein, ganz gewiss nicht!«

Malek gab einem der Männer auf Arabisch einen Befehl, woraufhin der sofort den Raum verließ. Malek und der andere Diener gingen auf Giovanni zu.

»Und warum spazierst du hier mit diesem Messer herum, das du aus der Küche gestohlen hast?«

»Ich hatte Angst, überfallen zu werden«, gestand Giovanni.

»Hier? Du machst dich über mich lustig! Mein Herr wird gleich da sein und dich in den Keller sperren lassen.«

Tatsächlich erschien Eleazar auf der Schwelle und kurz darauf auch Esther in Begleitung eines bewaffneten Dieners. Sie schien außer sich. Alle sahen Giovanni an, der mit dem Rücken zur Wand stand und noch immer die Handschrift in Händen hielt.

»Herr, ich habe ihn überrascht, wie er Eure kostbarsten Bücher stehlen wollte.«

»Das stimmt nicht«, verteidigte sich Giovanni.

»Gut, mein Junge, dann erkläre dich«, sagte Eleazar besänftigend. »Warum bist du hier, bewaffnet, mitten in der Nacht? Was wolltest du hier? Was hast du befürchtet?«

»Ich habe befürchtet, dass man mich umbringt«, erwiderte Giovanni, dem nun keine andere Wahl mehr blieb, als die Wahrheit zu sagen.

»Dass man dich in meinem Hause umbringt? Aber aus welchem Grund?«

»Weil ich entdeckt haben könnte …«

Giovanni konnte den Satz nicht zu Ende sprechen, so sehr saß ihm die Angst im Leib. Malek machte Anstalten, auf ihn zuzugehen. Giovanni ließ das Buch auf das Regal fallen und zückte das Messer.

»Komm nicht näher!«

Eleazar machte seinem Verwalter ein Zeichen, sich nicht von der Stelle zu rühren.

»Was könntest du entdeckt haben?«, fragte der Kabbalist.

Giovanni war sichtlich in Panik. Mit gequälter Stimme antwortete er:

»Ich könnte entdeckt haben, dass Ihr das lateinische Exemplar des *Djefr* besitzt! Genau das, welches meinem Meister gehörte, bevor er ermordet wurde.«

»Vater, was hat das alles zu bedeuten?«, rief Esther bestürzt.

»Sei unbesorgt, mein Kind. Ich habe begriffen, was sich im Kopf unseres Freundes abspielt.«

Dann wandte er sich an Giovanni.

»Du glaubst, ich gehöre dieser geheimen Bruderschaft an, die deinen Meister getötet hat, nicht wahr? Du denkst, diese schwarzen Männer hätten mir die lateinische Handschrift des *Djefr* gebracht, nachdem sie sie deinem Meister gestohlen haben. Du glaubst vielleicht auch, ich hätte dich aus dem Bagno freigekauft, mit dem einzigen Ziel, dass du gestehst, wo der Brief für den Papst ist. Hast du dich darum bewaffnet, und zitterst du deswegen?«

Giovanni schwieg zunächst und sagte dann:

»Ich weiß es nicht ... Ich war so verunsichert, als Ihr mich nach dem Namen der Frau gefragt habt, der ich ihn übergeben hatte. Und dann habe ich gesehen, dass Ihr Al-Kindîs Handschrift neben ein anderes Buch gestellt habt, das dem meines Meisters so ähnlich sieht. Ich wollte Gewissheit.«

»Dann vergewissere dich.«

Giovanni starrte Eleazar an. Er wusste nicht mehr, was er denken sollte. War er in eine schreckliche Falle geraten, oder war das alles die Frucht seiner Phantasie? Es gab tatsächlich keine andere Lösung, als dieses dicke Buch aufzuschlagen. Er griff wieder zur Handschrift. Im Raum war es totenstill. Mit zitternder Hand schlug er sie auf. Wie vor den Kopf geschlagen, starrte er sie kurz an, dann legte er sie zurück aufs Regal.

Er stieß einen tiefen Seufzer aus und sagte betreten:

»Zum Glück habe ich mich getäuscht. Auch diese Handschrift ist auf Arabisch. Ich bedaure zutiefst ...«

Eleazar trat langsam auf Giovanni zu und sagte in herzlichem Ton:

»Das macht nichts, mein Kind. Ich kann deine Angst verstehen. Mehr als einmal hat man versucht, dich zu ermorden, und sogar an einem so friedlichen Ort wie einem Kloster. Nun begib dich zur Ruhe und fürchte nichts mehr. Wir haben nichts gemein mit diesen Fanatikern, die dir nachstellen.«

Schweigend verließ Giovanni den Raum. In Esthers Blick las er eine Mischung aus Besorgtheit und Mitgefühl. Als er an Malek vorbeiging, drückte ihm dieser den Arm.

»Verzeih mein Verhalten von vorhin.«

Giovanni lächelte dem Verwalter zu.

»Du hast deine Pflicht getan.«

Dann ging er in sein Zimmer, streckte sich aus und ließ seinen Tränen freien Lauf. Seine Seele war von einer großen Last befreit.

ACHTZIG

Am nächsten Morgen erhob sich Giovanni leichten Herzens. Die Sonne stand schon im Zenit. Er trank ein großes Glas Mandelmilch und aß einige Datteln, dann spazierte er wie jeden Tag durch den Garten, in der heimlichen Hoffnung, Esther zu begegnen. Die Gegenwart der jungen Frau war eine notwendige Voraussetzung für sein Wohlbefinden geworden. Wenn er ihr auch nur einmal am Tag begegnete, ein paar Worte mit ihr wechselte, ihrem Gesang lauschte oder ihr bei der Gartenarbeit zusah, nahm der Rest des Tages einen anderen Duft an. An diesem Morgen wünschte er sich umso mehr, sie unter vier Augen anzutreffen, da er ihr unbedingt sein Verhalten vom Abend zuvor erklären wollte. Da es ein Freitag war, der Tag der Venus, und zudem der Vorabend des Sabbat, wusste er, dass er sie erst zu Gesicht bekäme, wenn die Sonne sich neigte.

Um sie nicht zu verpassen, ging er also in den Garten und setzte sich auf eine kleine, weiße Steinbank in der Nähe eines der Brunnen. Lang saß er da und betrachtete das Wasser, das über die marmornen Ränder des Brunnens glitt. Als er Esther auf sich zukommen sah, machte sein Herz einen Satz. Sie trug ein schönes rotes Kleid, ihr Gesicht zeigte noch Spuren der Ereignisse der Nacht.

»Ich freue mich, dich zu sehen, Giovanni«, sagte sie mit ernster, ruhiger Stimme.

Giovanni erhob sich und drückte ihr die Hände.

»Ich auch, Esther. Ich bedaure so sehr, was heute Nacht geschehen ist.«

»Mach dir keine Sorgen. Mein Vater hat mir alle Einzelheiten dieser Geschichte erklärt. Ich verstehe, dass du, was uns betrifft, Zweifel hegen konntest.«

Diese Bemerkung traf Giovanni mitten ins Herz.

»An dir habe ich nie gezweifelt, Esther. Ich schwöre es dir. Aber mein gequälter Geist hat manches Mal geargwöhnt, dass dein Vater in Verbindung zu dieser Bruderschaft steht. In Anbetracht der Güte, die er mir gegenüber hat walten lassen, war mir allein schon der Gedanke so unerträglich geworden, dass ich mich befreien wollte, indem …«

Esther unterbrach ihn, entzog ihm sanft ihre Hände und führte ihn in den oberen Teil des Gartens.

»Ich habe all das durchaus verstanden, Giovanni, und mein Vater auch. Nur keine Sorge. Aber ich möchte dich mit etwas überraschen.«

»Überraschen?«

»Ja, geh mit mir zum obersten Brunnen, dem Kether.«

Beide spazierten schweigend den schmalen, schattigen Weg hinauf, der sie zuerst zum Hochma-Brunnen, dem Brunnen der göttlichen Weisheit, und dann zum Kether führte.

Giovanni spürte, dass die junge Frau recht angespannt war, ihre Beklommenheit hinter einem freundlichen Lächeln und einer bedächtigen Haltung verbarg. Als sie am dichten Gebüsch anlangten, in dem der höchste Brunnen des Gartens versteckt lag, wandte sich Esther ihm zu.

»Sieh das Haus ganz unten am Ende des Pfads.«

Giovanni ließ seinen Blick über den langen, von uralten Bäumen gesäumten Weg bis zum Haus schweifen.

»Nun sage mir, lieber Giovanni, was ist in diesem Augenblick dein größter Wunsch?«

Als er gerade überrascht reagieren wollte, legte Esther ihm den Finger auf die Lippen.

»Pssst …«, wisperte sie. »Dies ist ein Spiel und doch kein Spiel. Sag mir aufrichtig, welcher Wunsch dir gerade am meisten am Herzen liegt.«

Giovanni begriff, dass die junge Frau nicht scherzte. Er belauschte sein Herz. Seine Empfindungen beim Anblick

Esthers, ihr köstlicher Lilienduft und die zärtliche Berührung ihrer Finger gaben ihm auf der Stelle die Antwort ein. Da er fürchtete, ihn könnte der Mut verlassen, dachte er nicht länger darüber nach.

»Mein größter Wunsch wäre ... dass dein Herz sich an meines bindet, so wie das meine Sklave des deinen geworden ist ...«

Esther wirkte wie benommen von dieser Antwort. Sie sah ihm gerade ins Gesicht. Und er sah, wie sie eine unendliche Gefühlsregung überkam. Ihr Gesicht rötete sich.

»Ist dir damit wirklich ernst?«

Giovanni spürte, wie seine Seele erzitterte.

»Wie kannst du zweifeln? Schon als ich dich zum ersten Mal sah, hat sich meine Seele mit deiner verbunden, und es vergeht nicht eine Minute, ohne dass meine Gedanken bei dir sind.«

Esther starrte ihn an, ohne mit der Wimper zu zucken. Sie suchte die Aufrichtigkeit seiner Seele zu ermessen.

»Und diese Frau, die du so sehr geliebt hast und für die du alles aufgegeben hast?«

»Ich liebe sie noch immer, und ich werde sie immer lieben. Doch ich weiß nun, dass ich sie niemals wieder suchen werde. Das Schicksal hat unsere Wege getrennt, ein für alle Mal. Sie ist in mir, als lebte sie in einer anderen Welt, und ich empfinde kein Verlangen und keine Leidenschaft mehr für sie.«

Esther wandte den Blick ab.

»Seit ich dich kenne, Esther, habe ich mit Erstaunen festgestellt, dass mein Herz wirklich frei ist für eine neue Liebe; jeder Tag, der vergeht, bindet mich mehr an dich. Du fragst mich heute, was ich mir am meisten wünsche, und ich habe nicht den geringsten Zweifel: dass dein Herz frei sein möge und du meine Liebe erwiderst ... ich möchte deine Hände in meine Hände nehmen ... möchte deine Lippen mit meinen Lippen berühren ... mich an deinem Duft berauschen ...«

Esther sah ihn an. In ihren großen dunklen Augen glitzerten Tränen, und ihrem Blick entströmte eine unendliche Zärtlichkeit. Sanft liebkoste sie seine Wange.

»Oh, Giovanni! Ich habe nicht gedacht, dass du mir Gefühle dieser Art entgegenbringst. Ich habe noch nie einen Mann geliebt, weißt du. Mein Herz ist so unerfahren ...«

Sie blickten sich an, und ihre Ergriffenheit ließ sie erbeben. Er fasste nach Esthers Hand.

»Mein Herz ist frei, Giovanni ... und nichts bereitete mir größere Freude, als es dir zu schenken.«

Bei diesen Worten durchflutete ein reines Glücksgefühl Giovannis Herz. Er presste Esther fest an sich, sah sie erneut an und drückte sanft seinen Mund auf ihren, während sich ihre Finger ineinanderschlangen.

»Ich bin so glücklich«, flüsterte Giovanni.

»Und ich erst! Wenn du nur wüsstest! Noch gestern habe ich geglaubt, du verließest uns.«

»Warum? Seit ich hier bin, habe ich wieder Frieden gefunden.«

Esther trat ein wenig zurück, um ihn besser beobachten zu können.

»Bist du sicher, dass du nicht in dein Land zurückkehren möchtest?«

»Ganz sicher ... und wenn, dann nur mit dir.«

Ein ernster Zug legte sich auf das Gesicht der jungen Frau.

»Weißt du, welchen Wunsch ich von dir erwartete?«

Giovanni schüttelte den Kopf.

»Ich dachte, du würdest nach Europa zurückkehren wollen. Ich wollte dir eigentlich sagen, dass ich noch heute Nacht, nach diesem Drama, meinen Vater überzeugt habe, dir die notwendigen Mittel zur Verfügung zu stellen, damit du Al Dschesair verlassen kannst und auch deinen französischen Freund freikaufen.«

Giovanni war vollkommen verblüfft.

»Das hast du getan?«

Sie nickte schüchtern.

»Noch kannst du deine Meinung ändern und abreisen … ich würde es verstehen und wäre dir nicht böse.«

Als Antwort umarmte Giovanni sie mit Ungestüm.

»Ich liebe dich, Esther, verstehst du das? Ich liebe dich, und was du mir gerade sagtest, macht meine Liebe noch größer. Ich wäre überaus glücklich, wenn du Georges' Freilassung bewirken könntest, aber nie würde ich ohne dich von hier weggehen.«

»Aber Georges ist frei!«

»Was sagst du da?«

»Malek hat ihn heute Morgen dem Verwalter des Paschas durch einen muslimischen Mittelsmann abgekauft. Das sollte meine Überraschung sein, Giovanni. Ich war so fest davon überzeugt, dass du den Wunsch äußern würdest, gemeinsam mit deinem Freund Al Dschesair verlassen zu wollen!«

»So warst du nicht nur bereit, mich ziehen zu lassen, sondern wolltest mir außerdem auch noch die Mittel dazu verschaffen?«

»Wäre dies dein größter Wunsch gewesen, wie ich es dachte – obwohl es mich traurig machte – , wie hätte ich so egoistisch sein können, dich bei mir zu behalten?«

Giovanni sah Esther lange tief in die Augen. Diese Frau flößte nicht nur Liebe ein. Sie wusste nicht nur wunderbar über die Liebe zu reden. Sie war die Liebe selbst. Sie war alle Facetten der Liebe: der *eros* des Begehrens, die *philia* der Freundschaft und die *agapè* der Hingabe.

»Und wo ist Georges?«, fragte er mit vor Rührung brüchiger Stimme.

»Hier.«

»Hier?«

»Lass uns hinuntergehen, wir finden ihn im Patio der Dienerschaft.«

EINUNDACHTZIG

Georges war eine Stunde zuvor eingetroffen. Man hatte ihm keine Gründe für seinen Freikauf genannt, ihn lediglich zu einem muslimischen Kaufmann gebracht, der ihn alsbald Malek anvertraut hatte. Georges, überrascht, sich im Hause eines Juden wiederzufinden, wartete ungeduldig, dass man ihm erklärte, was er hier zu suchen habe, aber niemand schien gewillt, seine Fragen zu beantworten.

Er lungerte gelangweilt im Empfangsraum von Eleazars Verwalter herum, als sich plötzlich die Tür öffnete. Als er Giovanni sah, brachte er keinen Ton heraus. Der junge Italiener warf sich ihm in die Arme. Einige Sekunden blieben sie eng umschlungen stehen, dann sah Giovanni ihm in die Augen.

»Georges! Welch eine Freude, dich wiederzusehen!«

»Giovanni! Ich kann es nicht fassen! Ich hatte keinerlei Nachrichten von dir. Was ist geschehen mit dir in diesen zwei Monaten?«

»Nur Gutes, mein Freund. Nur Gutes ist mir geschehen.«

»Aber was tust du hier bei den Juden? Ich glaubte, du wärest Sklave eines arabischen Händlers?«

»Ich habe dir so vieles zu erzählen. Doch als Erstes sollst du unverzüglich wissen, dass du frei bist.«

Georges war wie gelähmt.

»Frei?«

»Ja, Georges, frei. Frei, nach Hause zu reisen, wann es dir beliebt. Der Herr dieses Hauses hat dich freigekauft.«

»Ich kann das nicht glauben«, entgegnete Georges fassungslos.

»Ich versichere dir, es ist so.«

Georges drohten die Sinne zu schwinden. Giovanni bot

ihm einen Stuhl an und holte Esther und Malek herein, die im Patio geblieben waren.

»Georges, ich möchte dir Esther vorstellen, die einzige Tochter des Herrn dieses Hauses. Ihr haben du und ich zu verdanken, dass wir wieder in Freiheit sind.«

Der Franzose sah die junge Frau an, als wäre ihm die Muttergottes erschienen. Er warf sich ihr zu Füßen und küsste sie voll Dankbarkeit. Esther zog ihn hoch und sagte auf Französisch:

»Im Namen unseres Glaubens und unserer Überzeugungen sind mein Vater und ich gegen die Sklaverei. Wenn die Vorsehung uns Gelegenheit gibt, Gefangene befreien zu können, ist das nur gerecht. Seid willkommen in unserem Hause. Wir werden Euch helfen, dass Ihr Al Dschesair verlassen und wieder in Euer Land gehen könnt, wann immer Ihr es wünscht.«

»Ich kann nur sagen, dass ich tief in Eurer Schuld stehe und mein Dank unermesslich ist. Und zudem sprecht Ihr meine Sprache!«

»Ich war mehrere Male in Südfrankreich und in Paris. Ich liebe Euer schönes Land. Ihr seid aus dem Norden, nicht wahr?«

»Aus Dieppe! Ah, wie herzlich würdet Ihr und Euer Vater in meiner Heimatstadt empfangen!«

»Wie lange habt Ihr Eure Familie nicht mehr gesehen?«

Georges' Augen wurden traurig.

»Seit acht Jahren, vier Monaten und siebzehn Tagen.«

»Gut, ich verspreche Euch, dass Ihr Weihnachten mit ihnen feiert.«

Georges blieb eine Woche bei Eleazar. In den ersten Tagen versuchte er, Giovanni zu überzeugen, mit ihm nach Europa zurückzukehren.

Doch als er Eleazar und seine Tochter näher kennen gelernt hatte, verstand er die Gründe, die seinen Freund in Algier zurückhielten. Er gratulierte ihm gar, das Herz einer so schönen

Frau für sich eingenommen zu haben. Indes sorgte er für eine ernste Verwirrung in Giovanni, als er ihn fragte, ob er Esther heiraten und also »zum Judentum übertreten« wolle. Doch dessen Liebesbeziehung zu Esther war noch so frisch, dass er über diese Frage noch gar nicht nachgedacht hatte. Georges versicherte ihm, für eine Jüdin sei es unmöglich, einen Christen zu ehelichen, ohne dass sie von ihrem Volk abfiele und getauft würde, es sei denn, der Ehemann würde von Christus abfallen und ließe sich beschneiden. Giovanni begriff, dass Georges wohl Recht hatte, und war bestürzt. Doch schließlich war zwischen Esther und ihm von Heirat noch nicht die Rede gewesen, und vielleicht zog die junge Frau, wie damals Elena, die Möglichkeit gar nicht in Betracht. Vielleicht wollte sie mit Giovanni nur eine leidenschaftliche, verbotene Liebe ausleben und würde später, um ihren Vater nicht zu verdrießen, einen Juden heiraten. Dieser Gedanke stürzte ihn in tiefe Verzweiflung.

Giovanni bemühte sich, seinen inneren Aufruhr zu verbergen, aber Esthers Scharfsinn entging er nicht. Sie ahnte aber nicht, was sich im Kopf ihres Freundes abspielte, sondern brachte diese Traurigkeit in Zusammenhang mit Georges' baldiger Abreise, fragte sich sogar, ob Giovanni seine Entscheidung nicht bereute. Als sie es am Vortag von Georges' Abschied – er wollte sich einer Karawane nach Oran anschließen, von wo er das Schiff nach Frankreich nähme – nicht mehr aushielt, nahm sie Giovanni im Garten beiseite und öffnete ihm ihr Herz.

»Giovanni, ich sehe sehr wohl die Trauer, die dich seit einigen Tagen erfüllt. Ich verstehe den Grund, und darum möchte ich dir sagen, dass du noch immer die Möglichkeit hast, deine Meinung zu ändern.«

Der junge Mann machte große Augen.

»Kein Versprechen bindet dich an mich«, fuhr sie händeringend fort. »Ich werde dich nie vergessen. Und ebenso wenig werde ich es dir verübeln, wenn du dem Wunsch folgst, in dein Land zurückzukehren … und selbst diese Frau in Venedig wiederzusehen.«

Giovanni war sprachlos. Doch als er das Missverständnis begriff, schloss er Esther so fest er konnte in die Arme. Die junge Frau, die diese Geste als einen Abschiedskuss auffasste, spürte, wie ihre Seele in tiefe Verzweiflung geriet, so dass sie sich mit aller Kraft aus der Umarmung löste und zum Haus lief. Doch Giovanni holte sie ein. Er hielt sie fest und sah ihr in die Augen. Sie weinte.

»Esther, das ist ein furchtbares Missverständnis. Ich bin nicht traurig, weil ich wegfahren möchte, sondern weil ich dich zu sehr liebe!«

Esther sah ihn verdutzt an.

»Wie kann man zu sehr lieben? Wie kann man bedauern, zu sehr zu lieben?«

»Erinnere dich, ich habe dir erzählt, wie sehr ich damals verzweifelt war, die Frau, die ich liebte, nicht heiraten zu können, weil sich die Sitten dem Wunsch entgegenstellten. Esther, es gibt nur eines, was mein Herz bedrängt: dass du nicht meine Frau werden könntest … denn du bist Jüdin und ich Christ.«

Langsam trat ein Leuchten in das Gesicht der jungen Frau.

»Du überlegst wirklich, mich zu heiraten?«

»Esther, wie könnte es anders sein, wenn ich dich doch aufrichtig liebe? Wie könnte ich dich von ganzem Herzen lieben und hinnehmen, dass du eines Tages vielleicht einen anderen heiratest?«

»Du möchtest mich heiraten, und du denkst, mein Vater könnte dir meine Hand verweigern?«

»Ich fürchte es, seit Georges mich auf diesen Gedanken gebracht hat, so sehr, dass ich nachts nicht mehr schlafen kann.«

»Das ist es also!«

Esther fiel ihm um den Hals.

»Oh! Mein Liebling! Und ich kann nachts nicht mehr schlafen wegen des einen Gedankens, dass du das Bedürfnis haben könntest, mit deinem Freund abzureisen.«

Sie fielen sich um den Hals.

»Mein Vater hat nur die eine Sorge, dass ich glücklich werde, und er schätzt und liebt dich. Nie würde er sich unserer Verbindung in den Weg stellen. Davon bin ich überzeugt, Giovanni.«

»Aber müsste ich zum Judentum konvertieren oder du zum Christentum?«

Esther überlegte mit gerunzelter Stirn.

»Darüber habe ich nie nachgedacht. Obgleich er ein praktizierender Jude ist, hat mich mein Vater immer in der Vorstellung großgezogen, dass alle Religionen ein großes Ganzes bilden und sie nicht Hindernis sein dürften zwischen Kindern des einen und selben Gottes. Wie könnte er sich unserer Verbindung widersetzen, nur weil wir nicht dasselbe religiöse Erbe haben, wo wir doch denselben Glauben haben und auf derselben Suche nach dem Wesentlichen sind?«

»Esther, du weißt, als ich zu euch kam, war ich überzeugt, meinen Glauben verloren zu haben. Jetzt bin ich mir da nicht mehr so sicher. Ich bete wieder oder denke an Gott, aber ich bin nicht so gläubig, wie ihr es sein könnt, und ich fürchte, dass dein Vater den Ritualen und der Glaubenspraxis mehr Bedeutung beimisst, als du glaubst. Denke an unsere Kinder, falls Gott uns welche schenkt: In welchem Glauben würden sie erzogen?«

»Im Glauben der Liebe«, antwortete Esther ohne das geringste Zögern.

Giovanni lächelte.

»Du bist wunderbar.«

»Nur die Liebe ist des Glaubens würdig. Denkst du nicht?«

»Ja, aber zum Glauben gehören auch Gebete, Symbole, Riten ...«

»Nun gut, du vermittelst ihnen die Worte Christi, und ich bringe ihnen jüdische Gebete bei. Du formst ihre Intelligenz bis zu den höchsten Fragen der Philosophie, und ich lehre ihre Herzen, jeden Menschen, wer auch immer er sei, als einen Gesandten Gottes aufzunehmen. Du führst sie in den Platonismus und ich sie in die Kabbala ein. Du unterrichtest sie in Italienisch und Latein und ich in Arabisch und Hebräisch. Am Morgen vertraust du sie der Jungfrau Maria an, und am Abend bringe ich sie mit dem Gebet meiner Vorväter zu Bett: *Schma Israel Adonai eloenou Adonai ehad.*«

»Esther, was du sagst, überwältigt mich. Aber welcher Priester oder welcher Rabbiner wäre bereit, uns zu trauen, wo wir doch nicht denselben Glauben haben?«

»Dann lasse ich mich eben taufen … wenn es keine andere Lösung gibt.«

Giovanni sah sie voll Zärtlichkeit an.

»Nein, mein Liebling, ich lasse mich beschneiden. Dein Volk hat zu sehr gelitten, und ich möchte nicht, dass du auf den Glauben deiner Vorväter verzichtest. Und schließlich … war doch Jesus Jude und beschnitten.«

Esther musste lachen und schmiegte sich erneut in seine Arme.

»Sobald Georges abgereist ist, spreche ich mit deinem Vater und halte um deine Hand an. Einverstanden?«

»Er wird dir die Antwort geben, doch ich rede vorher mit ihm über meine Gefühle …«

Nach letzten Abschiedsumarmungen verließ der Franzose das Haus. Malek brachte ihn zum Anführer der Karawane nach Oran, dort würde er sich nach Toulon einschiffen und nach Dieppe weiterreisen. In weniger als einem Monat müsste er, wenn sich keine Zwischenfälle ereigneten, wieder zu Hause sein. Er hatte versprochen, Giovanni an Eleazars Adresse zu schreiben, wenn er endlich wieder bei seinen Liebsten wäre.

Kaum war sein Freund abgereist, überlegte Giovanni, mit welchen Worten er sich an Eleazar wenden würde.

Als er am nächsten Morgen den alten Mann im Garten unter einem Feigenbaum meditieren sah, dachte er sich, der Moment sei günstig, und ging zu ihm.

»Darf ich mit Euch etwas Wichtiges besprechen, oder wünscht Ihr einen späteren Zeitpunkt?«

»Setz dich, mein Junge. Ich bin ganz Ohr.«

»Eleazar, Ihr habt mich in diesem Haus anfänglich als Gefangenen aufgenommen, den Ihr die Güte hattet freizukaufen. Ihr behandelt mich seit nunmehr zwei Monaten wie einen Sohn, was mich berührt und stolz macht.«

Es gelang ihm, sein Zittern zu unterdrücken, und er fuhr etwas kurzatmig fort:

»Mein Herz hat Euch und Eure Tochter kennen gelernt, und ich kann mir nicht mehr vorstellen, fern von Euch zu leben. Ich bin kein Jude, kein Algerier, bin nicht reich und lebe auch nicht in guten Verhältnissen. Ich kann ihr nichts weiter bieten als die Aufrichtigkeit meines Herzens und die Rechtschaffenheit meines Verstands, der stets die Wahrheit sucht. Eleazar, ich liebe Eure Tochter. Ich liebe sie mehr als mein Leben, und ich will sie glücklich machen. Würdet Ihr sie mir zur Ehefrau geben?«

Giovanni war so gerührt, dass er den Blick zum Boden wenden musste. Der alte Mann schwieg erst einmal, strich sich über den Bart und antwortete dann:

»Esther hat mir von eurer Liebe erzählt, die mir übrigens nicht entgangen ist. Ich habe ihr bereits gesagt, dass ich sie für fähig halte, diese Entscheidung allein zu treffen. So wie meine Diener nicht wie Sklaven behandelt werden, ist meine geliebte Tochter frei, ihr Leben so zu gestalten, wie sie es für richtig hält.«

Diese Antwort des Gelehrten überraschte Giovanni. Nach kurzem Zögern fragte er etwas zaghaft weiter:

»Seht Ihr ein Hindernis, das sich dieser Hochzeit in den Weg stellt?«

»Ich habe zum Herrn gebetet … und in der Klarheit meiner Seele erscheint mir eure Liebe wahr und stark.«

Giovanni stieß einen Seufzer der Erleichterung aus.

»Wie ich es bereits Esther gesagt habe, stellt sich indes die Frage eures unterschiedlichen Glaubens.«

Der junge Mann hielt die Luft an.

»Da ihr nicht in derselben religiösen Tradition aufgewachsen seid, könnt ihr keinesfalls in der Kirche oder in der Synagoge heiraten.«

»Ja, das weiß ich. Darum habe ich Esther den Vorschlag gemacht, dass ich zum Judentum übertrete.«

»Sie hat davon gesprochen, aber das kommt nicht in Frage.«

Giovanni erzitterte.

»Man wechselt nicht die Religion, nur weil man heiraten will«, entgegnete der Kabbalist energisch. »Meine Tochter ist als Jüdin geboren, und sie bleibt Jüdin. Und du bist als Christ geboren und bleibst es. Jede religiöse Tradition hat ihre einzigartige Größe, und es ist verhängnisvoll, sie ablegen zu wollen. Es gibt ein kabbalistisches Bild, das ich manchmal benutze, um an diese Vielfalt der Religionen zu erinnern: Wir sagen, Gott habe den Menschen das Licht seiner Offenbarung in einem irdenen Gefäß überbracht. Doch das Licht war so hell, dass das Gefäß zerbrach und die göttliche Offenbarung sich in tausend Lichtfunken über die ganze Erde verströmt hat. Jeder Funke ist ein Widerschein des Göttlichen. Keiner enthält die ganze Wahrheit. Meines Erachtens hat also jede Religion ein Quäntchen dieser Wahrheit. Jede ist einzigartig und unersetzlich. So bringen wir, die Juden, der Menschheit die Kenntnis des einzigen und guten Gottes dar und müssen durch die Frömmigkeit unseres Lebens Zeugnis davon ablegen. Und ihr, die Christen, ihr liefert die erschütternden Worte und die

Gegenwart Jesu, des Sohn Gottes und des größten Menschenkindes. Es gibt keinen Widerspruch zwischen beiden Traditionen, sondern in der Tiefe ergänzen sie sich. Statt sich zu bekämpfen und zu verachten, sollten die Religionen lernen, sich zu ergründen, sich zu respektieren und sich gegenseitig zu befruchten, denn sie alle sind Überbringer derselben göttlichen Wahrheit, die kein Volk allein für sich innehat. Die Religion zu wechseln heißt so viel, wie einen Funken des göttlichen Lichts zu leugnen, ihn als Finsternis zu betrachten und eine Gabe Gottes abzulehnen.«

Giovanni begriff, was Eleazar ihm sagen wollte. Mehr noch, er pflichtete ihm bei. Doch er sah nun nicht, wie er Esther heiraten könnte. Schüchtern fragte er:

»Ja ... ist es denn nun möglich, unseren Ehebund vor Gott zu schließen?«

»An sich sehe ich nichts, was dagegen spräche. Doch angesichts der Last der Traditionen und der Vorurteile ist es undenkbar. Für die Christen wärest du immer ein Verräter, und Esther würde von den Juden als eine Dirne angesehen, denn unser Gesetz untersagt ihr, einen Nichtjuden zu heiraten.«

Eine heftige Angst ergriff Giovannis Seele, und er wurde leichenblass.

»Dann gibt es also keinen Ausweg, Ihr verweigert uns Euren Segen?«

»Das habe ich nicht gesagt. Denn was in den Augen der Menschen, auch der gläubigsten, undenkbar und närrisch ist, kann in den Augen Gottes gut und weise sein. Meine persönliche Meinung, die ich Esther bereits mitgeteilt habe, ist, dass eine derartige Verbindung, in der jeder seine Religion behält, geheim bleiben muss, um nicht einen Skandal und Unverständnis in euren jeweiligen Glaubensgemeinschaften auszulösen. Dies zu leben wird schwierig werden, denn ihr müsstet als Christen bei den Christen auftreten und als Juden bei den Juden. Solltet ihr bereit sein, diese schwere Einschränkung auf euch zu nehmen, habe ich nichts dagegen, dass ihr zusammenlebt und eure Verbindung vor dem Herrn geweiht wird. Ich würde sogar sagen, ich wäre sehr glücklich darüber.«

Giovannis Gesicht nahm wieder Farbe an.

»Aber wer könnte unsere Verbindung segnen? Denn, wie Ihr richtig gesagt habt, wird sich kein Priester und kein Rabbiner finden, der eine Jüdin und einen Christen vermählt.«

Eleazar zeigte ein zurückhaltendes Lächeln.

»Ich kenne einen Rabbiner, der bereit sein könnte, diese Zeremonie in allergrößter Heimlichkeit zu vollziehen.«

»Hier?«

»Nein, in Jerusalem.«

»Jerusalem!«

»Wolltest du nicht dorthin pilgern, als Barbarossas Korsaren dein Schiff entführten?«

»Das ... das stimmt«, stammelte Giovanni betreten.

»Ich habe in der Heiligen Stadt eine bedeutende Niederlassung und viele Freunde. In drei Tagen brechen wir auf, so dass wir noch vor Weihnachten dort sein werden. Gibt es denn einen besseren Ort, wo eine Jüdin und ein Christ heiraten könnten?«

ZWEIUNDACHTZIG

Jerusalem!

Als Eleazar die Mauern der Heiligen Stadt erblickt hatte, war er von seinem Pferd gestiegen und hatte sich auf den steinigen Boden gekniet. Esther und die sechs jüdischen und muslimischen Diener, die sie begleiteten, taten es ihm nach.

Giovanni hatte ohne Zweifel diese Liebesbezeigung mehr bewegt als die Tatsache, zum ersten Mal die Stadt König Davids zu sehen, die Stadt, wo nach christlichem Glauben Jesus gestorben und wiederauferstanden war. Nachdem sie ein hebräisches Lied gesungen hatten, waren sie weitergezogen und hatten die mächtigen Stadtmauern passiert. Nachdem sie durch enge Gassen gegangen waren, standen sie an einem Torbogen, an dessen rechtem Pfosten eine Mesusa hing. Ein etwa dreißigjähriger, schwarzer Riese hatte ihnen die Tür geöffnet. Er strahlte vor Freude.

»Herr!«

»Youssef, mein guter Youssef!«, entgegnete Eleazar und umarmte den Koloss.

Youssef war ein freigelassener Sklave und gehörte zum selben afrikanischen Stamm wie Malek. Wie der Verwalter war er von Arabern gefangen genommen und im islamischen Glauben erzogen worden, den er mit Inbrunst praktizierte. Er war der Hüter des Hauses, das Eleazar in Jerusalem gehörte.

Erschöpft von der langen Reise zu Wasser und zu Lande, richtete sich die kleine Gruppe im großen Haus mitten im jüdischen Viertel Jerusalems ein. Trotz der Müdigkeit schlug Eleazar seiner Tochter und Giovanni vor, noch am selben Abend zur Klagemauer zu gehen. Begleitet von einem jüdischen Diener namens Judas gingen sie durch nun menschenleere Gassen zur großen Tempelanlage.

Eine sehr alte Mauer erhob sich vor ihnen, an der etliche Juden, Verse der Thora skandierend, stehend beteten.

Eleazar erklärte Giovanni, dass es sich um eine Mauer des zweiten Tempels handle, den einst Herodes kurz vor Jesu Geburt errichten ließ. Der erste Tempel, etwa tausend Jahre zuvor von Salomon erbaut, war etwa sechs Jahrhunderte vor Jesus Christus von Nebukadnezar zerstört worden. Nach der Rückkehr der Juden aus der Babylonischen Gefangenschaft hatte Serubbabel einen zweiten Tempel erbauen lassen. Dieser zweite Tempel, den Herodes vergrößern und prachtvoll umgestalten ließ, wurde im Jahre 70 nach Chr. vom römischen Feldherrn Titus dem Erdboden gleichgemacht, wie es übrigens Jesus von Galiläa seinen Anhängern vorausgesagt hatte: »Sehet ihr nicht das alles? Wahrlich, ich sage euch: Es wird hier nicht ein Stein auf dem andern bleiben, der nicht zerbrochen werde.« Und tatsächlich war nur die westliche Außenmauer der Tempelanlage stehen geblieben.

»Nach der Zerstörung des Tempels«, erklärte Eleazar mit deutlich bewegter Stimme weiter, »verbot Kaiser Hadrian den Juden den Zutritt zur Heiligen Stadt. Doch viele kamen heimlich, um vor dieser Mauer, dem einzigen Überrest des Tempels, zu weinen und zu beten. Seitdem nennt man sie Klagemauer. Einige Jahrhunderte später hob Kaiser Konstantin dieses Verbot auf, da er erkannte, dass die Juden zutiefst mit diesem Ort verbunden waren und tausend Schliche fanden, um dorthin zu gelangen. Die muslimischen Kalifen haben dieselbe Toleranz währen lassen, und seither pilgern Tausende Juden jedes Jahr zu diesen Steinen.«

Eleazar und Esther traten an die Mauer heran. Sie streckten die Hand aus, um sie zu berühren. Und Giovanni war bewegt, als er Eleazars Hand zittern sah. Dann stimmten sie ein hebräisches Gebet an.

Giovanni hielt sich etwas im Hintergrund, doch auch er spürte die Kraft, die von diesem Ort ausging, wo die Menschen seit fast fünfundzwanzig Jahrhunderten inbrünstig zu Gott flehten. Er schloss die Augen und dankte dem Herrn für seine Begegnung mit Eleazar und Esther, die seinem Leben ein einfaches und wahrhaftiges Glück beschert hatten. Auf beinahe unmerkliche Weise fand sein Herz zum Glauben zurück. Und dennoch spürte er, dass sein innerer Friede nicht vollständig war. Noch immer verhinderte ein dunkler Fleck in ihm, dass Esthers strahlende Liebe sein Herz vollständig in Besitz nehmen konnte. Es gelang Giovanni zwar, diese finstere Stelle auszumachen, nicht aber, sich von ihr zu befreien. Es war der dumpfe Hass auf Meister Lucius' Mörder, den sein Aufenthalt in Jerusalem wieder in ihm geweckt hatte.

Nachdem sie gebetet hatten, machte Eleazar seiner Tochter, Judas und Giovanni Zeichen, sie sollten ihm folgen. Sie gingen die Stufen rechts von der Mauer hoch und kamen auf einen großen Platz. Im silbernen Mondlicht boten sich Giovannis erstauntem Blick zwei prachtvolle Bauwerke dar. Ein großes weißes, umgeben von Marmorsäulen, und ein bläulich schimmerndes mit achteckigem Grundriss, auf dem eine vollständig vergoldete Kuppel ruhte. Eleazar zeigte auf das zweite Bauwerk.

»Das ist der Felsendom, der genau an der Stelle errichtet wurde, wo der muslimischen Tradition nach Mohammed zu Allah ins Paradies aufgefahren ist.«

Eleazar drehte sich um und zeigte nun auf das weiße Bauwerk.

»Und das ist die Al-Aksa-Moschee. Sie wurde kurz nach Fertigstellung des Felsendoms von Al-Walid erbaut. Nach der Rückeroberung der Heiligen Stadt vor fünf Jahrhunderten durch die Kreuzzügler wurde die Moschee zum Palast der Könige von Jerusalem umgewidmet, bevor sie zwei Jahrhunderte später nach der Einnahme von Jerusalem durch Saladin wieder in einen Ort des muslimischen Kultes umgestaltet wurde. Heute ist sie nach Mekka und Medina, wo der Prophet Mohammed gelebt hat, der drittheiligste Ort der Muslime.«

Nach diesen Erklärungen wandelte die kleine Gruppe schweigend über die Tempelanlage. Giovanni fühlte sich wundervoll an diesem Ort. Er blieb eine Weile an einer Zypresse stehen und richtete den Blick auf einen Hügel, auf dem mehrere christliche Gotteshäuser standen: auf den Weinberg. Esther trat zu ihm und berührte zart seine Hand.

»Der Ort, wo Jesus seine letzten Stunden in Begleitung seiner Jünger verbracht hat, bevor Judas ihn verriet und er festgenommen wurde. Das muss in einer Vollmondnacht wie dieser gewesen sein.«

Giovanni drückte Esther an sich, während er voll Gefühlsregung weiter zum Weinberg sah.

»Wie bewegend, hier an den Stätten zu wandeln, wo Jesus gelebt hat.«

»Obgleich ich Jüdin bin und mein Volk unter dem Verhalten der Christen so viel zu leiden hatte, ist er ein Prophet, dessen Leben und Worte mich immer sehr berührt haben. Morgen wird dich mein Vater Rabbi Meadia vorstellen. Dieser fromme Mann kennt die Evangelien sehr gut und befolgt sie strikter als die meisten christlichen Priester. Ihn wird mein Vater bitten, uns zu vermählen.«

Und tatsächlich kam am nächsten Nachmittag ein kleiner alter Mann von bescheidenem Aussehen allein in das Haus des Kabbalisten. Eleazar begrüßte ihn mit einer Herzlichkeit und Ehrerbietung, die Giovanni etwas überraschten. Der Mann sprach mehrere Sprachen und begrüßte ihn, als Eleazar sie einander vorgestellt hatte, mit einem strahlenden Lächeln auf Italienisch. Dann umarmte er Esther, der er lachend sagte, sie sei ebenso schön geworden wie die Heldin der Bibel, deren Namen sie trage. Dann zog er sich mit dem Kabbalisten in den Salon im Erdgeschoss zurück. Nach zwei langen Stunden des Gesprächs wurde Esther von Youssef gebeten, sich zu den Herren zu begeben. Noch eine Stunde später wurde Giovanni in den schönen, in Rot und Gold dekorierten Salon geholt. Ohne Umschweife sagte ihm der Rabbiner, er müsse sich glücklich schätzen, von einer Frau wie Esther geliebt zu werden. Darauf konnte Giovanni nur mit einem strahlenden Lächeln reagieren. Dann befragte ihn der Alte einige Zeit zu gewissen Aspekten seines Lebens und Glaubens. Nun bestellte Eleazar bei den Dienern ein Abendessen. Die vier ließen sich ein gegrilltes Lamm und einen Landwein schmecken, sprachen unterdessen aber weiter. Als es schon lange dunkel geworden war, setzte der Rabbiner mit einem Mal ein ernstes Gesicht auf und sprach zu Eleazar auf Arabisch.

Esther strahlte übers ganze Gesicht und warf Giovanni einen verschwörerischen Blick zu.

Als ihr Gast sich verabschiedet hatte, sagte Eleazar in Esthers Gegenwart gerührt zu Giovanni:

»Du hast sicherlich verstanden, dass er bereit ist, euch zu trauen. Er denkt wie ich, dass diese Hochzeit rasch und heimlich gefeiert werden sollte. Daher werden wir all unseren Bekannten sagen, ihr wäret bereits verheiratet, was uns eine große Zeremonie erspart, wo vielen auffallen könnte, dass du kein Jude bist. Er schlägt vor, dass die Hochzeit am Sonntag, am ersten Tag der Woche, stattfindet. Ihr werdet nach einem der Situation angepassten jüdischen Ritus getraut. Du lebst so weiter wie bisher, eure Kinder werden mit beiden Religionen aufwachsen. Und so wie ich es mir auch vorgestellt habe, schlägt der Rabbi vor, dass wir in der Zukunft eine List anwenden, damit ihr ohne Sorge sein könnt. Hier in Jerusalem, in Al Dschesair und im ganzen Osmanischen Reich wirst du dich unter einem jüdischen Namen vorstellen. Aber in der christlichen Welt wird es an meiner Tochter sein, ihre Herkunft zu verschleiern und einen anderen Namen anzunehmen. So vermeidet ihr viel Ärger, wenn nicht gar Verfolgung.«

Giovanni nickte. Für ihn zählte nur, dass Esther seine Frau werden konnte. In dieser Nacht jubelte sein Herz, und er erkannte in den Augen seiner Geliebten ein Licht, das dieselbe große Freude verriet. Ihre Seelen hatten sich bereits verbunden. In drei Tagen würde ihr Bund dem Herrn geweiht, dann durften sie sich einander hingeben. Beide erwarteten diese Hingabe voller Verlangen, einem Verlangen, das im Laufe der Monate mit ihrer Liebe gewachsen war.

Am nächsten Tag feierten sie wie jeden Freitagabend den Beginn des Sabbats. Und während am Samstag Eleazar und Esther das Hause hüteten, besorgten die zu Stillschweigen verpflichteten muslimischen Diener das Notwendige für die kleine Feier am nächsten Tag. Eleazar ermunterte Giovanni, der nicht zur Untätigkeit des Sabbats verpflichtet war, sie zu begleiten und die Gelegenheit zu nutzen, sich die Grabeskirche anzusehen. Freudig stimmte er zu.

Nachdem sie auf dem belebten Markt der Altstadt ihre Einkäufe gemacht hatten, schickte Youssef die Diener nach Hause und führte Giovanni zur Basilika, die von Christen an der Stätte des Todes und der Auferstehung Christi errichtet worden war. Es herrschte dichtes Gedränge. Plötzlich reckte Giovanni den Kopf und blieb sprachlos abrupt stehen. Ihm war ein Mann entgegengekommen, dessen Gesicht in ihm alte Erinnerungen weckte.

»Sollte er es sein?«, überlegte er klopfenden Herzens.

DREIUNDACHTZIG

Giovanni gab Youssef ein Zeichen. Die beiden Männer machten kehrt und folgten dem recht großen und dünnen Mann, der gemächlich dahinschlenderte. Als sie knapp hinter ihm waren, sah Giovanni, was er gesucht hatte: eine Narbe an der linken Hand. Es gab keinen Zweifel, es war die Narbe eines Hundebisses. »Er ist es! Der Mann in Schwarz, der Noah gequält hat, der rechte Arm des Anführers der Bruderschaft«, sagte sich Giovanni bestürzt. Er ließ den Mann ein Stück Vorsprung gewinnen und flüsterte Youssef zu:

»Folgen wir ihm. Ich muss unbedingt wissen, wo er hingeht.«

Der schwarze Riese nickte zustimmend, und die beiden Männer nahmen die Verfolgung auf. In dem regen Treiben verlor Giovanni seine Beute aus den Augen, aber nicht Youssef, der alle um Haupteslänge überragte. Der Mann bog von der Hauptstraße in eine menschenleere Gasse. Giovanni und Youssef hielten inne, als der Mann die Schwelle eines Hauses am Ende derselben betrat. Nachdem Giovanni Youssef signalisiert hatte, er solle ihm folgen, schlichen sie bis zur Tür. Giovanni drehte den Knauf und stellte fest, dass sie nicht verschlossen war. Er zögerte, dieses Haus zu betreten, denn hier befand sich mit Sicherheit der Schlupfwinkel der Männer in Schwarz. Sollten sie viele sein, wäre trotz Youssefs Kraft die Gefahr zu groß. Er schloss die Tür wieder und drehte sich zum Riesen:

»Ich muss unbedingt wissen, wie viele Leute hier wohnen. Könntest du an die Tür klopfen und unter einem Vorwand das Haus betreten? Ich warte hier draußen versteckt hinterm Torbogen.«

»Wer ist dieser Mann?«, fragte Youssef beunruhigt.

»Jemand, der einst versucht hat, mich umzubringen, nachdem er meinen Meister und dessen Diener getötet hat. Ich wüsste gerne, ob der Kopf dieser Verbrecherbande hier ist.«

Youssef zeigte sich erstaunt, dann überlegte er kurz und entgegnete:

»Ich werde tun, worum du mich bittest.«

Giovanni verbarg sich, und Youssef klopfte an die Tür.

Der Mann mit der Narbe öffnete. Youssef sagte etwas auf Arabisch zu ihm und stellte sich als Beauftragter der Stadt vor, der prüfen müsse, ob der Abfluss der Abwässer den neuen Vorschriften entspreche. Der Mann war überrascht und zögerte, den Unbekannten ins Haus zu lassen, doch wegen dessen guter Kleidung, seiner natürlichen Autorität und seiner beeindruckenden Statur wagte er nicht, sich zu widersetzen. Youssef trat also ins Haus und inspizierte es rasch. Er tat so, als interessierte er sich für die Abwasserleitungen und für die Kanalisation der Badezimmer, und erklärte schließlich, dass alles seine Ordnung habe. Erleichtert verabschiedete der Mann mit der Narbe den Koloss und beeilte sich, hinter ihm die Tür wieder zu schließen. Giovanni eilte auf Youssef zu.

»Und?«

»Das Haus ist ziemlich groß, aber der Mann ist alleine.«

Giovanni überlegte einen Moment.

»Diese Gelegenheit sollte ich mir nicht entgehen lassen. Packen wir ihn, und bringen wir ihn dazu, uns zu gestehen, wo sich seine Komplizen aufhalten.«

»Glaubst du nicht, es wäre besser, erst nach Hause zu gehen und meinen Herrn um Rat zu fragen?«

»Youssef, tu, was dir richtig erscheint. Aber ich möchte mir auf keinen Fall diese Gelegenheit entgehen lassen. Vielleicht kehren seine Komplizen bald zurück, dann können wir nicht mehr handeln.«

»Ich tue das nicht gerne. Aber mein Herr nähme es mir noch viel übler, wenn ich dich hier alleine ließe. Ich bin dabei.«

»Danke, mein Freund. Ich bitte dich nur um eins: Klopf noch einmal an die Tür, und packe dir den Mann, sobald er öffnet, damit ich ihn befragen kann.«

Youssef war einverstanden und ging erneut zum Haus.

»Was ist denn los?«, fragte eine Stimme gereizt.

»Ich bin es noch einmal. Ich habe oben in einem der Badezimmer etwas vergessen.«

Murrend öffnete der Mann. Und schon stürzte sich der schwarze Riese auf ihn und drückte ihn mit einer solchen Kraft zu Boden, dass ihm nicht einmal die Zeit blieb zu schreien. Giovanni sprang ins Haus und verbarrikadierte den Eingang.

»Was hat das zu bedeuten? Was wollt Ihr?«, keuchte der Mann mit dem Gesicht am Boden.

Giovanni griff nach einem Seil, das an der Wand hing, fesselte ihm die Hände auf dem Rücken und fixierte das andere Ende an einem Eisenring an der Wand.

»Du kannst ihn loslassen«, rief Giovanni Youssef auf Italienisch zu. Eleazars Diener erhob sich und trat beiseite. Auch der Gefesselte stand auf. Mit wirrem Blick fragte er Giovanni:

»Seid Ihr Italiener?«

»Ja.«

»Ich auch. Ich bin Römer. Was wollt Ihr von mir? Hier gibt es kein Gold ...«

»Ich suche hier kein Gold, sondern Gerechtigkeit«, schleuderte Giovanni ihm kalt entgegen.

Verblüfft musterte der Mann Giovanni. Plötzlich begannen seine Augen zu leuchten.

»Das gibt es doch nicht ... du bist doch nicht etwa ... der Schüler von Meister Lucius ...«

Bei diesen Worten stieg in Giovannis Herz die so lange unterdrückte Wut hoch. Er stürzte auf den Mann zu und zerrte mit beiden Händen an seiner Tunika.

»Ja, ich bin der Schüler und Freund dieser beiden Unschuldigen, die du und deine Komplizen grausam töteten.«

»Es ist unmöglich ... ich selbst habe dir das Herz durchstochen, und wir haben das Haus in Brand gesteckt ...«

»Ja, und du hast danebengestochen, und sagen wir, die göttliche Vorsehung hat mich gerettet. Genau die, in deren Namen ihr foltert und mordet!«

Der Mann war sprachlos. Nun hatte er Giovanni erkannt, konnte aber nicht fassen, dass er wirklich am Leben war.

»Wie hast du es angestellt zu überleben?«

»Das ist unwichtig! Ich bin nicht hergekommen, um dir mein Leben zu erzählen, sondern um dich zur Rechenschaft zu ziehen.«

»Woher wusstest du, dass wir ein Haus hier in Jerusalem haben?«

»Erinnerst du dich nicht? Bevor ihr versucht habt, mich umzubringen, hat dein Anführer, dieser fanatische Alte, mir gesagt, er reise in die Heilige Stadt.«

»Und du hast den ganzen weiten Weg gemacht, um ihn zu finden?«

Giovanni nickte.

Der Mann schwieg einen Moment und brach dann in schallendes Gelächter aus.

»Dann hast du diese Reise vergebens gemacht! Denn unser Meister ist nach einigen Monaten, die er hier verbracht hat, schon vor langer Zeit nach Italien zurückgekehrt!«

Wut drohte Giovanni zu ersticken, doch es gelang ihm, sich zu beherrschen.

»Ausgezeichnet! Ich habe so lange darauf gewartet, ihm seine Verbrechen heimzuzahlen, da kann ich noch ein bisschen länger warten. Sag mir, was in dem Brief stand, sag mir den Namen eures Anführers, und wo er wohnt.«

Der Mann wurde wieder ernst.

»Du bist hier im Allerheiligsten unseres Ordens. Du sollst wissen, dass wir über hundert Brüder sind, die sich einer großen Aufgabe widmen, einer Aufgabe, die größer ist als wir: Wir wollen die Kirche in der Reinheit des Glaubens erneuern, wir bekämpfen alle Ketzereien und Verirrungen, die sie in diesen Zeiten der Verderbnis bedrohen. Unter uns sind Kardinäle, Mönche, Bischöfe, Priester und einige einfache Laien so wie ich. Aber wir alle haben vor Gott geschworen, niemals, auch nicht unter Folter, auch nur einen einzigen Namen preiszugeben.«

Giovanni wandte sich an Youssef und bat ihn um seinen Krummsäbel. Der Riese zögerte, doch angesichts Giovannis Entschlossenheit reichte er ihm schließlich die Waffe.

»Leg seine beiden Hände auf diesen Stein, und halt sie gut fest«, sagte Giovanni zu Youssef und deutete auf einen Eckstein, der hinter dem Gefangenen aus der Wand ragte.

Der Diener tat, wie befohlen. Er legte die gefesselten Hände des Mannes auf den Stein und blockierte dessen Unterarme so, dass er sich nicht rühren konnte. Mit harter, ruhiger Stimme wandte sich Giovanni an den Mann:

»Ich frage nicht ein drittes Mal. Der Name deines Anführers und der Ort, wo er wohnt! Weigerst du dich zu antworten, schlage ich dir die Hände ab, so wie du damals meinem Hund die Pfote abgeschlagen hast.«

Der Gefesselte lächelte und antwortete spöttisch:

»Du kannst mich foltern oder gar töten, aber ich versichere dir, du wirst nichts erreichen. Ich werde genauso schweigen wie deine Freunde, damals, als ich ihnen das glühende Eisen auf verschiedene empfindliche Körperteile gedrückt habe …«

Giovanni spürte, wie ihn grenzenloser Hass überflutete. Er nahm den Krummsäbel mit beiden Händen und hob ihn über dem Gefangenen in die Höhe. In dem Augenblick, als er zuschlagen wollte, tauchten mit einem Mal Lunas Worte in seiner Erinnerung auf: »Du wirst aus Eifersucht, aus Angst und aus Wut töten. Solltest du ein viertes Mal töten, dann aus Hass … dann aber wäre deine Seele für immer verloren.« Seine Hände zitterten. Und vor seinem geistigen Auge sah er all die Leiden, die er ertragen hatte, und diese inneren Bilder verwoben sich mit Kampf-, Plünderungs- und Mordszenen. Er musste wieder an die Worte des Starez Symeon denken: »Seit dem ersten Mord durch Kain ist die ganze Menschheitsgeschichte nur eine blutige Folge von Morden, ausgelöst durch die Angst, das Bedürfnis, überlegen zu sein, und die Rachsucht. Laut den Propheten ist Jesus Christus gekommen, um diesem teuflischen Kreislauf ein Ende zu setzen. Er konnte sich der Allmacht Gottes bedienen und hat sich zu ihrem ergebenen Diener gemacht. Am Kreuz hat er seine Peiniger nicht verdammt, sondern gerufen: ›Vater vergib ihnen; denn sie wissen nicht, was sie tun!‹ Er ist gekommen, um uns die Kraft der Vergebung, des Sieges der Liebe über den Hass und die Angst zu lehren.«

Giovanni war hin- und hergerissen. Der Hass hatte noch immer einen Platz in seinem Herzen, er sah wieder das Grab seiner Freunde vor sich … doch die Worte, die in seiner Erinnerung wach geworden waren, lähmten ihn. Tötete er diesen Mann, würde er das Gesetz des Mordens und der Rache weitertragen … verschonte er ihn, würde er den jahrtausendealten Kreislauf der Gewalt durchbrechen. Aber wie sollte man Verbrechen dieser Art ungesühnt lassen? Wie sollte man dem mächtigen Verlangen widerstehen, jene, die man geliebt hat, zu rächen?

Nie zuvor hatte er die Last des freien Willens so deutlich verspürt.

Kraftvoll fuhr sein Arm nieder.

VIERUNDACHTZIG

Verblüfft sah ihn der Gefangene an. Giovanni hatte ihm die Fesseln durchschnitten. Aber auch seine eigenen Fesseln, die tief in seinem Herzen verborgen waren, hatte Giovanni gelöst.

»Geh! Du bist frei«, sagte er ihm mit zitternder Stimme.

»Du lässt mich am Leben?«

Giovanni nickte.

»Warum tust du das?«

»Weil ich noch ein Mensch bin. Geh jetzt!«

Der Mann sah ihn mit völligem Unverständnis an. Langsam ging er zur Tür, immer in Erwartung, gleich einen Hieb in den Rücken zu bekommen. Ohne die beiden aus den Augen zu lassen, öffnete er die schwere Tür und rannte davon.

Mit Tränen in den Augen gab Giovanni Youssef den Krummsäbel zurück.

»Das ist das erste Mal, dass ich einen Christen nach den Lehren seines Glaubens habe handeln sehen«, sagte der Koloss und drückte Giovanni die Schulter. »Das werde ich nie vergessen.«

»Setzen wir diese Mörderhöhle in Flammen.«

»Das Feuer könnte auf die Nachbarhäuser übergreifen. Wir können etwas Besseres tun. Mein Herr wird deine Geschichte dem Kadi erzählen, und der wird bestimmt dieses Haus beschlagnahmen und es Bedürftigen zuteilen.«

»Du hast Recht.«

Youssef und Giovanni kehrten nach einem Besuch in der Grabeskirche, wo Giovanni seinem Schöpfer dankte, dass er die Kraft gefunden hatte zu verzeihen, in das Haus des Kabbalisten zurück. Mit Sonnenuntergang endete der Schabbat, und Esther kam aus ihrem Zimmer, um Giovanni zu begrüßen. Sie zögerte, als sie ihn sah, und betrachtete ihn genauer.

»Was ist los? Du siehst mich so merkwürdig an«, sagte Giovanni und drückte ihr einen Kuss auf die Stirn.

»Etwas in dir hat sich verändert.«

»Was meinst du damit?«

»Etwas ist in deinem Herzen geschehen. Ich erkenne es an deinem Blick.«

»Ist es etwas Gutes oder Schlechtes?«, fragte Giovanni verdutzt.

»Etwas sehr Gutes. Die Wolke, die in deinem Herzen war, seit ich dich kenne, hat sich aufgelöst.«

Er nahm sie bei den Schultern und sah ihr in die Augen.

»Wie gut du mich kennst, Esther. Manchmal glaube ich gar, du kennst mich besser als ich mich selbst.«

»Was ist geschehen?«

»Gott hat es gefallen, dass ich vorhin einen der Männer in Schwarz traf, die damals meinen Meister getötet und versucht haben, mich umzubringen. Ich habe ihn an der Narbe erkannt, die ihm mein Hund Noah an der Hand beigebracht hat. Wir sind ihm hinterhergegangen. Youssef hat ihn überwältigt, und ich habe ihn befragt. Er hat den Namen seines Anführers, eines fanatischen Alten, und den Ort, wo er sich aufhält, nicht preisgeben wollen. Diesen Alten hatte ich mir geschworen zu töten. Ich habe es dir nie gesagt, aber das war der Grund, warum ich damals das Schiff nach Jerusalem bestiegen hatte.«

Esther erschauerte, ließ aber Giovanni ausreden.

»Die Vorsehung wollte es, dass ich von den Korsaren gefangen genommen wurde und in Al Dschesair gelandet bin, um lieben zu lernen … und nicht in Jerusalem, wo ich töten wollte. Sie hat auch gewollt, dass ich hierherkomme und mich dem Hass stelle, der noch immer ein Schatten auf meiner Seele war. Doch dank der Liebe, die du mir schenkst, hat sich dieser Hass verflüchtigt. Ich hatte das Bedürfnis, diesen Mann zu töten, aber ich habe es nicht getan.«

Esther liebkoste mit inniger Geste Giovannis Wange.

»Das also habe ich in deinen Augen gesehen, Liebster. Ich habe gesehen, dass deine Seele von einem Übel befreit ist, das bis heute deinen strahlenden Blick eine Spur verdunkelt hatte. Das ist das schönste Hochzeitsgeschenk, das du mir machen konntest.«

Giovanni schloss sie in die Arme und küsste sie.

»Gott hat uns dieses Geschenk gemacht, dir und mir«, murmelte er, bevor er sie abermals küsste.

Giovanni fand keinen Schlaf. Zu früher Stunde ging er in Begleitung von Judas zum Ölberg. Er dachte an diese Nacht, in der Jesus hätte fliehen und sein Schicksal, den Schrecken einer Kreuzigung, hätte verweigern können. Indem er es jedoch ablehnte zu fliehen und es akzeptierte, seinen Anklägern gegenübergestellt zu werden, blieb er der Kraft seiner Überzeugungen und der Wahrheit seiner Aussagen treu. Giovanni spürte, wie ihn wieder die Gefühle überwältigten, als er seine Gedanken eindringlich auf Jesus konzentrierte. Er weinte.

Als sie in Eleazars Haus zurückkamen, schmückte die Dienerschaft bereits den Tisch für die Hochzeit. Niemand war geladen außer dem alten Rabbiner, doch Eleazar wünschte, dass seine Dienerschaft am Tisch ihres Herrn feierlich mitspeiste. Fast im selben Augenblick traf der Rabbiner ein. Er begrüßte Giovanni und forderte ihn auf, sich für die Trauung umzukleiden, die in dem kleinen Patio mit dem Brunnen stattfinden sollte. Eine Stunde später hatten sich die zehn Diener in dem Innenhof eingefunden. Giovanni stand neben dem Rabbiner, der ihm den Ablauf der Zeremonie erklärt hatte. Nun erschien Eleazar mit Esther am Arm. Die junge Frau trug einen jungfräulich weißen und leicht durchsichtigen Schleier, der ihr bis zur Brust reichte. Giovanni war zutiefst gerührt, als er sie am Arm ihres Vaters auf ihn zukommen sah. Zu Lautenklängen stimmten die jüdischen Diener einen hebräischen Gesang zum Lobe Gottes an. Esther trat neben Giovanni. Auf ein Zeichen des Rabbiners enthüllte Giovanni behutsam Esthers Gesicht, die züchtig die Augen niedergeschlagen hatte. Als der Gesang endete, erinnerte der Rabbiner das Brautpaar an die Pflichten, die ihnen oblagen, und sprach anschließend zwei hebräische Segenssprüche: einen über den Becher Wein, dem Symbol der Freude und der Fülle, und den anderen zum Lob Gottes. Dann traten die beiden Trauzeugen, Youssef und Sarah, heran und legten einen großen Tallith auf die Schultern des Brautpaares, das währenddessen vom Wein trank. Dann nahm der Rabbiner Esthers linke und Giovannis rechte Hand und legte sie ineinander, woraufhin er hebräische Gebete sprach. Anschließend wandte er sich auf Italienisch an Giovanni.

»Der Herr, Schöpfer der Welt und Quell der Güte, hat gewollt, dass Mann und Frau sich begehren und vereinen, damit sie nur noch ein Fleisch seien. Mit ihnen, seinen geliebten Geschöpfen, hat er das Geheimnis seiner Liebe und Fruchtbarkeit teilen wollen. Giovanni, willst du dich mit Esther vor dem Herrn vereinen und an diesem göttlichen Werk teilhaben?«

Giovanni schwieg ein paar Sekunden, dann antwortete er auf Italienisch und Hebräisch: »Ich will.«

Der Rabbiner wandte sich an Esther und sprach zu ihr dieselben Worte. Woraufhin sie in denselben beiden Sprachen antwortete: »Ich will.«

»Von nun an seid ihr vor dem Herrn als Mann und Frau vereint. Möge Seine Gnade euch alle Tage eures Lebens begleiten, euch bei den Prüfungen zu Hilfe kommen und aus euch Säulen und Zeugen seiner Barmherzigkeit machen.«

Giovanni drehte sich zu Esther. Mit Augen, in den Tränen glitzerten, sah sie ihn an. Dieser Augenblick hatte für die Brautleute einen Hauch von Ewigkeit.

Das Mahl dauerte gute sechs Stunden. Die Wintersonne versank bereits, als sie sich vom Tisch erhoben und der Rabbiner sich von seinen Gastgebern verabschiedete.

Sarah hatte das Brautzimmer sorgsam hergerichtet. Esther hatte Giovanni gebeten, ein wenig später zu ihr zu kommen. Der Bräutigam blieb bei Eleazar im Salon, bis ihn eine Dienerin abholte, um seinen Leib vorzubereiten. Als er fertig war, geleitete Sarah ihn die Treppe hinauf. Behutsam trat er ins Zimmer. Alles war weiß: die seidenen Laken, die Decken aus Kamelhaar, die Leinenvorhänge. Eine nach Jasmin duftende Kerze beleuchtete mit ihrer tanzenden Flamme das große Bett in der Mitte des Zimmers. Esther lag ausgestreckt vor ihm, den Oberkörper leicht durch Kissen erhöht. Ihre Füße und Beine waren nackt. Ihr Geschlecht war mit einem Schurz aus goldener Seide geschmückt, ihre Brüste von einem leicht durchsichtigen ockergelben Schleier bedeckt. Ihr langes schwarzes Haar, das sie offen trug, war perfekt geölt, ihre Augen hinter einem kleinen Schleier verborgen. Zum ersten Mal konnte Giovanni die Schönheit ihrer Formen bewundern. Ihr herrlich schimmernder Körper war über und über geschmückt. Ihren linken Knöchel und ihr rechtes Handgelenk umschlossen kunstvolle Silberreifen, die die Hennazeichnungen betonten. Ihren rechten Knöchel zierte ein schmales, rotes Lederband, ihren Hals eine dreireihige Kette aus schwarzen Perlen. Sie trug einen goldenen Skarabäus im Bauchnabel und lange Ohrgehänge aus Silber und Perlen, die ihr bis zur Schulter reichten. Giovanni betrachtete sie ausgiebig, Liebe und Bewunderung für so viel Schönheit durchfluteten ihn. Er zog seine Sandalen aus, löste den Gürtel und streifte seine Tunika und den Lendenschurz ab. Nackt ging er langsam zum Bett. Auch sein Körper und sein Haar waren geölt und parfümiert. Rosen- und Liliendüfte entströmten Esthers Körper, die sich gleich mit Giovannis Amber- und Moschusparfum vermählen würden. Sie liebkosten sich lange, berührten sich sanft, erforschten mit tiefem Gefühl jedes Stückchen ihrer Körper. Dann hob Giovanni zart den Schleier, der die Augen seiner Liebsten verbarg. Sie wirkten noch größer, so wunderbar waren sie geschminkt. Die Vermählten sahen sich mit einer Mischung aus Freude und Ernst tief in die Augen, während sich ihre Lippen näher kamen, und ihre Körper erkannten sich. Endlich.

Am frühen Morgen, als der Ruf des Muezzins erklang, fiel der erste Sonnenstrahl aufs Bett, wo die Liebenden erschöpft und doch erfüllt lagen.

Sie umarmten sich innig, und Esther sagte:

»Es ist merkwürdig …«

»Was denn, meine Liebste?«

»Ich hatte das Gefühl, als kennte ich deinen Leib. Als hätte jede deiner Liebkosungen in mir ferne Erinnerungen geweckt, die nur mein Körper im Gedächtnis hatte. Und als mich die Lust durchflutete, habe ich innere Bilder gesehen.«

»Was für Bilder?«, fragte Giovanni erstaunt.

»Gesichter, die ich nicht wiedererkennen würde, aber von denen ich wusste, dass sie geliebten Menschen gehören. Ich habe auch einen Vulkanausbruch gesehen und Leute, die in Panik weggerannt sind. Außerdem eine kleine Papyrusrolle, die ich in der Eile in einem Tonkrug versteckt habe, und eine riesige Bibliothek mit Tausenden von Büchern.«

»Das ist wirklich merkwürdig.«

»Einige Kabbala-Meister lehren, dass es zwei verschiedene Arten von Seelen gibt. Neue Seelen, und sie bilden die Mehrheit, die sich zum ersten Mal inkarnieren, und alte Seelen, die seit Jahrhunderten wandern, um eine besondere Aufgabe zu erfüllen. Diese alten Seelen können sich in verschiedenen Leben zu verschiedenen Zeiten wieder begegnen, wenn eine gewisse Verwandtschaft besteht. Schon als ich dich zum ersten Mal sah, Giovanni, hatte ich das Gefühl, dass sich unsere Seelen bereits kannten. Und nun nach dieser Nacht bin ich mir einer Sache ganz sicher, die mir mein Körper gezeigt hat: Wir lieben uns nicht zum ersten Mal.«

Giovanni seufzte ein wenig zweifelnd.

»Ich weiß nicht, was ich sagen soll. Der göttliche Platon ebenso wie die Pythagoräer glaubten an Seelenwanderung. Ich glaube, wir entdecken dieses Geheimnis erst am Tag unseres Todes, wenn sich die Seele vom Körper trennt. Ob wir wohl auch von den Erinnerungen anderer Menschen durchdrungen sind, die vor uns gelebt haben?« Liebevoll beugte er sich über seine junge Frau.

»Aber wie dem auch sei, jetzt, da ich dich wiedergefunden habe, werde ich nicht zulassen, dass du mich noch einmal verlässt!«

VII. SOL

FÜNFUNDACHTZIG

Auf die Bugreling gestützt, blickte Giovanni über das Meer. Trotz der Furcht, die ihm eine Seereise einflößte, war sein Herz von Seligkeit erfüllt. Seit seiner Hochzeit mit Esther, seit der Nachricht von der wenige Monate später eingetretenen Schwangerschaft hatten ihn nie mehr wieder Gewissensbisse wegen seiner Vergangenheit geplagt und auch keine Ängste vor der Zukunft. Er hatte jeden Tag und jeden Augenblick mit seiner Frau, die er leidenschaftlich liebte, überglücklich genossen.

In etwas mehr als einem Monat würde Esther niederkommen. Es hatte sich die Frage gestellt, wo sie ihr Kind zur Welt bringen wolle. Nach kurzem Zögern hatte sie sich für Al Dschesair entschieden, was Eleazar sehr gelegen kam, da er keinen weiteren Grund hatte, in Jerusalem zu bleiben, und es ihn drängte, zu seinen Büchern zurückzukehren. Auch Giovanni war es recht, denn er sehnte sich nach dem sefirotischen Garten. Also waren sie mit ihrer Dienerschaft an Bord eines kleinen Handelsschiffs gegangen, das nach Tunis und Algier segeln sollte.

Vor etwa zwanzig Stunden hatte der Zweimaster vom Heiligen Land abgelegt und kam nur langsam gen Westen voran, da er Gegenwind hatte. Während sich Esther und Eleazar in ihrer Kabine ausruhten, genoss Giovanni das milde Wetter der ersten Septembertage auf Deck. Er hatte schon immer gerne den Horizont betrachtet, den Seewind auf den Wangen gespürt und den Wogen zugeschaut, die sich unter der Kraft der frischen Brise wiegten. Als Kind hatte er Stunden am Meer zugebracht und sich sein Leben erträumt. Und heute waren alle Träume Wirklichkeit geworden. Er genoss ganz einfach die Regungen, die Gefühle und Gedanken, die sein Herz erfüllten, sein Herz, das nun endlich eins war mit seinem Geist.

Er hatte zum Glauben an Gott zurückgefunden. Zu einem einfachen Glauben, der sein Herz für den Zuspruch des heiligen Geistes empfänglich sein ließ, aber auch zu einem tiefen Glauben, da er begriffen hatte, dass Gottes Wege unergründlich sind. Zu einem Glauben, der tagtäglich in Dankgebeten seinen Ausdruck fand. Dies hinderte Giovanni nicht, sich weiterhin philosophische und theologische Fragen zu stellen, und weil er seine Kenntnisse vertiefen wollte, drängte es auch ihn zurück zu den Büchern in Eleazars Bibliothek.

»Du scheinst ja völlig in Gedanken versunken!«

Giovanni drehte sich um, Eleazar stand vor ihm.

»Ja, das ist richtig! Wie geht es Esther?«

»Sehr gut! Zum Glück ist der Seegang nur schwach.«

Der Kabbalist lehnte sich neben Giovanni an die Reling.

»Worüber hast du nachgedacht?«

»Segel voraus!«, schrie plötzlich ein Matrose vom Ausguck herab.

Eine bleierne Stille senkte sich über das Schiff, die Passagiere starrten nach vorne auf den Horizont.

»Ein Dreimaster!«, rief der Matrose alsbald.

»Hoffentlich ist es ein Handelsschiff oder aber ein osmanischer oder algerischer Korsar«, raunte Eleazar.

»Ja, hoffentlich«, flüsterte Giovanni, »denn unser Schiff segelt unter algerischer Flagge. Da außer mir alle Passagiere entweder Juden oder Muslime sind, droht uns, sollten wir christlichen Korsaren in die Hände fallen, getötet oder als Sklaven verkauft zu werden.«

Da das unbekannte Schiff den Wind im Rücken hatte, war es blitzschnell auf wenige hundert Meter an die Handelsgaliot herangesegelt.

»Eine christliche Galeere! Die Malteserritter!«, brüllte kurz darauf der Matrose.

Nun konnte man die großen schwarzen Segel der Galeeren der Ritter des Heiligen Johannes zu Jerusalem erkennen. Auf der Stelle befahl der Kapitän, ein Wendemanöver einzuleiten, damit sie Wind in die Segel bekämen.

»Wir versuchen zu fliehen«, rief Giovanni.

»Ja, unsere Galiot ist sehr viel leichter als diese behäbige Galeere. Wenn sie keine Ruderer hat, entkommen wir ihr bestimmt. Es ist immer noch besser, das Unmögliche zu versuchen, statt denen in die Hände zu fallen. Wir würden ja vielleicht noch zu Rande kommen, da ich Beziehungen zu Malta habe, aber alle anderen würden gefangen genommen und verkauft.«

Esther kam von ihrer Dienerin begleitet an Deck und stellte sich zu ihrem Vater und Giovanni.

»Was ist los? Warum dieser abrupte Kurswechsel?«

Giovanni schloss sie in die Arme und erklärte ihr die Lage. Während das Manöver sich vollzog, beobachteten alle voller Bangigkeit, wie das große Schiff auf sie zupreschte. Doch kaum hatten sie den Wind im Rücken, hängte die Galiot ihre Verfolger ab. Als Giovanni Esther ansah, die ihre Hände um ihren Bauch gelegt hatte, erinnerte er sich mit einem Mal an die ersten Worte von Lunas Orakel: »Eine Frau, ich sehe eine Frau, umgeben von Soldaten. Ihre Hände halten ihren gerundeten Bauch. Sie erwartet sicher ein Kind. Sie befindet sich in großer Gefahr.« Zum ersten Mal seit langer Zeit empfand Giovanni Furcht. Er drückte Esther an sich.

»Trotz ihrer Ruderer sind wir ein bisschen schneller als sie!«, stellte Eleazar erleichtert fest. »Wir haben also gute Chancen, ihnen zu entkommen, wenn nur der Wind nicht nachlässt.«

»Sehr richtig!«, entgegnete ein anderer Passagier. »Doch ich glaube nicht, dass sie ihre Beute so schnell aufgeben.«

Und tatsächlich jagte die Galeere dem kleinen algerischen Handelsschiff hinterher. Kurz darauf wurde es dunkel. In der

Ferne war immer noch das beleuchtete Korsarenschiff zu erkennen.

»Wir sind gezwungen, weiter mit dem Wind zu segeln«, erklärte der Kapitän seinen beunruhigten Passagieren. »Sollte er abflauen, sind wir den Christen ausgeliefert. Doch wenn er beständig weiterbläst, segeln wir weiter nach Nordosten, also genau in die entgegengesetzte Richtung unseres Ziels!«

»Wo werden wir landen, wenn wir bis morgen so weitersegeln?«, fragte ein Passagier.

»Sollte der Wind mit dieser Stärke weiterwehen, werden wir kurz vor Morgengrauen Zypern erreichen.«

»Zypern! Dann wären wir gerettet!«, meinte Eleazar. »Denn die Malteserritter verstehen sich nicht mit den Venezianern!«

»Zypern«, sagte sich Giovanni nachdenklich. »Von dieser Insel kam Elena, als ihr Schiff von Korsaren angegriffen wurde und schließlich nicht weit von meinem Heimatdorf anlegte. Zypern ist die Insel, wo ihr Vater Gouverneur war.«

SECHSUNDACHTZIG

Der Wind flaute die ganze Nacht nicht ab, so dass die Galiot ihren Vorsprung vor dem Dreimaster halten konnte. Kurz vor Sonnenaufgang verkündete der Matrose im Ausguck die gute Nachricht:

»Land in Sicht!«

»Die zypriotische Küste! Wir sind gerettet!«, rief der Kapitän.

Die Passagiere, die an Deck die ganze Nacht das Korsarenschiff im Auge behalten hatten, jubelten vor Freude und fielen sich in die Arme. Und wahrhaftig drehte die maltesische Galeere bald ab.

»Du kennst die Insel offenbar«, meinte Giovanni zu Eleazar.

»Ein wenig. Ich war bereits dreimal hier. Und du, der du die Ikonen liebst, wirst hier reichlich davon finden. Die Insel gehörte lange zum byzantinischen Reich, doch hier hatte der Bilderstreit keinen Zugriff, und viele Maler haben sich in die zahllosen Klöster der Insel geflüchtet. Doch die Christen griechischer Kultur mussten die Insel den »Lateinern« überlassen, später wurde sie von Richard Löwenherz erobert. Der König von England überließ sie bald den Tempelrittern, dann belehnte er Guy de Lusignan, einen französischen Kreuzritter. Nach dreihundert Jahren Herrschaft übergaben die Lusignans die Insel schließlich an Venedig. Das war vor etwa fünfzig Jahren.«

Die Galiot kam bald in Sichtweite eines großen Hafens.

»Famagusta!«, rief Eleazar. »Der größte Hafen der Insel.«

»Haben wir wirklich nichts zu befürchten?«, fragte Giovanni etwas zögerlich.

»Nein. Venedig und Konstantinopel haben ein Seehandelsabkommen. Die osmanischen Handelsschiffe werden von den venezianischen Galeeren nicht behelligt und können in den Kontoren der Dogenstadt freien Handel treiben. So unerfreulich dieser Umweg ist, so können wir uns doch zumindest an Land erholen. Es gibt hier in Famagusta eine kleine jüdische Gemeinde, wo ich jemanden kenne.«

»Moshe Ben Saar?«, fragte Esther.

»Genau. Du warst etwa sechs Jahre alt, als ihr euch zuletzt begegnet seid. Er wird sich freuen, dich wiederzusehen und Giovanni kennen zu lernen.«

Eleazar wandte sich an seinen Schwiegersohn.

»... wir sagen aber nicht, dass du Christ bist. Du wirst hier Simon sein, der Sohn des Ruben!«

Schon bald legte das Schiff im Hafen an. Venezianische Soldaten kamen an Bord, um die Papiere des Schiffes und seine Fracht zu überprüfen. Während Eleazar sich auf den Landgang vorbereitete, bemerkte Esther Giovannis Anspannung. Sie nahm ihn beiseite.

»Was ist mit dir, Liebster?«

Giovanni zögerte kurz, dann gestand er seiner Frau:

»Ich habe dir nicht gesagt, dass Elenas Vater damals Gouverneur von Zypern war. Dass das Schicksal uns hierher verschlagen hat, macht mich unruhig. Ich glaube, nicht wegen der Erinnerung an Elena, sondern weil ich fürchte, jemandem von früher zu begegnen, was, wenn man mich erkennen sollte, für uns fatal sein könnte.«

Esther drückte seine Hände und entgegnete:

»Ich verstehe dich sehr gut, und ich glaube, du hast Recht. Man soll das Schicksal nicht herausfordern. Wenn du möchtest, bleiben wir auf dem Schiff.«

»Nein, Esther, du brauchst Ruhe, und der Kapitän hat uns gesagt, dass er, um nichts zu riskieren, erst in einigen Tagen wieder ausläuft. Es ist besser, du begleitest deinen Vater zu seinen Freunden, es macht ihnen bestimmt große Freude, dich wiederzusehen. Ich werde an Bord bleiben.«

Esther sah ihn lange schweigend an, dann sagte sie beklommen:

»Der Gedanke, an diesem Ort, den wir nicht kennen, an dem alles geschehen kann, getrennt zu sein, gefällt mir nicht.«

»Nichts kann euch geschehen in dieser Stadt, die dein Vater gut kennt und wo er Freunde hat, und mir hier auf dem Schiff geschieht auch nichts. Sei unbesorgt, Esther, und glaube mir, mir ist es lieber, dich für diese wenigen Tage in einem bequemen Haus zu wissen, als dich bei mir in dieser engen, stickigen Kabine zu haben.«

»Fragen wir meinen Vater, was er davon hält.«

Eleazar pflichtete Giovanni bei, dessen Einstellung er für vernünftig hielt. Indessen beschloss er, dass sie nur den Rest des Tages und die Nacht bei seinem Freund verbringen und am nächsten Morgen zurückkehren würden. Esther beugte sich den Argumenten ihres Vaters und ihres Mannes, doch eine innere Stimme sagte ihr, es wäre besser, an Giovannis Seite zu bleiben. Deshalb schmiegte sie sich lange in seine Arme, ein wenig so, als ob sie ihn in diesem Leben nicht mehr wiedersehen sollte. Und dann sprach sie diese befremdlichen Worte beim Abschied:

»Sollte ein Unglück geschehen, so verspreche ich dir, dass ich in einem nächsten Leben auf dich warte. Und sollte ich nicht dieses Gesicht haben, erkennst du mich an der heiteren Melodie, die in deinem Herzen erklingt, wenn du mich zum ersten Mal siehst. So, hat Rabbi Meadia gesagt, erkennt man die wieder, die man in einem vorangegangenen Leben am meisten geliebt hat. Und ich bin sicher, es wird die Melodie des Lobgesangs des Morgens sein, die dich immer so rührt.«

»Sag nicht so etwas, Esther! Wir sehen uns doch morgen früh wieder. Ich rühre mich hier nicht von der Stelle, und du bist mit deinem Vater bei Malek, Sarah und David in bester Obhut. Liebste, gib Acht auf dich und unser Kind.«

Bangen Herzens sah Giovanni Esther davongehen. Sie drehte sich noch einmal um und winkte, und er winkte zurück, dann verschwand sie mit ihrem Vater und den drei Dienern in einem Gässchen. Giovanni blieb mit den beiden anderen Dienern Eleazars an Bord zurück. Er war fest entschlossen, keinerlei Risiken einzugehen, und obwohl es ihn lockte, durch den Hafen zu spazieren oder auch nur an Deck der Galiot Luft zu schnappen, wollte er die gesamte Zeit, die das Schiff am Kai lag, in der Kabine ausharren.

In dieser Nacht war es ihm unmöglich, Schlaf zu finden. Nicht wegen der betrunkenen Seeleute, die auf Deck sangen, sondern weil ihn diese durch die Macht der Ereignisse erzwungene Zwischenstation um einige Jahre zurückkatapultierte und in ihm süße und bittere Erinnerungen an Elena weckte. Obwohl er keinerlei Zweifel an der Kraft und Tiefe seiner Liebe zu Esther hegte, liebte er noch immer Elena, wenn auch auf andere Weise. Zu gerne wüsste er, was aus ihr geworden war. War sie verheiratet? Wo lebte sie? War sie glücklich? Viele Fragen kreisten in seinem Kopf, deren Antworten er wohl kaum jemals erfahren würde. Er musste auch an Lunas Orakel denken und hoffte, durch seine Zurückhaltung das Schicksal gebannt zu haben, so dass seiner Frau keinerlei Gefahr drohte.

Am frühen Morgen, als es im Hafen noch ganz ruhig war, ging er doch einige Minuten von Bord, um frische Luft zu atmen und sich zu entspannen. Gleich darauf kehrte er in seine Kabine zurück und wartete auf Esther. Gegen Mittag machte er sich allmählich Sorgen um sie und seinen Schwiegervater. Er wusste, wie rasch Esther eigentlich auf das Schiff zurückkehren wollte, und wunderte sich, dass sie nicht alles darangesetzt hatte, eher zu kommen. Um sich zu beruhigen, schickte er einen der Diener ins jüdische Viertel zu der Adresse, die ihm Eleazar gegeben hatte. Akim, ein algerischer Muslim, fragte einen zypriotischen Matrosen nach dem Weg und machte sich sogleich auf die Suche nach seiner Herrschaft.

Kurze Zeit später war er wieder auf dem Schiff. Völlig aufgelöst stürmte er in Giovannis Kabine.

»Herr, ein großes Unglück ist geschehen!«

Giovanni sprang auf.

»Sprich!«

»Ich komme gerade aus dem jüdischen Ghetto. Dort gab es heute Nacht ein Massaker. Ein Teil der Stadtbewohner ist zum jüdischen Viertel gezogen und hat Häuser in Brand gesteckt. Viele Männer, Frauen und Kinder sind gestorben …«

»Esther! Eleazar! Sind sie …«

»Ich weiß es nicht, Herr. Viele Leichen sind verkohlt und nicht zu erkennen.«

»Ich kann es nicht glauben! Weißt du etwas über die Überlebenden? Hast du Moshes Haus gesehen?«

»Wie die meisten anderen ist es abgebrannt. Doch das muss nicht heißen, dass sie alle tot sind. Eine alte Frau, die um die Ihren weinte, hat mir gesagt, Soldaten seien in der Nacht eingeschritten und hätten etliche Juden vor dem Zorn der Menschenmenge bewahrt. Man habe sie in die Zitadelle gebracht … vielleicht ist auch unsere geliebte Herrschaft dort?«

Giovanni sank auf dem Bett zusammen und betete wortlos. Dann sah er auf zu Akim.

»Zur Zitadelle!«

Giovanni warf sich einen Umhang mit Kapuze über, hinter der er, falls er eine unliebsame Begegnung haben sollte, sein Gesicht verbergen könnte. Nach kurzer Zeit hatten sie die Festung, die Militärstützpunkt und Gefängnis zugleich war, erreicht. Giovanni fand einen venezianischen Offizier und stellte sich ihm vor.

»Ich heiße Leonello Bompiani. Ich bin ein Venezianer auf Durchreise.«

Der Soldat grüßte ihn respektvoll.

»Der Zufall will es, dass ich jüdische Freunde habe, die heute Nacht im Ghetto waren, als sich diese Tragödie ereignet hat. Ich wüsste gerne, was mit ihnen geschehen ist. Ob sie bei den Unglücklichen sind, die ihr Leben gelassen haben, oder ob sie sich hier in Sicherheit befinden.«

»Ja, wir haben tatsächlich heute Nacht etwa dreißig Juden eingesperrt. Sagt mir die Namen Eurer Bekannten, und ich werde Euch wissen lassen, ob sie darunter sind.«

Nachdem Giovanni eilig die Namen von Eleazar, Esther und den drei Dienern auf einen Zettel geschrieben hatte, verschwand der Offizier umgehend in der Zitadelle. Giovanni nutzte die Zeit und fragte währenddessen einen Wachsoldaten nach den Ereignissen der Nacht. Der Soldat erzählte ihm, am Abend zuvor sei ein dreijähriges Kind an der Grenze zum Ghetto ermordet aufgefunden worden. Im Handumdrehen habe sich das Gerücht verbreitet, das arme Kind sei Opfer eines von den Juden begangenen Ritualmordes geworden. Daraufhin sei die Stadt in Aufruhr geraten, Hunderte Männer und Frauen seien mit brennenden Fackeln ins Ghetto gestürmt, wo rund dreißig Familien lebten, und hätten die Häuser in Brand gesteckt. Als die Ordnungskräfte eingetroffen seien, sei es ihnen gelungen, die Überlebenden vor der Lynchjustiz zu retten. Man habe sie in die Festung gebracht.

Kaum hatte der Soldat zu Ende erzählt, kam der Offizier zurück und sagte knapp:

»Drei Eurer Bekannten sind hier. Die beiden anderen sind mit Sicherheit tot.«

Giovanni spürte, wie ihm die Sinne zu schwinden drohten.

»Wer sind die Überlebenden?«, fragte er matt.

Der Offizier schaute auf den Zettel und murmelte:

»Eleazar, Sarah und Esther.«

Giovannis Herz machte vor Freude einen Satz.

»Kann ich zu ihnen, kann ich sie zum Schiff mitnehmen, das uns hierhergebracht hat?«

»Unmöglich!«, entgegnete der Soldat in einem Ton, der unumstößlich klang.

»Wie das? Sie haben nichts getan. Sie können hier nicht eingesperrt bleiben …«

»Der Hauptmann der Festung hat gerade Befehl vom Gouverneur erhalten. Die Juden müssen im Gefängnis bleiben und werden für diesen Kindsmord vor Gericht kommen. Bis dahin sind keine Besuche erlaubt.«

»Das ist absurd!«, rief Giovanni energisch. »Ihr wisst doch genau, dass sie mit dem Verbrechen, dessen man sie beschuldigt, nichts zu tun haben.«

»Ich weiß gar nichts, mein Herr. Das Einzige, das Ihr tun könntet, ist, um eine Audienz beim Gouverneur zu ersuchen. Nur er kann Euch die Erlaubnis gewähren, Eure Bekannten zu besuchen.«

Giovanni bemühte sich, seinen Zorn zu bändigen. Ihm war klar, dass der ihm nichts nützte, ganz im Gegenteil.

»Ich danke Euch für die Auskunft. Ich werde umgehend um eine Audienz bitten. Könnt Ihr mir sagen, wo der Gouverneurspalast ist?«

»Nicht hier, mein Herr. Der Gouverneur residiert in Nikosia. Wenn Ihr Euch beeilt, könnt Ihr zu Pferde in einer Stunde dort sein. Und habt Ihr kein Pferd, könnt Ihr im Hafen eines leihen.«

Giovanni verabschiedete sich von dem Venezianer und lief in Richtung Hafen. Doch nach wenigen Schritten kehrte er um und sprach erneut den Offizier an.

»Noch eine Frage: Wie heißt der Gouverneur von Zypern?«

»Er ist schon lange hier und gehört zu einer der bedeutendsten Familien Venedigs. Ihr habt sicherlich schon von ihm gehört: Paolo Contarini.«

»Oh ja, das hab ich«, erwiderte Giovanni mit bebender Stimme.

SIEBENUNDACHTZIG

Seit zehn Minuten wartete Giovanni im Flur vor dem Audienzsaal, in dem der Gouverneur Zyperns, dessen genauer Titel »Rettore Capitano« lautete, seine Besucher empfing. Vier Tage hatte Giovanni auf diese Privataudienz warten müssen. Er war sorgfältig rasiert und hatte sich für diese Aufwartung maßgeschneiderte Kleider aus teurem Tuch gekauft. Er wusste ja, dass der Gouverneur ihn genauso nach seinem Aussehen wie nach seinen Worten beurteilen würde. Zu seinem großen Glück war er Elenas Vater in Venedig nie begegnet. Es bestand somit keine Gefahr, dass dieser eine Verbindung herstellen könnte zwischen der Person, die er heute vorgab zu sein, und dem ehemaligen Liebhaber seiner Tochter, von dem er zwangsläufig gehört haben musste.

Ein Wachsoldat holte Giovanni ab und ließ ihn in einen großen Saal treten, an dessen Ende der Gouverneur, umgeben von zwei Soldaten und einem Ratsherrn, auf einem großen, holzgeschnitzten Armsessel saß. Er stand auf, um seinen Gast zu begrüßen.

»Signore Bompiani, herzlich willkommen.«

Giovanni war zutiefst bewegt, als er die Gesichtszüge von Elenas Vater betrachtete. Ganz offensichtlich hatte sie die schönen grünen Augen und das gewinnende Lächeln von ihm geerbt. Der Gouverneur bot Giovanni einen Stuhl an, bevor er sich selbst wieder setzte. Der Mann mochte an die sechzig Jahre alt sein und legte eine gewisse Mattigkeit an den Tag.

»Ich danke Euch, Exzellenz, dass Ihr mir gnädigst diese Audienz gewährt.«

»Das ist doch selbstverständlich für einen Landsmann. Aber sagt mir doch in zwei Worten, was Euer Beruf ist und aus welchem Viertel von Venedig Ihr stammt?«

»Ich bin Verlagsbuchhändler im Rialto-Viertel.«

»Ah! Vortrefflich!«, erwiderte der Gouverneur.

Giovanni kam gleich auf die Gründe für seinen Besuch zu sprechen, um nicht länger Lügenmärchen über seine Identität erzählen zu müssen.

»Nach einer Pilgerreise nach Jerusalem wollte ich mich nach Tunis begeben, um dort einen großen Liebhaber alter Handschriften zu treffen. Darum habe ich ein osmanisches Handelsschiff bestiegen, das aber wegen einer Galeere der Malteserritter nach Zypern segeln musste.«

»Man hat mich über diese Begebenheit informiert. Diese verdammten Mönchsritter jagen immer näher vor unseren Küsten. Ich muss den Rat der Zehn bitten, dass er in dieser Zone eine Galeere auf Patrouille schickt. Ich verstehe, dass Ihr Angst hattet, aber wisst, wäre Euer Schiff den Maltesern in die Hände gefallen, hättet Ihr als Christ nichts zu befürchten gehabt.«

»Ja, gewiss. Doch der Grund, der mich heute zu Eurer Exzellenz führt, ist sehr viel tragischer. Ich habe in Jerusalem die Bekanntschaft eines reichen, ehrwürdigen jüdischen Bankiers gemacht. Dieser äußerst gelehrte Mann ist mit seiner Tochter und einigen Dienern an Bord desselben Schiffes gewesen wie ich, um in die Barbareskenstaaten zu reisen, wo er einige Niederlassungen hat. Doch zu seinem Unglück hat er sich am Abend unserer Ankunft in Famagusta mit seiner Tochter, seinem Verwalter und zwei Dienern zu einem Bekannten ins jüdische Viertel begeben. Wie Ihr wisst, gab es in dieser Nacht nach einem Kindsmord einen Aufruhr. Als ich am nächsten Morgen von diesem Drama erfuhr, bei dem viele Menschen zu Tode gekommen sind, habe ich an der Zitadelle von Famagusta Erkundigungen eingeholt, wo man diesen Mann, seine Tochter und ihre Dienerin in der Nacht des Dramas hingebracht hatte. Ich war ungeheuer erleichtert, sie unter den Lebenden und in guter Obhut zu wissen, aber auch beunruhigt, als ich hörte, sie würden nicht freigelassen, sondern wie die anderen überlebenden Juden für ein Verbrechen vor Gericht gestellt, das sie gewiss nicht begangen haben.«

Der Gouverneur hörte Giovanni mit großer Aufmerksamkeit zu. Am Ende entgegnete er ihm bedächtig:

»Ich will ganz offen mit Euch sein. Diese Angelegenheit bringt mich in eine höchst unangenehme Lage. Ich persönlich glaube nicht, dass die Juden etwas mit diesem Kindsmord zu tun haben. Doch ein Großteil der Bevölkerung ist fest davon überzeugt. Und es fällt mir ebenso schwer, die Verantwortlichen für das Massaker an den Juden zu bestrafen wie die Überlebenden freizulassen, und sei es auch nur wegen ihrer Sicherheit. Ich habe daher den Entschluss gefasst, einen Prozess stattfinden zu lassen, wo sie sich verteidigen können und dessen guten Ausgang für Eure Freunde ich nicht anzweifle.«

»Dies ist bestimmt eine weise Entscheidung. Doch ich habe Euch noch nicht gesagt, dass die Tochter dieses Mannes namens Eleazar im achten Monat schwanger ist. Sie wollte mit ihrem Vater nach Al Dschesair, um dort in einem Haus, das ihnen gehört und wo sie ihr Mann erwartet, niederzukommen. Ich fürchte, dass dieser lange Aufenthalt im Gefängnis und dann dieser Prozess ihrer Gesundheit ernstlich schaden. Ganz zu schweigen davon, dass sie dann hier entbinden müsste, fern von ihrem Zuhause und ihren Lieben.«

»Hmmm, ich verstehe, dass Ihr Euch um ihre Freilassung bemüht. Ich teile zwar nicht Eure Sympathie für die Juden, aber Eure Gründe leuchten mir ein.«

Ein recht alter Diener trat in den Saal und bot dem Gouverneur und seinem Gast Fruchtsaft an. Als der Mann Giovanni das Glas füllte, musterte er ihn auf sonderbare Weise und ging wieder hinaus.

»Je mehr ich darüber nachdenke, desto mehr bin ich der Ansicht, es müsse möglich sein, Eure Freunde vor dem Prozess freizulassen«, sagte der Gouverneur. »Wir werden diskret vorgehen. Sollte es aber doch der Bevölkerung zu Ohren kommen, könnte ich immer noch sagen, es handele sich um Durchreisende, die mir bekannt seien und nichts mit diesem Verbrechen zu tun haben.«

Diese Worte ließen Giovanni erleichtert aufatmen.

»Ich weiß nicht, wie ich Euch danken soll, Exzellenz. Und ich denke, unser Freund Eleazar, der ein großes Vermögen besitzt, wird es auf seine Weise tun.«

»Das ist aber nicht der Grund, der mich zu dieser Geste veranlasst, sondern ganz einfach der Wunsch, einem Landsmann entgegenzukommen, und bestimmt auch ein wenig Mitleid mit einer Frau, die kurz vor der Entbindung steht. Ich selbst bin Großvater, und meine Enkelin hat größeren Einfluss auf mich als irgendeiner meiner Ratsherren!«

Paolo Contarini lachte laut auf und sein Ratsherr mit ihm.

Giovanni begnügte sich mit einem Lächeln, denn was er gerade erfahren hatte, bewegte ihn. War diese Enkelin Elenas Tochter oder die ihrer Schwester? Und falls es Elenas Kind war, könnte dies bedeuten, dass sie hier war? Giovanni brannte darauf, den Gouverneur danach zu fragen. Doch entschlossen, kein Risiko einzugehen, ließ er davon ab. Der Gouverneur erhob sich von seinem Stuhl, verabschiedete seinen Gast herzlich und teilte ihm mit, er könne schon morgen mit einem Entlassungsschreiben für seine Freunde zur Zitadelle gehen.

Nachdem Giovanni sich überschwänglich bedankt und mit Ehrerbietung verabschiedet hatte, ging er zur Tür. Als er sie erreicht hatte, rief ihm der Gouverneur in scharfem Ton hinterher:

»Signore Bompiani!«

Giovanni drehte sich um. Er sah, dass der Diener, der ihnen die Getränke gebracht hatte, neben Paolo Contarini stand und ihm etwas zuflüsterte. Der Gouverneur sah überrascht aus. Er wandte sich erneut an Giovanni.

»Verzeiht, dass ich Euch bitte, noch einmal zurückzukommen, aber Francesco, der eine Zeitlang im Dienst meiner Tochter und meiner Frau stand, erzählt mir gerade etwas höchst Erstaunliches, was ich mit Eurer Erlaubnis gerne überprüfen möchte.«

Giovanni war bemüht, sich nichts von der tiefen Verunsicherung, die ihn überfiel, anmerken zu lassen. Aufmerksam sah er den Diener an und versuchte, sich zu erinnern, ob er ihn bei Elena gesehen hatte. Aber dieses Gesicht sagte ihm nichts.

»Francesco, der ein außerordentliches visuelles Gedächtnis hat, sagt mir, Ihr erinnert ihn an jemanden.«

»Aha«, machte Giovanni in gespielt heiterem Ton. »Und an wen?«

»An jemanden, den er vor vielen Jahren nur wenige Tage gesehen hat.«

Giovanni sah ihn fragend an.

»An einen kalabrischen Bauernjungen, der versucht hat, sich meiner Tochter unsittlich zu nähern.«

»Das ist ja sehr amüsant!« Giovanni lachte schallend auf. »Sehe ich denn wirklich aus wie ein kalabrischer Bauernlümmel?«

»Nein, ganz sicher nicht«, erwiderte der Gouverneur. »Aber der Zufall will es, dass dieser Bauer, der, ich weiß nicht durch welches Wunder, Astrologe wurde, später zu meiner Tochter nach Venedig kam. Er hat sie verführt und einen Rivalen, den Sohn meines besten Freundes, getötet. Daraufhin hat man ihn lebenslänglich zur Galeere verurteilt, doch dann ist dieser Mann nach einer Seeschlacht verschwunden.«

Der Gouverneur hielt kurz inne, beobachtete wieder Giovannis Reaktion und fuhr fort:

»Es wäre doch höchst amüsant, wenn dieser Schwindler sich heute in einen Verlagsbuchhändler verwandelt hätte! Aber ich äußere nur eine Hypothese. Mein Diener kann sich geirrt haben.«

»Der Meinung bin ich, Exzellenz. Und hättet Ihr mir eben nicht Eure große Weisheit unter Beweis gestellt, würde ich mich wundern, was diese beleidigenden und letztendlich nicht zu überprüfenden Verdächtigungen bezüglich meiner Person sollen.«

Bei diesen Worten flüsterte der Diener erneut etwas in das Ohr seines Herrn, der barsch zu Giovanni sagte:

»Im Gegensatz zu dem, was Ihr gerade behauptet, gibt es ein sehr einfaches Mittel zu überprüfen, ob sich mein Diener irrt. Der Mann, von dem ich Euch erzählt habe, ist mit genau zwanzig Peitschenhieben bestraft worden. Francesco war im Gefolge meiner Tochter und war bei der Vollstreckung zugegen. Sollte Euer Rücken, mein Herr, keinerlei Spuren dieser Hiebe aufweisen, werde ich mich in aller Form bei Euch entschuldigen und Euch sogar dafür entschädigen, dass Ihr Opfer dieses ungerechtfertigten Verdachts geworden seid.«

»Verstehe ich es recht, Ihr bittet mich, dass ich mich augenblicklich entkleide, um meine Ehrlichkeit unter Beweis zu stellen?«

»Ganz recht.«

»Das ist mir zutiefst unangenehm, Exzellenz, denn das Schicksal hat sich gegen mich verschworen. Der Zufall will es, dass mich algerische Korsaren vor einigen Jahren gefangen genommen haben und ich dieselbe Strafe erleiden musste, die Ihr gerade genannt habt. Ich habe auch die Bastonade über mich ergehen lassen müssen, weil ich versucht hatte zu fliehen, und meine Füße weisen bis heute Spuren davon auf, die ich Euch ebenfalls zeigen kann. Aber vielleicht sagt Ihr mir, dass Euer Diener sich plötzlich daran erinnert, dass dieser Bauernjunge ebenfalls Schläge auf die Fußsohlen bekommen hat.«

»Nehmt es mir nicht übel, mein Herr, und habt die Güte, uns diese Narben zu zeigen.«

Giovanni begann damit, seine Schuhe auszuziehen und seine verunstalteten Fußsohlen vorzuweisen. Dann knöpfte er das Hemd auf und zeigte seinen gefurchten Rücken. Alle, die zugegen waren, betrachteten die Narben genau. Nachdem der Gouverneur leise mit dem Diener, einem Soldaten und dem Ratsherrn gesprochen hatte, sagte er:

»Ihr habt nicht gelogen, was die Bastonade angeht, die Ihr sicherlich als entflohener Sträfling erleiden musstet. Doch ich bedaure, Euch sagen zu müssen, dass die Spuren auf Eurem Rücken von einem ganz besonderen Lederriemen stammen, den nicht die Osmanen oder die Korsaren verwenden … sondern die venezianische Armee.«

»Und wieder bin ich das Opfer eines Missgeschicks«, erwiderte Giovanni spöttisch. »Es reicht nicht, dass ich die Peitschenhiebe meiner Peiniger ertragen musste, jetzt mussten sie mich auch noch mit einem Folterinstrument schlagen, das sie den Venezianern gestohlen haben.«

»Ich glaube nicht, dass dies bei denen üblich ist. Doch Ihr habt Recht, dies ist kein ausreichender Beweis, um Euch zu verhaften.«

Giovanni spürte, wie sich die Schlinge um seinen Hals lockerte, und seufzte erleichtert auf.

»Jedoch«, so sprach der Gouverneur weiter, »werden wir in wenigen Minuten Gewissheit haben. Denn es gibt tatsächlich einen Menschen, der ganz genau weiß, ob Ihr dieser Bauer seid oder nicht. Ich habe darum gebeten, dass man sie holt, und sie muss gleich hier sein.«

Elena, dachte Giovanni bestürzt. Elena ist hier, und er hat sie rufen lassen.

»Nach deren Aussage verbietet sich jeder Zweifel«, meinte Paolo Contarini. »Entweder Ihr geht mit Euren Freunden als freier Mann und reichlich entschädigt von dannen oder aber Ihr trefft sie im Gefängnis wieder ... um gehängt zu werden oder auf dem Scheiterhaufen zu enden.«

In diesem Augenblick öffnete sich hinter dem Gouverneur eine kleine Tür. Ein Soldat kam herein, hinter ihm eine Frau. Giovanni bebte. Seine Augen umfingen die zierliche Gestalt, die in den großen Audienzsaal trat. Er erkannte sie ohne den Hauch eines Zweifels, und ihm stockte das Herz.

ACHTUNDACHTZIG

Giovannis gefesselte Hände waren an einen Ring gekettet, der aus der Mauer seines Verlieses hing. Nur ein dünner Lichtstrahl drang herein. Sein Lügengebäude war zusammengebrochen, als ihn Juliana, Elenas Dienerin, die ihn in Venedig oft gesehen hatte, ohne den geringsten Zweifel als Giovanni da Scola, den einstigen Liebhaber ihrer Herrin, erkannte, der zur Galeere verurteilt worden war. Umgehend hatte ihn der Gouverneur verhaften lassen. Einige Tage später sah er sich Richtern gegenüber, die gemäß dem venezianischen Gesetz das Urteil über einen geflohenen Galeerensklaven fällten: die Todesstrafe. Ihm war nur noch die Wahl zwischen Strang und Scheiterhaufen geblieben. Er hatte den Scheiterhaufen gewählt.

Seit nunmehr fast einer Woche vegetierte er in diesem Verlies vor sich hin und wartete auf die Vollstreckung des Urteils, das auf den achten Tag nach dem Prozess festgesetzt worden war. In zwei Tagen würde er diese Welt für immer verlassen. Als der Urteilsspruch verkündet wurde, hatte Giovanni sich nicht aufgelehnt. Er hatte nicht einmal geweint. In dem Augenblick, als man ihn erkannt hatte, wusste er, was ihn erwartete. Und da ihm bewusst war, dass ihn dieses Mal nichts mehr würde retten können, hatte er sein Schicksal angenommen. Indes betete er Tag und Nacht, dass seine Frau und sein Schwiegervater verschont blieben. Er hatte seinen Richtern die wahre Natur seiner Verbindung zu Eleazar und Esther nicht aufgedeckt, da er überzeugt war, es würde für sie die sichere Verurteilung bedeuten. Die Überlebenden des Pogroms sollten einige Tage nach seiner Hinrichtung vor Gericht kommen. Esthers Schwangerschaft neigte sich dem Ende zu. Giovanni fragte sich, wann sein Kind wohl geboren würde. Wie gerne hätte er es wenigstens ein einziges Mal geküsst! Seine Gedanken schweiften auch zu Elena. Durch ihren Vater hatte er erfahren, dass sie mit ihrer Tochter auf Zypern weilte. Doch Paolo Contarini hatte jede Begegnung mit Giovanni untersagt und ihr auch die Erlaubnis verwehrt, beim Prozess anwesend zu sein, der unter Ausschluss der Öffentlichkeit stattfand. Wie gerne hätte er sie wiedergesehen! Er dachte darüber nach, dass die beiden Frauen seines Herzens so nahe beieinander waren, als ob das Schicksal sie zusammenführen wolle, während es ihn dazu verurteilte, dieses Leben zu verlassen, nun da er endlich gelernt hatte, es so sehr zu lieben.

Sein Herz war tieftraurig und sonderbar gelassen zugleich.

Das Rasseln des Schlosses ließ ihn aus seinen Gedanken aufschrecken. Er sah, dass der nun orangefarbene Lichtstrahl verblasste. Bald geht die Sonne unter, mein Kerkermeister bringt mir wohl das Abendbrot, dachte er. Oben öffnete sich die schwere Zellentür und wurde sogleich wieder geschlossen. Zehn Stufen führten zu seinem Verlies herab. Giovanni war überrascht, nicht den behäbigen Schritt seines Kerkermeisters zu vernehmen. Er hob den Kopf und erspähte den Mantelsaum einer Frau.

»Giovanni! Mein angebeteter Giovanni!«

Elena war auf der untersten Stufe stehen geblieben und sah ihren einstigen Geliebten an, der nur wenige Schritte vor ihr auf einer niedrigen Steinbank hockte. Giovanni brauchte ein paar Atemzüge, um zu begreifen, was geschehen war. Tonlos sagte er:

»Elena ...«

Er blickte die junge Frau an. Beinahe zehn Jahre hatte er sie nicht gesehen. Mit ihren mittlerweile siebenundzwanzig Jahren war Elena schöner denn je. Sie hatte sich die Feinheit ihrer Züge bewahrt, doch das noch ein wenig kindliche Gesicht von damals war zu dem einer erblühten Frau gereift, selbstsicherer und edler. Sie stürzte zu ihm und bedeckte ihn mit Küssen.

»Oh, mein Liebster! Seit so vielen Jahren warte ich auf diesen Augenblick!«

Giovannis Herz durchflutete plötzlich eine unsagbare Freude.

»Elena ... ich kann es nicht fassen. Welch ein Glück, dich wiederzusehen! Wie schön du bist!«

Elenas Augen waren tränenüberströmt. Zart streichelte sie sein Gesicht und küsste ihn wieder und wieder auf die Wangen, den Mund, die Stirn und den Hals.

»Oh, mein Giovanni! Seit neun Jahren denke ich jeden Tag an dich. Meine Seele, meine Gedanken waren immer bei dir. Warum nur bist du nicht zurückgekommen? Ich hätte alles aufgegeben und wäre mit dir gegangen. Seit du fort bist, schlägt mein Herz allein für dich. Es hat mir gesagt, dass du mit Sicherheit diesem Schiffbruch entkommen und noch am Leben bist! Warum, Liebster, bist du nicht zurückgekommen und hast mich geholt?«

Auch Giovanni weinte. Ihm wurde bewusst, wie sehr er Elena noch liebte. Wie gerne hätte er sie in die Arme geschlossen, doch diese verfluchten Ketten hinderten ihn daran.

»Elena, auch ich habe ständig an dich gedacht. Doch da du sagtest, du könntest Venedig und deine Familie nie verlassen, hatte ich nicht den Mut, zurückzukehren und dein Leben zu zerstören, dich in Gefahr zu bringen. Du bist verheiratet …«

Elenas Gesicht verfinsterte sich.

»Ich liebe meinen Mann nicht. Ich habe ihn nie geliebt. Ich hatte keine Wahl, Giovanni. Aber wärest du zurückgekehrt, hätte ich ihn verlassen. Ich hatte alles bedacht.«

»Du hast auch Kinder.«

»Eine kleine Tochter, ich wäre mit ihr geflohen. Wenn du wüsstest, wie entzückend sie ist! Sie heißt Stella.«

»Welch schöner Name!«, rief Giovanni mit leuchtenden Augen.

Elena war sichtlich gerührt über dieses Kompliment.

»Wie alt ist sie?«, wollte Giovanni wissen.

»Acht Jahre«, antwortete Elena etwas zögerlich.

Giovanni rechnete schnell, dass ihr Kind weniger als ein Jahr nach seinem Fortgehen geboren worden war, was bedeutete, dass Elena sehr rasch nach ihrer Trennung geheiratet hatte.

»Hast du dich letztendlich verheiratet mit …«

»Es ist ohne Bedeutung, wen ich geheiratet habe«, unterbrach ihn Elena. »Ich war dazu gezwungen, und ich habe schon seit langem keine körperliche Beziehung mehr zu meinem Mann. Ich schwöre dir, Giovanni, du ganz allein bist in meinem Herzen, du ganz allein bist das Ziel meines Begehrens und meiner Gedanken.«

Sie umarmte ihn, legte ihre Wange an seine und flüsterte ihm ins Ohr:

»Hör zu, noch ist nichts verloren. Du bist zwar nicht aus freien Stücken zu mir gekommen, aber das Schicksal hat uns wieder vereint. Mein Vater hat mir verboten, dich zu besuchen, aber ich habe den Hauptmann der Wache bestochen, und ich habe einen Plan, wie du entkommen kannst … noch heute Nacht.«

Giovanni hob den Kopf.

»Wirklich?«

»Ja. Alles ist gerüstet. Ein treuer Diener erwartet uns mit meiner Tochter und mit Pferden, und ein Boot steht bereit, das uns von dieser Insel bringt. Wir gehen, wohin du willst, Liebster. Es zählt allein, dass wir nie wieder getrennt werden.«

Giovanni senkte den Kopf und schwieg.

»Freust du dich nicht? Natürlich gibt es Gefahren, aber wenn Gott mit uns ist, werden wir entkommen, und ich zweifle nicht eine Sekunde, dass er mit uns ist, denn schließlich hat er uns wieder vereint. Schon morgen können wir uns lieben wie einst und noch viel mehr.«

Elena hielt kurz inne und fügte hinzu:

»Ich muss dir noch etwas sehr Wichtiges und Wunderbares sagen, doch das hat Zeit bis morgen, wenn wir diesen finsteren Ort verlassen haben.«

»Auch ich, Elena, muss dir etwas sehr Wichtiges sagen«, entgegnete Giovanni mit ernstem Gesicht. »Doch das kann nicht warten. Du musst wissen …«

Elena trat einen Schritt zurück und sah beunruhigt, wie sich der Blick ihres Geliebten verdunkelte.

»Du musst wissen«, sagte Giovanni, und es fiel ihm schwer, »… dass auch ich verheiratet bin.«

Trauer legte sich über das schöne Gesicht der Venezianerin.

»Liebst du diese Frau?«

»Ja.«

Ein Schwert durchstieß Elenas Herz. Sie schwieg einen Augenblick, dann fragte sie mit gebrochener Stimme:

»Hast du Kinder?«

»Meine Frau bringt in diesen Tagen unser erstes Kind zur Welt.«

»Und wo ist sie?«, fragte Elena.

»Hier. In der Zitadelle von Famagusta.«

Elena wich noch weiter zurück. Überrascht sagte sie:

»Mein Vater hat mir nicht erzählt, dass er auch deine Frau verhaften ließ!«

»Weil er nicht weiß, dass sie meine Frau ist. Sie heißt Esther. Sie wurde nach dem Aufruhr im jüdischen Viertel mit meinem Schwiegervater Eleazar gefangen genommen und eingesperrt.«

»Du hast eine Jüdin geheiratet? Ist sie zum Christentum übergetreten?«

»Nein. Wir haben beide den Glauben unserer Väter behalten. Wir haben zu Weihnachten in Jerusalem geheiratet, und wir waren auf dem Weg nach Hause, nach Al Dschesair, als unser Schiff wegen der Korsaren seinen Kurs ändern musste, so dass wir hier gelandet sind.«

»So wie damals mein Schiff, als ich dir begegnet bin«, flüsterte Elena mit matter Stimme.

»Ich habe oft darüber nachgedacht, seit ich hier bin. Aus welchem Grund nur hat uns das Schicksal wieder zusammengeführt?«

Elena sah Giovanni tief in die Augen. Sie versuchte, hinter seinen dunklen Pupillen zu seiner Seele zu dringen.

»Doch nur, um uns wieder zu vereinen«, sagte sie. »Es wird schwierig, aber ich werde alles tun, um deine Frau und deinen Schwiegervater freizubekommen. Nicht diese Nacht, aber in der morgigen, am Vorabend deiner Hinrichtung. Ja, mit Gottes Hilfe wird es mir gelingen, und dann fliehen wir alle zusammen.«

»Du bist wunderbar, Elena. Dein Herz hat sich nicht verändert, es ist noch immer so großzügig und feurig. Wie sehr ich dich liebe!«

Elena stürzte sich erneut auf Giovanni und drückte ihn an sich. Mit nun fester klingender Stimme sagte sie:

»Uns bleibt noch Zeit, bevor ich gehen muss, um deine Flucht und die deiner Frau zu organisieren. Erzähle mir in wenigen Worten das Wichtigste, das dir seit unserer Trennung zugestoßen ist.«

Giovanni schilderte kurz sein Leben als Galeerensklave, erzählte vom Schiffsuntergang, von seiner Bekehrung in dem kleinen orthodoxen Kloster, dann von seiner Flucht nach Athos, von seinen Lehrjahren als Ikonenmaler, seiner Begegnung mit dem Starez Symeon und seiner Reise zu den Meteora-Klöstern. Er erzählte ihr auch von seinem Einsamkeitsgelübde, vom Verlust seines Glaubens, von der Flucht aus der Grotte, der Entdeckung der Ermordung seines Meisters, von seinem Hund Noah, der ihm das Leben gerettet hatte, und von den Männern in Schwarz, die es ihm beinahe genommen hatten. Dann erwähnte er noch Lunas Pflege, sein Erwachen im Kloster, seinen Aufbruch nach Jerusalem, den Angriff der Korsaren, seine Gefangenschaft im Bagno, die gescheiterte Flucht, die Bastonade, die Begegnung mit dem Sufimeister und die Verschwörung gegen Ibrahim.

Elena hing an seinen Lippen und konnte kaum fassen, dass er so viele Prüfungen durchlebt hatte, während sie selbst in Venedig ein insgesamt recht beschauliches Leben geführt und nur jeden Tag auf seine Rückkehr gehofft hatte. Doch sie musste gestehen, dass allein dieses Warten ihrem Leben einen besonderen Reiz verliehen hatte. Sie war sich so sicher gewesen, dass er noch am Leben war und sie holen käme, dass sie ständig auf das kleinste Indiz gelauert hatte. Weckte sie in der Nacht ein Geräusch, war sie zum Fenster geeilt, um nachzusehen, ob es nicht Giovanni wäre, der versuchte, die Mauer zu ihrem Zimmer zu erklimmen. Aus diesem Grund übrigens hatte sie bei ihrem Ehemann rasch auf getrennte Schlafzimmer gedrungen und in ihrem neuen Palazzo ein Zimmer gewählt, das von einem angrenzenden Gässchen aus zu erreichen war. Hatte sie auf der Straße in der Ferne eine Gestalt gesehen, die sie an ihren Geliebten erinnerte, war sie klopfenden Herzens auf diesen Unbekannten zugeeilt. Selbst nach tausendfachen Enttäuschungen hatte sie die Hoffnung, Giovanni wiederzusehen, nie aufgegeben. Auch wenn es in ihrem Leben scheinbar keine außergewöhnlichen Ereignisse gegeben hatte, so war es dennoch unglaublich romantisch verlaufen. Denn nie hatte sie aufgehört, an das große Wiedersehen zu glauben und sich entsprechend darauf vorzubereiten. Jeden Morgen hatte sie sich aufs Schönste gekleidet, damit Giovanni nicht enttäuscht wäre, wenn er noch am selben Tag käme. Jeden Abend war sie mit dem Gedanken an ihn zu Bett gegangen, war in den Schlaf gesunken mit dem Gefühl, er könnte sie in dieser Nacht wecken. Daher war sie nun auch zutiefst getroffen, als Giovanni unverblümt von seiner Begegnung mit Eleazar und seiner aufkeimenden Liebe zu Esther in Algier sprach. »Warum nur ist er nicht gleich, als er im Kloster zu sich kam, zu mir geeilt, statt nach Jerusalem aufzubrechen und seine Freunde zu rächen?«, dachte sie voll Bitterkeit. »Hätte die Liebe in seinem Herzen über den Hass gesiegt, hätte er diese Frau nie kennen gelernt, und wir wären heute zusammen.«

Giovannis Bericht endete mit der einzigen Begebenheit, von der Elena wusste: mit dem Zusammentreffen mit ihrem Vater. Nach einem Schweigen sagte Elena ruhig:

»Deine Geschichte erschüttert mich. Du hast in diesen neun Jahren so viel erlebt, dass es für viele Leben ausreichen würde. Während ich in Venedig auf dich gewartet und mich derweil um mein Haus und Stella gekümmert habe, habe ich fast jeden Augenblick an dich gedacht. Ich habe mir vieles vorgestellt, was dir hätte zugestoßen sein können, auch dass dich Piraten gefangen genommen haben. Doch an eines habe ich nie gedacht.«

»Ans Kloster?«

»Nein, an eine Heirat.«

»Du nimmst es mir übel, dass ich nicht den Mut hatte zurückzukommen, nicht wahr?«

»Ich denke nicht, dass es dir an Mut gemangelt hat. Ich glaube ganz einfach, dass deine Liebe für mich im Laufe der Jahre erloschen ist«, erwiderte Elena niedergeschlagen.

»Elena, meine Liebe zu dir ist nie erloschen. Noch heute, als verheirateter Mann, der seine Frau liebt, bin ich tief bewegt, wenn ich dich sehe. Ich war nur der Überzeugung, dass du niemals deine Stadt und deine Familie verlassen würdest, wie du es mir ganz eindeutig erklärt hast. Ich war davon überzeugt, dass unsere Liebe keine Chance habe und zwangsläufig ins Unglück führe, in dein Unglück …«

Elenas Augen leuchteten auf.

»Ja, aber nach deiner Verurteilung habe ich verstanden, dass du der Sinn meines Lebens bist, die Seele meiner Seele! Darum habe ich dir doch im Gerichtssaal, als die Soldaten dich zur Galeere abführten, hinterhergerufen: ›Ich warte auf dich.‹ Hast du das nicht gehört?«

»Doch«, gestand Giovanni. »Aber ich dachte, du habest diese Worte im Feuer der Leidenschaft gesagt. Ich hatte später Angst, dein Leben erneut durcheinanderzubringen, während du vielleicht Jahre damit zugebracht hattest, es wieder in Ordnung zu bringen. Und dann war so viel Zeit vergangen.«

Elena legte die Arme auf Giovannis Schultern und sah ihn so innig an, dass es ihn verwirrte.

»Noch ist nichts verloren, Liebster! Wir beide haben Fehler gemacht. Ich, weil ich nicht genügend Mut hatte, alles hinter mir zu lassen und mit dir zu gehen, und du, weil du den Glauben an unsere Liebe verloren hast. Vergessen wir es! Die Vorsehung hat uns wieder zueinander geführt. Brechen wir auf, und gehen wir irgendwo hin. Selbst arm, selbst verfolgt, selbst krank werden wir nie mehr unglücklich sein … denn wir werden für immer zusammen sein.«

»Wie könnte ich mir dir fliehen, Elena, wo doch meine Frau und das Kind, das sie in sich trägt, im Gefängnis sind?«

»Ich habe dir doch gesagt, dass ich für ihre Freilassung sorge! Gleich morgen lasse ich einen von meinem Vater unterschriebenen Befehl zustellen. Er wird es mir nicht abschlagen können. Und dann sorge ich dafür, dass sie die Insel auf der Stelle verlassen. Sie werden in Sicherheit nach Hause zurückkehren. Und in der Nacht darauf werde ich meinen Fluchtplan in die Tat umsetzen.«

Giovanni sah Elena voll Zärtlichkeit und innerer Unruhe an.

»Elena, ich werde Esther nie verlassen. Sobald ich frei wäre, würde ich nicht ruhen, sie und mein Kind wiederzusehen.«

Elena überlegte einen Moment, dann sagte sie leicht verunsichert:

»Wir werden sie sehen, und du siehst dein Kind. Wir werden uns nicht weit von ihnen niederlassen, so könntest du sie so oft besuchen, wie du willst.«

»Elena, so könnte ich nicht leben. Esther wäre unglücklich, wenn ich bei dir bin, und du wärest unglücklich, wenn ich bei ihr bin.«

»Nun ja, vielleicht müsstest du dich eines Tages entscheiden«, entgegnete Elena, die nicht daran zweifelte, dass seine Entscheidung zu ihren Gunsten ausfiele.

»Die Entscheidung ist bereits getroffen, Liebste.«

Elena hob den Kopf und sah Giovanni liebevoll an.

»Als ich Esther geheiratet habe, habe ich mich für das ganze Leben an sie gebunden. Ich liebe sie und werde sie nie verlassen.«

Elena erblasste. Der Boden unter ihren Füßen schien sich aufzutun. Nachdem sie nun fast ein Jahrzehnt auf ihn gewartet hatte, schmetterte er ihr die Liebe zu einer anderen Frau ins Gesicht. Eine unsägliche Wut überkam sie. Langsam erhob sie sich und erwiderte mit bebender Stimme:

»Ist das alles, was du mir zu sagen hast?«

Giovanni war bestürzt. Er verstand Elenas Verzweiflung, doch er konnte sie nicht belügen, um sein Leben zu retten.

»Tu, was dir richtig erscheint, Elena. Aber ich liebe dich zu sehr, als dass ich dir die Wahrheit verheimlichen könnte.«

»Gut, überleg noch ein wenig. Solltest du deine Meinung bis morgen Mittag ändern, lass es mich durch den Kerkermeister wissen. Danach wird es zu spät sein, und ich könnte meinen Plan nicht mehr ausführen. Du wirst sterben. Und deine Frau, die du so sehr liebst, wird sicherlich verurteilt.«

»Ich flehe dich an, Elena, wenn du mich dem Tod überlässt, räche dich nicht an Esther und meinem Kind.«

»Dein Kind!«, schrie Elena. »Musste denn dieses da wirklich sein, wo du doch …«

Elena verstummte. Sie sah Giovanni ein letztes Mal an.

»Du hast bis morgen Mittag Zeit, dich für die Frau zu entscheiden, die du am meisten liebst.«

Dann zog sie einen Umschlag aus ihrem Kleid und streckte ihn mit zittriger Hand Giovanni entgegen.

»Hier, nimm! Der berühmte Brief von Meister Lucius, der ihn das Leben gekostet hat. Ich habe ihn verwahrt in der Hoffnung, ihn dir selbst übergeben zu können. Dies ist hiermit geschehen.«

Giovanni betrachtete den dicken vergilbten Umschlag mit einer Mischung aus Unruhe und Erstaunen.

»Hast du ihn geöffnet?«

»Nein.«

»Bewahr ihn auf, Elena. Wenn der Wärter ihn findet, nimmt er ihn an sich. Und wenn ich sterben muss, so flehe ich dich an, ihn eingedenk unserer Liebe dem Papst zu überbringen. Es ist das Einzige, auf das ich noch hoffen kann, um die Erinnerung an meinen Meister zu ehren.«

Elena war kurz davor, ihm den Brief ins Gesicht zu schleudern. Doch zwischen Wut und Verzweiflung hin- und hergerissen, beherrschte sie sich. Sie schob ihn wieder in ihr Kleid und eilte davon, damit ihr einstiger Geliebter ihre Tränen nicht sähe. Nachdem sie einige Stufen hochgelaufen war, blieb sie stehen, zögerte etwas und drehte sich um.

»Ich werde den Wachmeister bitten, deine Hände von den Ketten zu befreien und dir Schreibzeug zu bringen. Solltest du dich entscheiden, mit mir zu leben, schreib auf ein Blatt den Titel eines philosophischen Werks, egal welches, ich verstehe dann schon. Dieses Blatt gibst du demselben Mann. Sollte mich bis morgen Mittag keine Nachricht erreichen, kann ich nichts mehr tun, weder für dich noch für deine Frau.«

Elena sah ein letztes Mal auf den Mann, den sie liebte, und eilte aus der Zelle.

Kaum hatte sich die Tür seines Verlieses hinter ihm geschlossen, brach Giovanni in Tränen aus. Auch sein Herz war gebrochen, genauso wie das von Elena. Er wusste, dass er seine Meinung nicht ändern würde. Er konnte sie nicht ändern, ohne sich selbst, seinen Lieben und der Wahrheit seines Lebens untreu zu werden. Er dachte wieder an die Worte Jesu Christi, die ihm der Starez Symeon mit auf den Weg gegeben hatte: »Ich bin dazu geboren und in die Welt gekommen, dass ich für die Wahrheit zeugen soll.« Und: »Niemand hat größere Liebe denn die, dass er sein Leben lässt für seine Freunde.«

Würde es Elena hinnehmen, dass er mit Esther flüchtete, und würde sie auf ihn verzichten? Er wusste keine Antwort auf diese Frage. Und es war auch nicht an ihm, sie zu beantworten. Er konnte nur noch warten – und beten.

NEUNUNDACHTZIG

Am Morgen des achten Tages fiel ein schwacher Lichtstrahl in Giovannis Zelle und schien ihm ins Gesicht.

»Sonntag«, dachte er. »Der Tag der siegreichen Sonne. Der Tag der Auferstehung Jesu Christi. Der letzte Tag meines irdischen Lebens.«

Er wusste, dass er schon in wenigen Stunden nicht mehr von dieser Welt sein würde. Er hatte dem Wachmeister keine Nachricht zugesteckt, und Elena war nicht gekommen. Seine Seele war erfüllt von Trauer, aber auch von Frieden. Er war überzeugt, das Richtige gesagt und keinerlei Einfluss auf den weiteren Lauf der Dinge zu haben. Wenn sein Schicksal der Tod auf dem Scheiterhaufen war, so musste er es hinnehmen. Lediglich Esthers und Elenas Zukunft zählte noch. Er konnte sich nur Gottes anvertrauen, und so betete er unablässig seit Elenas Besuch, Er möge ihr verwundetes Herz besänftigen und seiner gefangenen Frau zu Hilfe kommen.

In Begleitung von zwei Soldaten trat der Kerkermeister in seine Zelle und nahm ihm die Ketten ab. Gut bewacht wurde Giovanni auf den Platz vor dem erzbischöflichen Palais gebracht, wo ein Scheiterhaufen seiner harrte.

Der kleine Trupp kam an einem orthodoxen Kloster vorbei, aus dem der Gesang der Mönche an Giovannis Ohr drang. Bilder seiner Vergangenheit auf Athos kamen ihm in den Sinn. Man führte ihn in die Mitte des Platzes, auf dem sich schon eine Menschenmenge versammelt hatte. Manche riefen ihm Anzüglichkeiten zu, doch die meisten blieben still. Sie wussten, dass dieser Mann verurteilt worden war, weil er um einer Frau willen einen Adligen getötet hatte und der Galeere entflohen war, was sie eher für ihn einnahm und Mitleid weckte.

Auf dem hinteren Teil des Platzes, vor dem erzbischöflichen Palais, war eine Ehrentribüne errichtet worden. Noch war sie leer, doch man erwartete den Gouverneur, den Bischof und die Honoratioren der Stadt. Als Giovanni den Scheiterhaufen erreicht hatte, packte ihn der Henker.

Im selben Augenblick wurde Esther schwindlig, und sie rief um Hilfe. Sie hatte keine Nachricht von Giovanni und ahnte nicht, was sich am anderen Ende der Insel zutrug. Am Abend zuvor hatte sie das Fruchtwasser verloren, lag hingestreckt in der Zelle, die sie mit Sarah und zehn anderen Jüdinnen teilte, die den Pogrom überlebt hatten.

Sarah eilte zu ihrer Herrin.

»Ich glaube, es will raus«, flüsterte Esther kurzatmig. »Ich habe ständig Krämpfe im Bauch.«

»Stell dich hin!«, rief eine Frau namens Rebecca. »Zwei von uns stützen dich, und zwei andere ziehen das Kind heraus. Auf die Weise habe ich meine acht Kinder geboren.«

Mit Hilfe von Sarah und einer anderen Gefangenen erhob sich Esther vorsichtig und lehnte sich an die Wand. Die zwei Frauen hielten sie aufrecht.

Langsam bestieg Giovanni das Podest, das von Reisigbündeln umgeben war. In dessen Mitte hatte man einen Pfosten eingeschlagen. Er lehnte sich an diesen Balken, und zwei Wachen fesselten ihm die Hände hinter dem Rücken. Ein Priester kam, ließ ihn das Kreuz küssen und fragte ihn, ob er beichten wolle.

»Gerne«, entgegnete Giovanni ruhig.

Der Priester war ganz Ohr.

»Ich bitte Gott um Vergebung für all die Male, wo ich der Forderung seiner Liebe nicht gerecht geworden bin oder ich es abgelehnt habe, Vertrauen in seine Gnade zu haben«, bekannte Giovanni.

»Sind das die einzigen Verfehlungen, die Ihr zu beichten habt?«, fragte der Priester erstaunt.

Giovanni nickte.

»Ich kann Euch nicht die Absolution erteilen, denn Eure Beichte ist nicht aufrichtig!«, empörte sich der Kirchenmann. »Ihr habt ein Verbrechen begangen, für das Euch das Gericht der Menschen verurteilt hat.«

»Ich habe bekannt, was einzig mir mein Gewissen in diesem Augenblick vorwirft. Für das Übrige vertraue ich mich dem Gericht Gottes an, das zum Glück nicht das der Menschen ist.«

»Ihr habt also nichts hinzuzufügen?«

Giovanni sah das Gefolge der Offiziellen, das das erzbischöfliche Palais erreicht hatte. Hinter den Honoratioren erkannte er auf den ersten Blick Elenas Gestalt. Sein Herz krampfte sich zusammen. Sie würde also bei seiner Hinrichtung zusehen.

»Doch.«

»Ich höre, mein Sohn.«

»Ich habe unter meinem Gürtel ein Briefchen versteckt, das für eine junge Jüdin namens Esther bestimmt ist. Sie ist zu Unrecht in der Zitadelle von Famagusta eingesperrt. Ich bitte Euch, nehmt es an Euch, und übergebt es ihr.«

Die Finger des Priesters schlüpften unter den Ledergürtel und zogen ein vierfach gefaltetes Blatt hervor. Er ließ es heimlich in die Tasche seiner Soutane gleiten und fragte:

»Ist das alles?«

»Nein. Sagt auch Elena, der Tochter des Gouverneurs, dass ich nie aufgehört habe, sie zu lieben.«

Elena saß neben ihrem Vater. Da sie fest davon überzeugt gewesen war, ihr Geliebter würde ihr ein Zeichen zukommen lassen, hatte sie seine Flucht bis ins Kleinste geplant. Doch da sie nichts erhalten hatte, loderte in ihrem Herzen eine unsägliche Wut. Sie konnte die Liebe, die Giovanni einer anderen Frau entgegenbrachte, nicht akzeptieren. Allein der Gedanke machte sie wahnsinnig. Statt zu handeln, wie sie es anfangs vorhatte, ließ sie Zeit vergehen und kam zu keiner Entscheidung … nun war es zu spät. Sie erlebte sich in einem sonderbaren Zustand, als gehörte sie sich nicht mehr, als wäre sie tot. Ihr Herz war noch von kalter Wut durchdrungen, doch als sie Giovanni auf dem Scheiterhaufen erblickte, wich die Wut einer unendlichen Verzweiflung.

Der Priester stieg von dem Podest herab, der Scharfrichter ging hinauf und band, wie es üblich war, dem Verurteilten ein Tuch vor den Mund, damit seine Schreie gedämpft würden.

Esther spürte, dass ihr Kind gleich zur Welt kommen würde. Die Wehen nahmen zu, der Schmerz wurde immer drängender. Rebecca zog ein Taschentuch hervor und steckte es der jungen Frau zwischen die Zähne.

»Beiß hinein, das hilft, die Schmerzen besser zu ertragen.«

Esther biss mit aller Kraft in das Tuch.

Unter den Gesang der orthodoxen Mönche mischten sich nun dröhnende Trommeln. Auf der Tribüne streckte der Gouverneur für eine Weile den Arm aus, dann ließ er ihn sinken. In diesem Augenblick entzündete der Scharfrichter die Reisigbündel, die um den Verurteilten herum aufgeschichtet waren.

Erst da begriff Elena, dass alles vorbei war. Die Wut entfloh ihrem Herzen, und es blieb nur noch ein verzweifelter innerer Aufschrei: »Oh, mein Geliebter! Warum nur habe ich meinen Wunsch, mit dir zu leben, nicht aufgegeben, ich hätte dein Leben retten können! Warum nur habe ich dir nicht gesagt, dass du der Vater meiner Tochter bist? Dass dies der Grund war, der mich nur wenige Wochen nach deiner Verurteilung gezwungen hat, einen Mann zu heiraten, den ich nicht liebe? Aus Stolz habe ich geschwiegen, um deine Entscheidung nicht zu beeinflussen. Damit du mich um meiner selbst willen erwählst … und nicht wegen unseres Kindes! Und jetzt ist alles zerstört. Vergib mir, Liebster! Vergib mir …!«

Dichter weißer Rauch stieg auf. Giovanni, den mehr der Rauch als die Hitze quälte, musste husten.

Esther stöhnte, und ihre Wehen kamen rascher. Plötzlich rief Sarah: »Es kommt!«

Die zwei Frauen griffen nach dem Kind.

Giovanni rang nach Luft, seine Lungen schienen zu platzen, die Hitze wurde unerträglich.

»Herr Jesus Christus, Sohn Gottes, hab Erbarmen mit mir armen Sünder«, betete er. Dann stieß er einen wilden stummen Schrei aus.

Das Neugeborene schrie. Rebecca hatte gerade die Nabelschnur durchschnitten.

»Es ist ein Junge!«

Elena, die Giovanni wie eine Fackel lodern sah, schluchzte auf und brach besinnungslos zusammen.

Giovannis Geist verließ seinen Körper.

»Sieh doch nur, wie schön er ist!«, raunte sie, als sie Esther, die sich ausgestreckt hatte, den Knaben in die Arme legte. Voll Entzücken sah die erschöpfte junge Mutter ihr Kind an und legte es sich zwischen die Brüste. Ein Gedanke trug sie zu Giovanni. »Wie stolz du auf deinen Sohn sein wirst!«

EPILOG

NEUNZIG

Elena klopfte dreimal leise. Sarah öffnete ihr die Tür. »Meine Herrin erwartet Euch.«

Die Dienerin führte sie durch die prächtigen Gemächer, die Elena Giovannis Familie zur Verfügung gestellt hatte. Dann bot sie ihr einen Platz auf einem kleinen Sofa an.

»Ich hole sie. Ich glaube, sie wird mit dem Stillen gleich fertig sein.«

Kaum war die Dienerin gegangen, erhob sich Elena und blickte aus dem Fenster. In der Ferne sah sie den Platz vor dem erzbischöflichen Palast, wo Giovanni gestorben war. Diese Tragödie, für die sie sich zudem verantwortlich fühlte, hatte ihr so sehr das Herz zerrissen, dass sie noch am selben Abend beinahe ihrem Leben ein Ende gesetzt hätte. Nur der Gedanke an ihre Tochter, ihre gemeinsame Tochter, hatte sie im allerletzten Augenblick davon abgehalten. Tagelang hatte sie von morgens bis abends geweint. Ihr Schmerz war so ungeheuer, dass sie niemanden zu sich oder auch nur in ihre Nähe hatte kommen lassen. Am dritten Tag war sie dann bereit gewesen, den Priester zu empfangen, der Giovanni die Beichte abgenommen hatte und ihr nun die letzten Worte des Hingerichteten übermittelte. Doch statt ihre erschütterte Seele zu trösten, hatte dieser Besuch sie zu neuen Tränen gerührt. Aber diese Tränen waren milder als die der Tage zuvor. Am nächsten Morgen hatte sie sich zu ihrem Vater begeben und ihn um einen einzigen Gefallen gebeten: Er möge alle gefangenen Juden freilassen und entschädigen und Giovannis Freunde, solange das Kind gestillt würde, bei sich aufnehmen, bis sie sich nach Al Dschesair einschiffen könnten. Als Paolo Contarini die abgrundtiefe Verzweiflung seiner geliebten Tochter sah, hatte er nicht gewagt, ihr diese ungebührliche Bitte abzuschlagen, und Eleazar, Sarah, Esther und ihren Sohn auf der Stelle in die Freiheit entlassen. Und Elena hatte sie in den besten Gemächern des Palasts unterbringen lassen und sichergestellt, dass es ihnen an nichts fehlte. Dann hatte sie ihren ganzen Mut zusammengenommen, um Esther zu besuchen, die noch immer von Giovannis Schicksal nichts wusste und deren Sorge von Tag zu Tag quälender wurde. Der Priester war nämlich seiner Aufgabe nicht nachgekommen. Da er seine Neugierde nicht bezähmen konnte, hatte er den Brief gelesen und erfahren, was Giovanni und Esther verband, und sich geweigert, ihr diese letzten Worte zu überbringen.

Elena hatte Esther ihre ganze Geschichte erzählt, auch das Wiedersehen mit Giovanni im Gefängnis, ohne auch nur das Geringste zu verschweigen, nicht einmal die liebevollsten Worte, die er über seine Frau geäußert hatte. Weil Elena öfter von Schluchzern geschüttelt wurde, hatte Esther Giovannis tragischen Tod erahnt, noch bevor die Venezianerin darauf zu sprechen gekommen war. Obgleich sie bereits auf das Schlimmste gefasst gewesen war, hatte Esther während der Schilderungen der Gouverneurstochter gespürt, wie ihr Herz zu stocken drohte. Als sie schließlich die Gewissheit hatte, dass ihr Liebster seit einigen Tagen tot war, hatte sie sich in einen Sessel fallen lassen, und das Leben schien von ihr zu weichen wie Parfüm, das einem zerbrochenen Flakon entströmt.

In dem Moment hatte sie ihren Sohn weinen hören und – wie Elena wenige Tage zuvor – sie hatte beschlossen, zu kämpfen und weiterzuleben. Für ihr Kind.

Elena hatte ihr eine Handvoll von Giovannis Asche überreicht, die sie vom Scheiterhaufen hatte aufklauben lassen. Sie selbst verwahrte ein wenig davon in einem Säckchen, das sie, verborgen in ihrem Mieder, an ihrem Herzen trug.

Obgleich Elena gefleht hatte, Esther möge ihr vergeben,

dass sie nicht versucht hatte, Giovannis Leben zu retten, hatte Esther dies abgelehnt.

Seither lebte sie ganz zurückgezogen mit ihrem Vater, ihrem Sohn und der Dienerin in diesen Gemächern, die kein Fremder betrat. Viele Wochen lang hatte Elena dieses Schweigen respektiert und Tag und Nacht gebetet, Esther möge ihr Vergebung gewähren. Nur sie allein könnte Elenas Herz nicht vom Kummer, aber vom schrecklichen Schuldgefühl erlösen, das an ihr zehrte. An diesem Morgen hatte sie Esther einen wichtigen Entschluss mitzuteilen und die junge Frau gebeten, sie zu empfangen, »sicher zum letzten Mal«, wie sie ihr durch Sarah übermitteln ließ.

Die Tür zu Esthers Zimmer öffnete sich. Elena sah aufmerksam die junge Mutter an, die ihr Kind auf der Hüfte trug. Sie ging auf die beiden zu und bemerkte, dass der Junge dieselben dunklen und zugleich lachenden Augen wie sein Vater hatte. Sie wagte nicht, Esther gegenüber dergleichen zu äußern, und begnügte sich mit einem gerührten Lächeln. Dann sagte sie:

»Esther, ich komme, um mich von dir zu verabschieden.«

Erstaunen schimmerte im ernsten Blick der jungen Frau auf.

»Ich reise morgen zu früher Stunde mit meiner Tochter nach Italien ab. Seit diesen tragischen Ereignissen ist meine geliebte Stella schwer krank. Sie hat hohes Fieber, und niemand hier weiß, wie diese Krankheit zu behandeln ist. Ich habe meinen Vater überzeugt, uns nach Venedig bringen zu lassen, wo ich ausgezeichnete Ärzte kenne.«

»Aber könnte so eine Reise zu dieser Jahreszeit, wo das Meer doch sehr unruhig ist, ihre Krankheit nicht eher verschlimmern?«, fragte Esther.

»Die Gefahr muss ich auf mich nehmen. Denn ich bin mir sicher, hier stirbt sie. Und dann drängt mich noch ein weiterer Grund zur Abreise. Ich habe das feierliche Versprechen gegeben, diesen berühmten Brief, der Giovanni so viel Unglück eingebracht hat, nach Rom zu bringen. Das war seine letzte Bitte an mich. Wenn meine Tochter genesen ist, begebe ich mich in die Ewige Stadt und übergebe dem Papst diesen Brief von Meister Lucius.«

Esther nickte sanft.

»Ich verstehe. Das ist eine kluge Entscheidung.«

»Du hast nichts zu befürchten. Mein Vater hat mir versprochen, bis zu eurer Abreise nach Al Dschesair über dich und deine Familie zu wachen. Und ich, ich möchte nie mehr hierher zurückkommen.«

Elena wirkte zögerlich.

»Ich bin also gekommen, um dich zu umarmen …«

Esther sah Elena an und empfand zärtliche Zuneigung für sie. Dennoch blieb sie reserviert.

»Bevor ich aufbreche«, sprach Elena weiter, »wüsste ich gerne nur eines.«

»Ja, nur zu«, ermunterte Esther sie.

»Wie hast du deinen Sohn genannt?«

»Yoh'anan.«

»Ein hebräischer Name … was bedeutet er?«

»Gott vergibt.«

Elena erstarrte, und ihre Augen suchten Esthers Blick. Dann warf sie sich ihr in die Arme. Esther drückte sie fest an ihr Herz. Und so verharrten die beiden Frauen lang und weinten aus Erleichterung, Trauer und Liebe.

EINUNDNEUNZIG

Am nächsten Tag ging Elena an Bord eines Zweimasters, der nach Venedig segelte. Sie brach mit Stella, einem Arzt, zwei Dienern und dem für den Papst bestimmten Brief von Zypern auf. Sie hatte sich geweigert, Juliana mitzunehmen, die Giovanni verraten hatte – und sicherlich zum zweiten Mal, dachte sie, als ihr die anonyme Anzeige nach dem Duell wieder einfiel.

Zehn Tage lang fuhr das Schiff unter vollen Segeln in Richtung Venedig. Nun, mitten im Herbst, war das Meer unruhig und aufgewühlt. Das Schiff schwankte ohne Unterlass. Der Zweimaster segelte die italienische Küste hinauf und befand sich noch zwei Tagesreisen vor Venedig, als der Arzt Elena alarmierte, ihr Töchterchen sterbe.

»Wir müssen sie so schnell wie möglich von Bord bringen«, sagte er. »Ihr Zustand hat sich ganz plötzlich verschlimmert. Sie phantasiert, und ich fürchte, bei diesem Seegang überlebt sie die nächsten zwei Stunden nicht.«

Als der Kapitän erfuhr, welches Drama sich an Bord ereignete, war er einverstanden, näher an die Küste heranzusegeln. Schon bald entdeckten sie einen kleinen Fischerhafen. Der Kapitän ankerte vor der Bucht und brachte die Venezianer mit einem Boot an Land, das wegen der entfesselten See mehrmals zu kentern drohte. Kaum hatte sie Boden unter den Füßen, erkundigte sich Elena bei den Seeleuten im Hafen, der »Venere« hieß, nach einem Ort, wo man ihrer Tochter helfen könne. Und die Seeleute zeigten auf ein imposantes Kloster, das über dem Hafen, oberhalb von Olivenhainen, thronte. Bei prasselndem Regen brachte sie ein kleiner Karren – Stella und ihre Mutter mit einer schützenden Decke über dem Kopf – den Berg hinauf.

Der Bruder Pförtner ließ sie in das Empfangszimmer treten und machte sich rasch auf die Suche nach dem Prior.

»Herzlich willkommen im Kloster San Giovanni in Venere«, rief Don Salvatore, als er die merkwürdige kleine Reisegruppe bestaunte.

Als Elena den Namen des Klosters hörte, fuhr sie zusammen. Sie meinte, diesen sonderbaren Namen, der Heidnisches und Christliches in sich vereinte – vielleicht aus Giovannis

Mund –, schon einmal gehört zu haben. Es sei denn, es war der Name Giovanni, der sie dies glauben ließ. Doch ihre Lage war zu dramatisch, um weiter darüber nachzusinnen.

»Danke, ehrwürdiger Vater. Wir kommen von Zypern und sind auf dem Weg nach Venedig«, sagte sie mit fester Stimme, die ihre große Sorge kaum verriet. »Meine Tochter leidet seit mehreren Wochen unter einem hohen, geheimnisvollen Fieber, und wir wollen nach Venedig, damit sie dort behandelt wird. Doch wir haben in aller Eile von Bord gehen müssen, weil ihr Zustand sich ständig verschlechtert. Habt Ihr ein Zimmer, wo sie es warm hat, und einen Arzt, der sie gemeinsam mit unserem behandeln könnte?«

Don Salvatore beugte sich über das Mädchen. Trotz ihrer Krankheit leuchteten ihre großen grünen Augen in ihrem Engelsgesichtchen. Der Mönch war gerührt.

»Wir bringen sie ins Infirmarium. Es befindet sich in der klösterlichen Klausur und hat einen Kamin«, sagte er und dachte bei sich: »Wir werden eine Ausnahme von unserer Regel machen und versuchen, dieses Kind zu retten.«

Stella wurde in die leere Krankenstube getragen. Don Salvatore bat einen Mönch, ein großes Feuer anzuzünden, und einen anderen, so schnell wie möglich den Frater Krankenmeister herzubringen. Er selbst ging in die Küche, um für die Gäste ein heißes Getränk zuzubereiten.

Kurz darauf betrat Fra Gasparo die Krankenstube und horchte in Gegenwart der besorgten Elena und unter dem aufmerksamen Blick ihres Arztes Stella ab. Das Feuer wärmte die Venezianer rasch auf, und Don Salvatore bot ihnen einen Teller heiße Gemüsesuppe an. Sie versuchten, Stella etwas davon einzuflößen, doch das Kind war in so schlechtem Zustand, dass es nichts hinunterbrachte. Der Krankenmeister fühlte ihren Puls, betrachtete ihre Zunge und rieb ihren Körper ab. Dann stellte er seine Diagnose:

»Ich kann leider nur bestätigen: Sie leidet unter einer Infektionskrankheit, deren Ursache ich nicht kenne. Das Leben verlässt sie. Das Einzige, das ich im Augenblick versuchen kann, ist, ihr einen beruhigenden Kräuteraufguss zu verabreichen. Vielleicht fällt dann das Fieber. Doch ich befürchte, dies reicht nicht aus, um ihr Leben zu retten. Die Krankheit, die sie quält, hat sich in den vielen Wochen zu tief in ihrem Körper eingenistet.«

»Tut, was Ihr könnt, ehrwürdiger Vater, um ihr Erleichterung zu verschaffen«, sagt Elena mit gebrochener Stimme.

Gemeinsam mit Elenas Arzt ging der Mönch in seine Kräuterkammer, um die entsprechenden Heilmittel auszusuchen.

Elena beugte sich über ihre Tochter und hielt ihre Hand.

»Sei unbesorgt, mein Liebling, wir werden deine Schmerzen lindern.«

Das Mädchen konnte nichts mehr hören und nichts mehr sagen. Es war unruhig und brachte nur stöhnend unverständliche Worte heraus.

»Sie phantasiert offenbar«, klagte ein Diener.

»Da ihr Leben in Gefahr ist, können wir nur eines tun«, raunte Don Salvatore in Elenas Ohr.

»An was denkt Ihr?«

»In der Krypta dieses Klosters steht eine schöne Ikone der Heiligen Jungfrau. Lasst uns gemeinsam zu dieser Mutter der Barmherzigkeit beten, während die Ärzte sich um Eure Tochter kümmern.«

Obwohl es ihr eigentlich widerstrebte, ihr Kind in diesem Moment alleinzulassen, zögerte Elena nicht. Sie stand auf, küsste ihre Tochter zärtlich und folgte dem Prior in den Kreuzgang. Als sie gerade die Kirche betreten wollten, wisperte ein Mönch Don Salvatore ins Ohr:

»Der Pater Abt sorgt sich um die Mutter des kranken Mädchens und wünscht, sie im Sprechzimmer zu sehen.«

Don Salvatore zögerte kurz und drehte sich zu Elena.

»Don Theodoro, unser Pater Abt, ist alt und müde, doch

er möchte Euch begrüßen. Er ist ein bedeutender Kirchenmann im Range eines Bischofs. Es wird nur wenige Minuten in Anspruch nehmen. Gleich anschließend gehen wir in die Krypta.«

Elena willigte ein und betrat hinter dem Prior das Sprechzimmer. Don Theodoro saß auf einem recht niedrigen Stuhl vor einem Kaminfeuer. Er begrüßte Elena, die seinen Ring küsste, den er wie alle Äbte und Bischöfe am kleinen Finger der linken Hand trug. Er fragte sie, woher sie komme und was geschehen sei. Elena beantwortete seine Fragen.

»Möge Gott Euer Kind retten!«, rief der Alte laut. »Ich reise morgen nach Rom, um den Heiligen Vater zu besuchen, und ich werde ihn bitten, für Stellas Leben zu beten.«

Bei diesen Worten erschauerte Elena. Erst zögerte sie, doch dann sprach sie mit schwacher Stimme:

»Der Zufall oder die Vorsehung bringt vieles zustande, Exzellenz. Dürfte ich Euch um einen wichtigen Gefallen bitten?«

»Aber selbstverständlich.«

Elena schien befangen.

»Es ist von höchster Vertraulichkeit.«

Don Theodoro gab seinem Prior einen Wink, sie alleinzulassen.

»Ihr könnt mir vertrauensvoll Euer Herz öffnen, mein Kind. Worum handelt es sich?«

Elena erzählte dem greisen Abt, dass sie einen vor Jahren geschriebenen Brief eines Astrologen für den Papst bei sich trage. Sie erzählte ihm, ein Freund sei in Besitz dieses Briefes gewesen und Hindernisse aller Art hätten ihn gehindert, seine Aufgabe zu erfüllen. Schließlich legte sie noch dar, dieser Mann sei inzwischen gestorben und sie habe ihm vor seinem Tod versprochen, diesen Brief dem Papst zu überbringen.

»Könntet Ihr nicht, da Ihr Euch nach Rom begebt und dort

den Heiligen Vater besucht, ihm persönlich diesen Brief übergeben?«, schloss Elena mit zugeschnürter Kehle.

Der alte Mönch hatte Elenas Bericht mit so angespannter Aufmerksamkeit gelauscht, dass er beinahe zu atmen vergessen hätte. Als sie geendet hatte, holte er einmal tief Luft und sagte in beruhigendem Ton:

»Mein Kind, ich versichere Euch, die Vorsehung hat Euch zu uns geschickt. Ich nehme diesen Brief mit und versichere Euch, dass der Pontifex ihn sofort lesen wird, wenn ich ihm die Geschichte dieses Schreibens erkläre.«

Elena warf sich dem Mönch zu Füßen und küsste ihm die Hand.

»Ich weiß nicht, wie ich Euch danken soll, Exzellenz! Wenn Ihr wüsstet, wie sehr mir diese Sache am Herzen liegt und wie gerne ich sie selbst zu Ende brächte! Doch der Zustand meines Kindes versetzt mich so sehr in Unruhe, dass ich befürchte, diese Reise um einige Monate hinausschieben zu müssen, wobei Rom doch so nah ist und Ihr den Papst persönlich sehen werdet!«

»Steht auf, mein Kind, und fürchtet nichts! Am besten vertraut Ihr mir den Brief schnellstens an, denn ich muss zu Bett gehen, damit ich morgen in aller Herrgottsfrühe aufbrechen kann!«

Elena griff unter ihren Mantel, zog einen dicken, vergilbten Umschlag hervor und reichte ihn dem Abt.

»Hier ist er! Ich habe ihn immer bei mir.«

Don Theodoro starrte verblüfft auf den Umschlag. Er konnte noch gar nicht fassen, dass dieser Brief, den er zehn Jahre lang in der ganzen Christenheit gesucht hatte, dass dieser verfluchte Brief, für den er gefoltert und getötet hatte, auf diesem Wege zu ihm, in sein eigenes Kloster kam! In das Kloster, das er nur länger verließ, wenn er sich nach Rom oder nach Jerusalem begab, wo der Sitz der geheimen Bruderschaft – des Ordens vom höchsten Gut – war, die er gegründet hatte, um den christlichen Glauben zu erneuern und von allen Makeln zu reinigen.

Er streckte Elena seine zittrige Hand entgegen und nahm den Brief an sich. Endlich würde er wissen ...! Und endlich könnte er ihn vernichten ...!

ZWEIUNDNEUNZIG

Don Theodoro rückte seinen Stuhl in den Lichtschein des Kamins und streifte seine Kapuze ab. Seine tief in den Höhlen liegenden kleinen Augen leuchteten nun lebhaft. Er riss den Umschlag auf und entfaltete neun handbeschriebene Blätter. Mit zitternden Händen begann er, das erste Blatt zu lesen. Meister Lucius' Schrift war gestochen scharf und elegant, und trotz der Zeit war die Tinte nicht verblasst.

Heiliger Vater,
zitternd nehme ich die Feder zur Hand, um eine Antwort auf die schreckliche Frage, die Ihr mir stellt, zu versuchen. Wäret Ihr nicht der Pontifex, der apostolische Nachfolger des Apostel Petrus und das Oberhaupt der heiligen Kirche, hätte ich nicht eingewilligt, eine solche Forschung zu unternehmen, die mich sowohl wegen ihrer Schwierigkeit als auch wegen der Glaubensfragen, die sie aufwirft, in Angst und Schrecken versetzt. Ich bin mir sehr wohl bewusst, dass manche meiner Worte oder Schlussfolgerungen einen großen Skandal in der Christenheit auslösen können. Doch da Eure Heiligkeit von mir ein solches Unterfangen fordert, kann ich nur an Euer Verständnis und Eure väterliche Barmherzigkeit appellieren.

Wie viele Gläubige fragt Ihr Euch, ob der dramatische Riss, den die christliche Religion erfährt, nicht der allerletzte Vorbote für das Ende der Zeit ist. Voll Besorgnis treibt Euch die Frage um, ob das Christentum, und von daher die ganze Welt, nicht seine letzten

Stunden erlebt. Ihr spielt auf De Fato *von Pomponazzi an, erschienen im Jahre 1520 in Bologna, in dem der Philosoph die Hypothese aufstellt, dass Religionen entstehen, sich entwickeln, ausarten und den Zyklen des Kosmos gemäß auch untergehen. Er behauptet, man müsse das Horoskop einer jeden Religion, auch der christlichen, stellen können. Wie bei jedem Menschen müsse uns die Kenntnis ihres Beginns – ihrer Geburt – die nachfolgenden Stufen ihrer Entwicklung bis zum Moment ihres Endes aufzeigen. Ihr bittet mich also, wenn möglich, das Horoskop des Christentums zu stellen.*

Ich habe lange über diese Frage nachgedacht, und ihre Beantwortung erscheint mir ebenso einfach wie erschreckend. Die einzige Möglichkeit, den Beginn und das Ende einer Religion zu ermitteln, besteht darin, den Geburtshimmel ihres Begründers zu berechnen. Anders gesagt, Eure Heiligkeit fordert von mir, dass ich das Horoskop unseres Herrn Jesus Christus stelle.

Don Theodoro hob den Kopf, seine Augen sprühten.

»Genau das hatte man mir gesagt!«, zischte er. Mit einem tiefen Seufzer begann er, das zweite Blatt zu lesen.

Jenseits der moralischen Skrupel, die auf mich einstürmen, frage ich mich, wie ich eine solche Aufgabe bewerkstelligen soll, da uns doch die Heilige Schrift keine genaue Auskunft gibt über den Tag, die Stunde, den Monat und nicht einmal über das Jahr der Geburt Jesu. Ihr wisst genauso gut wie ich, dass das Datum des 25. Dezember im 4. Jahrhundert von Liberius, dem Bischof von Rom, gewählt worden ist, um den heidnischen Mithras-Kult zu bekämpfen, dessen großes Fest des »siegreichen Sonnengottes« am 25. Dezember, dem Tag der Wintersonnenwende, begangen wurde. Niemand weiß, an welchem Datum die ersten Christen die Geburt Christi feierten. Ein Zeichen zumindest könnte uns einige Hinweise geben, aber darauf komme ich später zu sprechen. Eine andere große Schwierigkeit besteht darin, das Rätsel seines Geburtsjahrs zu lösen. Dieses wurde im 6. Jahrhundert von dem Mönch Dionysius Exiguus fest-

gesetzt. Doch heute widersprechen viele Gelehrte dessen Berechnungen, und niemand weiß genau zu sagen, in welchem Jahr unser Herr geboren wurde.

Ich hätte es sicherlich mit meinen Forschungen hierbei bewenden lassen, hätte mir nicht die Vorsehung eine Handschrift von größter Seltenheit in die Hände gespielt, eine Abschrift eines einzigen Exemplars, das vor mehreren Jahrhunderten auf Arabisch verfasst wurde: der Djefr. *Dieses Meisterwerk ist die Schrift des größten Gelehrten des Mittelalters, Al-Kindî mit Namen, der Meister des berühmten Astrologen Albumasar war, desselben, der die Voraussagen bezüglich Luther machte. Dieser Al-Kindî war der Überzeugung, Gott habe die Sterne am Himmel angeordnet, um dem Menschen die Möglichkeit zu geben, nicht nur die Zeichen seines persönlichen Schicksals zu lesen, sondern auch die des gemeinschaftlichen Schicksals der ganzen Menschheit.*

»Lüge! Perfider Muslim!«, rief der Pater Abt wütend und legte das zweite Blatt ab.

Seiner Meinung nach erlauben zwei große Zyklen, die Geburt, die Entwicklung, den Niedergang und den Tod von Kulturen und Religionen zu erkennen. Das Phänomen der Präzession des Herbst- und Frühlingsäquinoktiums, die dazu führt, dass ungefähr alle zweitausend Jahre die Sonne zu Frühlingsanfang in einem anderen Zeichen des Tierkreises aufgeht; sowie der Zyklus der Konjunktionen der beiden langsamsten Planeten unseres Kosmos, nämlich Jupiter und Saturn. Etwa alle zwanzig Jahre stehen diese beiden Planeten am Himmel in Konjunktion zueinander. Doch alle zwei Jahrhunderte ereignet sich die Konjunktion in einem anderen Element der vier Elementargruppen des Tierkreises (Erde-, Wasser-, Luft- und Feuerzeichen), und alle acht Jahrhunderte beginnt sie den Kreislauf der vier Elemente von vorne. Al-Kindî, der im 9. Jahrhundert lebte, hat in der Zeit zurückgehend für tausend Jahre all die Zeitpunkte berechnet, zu denen sich diese Konjunktionen ergeben haben.

Als ich mich in sein Werk vertiefte, habe ich klopfenden Herzens feststellen können, dass er einen großen planetarischen Zyklus für das Jahr 6 vor unserer Zeit errechnet hatte, wo die beiden Planeten in Konjunktion im Zeichen der Fische standen und der Kreislauf der vier Elemente von vorne begann. Als er seine Beobachtung mit den Ephemeriden des griechischen Astrologen Anaxylos verfeinert, der zur selben Zeit wie Jesus Christus gelebt hat, notiert er auch ein sonderbares Ereignis für die Nacht des 1. März des Jahres 6 vor unserer Zeit: die Konjunktion im Zeichen der Fische von fünf Planeten: von Sonne, Mond, Venus, Jupiter und Saturn. Dieses Datum ist ohne weiteren Kommentar in seinem Werk vermerkt. Ich muss Euch gestehen, Eure Heiligkeit, bei dieser Entdeckung hat ein heftiger Schauer meinen Körper und meine Seele geschüttelt.

Der Alte schnappte nach Luft und legte das dritte Blatt beiseite.

»Ich weiß nur allzu gut, worauf dieser verfluchte Astrologe hinauswill«, murmelte er.

Denn wie Ihr wisst, erkannten sich die ersten Christen am Fisch-Symbol, das sie zu Zeiten der Verfolgung in die Katakomben malten. Ihr kennt die klassischen Deutungen, die man zur Erklärung für die Wahl dieses Symbols anführt. Eine andere Idee ist mir schon vor langer Zeit gekommen, als ich zum ersten Mal die Handschrift von Al-Kindî entdeckt habe. Die Geburt des christlichen Glaubens entspricht der Stellung des Frühlingsäquinoktiums im Zeichen der Fische. Nun entspricht die Symbolik dieses Zeichens in all seinen Merkmalen der neuen Religion, die unser Herr begründet hat. Wie sollte ich mich nicht fragen, als ich erneut aufmerksam das Werk des arabischen Astrologen las und diese äußerst rare Konjunktion von fünf Planeten im selben Zeichen entdeckte: Hat er nicht vielleicht das Geburtsdatum unseres Herrn Jesus Christus hervorgehoben? Haben die Anhänger Jesu nicht, weil er selbst im Zeichen der Fische geboren ist, dieses Symbol als Emblem ihres neuen Glaubens gewählt? Und bedeutet das Symbol des Kreuzes, das sie anschließend benutzten, nicht über das Hinrichtungsinstrument hinaus, dass sich der Kreis der vier Elemente – Erde, Wasser, Luft und Feuer – mit der großen Konjunktion, die zu diesem Datum stattfand, erneuert? Ist Christus nicht gekommen, »auf dass alle Dinge zusammengefasst würden in Christo, beides, das im Himmel und auf Erden ist«, wie es in der Bibel heißt? Hat Gott nicht ermöglicht, dass wir am Kosmos ablesen können, dass sein eigener Sohn in die Welt kommt? Der Messias, angekündigt im Alten Testament, der große König der Juden, geboren von einer Jungfrau, deren Kommen auch die Heiden vorausgesagt hatten?

Don Theodoro drohte an einem heftigen Hustenanfall zu ersticken. Er erhob sich und trank ein Glas Wasser, bevor er seine schwer erträgliche Lektüre fortsetzte.

Währenddessen hatte Don Salvatore auf seine Bitte hin Elena zurück in die Krankenstube gebracht. Die junge Frau sah mit Schrecken, dass es Stella immer schlechter ging. Mit großer Mühe hatte ihr der Bruder Krankenmeister ein Gebräu, das das Fieber senken sollte, eingeflößt. Doch das kleine Mädchen hatte das Bewusstsein verloren und schien die Welt nicht mehr wahrzunehmen.

Der Prior legte sanft eine Hand auf Elenas Schulter.

»Wir haben nichts mehr zu verlieren, kommt, lasst uns in der Krypta vor der Ikone der Heiligen Jungfrau Maria beten.«

Elena erhob sich schmerzlich. Mit ihrem Blick liebkoste sie lange die eingefallenen Wangen ihres Töchterchens. Dann fügte sie sich, sie eine Weile zu verlassen, und folgte dem Mönch durch das Kloster. Sie traten durch eine kleine Seitentür in die Kirche und stiegen in die Krypta hinab. Der Raum war nur schwach beleuchtet. Elena erkannte hohe Säulen; herrliche Fresken schmückten die Mauern. Der Prior führte sie in den hinteren Bereich der Krypta vor eine Freske, die den heiligen Michael, den Fürsten der himmlischen Heerscharen, darstellte.

Unter dieser Freske stand auf einem niedrigen Holzständer eine Ikone. Don Salvatore trat an sie heran und küsste sie andächtig. Elena tat es ihm gleich, dann knieten sich beide still auf das Betbänkchen, das sich vor der Ikone befand. Eine kleine Kerze am Rand des Ständers tauchte das Gesicht der Mutter der Barmherzigkeit in ein schwaches Licht. Elena schloss die Augen, um in sich zu gehen. Als sie sich gesammelt hatte, flehte sie mit Inbrunst die Muttergottes an, sie möge Stella retten. Dann schlug sie sanft die Augen wieder auf und betrachtete die Ikone. Plötzlich trat großes Erstaunen in ihre angespannten Gesichtszüge.

Nachdem Don Theodoro seinen Durst gelöscht hatte, machte er sich wieder an die Lektüre des Briefes des Astrologen. Er griff nach dem fünften und sechsten Blatt.

Hier, Eure Heiligkeit, geben uns die christlichen Schriften präzise Auskunft über das Ereignis, das sowohl von den Juden als auch von den Heiden angekündigt wurde. Im Evangelium des Matthäus, Kapitel 2, heißt es:

»Da Jesus geboren war zu Bethlehem im jüdischen Lande, zur Zeit des Königs Herodes, siehe, da kamen die Weisen vom Morgenland gen Jerusalem und sprachen: Wo ist der neugeborene König der Juden? Wir haben seinen Stern gesehen im Morgenland und sind gekommen, ihn anzubeten. Da das der König Herodes hörte, erschrak er und mit ihm das ganze Jerusalem. Und ließ versammeln alle Hohenpriester und Schriftgelehrten unter dem Volk und erforschte von ihnen, wo Christus sollte geboren werden. Und sie sagten ihm: Zu Bethlehem im jüdischen Lande; denn also steht geschrieben durch den Propheten: ›Und du Bethlehem im jüdischen Lande bist mitnichten die kleinste unter den Fürsten Juda's; denn aus dir soll mir kommen der Herzog, der über mein Volk Israel ein Herr sei.‹ Da berief Herodes die Weisen heimlich und erlernte mit Fleiß von ihnen, wann der Stern erschienen wäre, und wies sie gen Bethlehem und sprach: Ziehet hin und forschet fleißig nach dem Kindlein; und wenn ihr's findet, so sagt mir's wieder, dass ich auch komme und es anbete. Als sie nun den König gehört hatten, zogen sie hin. Und siehe, der Stern, den sie im Morgenland gesehen hatten, ging vor ihnen hin, bis er kam und stand oben über, da das Kindlein war. Da sie den Stern sahen, wurden sie hocherfreut und gingen in das Haus und fanden das Kindlein mit Maria, seiner Mutter, und fielen nieder und beteten es an und taten ihre Schätze auf und schenkten ihm Gold, Weihrauch und Myrrhe. Und Gott befahl ihnen im Traum, dass sie sich nicht sollten wieder zu Herodes lenken; und sie zogen durch einen andern Weg wieder in ihr Land.«

Dieser außerordentliche Bericht, Heiliger Vater, lässt sich ohne Bezug auf die Astrologie nicht verstehen. Die Heiligen Drei Könige aus dem Morgenland sind sicherlich chaldäische Sterndeuter, die den Stern Christi haben aufgehen sehen, was in der Sprache der Astrologie so viel heißt wie, sie haben erkannt, dass sich die große Jupiter-Saturn-Konjunktion im Zeichen der Fische bilden würde. Aus ihren heiligen Schriften wussten sie, dass diese Planetenkonjunktion die Geburt des Königs der Juden und eines sehr großen Propheten bedeutete. Sie begaben sich nach Judäa, um sich nach dem genauen Geburtsort dieses Menschen zu erkundigen. Herodes, der sich im Übrigen mit der Wissenschaft der Gestirne gut auskannte, fragte sie, »wann der Stern erschienen wäre«, was als Frage nach der Dauer der Planetenkonjunktion aufzufassen ist. Dann zogen die Weisen nach Bethlehem, und »der Stern ging vor ihnen hin«. Dies darf man nicht als geographischen Hinweis verstehen, denn die Weisen wussten, wo Jesus Christus geboren werden würde, sondern als zeitliche Angabe. In dem Moment, als die Konjunktion ihren Höhepunkt erreicht hatte, was bedeutet, dass die fünf Planeten, darun-

ter der Mond, deckungsgleich waren, wussten sie, dass der Messias geboren war. Die Bibel gibt uns somit einen sehr genauen Hinweis auf den Tag und sogar auf die Stunde der Geburt Christi. Denn welcher Stern leitet die Könige aus dem Morgenland zur Krippe? Welcher Stern bewegt sich als einziger rasch, so dass man ihn des Nachts mit bloßem Auge verfolgen kann? Der Mond! Indem sie den Lauf des Mondes am Himmelszelt verfolgten, wussten die chaldäischen Sterndeuter mit Gewissheit den Tag und die Stunde der Geburt des bedeutenden Menschen, den sie suchten. Sie wussten nämlich, dass der König der Juden zur Stunde der großen Konjunktion von Sonne-Venus-Jupiter-Saturn im Zeichen der Fische geboren würde. Aber sie dachten auch, dass der Mond bei diesem äußerst seltenen planetarischen Stelldichein nicht fehlen würde. Und ohne Zweifel haben sie verstanden, dass Christus bei Neumond geboren würde, das heißt, wenn der Mond in vollkommener Konjunktion mit der Sonne im Zeichen der Fische stünde. Die Ephemeriden des Anaxylos geben an, dass genau dies in der Nacht des 1. März im Jahre 6 vor unserer Zeit um drei Uhr morgens geschah. Die Heiligen Drei Könige begaben sich also auf die Suche nach einem Kind, das genau zu diesem Zeitpunkt geboren wurde, und fanden in der Krippe Jesus, der gerade zur Welt gekommen war.

Elena sah die Ikone genauer an und verstand nichts. Diese Heilige Jungfrau schien ihr Porträt zu sein, zumindest eines aus der Zeit, als sie vierzehn, fünfzehn Jahre alt war. Sie wandte sich an den Prior und fragte:

»Wer hat diese Ikone gemalt?«

Don Salvatore flüsterte:

»Ein Durchreisender. Die Technik hatte er auf dem Berg Athos gelernt.«

Elena bebte. Es gab keinen Zweifel mehr. Der Name des Klosters, wo Giovanni aufgenommen wurde, nachdem ihn die Heilerin gepflegt hatte, kam ihr sogleich in den Sinn: San Giovanni in Venere!

»Ehrwürdiger Vater, hieß der Mann, der diese Ikone gemalt hat, vielleicht Giovanni Tratore?«

Der Mönch sah Elena an.

»Ja … kennt Ihr ihn?«

»Sehr gut sogar«, erwiderte Elena mit ersterbender Stimme.

Ohne ein Wort zu sagen, sah der Prior Elena eingehend an. Dann betrachtete er die Ikone und dann wieder Elena. Fassungsloses Erstaunen war seinen Augen abzulesen.

»Seid Ihr womöglich die junge Venezianerin, in die er sich verliebt hatte? Die, deren schlafendes Gesicht ihn damals zu dieser Jungfrau Maria mit geschlossenen Augen inspiriert hat?«

Elena hatte nicht die Kraft zu antworten. Stattdessen brach sie in Tränen aus.

Der alte Abt begann das siebte Blatt zu lesen. Nicht die geringste Neugier schimmerte mehr in seinem Blick. Nur noch kalte Wut.

An dieser Stufe meiner Studien angelangt, werdet Ihr verstehen, Heiliger Vater, dass ich nur mit Furcht und großer Demut fortfahren kann, denn was ich dank der astronomischen Berechnungen Al-Kindîs und der aufmerksamen Lektüre des Matthäus-Evangeliums entdeckt habe, könnte die Christenheit zutiefst erschüttern und viele Menschen in Verwirrung stoßen. Denn wenn unser Herr Jesus Christus wirklich in Bethlehem in der Nacht des 1. März des Jahres 6 vor unserer Zeit geboren ist, folgt daraus, dass wir seinen astrologischen Geburtshimmel sehr präzise erstellen und Deutungen seiner Person, aber auch der Geschichte der christlichen Religion vornehmen können, deren Grundpfeiler er ist. Bevor ich zu diesen Deutungen komme, Eure Heiligkeit, hier die Sternenkarte des Himmels, wie er höchstwahrscheinlich zur Geburt Jesu Christi war. Mit erschütterter Seele und zittriger Hand habe ich sie gezeichnet.

Don Theodoro war bleich geworden. Er warf einen flüchtigen Blick auf die Zeichnung, die zu dem Blatt gehörte, als fürchtete er, er könnte sich die Augen verbrennen.

»Gotteslästerung! Niederträchtigste Gotteslästerung ...!«, zischte er tonlos. »Welch eine Schändlichkeit! Zum Glück hat niemand diese Abscheulichkeit gesehen und wird sie auch nie sehen! Sonst würden uns die Protestanten, die Philosophen oder auch andere Ketzer auf der Stelle sagen, man könne aus Christi Geburtshimmel die Ereignisse seines Lebens ablesen ... Als wäre der Sohn Gottes wie ein Mensch den Kräften der Planeten unterworfen! Das wäre das Ende des aufrichtigen christlichen Glaubens und der Sieg dieser Humanisten, die alles auf den Menschen reduzieren wollen, sogar die Geheimnisse des Glaubens.«

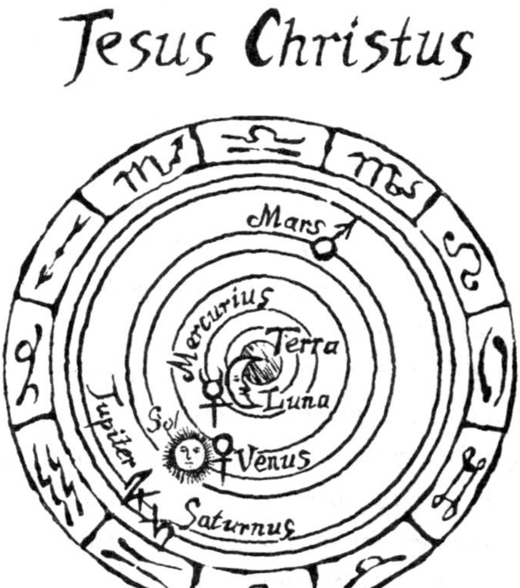

Elena konnte ihren Blick nicht von der Ikone wenden. Es stimmte also. Selbst im Kloster, selbst ohne Gedächtnis hatte Giovanni nie aufgehört, an sie zu denken und sie zu lieben –

sie so sehr zu lieben, dass er sie, ohne es zu wissen, mit den Zügen der Jungfrau Maria dargestellt hatte. Freudentränen rannen ihr übers Gesicht. Und eine tiefgehende Heilung vollzog sich in ihrem Herzen. In ihrem ganzen Wesen.

Vor Wut bebend las der Abt den unerträglichen Brief weiter. Der Astrologe kam nun zu dem, was der Kirchenmann am meisten fürchtete: zur Deutung des Geburtshimmels Jesu Christi.

Die Konjunktion der fünf Planeten im Zeichen der Fische bedeutet, dass Jesus in höchstem Maße all die edlen Charakterzüge dieses Zeichens besaß: Intuition, Mitgefühl, Opferbereitschaft, Mystizismus, Selbsthingabe. Die Position des Merkur, Symbol für die Intelligenz, im Zeichen des Wassermanns bedeutet, dass er humanistische, brüderliche und erneuernde Ideen in sich birgt, die sich an traditionellen Konzepten stoßen können. Übrigens kann man beachtlich die Feindlichkeit des konservativen Umfelds am Planeten Mars (die Gewalt) im Zeichen der Jungfrau ablesen, der in Opposition zu den fünf Planeten in den Fischen steht. Hier also der Hinweis, dass seine Botschaft unweigerlich furchtbare Fehden mit den religiösen Obrigkeiten auslösen musste, die sogar einen gewaltsamen Tod befürchten ließen (Sonne in Opposition zu Mars).

Ehe ich diese Deutung fortsetze und genauer Eure Frage über die Zukunft des christlichen Glaubens beantworte, noch eine Bemerkung, Heiliger Vater: Selbst wenn viele Gläubige durch eine solche Kühnheit geschockt sein sollten, bin ich persönlich der Überzeugung, dass die Deutung des Geburtshimmels Jesu Christi in keiner Weise dem Glauben an seine Göttlichkeit widerspricht. Denn wenn Christus, die zweite göttliche Person der Dreifaltigkeit, die menschliche Natur hat annehmen wollen, kann diese Menschwerdung verschiedenen Faktoren, die das Leben eines jeden Menschen bedingen, nicht entgehen: ein körperliches Erbe, die Traditionen eines Volkes, eine Sprache, eine Inschrift in der kosmischen Ordnung. Was wir in den Sternen über Jesus lesen können, gibt uns – wie für jeden Menschen – wertvolle Hinweise auf seinen Charakter und auf die großen Linien seines irdischen Schicksals. Dies nimmt ihm keinesfalls die Freiheit, sein Leben hinzugeben, um die Menschheit zu retten. Als gläubiger Christ glaube ich, dass Christus freiwillig aus Liebe Mensch wurde und freiwillig aus Liebe gestorben ist. Als Astrologe glaube ich, dass die Sterne uns die menschlichen Veranlagungen zeigen, die er hatte, und den irdischen Weg, den er gewählt hat, um die Welt zu erlösen.

Seit sie Giovanni zum letzten Mal in ihre Arme geschlossen hatte, hatte Elena nicht mehr einen so tiefen Frieden verspürt. Sie fühlte sich ihm in diesem Moment unendlich nahe.

Don Salvatore, zutiefst bewegt, sich neben dieser Frau zu befinden, die den Maler inspiriert hatte, rückte näher und sagte gerührt:

»Ich habe seit beinahe zwei Jahren nichts mehr von diesem Mann gehört. Habt Ihr ihn wiedergesehen?«

Trauer senkte sich über Elenas strahlenden Blick.

»Ja, vor einiger Zeit.«

Das Gesicht des Priors leuchtete auf.

»Was ist aus ihm geworden?«

»Er ist tot. Er ist auf Zypern zum Scheiterhaufen verurteilt worden.«

»Mein Gott!«, erwiderte der Prior entsetzt. »Wann ist das geschehen?«

»Vor über zwei Monaten, am Tag des heiligen Michael.«

Don Theodoro versuchte, die ersten Zeilen des achten Blatts zu lesen, doch ihm brannten die Augen. Da sie ihn so sehr schmerzten, musste er mehrmals innehalten. Es überstieg seine Kräfte, noch die letzten beiden Blätter zu lesen. Doch im Grunde genommen bedeutete es ihm nichts mehr.

Er packte Meister Lucius' Brief und warf ihn voll Wut ins

Kaminfeuer. In einer gelben hochjagenden Flamme kräuselten sich die Blätter. Rauch stieg auf, und der Geruch von verbranntem Papier verbreitete sich im Raum. Niemals zuvor hatte ein Duft Don Theodoro eine solche Freude bereitet.

Er stieß einen tiefen Seufzer aus und hob die Augen zum Himmel.

»Danke, Herr, dass du mein Gebet erhört hast und dieser verfluchte Brief nicht in gottlose Hände gefallen ist. Und seien es auch die des Papstes! Kein verderbter Geist kann nun mehr die Göttlichkeit deines Sohns auf die Ebene eines einfachen Menschen herabziehen, dessen Charakter und Schicksal in den Sternen hätte stehen sollen. Denn es ist undenkbar, dass dein göttlicher Sohn, das fleischgewordene Wort, der Erlöser der Welt in seiner menschlichen Natur den Kräften des Kosmos unterworfen gewesen sein soll, was auch immer dieser ketzerische Astrologe, fehlgeleitet durch seine humanistische Weltanschauung, denkt.«

Fra Gasparo kam in die Krypta geeilt. Mit rotem Kopf lief er auf den Prior und Elena zu und rief ihnen entgegen:

»Das Kind scheint gerettet! Das Fieber ist plötzlich gefallen, und das Mädchen ist wieder bei Sinnen. Es verlangt nach seiner Mutter!«

Elenas Herz drohte vor Freude zu zerspringen. Obgleich es sie drängte, gleich aufzuspringen, blieb sie noch einige Sekunden in innerer Sammlung vor der Ikone knien und dankte Gott für das Wunder, das er vollbracht hatte.

DREIUNDNEUNZIG

Die Pferde blieben am Rand der Lichtung stehen. Während die beiden Diener und der Bauer, der sie hergeführt hatte, die Pferde an den Ästen einer Kastanie festbanden, näherte sich Elena der verlassenen Hütte.

Ihre Tochter war genesen, doch aus Vorsicht hatte sie sie beim Arzt und dem Bruder Krankenmeister zurückgelassen. Sie hatte unbedingt an ihrem letzten Tag in den Abruzzen diesen Ort besuchen wollen, der in Giovannis Leben von so großer Bedeutung war, bevor sie nach Venedig weiterreiste. Der Dorfvorsteher war für einige Geldstücke bereit gewesen, sie zu begleiten.

Sie betrachtete die verkohlten Überreste des Häuschens.

»Hier haben wir ihn gefunden!«, sagte der alte Giorgio und zeigte auf die mit Laub und staubiger Erde bedeckte Falltür. »Er war völlig entkleidet und lag auf einer Strohmatte. Nachdem wir ihn hinausgetragen hatten, haben wir die verfluchte Hütte mit Feuer gereinigt.«

Elena bat darum, einen Moment allein zu sein. Die drei Männer nutzten die Zeit, die Pferde zum Fluss zu führen. Langsam schritt sie um die Überreste des Hauses herum. Sie suchte etwas. Mit einem Mal blieb ihr Blick an einem kleinen Erdhügel hängen. Klopfenden Herzens ging sie darauf zu.

»Hier muss es sein!«, sagte sie sich, als sie das kleine Holzkreuz sah. Sie betrachtete es eingehend, dann kniete sie sich vor das Grab. So verharrte sie lange Minuten und flüsterte:

»Oh, mein Liebster, wenn du wüsstest, wie sehr ich den Kummer nachempfinde, der dich erfasst hat, als du das Grab deiner Freunde entdeckt hast.«

Sie riss die Naht eines in ihrem Mieder versteckten Säckchens auf, scharrte mit beiden Händen in der Erde und streute den Inhalt des Säckchens auf das Grab. Als sie Giovannis Asche mit der Erde vermischte, sagte sie zu ihm:

»Ich glaube, du hättest hier bei ihnen beerdigt sein wollen. Ich habe diese Asche verwahrt, doch ich will dich lieber lebendig in Erinnerung behalten. Möge sich deine Asche mit der Erde vermengen, welche die aufgenommen hat, die dir den Schlüssel fürs Leben gegeben haben.«

Die beiden Hände noch in der Erde, schloss sie die Augen.

»Ich finde dich in deiner Tochter wieder. Sie hat deine Augen, deinen Mund, dein Lächeln! So oft habe ich das Gefühl, ich stünde dir gegenüber. Welch ein Geschenk hast du mir mit diesem Kind und mit der Fürsprache für ihre Genesung gemacht! So wird immer ein Teil von dir bei mir sein. Ich danke Gott immerzu für dieses Geschenk, wie ich ihm auch für das Kind danke, das du Esther geschenkt hast.«

Das Geräusch knackender Äste ließ sie innehalten. In dem Glauben, die Diener kämen zurück, drehte sie sich um. Zu ihrer großen Überraschung sah sie einen Hund, der langsam mit gebleckten Zähnen und angelegten Ohren auf sie zukam.

Sie bekam Angst. Das Tier verhielt sich so, als wache es über das Grab. Nun knurrte es. Elena erstarrte. Da sah sie, dass es hinkte.

Plötzlich kam ihr ein Gedanke. Während das bedrohliche Tier immer näher kam, suchte sie in ihrem Gedächtnis. Der Hund war nur noch zwei Meter von ihr entfernt und wollte sie wohl gerade anspringen.

»Noah!«, rief Elena.

Der Hund blieb stehen. Seine Ohren stellten sich auf.

»Noah!«, rief Elena, diesmal etwas sanfter. »Du bist es doch?« Nach kurzem Zögern wedelte der Hund mit dem Schwanz, und lächelnd breitete Elena die Arme aus.

»Komm, Noah!«

Winselnd humpelte der Hund zu ihr. Mit Tränen in den

Augen umschlang Elena ihn. Freudig bellend leckte Noah ihr die Hände und das Gesicht. Seit zwei Jahren hatte er seinen Namen nicht mehr gehört, doch vergessen hatte er ihn nicht.

Dreißig Meter weiter, hinter Bäumen versteckt, beobachtete eine Frau gerührt die Szene. Sie hatte sich in diesen Jahren um den Hund gekümmert, ohne auch nur seinen Namen zu kennen. Oft strich sie um Giovannis einstige Hütte. Unwillkürlich verstand sie, wer diese Frau war, die da vor dem Grab kniete. Sie betrachtete sie voller Liebe.

Vars, März 1991 – Monte Sant'Angelo, August 2006

Über Paris, Châteaurenard, Fontaine le Port, Rom, Sulmona, San Giovanni in Venere, den Berg Athos, Jerusalem, Boquen, Meteora, Venedig, Zypern, Fontaine la Louvet, Pouzillac, Le Citiot, Forcalquier, Algier, Die, Cordoba, Essaouirra, Malicorne.

NACHWORT

Niemand kennt den vollständigen Inhalt des Buchs *Djefr* von Al-Kindî, des für immer verlorenen Werks mit astrologischen Voraussagen, und was ich daraus hier über das Horoskop Jesu Christi schreibe, ist frei erfunden.

Aber:

Am 10. September 1327 wurde der italienische Dichter und Astrologe Cecco d'Ascoli von der florentinischen Inquisition wegen Häresie verbrannt. Im Besonderen warf man ihm vor, er habe versucht, das Geburtshoroskop Jesu Christi zu stellen.

Im Jahr 1614 veröffentlicht Johannes Kepler, einer der Gründungsväter der modernen Astronomie, aber auch überzeugter Christ und hartnäckiger Anhänger der Astrologie, das Werk *De Vero Anno quo Aeternus Dei Filius Humanam Naturam in Utero Benedictae Virginis Mariae Assumpsit*, in dem er darstellt, Christus müsse bei der Jupiter-Saturn-Konjunktion im Zeichen der Fische, die sich um das Jahr 6 v. Chr. ereignete, geboren sein. Er behauptet somit aus astrologischen Gründen, das offizielle Geburtsdatum Christi liege einige Jahre vor dem offiziellen Datum des christlichen Kalenders. Als Vergeltungsmaßnahme wurde seine Mutter der Hexerei angeklagt und für vierzehn Monate eingekerkert.

Die moderne Geschichtswissenschaft bestätigt Keplers Hypothese. In der Bibel heißt es nämlich, Jesus sei unter Herodes dem Großen geboren, und heute weiß man mit Gewissheit, dass der jüdische König im Jahre 4 vor Jesus Christus gestorben ist.

Die astronomischen Berechnungen auf dem Computer bestätigen ebenfalls, dass es eine große Konjunktion von Sonne/Venus/Jupiter/Saturn in den Fischen im Jahre 6 v. Chr. gegeben hat. Und in der Nacht des 1. März stand auch der Mond in Konjunktion zu diesen Planeten.